W. B.
예이츠 시 해설

W. B.
예이츠 시 해설

조미나 지음

서 문

　이십 세기의 가장 위대한 현대시인으로 추앙받는 윌리엄 버틀러 예이츠(William Butler Yeats: 1865~1939)는 다양한 상징들을 시에 도입하여 고도의 신비시를 펼친 상징시인으로 그는 노벨 문학상을 수상하였다. 세계적으로 위대한 현대시인인 동시에 반평생 이상 서양마법을 익힌 의식을 행하는 마법사였던 예이츠의 시 세계는 초자연의 신비와 근원적 실재를 불러모으는 비범함이 다양한 상징을 통해 묘사되는 고도의 신비적인 상징시를 쓰고 있다. 일찍이 예이츠는 미술학도 시절부터 신비주의와 다양한 종교에 몰입하였는데 그가 다양한 종교를 접하고 서양 마법의 비전을 익히면서 나이가 들어갈수록 그의 형이상학적 신비시의 깊이는 지고의 경지에 도달하게 되었다. 그러나 그의 신비시에 대한 비평가들 사이의 이해도는 극히 미미하여 예이츠의 상징시는 흔히 그 뜻을 해석하기 어려운 난해시라고 평가되어 왔다. 이처럼 깊은 신비적 혜안을 지닌 예이츠는 이르기를 "신비적인 삶은 나의 일과 사상과 창작 생활의 중심에 있다."(The mystical life is the centre of all that I do and all that I think and all that

I write.)라고 신비적 시경향을 역설한 바 있다. 예이츠 사상의 중심에는 이처럼 신비주의가 일찍부터 깊이 자리 잡고 있었는데 특히 어린 시절부터 타고난 천부적인 기독교 영지주의 사상이 깃들어 있었다. 그가 성장해가면서 신비의 영지주의 시인인 블레이크(William Blake)를 스승으로 삼았다. 더 나아가서 신지학협회에 가입한 바 있으며 다시 신비주의 단체인 장미십자단의 <황금 여명회>(Golden Dawn)에 가입하여 익힌 마법의 지식과 더불어 개인적인 심령주의에 기초를 두고 있다. 따라서 그의 시 세계는 고도의 초월적 세계의 신비를 다루고 있다. 이러한 예이츠의 신비적 상징시의 의미를 분석함에 있어서 필자는 특히 예이츠가 일생동안 일관성 있게 단일 시적 주제로 인류가 잃어버린 '여성 원리'(Feminine Principle)를 어떻게 추구하고 있나를 밝히는 데 그 주된 의의를 두고자 하였다.

예이츠는 신비의 초기 장미시편으로부터 죽음 직전의 후기시에 이르기까지 일관성 있는 주제로 잃어버린 신의 여성 원리인 '소피아'(Sophia: 그리스어로 지혜)를 추구하여 일생동안 숨은 신인 소피아의 사제로서 헌신하고자 노력하였다. 예이츠는 신이 선택한 혜안을 지닌 신비주의 시인이자 사제로서 인류가 잃어버린 숨은 구세주인 여성 원리가 현존하는 성녀 소피아를 위한 '기독교 영지주의'(Christian Gnosticism)의 사제로 살기로 결심하였다. 그는 남성중심의 신성의 시대에서 여성 신성인 소피아의 권능회복을 도모하려는 영웅적인 꿈을 꾸는 사제이자 예언가로서 살고자 일평생을 노력하였다. 잃어버린 여성 원리인 성녀 소피아가 지상에서 고행을 하고 있다고 믿었고 이 잃어버린 신성을 회복하고자 하는 소명의식으로 그의 시 세계는 불타오르고 있었다. 초기 시인 불멸의 장미를 노래한 시편들을 시작으로 후기 시의 동물의 상징성에 이르기까지 그의 시적 주제로서 여성 원리인 소피아를 추구하고 있다. 필자는 이런 예이츠의 신비시 전편의 시해설을 통해 그의 시적 상징의 비밀을 열어가면서 그의 일관성 있는 단일주제로서 잃어버린 여성 신성인 소피아를 위한 시적 주제를 펼쳐 보이고자 한다. 동시에 그의 신비시에 대한 이해도를 널리 세상에 알려서 그가 상실한 위대한 서양 마법 전통에 따라 시에 그 시적 비밀을 감춰둔 마법사이자 위대한 인류의 대스승이자 선지자로서의 그의 위상을 바로 세우고 그 명예를 회복할 수 있도록 그 시적 상징의 비밀의 진정한 의미를 풀어보고자 하였다. 이처럼 난해한 상징시들을 열어가면서 필자는 국제 예이츠 학자들과 인터넷상에서 예이츠 토론장인 '예이츠 토론을 위한 그룹'(Yeats Discussion Group)에서 약 10여 년간 시에 대한 다양한 분석과 토론에 참여하고 여러 외국 학자들과의 예이츠 문학의 비평에 대한 의견을 나누어 오면서 그 이해를 공유해 왔다. 그 오랜 기간 예이츠 토론장의 회원들은 서로 줄기차게 활발한 상징시에 대한 토론을 하면서 서로 의견을 모으고 부족한 정보를 주고받았고 머리를 맞대어 분석을 하여 예이츠 상징시의 난해성을 극복해 나가고자 했었다. 그 과정에서 필자는 특히 예이츠의 시사상에서 소피아의 사제로서 영웅의 꿈을 꾸고 있음을 밝히는 독특한 비평 양상의 문을 열어나갔다. 즉 초기 시의 불멸의 장미부터 여성 원리로서 성녀 소피아에 그 초점을 맞추어 예이츠 시의 단일주제로서 집중적으로 분석하여 세계의 여러 예이츠 전문가들과 정보를 교류하였다. 여성 신성인 성녀 소피아로 그 시적 주제를 맞춘 필자의 시비평 이론에 맞추어 예이츠를 기독교 영지주의의 선지자로 보는 독특한 상징시의 분석으로 인하여 예이츠 학자들은 처음에는 당혹스러워하는 경우도 많았지만 필자의 이론의 논리성에 의해 그 독특하면서도 논리정연함에 대하여 다수의 회원들이 때로는 감탄도 하고 동의도 하였다. 또한 무수한 질문을 받기도 하여 이에 대해 비평의 장을 열어가면서 깊이 있는 시분석의 나날들이 펼쳐졌다. 따라서 세계적인 두뇌들이 그들의 의견들을 함께 모아 극히 난해한 신비시의 진의를 펼쳐보고자 하였다. 이 토론의 와중에 몇몇 우정을 돈독히 한 예이츠 토론회의 주 멤버들인 동료들 중에는 필자의 소피아 이론을 '미나의 이론'(Mina's Theory)이라고 특별히 칭해주기도 하였는데 이는 필자에게 무엇보다도 의미깊은 일이기도 하였다. 그들 예이츠 토론회의 회원들 사이에서 매우 독특하고 논리정연한 필자의 이론이 오랫동안 닫혀 있던 예이츠의 신비시를 마침내 풀어주는 이론으로 정평이 나기를 기원한다. 그러나 지난 이천 년간의 남성중심의 정통 기독교 시대를 지지하는 이들에게 여성 신성인 소피아의 대심판주로 올 숨은 신의 이야기는 너무도 생소하여 반발의 여지도 있다고 볼 수 있다. 또한 이 남성중심의 시대의 막바지에 이르자 세계적으로 성녀 소피아를 자청하는 이들도 볼 수 있어서 진정한 여성 원리의 진의에 대한 혼란과 분열이 가중될 수도 있는 상황이기도 하다. 그러나 이런 의구심과 혼란을 차단하기 위해 예이츠의 신비의 상징시의 해설은 중요하다고 볼 수 있다. 필자의 예이츠 시해설 이론은 그동안 예이츠를 연구하는 동료들 간의 공개토론을 통해 재차 확인해가면서 서로 의견과 지식을 교환하면서 때로는 서로 동감을 주고받기도 하고 때로는 격렬한 논쟁을 벌이면서 그 완성도를 높여간 결과물이라 할 수 있다. 이런 과정을 통해 예이츠의 신비시에 대한 의문점들이 하나씩 풀려가고 진정으로 예이츠의 신비시를 이해하려고 노력하며 동의와 감동을 공유할 수 있었던 예이츠 학파의 일원 간의 인간미 넘치는 사랑을 나눌 수도 있었다. 필자는 예이츠 시분석이라는 하나의 공동 목표를 가지고서 시공간을 넘어선 국제적인 관계에서 서로 돈독한 우정과 사랑을 나눌 수 있었던 몇몇 주요 동료들을 지니게 된 것이 오랜 고독한 신비시 연구의 힘겨운 여정에서 얻게 된 가장 큰 보람이라고 생각한다.

예이츠의 신비사상은 그의 시를 난해한 신비시로 만들었을지라도 그 상징이 지닌 핵심 사상과 시적 주제는 매우 간단하다. 따라서 필자는 일단 예이츠의 상징 속의 사상의 근원에 대해 이해하기 시작한다면 그 난해한 상징들은 술술 풀려간다는 것을 설명해주고자 하였다. 즉 그 모든 시의 주제가 일맥상통하여 잘 풀리는 것을 보여주고자 하였다. 그의 시 세계에 숨은 상징의 뜻을 풀어가노라면 신이 주는 계시의 메시지를 얻을 수도 있다고 생각한다. 예이츠는 자신을 마지막 남성중심의 시대에 나온 신의 메신저이면서 예언자로서 신의 여성 원리인 성모와 성녀 소피아를 위한 숨은 사제이고자 하였다. 그의 신비서인 <환상록>(A Vision)에 따르면 지난 이천 년 주기의 남성 원리의 시대를 거치면서 마지막 예언의 신비사제로서 면모를 여실히 보여주고자 일생을 헌신하였다. 따라서 예이츠는 <요한 계시록>이 전한 바처럼 인류 이십 세기 대전환기를 맞이하여 여성 원리의 권능 회복을 예언한 신비의 예언시를 쓰고자 노력한 상징시인이었다. 필자는 예이츠가 잊힌 신인 소피아의 사제로서 소피아가 이천 년의 남성 중심의 한 주기 동안 깊이 잠든 성녀 소피아의 잠을 깨워 잃어버린 권능회복을 이룩하도록 일평생을 바쳤다. 일단 성녀가 잠에서 깨어나면 대심판주로 그 영광을 회복할 것을 예언하고 있다는 것을 선명하게 읽을 수 있었다. 이처럼 그는 성녀 소피아의 잠을 깨우는 일을 자신의 일생의 목표로 삼았다. 특히 그의 대표적인 예언시인 "재림"에서 스핑크스의 등장은 소피아-이시스의 도래의 상징으로서 남성중심의 시대 동안 희생의 주로서 나약한 면모를 보였다. 그러나 예이츠는 이천 년의 남성중심의 한 주기가 끝나갈 시기에 이 희생의 신의 양상으로부터 대전환하여 대심판주로 그 권능을 회복할 수 있기를 바랐다. 예이츠는 자신의 비전에 따라 그의 전편의 시를 통해 미래에 다가올 새 시대를 열어 줄 대심판주로서 성녀 소피아를 기리는 예언시를 쓰고자 하였다. 즉 그는 일생을 바쳐서 불멸의 장미에 대한 헌신적 노래를 부르고자 하였다. 예이츠의 여성 원리를 위한 일관성 있는 시적 단일 주제는 그의 초기 시부터 후기 시에 이르기까지 한가지로 구성되어 있다. 서양 마법 전통을 잇는 대마법사이자 예언자로서 성녀 소피아의 지상에서 추락한 권능을 회복하도록 그 잊힌 신인 성녀 소피아의 깊은 잠을 깨우고자 하는 그의 신비 사제로서의 일생은 그가 원형적 남성 원리인 성자 예수의 메신저가 되어 기나 긴 여정을 보낸 것이다. 그의 자화상적 인물인 레드 한라한의 방랑은 그것을 잘 상징적으로 묘사하고 있다. 필자는 레드 한라한의 방랑을 통해 예이츠가 소피아의 사제로서 자신의 소명의식에 투철했던 모습을 대변하고 있음을 여러 서양의 예이츠 학회 동료들과 신비주의 사제들에게 누누이 설명하고자 하였다. 이 상징시는 기독교 영지주의의 소피아 신화를 이해하지 못하고서는 그 진의에 대해 접근이 전혀 불가능한 난해시로 남을 수 있기 때문에 평자들은 우선 성녀 소피아에 대한 지식을 지닐 수 있도록 성녀 소피아의 기독교 영지주의 신화를 그 바탕으로 하고 있음을 인지하는 것이 필수요건이라고 생각되었다. 성녀 소피아의 신비를 지닌 기독교 영지주의와 서양 마법의 신비에 대한 지식을 지니고 예이츠의 시를 평하는 평자들이 극히 드물기에 세상에서 예이츠 신비시의 진의를 아는 이는 지금까지는 거의 없었다. 그러므로 예이츠를 단지 연인 모드 곤(Maud Gonne)에 대한 헌신적인 사랑 노래로 국한하여 낭만주의 성향의 시인으로 평가절하하였다. 또한 그가 상징을 흔히 사용한 것을 염두에 두어 형이상학 시인으로만 흔히 평가하곤 하였다. 필자는 이런 안타까운 상황을 직시하여 그의 초기 시부터 최후 시에 이르기까지 소피아를 위한 헌시에 대해 면밀한 분석을 통해 그가 최후 시에 이르기까지 나이가 들어갈수록 오히려 더 뜨겁게 지상에서 추구한 것은 잃어버린 성녀 소피아를 위한 영웅의 꿈을 꾸었고 죽음을 앞둔 상태에서는 더욱더 뜨거운 열망으로 그 열정이 최절정에 도달했다는 것을 펼쳐 보이고자 한다. 이처럼 예이츠 시에 대한 많은 다른 평자들과는 달리 매우 독특한 시적 주제를 세상에 펼쳐 보인 필자는 그의 난해시의 진정한 의미를 인류 앞에 활짝 열어주고자 예이츠 전공자들과 비평가들과 더불어 부단한 노력을 전개해 왔었다.

비단 예이츠 시뿐만 아니라 산문을 통해서 예이츠는 선택받은 선지자일 뿐만 아니라 서양의식을 행하는 마법사, 심령가, 기독교 영지주의의 사제로서 독특한 비전과 초월적 마법의 힘을 통해 오로지 단일 주제로서 인류가 잃어버린 여성 신성인 성녀 소피아를 위한 노래를 짓는 것이 그의 시적 목표였다. 예이츠는 자신만의 새 종교를 추구하여 왔다고 선언했는데 이 새로운 종교는 그러나 태곳적부터 현존하는 우주의 신성인 "고대의 지혜"(Ancient Wisdom)를 기리는 기독교 영지주의의 사제의 길임을 인지하고 있었다. 자신만의 종교로서 인류를 위해 고행하는 숨은 신인 소피아를 추구하는 그의 노래는 이미 초기 장미시편에서부터 출발하여 세상에서 고행하는 불멸의 장미인 성녀 소피아의 신화를 보여주고자 부단히 노력하였다. 그러나 성녀 소피아는 인류 역사에서 새로운 종교가 아닌 태곳적 종교라고 할 수 있다. 태곳적부터 창조주로서 여성 원리인 소피아는 남성 원리와 더불어 우주의 창조주로 거하고 있었기 때문이다. 예이츠의 기독교 영지주의에 근거를 둔 소피아 신화와 마법의 힘을 통한 그의 상징시의 목적은 불멸의 장미인 여성 원리로서 성녀 소피아의 지난 이천 년 동안의 깊은 잠에서 깨워 인류가 새 시대를 맞이할 수 있도록 새로운 심판주의 출현을 예비하고자 하는 잃어버린 신의 사제로서 힘겨운 소명의식에 불타고 있었다. 예이츠는 이 신성한 소명의식에 부응하기 위해 줄기차게 잃어버린 여성 원리의 회복과 새 시대의 심판주로서 불멸의 장미인 성녀 소피아를 예시하는 상징시를 지었다. 그러므로 필자는 예이츠 신비시의 세계를 분석함에 있어서 우선적으로 평자들은 예이츠의 신비주의 사상 속 여성 원리인 소피아 신화에 대한 기본적 지식 없이는 그의 진정한 상징시의 의미를 이해할 수 없을 것이기에 기독교 영지주의에 대한 지식을 지니기를 촉구하고자 한다. 필자에게는 기독교 영지주의에 대한 고찰과 그의 심령주의와 서양 마법계에서 예이츠가 실패한 마법사로 평가받고 있는 지금까지의 오류를 바로 잡는 것이 급선무라고 생각되었다. 예이츠는 실패한 마법사가 아닌 지고의 힘을 지닌 백마법사로서 인류를 위한 대스승이자 예언자로서 성녀 소피아를 인류가 되찾을 수 있고 그리하여 구원에 이를 수 있도록 인류를 인도하는 사제로 보았다. 그가 자신의 마법의 힘에 따라 신비 상징시를 펼쳐내었기 때문이다. 물론 예이츠의 시적 단일 주제는 초기 시의 지상에 거하는 불멸의 장미라고 하겠다. 그리고 그의 이런 신비시는 소피아 사상이 그 중심이 되고 있다. 따라서 예이츠 상징시를 이해하기 위해서 먼저 기독교 영지주의의 추락한 성녀 소피아에 대한 신화와 서양 신비주의인 '장미십자단'(Rosicrucian)의 사상을 올바로 인지하는 것이 중요한 선결 과제라고 생각한다.

그러면 왜 예이츠는 고도의 상징을 사용하여 그의 시의 주제와 진의를 숨겨두고자 하였는가? 예이츠가 다양한 상징을 그의 시에 도입하여 난해시로 이끌어 간 것은 그럴만한 큰 이유가 있었다고 필자는 생각한다. 예이츠가 살던 당시는 아직도 남성중심의 사회로 여성 원리인 불멸의 장미를 위한 찬미시가 이단성의 논란에 휘말릴 여지가 높았기 때문이었다. 예이츠는 그런 암담한 시대상황에서 무사히 예언시를 보존하기 위해 최우선적으로 다양한 상징과 은유를 그의 신비시에 도입하여 그 진정한 의미를 감추어 두고자 하였다. 시 전반에 흐르는 마법의 힘과 기독교 영지주의 신화에 근거를 둔 예언의 상징시들은 서양 마법의 대가인 예이츠가 반평생을 두고 심혈을 기울여 익힌 장미십자단의 마법의 힘과 심령주의와 영지주의의 신비의 힘을 모아 인류가 잃어버린 기독교 영지주의의 여성 원리인 소피아를 잠깨우려 하는 노력의 산물이었다. 이와같이 인류의 대전환기를 위한 위대한 신의 메신저가 전하는 예언적 신비시의 정수를 간직한 예이츠의 신비시의 주된 목적 중 하나는 남성중심의 시대를 거쳐오는 동안에도 인류에게 중대한 예언시를 보존하여 미래에 출현하게 될 성녀 소피아가 이를 접할 수 있을 때까지 그 신비시를 보존하는 일이었다고 할 수 있다. 즉 예이츠는 역설적인 상징을 이용하여 소피아를 위한 예언시를 보존하고자 한 것이다. 이처럼 그의 고난도의 신비의 상징시들은 신이 정한 시간이 되어야만 비로소 그 열쇠가 될 성녀 소피아가 성육화하여 지상에 현현하여 온 세상에 그 신비의 비밀을 열어줄 것을 굳게 믿었다. 예이츠는 그런 마지막 세대에 나타날 성녀의 잠을 깨우기 위해 자신의 상징시가 결정적인 역할을 할 것을 믿었다. 성녀가 일단 잠에서 깨어날 때 그 유일한 열쇠로서 성녀에 의해 풀려질 난해시의 상징적 비밀들을 위해 그는 단지 신의 메신저로서 숨은 여성신인 성녀 소피아의 신비를 상징을 통해 자신의 시 세계에 마음껏 담아내는 일에 전념하였다고 전한다. 메신저로서 예이츠의 모습은 그가 신비시의 비밀을 자신조차도 그 진정한 의미를 모두 다 깨달을 수가 없었다고 피력했다. 그는 단지 신의 말을 전달하는 메신저였기 때문이었다. 이에 대해 그가 언급하기를 "사람은 진리를 표현할 수는 있어도 알 수는 없다."(Man can embody truth but he cannot know it.)라고 단언하였다. 예이츠가 그의 상징시를 펼침에 있어서 꾸준히 신의 목소리에 귀 기울이면서 신이 정한 시간이 오기까지 단지 원형적 남성 원리인 성자 예수의 메신저로서 미래 예언의 신비시를 전달하고자 노력하였던 것이다. 이처럼 신이 봉해놓은 난해한 신비시를 열기 위해 필자는 그동안 국제 예이츠 동료들과 매우 진지한 열린 토론장에서 서로의 의견을 마음껏 교환하면서 예이츠의 초기 시부터 후기 시에 이르기까지 총망라하여 그 시 세계가 하나의 맥으로 일관성 있게 전개되어 나감을 인지하였다. 이는 시적 단일주제로서 여성 원리인 소피아를 추구하고자 노력한 것이다. 필자는 예이츠가 마법사이지만 그 근원은 기독교 영지주의의 사제로서 잃어버린 소피아를 밝혀 전해줌으로써 새 시대를 열기 위한 예비된 사제이자 예언자로서의 그 소명에 충실하였다는 것을 널리 밝히고자 한다.

단일 시적 주제로서 인류가 상실한 여성 원리인 소피아를 위한 상징시를 쓰고자 헌신하였던 예이츠는 그 신비시를 위해 시에 다양한 역설적인 상징을 도입하여 시 세계의 진의를 감추어두고자 하였다. 즉 잊힌 여성 원리를 위한 예언시의 진의를 감추어 두어서 성녀 소피아의 손길에 닿을 미래에까지 온전히 그 진의를 상징 속에 보존하고자 의도적으로 역설적 상징을 도입하여 그의 생애 동안 그 진의를 알지 못하도록 하였다. 이처럼 이해하기 어려운 난해시를 썼지만 그는 미래의 성배로서 성녀 소피아를 추구하는 성배를 찾는 아더왕의 기사와 자신을 동일시해왔었다. 초기 시부터 성녀 소피아를 위한 불멸의 장미시편과 같은 상징시를 시작으로 하여 예이츠는 결혼 후 부인과 함께 자동기술을 통해 미지의 교사들인 천사들로부터 신의 말을 전해듣고 <환상록>(A Vision)을 쓰기도 하였다. 그 <환상록>에서 필자는 특히 가이어(Gyre) 이론에 따른 시간의 법칙에 따라 이천 년의 남성중심 신의 시대가 지나갔을 때를 고대하였다. 예이츠는 전편의 시를 소피아의 권능회복이라는 하나의 단일주제로 시를 전개해가면서 불멸의 장미의 마지막 현현을 위한 헌시를 쓰고자 노력하였다. 일생동안 감춰진 신비의 상징시였지만 신이 정한 올바른 시간이 다가오면 마침내 불멸의 장미인 성녀 소피아가 남성중심 시대의 마지막 현현으로 세상에 출현하여 그 예언시의 진의를 풀어줄 것을 굳게 믿었던 것이다. 따라서 그는 자신의 현실의 암담함을 극복하고자 인내심을 지니고 살아가고자 노력하였다. 그러므로 예이츠 시의 진정한 목적은 미래에 다가올 여성 신성인 성녀 소피아의 잠을 깨우는 남성 원리로서 헌신하는 일이었다. 마침내 여성 원리와 합일하는 것이 그의 진정한 목표로서 그 시적 주제는 소피아의 권능회복이라는 단일주제에 그 초점을 맞추었다. 이들 주제를 토대로 제9장에 이르기까지 다양한 관점으로 그의 신비시 전편을 두루 살펴보고자 하였다. 이처

럼 제각각 서로 다른 논제로 시해설에 중점을 두었지만 그 주제는 여
성 원리를 위해 헌신하는 남성 원리가 주는 예언시라고 할 수 있다.
이처럼 그의 단일 시적 주제를 설명하는 과정을 통해 각 장마다 예이
츠가 전하고자 한 중요한 시적 메시지들을 일관성 있게 초점을 맞추
어 보고자 하였다. 이 과정에서 몇몇 주요 시편들은 반복적으로 중복
인용된 경우도 흔히 발생하였다. 이점은 어떤 틀에 박힌 형식에 구애
됨이 없이 예이츠의 중대한 인류에게 주는 시 속의 메시지를 풀어주
는 데 그 초점을 맞추었기 때문이다. 그리고 그 시적 주제가 어떻게
전개되고 발전되어가는가를 독자들에게 보다 상세히 보여주고자 노
력한 결과였다.

예이츠는 남성중심의 신앙을 거부하였고 새 종교를 추구한다고 선
언하였다. 따라서 그의 시 세계는 정통 기독교의 남성중심의 신을 거
부하는 것으로 출발하여 잊힌 고대의 종교로 환원하고자 하였다. 즉
고대로부터 인류는 다양한 종교와 사상을 지니고 있었지만 여성 신
성의 원리가 현존하고 있었다. 그가 전하는 우주의 진정한 신은 남녀
양성구유의 신성으로 동양의 음양사상과 상통한다고 보았다. 이런 예
이츠의 믿음은 그 자신의 천부적인 기독교 영지주의적 성향과 더불
어 오랜 서구 신비주의 전통을 지닌 장미십자단과 연금술과 다양한
동양 종교를 섭렵하면서 신의 감추어진 여성 원리를 옹호하는 사제
가 되어 갔다. 불멸의 장미에 대한 명상과 기독교 영지주의의 사제로
서 자신의 사상적 선조로 생각한 임마뉴엘 스웨덴 보그, 야코프 뵈메,
윌리엄 블레이크 등과 같은 영지주의 사상을 지닌 선각자들의 영향
에 힘입고 있었다. 영지주의 성향을 타고난 예이츠는 일찍부터 일생

을 기독교 영지주의 신화 속에 나오는 여성 신성인 성녀 소피아와 동일시되는 불멸의 장미를 위한 헌신을 굳게 결심했다. 그는 남녀양성 구유의 신성을 우주의 진정한 신으로 확신하였다. 따라서 잃어버린 여성 신을 위한 초월적 사랑을 추구하는 남성 원리의 역할에 충실하고자 하였다. 남성중심의 삼위일체 신성의 마지막 세대에 거하게 될 불멸의 장미를 일깨우고자 다양한 상징들을 통한 내적 실재를 그의 신비시의 세계에 가득 채우며 마법의 힘을 통해 미래지향적 꿈에 젖어 있었다. 그러므로 필자는 예이츠 시인의 위대한 신비시를 열어가면서 그가 신의 여성 원리인 소피아의 사제로 부름 받은 것은 물론 의식을 행하는 서양의 전통적인 마법사로서 여성 원리인 불멸의 장미를 위한 예언시를 쓴 위대한 영지주의의 사제인 동시에 불멸성을 상징하는 '철학자의 돌'을 획득한 성공한 마법사임을 세상에 널리 알리는 데 그 의의를 두고자 하였다.

예이츠를 소피아의 사제로 보고 성공한 마법사로 보는 필자의 두 가지 견해만 해도 지금까지 많은 평자들의 평과는 매우 생소한 비평이 될 것이다. 필자 이전에 단지 극소수의 예이츠 학자들만이 소피아를 위한 영지주의 사상을 설파하고 간략히 언급을 했을 뿐이었다. 따라서 지금까지 대부분의 평자들은 예이츠 신비주의와 상징시의 예언적 의미를 간과하였고 심지어 그가 위대한 마법사로서 그의 마법의 힘은 그의 상징시 곳곳에 숨겨져 있음을 인지한 평자는 거의 전무 하였다. 지금까지 예이츠 비평을 넘어서서 올바른 평가를 하기 위한 작업으로 필자는 과감히 독특하고 유일한 예이츠 시의 시해설서를 출간하기로 결심했었다. 예이츠는 비록 장미십자단의 마법서를 출간한 일은 없었지만 의식을 행하는 마법사이자 어뎁트(성자)로서 그의 마법의 이론서는 바로 그의 전편의 시 세계와 그의 산문 작품들 속에 숨겨져 있다고 보았기 때문이다. 따라서 그가 실패한 마법사 정도로 오도되는 작금의 실태에서 그의 실추된 명예를 바로 세우는 데 이 해설서가 도움이 되길 희구한다. 예이츠의 상징적 시 세계를 바로 이해할 수 있도록 필자는 지난 10여 년을 여러 국가의 회원들이 활동하는 국제 예이츠 토론회에서 예이츠 학자들과 어깨를 나란히 하여 토론의 장에 참여하여 함께 정보를 나누었고 여성 원리의 회복이라는 단일 주제로 시해설을 열어나갔다. 예이츠는 지난 이천 년 동안의 남성 중심의 시대에 소피아의 사제가 됨으로써 그 자신의 위치가 열악한 상황임을 인지하고 있었지만 절망하거나 포기하지 않았다. 오히려 미래에 다가올 불멸의 장미의 마지막 현현인 성녀 소피아가 잠 깨어 일어날 수 있도록 그의 신비시를 엮어 헌신하는 데 일생을 노력한 것이다. 예이츠가 노고한 결과로 빚어진 지고의 상징시들은 그러나 그 진정한 의미가 오도되고 말았다. 예이츠는 이처럼 난해한 성녀 소피아를 위한 상징시를 열 수 있는 손길은 오로지 여성 원리인 불멸의 장미 이외엔 없다고 믿었다. 이 성녀 소피아는 마지막 남성중심의 세대에 나타날 것이기에 그는 그날을 고대하면서 힘들어도 인내하면서 살아가야만 한다고 하였다. 사제로서 예이츠를 이어줄 미래의 후예들인 진정한 지혜를 추구하는 소피아의 사제들과 마법사 등 미래시대의 성자들을 위해 자신의 유언시를 남기고자 했다. 이들 미래 후손들이야말로 때가 되면 성배인 성녀 소피아를 찾아서 세계만방에서 분연히 일어나 최후의 심판 날을 준비할 것을 그는 혜안의 눈으로 예지할 수 있었기 때문이었다. 이처럼 새 시대의 도래를 위한 예언시를 써서 소명의식을 완벽하게 완수하고자 한 예이츠의 상징시는 지상으로 끝없이 추락한 성녀 소피아가 다시 잃었던 권능을 회복하여 남녀 양성구유의 신성의 새 시대가 도래하는 날을 미리 예비한 상징시편 들로 점철되었다. 따라서 필자는 가능하면 그런 시편들을 통해 예이 츠의 시 전반에 대한 해설로 그의 상징시의 봉해진 문을 여는 데 그 초점을 맞추었다.

예이츠는 자신의 상징시를 쓰는 과정에서 그가 미지의 교사들로부 터 들은 바를 자동기술하였고 또한 자신의 시가 너무 난해하여 세상 사람들이 제대로 그 의미를 알지 못하는 것을 염려하여 어느 날 미지 의 교사들에게 자신의 시의 의미를 조직적으로 정리하여 그 뜻을 밝 혀주고 싶다고 제안했었다. 그러나 미지의 교사들은 예이츠의 시에 "상징(은유)을 주러 왔다"는 말과 함께 그의 제안을 거부하였다. 이 점은 그의 시가 미래지향적인 예언시로서 그 진실은 신이 정한 시간 이 오기까지 봉할 것을 신이 명한 것을 암시한다고 볼 수 있다. 신에 게 선택받은 선지자로서 예이츠의 시 세계는 실로 위대한 것이었지 만 정작 남성중심의 시대에서 그의 잊힌 여성신인 소피아의 사제로 서의 일생을 산다는 것은 그다지 평탄한 일은 아니었다. 그가 속해있 던 장미십자단의 신비단체 마법사 동료들조차도 흑마법에 휘말리게 되어 그가 한창 마법의 힘을 빌려 시 창작에 몰입하고 있을 때 동료 마법사와 같은 어뎁트들에게서조차 진정한 마법사의 신비의 예언시 에 대한 호응을 기대할 수 없는 실정이었다. 그의 신비 단체에 엉터 리 흑마법에 현혹된 젊은 마법사 크로울리(Aleister Crowley)가 입단하 여 장미십자단의 지도자들 사이에 큰 불화가 싹트기 시작했기 때문 이었다. 크로울리의 이상한 마법은 당시의 <황금 여명회>를 마구 뒤 흔들어 놓았다. 강력한 마법의 힘을 구사하던 예이츠의 마법사 친구였던 맥그리거 마테스(Macgregor Mathers) 또한 크로울리에게 현혹되어서 예이츠에게 등을 돌렸다. 이런 소동에 의해 마침내 <황금 여명회>는 분열되고 말았다. 예이츠는 노년으로 갈수록 신비 단체의 활동보다는 시 창작을 통해 미래의 성녀 소피아를 깨우는 일이 더 시급한 자신의 마법사로서의 임무라고 믿었다. 그러므로 예이츠는 성녀를 위한 독특한 종교적 믿음으로 신비의 상징시들을 써내려 가면서 미래에 다가올 성녀 소피아를 위해 헌신하는 자세를 보여주었다. 새 시대를 위한 성배인 성녀 소피아가 세상에 출현할 날이 있을 것이고 그러면 이 성배를 찾아 나선 아더왕의 원탁의 기사들이 있을 것을 믿었던 예이츠는 그의 후손들에 의해 정한 시간이 오면 발견된다고 믿었다.

예이츠에게는 오로지 세상에 거하는 불멸의 장미에 대한 생각으로 가득 차 있었는데 이 잠자는 불멸의 장미의 잠을 깨우기 위한 "마법의 힘"을 역설적 상징으로 피력하였다. 성녀 소피아가 자신의 신비시를 풀어 줄 날을 고대하면서 그는 연애시로 신성한 시를 오독하여도 참을 수밖에 없었다. 예이츠는 줄기차게 봉해진 신비의 상징으로 불멸의 장미가 잠에서 깨어나는 정한 때가 올 것을 역설한 상징시를 썼다. 이처럼 불멸의 장미를 위한 미래 예언시를 쓰는 것에 대한 지대한 긍지를 지녔던 예이츠는 "나는 항상 내 작품이 드라마가 아닌 잃어버린 신앙에 대한 의식으로 생각하고 있었다."라고 하여 인류사에서 그 자취를 감춘 여성 원리인 소피아를 위한 헌시를 쓰고자 했다. 즉 "잃어버린 신앙"이란 곧 기독교 영지주의에서 인류가 상실한 숨은 여성신인 소피아에 대한 믿음을 상징한다고 보았다. 그러므로 예이츠 당대에는 그의 시 세계의 진실이 가려져 그 누구도 진정한 예언시를 완벽하게 열어 보일 수는 없었던 것이다. 예이츠는 자신의 신비시의 진의가 풀리는 그날이 올 때까지 상징으로 가려져 있는 신비시에 대한 지대한 긍지를 지니고 기다려야 한다는 것을 알고 있었다. 이 암담한 남성중심의 시대에 예이츠의 신성한 의무와 소명 의식은 소피아의 사제로서 남성 원리의 노래를 부르며 미래에 나타날 여성 신성을 위해 헌신하고자 하는 일이었다. 예이츠는 비록 신비주의 단체에서도 인정받지 못한 채 실패한 마법사로 전락하였지만 필자는 그가 진정한 상징시인으로서 남성중심의 신이 지배하는 시대에 패배한 신인 소피아를 위해 헌신하는 사제로서 지고의 긍지를 지니고 있었음을 다양한 상징시를 살펴보아 풀어보고자 하였다.

예이츠는 노년으로 접어들면서 영지주의적 믿음과 시적 주제를 여성 원리를 위한 마법 언어와 예언을 통해 더욱더 역설적 상징으로 전개해 나갔다. 미래에 다가올 성녀를 위한 자신의 신성한 임무를 실천함에 있어서 무수한 장애와 적들이 그의 앞을 가로막았지만 이에 굴하지 않고 맞설 것을 상징시를 통해 나타내었다. 동시에 임종의 순간까지도 시적 주제로서 불멸의 장미에 대한 찬미시를 멈추지 않고 더욱 열정적으로 소피아를 위한 승리가를 불렀다. 이런 관점에서 필자는 예이츠야말로 뉴에이지를 노래한 현대시인의 아버지인 동시에 여성 원리를 위한 마지막 예언자로서 신성한 소명의식을 위해 자신의 일생을 바쳤다고 보았다. 필자는 우선적으로 예이츠를 연구하는 세계의 학자와 예이츠 학회 동료들에게 논증해 보이고자 노력하였다. 따라서 예이츠 국제 토론의 마당에서 무수한 나날을 열띤 토론의 장을 열면서 필자의 이론에 대한 인식도를 높여나갔다. 그런 토론장을 열어놓은 바쁜 나날 속에서 생소한 영지주의의 소피아 신화에 기반을 둔 필자의 이론은 그 독특함만으로도 예이츠 동료들의 동의와 감탄을 받는 동시에 다른 동료들에게는 질시를 한몸에 받기도 하였다. 특히 필자는 이러한 토론과 열띤 예이츠의 신비시를 열어가는 과정에서 해체된 것으로 알았던 서양의 마법단체인 <황금 여명회>가 현존하는 것을 발견하게 되었다. 이들에게도 필자의 예이츠 시 세계를 열어주고자 소개하였다. 아시아인으로서 필자에게는 전혀 새로운 세계인 서양 마법단체와의 접촉에서 필자의 예이츠 신비시에 대한 간단한 설명을 듣고 난 후 예이츠를 재평가하고 혹은 어떤 이들은 신비의 시 세계의 교훈을 익히기 위해 예이츠 시를 다시 공부하고자 한다는 신비주의 학도들도 많았지만 예이츠에 대해 잘 모르지만 크로울리의 마법에 젖어서 예이츠를 무조건 반대하는 이들도 발견하였다. 다수의 마법을 익히고 있는 신비주의 단체의 일원들이 필자의 시 해설을 읽고 예이츠를 재발견하고자 노력하겠다고 한 것은 반가운 일이라 아니 할 수 없었다. 작금의 이런 열악한 상태를 직시하게 된 필자는 예이츠의 당대의 고뇌를 실감할 수 있었다. 앞으로는 이번 필자의 시해설 이론들이 밑바탕이 되어 그의 상징시에 대한 새로운 운동이 일어나고 그의 상징시에 대한 재평가가 학계나 서구 마법단체 등 두루 다시 일어나기를 고대해본다. 그들 신비의 장미십자단 등 서양 마법단체 일원들은 예이츠의 마법의식에 대해 심사숙고하지 못했었지만 이제 그의 문학세계를 통해 그의 마법의 힘을 재평가하게 되고 그를 위대한 선조 마법사로 인정하게 되기를 희망해본다. 천부적인 타고난 기독교 영지주의의 소피아 사제였음을 재인식하는 날도 다가올 것으로 전망해본다. 이처럼 필자는 지난 세월 동안 예이츠를 사랑하는 사람들이나 학자들은 물론 그들 <황금 여명회> 등 신비 단체 일원들에게 예이츠의 독특한 소피아 이론으로 그의 위상을 새롭게 전해주는 일에 큰 보람과 기쁨을 느꼈다. 비록 현대 <황금 여명회>는 예이츠의 시대와는 달리 크로울리의 마법에 현혹되어 있다 할지라도 시간이 가면서 이들 역시 예이츠의 시의 예언적 진의를 인지할 날이 올 것이고 그러면 예이츠를 진정한 장미 십자단의 대스승으로 재인식하게 될 것이기 때문이다. 그날이 오면 예언처럼 성배를 찾아 전 세계의 성자들이 모이는 남성중심의 신성의 마지막 때는 다가올 것이다.

이와같이 필자는 예이츠의 시의 단일 주제로서 소피아에 대한 시적 추구를 인지함에 따라 지난 10여 년 동안 인터넷을 뜨겁게 달구면서 많은 서양의 예이츠 학자들과 지식인들과 예이츠의 신비시의 중대한 신비들을 열어보고자 노력하였다. 독특한 예이츠의 시이론을 펼치는 필자의 이론이 많은 국제 예이츠 학자와 동료들 간에 반향을 일으켰으며 토론의 장으로 이끌어가면서 그들과 필자의 예이츠 시에 대한 이론은 날로 정교하게 다듬어져 갈 수 있었다고 자부해본다. 마침내 그의 신비시의 상징의 진의가 거의 풀렸다고 우리는 어느 정도 휴지기를 유지하고 있다. 그동안 짧지 않은 시간을 혜안의 잃어버린 여성 원리를 추구하는 예이츠의 예언시의 신비를 열어주기 위한 필자의 노력의 결실은 이미 영문서적으로 『예이츠 시해설』(*The Explanation of W. B. Yeats's Poetry*. 2009)을 <한국학술정보㈜>의 호의로 출간할 수 있게 되었다. 북미와 유럽의 서구 사회에서는 아직 예이츠의 사진 등의 저작권 문제가 남아있다고 하여 그 저작권의 유효기간이 이미 풀린 한국의 <한국학술정보㈜>에서 흔쾌히 영문출판을 허락해주어서 부족하나마 필자의 『예이츠 시해설』서를 출간할 수 있었다. 이를 계기로 서구의 기독교 영지주의 단체와 종교학자들의 주목을 받게 되어 예이츠의 신비시 세계에 대한 진정한 의미를 알리는 데 다소나마 기여한 것을 무척 기쁘고 감사하게 생각한다. 예이츠의 신비시 해설에 대한 영문 책 출간에 이어 3년이 지나가면서 미루어 온 한글판 출간을 준비하게 된 것 또한 기쁘고 보람된 일이 될 것이다. 영문 책의 내용을 번역함에 있어서 약간의 수정과 보완으로 첨삭되었다. 이제 다시 한글판을 출간하면서 그동안 필자가 경이롭게 느꼈던 예이츠의 예언의 상징시의 힘을 절감하고 있음을 고백하고자 한다. 일찍이 조선시대에 출현한 성현 격암 남사고 선생의 <격암유록>의 예언은 한국에서 매우 유명한 옛 예언서인데 기이하게도 그 예언 중 중대한 세계인류에 대한 예언과 그 상징들이 예이츠 예언의 상징과 같은 맥락을 지니고 있음을 인지하였기 때문이다. 남사고의 <격암유록>의 예언은 한국이 세계 속에서 지니는 위상을 재인식시켜주려는 신의 뜻에 기인한 것으로 생각되었다.

필자는 지금까지 줄곧 북미를 비롯한 서양의 예이츠 동료들과 토론하면서 예이츠에 대한 그릇된 평가와 시비평의 오류가 수정되길 바라는 마음 간절하였다. 예이츠의 상징시가 후대에게 주는 중차대한 메시지를 인지하게 되었기에 널리 이를 전하고자 하는 데 그 의의가 있다. 이 중대한 인류를 위한 메시지를 요약해 보면, 예이츠의 종교사상은 우선 잃어버린 우주 신성인 여성 원리를 수호하는 기독교 영지주의의 사상에 기초를 두고 있다고 할 수 있다. 즉 우주의 절대적인 신은 남녀양성구유의 신으로 동양의 음양론과 같은 맥락으로 기독교 남성중심의 삼위일체 사상과는 구분된다. 지난 이천 년의 남성중심의 시대는 완전한 신성의 시대가 아닌 불완전한 신성의 시대로 반드시 파괴되고 그 오류가 수정될 것이라고 예언하는 것이 예언자

마법사 예이츠의 예언으로 볼 수 있다. 그의 난해한 상징시는 신약의 <요한 계시록>에 상응하는 여성 신성인 성모와 성녀와 대심판날에 관해 예언하고 있다. 즉 예이츠는 성녀가 출현할 남성중심의 마지막 세대를 고대히였는데 이는 남녀양성구유의 우주신의 시대가 돌아오면서 소피아의 권능이 회복될 것을 예지했던 까닭이다. 뉴에이지를 일찍이 예이츠는 "장미의 평화"의 시대라고 선언하였다. 미지의 교사들에 따른 자동기술로 기록된 <환상록>(*A Vision*)의 이론에 따르면 문명의 시간은 이천 년 주기의 두 개의 맞물린 상반된 가이어에 의해 이루어진다고 한다. 즉 지난 이천 년의 남성중심의 시대의 한 주기가 지나가면서 점진적으로 남성중심의 가이어에 상반되는 여성중심의 가이어가 팽창하여 남녀양성구유의 새로운 시대가 다가온다고 믿었다. 만사가 두 가이어의 법칙에 얽매여 있다는 것을 보여주고자 노력하였던 예이츠는 오직 정한 시간이 다가오면 소피아의 장미의 평화는 다가온다고 굳게 믿었다. 따라서 그는 소피아에게는 "시간만이 적"이라고 선언하였다. 여성 신성의 회복에 따른 우주 신성의 평화의 시대가 다가오기 직전에 성녀의 마지막 현현이 그의 부름에 따라 잠깨어 일어날 것이라고 보았다. 예이츠는 이 성녀 소피아의 징표로서 초자연적인 두 영혼 사진을 지니고 있었다고 한다. 이는 성녀 소피아의 출현을 위한 미래의 징표로서 생각해 볼 수 있을 것이다. 그중 하나는 이 책에도 실려 있는데 그의 머리 쪽으로 구름처럼 한 미인의 얼굴이 보인다. 당대의 전문가들이 이 심령사진을 가짜라고 판명지었으나 예이츠는 그들의 평가를 전혀 수용하지 않고 그들의 평가에 매우 분개하였다고 전한다. 예이츠는 이 심령사진이야말로 신이 미래인들을 위한 성녀의 징표로 남긴 것임을 알았기 때문일는지도 모른다.

그 영혼 사진을 아들 마이클에게 유산으로 남겨주며 후대까지 보존하고자 노력하였다. 그러나 현대까지도 이 사진은 속임수라고 하여 그 사진은 예이츠의 유품 전시장에서도 빠져 있다고 한다. 다행히 그의 심령사진 중 하나인 구름처럼 흐릿한 사진은 초자연의 신비에 관심이 많았던 캐슬린 레인(Kathleen Raine) 여사가 그의 저서에 실었기 때문에 세상에 공개되어 있다. 그러나 보다 또렷한 사진은 아직 공개되지 않고 있어서 아일랜드 등 서구 예이츠 학회의 지도자들까지도 예이츠의 뜻에 역행하는 자세를 보이고 있다. 그 심령사진은 예이츠의 꿈으로 쓴 신비시 "방울 달린 모자"(The Cap and Bells)처럼 예이츠 머리 위에 마치 모자처럼 발산된 심령체 사진으로 이는 분명 불멸의 장미의 마지막 화신의 모습에 대하여 신이 미리 인류에게 내린 징표로서 재검증이 요구된다고 느끼고 있다. 그 심령사진 중 구름사진처럼 보인 것보다 더 선명한 얼굴 사진도 다른 유품들과 함께 반드시 전시가 되어야만이 예이츠의 뜻을 따르는 진정한 예이츠 학파가 아닐까 생각한다. 소피아의 적만이 그 중요한 징표를 가로막을 것이다. 그렇지만 "시간만이 적"이라는 예이츠의 말처럼 기적의 신의 징표로서 봉해졌던 그 사진도 정한 시간이 되면 예이츠의 품으로 돌아올 것이라 믿는다. 그러면 시간이 가면 그 징표에 따라 현대의 마지막 세대의 성녀 소피아인 평범한 여인 제인과 같은 성녀가 기적처럼 나타날 것을 기대해본다. 이처럼 필자는 예이츠의 상징시의 신비에 매료되어 모든 감추어진 신비의 진의가 우리 인간 생활의 실생활의 경험 속에서 열릴 것을 고대해본다. 미지의 교사 역시 단지 성모 소피아의 뜻을 예이츠에게 전달한 것으로 볼 때 신의 메신저로서 미지의 교사들은 "영어로 말하는 위대한 시들"을 창조하도록 예이츠를 돕기 위해 그에게로 왔던 것이리라. 그러므로 예이츠는 야코프 뵈메가 신의 말씀을 기록하였듯이 그의 신비시 역시 신의 뜻을 전달하여 미래의 인류에게 전하고자 한 것으로 보인다. 그러므로 필자는 예이츠의 예언에 따른 이들 상징시들은 그의 시대를 위한 것이 아니라 미래의 세대인 예수 사후 남성중심의 이천 년이 끝나는 시대인 지금 우리의 시대에 마지막 성녀 소피아의 현현을 위한 예언의 상징시로 생각된다. 예이츠는 성녀의 잠을 깨우고 전 세계의 성자들을 모으기 위한 우주의 절대 신의 계획을 상징시 속에서 역설하고 또 역설하였다고 생각되었다. 이 중차대한 예언적 시편들은 특히 "죽어가는 여인에게"와 "사냥개 짖는 소리"와 같은 시편들을 비롯하여 기독교 영지주의 역사를 상징하는 연작시들 속에 무궁무진하게 담겨있다. 이들 시편들을 각 장마다 각기 다른 소제목을 달아 반복적으로 나타난 그의 단일 시적 주제를 집중 분석을 해보면서 그 중심 주제가 미래 세대의 현자들을 불러 모아 불멸의 장미의 마지막 화신인 성녀 소피아를 성배로서 찾아가는 날을 예언하고 있음을 살펴보고자 하였다. 이런 관점에서 그의 시편들은 두 가지 주된 양상들을 보여준다. 첫째는 예이츠 자신의 미완성인 자서전적인 소설 <점박이 새>(The Spekled Bird)에서 주인공 마이클의 성배를 찾으려는 영웅의 꿈을 보여주고 있는 것과 같은 맥락의 영웅의 꿈을 보여준다고 할 수 있다. 즉 아더왕의 원탁의 기사들 중 한 사람으로서 성배를 찾아가는 남성 원리를 상징하는 영웅들의 길고 긴 여정을 그려낸 것이 하나의 큰 특징이라고 할 수 있다. 다른 하나의 특징은 기독교 영지주의 신화에 나타난 세상의 장미인 성배를 찾기 위한 인류 최대의 비밀을 상징시에 담아낸 것이다. 기독교 영지주의에 근거한 예이츠 예언의 신비시가 이제 그 비밀의 장막을 걸고 세상 밖으로 나와야 한다고 깨닫게 되었다. 필자의 박사학위 논문인 「W. B. 예이츠 시에 나타난 기독교 영지주의의 연구: 여성 신의 이미저리를 중심으로」(1995. 2.)가 완성된 이후로 필자는 줄기차게 소피아-이시스(Isis)인 불멸의 장미를 위한 위대한 마법사와 예언자로서 예이츠의 신비시에 나타난 위대성에 대해 중점적으로 고찰하기 위해 연구를 지속해왔다. 그리하여 서구의 예이츠 학자 동료들과 더불어 약 10여 년의 세월을 예이츠 전편의 시에 나타난 여성 원리인 불멸의 장미로서 잃어버린 성배찾기를 향한 예이츠의 열정의 비밀스런 상징들의 진의를 마침내 열어 보이게 된 것에 대한 희열을 맛볼 수가 있었다. 그동안 서로 예이츠 작품 세계에 대한 전반적인 의견교환과 토론과 논쟁 등을 주고받으면서 일부 학자들의 동감도 이끌어 내었고 또한 질시도 받았었던 그런 아름다운 추억의 시간들이 있었다. 이 긴 산고의 시간들을 통해 세계적으로 널리 예이츠의 예언사상이 전파될 수 있었던 것을 그 보람으로 생각한다. 특히 여성 원리인 성녀 소피아가 지상에서 고행한다는 점과 남성 원리로서 예이츠의 자화상적 인물인 레드 한라한과 아더왕의 성배를 찾아 나선 기사의 긴 여정을 상징하는 남성 인물들을 통해 영웅들의 희생적 헌신을 통해 면면히 이어온 숨은 신인 소피아의 희생을 보여주고자 한 것은 언제나 슬프고도 낭만적인 아름다운 여신 아프로디테의 승리의 노래만 같게 느껴졌다. 레드 한라한과 동일시된 예이츠는 단편 소설 <레드 한라한의 이야기>에서 사냥꾼들과 사냥개들과 더불어 사냥감인 산토끼를 사냥하러 나간다고 하였다. 이 사냥의 상징성은 세상에서 고행하는 숨은 구세주인 성배인 성녀 소피아를 찾아 나선 영지주의의 소피아의 사제들의 모습을 상징한다. 마지막 남성중심의 시대에 성배인 성녀 소피아는 죽은 토끼에서 다시 부활한 토끼가 되어 정한 시간에 사냥꾼들과 사냥개들에 의해 추격을 받는다고 하여 성녀의 급박한 도래를 예언하고자 하였다. 이는 지상에서 고행하는 성녀가 승천의 시기를 맞이하여 그 영광을 회복할 것이며 인류 대심판날의 대심판주가 될 것을 상징한다. 즉 예이츠의 저명한 상징시 "재림"에서 스핑크스의 등장으로 상징적으로 그 맥을 잇고 있다. 이처럼 예이츠는 마법의 힘을 발휘하여 상징을 통해 여성 신성의 비밀을 수호하고자 노력하면서 필자처럼 승리의 희열에 젖어 있었다고 생각되었다.

미래에 다가올 성녀의 비밀을 감추기 위해 다양한 상징들을 시에 도입하였던 예이츠는 그의 신비 단체의 이름인 "악마는 신의 역이다"(D.E.D.I.: Demon Est Deus Inversus)에서 처럼 역설적 상징시를 통해 가장 신성한 우주의 신의 뜻을 인류에게 전하고자 노력한 것이다. 즉 신비 단체 <황금 여명회>에서의 예이츠의 마법 이름처럼 그가 시에서 사용한 주된 상징들인 죽은 산토끼와 사냥꾼들과 레드 한라한과 사냥 등과 같은 상징들은 모두가 역설적인 상징적 의미를 지니고 있다. 즉 사냥은 신성한 여성 신성의 도래와 그 여성 신성인 소피아를 성배로서 세상에 나타나게 되면 그 성배를 찾고자 전 세계의 성자들이 성녀를 찾아 나서기 위해 함께 모이는 하늘의 대역사를 "사냥"이라는 역설적 상징으로 나타낸 것이다. 이처럼 선택받은 예언자로서 예이츠는 성배인 이시스-소피아에 관한 최상의 비밀들을 예언하여 인류에게 전해주기 위해 자신이 성자 예수로부터 이어받은 열정적인 백마법의 힘을 발휘하여 그의 후손들인 진리를 추구하는 미래의 현자들에게 전달하고자 신비의 상징시를 통해 그 진의를 감추어 두었다고 필자는 믿고 있다. 그러므로 만일 마지막 세대에 출현할 그 성배인 성녀 소피아를 발견하고자 하는 성배 찾는 기사들이라면 그들은 예이츠의 마법의 힘이 깃들어 있는 그의 시 전편에 흐르는 상징 속으로 들어가 그 진의를 파악하는 일이 급선무일 것으로 생각된다. 즉 산토끼를 추적하는 사냥은 열정적인 힘으로 소피아를 추구하는 성전 기사단들의 영웅적인 면모를 상징하는 것이다.

예이츠의 신비시를 분석함에 있어서 새 시대의 대전환기에 일단 불멸의 장미가 잠 깨어 일어나면 사냥감인 산토끼를 따라가듯이 전세계의 성자들을 부르러 달려나갈 것을 미래의 세대 후손들에게 상징체를 통해 역설한 것은 획기적인 상징성으로 필자는 감탄해 마지 않는다. 예이츠 자신을 포함한 전 세계의 성자들은 아더왕의 원탁 기사로서 성배인 불멸의 장미를 발견할 것으로 예지했던 예이츠는 노년에 접어들면서 모든 마법단체의 공식적인 모임에서는 물러났다. 그는 오직 여성 신성인 성녀를 예비하고자 상징시를 쓰기에만 몰두하고자 한 까닭이었다. 미래의 대심판날을 예비하는 데 몰입한 선각자인 예이츠는 신의 메신저로서 그의 신비시의 진의를 인류에게 전해주어 대심판날을 준비하여 인류가 "세속적 완성"에 이르기를 염원한 것이다. 필자는 이러한 예이츠의 신비시가 주는 중대한 예언의 메시지를 우선 영문서적으로 시 해설서를 출간하여 하루속히 전 세계적으로 깨어있는 성자들과 함께 공유하기를 바랐던 것이다. 필자는 성자들이 널리 읽고 지금까지 닫혀 있던 예이츠의 신비시의 진의를 인지하기를 열망하였다. 이제 그 영문서『예이츠의 시해설』(*The Explanation of W. B. Yeats*. 2009)을 우리말로 번역하고 수정 보완하면서 한글 서적을 발간하고자 한다. 우리 한국인들도 선지자 예이츠가 신비시에 담아 전하고자 한 우주 신성의 뜻을 모두 인지하여 미래의 대변혁을 예비할 수 있기를 희망한다. 일찍이 예이츠는 일생을 바쳐온 신비시의 해석과 비밀스러운 예언의 메시지를 통해 지난 이천 년의 남성중심의 신성의 한 주기가 대단원의 그 막을 내리고 바야흐로 새 주기의 여성 원리의 가이어가 그 힘을 확장해나간다고 보았다. 이제 뉴에이지가 다가오면서 신성은 남녀양성구유의 우주 신성으로 변하여 새로운 시대가 열리게 될 것을 필자도 꿈꾸어 보았다. 이처럼 예이츠의 예언의 숨은 진의를 한글로 번역 출간함에 따라 예이츠의 미래지향적 신비시를 한국인들에게도 전할 수 있기를 바란다.

예이츠의 신비의 미래 예언적 상징시의 비밀은 신의 뜻에 따라 정해진 시간이 올 때까지 그 시적 진정한 의미를 감추어 두었다가 정한 시간이 오면 그가 고대해 온 지상의 숨은 신인 성녀 소피아가 마침내 마법의 힘과 신의 뜻에 따라 예이츠 신비의 노래를 듣고 성녀가 깊은 잠에서 깨어날 것을 예언하였다. 특히 예이츠는 자서전적 인물들을 통해 자신이 성녀인 여왕의 깊은 잠을 깨우는 소피아의 사제로서 살아갈 것을 시사하였다. 또한 사후에는 마침내 전편의 시를 통해 소피아의 영혼의 잠을 깨울 것을 선언하였다. 그러면 마침내 이천 년의 남성중심의 시대가 그 막을 내릴 때가 오고 성녀는 유일한 열쇠가 되어 그의 신비시의 비밀을 열기 위해 나타날 것이다. 그 성녀가 상징시의 비밀을 열었을 때 전세계 성자들은 사냥을 하러 나가는 사냥꾼들처럼 사냥개들처럼 모두 달려나와 한데 모여서 승리가를 부르며 대심판날을 예비할 것을 예언하였다. 예이츠 시의 연금술적 상징에 따르면 서로 상반된 두 요소인 남녀양성을 상징하는 금빛과 은빛의 합일로 마침내 불멸의 '철학자의 돌'이 획득되어 불멸성을 얻게 된다는 것을 상징하고 있다. 우주의 신은 기독교 영지주의와 유태 신비철학인 카바라와 동양사상에 나타난 남녀양성구유의 신성으로 음양이 서로 조화를 이루어 비로소 불멸성을 이루게 된다고 보았기 때문이다. 확신컨대 예이츠는 그의 예언시와 모든 창작집을 통해 성모 소피아는 지상에 추락한 성녀 소피아를 일깨우기 위해 자신을 성녀 소피아의 마지막 예언자로 선택했다고 믿었다. 성모는 성령의 힘으로 예이츠에게 신비의 상징시를 받아 적게 했던 것이다. 이는 올바른 시기가 미래에 다가왔을 때 잠 깨어 일어난 성녀 소피아가 예이츠의 노래의 비밀을 손수 열어 놓을 때까지 기다려야만 한다는 것으로 상징시들 속에서 거듭 강조하였다. 즉 성녀 소피아가 예이츠의 부름에 따라 그의 신비시의 상징적 의미를 이해하는 시기가 반드시 다가올 것을 믿었다. 그때가 되면 성녀는 잃어버린 권능을 회복하여 대심판주가 되는 것을 시 "재림"에서 스핑크스의 도래로 단적으로 상징하고 있다. 즉 예이츠는 시의 상징성을 통해 천상의 성모 소피아의 선택을 받고 주어진 숙명에 따라 성녀 소피아의 신비를 담아내어 인류에게 전하고자 한 것이다. 지금까지 예이츠의 신비시는 널리 알려져 있지는 않았지만 성녀 소피아가 세상에 출현하면서 그녀만이 그 봉해진 신비시의 예언적 의미들을 풀어내는 유일한 열쇠가 될 것으로 보인다. 그 성녀가 모든 신비의 비밀을 풀어놓는 정해진 시간이 오면 새로운 시대는 오는 것이다. 이처럼 선택받은 예언의 선지자로서 그의 상징시에 뉴에이지를 열기 위한 성배로서 성녀 소피아를 찾아 나서기를 그의 후손들에게 촉구한 것이다.

예이츠는 특유의 혜안의 눈으로 지난 이천 년의 남성중심의 시대 동안 억압받아온 불멸의 장미의 현현이 출현하여 그동안 봉해두었던 자신의 신비시를 활짝 열어놓을 것으로 믿었다는 것을 알 수 있었다.

필자는 초기 시부터 불멸의 장미의 상징성을 추구하면서 후기 시에 이르기까지 성녀를 동물로 상징한 점에 대해 매우 흥미를 느꼈다. 예이츠는 시에 나타난 여성 인물들인 제인이나 무희와 죽어가는 여인 등 여성 인물들을 통해 미지막 세대에 성육화한 성녀 소피아의 현현에 대한 예언시를 쓰곤 하였다. 예이츠는 수차례 이 소피아의 출현을 강조하였음에도 불구하고 정작 자신은 사후에나 불멸의 장미를 만날 것을 인지하고 있어서 씁쓸해하기도 했다. 예언시를 열어줄 정해진 시간이 다가 왔을 때 그 자신은 이 세상에 없을 것이기 때문이었다. 그 무엇보다도 먼저 이런 관점에서 필자는 예수를 대신한 남성 원리의 역할자로 선택된 마지막 소피아의 사제로서 신성한 임무에 충실했던 예이츠가 남성중심의 시대를 살아가면서 꿈꾸어 온 영웅의 꿈이 얼마나 어렵고 희생과 고난이 따르는가를 토로한 시편들을 모아 설명해보기도 하였다. 예이츠는 성녀를 위해 남성 원리로 살아가는 것의 어려움을 미의 사제로 살아가느니 차라리 태어나지 않는 것이 최상이라고 토로하기도 하였기 때문이다. 이처럼 예이츠의 신비의 상징시의 예언적 진의를 열어가면서 필자는 국제 예이츠 회원들과 현대 서구의 마법단체의 회원들에게 성자인 그리스도의 부름에 따라 영웅적인 소명의식에 충실했던 예이츠의 사제로서 마법사로서의 진면목을 널리 열어보고자 노력을 경주하였다. 필자는 이런 예이츠의 신비시가 마지막 남성중심 시대를 살아가는 이 세대의 마법사, 기독교 영지주의 사제들과 전 세계 성자들을 상징하는 "산을 오르는 젊은 이들"의 후손들을 일깨우고자 유언시를 남긴 것을 보여주고자 한다. 예수를 좇아가는 사제로서 예이츠의 신성하고 중대한 사명은 그의 꿈을 소재로 하여 지은 신비시 "방울 달린 모자"를 비롯한 여러 시편들에서 잘 시사되고 있기 때문이다.

미래지향적 신비시를 남성중심 시대의 마지막 세대의 현자들에게 유언으로 남기고자 한 것이다. 지난 이천 년의 물고기자리는 남성중심 신성의 시대로 새 시대인 물병자리가 시작되기까지 그는 기다려야만 하였다. 예이츠의 영혼은 마침내 제 시대를 맞이하여 다가올 불멸의 장미에게 자신의 신비시를 모두 열 수 있도록 전체 시를 통해 일관성 있게 예언의 메시지를 담아내야만 했다. 사후 다이몬이 된 예이츠는 마침내 성녀를 잠 깨우는 소명을 시작한다고 보았기에 자신의 죽음 이후에 책임은 시작되는 것이며 그에게 영혼의 평안은 없을 것이라고 토로했다. 그러므로 신이 정한 시간이 다가왔을 때 그의 신비의 예언시의 메시지들은 불멸의 장미인 소피아에 의해 마침내 예언시의 문이 활짝 열리게 될 것이다. 따라서 예이츠는 성녀 소피아를 자신의 마법의 상징시를 열 수 있는 유일한 열쇠로 보았다. 일단 성녀가 깨어나기만 하면 이 세상에 군림한 남성 신으로부터도 무적임을 알았기에 성녀에게는 "시간만이 적일 뿐"이라고 했다. 심지어 당대에 예이츠의 신비주의 친구들인 장미십자단의 동료 마법사들이나 신비주의 친구인 AE 역시 그의 신비 예언시의 의미를 이해할 수조차 없었는데 예이츠는 그 모든 신비 예언시의 비밀들은 자신의 시대가 아닌 미래에 성녀가 세상에 그 모습을 나타내기만 하면 순순히 열리게 될 것이라고 믿었다.

필자는 그동안 평자들이 예이츠의 시를 그의 실생활 속에서 연인이었던 모드 곤이나 그녀의 딸 이졸트 곤과 같은 사랑하는 여인들을 위해 바친 연애시 정도로 격하시키는 한심한 현실을 직시하면서 그들에게 예이츠의 숨겨진 상징적 진의를 한껏 펼쳐 보여주고 싶었다.

즉 그들 예언의 상징시들은 모두가 한 여인으로 상징되는 성녀 소피아를 위한 것이지 인간 모드 곤이나 다른 여인들을 위한 세속적인 연애시 정도로 격하시켜 볼 수준은 아닌 것으로 생각되어 이를 그의 상징시를 통해 설명하고자 노력히였었다. 비록 예이츠는 이들 예이츠의 실생활 속 여인들을 통해 멀리 보이지 않는 불멸의 장미를 위한 시적 영감을 보다 생생하게 얻고자 한 것은 인간적인 차원에서 진실이었다. 예이츠는 노년에 모드 곤에 이어 그녀의 딸인 이졸트 곤에게도 청혼하였다가 거절당한 것을 염두에 두고 많은 비평가들은 그를 늙은 호색한 정도로 폄하하여 그를 웃음거리로 삼고자 하는 태도를 보였다. 이제금 바야흐로 그런 어긋난 시대는 지나가고 마땅히 예이츠의 인류 대스승으로서의 진가가 인정받을 시대가 된 것으로 필자는 생각한다. 따라서 예이츠가 신의 사제로서 신성한 의무를 다하고자 한 것을 역설적 상징시를 풀어봄으로써 그런 오류를 범하는 일을 미연에 방지하고자 한다. 난해한 상징시를 열고자 함에 따라 때로는 여러 동료들 간에 격론이 오가기도 하고 찬사도 받았지만 예이츠의 신비시의 진의로서 성녀 소피아의 현존을 알려주었다는 관점에서 큰 보람을 느낀다.

예이츠는 노년으로 갈수록 흐려져 가는 불멸의 장미를 위한 자신의 초월적인 사랑의 시를 보다 열정적이고 절절하게 표현하기 위해 자신의 삶과 사랑을 다 바쳐 헌신하였다. 그의 마음은 성배인 불멸의 장미를 위해 추구하고자 하여 성배를 찾아 나선 아더왕의 기사의 한 사람으로서 불멸의 장미에 대한 생각으로 가득 차 있었던 것이다. 그러므로 예이츠의 평자들은 그의 일생을 마법사이자 인류의 스승으로서 그가 사랑한 여인들은 세속에서는 보이지 않는 초월적인 불멸의 장미를 위한 사랑을 담고자 하는 시적 촉매제로서 활용하고자 했던 것을 보여주고자 노력한 점을 필자는 중점적으로 살펴보아 그의 난해시의 이해를 돕고자 했다. 예이츠는 성녀 소피아를 위한 사제로서의 희생적인 삶을 살았을 뿐만 아니라 그의 시의 또 다른 목적은 마법사로서 어뎁트로서 예이츠 자신이 "존재의 합일"을 달성하기 위해 연금술의 두 상반된 요소의 합일을 의미하는 남성 원리로서 여성 원리와 합일을 이룩하고자 하는 것이었다. 이처럼 마법과 연금술을 연구한 비전가의 면모를 그는 상징시에 담아내고 있음을 필자는 소개하고자 한다. 따라서 예이츠는 소피아의 사제로서 성녀인 여성 원리를 추구하는 남성 원리의 영웅상으로서 일생을 혹독한 시련 속에서 살다갔지만 불굴의 의지로 성녀 소피아의 잠을 깨우려는 일심의 노력을 다한 것이다. 그러므로 필자는 예이츠 국제학자들과의 토론의 장에서 이를 널리 서로 토론하고 논증을 거쳐서 널리 알리고자 노력한 바 있다. 성녀 소피아를 위한 상징시를 쓴 예이츠는 지금까지 서구 신비 단체로부터 실패한 마법사로 오도되는 것도 바로 세우기를 희망해본다. 이 해설서가 세상에 나오게 되면서 국내외적으로 예이츠가 성녀 소피아의 사제로서 성공적인 삶을 살아갔으며 인류의 마법사이자 대스승으로서 그 면모를 갖추었음을 많은 사람들이 인지해주길 고대해본다. 그리고 예이츠 학자들 간에 예이츠의 여성 신성을 위해 헌신한 마법사로서 그의 위대한 소명의식을 인정하지 않는 한, 예이츠의 진정한 신비시의 정수에는 결단코 도달할 수 없다는 것을 다시 한 번 역설하고자 한다.

비록 예이츠가 동서양의 다양한 종교와 사상을 두루 섭렵하고 관심을 가졌을지라도 필자는 그의 독특한 종교관은 그 무엇보다도 기독교 영지주의의 여성 신성인 소피아의 신화를 통해 잘 나타난다고 보았다. 따라서 그의 신비시를 기독교 영지주의의 발렌티누스파(Valentinian)에 근저를 두고 고찰해보고자 하였다. 예이츠 생전에는 기독교 영지주의의 보고인 <나그하마디 라이브러리>(*The Nag Hammadi Library*: 1945년 이집트 나그하마디라는 사막지역에서 대량으로 발견된 영지복음서)가 아직 발견되지 않은 시기였으나 예이츠는 신비주의 친구인 AE와 함께 몇몇 기독교 영지주의 복음서들을 다소 접할 수 있었다고 한다. 영국 대영박물관에는 이들 영지주의의 문서들이 있었으므로 예이츠는 그 문서들을 접할 수 있었기 때문이다. 그의 시대에 예이츠 이외에도 소피아-이시스에 관해 설파하는 기독교 영지주의 사제가 있었는데 그는 같은 장미십자단원이었던 마법을 익힌 루돌프 스테이너(Rudolf Steiner)였다. 기독교 영지주의 사상과 심령술 안에서 예이츠는 두 양상의 소피아가 있음을 인지하였는데 스테이너는 예이츠와는 달리 소피아-이시스의 권능회복을 소피아의 이름을 걸고 직접적으로 연설하였다. 예이츠는 성모와 성녀의 두 소피아를 인지하고 있었고 두 소피아의 특성을 시에 상징적으로 묘사하였다. 또한 예이츠는 신은 남성중심의 신이 아니라 남녀양성구유의 신성임을 굳게 믿었다. 따라서 그의 초기 장미시편부터 예이츠의 사상은 독특하고 불멸의 장미에 그 초점을 맞추고 있는 것은 기독교 영지주의의 성녀 소피아가 평범한 한 여성으로서 지상에서 고통받고 있다는 장미십자단과 기독교 영지주의 신화를 믿었던 까닭이었다. 그러므로 필자는 예이츠의 불멸의 장미를 숨은 구세주로서 지상에서 고난받는 추락한 성녀 소피아와 동일시하고 있다는 점에 그 초점을 맞추어 예이츠의 시 세계를 시종일관 그 신비의 비밀을 밝혀보고자 하였다.

　예이츠 시 해설에 있어서 이처럼 단일 시적 주제에 초점을 맞추고자 노력한 필자는 또한 시인이 "존재의 합일"의 달성을 위해 여성 원리인 불멸의 장미를 추구하였음을 살펴보고자 하였다. 지금까지 대부분의 서양의 비평가들이나 마법단체 회원들조차도 인류의 위대한 시인이자 선지자인 예이츠의 위상을 제대로 평가하지 못하는 것은 안타까운 일이지만 이는 남성중심의 시대에 당연한 귀결임을 필자도 이해하게 되었다. 이제 시간은 점진적으로 여성 원리의 힘의 팽창이 이루어지고 있다고 보았다. 서구 예이츠 학자들뿐만 아니라 예이츠가 몸담고 있었던 장미십자단의 후예들인 현대 <황금 여명회>를 비롯한 신비 단체의 회원들에게도 널리 그의 상징시의 신비를 소개하여 그의 진정한 마법사로서 인류에 공헌한 점을 널리 알려주고자 노력을 경주하였다. 물론 이런 상징시의 고찰과 소개는 인터넷의 발달이 없었다면 불가능하였을 것이다. 필자는 시종일관 지속적으로 인류를 위해 예이츠를 인류가 잃어버린 성녀 소피아를 알려주기 위한 마법사로서 예언가로서 어떻게 그의 열정과 힘을 상징시에 쏟아부었는지를 알려주고자 했다. 특히 예이츠 시에 담긴 비밀들을 장미십자단인 <황금 여명회>를 비롯하여 현대의 서구 기독교 영지주의자들과 <나그하마디 라이브러리>를 연구하는 종교학자들과 소피아 그룹과 루돌프 스테이너에 의해 설립된 미국에 있는 인지학회와 국제 예이츠 학회 회원들과 모든 여성 신성을 수호하는 현각자들이 예이츠의 신비시의 진의를 인지하기를 바라는 마음의 발로였다. 필자는 전 세계의 성자들이 알도록 이 예이츠의 시 이론을 널리 세상에 알리고자 한다. 예이츠의 <환상록>(A Vision)의 가이어(Gyre)의 이론을 통해 알 수 있듯이 지난 이천 년간의 남성 중심의 가이어의 시대인 물고기자리를 우리는 막 지나서면서 필연적으로 상반된 가이어인 여성 원리의 가이어가 다가오는 물병자리의 새 시대를 맞이하고 있다. 요컨대, 필자는 예이츠의 시 전체를 두루 해설한 이 새 책을 통해서 예이츠가 위대한 마법사이자 어뎁트(Adept)이자 이 땅에 거하는 소피아를 위한 예언자임을 선언하였다. 예이츠-레드 한라한과 사냥꾼들은 예이츠의 후기 시 중의 마법의 상징시인 "사냥개 소리"(Hound Voice)에서 보여주듯이 성배로서 발견될 것이다. 그러므로 필자는 이 책이 인류가 보이지 않는 성배를 심안의 눈으로 보고 찾을 수 있도록 예이츠의 위대한 현존을 보여주기를 희구한다. 필자는 이 책이 진심으로 정해진 시간이 옴에 따라 출간되어 신비주의 예언의 시를 쓴 예이츠의 감추어진 예언들이 모두 열려서 마침내 이를 깨달은 전 세계의 모든 성자들이 아바타의 출현을 인지하고 뉴에이지를 준비하도록 여성 신성인 성배를 찾아 나서는 데 공헌하기를 기원하는 바이다.

그러므로 필자는 이 책의 출간을 기점으로 예이츠의 비전에서 보았듯이 인류가 그들의 실체험 속에서 보이지 않는 성배를 심안의 눈으로 알아보고 찾을 수 있도록 예비한 선지자 예이츠의 위대한 현존을 알 수 있도록 힘을 모아주신 신의 축복에 더할 나위 없는 희열을 느끼게 된 것을 감사드린다. 필자는 이 책이 진심으로 신이 정한 시간이 다가옴에 따라 마침내 세상에 출간되어 어둠 속의 빛으로 현존하길 바라는 마음이다. 완전한 이상세계로서 새 시대의 정립을 위해 예이츠의 신비 예언시 속 감추어진 예언들이 마침내 모두 활짝 열리도록 노력을 도모하여 모든 모순과 악의 투쟁 속에 선인들은 죽어가던 희생의 암흑의 남성중심의 시대가 마침내 그때를 맞이하여 물러가고 여성 원리인 성모와 성녀 소피아가 권능회복을 하게 되는 새 시대의 "황금 여명"(Golden Dawn)이 찾아오기를 기원한다.

그동안 한 아시아의 낯선 여인으로서 이방인으로서 학자의 길에서도 외따로 떨어져 나와 북미에 머물면서 서구의 낯설고도 강력한 흑마법의 북풍한설을 홀로 견디어 가면서 예이츠의 백마법의 힘을 다시 부흥시키고자 노력해야만 했었다. 그런 어려운 혹한을 홀로 견뎌야하는 어려운 노정이이었지만 훈풍에 싹이 돋아나듯 필자의 피땀어린 노력의 결실로 이 해설서가 출간을 앞두게 되면서 모든 우려와 근심은 벼랑 저편으로 밀려 나가고 새 시대의 봄바람이 물씬 풍겨오고 있음을 느낀다. 이 해설서로 인해 그동안 숨겨져 있던 신비시의 상징들이 모두 열려서 마침내 전 세계의 모든 성자들이 서로 함께 "산을 오르는" 벗이요 사냥꾼으로서 불멸의 장미의 상징인 죽었던 산토끼를 찾아서 신이 정한 시간을 맞이하기를 고대해본다. 그런 예이츠가 선사한 찬란한 꿈을 꾸면서 이 보잘것없는 이름없는 한 예이츠 학자가 오랜 세월 노력해 온 결실로서 예이츠의 신비의 상징시들을 고국에도 활짝 열어 꽃피우기를 희구해본다. 이런 과정은 험난한 일이었고 고독한 자기와의 투쟁의 연속이었지만 이 모든 운명적인 발걸음은 모두 공의로운 우주의 절대신이 예비해 놓은 위대한 계획 안에 있음을 확신하기에 모든 무거운 짐들을 순순히 받아들일 수 있었고 어려움도 초극할 수 있었다. 이러한 기나 긴 여정을 통해서 먼 거리에서도 서로를 알아볼 수 있도록 위대하고 멋진 국제 예이츠 학회의 동료들과 현대 신비의 마법사들을 토론의 장에서 만나도록 인도되어 인종을 초월한 동료애를 느낄 수 있게 한 신의 예비하심에 깊이 감사드린다. 물론 그들 예이츠 학자들과 현대 마법사들이 모두 필자의 사상에 동의한 것은 아니지만 어찌 소피아의 시대가 아닌 남성중심의 신이 지배하는 시대의 끝자락에서 첨예한 대결의 무대에서 모든 적들을 물리치고 승자의 공감대를 백 퍼센트 얻어내는 호사를 기대하려는 과욕을 부릴 수 있겠는가? 이처럼 최소한 예이츠의 벗들이 시공을 초월하여 공감대를 이루었고 서로 모어 무수한 정보와 지식을 오랜 기간 서로 나눌 수 있었고 마침내 그 신비의 상징시의 진의가 만천하에 열린 것을 기쁘게 생각한다. 이제 필자는 예이츠 마법의 힘을 빌려 그의 예지의 신비시의 비밀을 다소나마 열 수 있게 된 것으로 자족하면서 앞으로 남은 일을 예지해 볼 수 있는 것으로 만족한다.

그런 귀중한 결실을 위한 과정에서 예일대의 해럴드 블룸 교수의 강의를 직접 들은 바는 없지만 언제나 필자가 문 두드리면 즉시 빠른 응답을 주고 격려해준 점에 감사드린다. 특히 해럴드 블룸 교수의 명성에 힘입어 이 이름없는 필자가 학자의 문을 두드릴 때, 예이츠 시에 대한 영지주의 요소를 담은 독특한 소피아 이론을 고수할 수 있도록 보이지 않는 견고한 방어벽이 되어 준 점에 깊이 감사드린다. 지난 약 10여 년간 예이츠의 신비시의 소개를 위해 필자는 한국의 예이츠 학회 회원들의 격려를 받으면서 세계인들과 어깨를 나란히 하여 연구와 노력을 경주해 왔다. 아울러 2011년 가을에는 한국예이츠학회의 창간 20주년을 맞이하여 여러 회원들이 힘을 모아 국제예이츠학술대회를 개최할 수 있었던 역량 있고 열정적인 한국 예이츠 학회의 모든 회원님들께도 깊은 감사를 드린다. 또한 필자는 예이츠의 신비적이고도 예언적인 시들의 진정한 의미를 열기 위한 노력의 일환으로 "예이츠 학회 토론 단체"를 통해 미국, 아일랜드, 유럽, 호주 등지의 국제예이츠학회 회원들과 부단한 토론의 장을 열어나갔을 때 세계의 훌륭한 예이츠 동료 학자들의 격려와 정보를 공유할 수 있었던 점에 대해 매우 행운으로 생각한다. 잃어버린 여성 원리에 대한 예이츠의 시 세계에 숨겨진 상징의 비밀들을 여는 작업을 지속하면서 세계적으로 이들과 소피아 이론을 공유하면서 예이츠학파 동료들의 검증을 받는 일은 매우 값진 일이었기 때문이다. 이 예이츠의 신비시를 함께 열기 위한 토론의 장은 무려 10여 년 이상 지속되었고 지금도 그 토론은 계속 이어지고 있다. 이처럼 긴 시간을 함께 동반자가 되어 토론을 하고 의견을 교환하여 온 국제 예이츠 학회의 모든 토론장의 회원들과 함께 이 국문 서적의 출간의 기쁨을 나누고 싶다.

이와같이 인터넷의 시대를 맞이하여 웹 사이트를 통해 시의 신비를 열어감에 따라 예이츠의 예언에 따른 마지막 불멸의 장미의 현현에 의해 비밀이 열리는 시간이 성큼 다가왔음을 절감하고 있다. 그동안 많은 국제 예이츠 학자들이 깊은 지원과 우정의 나눔으로 인간적인 교류가 이어져 왔었다. 특히 필자의 마음에 새겨진 예이츠 시를 사랑한 불의 시인이자 희곡 작가였던 삼 년 전 고인이 된 성자 마이클 매티아스(Michael Mathias) 박사를 추모하면서 영적으로나마 함께 이번 출간의 기쁨을 나누고 싶다. 돌아보건대 지난 8여 년을 그는 병마와 싸우면서도 몇 번이나 죽음의 목전에 다가가면서도 한결같이 늘 필자와 예이츠의 시를 함께 논하기를 기뻐하였고 서로 창작시를 주고받으면서 격려와 성원을 아낌없이 주었었다. 그는 지병인 심장병을 앓고 있으면서도 늘 낙천적으로 죽음을 초월하여 살아가는 듯 초연하였었다. 때로는 고독한 필자를 오히려 위로해 주기도 했다. 개인적으로 마이클 박사는 예이츠 시인의 소피아사상에 대한 필자의 독특한 이론을 늘 격려해주고 정보를 전해주면서 그 누구보다도 깊은 공감을 표현해주었다. 이런 지난날들을 회고하면서 필자 역시 새삼 그에 대한 뜨거운 형제애에 문득문득 그리움을 느끼곤 한다. 또한 삼 년 전 한국 예이츠 학회 세미나 이후 필자의 예이츠의 신비시 이론에 대한 폭발적인 관심과 적극적인 지원을 표명해주었지만 가슴 아프게 도 지금은 고인이 된 안임수 교수를 주모하고자 한다. 안임수 교수는 처음 만날 때부터 소피아 이론의 미래지향성과 진리로서 확신하고 좋은 말씀으로 자매애를 펼치자고 했었고 필자에게 찬사와 격려를 아끼지 않았으며 미래에 적극적으로 필자를 지원하겠노라고 몇 번이 고 다짐을 주곤 하였다. 이제 이들 두 분의 영혼은 모두 천상의 별이 되어 필자의 앞날에 빛이 되어 줄 것을 믿는다. 앞으로도 이 두 분과 같은 많은 현자들이 마음의 벗들이 되어 찾아올 것을 믿어 의심치 않 는다. 더불어 북미의 기독교 영지주의와 신비주의를 위해 헌신하고 있는 모든 신비주의자들과 기독교 영지주의자들과 이름 모를 전 세 계의 은자들과 성자들과도 이번 예이츠 해설서의 출판의 기쁨을 함께 나누고 싶다. 그 밖에도 예이츠의 시를 작곡하여 노래로 만들고 있는 예이츠 토론회의 동료인 미국의 더그(Doug Saum)와 <비전>(A Vision> 을 꾸준히 분석 소개한 네일 만(Neil Mann) 교수를 비롯하여 예이츠 전편의 시를 토론하는 동안 꾸준히 지원을 아끼지 않았던 아일랜드 의 신비화가 마르셀라(Marcella Gillick)와 뉴욕의 쉴라(Sheila Steinberg) 호주의 예이츠 학회를 이끌어가고 있는 데클란(Declan Floey) 등등 일 일이 이름을 다 거론할 수 없는 수많은 영국, 미국, 아일랜드, 호주 등 서구의 예이츠 학회의 동료들에게도 지난번 영문서적을 출간했을 때 와 마찬가지로 이번 기회에 다시 한 번 감사의 마음을 전하고 싶다. 물론 열정적인 한국예이츠학회의 여러 회원분들의 따스한 배려심은 늘 이국에 떠나와 있는 필자에게 언제나 돌아갈 고향 집 같은 때로는 단단한 성채같이 느껴지곤 하였기에 그 보살펴주심에 깊이 감사드린다. 필자는 삼 년 전 국제 예이츠 학회 회원들과 오랜 기간 나눈 여러 가지 시해설을 모아서 인류의 진보를 위해 우선 영문으로『예이츠 시해설』서를 발간하여 세계적인 차원에서 소피아 협회 동료들과 기독교 영지주의자들과 <황금 여명회> 등 장미십자단체들과 서구 기독교 종교학자들의 주목과 호응을 받게 된 것에 큰 보람을 느낀다. 특히 시카고의 기독교 영지주의 라디오 방송 프로그램을 운영하는 미구엘 코너(Miguel Conner)는 심도 있게 필자의『예이츠 시 해설서』(*The Explanantion of W.B. Yeats's Poetry*)를 소개하여 세계의 현자 지식인들에게 널리 알리고 있는 것에 대해서 감사를 드린다. 그 후로도 서구 영지주의 학자들과 현자들의 호응에 부응하기 위해 노력해 온 필자는 이민생활의 고적함 속에서 연구를 지속하고 있으며 날로 예이츠 시에 담긴 신비의 비전과 지식의 깨달음을 얻어 이를 국제 예이츠학회 회원들은 물론 북미와 유럽 등 세계의 현자들과 어뎁트(Adept)들과 함께 공유하는 것에 큰 보람을 느끼고 있다.

앞으로도 그 정한 시간을 맞이하여 장미십자단이나 성전 기사단이나 프리 메이슨 단체 등등 전 세계의 성자들이 그들이 속한 곳으로부터 함께 성배를 찾아가는 길목으로 나오기를 촉구해본다. 이처럼 남성중심의 암흑기 동안 줄곧 봉인되어왔던 위대한 마법의 예언시를 열어가는 일을 지속함에 있어서 필자는 지극한 긍지와 자부심을 지니고자 한다. 물론 이런 과정은 필자에게도 쉬운 일은 아님을 알고 있다. 고독한 문학의 노정에서 무수한 알 수 없는 곳의 복병처럼 숨어있는 적들의 암투와 난관들을 물리쳐온 것을 새삼 깨닫게 된다. 앞으로도 필자는 작은 빛일망정 당당히 높이 등불을 들고 어둠이 감히 능히 그 빛을 이길 수 없기에 담대히 성모의 수호 아래 앞으로 전진해 나갈 것을 다짐한다. 이 남성중심의 시대의 끝자락에서 여성 원리의 권능회복을 도모하기 위한 투쟁의 과정에서 초래되는 모든 어려움은 모두가 새 시대를 위한 진통으로 당연한 귀결로 알고 있기 때문이다. 예이츠를 통해 작은 깨달음의 경지에 이른 필자는 용기를 내어 이처럼 소피아의 이론을 세상에 내놓게 된 것은 예이츠의 신비의 상징시가 담고 있는 이상세계의 꿈과 소피아의 사제로서 예이츠의 헌신적인 희생 없이는 불가능한 일이었을 것이다. 필자가 영문 예이츠 시해설서를 출간한 이후 알게 된 세계의 성자들의 만남 중에서 특히 93세의 고령으로도 이시스의 여사제로 활발히 활동하고 있는 화가이자 이시스(Isis) 여사제인 아일랜드 고성에 거주하는 올리비아 로버트슨(Olivia Robertson) 여사와의 만남이 특히 소중한 것으로 여겨진다. 여사가 필자의 글을 보고 보내 준 예이츠의 절친한 친구인 AE와 예이츠의 미술 학교 후배로서 예이츠에 대한 경외심과 그녀가 보내준 필자의 영문 예이츠 시해설서에 대한 호응과 찬사의 글과 더불어 손수 그려 보내주신 성모와 성녀 소피아의 그림에 대한 그녀의 성심에도 깊은 감사를 드린다. 필자의 예이츠 상징시 해설서의 한글판이 출간됨에 따라 예이츠가 더 이상은 신비의 상징 속에 가리운 고독한 시인이 아니라 위대한 선지자이자 마법사이며 비전가로서 그 명예를 회복하기를 희구한다. 이 서적의 출간과 더불어 세상의 신비 마법사들과 어뎁트들과 성자들이 혜안의 눈을 뜨고 예이츠의 위대한 위상을 재평가하고 그 명예를 회복시킬 수 있기를 고대하는 바이다. 물론 서울과 대전에 계시는 여러 은사님들과 여러 교수님들과 도반님들을 비롯한 많은 진리를 추구하는 우리 한국인들과 예이츠의 신비 예언시의 정수를 함께 공유하는 영광의 기쁨을 나누고 싶다.

이번 예이츠의 시해설 한글판 출간을 통해 한국에서도 그의 비밀의 예언들이 보다 체계적으로 공개되면서 인류가 잃어버린 여성 신성인 소피아를 되찾아서 오랜 고뇌와 난관을 극복하고 보다 진보된 신인류의 면모를 갖출 수 있기를 희망해본다. 인류가 신의 남녀양성 구유의 현존을 인지하고 숨은 여성 원리를 인지하여 전 세계의 성자들이 지상에서 고행하는 성녀 소피아인 성배를 찾아갈 수 있도록 본 『예이츠 시해설』서를 널리 세상 밖으로 알리는 일은 인류를 위하여 시급하고도 매우 중요한 일이라고 생각되기 때문이다. 따라서 이런 중차대한 일을 위해 한글판 예이츠 시해설서의 출간을 선뜻 허락해 주신 <한국학술정보㈜>의 사장님을 비롯하여 특히 강태우 팀장님과 여러 편집부원들께도 진심으로 감사를 드린다.

토론토 요크 빌리지에서 번역과 수정을 마치면서

(2012년 4월 18일)

Abbreviation(축약형)

AU. Autobiographies London: Macmillan, 1970.

AV. A Vision. London: Macmillan, 1973.

Anxiety. The Anxiety of Influence: A Theory of Poetry, London: Oxford University Press, 1973.

CP. The Collected Poems of W. B. Yeats(1865~1895), London: Macmillian, 1976.

E & I. Essays and Introductions, London: Macmillan, 1973.

Ex. Explorations: Selected by Mrs. W. B. Yeats, New York: Macmillan, 1962.

Myth. Mythologies, London: Macmillan, 1973.

P & R, Poetry & Repression: Revisionism from Blake to Stevens, New Heaven: Yale University Press, 1976.

Ringers. The Ringers in the Tower: Studies in Romantic Tradition, Chicago & London: The University of Chicago Press, 1973.

SB. The Speckled Bird, Dublin: Mcmlxxiii 1974.

 ··· 목 차

William Butler Yeats, who was an Arthurian knight, great magician, Christian Gnostic priest and adept, was searching for the Holy Grail, the Divine Feminine, the Immortal Rose.

W.B. 예이츠는 노벨문학상을 받은 시인인 동시에 아더왕 기사의 한 사람이자 위대한 마법사이자 기독교 영지주의 사제이며 인류의 스승인 어뎁트로서 자신의 소명을 다 하고자 했다. 그의 소명은 여성 신성인 성배를 찾는 일로 이는 그의 상징시에서 불멸의 장미로 상징된다.

Yeats's spirit photograph taken by Mme. Juliette Bisson in May 1914, who was a specialist in ectoplasm and spirit photography. Although the picture was evaluated as a fake, Yeats would not accept it and had kept his spirit photographs preciously.

예이츠의 영혼 사진으로 엑토플래즘(심령체)과 영혼 사진의 전문가였던 마담 줄리엣 비송이 1914년 5월에 찍은 것으로 알려져 있다. 비록 그 사진은 조작품으로 평가받았지만 예이츠는 그 평가를 수용하지 않았고 그 심령사진을 소중히 간직하였다.

Dear Mina, Cho,

Thank you for your letter of September 20th last.

I am afraid that I cannot be of any help to you with regard to my father's religious views. I am not in any sense an expert on W.B.Yeats – before I retired I was a politician, not a scholar. I always say that if one's father is a bank manager, it does not make one an expert on finance!

All I can tell you with any certainty is that it is accepted by all experts that the photograph to which you refer in your letter is a fake.

I am sorry for not being more helpful,

Yours sincerely,

Michael B. Yeats

This letter was written by Yeats's son, Michael, when I asked him about the spirit photograph of Yeats and Yeats's religion as a Christian Gnostic priest. As Michael explained, the spirit photograph was accepted as a fake. However, we as the last generation of the end of masculine Trinity age should know that Yeats had kept the spirit photograph and still had kept in his son's possession. The ectoplasm as a female face is coming out of the side of his head. It may show his spirit as Sophia, the Divine Feminine in the world. It might be a good sign from God to help to search for the Holy Grail as the last reincarnation of the Immortal Rose in the world, as the hare in "Stories of Red Hanrahan." leads to Red Hanrahan, hunters, and hounds.

조미나 님께,

지난 9월 20일에 보낸 편지는 잘 받아보았습니다.

나는 내 아버지의 종교적인 관점에 대해서는 그 어떤 도움도 드릴 수가 없겠습니다.

W. B. 예이츠에 대한 어떤 전문적인 감각도 없기 때문입니다. 나는 정년퇴임 전까지 정치가로 지냈으며 학자가 아니었습니다. 늘 나는 누군가의 아버지가 은행원이라고 해서 그가 재정 전문가가 되는 것은 아니라고 밀하곤 하지요!

내가 말할 수 있는 확실한 점은 조미나 님이 언급한 그 사진을 모든 전문가들이 가짜라고 판별했다는 점입니다.

내가 더는 도울 수 없는 것을 유감으로 생각합니다.

이 편지는 필자가 예이츠의 심령사진과 기독교 영지주의의 사제로서 그의 종교에 대한 언급에 대해 예이츠 시인의 아들인 마이클 예이츠에게 보낸 편지에 대한 답변 글이다. 마이클 예이츠의 서술처럼 그 심령사진은 조작된 것으로 판명받았다고 한다. 그러나 남성중심의 삼위일체 시대의 마지막 세대인 우리는 예이츠가 이 심령사진을 소중히 간직했었고 그 사진들을 아들에게 물려준 것에 대한 재조명이 필요하다고 생각한다. 그 여자 얼굴인 엑토플래즘은 그의 머리의 한쪽 면에서 흘러나오고 있다. 이 사진은 기독교 영지주의 신화에 등장하는 딸 소피아로서 세상의 여성 신성으로 예이츠가 불멸의 장미시에서 노래한 주인공으로 생각된다. 따라서 그 사진을 예이츠는 자신의 성령으로서 그 혼령의 실체를 보여준다고 믿었던 것이다. 이처럼 예이츠의 심령사진은 세상에 거하는 딸 소피아인 예이츠 시의 불멸의 장미의 마지막 화신으로서 예이츠는 서양의 아더왕의 기사나 또는

성전기사단이 추구하는 성배로서 신으로부터 온 신성한 징표로 여긴 것이다. 이 불멸의 장미의 마지막 화신은 또한 "레드 한라한의 이야기"에 그 출처를 둔 후기 시에서 레드 한라한과 사냥꾼들과 사냥개들을 이끌어 가는 달려나가는 "산토끼"로 상징되어 그의 최후 시에 이르러 여성 신성에 대한 최절정의 상징성을 보여주고 있다.

This letter was written by Yeats's son, Michael, when I asked him about the spirit photograph of Yeats and Yeats's religion as a Christian Gnostic priest. As Michael explained, the spirit photograph was accepted as a fake. However, we as the last generation of the end of masculine Trinity age should know that Yeats had kept the spirit photograph and still had kept in his son's possession. The ectoplasm as a female face is coming out of the side of his head. It may show his spirit as Sophia, the Divine Feminine in the world. It might be a good sign from God to help to search for the Holy Grail as the last reincarnation of the Immortal Rose in the world, as the hare in "Stories of Red Hanrahan," leads to Red Hanrahan, hunters, and hounds.

Maud Gonne as Yeats's beloved. Yeats was inspired by Maud Gonne to create the songs for the Immortal Rose in the world, Daughter Sophia.

예이츠의 연인인 모드 곤. 예이츠는 짝사랑하던 여인인 모드 곤에 의해 시적 영감을 얻어 세상에 거하며 고행하는 성녀 소피아로서 불멸의 장미에 대한 찬미시를 창작해 낼 수 있었다.

George Hyde-Lees, a young companion from the Order of the Golden Dawn became Yeats's wife. She helped Yeats to write *A Vision* by automatic writing. Yeats was inspired by George to create the poems for the Immortal Rose in the world. She became a model of a cat representing Daughter Sophia.

예이츠의 부인이 된 골든 돈(황금 여명회)의 젊은 여성 회원이었던 죠지 하이드 리. 죠지는 신혼 초부터 예이츠를 도와서 자동기술법으로 <환상록>을 집필하도록 적극적으로 도왔다. 예이츠는 죠지를 통해서도 세상에 거하는 불멸의 장미에 대한 찬미시를 쓰도록 영감을 얻었다. 죠지는 성녀 소피아의 지혜를 상징하는 "고양이"의 실질적인 모델로서 중요한 역할을 하였다.

Iseult Gonne in adolescence, who is Maud Gonne's daughter. Her image continued to give the inspiration about the immortal Rose to Yeats in his old age, instead of her mother, Maud Gonne. She became a model of a hare representing Daughter Sophia.

　사춘기 소녀 시절의 이졸트 곤. 그녀는 예이츠의 짝사랑 연인인 모드 곤의 딸이다. 이졸트 곤의 이미지는 늙은 나이의 예이츠에게 그녀의 엄마인 모드 곤 대신에 여전히 세상에 거하지만 만날 수 없는 불멸의 장미에 대한 시를 위한 지속적인 영감을 주는 중요한 역할을 하였다. 이졸트 곤 역시 딸 소피아로 상징되는 산토끼에 대한 영감을 주는 시적 주된 역할자였다.

Lady Augusta Gregory, his patron. As one of the women in Yeats's lifetime,
she was also one of the inspirational literary figures for Yeats to create Rose poems.

레이디 어거스터 그레고리. 예이츠의 후원자였다. 예이츠의 일생 중 친밀했던 여성 중 한 사람으로 이 그레고리 부인 또한 예이츠가 여성 신성을 기리는 그의 장미 시편 등을 창작하도록 문학적 영감을 준 그의 생애 동안 주요인물 중 한 사람이다.

1915년의 도로시 파운드. 한때 예이츠의 청년시절 연인이었으며
친구였던 올리비아 셰익스피어의 딸이자 에즈라 파운드의 부인이다.

Olivia Shakespeare. Dorothy Pound's mother. Yeats had a love affair with Olivia Shakespeare between 1896 and 1897. However, Yeats affections had reverted to Maud Gonne. She became Yeats's long term friend.

올리비아 셰익스피어. 도로시 파운드의 어머니. 예이츠는 1896년과 1897년 사이에 올리비아 셰익스피어와 사랑하는 관계를 맺었다. 그러나 예이츠가 모드 곤을 짝사랑하게 되면서 그녀는 예이츠의 오랜 친구 사이로 남게 되었다.

Copy of Leda and the Swan by Leonardo da Vinci(c1510-1515), drawing by Cesare da Sesto(1480-1521). The original painting by Leonardo has been lost. This is considered to be a faithful reproduction. It represents the fall of Sophia and the beginning of the male-dominated religious society as Yeats's poem "Leda and the Swan" shows.

　　세사르 다 세스타(1480~1512)가 재현한 레오나르도 다빈치(1510~1515)의 "레다와 백조" 그림의 사본이다. 레오나르도가 그린 원본은 상실하였다고 한다. 이 그림은 충실한 사본으로 레다는 예이츠의 시 "레다와 백조"가 상징적으로 보여주었듯이 추락한 소피아의 권능과 남성 중심의 삼위일체 종교적 사회의 출발을 상징한다.

Hagia Sophia, the Mother Church, which is a model of Yeats poems such as "Sailing to
Byzantium" and "Byzantium." The Byzantium represents the Divine Feminine, Mother Sophia.

하기아 소피아(Hagia Sophia)는 성모 소피아의 이름을 딴 성당으로
예이츠의 시 "비잔티움의 항해"나 "비잔티움"과 같은 일련의 시에 대
한 이상적인 모델이 되고 있다. "비잔티움"은 성모 소피아인 여성 신
성의 상징이라 할 수 있다.

불멸의 장미를 향해 헌신하는 영웅의 꿈

불멸의 장미를 향해 헌신하는 영웅의 꿈

신은 그분의 손가락을 내밀어 여름의 빛나는 빛을 내쏘아서
꿈이 아닌 파장으로 그 무용수에 내리쏘인다.
왜 그들 그리워할 것이 없는 연인들이 신의 한번의 키스로
온 세상을 불사를 때까지 그리워하는 꿈에 젖는가?
그 남자는 무덤 속에서도 위안을 찾을 수 없었다.

("요정의 나라를 꿈꾸던 남자")

오 그러나 우리는
인류를 괴롭히는
불운이라면 무엇이든지
수정해주고자 꿈꾸고 있다.

("1919년")

예이츠(W. B. Yeats)는 초기시집 『장미』(1893)에서부터 일생 이 지상에서 방황하는 불멸의 장미인 여성 신성의 원리를 위해 바치고자 한다. 이 여성 신성은 그리스어로 '소피아(Sophia: 지혜)'이고 '장미십자단(Rosicrucian)'이나 유태 신비철학 '카바라(Cabbalah)'의 성스러운 여성 신성인 '비나(Binah)'로 불리운다. 숨은 지혜로 알려져 있는 이 여성 신성의 원리를 위해 예이츠는 헌신하였는데 그가 이르기를 "나

는 1887년 이래로 중세 신비단체의 학생이었다(Wade ed., 593)"라고 하여 신비단체가 신봉하는 여성 원리를 위해 헌신한 사제이고자 했다. 그는 장미십자회의 지부인 <황금 여명회>(Golden Dawn)와 그 후신 <새벽별>(Stella Matutina) 템플에서 반평생이 넘도록 제식을 행한 마법을 수련한 신비주의 마법사였다. 예이츠는 "후에 많은 요소가 첨부된 중세나 르네상스 시기의 상징주의 의식으로 가득 찬(Donoghue 27)", "기독교 카바라 연구자로서 연금술회의 학도(Donoghue 26)"였다고 술회한 바와 같다. 예이츠는 연금술에서 남녀양성의 상반된 두 요소가 합일하여 '철학자의 돌'을 만들어내듯이 잃어버린 성녀 소피아를 찾아서 불멸의 이상세계를 이룩하고자 꿈꾸었다. 타고난 영적 능력에 따라 예이츠는 여성 신성을 추구하는 기독교 영지주의에 관심이 깊었고 그 사상적 근저인 카바라의 연구에도 심혈을 기울였다.

> "기독교와는 다른 유대인의 마법적 카바라와 동일시되는 영지주의의 구절들이 널리 사용된 것을 보여주고 있다. 진실로 영지주의의 창시자로서 일반적으로 공인된 이는 유대인인 시몬 마구스로 그는 카바라의 신비주의자인 동시에 공공연한 마법사로서…… 신비주의와 실천적 오컬트 예술과 퇴마사의 사제로서 일을 하였다(Webster 109)."

예이츠는 다양한 종교를 섭렵하여 자신의 사상을 피력했다기보다는 차라리 '심령주의(spiritualism)'에 의거한 실제경험을 토대로 불멸의 장미의 마지막 현현이 지상에 나타나게 될 것을 굳게 믿는 독특한 믿음을 지니고 있었다. 그의 기독교 영지주의는 천성적으로 타고난 것으로 볼 수 있다. 그러나 일찍이 영지주의 사상을 지녔던 야고프 뵈메와 임마뉴엘 스웨덴 보그나 윌리엄 블레이크와 같은 예이츠 선대의 비전가들처럼 그 역시 기독교 신비주의의 비전을 볼 수 있었다. 즉, 이들 역사적인 비전가들은 공통적으로 기독교 영지주의 신화 속의 여성 신성인 소피아를 비전으로 보고 칭송하는 영적 능력의 소유자들이었다. 카바라에노 여성 신성인 비나가 존재하는데 "<황금 여명회>의 이시스-우라니아 템플은 비너스의 보호하에 있다(Cullingford 41)"라고 하여 비너스는 여신인 점에서 여성 원리인 소피아-비나의 수호하에 있다고 볼 수 있다. 예이츠는 신비시의 스승인 블레이크처럼 신비의 비전을 경험했고 그의 뮤즈로 소피아는 줄곧 그에게 시의 영감을 불러일으켰다. 예이츠는 "아무도 이해하지 못한 것을 이해하였고(*CP* 385)"라고 언급한 바 그의 비전은 인간이면 누구도 진정으로 이해할 수 없는 것임을 밝혔다. 심지어 예이츠 자신도 그 신비의 비밀들을 다 이해할 수는 없었다고 했는데 이는 미래의 일이었기 때문이었다. 미지의 교사들의 교신이 보여주었듯이 그의 마법의 예언시는 성령인 신성에 따른 것이다. 미래의 계시로서 예이츠의 독특하고 신비적인 사고는 맥그리거 마테스(MacGregor Mathers)와 모이나 마테스(Moina Mathers)와 알렌 비네트(Alan Bennett)나 프로렌스 파(Florence Farr) 등 <황금 여명회>의 회원들과 신비화가 윌리엄 호튼과 절친했던 신비주의 친구 AE와 같은 신비주의자들에게도 전혀 이해될 수 없었던 지고의 신비와 비밀을 담고 있었다. 그의 당대에는 누구도 알지 못했던 예이츠의 불멸의 장미에 대한 신비적인 예언시를 펼쳐나가며 자신의 꿈을 바라보는 일을 포기할 수는 없었다. 왜냐하면 그는 자신이 그의 이야기 속 주인공인 레드 한라한의 방랑과 같은 험난한 희생을 치르는 영웅적 삶의 운명을 지닌 신이 선택한 인물이라고 믿었기 때문이었다. 예이츠의 신비주의 삶의 방식은 그의 그런 태도에 불만을 표시한 존 오리어리에게 답한 글을 통해서도 알 수 있다.

"신비적인 삶은 내가 하는 일의 전부이고 내 사상의 전부이며 내
글쓰기의 모든 것입니다. 신비주의의 삶은 고드윈의 철학이 셸리의
문학세계를 사로잡고 있었던 것처럼 마찬가지로 나의 경우에도 그
런 관계성을 지닙니다. 그리고 항시 내 자신이 보다 위대한 르네상
스(식)가 되고자 한다는 믿음을 내면의 소리로 간주하고 있습니다
(Ellmann 97~98)."

그의 불멸의 장미는 루돌프 스테이너가 설교 속에서 강조한 여성
신성인 소피아와 동일시되는 신으로 추락한 소피아로 인지될 수 있
다. 그러나 예이츠의 연인은 미래에 올 최고의 비밀을 간직하고 있으
므로 그 누구도 그의 불멸의 장미에 대한 이해에 대한 접근이 용이하
지는 않았다.

만일 우리가 헬렌 블라바츠키 여사와 루돌프 스테이너와 발렌틴
톰 버그를 뉴에이지의 선구자로 여긴다면 그들의 가르침이 도달한
공통된 요소는 윤회사상이었다. 이 역시 여성 신성의 신비의 드러
냄에 속한다. 모든 인류는 그들이 이전에 육신을 지니고 또는 환생
하여 지상에 살았다는 것을 이해하고 경험적으로 아는 일이 필요
하다. 그리고 우리의 현생이 이전 삶들과 연속성을 지니고 결과를
지니며 변용으로서 보다 심오한 이해와 체험이 요구된다. 블라바츠
키 여사와 루돌프 스테이너는 서구 인간학에 윤회론의 가르침을
공통적인 목표로 설정해두고 상호 공유하였다(Powell 110).

심지어 많은 현대 비평가들과 비교자들과 소피아를 믿는 영지파들
역시도 블라바츠키 여사나 루돌프 스테이너나 발렌틴 톰 버그와 같
이 여성 신성을 노래하고 예언적인 시를 남기는 데 일생을 헌신하였

지만 정작 그에 대한 이해력은 너무도 부족하여 예이츠의 기독교 영지주의 사상에 대한 언급은 거의 전무하다고 하겠다. 지금까지도 예이츠의 불멸의 장미인 성녀 소피아에 대한 그의 영웅적인 꿈에 대하여 올바로 이해하는 이는 전무하였기 때문이다. 그러나 예이츠는 이런 그의 극한 상황을 이미 미리 예지하였고 미래의 세대에 일어날 불멸의 장미의 마지막 현현인 소피아의 현현이 잠 깨어나 세상에 나와서 자신의 최상의 비밀의 메시지를 열어주리라고 믿었다. 그 사랑하는 님이 미래에 나타나 자신의 마법의 시세계를 이해하고 그 모든 비밀을 활짝 열어놓기까지는 그 누구도 이해할 수도 알 수도 없다는 신비를 그는 상징시 전반에 걸쳐서 묘사해놓고 있다. 시의 신비가 열리는 것은 오로지 신의 뜻에 의거한 것으로 보았고 사실상 자신의 상징시는 신의 뜻을 적은 것으로 여겼다. 심지어 예이츠 자신조차도 자신이 쓴 시들의 그 숨은 진의를 모두 알지는 못한다고 토로하였다. 즉, 그는 "사람은 진리를 표현할 수는 있으나 그 진리를 알 수는 없다"라고 토로하였다. 예이츠는 불멸의 장미를 일깨우기 위해 무거운 짐을 지고 고뇌하는 신비의 비전가였던 것이다.

나는 불멸의 미가 내어준 짐이 무엇인지 압니다.
불멸의 미의 종이 된다는 것이 얼마나 험난한 일인지요.
그러나 겨울의 나날들이 지나간 것을 칭송합시다.
나를 벗이라 부를만한 바보는 없겠지만
나는 여행의 끝에
랜더나 단을 불러 정찬을 나눌 수도 있겠지요(*CP* 157).

예이츠는 "불멸의 미의 종"으로서 자신의 무거운 짐을 암시한다. 그는 랜더와 단을 소피아의 사제들의 상징적 인물들로 묘사한 것이다.
소피아의 사제로서 예이츠는 자신을 레드 한라한과 동일시하고 있다.

> 한라한을 창조한 것은 내 자신이다.
> 술에 취했건 멀쩡하건 간에
> 그를 이웃 시골집들이 있는 어딘가에서
> 새벽에 내몰아대었다.
> 한 노인의 마법에 걸려서
> 그는 비틀거리며 넘어지며 이리저리 더듬으면서
> 고용된 것과 엄청난 강렬한 욕망에 의해
> 무릎을 꿇게 된다.
> 이들 생각을 약 20년 전에 하였다.
>
> 좋은 친구들은 낡은 헛간에서 카드를 섞어서
> 저 옛 악당의 차례가 왔을 때
> 그 악당은 그의 엄지손가락 아래의 카드에 마법을 걸어서
> 모두가 사냥개로 변하게 하였으나
> 한 장은 산토끼로 변하게 하였다.
> 거기에서 한라한은 미친듯이 일어나
> 그 짖어대는 사냥개를 뒤쫓아 나갔다(*CP* 220~221).

레드 한라한과 잉거스처럼 예이츠는 영원한 미이자 에지(Ectge)이며 딸 소피아를 찾아 나선 방랑자로서 자신의 무거운 짐을 지고 가는 운명을 암시한다. 이런 운명에 대해 자서전적 소설 『점박이 새』에서 아래와 같이 피력하기도 했다.

예를 들자면 어느 날 아침 베이루스에 갔던 그 남자는 마이클이 위대한 마법을 수행했다고 확신하여 대화하고자 불렀다. 그는 다시금 신비주의를 세울 예정이었는데 왜냐하면 그는 성배를 들고 있는

가극 <파시펄>로부터 기사를 보았었고 그 꿈에서 기사는 갑자기
마이클의 얼굴로 변하였기 때문이었다(*SBII* 32).

예이츠는 자신과 동일시한 주인공 마이클이 여성 원리의 상징인
아더왕의 성배를 찾는 기사인 파시펄에 비유하였다. 예이츠는 "아담
의 원죄 이후 확실히 많은 노고가 요구됩니다. / 사랑은 고품질의 예
의에 의해 만들어져야 한다고 생각하면서 / 사랑하는 연인들은 있어
왔습니다(*CP* 89)." 이처럼 아담의 원죄 이후 "노고"는 각 세대마다 선
택된 영웅들의 고난을 상징한다. "고품질의 예의"는 남녀양성 원리
사이의 관계를 의미한다. 지상에서 고통받고 있는 불멸의 장미에 대
한 예이츠의 독특한 사상은 캐서린 백작부인의 희생이 보여주듯이
기독교 영지주의(Christian Gnosticism) 신화에서 추락한 성녀 소피아
와 동일시를 이룬다. 한라한은 일생 신의 선택받은 사람으로서 이 불
멸의 장미를 찾아 나선 것이다.

바람은 녹크라레이 언덕 위에 구름을 맹렬히 뒤쫓고
메이브의 모든 말에도 불구하고 바위에 천둥소리를 내던지네.
산만한 구름과 같은 분노들이 우리들의 가슴을 술렁거리게 하네.
그러나 우리 모두는 몸을 낮게 낮게만 엎드리고
후리한의 딸 캐슬린의 고요로운 발에 입맞춤한다네.
노란 빛을 띤 웅덩이의 물이 넘쳐나서 크루스나 배어 위에 넘쳐나고,
비바람이 후덥지근하게 불어온다네.
우리들의 몸과 우리들의 피는 범람하는 홍수처럼 밀려오고 있으나
성스러운 십자가 앞의 높다란 촛불보다도
후리한의 딸 캐슬린은 더욱 순수하다네(*CP* 90).

영웅의 꿈은 캐슬린 백작부인을 통해서 세상에 거하고 있는 불멸의 장미를 칭송하고자 했다. 그에게는 조국 아일랜드가 캐슬린으로 상징되기도 했다. 시 "낙원의 캐슬린 백작부인"에서 그녀의 죽음 뒤에 영광회복을 노래했는데 이는 기독교 영지주의의 신화에 나오는 성녀 소피아의 영광회복을 예지한 것이다.

초기 그리스 신화에서 헤르메스는 성모 소피아가 성녀의 부름에 응하여 성자에게 누이인 성녀를 구하라고 명하여 지상으로 하강한다. 성자는 그리스도로 성모의 빛과 지혜로 형성되어 있다. 성자는 성녀 누이가 자신의 진정한 본성을 기억하도록 잠 깨어 일어나도록 부모의 깊은 수렁의 창조물 속의 심연으로 하강한다(Baring 620).

예이츠는 심령주의와 천부적인 내적 영지주의 사상을 품고 있었으나 그의 시대에는 그 누구도 그를 이해할 수가 없었다. 예이츠도 자신의 신비주의와 소피아를 위한 꿈들을 이해할 수 없을 것임을 "망령절"에서도 암시하고 있다.

> 나는 말해야 하는 놀랄 만한 것이 있다네.
> 살아 있는 것들은 그 놀라운 것을
> 모두 조롱할 일이지만
> 건전한 귀로는 들을 것이 못된다고 하지만
> 그 놀랄 일에 대해서 듣는 이는 모두가
> 아마도 한 시간 동안 배꼽을 잡고 웃다가 울 일이지만(*CP* 256)

그러나 예이츠의 친구 중 한 사람인 신비 화가 호톤은 최소한 예이츠의 연인이 소피아(지혜)임을 이해하고 있었던 것으로 보인다. 이는 예이츠가 장미시편에 대해 설명하기 위해 쓴 글에서 알 수 있다.

나의 두번째 시집인 『캐슬린 백작부인과 여러 전설과 서정시들』
(1982)이라는 책의 일부분으로 장미시편이 차지하고 있다. 나는 수
년간에 걸쳐서 읽고 처음으로 이 장미시편의 장미는 셸리와 스펜
서의 이상미와는 다른 먼 이상 속에 추구되고 보이는 것이 아니라
인간과 더불어 살며 고행하는 장미를 상상하였다. 불멸의 장미는
나의 세대에 한 사상으로서 존재해왔음에 틀림없다. 왜냐하면 신비
화가인 호톤 씨를 기억하는데, 그는 개성적 매력은 거의 없고 매우
낯설게 보이는 사람이다. 그런 그가 내게 한 말은 "나는 러셀의 광
장에서 당신의 연인을 만났습니다. 그녀는 울고 있더군요"라고 썼
었다. 이는 그가 내 방치된 영혼의 환영을 대신 본 것을 의미하는
것이다(*CP* 524).

호톤 역시 예이츠의 불멸의 장미를 좋아했다고 쓰고 있다.

당신의 시를 읽는 것은 제게는 매우 큰 기쁨입니다. "장미"시편들
이 제게는 특히 감동 어리게 다가왔습니다. 사실상 한 얼굴에 대한
내 느낌을 표현하려 했는데 그것은 "내 생애에 붉고 자랑스럽고 슬
픈 장미!"의 스케치에서 온 생각이었습니다(Harper 93).

그러나 호톤은 역시 예이츠의 시세계에 나타난 불멸의 장미와 그
의 영웅적인 꿈을 완벽하게 이해할 수는 없었다. 따라서 예이츠는 자
신조차도 자신의 신비주의 시를 충분히 이해할 수는 없다고 토로하
고 있다. 이 점은 그가 혜안의 눈으로 신비를 본 것을 적기 때문이라
고 한다.

예이츠는 남성 원리와 자신을 동일시하여 초기 장미시부터 다양한
신비와 전설에 나오는 많은 영웅들을 시적 소재로 삼고 있다. 즉, 남

성 원리는 기독교 영지주의에서 예수 그리스도를 원형으로 하는 반면에 여성 원리의 원형은 불멸의 장미로 이는 추락한 딸 소피아의 상징으로 나타난다. 예이츠와 호톤은 그들의 비전이 심령주의로부터 나온 것임에 동의하였다. 호톤이 심령주의자였기 때문이었다. 예이츠는 "심령주의의 오랜 옛날의 영들(Harper 93)"을 지니고 있었다고 전한 점에서 알 수 있다. 호톤은 예이츠가 그의 초기 장미시편을 이해하는 데 있어서 최상의 조언자이자 벗으로 생각했다. 왜냐하면 호톤은 이 세상에 거하는 불멸의 장미를 보고 묘사할 수 있었기 때문이었다. 예이츠의 꿈은 소피아가 자신의 영광을 되찾도록 전 생애를 바쳐 헌신하는 일이었다. 지상에 거하는 성녀인 불멸의 장미에게 천상의 수놓은 천을 깔아두고자 했다. 즉, "금빛과 은빛으로 수놓은" 하늘의 천은 곧 "존재의 합일"을 이룩한 것을 상징한다. 그러나 예이츠는 자신이 소피아를 지지하기에는 너무도 가난하여 아무것도 할 수 없다고 토로한다. 그리하여 그는 단지 자신의 영웅적인 꿈을 성녀에게 선사한다고 한다. 예이츠는 호톤이 죽기까지 심령적인 호톤과 긴밀한 유대관계를 지니고자 갈망했었다. "이십삼 년 동안 이상 지속적으로 '1896부터 1919까지'(Harper 3)" 두 사람의 우정관계는 지속되었다고 한다. 호톤은 예이츠에게는 여성 신성의 현현인 지상에서 수난을 겪는 불멸의 장미를 볼 수 있고 함께 공감할 수 있는 유일한 사람이었던 것이다. 그러므로 예이츠의 시세계는 장미십자단의 마법보다는 차라리 심령주의와 더 깊은 연관성을 지닌다고 볼 수 있다. 예이츠는 "그의 오랜 친구들이 자신의 비전 전체를 이해하거나 인정할 수 없었을 것이라는 것을 감지하였다(Harper 1)." 즉, 불행하게도 예이츠는 자신의 영웅적인 꿈을 장미십자단의 마법사 동료들과도 심지어 절친한 신비주의자인 AE하고도 공감을 이룰 수 없었다. 호톤 또한 예이츠의 영웅적 꿈에 대해서는 완벽히 공감하고 인정할 수는 없었다. 예이츠 자신마저 완벽하게는 이해할 수 없는 신의 신비였기 때문이다.

예이츠는 비록 자신의 영웅적인 꿈을 이해할 수는 없어도 최소한 지상에 거하는 불멸의 장미에 대해 자신과 공감할 수 있었던 신비화가 호톤을 동료로 둔다는 것만으로도 만족하였다. 따라서 호톤이 완벽하게 자신을 이해할 수는 없을지라도 둘 사이의 우정을 소중히 하였다. 이처럼 예이츠는 일생 고독에 쌓여 지냈다. 비록 예이츠의 영웅적인 꿈은 그 누구와도 공유될 수 없었을지라도 예이츠는 남성 원리인 예수에 의해 부름 받은 자신의 막중한 소명인 소피아를 지원하는 영웅적인 꿈을 포기할 수는 없었다. 예이츠는 심령주의자였고 레드 한라한의 행위가 보여주었듯이 소피아를 보고 또한 그 속삭임을 들을 수 있었던 것으로 만족하였다. 이처럼 예이츠의 심령주의적 기질은 야코프 뵈메와 스웨덴 보그와 윌리엄 블레이크와 같은 영지주의적 인물들과 그 어깨를 나란히 할 수 있는 천부적인 기질의 기독교 영지주의의 사제였다. 즉, 기독교 영지주의에서는 남성 원리인 그리스도는 여성 원리를 구원한다. 그러므로 예이츠 역시 남성 원리인 예수의 대리자의 역할로서 초기 장미시편에서 불멸의 장미를 구원한다는 꿈에 젖어 있다. 이런 관점에서 예이츠는 호톤을 설득하기를 "자신의 가슴속에 구세주를 모시고(Harper 8)"라고 하여 남성 원리의 원형으로서 "내적 그리스도"를 소개하였다. 그러나 호톤은 그리스도 안에서 예이츠의 영웅적인 꿈에 동의하지 못했다.

그[호톤]의 주된 반대는 예이츠와 파운드가 '신의 모든 만상이 진리와 미와 사랑과 권능 등'을 의미하고 예수 그리스도의 이름의 모든 것은 모든 면을 의미하는 것을 부정하는 예술의 종교를 만들었다는 것이었다. '당신과 에즈라나 그 밖의 다른 이들이 말하는 것들은 내게는 작은 한 점이 아니라 내가 아는 것은 우리 모두가 살아 있는 신의 수중에 있는 것으로 갑작스럽고 순식간에 긴박하게 그 사건이 일어날 것입니다'(Harper 49).

예이츠의 마음은 소피아이자 불멸의 장미인 여성 원리에 관한 생각과 남성 원리인 영웅으로서 그리스도에 관한 것으로 가득 차 있었다. "…… 그는 한 질서 안에서 그렇게 할 것이었고 권능과 번영과 그리스도의 신비적 육신 안에서 신성을 믿었다(Flannery 117)." 그러나 예이츠의 세대에서는 심지어 그의 장미십자단의 정신적 어뎁트들과 그의 친구들조차도 예이츠의 영웅적인 꿈에 대해 알 수 있는 이는 없었다. 그래서 마테스와 심령주의자인 호톤마저도 그의 영웅으로서 소피아의 사제의 지위를 인정하기를 거부하였다. 예이츠는 예수 그리스도와 같은 남성 원리의 역할을 다하고자 일생을 헌신하였다. 그 고독한 노정에서 최소한 그는 영적인 영매로서 세상의 불멸의 장미를 느낄 수 있었던 호톤을 만난 것만으로도 감사했었다. 예이츠는 그와 소

중한 친구관계를 지속하였다. 가장 중요한 예이츠의 시적 꿈의 양상
은 천상의 "지성미"를 추구하는 것이 아니라 지상에 거하는 숨은 신
인 고행하는 성녀로서 불멸의 장미를 추구하고자 하였다.

> 내가 노래하려는 것은 패배이고 승리를 두려워한다네.
> 나는 다시 싸움터에 나가서 전쟁을 하고
> 나의 왕은 패배한 왕이고 내 부하들은 패배한 군사들이라네(*CP*
> 359).

그의 초기사에서 캐슬린 백작부인은 세상의 장미의 희생을 상징하
는 훌륭한 상징적 인물이다. 캐슬린 백작부인은 "패배한 왕"을 시사
한다. 이는 기독교 영지주의의 소피아로 슬픈 장미로 상징되고 있다.

> 모든 힘겨운 날들은 끝이 났다.
> 육신의 채색된 긍지는 풀잎과 클로버의 땅 아래에 묻어버리고
> 두 발을 나란히 모으고
> 의무의 불타는 샘물로 목욕을 한
> 캐슬린 백작부인은 찬란한 의상을 요청하지 않을 것이다.
> 한숨짓는 미의 모든 것을
> 향기나는 떡갈나무의 옷장에 놓는다.
> 성모 마리아의 입맞춤이 그녀의 얼굴에 음악으로 깃들게 했을까?
> 그러나 캐슬린 백작부인의 발걸음은 신중하고
> 지상의 오랜 소심한 우아함에 넘쳐 있다.
> 일곱 천사들과 발 맞추어 춤추고 있는
> 무희는 얼마나 찬란한가!
> 모든 천국들이 대천국에게 머리 조아려 절을하노니
> 불꽃이 불꽃에게로 날개는 날개에게로 절을 한다(*CP* 48).

캐슬린 백작부인의 고통은 호톤의 비전에서 나타난 "러셀 광장에서 울고 있는 한 여인"과 연관성을 지닌다고 하겠다. 캐슬린은 가난에 허덕이는 백성들을 보다 못해 악마로부터 구원하기 위해 자신의 순수 영혼을 바친 희생하는 숨은 신으로 구세주인 성녀 소피아의 면모를 보여준다. 알릴인 예이츠는 그의 연인인 캐슬린 백작부인의 죽음을 갈망하였다. 이 점은 그녀의 죽음이란 곧 성녀의 천상의 영광회복을 상징하기 때문이었다. 캐슬린 백작부인은 사후에 성모 마리아에 의해 구원되었는데 이는 성녀 소피아가 성모 소피아로부터 타락한 지상으로부터 구원을 받은 것을 상징한다. 그러므로 캐슬린 백작부인은 성녀 소피아로서 불멸의 장미와 동일시된다. 캐슬린 백작부인이 사후에 잃어버린 성녀의 영광을 회복할 것이기에 이 소피아를 깨우는 남성 원리로서 영웅적인 꿈에 젖어 있다. 따라서 예이츠는 "시인과 영웅"이 남성 원리와 동일시를 이루고자 하는 꿈을 거부하는 호톤의 사상이나 마테스의 사상에 동의하지 못하게 되었다. 예이츠는 자신의 신성한 의무는 여성 원리를 구원하는 영웅이 되는 일로 단지 호톤과 고난을 겪는 불멸의 장미에 관한 환영을 공유할 수 있다는 점만으로도 호톤의 영혼을 사랑하였다. 사실상 예이츠는 호톤을 만났을 때마다 그를 초대하였다고 한다. 그와 더불어 불멸의 장미에 대한 이야기를 나누고 싶었던 것이다. 비록 예이츠는 스테이너처럼 소피아에 대해 직접적인 이름을 거론한 바는 없었지만 예이츠는 소피아를 인지하고 있었다고 볼 수 있다. 또한 호톤 역시 기독교 영지주의의 여성 원리인 성녀 소피아에 대해 인지하고 있었다고 생각된다. 호톤이 예이츠와 소피아인 불멸의 장미와의 상관성을 자신의 비전으로 보고 아래와 같이 토로한 점에서 알 수 있다.

예이츠-극도로 새하얀 얼굴에 그의 얼굴을 부분적으로 뒤덮은 길고 검은 머리카락이 헝클어진 채 벌거벗고 여윈 모습이다. …… 뒤로는 긴 하얀 의상을 입은 사랑스런 소녀가 팔을 벌리고 울면서 뒤따르고 있었다. …… '내 아들아, 내 아들아, 내게 그대의 마음을 열어라. 나는 그대에게 빛을 주겠노라(Harper 101).'

호톤은 자신이 불멸의 장미를 노래한 비전의 시인 예이츠의 영혼을 적극적으로 안내한다고 믿었다. 그러므로 호톤은 '나는 내 비전들이 당신 것과 다르지 않다는 것을 알게 될 것이라고 생각합니다 (Harper 13)'라고 하였다. "사랑스런 소녀"는 성녀 소피아로서 "피스티스 소피아"에서 보여주었듯이 여성 원리는 적인 얄다바오스에게 영광과 그 권능을 박탈당했다.

소피아는 스스로가 자신의 배우자인 남성 원리의 동의 없이 얄다바오스를 창조했다. 그래서 얄다바오스는 여성 원리를 인지하지 못하고 자신이 유일한 남성 신으로 오해했다. 기독교 영지주의에서 얄다바오스는 남성적 삼위일체를 창조하였고 소피아의 권능과 영광을 강탈하였다. 그러므로 "여성적 이미지의 지혜는 이제 아버지 신의 지혜에 에워싸여 상실당했고 예수는 로고스로 지혜로 보였다 (Baring 613)."

예이츠는 "지혜"의 시에서 다음과 같이 언급하였다.

참된 진리가 발견되었네.
채색된 그림들과 조각상에서
유리 모자이크와 창 유리에서
어느 농부 전도사가
잘못 전한 것을 바로 수정하여(*CP* 246)

　예이츠는 "지혜"인 소피아가 "참된 믿음"을 상징한다고 믿었다. 그러므로 그는 남성중심의 삼위일체 신성을 거부한다고 선언하였다. 그는 "어느 농부 전도사가 / 잘못 전한 것을 바로 수정하여"라고 하여 강하게 그의 비전이 옳다고 믿었다. 따라서 어떤 외적인 의지나 상상력보다는 그 자신의 신성한 의지나 상상력 안에서 그리스도에 의지하기를 갈구했다. "우리는 확실하게 단지 내적 신성 안에서 이 의지를 가르친다. 그러나 이것은 기독교이다(Harper 8)"라고 예이츠는 생각했다. 따라서 예이츠의 종교는 정통 기독교라기보다 기독교 신비주의이자 기독교 영지주의였다. 존엄한 성모는 성모 소피아로 아들 예수를 보내어 누이인 성녀를 일깨워 영광 회복을 돕도록 보내어졌다. 먼저 희생을 요구하기에 성모는 "별이 총총한 바빌론의 탑 안에 주께서 존엄하게 입으시도록 자주색 바지를 바느질하여 만드신다"고 하여 남성 원리인 성자의 희생을 상징하였다. 풍요의 왕은 성모 소피아로 아들 예수는 성모의 의지에 따라 성녀를 구원하러 하강하게 된다. 따라서 구세주 예수는 그리스어로 소피아를 상징하는 "지혜"를 수용한다고 했다. 소피아의 구원자로서 성자는 마침내 "성모의 가슴으로부터 공포를 내쫓았다"고 한다. 예이츠의 영웅적인 꿈은 레드 한라한과 잉거스의 방랑이 보여주었듯이 세상의 장미를 찾고자 방황해야 했기에 그의 꿈을 달성하는 일은 일생 세상을 헤매는 일이었다. 예이츠에게 일생 그 소명은 너무도 어려운 일이었다. 예이츠는 "만일 지혜를 가져오기 위해 고통을 받는다면 나는 덜 현명해지기를 바란다"라고 토로하였다. 아무도 남성중심의 시대에 그를 완벽하게 이해할 수는 없었다. 예이츠의 영웅적인 꿈은 기독교 영지주의에 바탕을 두고 있었고 그의 믿음은 영적인 경험과 신비의 비전을 통해 나타난 까닭이라고 하겠다. 이 모든 신비는 정해진 시간이 왔을 때 비로소 입증될 수 있는 것이다. 그러므로 마법단체의 동료인 마테스나 <황금여명회>의 회원 지도자들이나 심지어 그의 친구 조지 러셀(AE)조차도 불멸의 장미를 모두 이해할 수는 없었다. 홀로 고독했던 예이츠는 영웅적인 꿈을 최소한 신의 남녀양성구유와 추락한 소피아를 이해할 수 있는 호톤과 공유하고자 한 것으로 큰 위안을 삼았던 것으로 보인다. 비록 호톤 역시 예이츠나 스테이너의 소피아 사상에 대해 전부 공유할 수는 없었을지라도 그와 최소한 소피아의 희생적인 모습을 함께 공유할 수는 있었기 때문이었다. 예이츠는 그가 살던 당대 또 다른 독일의 장미십자단원이었던 스테이너에게서 "예이츠의 불멸의 장미에 대한 꿈에 대해 동감(Harper 53)"을 받을 수도 있었을 것이다. 그러나 예이츠는 그를 직접 만난 적은 없었다. 예이츠의 아내 조지는 블라바츠키 부인의 작품을 읽었지만 신지학회에 참석한 일은 없었다. 그러나 그녀는 스테이너의 런던 방문 시기에 인류학 사회의 일원이 되었고 스테이너의 강연에 참석하였다. 스테이너는 "일주일에 네 번이나 강연을 주재하였었다(많은 양이 아직 번역이 되어 있지 않다)(Saddlemyer 103)"라고 한다. 스테이너의 소피아 이론은 예이츠의 불멸의 장미와 동일시되는 것으로 조지는 스테이너의 인류학 협회에 참석했던 것으로 보인다. 예이츠는 신화와 실생활 속 여성 인물들을 소재로 자신의 시세계의 시적 목표였던 불멸의 장미를 상징적으로 묘사했다. 또한 예이츠는 불멸의 장미를 다양한 동물 이미지로 상징화했다. 즉, 고양이, 토끼, 망아지, 달, 물고기, 사자 등 그들 소피아에 대한 동물의 상징성들을 통해 신비시를 펼쳐나갔다. 그러나 예이츠의 신비 마법단체인 <황금 여명회>의 동료들인 마테스를 비롯한 많은 회원들조차도 예이츠의 소피아의 사제로서의 신비시와 그의 권능을 이해할 수 없었다. 따라서 그들은 예이츠의 연인인 세상에 거하는 불멸의 장미와 예이츠의 마법사로서의 지위를 거부하였다. 이는 그들이 세상에 거하는 성녀이자 성배인 이시스-소피아를 부정한 것이다. 그러나 스테이너는 예이츠처럼 소피아의 사제로서 사람들이 소피아를 잘 이해할 수 있도록 그의 강연을 통해 역설하였다.

오, 나의 벗들이여, 만일 현대의 인류가 새 이시스 여신의 전설을 기꺼이 경험한다면 영혼은 모두 함께 새로운 감성을 얻게 될 것입니다. 루시퍼는 이시스를 살해하여 그 여신의 육신을 수학적인 추상성을 이루거나 혹은 이시스의 무덤이 되는 우주 공간에 옮겨 놓았습니다. 그러므로 이시스 여신을 찾아 나서게 됩니다. 그리고 이시스 여신의 발견은 우주 공간에 솟구치는 영적인 힘의 기념비로서 별들이 빛나도록 내적 생애를 통해 드러나는 별들과 행성들이 생명력 없는 하늘에 영적인 지식의 내적인 힘에 따른 충동을 통해 나타납니다. …… 이집트인들이 이시스로부터 오시리스를 구하였듯이 우리는 새 이시스 여신, 즉 성 소피아를 다시 찾아 나서기를 배워야만 합니다. 그리스도는 20세기 동안 외적인 사건을 통해서가 아닌 영적인 형태로 나타날 것입니다. 그러나 인류는 구세주를 신성한 소피아에 의해 상징되는 권능을 통해 발견할 것입니다. 현 시대는 이 성모 마리아의 권능인 이시스의 권능을 상실한 상태에 있습니다. 그 권능은 인류의 현대적 의식에 의해 살해당한 것입니다. 새로운 형태의 종교는 바로 성모 마리아에 대한 이런 사상을 다소간 근절시켜 왔습니다(Steiner "Lectures II").

블레이크가 영지주의 시인이었듯이 예이츠는 영지주의 시인이자 사제였다.

나는 예술이란 사제들의 어깨에서 내려놓은 그 무거운 짐들을 어
깨에 메고 사물이 아닌 사물의 본질을 가지고 우리의 사상을 채워
서 긴 여정으로 되돌아가도록 우리를 인도하는 것입니다(*E&I* 193).

예이츠는 소피아의 사제로서 살아가고자 하면서 세상의 성녀 소피
아의 현존을 그의 특유의 심령주의와 기독교 영지주의를 통해 보여
주었다. 비록 예이츠는 스테이너와는 달리 소피아라는 이름을 직접적
으로 거론하지는 않았으나 여성 원리를 시적 상징을 통해 나타내었
다. 즉, "예이츠는 호톤에게 외적인 그리스도에 의존하지 말고 그리
스도의 가슴에서 우러나는 그리스도를 믿으라고 그를 설득하고자 노
력하였다(Harper 8)"라는 점에서 나타난다. 현대 소피아의 사제로서
캘리포니아 주 니카시오시에 있는 북미 소피아 본부를 공동 창설한
로버트 파월(Robert Powell)은 또한 소피아의 영광의 시대로서 우리
세대에서의 소피아의 경험을 통한 내적 소피아를 강조하였다.

이십 세기에 소피아와 연합하여 신성한 소피아에 대한 새로운 기
운이 감돌기 시작하였다. 그러나 구세주 탄생 이래로 이천 년이 지
난 지금 신성한 소피아의 드러남과 실질적인 계시는 일반적으로
감춰진 방식으로 여기저기에서 발생하고 있다. 다시 말해서 예수
탄생 이후의 기간이 지나고 이십 세기 새로운 뉴에이지 시대가 시
작되기 전에 인류의 성모로서 소피아를 경험하는 특정 개개인들이
나타나고 있다(Powell 53).

소피아의 사제로서 예이츠는 그리스도를 대신한 남성 원리의 역할
로 소피아를 잠 깨우고자 하는 꿈에 젖어 있다. 영웅의 꿈은 미래의
성녀 소피아를 잠 깨우기 위한 레드 한라한의 방랑으로 상징된다. 예

이츠는 지난 이천 년의 남성중심의 시대에 각 세대마다 남성중심의 신이 지배하는 암흑기를 통해 우주의 신성이 추락한 소피아를 지원하기 위한 성녀 소피아의 사제로서 선택된 영웅들을 면면히 이 땅으로 보냈다고 믿었다. 그들은 대체로 예이츠처럼 예술을 통해 소피아를 지지하는 남성 원리의 역할자였다. 그러므로 파월은 "예수는 각 세대마다 소피아의 사제로 평가할 수 있다(Powell 53)"라고 한다. 초기 장미시편에서 예이츠가 세상에 거하는 성녀 소피아와 동일시를 이루는 지상에 거하는 불멸의 장미에 대한 유일한 생각을 가졌다는 것을 알 수 있다. 기독교 영지주의에는 여성 원리인 소피아가 있는데 성녀 소피아는 남성 원리인 예수 그리스도와 하나를 이루는 삼위일체 신이다. 그러므로 "예수는 그의 세대에는 소피아의 사제로 평가되었다(Schroer 145)." 초기 장미시편에서 세상에 거하는 불멸의 장미는 성녀 소피아와 동일시된다고 볼 수 있다.

> 내 생애에 붉은 장미, 자랑스런 장미, 슬픈 장미여!
> 가까이 와주세요, 나는 오랜 옛날 방식을 노래한다.
> 짠 바닷물에서 싸움을 한 크후린을,
> 조용한 눈을 하고 텁수룩한 백발의 드루이드교 승이
> 퍼거스에게 꿈과 말로 다할 수 없는 파멸을 던진 것을,
> 나의 슬픔을 노래한다, 별들도,
> 바다 위에서 은빛 신발을 신고 다니는 사이에 늙어가고
> 그들의 슬픔을 소리 높여 쓸쓸한 곡조로 노래한다.
> 가까이 오세요. 인간의 운명에는 더는 장님이 되지 말고
> 사랑과 증오의 나뭇가지들 아래에서
> 하루를 살아가는 모든 가엾고 우매한 일상 속에서도
> 자신의 길을 방랑하고 있는 영원한 미를 발견한다(*CP* 35).

　예이츠는 불멸의 장미의 세 가지 특성을 붉고 자랑스럽고 슬픈 장미로 서술한다. 예이츠의 시적 목표는 "존재의 합일"을 이루기 위해 세상의 소피아를 찾아서 함께 연합하는 것이다. 그의 자화상은 시 "방황하는 인거스"에서 인거스처럼 방랑하는 인물이거나 혹은 방랑자인 레드 한라한으로 그려진다. 예이츠가 마지막 소피아의 현현을 추구하는 소피아의 사제로서 한라한을 통해 불멸의 장미인 에지를 찾아 나선 것이다. 호톤은 W. F. 그랜트의 "믿음으로 치유하기"라는 책을 읽고 나서 남녀양성구유의 신에 대해 썼다. 즉, "성부(누스), 순수한 지성적 사고와 지성이 그것이다. 그리고 성모(소피아)는 지혜, 감성과 의지이다(Harper 100)"라고 하여 예이츠처럼 호톤 역시 남녀양성구유의 신성을 믿었다. 따라서 호톤은 "나는 아무것도 아닌 자가 아닌 그 성령은 위대한 신인 예수 그리스도로 형용할 수 없는 그이자 그녀로서 겸허한 겸손으로 무릎을 꿇는다."(Harper 107)라고 했다. 그러므로 호톤을 예이츠의 최상의 영적인 친구로 여긴 예이츠는 시 "망령절의 밤"에서 맨 첫 번째로 호톤의 영혼을 불러내었다. 호톤은 "성령이 내 안에서 움직일 때 나는 말해야만 합니다-나는 다른 것을 할 수 없습니다(Harper 123)"라고 했다. 예이츠의 청년시절의 꿈이 서려 있는 초기시부터 불멸의 장미를 노래하였다. 그 불멸의 장미는 딸 소피아로 천상에서 추락한 신으로 인류와 함께 고행하는 신이다. 예이츠는 소피아를 찬미하고자 세상에 눈을 돌리고 있다. "나는 사랑과 미움의 가지들 아래에서 발견한다. / 가엾고 어리석은 모든 것들 사이에서 영원한 장미는 자신의 도정을 통해 방랑하고 있다"고 하였다. 소피아를 기리는 영웅으로 살아간 예이츠는 자신의 삶을 불멸의 장미를 위해 바쳐야 한다고 믿고 있었다. 자신의 신이 부여한 운명에 대해 이미 잘 이해하고 있었지만 예이츠는 불멸의 장미가 그 자신과 함께 머물러 있다고 생각한다. 즉, "가까이 오세요. 내가 고대의 방식으로 노래 부르는 동안에"라고 하여 보이지 않는 불멸의 장미를 애타게 부르기도 했다. 예이츠는 다양한 전설과 신화 속 영웅들인 쿠훌린, 퍼거스, 헥토르와 잉거스와 같은 영웅들, 즉 그의 자화상으로 자신과 동일시되는 남성 원리의 역할을 수행하는 시적 인물들에 대한 이야기들을 시에 도입했다. 예이츠가 여성 원리로 상징되는 무수한 여성들을 자신의 시에 도입한 바와 같다.

반면 드루이드 승은 예수와 예이츠의 미지의 교사들처럼 남성 원리의 원형 이미지로 초자연적 세계의 인물을 상징한다. 그들 초신비적 영적 존재들은 레드 한라한의 이야기 속에서 마치 한 노인이 한라한을 선택했듯이 각 세대마다 한 사람 혹은 소수의 사람들을 선택하여 여성 원리인 소피아를 위한 사제가 되도록 훈육한다. 예이츠는 선택된 세상의 불멸의 장미를 위한 사제로서 여성 신성을 찬미하였다. 즉 "그대의 슬픔은 별무리 속에 오랫동안 깃들어 있고 / 바다 위에서는 은빛 샌달을 신고 춤을 추고"라고 찬미하는 점에서 알 수 있다. 은빛은 여성 원리의 상징인 반면, 금빛은 남성 원리의 상징으로 남녀양성구유의 우주 신에 대한 사상이 담겨 있다. 예이츠는 자신의 삶을 미래에 나타날 소피아의 권능회복을 위한 준비의 사제로 헌신하고자 하였다. 따라서 그의 시는 자신의 세대를 위한 것이 아니라 <비전>에 있는 이천 년 주기의 가이어의 이론에 따라 그 주기가 끝나는 마지막 세대를 위한 상황을 예지한 것이다. 이천 년 주기의 남성중심의 시대가 활발해지면서 여성 신성의 원리는 숨겨져 있었다. 그러므로 예이츠는 "가까이 오세요. 인간의 운명에 더 이상은 맹목적이 되지 말고"

라고 권유한다. 예이츠는 생명나무와 지식의 나무로서 "사랑과 증오의 나뭇가지들 아래에서"의 뜻에 함축된 불멸의 장미를 이해했다. 예이츠는 그의 불멸의 장미를 세속적인 세상에 거주하는 "영원한 미"로 "하루를 살아가는 모든 가련하고 우매한 것들 안에" 있다고 했다. 불멸의 장미의 시대는 예이츠의 일생에 아직 도달되지 못할 것이기에 일생 연인을 만날 수 없는 슬픈 운명을 인지하고 있었기 때문이다.

> 가까이 오세요, 가까이 오세요, 가까이 와주세요-
> 아, 나를 조용히 놓아두세요.
> 장미의 숨결로 채우도록 작은 공간을 남겨주세요!
> 범속한 것들은 갈망하는 마음을 더 이상은 품지 않으리,
> 연약한 벌레는 작은 구멍 속에 숨어들었고
> 들쥐는 들판으로 내 곁을 스쳐서 달려나갔고
> 고통받는 인류는 고통당하면서 지나가고
> 그러나 오래전에 죽은 밝은 마음들에게 신이 전하는
> 낯선 이야기들을 홀로 경청하는 법을 추구한다네.
> 그리고 인간이 알 수 없는 언어로 찬미하는 법을 배운다네.
> 가까이 오세요, 내 시간이 다 가기 전에
> 오랜 아일랜드를 오랜 다양한 방식으로 노래하려 하네.
> 내 생애에 붉은 장미, 자랑스런 장미, 슬픈 장미여!(*CP* 35)

"가까이 오세요"라는 말은 올바른 시간을 기다리고 있는 예이츠의 상황을 상징한다. 그는 "생명나무"를 인지하고 있다. 즉, "사랑과 미움의 가지"는 성모 소피아로서 불멸의 미의 상징이다. 그러나 예이츠는 불멸의 장미를 추구하기 위해 지상을 굽어보아야만 했다. 즉, "하루를 살아가는 모든 가엾고 우매한 일상 속에서" 불멸의 미를 추구한다. 더구나 예이츠는 불멸의 장미를 만날 수 없는 운명을 인지하였다.

올바른 시간이 아직 그의 세대에는 다가오지 않았기 때문이다. 예이츠는 슬픈 자신의 운명을 수용하고 불멸의 장미와 그 자신 사이에 남아 있는 짧은 미래의 시간까지의 거리를 "작은 공간"으로 유지하고 있는 것으로 상징하였다. 즉, 그는 올바른 시간이 다가오기까지는 아직은 그 정한 때를 기다려야만 한다는 것을 알았다. 예이츠는 정해진 시간이 오기까지는 그 누구도 세상의 성배인 불멸의 장미를 발견할 수 없다고 믿었다. 소피아를 일생 만날 수가 없다는 것을 인지하였다. 따라서 단지 불멸의 장미의 이미지의 반영인 짝사랑한 연인 모드 곤이나 다른 실생활에서 접한 사랑한 여인들을 통해서 눈에 보이지 않는 불멸의 장미에 대한 찬미시를 표현하고자 하였다. 신비시인들, 즉 영웅들은 비록 그들은 불멸의 장미를 자신의 노래 속에 형성화하지만 불멸의 장미의 소재를 알 수는 없었다. 그 불멸의 장미가 일어서는 때는 오로지 시간상의 문제이다. 그 올바른 때가 자신의 생애에는 아직 다가오지 않았음을 예이츠는 종종 역설하였다.

> 내가 선택한 여인들은 상냥하고 나즈막히 속삭인다네.
> 그러나 사냥개 짖는 소리라네.
> 그 여인들은 모두가 '사냥개 소리'를 낸다네.
> 우리는 멀리 서로서로 알고 선택을 한다네.
> 영혼을 시험하는 공포의 시간이 와서
> 공포의 이름하에서 그 부름에 순종을 하여
> 이해를 했네. 아무도 이해하지 못한 것을,
> 그들 이미지들은 피 속에서 일어나는 것이었네(*CP* 385).

마침내 최후의 시편들 속에서 성배인 불멸의 장미가 출현하는 예언시를 쓰고 있다. 즉, 시 "사냥개 소리"에서 자신이 불멸의 장미인 소피아-이시스의 승리의 상징을 위해 자신의 생활 속 여인들을 시적 영감의 소재로 삼았음을 여인들을 "사냥개"로 상징한다고 그 비밀을 밝힌 점에서 알 수 있다.

> 언젠가 우리가 새벽 전에 일어날 것이고
> 문가에 우리 고대의 사냥개들을 발견한다네.
> 그러면 화들짝 깨어나서 사냥의 때가 시작된 것을 알게 된다네.
> 다시 한 번 검붉은 피가 묻은 길을 따라 비틀거리면서 다가가서
> 해변가에 누워 있는 사냥감을 찾아내고는
> 그 상처를 씻어주고 붕대를 감아주고는
> 에워싼 사냥개들의 한가운데에서 승리가를 부른다네(*CP* 385).

　"사냥개"의 상징성은 남성 원리의 상징인 시인들과 영웅들의 불멸의 장미에 대한 욕망을 상징한다. 또한 "사냥개"들은 예이츠가 일생 여성 신성에 대해 환기시킨 시적 영감을 부여해주는 대상들로 그의 일생의 여성들을 상징한다. 마침내 정해진 시간이 다가왔을 때, 사냥꾼들과 사냥개들은 "아무도 이해하지 못한 것을, / 그들 이미지들은 피 속에서 일어나는 것"을 향해 나아간다. 예이츠는 후기시편에서 정해진 시간이 올 것을 예언하였다. 그 시간이 다가오면 사냥꾼들과 사냥개들은 모두 함께 모이게 된다. 즉, "우리는 멀리서도 서로를 알게 되고 선택하게 된다네. / 영혼을 시험하는 공포의 시간이 와서"라고 하였다. 대심판날이 온다면 오랜 비밀이었던 추락한 소피아는 그 잃어버린 빛과 영광을 회복할 것이다. 올바른 시간이 왔을 때, 모든 사냥꾼들과 사냥개들은 감춰진 소피아를 이해하게 되고 그러므로 그들은 신의 남녀양성구유의 존재를 이해하게 된다. 예이츠가 "인간은 진

리를 알 수는 없다. 다만 그것을 묘사할 수 있을 뿐이다"라고 언급한 바와 같이 숨은 신비의 비밀은 아직 열리지 않았다. 그러나 예이츠는 그와 모든 성자들이 마침내 미래에 진리를 인지할 것을 믿었다. 따라서 "언젠가 우리가 새벽 전에 일어날 것이고"라고 선언했다. 남녀양성구유의 신의 시대를 상징하는 새벽 시간대를 꿈꾸어 왔다. 성녀 소피아의 상징으로서 죽은 산토끼를 찾도록 신이 허락할 때인 올바른 시간이 오기까지 성자들은 아직 불멸의 장미를 발견할 수 없다고 예지했다. 초기시로부터 불멸의 장미와의 만남을 기다렸고 마침내 그는 모든 성자들과 더불어 불멸의 장미와 만날 날이 다가올 것을 예지하였다. 초자연 세계의 사제이자 예언가로서 예이츠는 "그리고 인간이 알 수 없는 언어로 찬미하기를 배운다네"라고 하였다. 예이츠의 시적 세계는 신비와 비밀의 세계로 미지의 교사들의 가르침에 따른 것이지 단지 인간 수준의 작업은 아닌 것이다. 그러나 불멸의 장미가 머무는 세속적 세상의 상징으로서 연약한 벌레나 들쥐처럼 모든 일상적인 것들 속에 함께 거한다고 보았다. 예이츠는 위대한 헤르메스의 사마라다인표의 '위와 같이 아래의 일도(Harper 43)'라는 말을 믿는다. 이런 관점에서 예이츠의 시는 '세상의 뱀'인 '우로보로스(Uroboros)'가 상징하는 우주의 통일성에 기여하고 있다. 그러므로 예이츠의 전편의 시들은 그가 "자연과 초자연은 하나의 고리로 연결되어 있다(Harper 43)"라고 한 바와 같이 초자연과 자연의 세계가 하나로 연합된 것을 상징한다. 그러므로 "오랜 아일랜드"에 대한 찬미는 불멸의 장미를 찬미하는 것을 상징한다. 그의 예언적 장미의 시편들은 딸 소피아가 존재했고 존재하며 존재할 것을 상징한다. 이처럼 예이츠는 자신의 죽음 이후에 어떤 일을 해야 할 것인가를 보여주고자 하였다. 시 "어부"에서는 어부인 예수의 사도들로서 모든 성자들에게 자신의 유언을 남겨야만 한다고 했다. 야코프 뵈메와 스웨덴 보그와 블레이크와 같은 비전가들처럼 예이츠는 그의 생애를 추락한 소피아 혹은 성녀 소피아의 상징인 불멸의 장미를 위해 바치고자 했다. 세상의 어느 종교단체에 속했다기보다 신에 의해 선택받은 현인으로 예이츠는 서고자 했다. 시 "퍼거스와 드루이드"에서 자신을 불멸의 장미를 보호하는 영웅의 상징적 인물인 퍼거스와 동일시하였다. 그가 살아 있는 영혼들 중 가장 현명한 영혼으로 드루이드 승을 칭송하였는데 이 드루이드 승은 예수의 상징적 인물이라고 하겠다. 또한 예이츠는 또 다른 영웅인 난공불락의 파도와 싸우는 쿠홀린과 동일시하기도 했다. 격렬한 투쟁의 시기는 남성중심의 신의 시대인 지난 이천 년을 상징한다. 오로지 시간만이 불멸의 장미의 적으로 생각한 예이츠는 가이어의 법칙에 따라 승리의 때가 반드시 다가온다고 믿었다. 시 "시간의 십자가에 매달린 장미"에서 "세상의 장미", "평화의 장미", "전쟁의 장미"와 같은 세 편의 장미시편들은 정해진 시간이 오면 승리와 영광으로 다시 일어날 여성 원리인 소피아를 칭송한 시이다. 불멸의 장미를 헥토르와 아가멤논과 같은 트로이의 영웅들을 파멸로 이끈 트로이의 헬렌으로 상징하기도 했다. 왜냐하면 불멸의 장미는 얄다바오스의 핍박을 받고 소멸된 패배의 신이었기 때문이다.

에온의 지도자들은 소피아를 괴롭히고 소피아를 향해 대노하였다. 왜냐하면 그녀 스스로가 위대하다고 생각했기 때문이었다. …… 혼돈 속에서 사자의 얼굴을 한 지배자가 되었기 때문에 한쪽은 불이고 한쪽은 어둠이었던-얄다바오스를 나는 여러분에게 수차례 이야기했었다. 이 일이 있었을 때 소피아는 매우 지쳐 있었고 사자 얼

굴을 한 빛의 권능은 소피아의 모든 광명의 영광을 앗아갔고 소피
아를 에워싼 자의식의 의지도 물리적인 권능도 그 모든 것을 동시
에 빼앗아갔고 소피아를 고통스럽게 억눌렀다(MacDermat 37).

영지주의의 보고인 『나그하마디 라이브러리』에 나오는 소피아의
신화에서 소피아는 얄다바오스를 창조한 성모이다.

> 그녀[소피아]는 남성 원리의 동의 없이, 즉 자신의 배우자 동의 없
> 이 자신으로부터 유사한 신을 탄생시켰다. …… 소피아는 자신의
> (연속적인) 욕망으로 사자 얼굴을 한 뱀의 형상으로 변하였고 ……
> 소피아는 그의 이름을 얄다바오스라고 불렀다(Robinson 104).

예이츠는 "세상의 장미"에서 세상에서 고통받는 추락한 소피아를
묘사했다.

> 누가 불멸의 미가 꿈처럼 지나간다고 꿈꾸는가?
> 새롭게 경이는 일어나지 않기에 슬픈
> 그들 모두는 슬픈 긍지를 지니고서 이 빨간 입술을 위해서
> 트로이는 드높게 불타오르는
> 화장의 아슴한 빛 속에 사라져갔고
> 우스나의 자녀들은 죽었다.
>
> 우리와 노고하는 세상은 지나가고
> 출렁이는 인간 영혼 사이에서
> 그들의 겨울 종족 안에서 희미한 물빛처럼
> 별들이 스쳐가는 아래에서 물거품 치는 하늘에서
> 이 고독한 얼굴은 살아 있을 것이다.
>
> 대천사여, 고개 숙여 절을 하시오, 그대의 어슴프레한 거처에서,

그대들이 있기 전에 혹은 그 어떤 존재도 있기 전에
그의 왕좌 옆에 피로하고 친절하신 한 분이 거하셨다.
그 님이 방랑하는 발걸음 앞에
주님은 세상을 푸른 초장으로 만드셨다(*CP* 41).

예이츠는 불멸의 장미가 세상에서 얄다바오스에 의해 핍박받아온 성녀 소피아와 같다는 것을 상징적으로 보여주었다. 얄다바오스의 시대인 남성중심의 신이 지배하는 시기 동안 성녀 소피아는 트로이의 영웅들과 같은 소피아의 영웅들로서 남성 원리의 역할을 하는 영웅들은 재난을 당하였다. 또한 트로이의 영웅들처럼 자신이 세상의 불멸의 장미를 위해 희생을 치뤄야 한다는 것을 예이츠는 인지하고 있었다. 마지막 대심판날에 이르기까지 세상에 거할 불멸의 장미를 칭송하여 "이 고독한 얼굴은 살아 있을 것이다"라고 전했다. 마침내 마지막 연에서 누가 성녀 소피아인지를 설명한다. 즉, 불멸의 장미를 구세주이자 창조주로 칭송하였다. 그러므로 대천사들이 불멸의 장미 앞에서 머리를 조아리며 절을 해야 한다고 한 것은 성녀 소피아의 영광을 칭송한 까닭이다. 예이츠는 시 "평화의 장미"에서 다시 창조주로서 불멸의 장미의 권능을 역설하였다.

천국과 지옥이 만났을 때
천사들의 수장인 미카엘 대천사장이
천국의 문지방에서 그대를 굽어본다면
그는 자신의 할 일도 잊은 채
성스러운 천상에서
더는 천국의 전쟁들에 대한 생각을 품지 않고
대천사는 별빛으로
그대의 머리에 얹을 화환을 엮으리.

그러면 모든 사람들은 대천사를 바라보며 경배하리.

반짝이는 별들로부터
그대 머리에 얹을 화환을 엮으리.
그러면 만인들이 그대를 향해 고개를 조아리리라.
빛나는 은하수가 그대를 찬미하리니,
매끄러운 길을 따라 인도되어
마침내 천상의 거대 도시에 도달하리.
그러면 신은 그의 전쟁을 정전시키고
만상에 평화를 선포하리라.
그러면 살포시 천상과 지옥이 함께 거하는
장미의 평화를 만들리라(*CP* 41~42).

대천사장 미카엘이 "천국의 문지방에서 그대를 굽어본다면"이라고
하여 성녀 소피아인 불멸의 장미가 지상에 거한다고 서술하였다. 기
독교 영지주의의 성경이 전하는 바에 따르면 성녀 소피아가 "혼돈의
지역으로 입성하시다(MacDermat 37)"라고 하여 천상에서 추락하여
지상에 거하고 있음을 서술하였다. 그러나 마침내 예언에 따라 성모
소피아가 그 정한 시간에 따라 성자인 예수 그리스도에게 성녀를 구
하라고 명하게 된다. 그러면 다시 권능을 회복한 성녀 소피아와 더불
어 성자는 인류를 향한 대심판주가 되어 심판을 도맡게 된다고 예언
되어 있다. 다음 행에서는 "신은 자신의 정전을 선언하게 되고" 그러
면 "장미의 평화"를 선언한다. 정해진 시간이 오기까지 성녀 소피아
는 '데미어지(조물주)'인 얄다바오스에 의한 억압 속에 악과 전쟁을
치르는 희생의 구세주가 된다. 그 전쟁 상황은 시 "전쟁의 장미"에서
잘 묘사되었다.

장미 중의 장미, 이 세상의 모든 장미 중의 장미여,
또한 그대도 어슴프레한 조류가 슬픔의 선창가에서
세차게 내어던진 것에 가깝게
우리들을 부르는 종소리를 들었다.
부드럽고 아름디운 부드러운 음악을
미는 영원과 함께 서글프게 자라났고
우리들과 어슴프레한 잿빛 바다로 그대를 만들었다네.
우리들의 길다란 배는 사상으로 엮은 돛을 달고 대기해 있고
신은 배에도 동일한 운명을 지니도록 명하였다네.
마침내 신의 전쟁에서 패배한 채
배들은 흰 별무리들 아래로 침몰한 뒤에는
죽지도 살지도 못하여 우리들의 슬픈 마음의
작은 비명들을 더는 들을 수 없으리라(*CP* 43).

　"미는 영원과 함께 서글프게 자라났고"라는 말과 같이 소피아는 서글픈 역사의 모든 애로점을 견디어 왔다. 왜냐하면 불멸의 장미는 <피스티스 소피아>에서 보여주었듯이 그녀의 적인 얄다바오스의 핍박을 받아왔기 때문이다. 예이츠는 "우리들의 길다란 배는" 인류의 "세속적 완성(*CP* 399)"을 달성하기 위해 길고 긴 영혼의 여행을 하는 것을 상징한다. 모든 영혼들은 인류의 세속적 완성을 달성할 때까지 윤회를 지속해야 하기 때문이다. 최후의 심판날인 "장미의 평화"가 오기까지 영혼은 죽은 것이 아니라 윤회의 법칙에 따라 거듭 죽음과 재생의 윤회를 반복한다. 예이츠는 이에 대해 "우리는 살아도 죽어도 우리의 슬픈 마음의 작은 외침들을 더 이상은 들을 수 없을 것이다"라고 하였다. 인류는 죽음을 창조한 것이며 죽음은 없다고 예이츠는 선언하였다. 여성 원리는 세상에서 사라져버려서 세상은 더 이상 평화가 없다고 하여 인간이 세속적 완성을 이룩할 때까지 영혼은 탄생

과 죽음을 반복한다고 보았다. 숨은 신이자 영혼의 심판주인 불멸의 장미의 영광은 사라져버렸다. 시 "사랑의 슬픔"에서처럼 인류의 세속적 완성이 이룩될 때까지 불멸의 장미인 소피아는 인류와 함께 세상에 거하면서 고행의 나날을 보내는 숨은 희생의 구세주이다.

> 눈물로 잠긴 거대한 세상과 같은
> 파도에 시달리는 배들과 오디세우스와 같은 운명을 지닌
> 신하들과 함께 학살당한 프리암왕과 같은
> 붉은 입술을 한 한 소녀가 일어났습니다.
> 일어나자마자 즉시 처마 끝에서 참새소리 요란하고,
> 빈 하늘에 기어오르는 달,
> 나뭇잎의 저 모든 슬픈 노랫소리는
> 단지 한 남자의 이미지와 울부짖음을 엮어볼 수 있었을 뿐입니다
> (*CP* 46).

첫 연에서 남자는 남성 원리의 상징으로 비록 참새들과 달과 나뭇잎새 사이로 보이는 은하수 하늘이 아름다울지라도 이 남자는 깊은 슬픔에 젖어 있다고 한다. 둘째 연에서는 한 소녀의 "붉은 입술"을 통해 성녀의 슬픔을 극대화하고 그 숨은 구세주로서 추락한 성녀 소피아의 희생을 상징적으로 보여준다. 불멸의 장미의 고난은 오디세우스의 운명이나 프리암의 긍지로 상징되면서 그 희생의 슬픔이 극대화되고 있다. 추락한 성녀 소피아의 사제로서 예이츠는 마지막 연에서 슬픔과 근심에 휩싸여 있음을 한 남자의 "울부짖음"으로 상징하고 있다.

> 그대가 늙어서 흰머리가 나고
> 이 책을 펼쳐놓고 불가에 앉아 고개 끄덕이면서
> 졸음에 겨울 때

천천히 읽으면서 한때 그대 눈이 간직했던
부드러운 모습과 깊은 그림자를 생각할 때

얼마나 많은 연인들이
그대의 매 순간 순산바다 밝은 기품을 사랑하였고
그대의 아름다움을 거짓으로 혹은 진실로 사랑하였던가.
그러나 한 사람만이 그대 순례자의 영혼을 사랑했고
그대 변하는 얼굴의 슬픔을 사랑하였네.

빛나는 창살가에서 몸을 굽히고
약간은 서글픈 어조로 연인은 멀리 가버려
산 높이 거닐었고
별무리 속에 그의 얼굴 감춰버렸다고 중얼거리네(*CP* 46).

　오랜 옛날부터 불멸의 장미로 칭송되어온 소피아의 참된 사제로 자신을 묘사하였는데 이를 "단지 한 사람만이 그대 순례자의 영혼을 사랑했고"라고 했다. 예이츠는 "그대 변하는 얼굴의 슬픔을 사랑하였네"라고 하여 소피아의 고행을 상징한다. 마침내 불멸의 장미가 예이츠의 노래를 듣고 깊은 잠에서 깨어나게 된다고 예지하였는데 일단 그녀가 잠 깨어난 후에는 마법사이자 참된 사제로서 예이츠의 명예를 회복하기 위해 노력하면서 적과의 논쟁도 서슴치 않을 것이라고 한다. 소피아의 적은 "악당이나 바보"로 상징된다. 예이츠는 그의 연인이 삭막한 상황에서 세상의 적과 투쟁을 할 것에 대한 염려로 이어진다. 그러나 그는 이미 죽은 이로서 그녀를 도우려고 만남을 갖을 수는 없다. 예이츠는 "약간은 서글픈 어조로 연인은 멀리 가버려 / 산 높이 거닐었고 / 별무리 속에 그의 얼굴 감춰버렸다고 중얼거리네"라고 하여 미래의 소피아가 푸념하는 것을 예언하였다. 시 "흰 새"에서는 여성 원리가 남성 원리와 함께 이상세계에 머물기를 호소한다. 예이츠는 항시 더는 남녀양성구유의 세상이 아니기에 여성 신성은 소멸되었다고 서글퍼했다. 예를 들면 시 "죽음의 꿈"에서 여성 원리는 잠에 빠져 있다고 하여 남성중심의 세상에서 죽음을 맞이한 것으로 묘사된다. 즉 "그녀는 그대의 첫사랑보다 더 아름답지만 / 이제는 관 속에 누워 있다"라고 한다. 예이츠는 또한 그의 최후의 날들 중에 쓴 시 "사냥개 소리"에서 이 불멸의 장미의 죽음에서 영광과 권능회복을 예언하여 자신의 죽음과 더불어 시의 최절정에 도달한다. 캐슬린 백작부인과 성모 마리아의 관계는 성모와 성녀 소피아의 관계를 보여준다.

> 페르세포네처럼 그 영혼은 자신의 곤경에 처한 것을 플레로마의 투명한 세계에 거하는 성부와 성모를 향해 외쳤다. 초기 그리스 신화에서 헤르메스가 페르세포네를 구하기 위해 하강하는 것처럼 성모 소피아는 성녀의 부름에 응답하여 성자로 하여금 자신의 누이인 성녀를 구하도록 보낸다(Baring 620).

캐서린 백작부인은 이 땅에 거하며 고행한다는 점에서 딸 소피아의 상징으로 볼 수 있다. 캐서린 백작부인은 성모 마리아에 의해 구원을 받는 것으로 묘사된다. 이 점은 기독교 영지주의 신화와 상응하는 것으로 성자 그리스도는 성녀 소피아인 자신의 누이를 구하기 위해 세상으로 하강할 것이다. "일곱 천사들의 발 맞추고 있는 / 무희는 얼마나 찬란한가! / 모든 천국들이 대천국에게 머리 조아려 경배하노니 / 불꽃이 불꽃에게로 날개는 날개에게로 경배를 한다"에서 나타난다. 이처럼 예이츠는 미래의 천상과 장미의 평화를 예언하였다. 소피아는 올바른 시간이 오면 구원을 얻을 것이다. 왜냐하면 조아킴 피오레의 예언한 바처럼 새 시대는 올 것이기 때문이다.

소피아가 세상으로 추락하기 전 소피아의 영광의 올바른 시대를
위해 예이츠는 자신의 생애를 불멸의 장미에게 바칠 것을 꿈꾸었다.
소피아는 감춰진 신으로 뉴에이지의 주인이라는 자신의 영적인 실체
험에 따른 것이다.

심리학적 해석으로 분명하게 된 그 성서는 의심할 바 없이 영혼의
주해서라고 이름 붙여진 『나그하마디』에서 최다량으로 발견되었다.
그 영혼은(이 글에서는 소피아라고 불리우지 않는다) 본질적으로 지
복과 천상의 빛의 세계는 자비로운 천상의 성부의 주재하에 있었다.
…… 그녀는 궁극적으로 저차원 세상으로 하강하여 육화하여 자신의
추락과 고통으로 이어진다. 소피아는 "황량한 과부"가 되어 공격당하
고 심지어 일련의 잔인한 남자들에 의해 매춘부로 전락하여 강간당
하였다(MacDermot 13).

비록 불멸의 장미는 추락했지만 예이츠는 소피아의 고난을 캐슬린
백작부인이 죽음 후에 다시 그녀의 권능회복을 이룩한 것으로 묘사

하였다. 예이츠의 사상은 여성 원리가 남성 원리와 떨어져 나가면서 근본적인 합일성이 깨어진 것이다. 지난 남성중심의 삼위일체 시대 동안 단지 세상에는 혼란과 갈등과 전쟁만이 있었고 "장미의 평화"란 없었다. 왜냐하면 그 시대에는 소피아는 패배한 신으로 소멸되었기 때문이었다. 예이츠는 그리스도의 역할자로서 소피아의 영광을 예언하고 칭송하였다. 얄다바오스의 경우에서 볼 때, 남성중심의 신인 얄다바오스가 어머니 신성을 부인하였을 때, 결과적으로 지상은 재난과 전쟁이 들끓게 되었다. 그러나 예이츠는 불멸의 장미인 캐슬린 백작부인의 희생적 삶으로 상징되는 기독교 영지주의의 신화에서 보여주듯이 성모 마리아인 성모 소피아에 의해 구원이 이루어질 것을 상징하였다. 『영혼의 주해』서에서 영혼과 같이 <피스티스 소피아>에서 소피아 역시 캐슬린 백작부인이 상징한 불멸의 장미로서 이 세상에서 고난을 겪고 있다고 한다. 따라서 예이츠는 그의 연인인 소피아가 권능회복하기를 꿈꾸며 찬미하였다. 남성중심의 시대 동안에 여성 원리의 부재로 재난과 전쟁은 지속되었다. 예이츠는 크훌린이나 퍼거스와 같은 영웅이 되어 남성중심의 시대에 맞서 싸우고자 하는 영웅의 꿈에 젖어 있다.

> 이제 누가 퍼거스와 함께 마차를 몰고
> 깊은 숲 속 나무 그늘을 지나서
> 넓은 해변에서 춤을 출 것인가?
> 젊은이여, 황갈색 이마를 들어요.
> 소녀여, 그대의 보드라운 눈을 들어요.
> 가슴에 희망을 품고 더 이상 두려움을 품지 말아요.
> 더 이상 외면하여 사랑의 쓰라린 신비를
> 가슴에 품지 말아요.

왜냐하면 퍼거스가 황동 마차를 몰고
숲 속의 그늘을 다스리고,
아득한 바다의 흰 가슴과
머리카락 늘어뜨린 떠도는 별들을 다스리니까요(*CP* 48~49).

"젊은이와 아가씨"는 예이츠의 시 전체에서 시적 주제인 남성 원리와 여성 원리와 같은 남녀양성구유의 신성의 상징으로 이는 시종일관 예이츠의 시적 주제였다. 예이츠는 소피아의 영광이 다시 회복되는 것을 "가슴에 희망을 품고 더 이상 두려움을 품지 말아요"라고 서술하였다. "더 이상 외면하여 사랑의 쓰라린 신비를 / 가슴에 품지 말아요"라고 하여 더 이상은 남성중심의 삼위일체 신성이 지배하는 세상으로부터 숨어들지 말고 "장미의 평화"를 위해 과감히 잃어버린 여성 신성을 찾아 나설 것을 촉구하였다. 그의 불멸의 장미의 영광회복에 대해서는 시 "요정의 나라를 꿈꾼 그 남자"에서도 나타난다.

그의 마음은 온통 비단옷에 대한 생각에 잠겨서
땅이 그를 그녀의 돌의 돌봄으로 데려가기 전에
그는 마침내 약간의 다정함을 알았을 수도 있었을 것을.
그러나 남자가 잡은 물고기를 쏟아 부어 산적해 놓으면
그들은 작은 은빛 머리들을 쳐들고 노래하는 것 같았다.
잊혀진 세상의 섬에서
황금빛 아침이나 저녁의 음산함을 노래하고
그 섬에서는 사람들은 출렁이는 바닷가에서 사랑을 하고
가지들이 자아내는 변함없는 지붕 아래에서
그 시간은 연인의 맹세를 결코 저버리게 할 수는 없다고 한다.
그런 노래는 그 남자를 새로운 안식에서 흔들어 깨웠다(*CP* 49).

"비단옷"은 여성 원리의 고귀함의 상징으로 "기모노"는 일본인의 전통의상이다. 이 점은 불멸의 장미는 곧 동양, 즉 아시아에서 나올 것을 상징한다고 볼 수 있다. 보통 동양의 귀족들은 예이츠가 또 다른 시에서 언급했듯이 "기모노"와 같은 "비단옷"을 입고 있기 때문이다. 은빛 물고기의 노래는 초자연의 상태에서 신의 의지의 상징으로 이 은빛과 물고기는 여성 원리의 상징으로 볼 수 있다. "잊혀진 세상의 섬에서 / 황금빛 아침이나 저녁의 음산함을 노래하고"에서 영원한 청춘의 섬인 "티나노그"와 같이 남성 원리와 여성 원리가 힘의 평형을 이루고 있는 불멸의 이상세계를 상징한다. 이 노래는 그의 새 안식으로부터 마음을 사로잡고 놀라게 하는 신의 의지에 따라 창조된 것이다. 그러므로 그는 그 자신의 꿈을 보여줌으로써 자신이 신의 뜻에 따라 예언시를 쓰도록 선택된 것을 암시하였다.

> 언덕에 자신의 묘지가 만들어지기 전에
> 그는 마침내 진지한 몇 년을 지낼 수도 있었으리라.
> 그러나 갯지렁이가 있는 물 웅덩이 앞을 지나는 동안
> 북쪽인가 서쪽인가 남쪽의 어딘가에서
> 이렇게 노래한 것이다. 황금색이나 혹은 은빛 하늘가에서
> 명랑하고 환호하며 부드러운 종족이 살고 있었다고 한다.
> 만일 춤추는 댄서가 그녀의 피곤한 발을 멈추면
> 해와 달이 열매를 맺는 듯이 보였다.
> 그 노래로 인해 마침내 그는 더 이상은 현명치 못했다(*CP* 49~50).

예이츠는 자신이 죽음을 맞이하기 전의 모습을 보여주고 있으며 또한 남녀양성구유의 상징이 영원한 삶을 묘사하기 위한 것임을 시사한다. 즉, "황금색이나 혹은 은빛 하늘가에서" 황금빛과 은빛은 각각 남성과 여성 원리의 상징으로 볼 수 있다. 그는 남녀양성구유의

신이 통치하는 완벽한 세상을 꿈꾸어 왔음을 초기시부터 잘 시사하고 있다.

> 그는 스캐나빈의 우물가에서 생각에 잠겼다네.
> 그는 자신을 조롱하는 자들을 생각하였다. 분명코
> 그 마을의 이야기가 갑작스런 보복이 될 것이라고
> 대지의 밤이 그 남자의 육신을 삼켰을 때에
> 그러나 연못 가에 자라난 작은 마디 풀들이 어딘가에서
> 노래하기를-불필요할 정도로 날카롭게 목청을 돋우고서-
> 거칠어진 파도가 거세게 밀려왔다 밀려가고
> 폭풍우치는 은빛 물결이 황금의 날들을 혼동으로 몰아가도
> 고대의 침묵은 선택된 종족에게 기뻐하라고 명한다.
> 한밤중 그곳에서 그 종족들은 양털같이 감싸여서
> 연인은 연인들끼리 평화로이 지내리.
> 그 전설은 그의 몹시도 성난 마음도 사라져버리게 했다(*CP* 50).

"그 마을의 이야기가 갑작스런 보복이 될 것이라고 / 대지의 밤이 그 남자의 육신을 삼켰을 때에"에서처럼 몇몇 예언적 시구들이 들어 있다. 그의 죽음 뒤에 그가 조롱자들에 대해서 "갑작스런 보복"을 할 것을 예언하였는데 이 조롱자들은 예이츠의 영웅적 꿈을 비웃어대던 "악당이나 얼간이"와 같은 부류의 인물들이라고 볼 수 있다. 그들은 예이츠를 미치광이 정도로 치부하던 아일랜드 비평가들을 암시할 수도 있을 것이다.

그러나 그의 경력을 통해 볼 때 예이츠는 아일랜드의 삶 중에서 많은 날들을 화내고 말다툼을 벌이며 상반된 갈등을 지니는 관계를 유지했었다. 예이츠는 아일랜드에서 퇴폐주의와 신비주의와 시 정서상의 관능적인 면과 대중 연설 속에서의 성상 파괴적인 오만함

과- 또한 참으로 그의 개성적인 문체로 인해 공격받아 왔었다. 예이츠의 평판은 그의 사후 수년 동안 격렬한 분란을 초래했었고 "영국"이나 "아일랜드"에서나 그에 대한 주장들은 논란의 대상으로서 지속적으로 되풀이되는 분규의 대상이었다. 그의 자서전이 처녀 출간되었을 때인 1914년까지 걸렸는데 이에 대해 나는 전혀 놀라워하지 않는다. 그것은 시인 자신에게도 분명 전혀 놀라운 일은 아닐 것이다(Foster).

연못 안에 있는 작은 한 "마디 풀"과 오랜 침묵들은 모두 신의 의지인 우주 의식을 상징한다. 남녀양성구유의 원리로 은과 금은 확고한 상징체이다. 이는 "존재의 합일"을 의미하며 비잔티움이 보여주는 영원한 이상세계를 상징한다.

> 그는 럭네갈의 언덕에 잠들어 있다.
> 이제 대지가 그의 육신을 전부 취해버려서
> 차갑고 안개 휘감긴 가파른 언덕 아래서
> 마침내 잠을 설치지 않고 평안할 수도 있었을 텐데
> 만약 남자의 뼈 주위에 감싸고 있는 벌레들이 지칠 줄 모르고
> 날카로운 소리로 외쳐서 선언하지 않았다면
> 신이 손가락들을 하늘에서 내뻗어
> 손가락 사이로 한여름의 찬란한 햇살을
> 꿈이 아닌 빛 물결을 그 무희에게로 쏟아붓는다.
> 왜 서로 그리워할 필요가 없는 두 연인이 신이
> 온 세상을 한 번의 입맞춤으로 불사를 때까지 꿈을 꾸는가?
> 그 남자는 무덤 속에서도 위안을 찾을 수 없었다(*CP* 50).

예이츠는 "그는 럭네갈의 언덕에 잠들어 있다"라고 하여 자신의 죽음을 선언하였다. 비록 예이츠는 자신이 죽었다 해도 그의 영혼은 "만약 남자의 뼈 주위에 감싸고 있는 벌레들이 지칠 줄 모르고 / 날카

로운 소리로 외쳐서 선언하지 않았다면"에서처럼 죽음의 잠 속에서도 더는 평안할 수 없다고 하였다. 다이몬으로서 예이츠의 사후 영혼은 평안할 수 없는데 이는 그가 미래에 나타날 불멸의 장미의 잠을 깨워야 하기 때문이다. 마침내 신에 의해 예이츠의 영혼은 그의 연인인 불멸의 장미의 마지막 화신인 무희를 잠 깨울 수 있게 된다고 믿었다. 신은 무희에게 찬란한 햇살인 모든 잃어버린 지혜의 빛을 비춰주어 지상의 추락한 성녀 소피아의 지혜와 권능회복을 선언했다. 이는 시 "마이클 로바티스의 이중 환상"에서 부처와 스핑크스 사이에서 춤추는 무희와도 연결된다고 하겠다. 후기시에서도 무희가 등장하는데 서로 연관성을 지닌다고 하겠다. 예이츠의 영웅의 꿈은 시 "방울 달린 모자"에서 잠자는 여왕인 불멸의 장미를 일깨우는 광대의 희생과 연관을 이룬다.

'나에게는 방울 달린 모자가 있다'라고 그는 생각했다.
'내 방울 달린 모자를 님에게 보내고 죽으리라.'
그리고 아침이 밝아왔을 때
그는 그 방울 달린 모자를 여왕의 지나는 길에 두었다(*CP* 72).

광대는 자신의 삶을 연인인 세상에 거하는 성녀 소피아를 일깨우는 데 바치기로 다짐하였다. 초기시부터 최후시에 이르기까지 일관성 있는 예이츠의 헌신적인 자세는 하나의 시적 유기체를 이루고 있다. 이처럼 시적 단일주제를 지닌 그의 시세계는 마침내 소피아의 권능회복에 의한 최후의 심판을 예지한다. "왜 서로 그리워할 필요가 없는 두 연인이 신이 / 온 세상을 한 번의 입맞춤으로 불사를 때까지 꿈을 꾸는가?"라고 한 점에서 두 연인은 하나의 신이기 때문이다. 예이츠는 사후 다이몬이 되어도 자신의 소명이 아직 끝나지 않았다는 것을 죽음 이후 "평안할 수도 있었을 텐데"라고 했다. 사후에 불멸의 장미가 성녀 소피아의 적의 추종자들로부터 고난을 겪으면서 이 세상에 머물러야 한다는 것을 예지하였다. 그러나 마침내 올바른 시간이 올 때 불멸의 장미의 영광과 "장미의 평화"의 회복이 달성되는 때가 반드시 오리라고 꿈꾸고 있다.

전투를 위해 불꽃이 번뜩이는 군대에 대해서도 이야기했습니다.
천사들은 날개 위의 날개로, 불꽃 위의 불꽃으로 일어서고
폭풍처럼 말로 형용할 수 없는 위대한 이름을 외치며
서로 부딪치는 칼날들의 소리로
아침이 밝아오기까지 황홀한 선율을 만들고 있습니다.
그리고 하얀 여명이 밝아올 때 모든 것은 끝나고
단지 하얀 발을 번뜩이면서 큰소리로 날갯짓 하는
커다란 천사의 날개 치는 소리만이 들려올 것입니다(*CP* 56).

"형용할 수 없는 이름"은 아마도 신의 이름으로 구세주인 성자에게 숨은 신인 성녀 소피아를 구하라고 명한 천상에 거하는 성모 소피아를 상징한다. 재림은 성녀가 성자에 의해 구원을 얻은 후 임할 것이다. 올바른 시간이 오기까지 성녀 소피아의 지상에서의 방랑은 멈추지 않는다. 신은 이 세상에 성녀가 거하고 있기 때문에 "이 세상을 치지 않을 것(*CP* 173)"이라고 한다. 모든 사람들은 천사들에게 심판을 받을 것인데 "하얀 정적"은 성령의 상징으로 "모든 것은 끝이 나고 다만 하이얀 발을 번뜩이면서 커다란 천사의 날개들이 / 부딪치는 커다란 소리만이 들려올 것입니다"라고 하여 뉴에이지의 도래를 시사하였다. 뉴에이지는 비잔티움으로 상징되는 소피아의 영광과 권능

의 세계가 펼쳐지는 시대를 상징한다. 다음 시 "미래에 다가올 아일랜드에게"에서 남성 원리의 상징으로서 자신의 꿈과 신성한 의무를 꿈속의 비전을 통해 반복적으로 전하고 있다.

> 이를 깨달으라, 나는 아일랜드의 고충을 달래기 위해 부르는
> 민요와 이야기를 노래하는 무리들이
> 진정한 형제들이라고 말하고 싶은 것이다.
> 나 자신이 그들보다 열등하다고는 생각하지 않는다.
> 신께서 천사 무리들을 만드시기 전에
> 이 시구들이 쓰여진 바와 같이 만상이
> 빨간 장미로 가장자리 선을 두른 불멸의 장미의
> 역사로부터 그 여적은 시작되었기 때문이다.
> <시간>이 외쳐대고 격정에 찰 때
> 불멸의 장미의 날아갈 듯 스쳐지나가는 정연한 발걸음이
> 아일랜드의 심장을 고동치게 할 때가 있기 때문이다.
> 그리하여 <시간>은 자신의 촛불을 불타오르게 하여
> 여기저기에서 그 발걸음으로 빛을 발하게 되리라.
> 그리하여 아일랜드의 사상들은
> 그 고요로운 발걸음을 품어내리라(*CP* 56~57).

불멸의 장미를 추구하는 시편들을 "빨간 장미로 가장자리 선을 두른" 것으로 상징한다. 아일랜드를 불멸의 장미로 상징한 것으로 궁극적으로는 모든 것은 준비가 되었고 불멸의 장미의 권능회복의 정해진 시간만 다가오면 다시 왕 중 왕으로 회귀할 것이다. 예이츠는 그의 믿음으로 "아일랜드의 심장을 고동치게" 하는 때가 반드시 미래에 올 것을 믿었다. 불멸의 장미가 미래에 반드시 잠 깨어날 것이며 그 "정적의 발걸음"은 궁극적인 침묵의 의미로 어둠, 물, 은, 달과 같은 여성 원리의 상징으로 볼 수 있다. 다른 시인들처럼 예이츠 역시 불멸의 장미

를 노래하는 시인이자 성녀 소피아의 사제가 되길 원했었다.

예이츠는 다른 아일랜드의 시인들인 "데이비스, 망간, 퍼거슨"과 같은 시인들과 비교하여 볼 때 이들이 노래한 여성 신성을 위한 찬미의 노래로 모범이 되는 시인들을 상징한다. 이 시인들이 소피아를 칭송하고 있음을 인정하였다. 예이츠 역시 자신의 시에서 단지 낭만적인 성향이 아닌 신에 대한 최상의 비밀과 찬미를 간직하고 있다. 즉, "내 시편들은 단지 / 육신이 잠들어 누운 곳에서 / 그들의 시편들보다 더 심오한 것을 알 것이다"라고 한 점에서 선언하고 있다. 예이츠는 성령에 의해 예언의 힘을 지녔다. 그러므로 그의 시적 메시지는 마법과 예언적 성향으로 이룩된 초자연의 노래라고 할 수 있다. 이 점은 "네 요소들이 내 책상 주위를 / 오락가락하기 때문이다"라고 한 말처럼 신비를 간직한 초월적인 시세계를 펼치고 있기 때문이다. 즉, "인류는 긴 여정을 걸어온 것이다"라는 불멸의 장미인 "장미로 가장자리를 댄 치마단"을 따라서 긴 여정을 해왔다고 하는 점으로 나타난다.

> 여전히 내가 해온 사랑과 내가 알고 있는 꿈을
> 그대들에게 써서 남기고자 한다.
> 우리네 탄생부터 죽음에 이르기까지
> 시간은 단지 눈 깜빡하는 찰나일 뿐이다.
> 그리고 노래와 사랑하는 우리는
> 측량사인 시간이 천상에 빛을 발하게 한 것이
> 그리고 모든 저문 날의 모든 것들은 사라져가고.
> 이 내 책상 주위를 오락가락한다.
>
> 불타는 것들이 스쳐지나가는
> 진리가 불타오르는 황홀경 속에서
> 사랑과 꿈도 전혀 있을 여지가 없는 곳으로 간다.
> 왜냐하면 신은 하얀 발로 지나가기 때문이다.
> 나는 내 마음을 내 노래 속에 주입한다.
> 다가오는 아득한 시대의 그대들이
> 내 마음이 얼마나 붉은 장미로 가장자리 단을 댄
> 치마를 추구해 왔는가를 알아주길 바란다(*CP* 57~58).

예이츠는 불멸의 장미에 대해 "나는 그대들을 위해 글을 쓴다"고 했다. "시간만이 적"이라는 말을 한 바 있듯이 예이츠는 또한 "측량사인 시간은 천상에 빛을 발하게 한다"고 하였다. 이처럼 시간은 지난 이천 년 동안 남성중심의 삼위일체 신성을 옹호해온 시대였으나 이제 정해진 시간에 따라 장미의 평화의 때가 다가오면 "모든 저문 날"인 슬픈 일들은 사라질 것이라고 믿는다. 미래를 보는 비전가로서 예이츠는 성령을 의미하는 초자연의 신의 세계와 접촉이 가능하였다. 그러므로 예이츠는 성령이 "내 책상 주위를 오락가락 맴돌고 있다"고 단언한다. 세상은 남녀양성의 신성의 시대가 아니기 때문에 세상이란 "사랑과 꿈도 전혀 있을 여지가 없는 곳으로" 생각한다. 그러므로 여성 원리인 "신은 하얀 발로 지나가기 때문"이라고 하여 방랑자로서 떠돌이가 되었다고 노래하였다. 방랑자의 이미지는 추락한 소피아와 밀접한 관련성을 지닌다. 즉, "딸 소피아는 감히 귀천을 하지 못하고 단지 떠돌아다니고 있을 뿐이다. 그 떠돌아다님은 이리저리 오가는 것이다(Robinson 106)"라고 한 바와 같다. 예이츠는 "나는 내 마음을 내 노래 속에 주입한다"고 하여 불멸의 장미를 위해 자신의 목숨을 바친다는 것을 상징하였다. 예이츠는 자신의 유언을 미래를 위해 남겨두기를 "다가오는 아득한 시대의 그대들이 / 내 마음이 얼마나 붉은 장미로 가장자리 단을 댄 / 치마를 추구해왔는가를 알아주길 바란다"라고 하였다. 불멸의 장미을 위한 예언을 자신의 생애와 같은 세대를 위해 남기고자 한 것이 아니라 후대의 현자들에게 소중한 유언을 남기고자 하였던 것이다. 또한 예이츠는 자신이 불멸의 장미를 위해 헌신하는 삶을 살아갔다는 것을 미래의 사람들이 알아주길 바라고 있다. 이 점은 그가 마법단체로부터 진정한 마법사로서 당대에 평가를 제대로 받지 못한 것 때문에 미래에는 마법사들이 진정한 마법사로서 인류를 위하고 성녀를 구하고자 시를 통해 마법의 힘을 불러일으킨 것을 후대인들이 알아주기를 바라고 있는 것이다. 따라서 예이츠는 일생 자신이 불멸의 장미를 위해 목숨을 바쳐 헌신한 것을 알아주길 바란다고 했다. 예이츠의 전 생애는 곧 자신의 님을 찾고자 헌신한 일생으로 뉴에이지에는 남녀양성구유의 우주의 신의 시대가

도래할 것을 예지하면서 미래를 위해 자신이 시를 써온 것을 알아주
길 바라고 있다. 예이츠는 언제나 남성중심의 시대에 대한 실의에 찬
모습을 보여주고 있다.

> 신께서 주는 삶이 무엇이든지 견디고 더 이상의 장수를 청하지 말라.
> 여행에 고달픈 노인이여, 청춘시절의 기쁨을 기억하려 하지 말라.
> 만일 모든 갈망이 헛되어지면 죽음의 갈망이 기쁨이 된다.
> 그처럼 추억 속에 묻힌 보물이 주는 기쁨조차도
> 죽음, 절망, 가족의 분규, 인류의 모든 갈등상을 야기시킨다.
> 저 늙은 떠돌이 거지와 이들 신의 증오를 받은 자녀들이 아는 바처럼.
> ……
> 삶의 호흡을 마시지 말고, 한낮의 눈을 응시하지 말라.
> 두 번째로 최선의 일은 작별인사를 하고 재빨리 돌아서서 떠나는
> 것이다(*CP* 255).

예이츠는 일생 불멸의 장미를 살아생전에는 만날 수 없다는 것을
깨달았다. 그러므로 자신을 "저 늙은 떠돌이 거지와 이들 신의 증오
를 받은 자녀들이 아는 바처럼" 늙은 떠돌이 거지가 되었다고 한다.
늙은 떠돌이 거지는 소피아의 사제로 예이츠 자신을 상징한다. "신의
증오를 받은 자녀들"은 여성 원리를 찬미하고 남성 신인 얄다바오스
를 증오하는 사람들을 상징한다. 그러나 예이츠는 시간만이 적이라고
피력하였듯이 올바른 시간이 올 때까지 자신의 어깨에 힘겨운 짐을
메고 가는 사제의 길이 자신의 신성한 임무임을 인지하였다. 이에 대
해 그는 "내 믿건대, 예술이란 사제들의 어깨에서 내려진 짐들을 자
신들의 어깨에 둘러메고 가는 것이다(*E & I* 193)"라고 선언한다. 그
러나 예이츠는 자신이 사는 남성중심의 시대에 없는 미래에 등장할

여성 신성인 불멸의 장미를 위해 노래를 남기고자 했다.

> …… 술 취한 병사들이
> 문가에서 어머니가 피범벅이가 되어 기어가다가
> 살해되도록 방치할 수 있는 것에 대해 비난받지 않는다.
> 밤은 이전처럼 공포로 땀에 젖을 것이고
> 우리의 사상을 철학으로 체계를 잡고
> 사상을 하나의 지배하에 두고자 계획하였던 우리는
> 구덩이 속에서 싸우는 족제비에 지나지 않다(*CP* 233).

"밤"은 소피아의 어둠으로 여성 원리를 상징한다. 소피아는 어둠의 소피아 혹은 검은 비나로 불리운다. 그는 소피아의 고통을 "밤은 이전처럼 공포로 땀에 젖을 것이고"라고 했다. 즉, 남성 원리는 신이 남녀양성구유인 것처럼 여성 원리와 균형을 이루어야만 한다. 그러나 올바른 시간이 올 때까지 남성중심의 사회로 살아가야 하기에 예이츠 세대에는 아직 올바른 평화의 때가 다가오지 않았다. 그러므로 예이츠는 "구덩이 속에서 싸우는 족제비"처럼 숨어야만 한다고 했다. 그러나 그 족제비는 사냥꾼이나 사냥개의 상징처럼 여성 원리인 불멸의 장미에 대한 갈망을 상징한다. 소피아를 위한 갈망은 예이츠의 유일한 "위안"이었다.

> 그러나 그런 상황에서 어떤 위안을 찾을 수 있단 말인가?
> 인류는 사랑으로 살고 소멸하는 것을 사랑한다.
> 그 이상 무엇을 말할 것인가? 그 나라에 대해
> 만일 그렇게 생각한다 해도 누구도 감히 수긍하려 하지 않았다.
> 아크로폴리스의 나무상을 불사르는 자나
> 저명한 상아상을 부수는 자나

혹은 황금의 메뚜기와 벌떼들을 상거래하는 자들인
선동자들과 편협한 자들을 발견하게 되리라(*CP* 234).

　　예이츠는 지난 이천 년 동안 남성중심의 시대에 황폐화된 상황을
이 시에서 상징하고 있다. 여성 신성의 신전의 상징은 "아크로폴리
스"로 상징되며 이는 박해로 사라지게 되었음을 보여준다. 소피아의
권능 추락을 상징하는 것이다. 예이츠는 소피아를 위한 영웅의 꿈을
백조로 상징한다.

> 백조는 황량한 하늘로 뛰어들었다.
> 그 이미지는 황량함과 분노를 초래하노라.
> 내 힘겨운 삶 속에서 상상해낸 것과
> 심지어 반쯤 상상한 것이나 반쯤 쓴 페이지도
> 모든 것을 종결시키고 끝내고 싶은 것이다.
> 오 그러나 우리들은 인류를 괴롭히는
> 불행을 어떻게 해서든지 고쳐보고 싶은 것이다.
> 그러나 이제 겨울 찬바람은 불어와
> 우리는 우리가 꿈꾸고 있을 때
> 이는 우리가 미치광이임을 알게 된다(*CP* 235).

　　그 백조는 남녀양성구유의 신성을 믿는 세상의 성자들을 상징한다.
그러므로 성자들인 '다이모닉 맨'들은 "인류를 괴롭히는 불행"을 고
쳐주고자 헌신하는 현자들이다. 그러나 영웅적인 꿈을 꾼다는 것은
현실과는 너무도 괴리가 있어서 마치 "미치광이"처럼 보인다고 보았
다. 왜냐하면 정해진 시간이 다가오기 전에는 결코 실현될 수 없는
일이기 때문이다. 그의 영웅적인 꿈은 황량한 세상을 올바르게 만들
고 개선하는 것이지만 그 일은 너무나도 어려워보여서 예이츠는 "반

쯤 상상한 것이나 반쯤 쓴 페이지"가 상징하는 미완성의 노력으로 이제 포기하고 싶다는 생각을 한다. 그러나 다음 행에서 예이츠는 불멸의 장미를 찾아 나서는 자신의 모습을 강조한다.

> 칠 년 전에 우리들은
> 명예와 진리에 대해 논하였지만 이제는
> 만일 우리가 족제비의 취한 이빨을 드러낸다면
> 기쁨으로 우리는 괴성을 질러댈 것이다(*CP* 235∼236)

　족제비의 이빨은 남성 원리의 상징으로 시 "사냥개 소리"에서 사냥꾼과 사냥개가 여성 원리의 상징인 산토끼와 만나게 되는 예이츠의 영웅적인 꿈과 연관성을 지닌다. 전체 상징시를 통해 예이츠는 전 생애가 꿈으로 점철된 것을 보여주고자 했다.

> 나는 꿈으로 지쳐버린
> 흐르는 강물 속에 잠긴
> 풍파에 마모된 대리석 트라이튼 석상,
> 나는 마치 책 속에서 미인의 그림을 바라보듯이
> 온종일 이 숙녀의 미모를 지켜보면서
> 시선 가득 기쁨을 느끼거나
> 귀 기울이면서
> 지혜로워지는 것을 보고 기뻐한다.
> 사람은 세월과 더불어 개선되기 때문이다.
> 그러나 아직은 모른다.
> 이것은 꿈인가 진실인가?
> 아, 내가 불타오르던 청춘시절에 우리가 만났더라면
> 그러나 나는 이제 꿈에 젖어 늙어버린
> 흐르는 물속에 서 있는
> 풍상에 마모된 대리석 트라이튼(*CP* 152∼153)

　예이츠가 피력한 바 "나는 마치 책 속에서 미인의 그림을 바라보듯이 / 온종일 이 숙녀의 미모를 지켜보면서"라고 하여 자신이 지상에 거하는 불멸의 장미를 보는 혜안을 지녔음을 선언하기도 하고 또한 시적 목표가 여성 원리를 추구함에 있음을 시사하기도 한다. 비록 일생 그 숙녀인 불멸의 장미를 그리워하면서도 만나지 못할 운명임을 알고 있었지만 불멸의 장미를 위한 영웅이 되고자 꿈에 젖어 있는 모습이다. 사랑하는 불멸의 장미는 자신의 세대가 아닌 미래세대에나 나타날 것을 믿었기 때문이었다. 예이츠가 "나는 이제 꿈에 젖어 늙어버린" 트라이튼이라고 하여 성녀 불멸의 장미를 만나기도 전에 노쇠하여 죽음으로 치닫게 된 것을 한탄했다. 또한 시 "살아 있는 미"에서도 "오 마음이여, 우리는 늙어버렸도다. / 살아 있는 미는 보다 더 젊은이들을 위한 것이다. / 우리는 복받치는 눈물을 어쩔 수 없도다(*CP* 156)"라고 토로하였다. 미래를 위한 비전가로서 예이츠는 자신이 오직 예언시를 남길 뿐임을 알았다. 늘 그리워하는 님을 만나고자 하는 바람은 단지 헛된 꿈이라고 생각했다.

> 사랑 속에 숨겨져 있는 모든 것을
> 알아낼 이는 아무도 없다.
> 왜냐하면 그는 사랑이란
> 시간의 고리가 달려갈 때까지
> 그녀 머리카락의 고리 안의 고리라고 생각하기 때문이다.
> 아, 일 페니 동전이여, 갈색의 일 페니여, 갈색의 일 페니여,
> 그 누구도 너무 일찍 사랑을 시작할 수는 없는 것이다(*CP* 110).

　"시간의 고리가 달려갈 때까지"는 가이어의 법칙을 상징하는 것으로 예이츠는 두 가이어들은 남성 원리 중심의 가이어에서 여성 원리

의 가이어로 회귀하는 것을 상징한다고 볼 수 있다. 예이츠는 인류는 여성 원리의 신성을 잃어버렸고 그러므로 "사랑 속에 숨겨져 있는 모든 것을 / 알아낼 이는 아무도 없다"라고 선언했다. 세상은 남성중심의 삼위일체가 지배하는 오류의 시대이기 때문이다. 정해진 시간이 아직 오지 않았기 때문에 예이츠 자신 역시 지혜를 무시해왔다는 것을 인지했다. 그러나 사람들은 올바른 시간이 오기까지 기다려야만 한다. 왜냐하면 그 시간이 올 때까지는 "그 누구도 너무 일찍 사랑을 시작할 수는 없기" 때문이라고 믿었기 때문이다. 단지 영웅의 꿈에 젖어 있고 자신의 의지가 아닌 미지의 교사들의 속삭임을 들음으로써 자신의 꿈을 펼칠 수 있다고 믿었기 때문이었다. 즉, "내가 언제 나의 의지가 있었단 말인가? / 오 내가 태어나면서부터 나의 의지란 없었지(*CP* 192)"라고 외친다. 예이츠는 늘 신의 의지로 살아가는 것을 인지하고 있었고 몸이 늙어가면서 불멸의 장미를 꿈꾸는 비전가일 뿐 정작 그 님을 만날 수는 없는 고독함을 자각하고 있었다.

　　　나는 눈먼 진주알을 휘돌리는
　　　늙은 거지였으면 좋겠네.
　　　왜냐하면 그는 내 연인을 볼 수 없기에
　　　지나가도 보지 않도록

　　　지상에서 친구 하나 없이
　　　처량하게 축 늘어진 거지,
　　　그러나 도둑질하는 파렴치한 불량배들밖에는-
　　　아, 이 세상에는 친구 하나 없는 거지.

　　　혹은 머리 속에는 오직 노래만이 있는 거지
　　　아름다운 여인에게 바치는 노래만을 위해

헌신하는 거지.
그는 침대 속에서 홀로 노래를 짓는다(*CP* 326).

첫 연은 예이츠가 눈이 먼 시인 호머처럼 불멸의 장미를 칭송하고
자 하여 헬렌을 노래한 호머와 자신을 동일시하고 있다. 단지 심안의
장미를 꿈꾸고 있을 뿐이라 하겠다. 단지 불멸의 장미인 "아름다운
여인"을 위해 자신의 노래로 칭송하고 또한 그녀에게 노래를 바치고
자 한다. 예이츠의 영웅적인 꿈은 이처럼 늘 한 여인인 불멸의 장미
를 칭송하고 그 성녀의 깊은 잠을 깨우는 일이었다. 노년에 접어들면
서 예이츠는 호머와 동일시를 이루어 소피아를 노래하고자 했었다.
노년이 다가오면서 예이츠는 <황금 여명회>에 이어 설립된 <새벽
별>(스텔라 마튜티나)의 장미십자단의 공식적인 의식에서도 물러나
오로지 성녀를 추구하는 남성 원리로서 시를 쓰고자 하였다. 자신의
상징인 레드 한라한처럼 성녀를 찾아서 죽기까지 헌신하고자 한다.
세상의 누구도 예이츠의 신비의 혜안을 통해서 알게 된 잊혀진 소피
아를 추구하는 그의 심사와 앞으로 다가올 소피아에 대한 예언시를
바로 이해할 수는 없을 것을 인지한 까닭이다. 따라서 "지상에서 친
구 하나 없이 / 처량하게 축 늘어진 거지"로 자신을 비유하고 있다.
남성중심의 시대에 성녀를 수호하는 남성 원리의 역할을 하는 레드
한라한-예이츠의 외롭고 실의에 찬 노래는 미래의 소피아를 위한 예
언시임을 잘 나타내준다. 예이츠는 "머릿속에는 다만 아름다운 여인
에게 바치는 노래만을 위해 헌신하는 거지"가 되고자 한다는 말에서
그의 시에 대한 열정으로 불멸의 장미를 위해 헌신하는 영웅의 꿈에
젖어 있다는 것을 알 수 있다. 예이츠는 자화상을 그리기를 "어리석

고 열정적인 남자(*CP* 326)"라고 불리우기를 갈망했다. 그러나 때로는 많은 그의 적들인 어리석은 자들이 억압하는 인생으로부터 마법사로서 대스승으로서 자신의 권능회복의 때가 올 것을 확신했다. 예이츠는 "어린 시절 계획에 따라 일을 했고 / 바보들을 분노케 했다네. 그러나 나는 굴복하지 않고 / 그 무엇인가를 완성시키고 말았다네(*CP* 348)"라고 한 말에서 알 수 있다. "어린 시절 계획에 따라"는 어린 시절부터 영웅의 꿈에 젖어 있었음을 시사한다. 불멸의 장미를 위해 어린 시절부터 추구해 온 노래들과 그의 시적 목표는 어리석은 자들을 분노케 하였다고 한다. 그의 계획은 불멸의 장미를 위한 신성한 의무를 다하는 것으로 "존재의 합일"을 이루는 것이었다. 이처럼 신에 의해 선택된 자로서 비전을 볼 수 있는 비전가임을 선언한 바 있다.

> 나무 정상에서부터
> 반은 반짝이는 불길이고 반은 이슬 맺힌
> 푸른 잎새들로 감싸여
> 반은 반으로 전체를 이루고
> 반과 반은 서로를 새롭게 하기 위해 소모되고
> 그는 광란에 사로잡힌 무리들의 시선과
> 눈먼 무성한 잎새들 사이에 아티스 이미지를 매달고
> 자신이 아는 것이 무엇인지도 모르는 듯
> 슬픔도 모르는 듯했다(*CP* 282).

예이츠는 비록 자신의 시일지라도 그 전체시의 신비와 최고의 비밀을 다 이해할 수는 없을지라도 자신의 신성한 의무와 꿈은 여신 키벨레를 위해 희생을 치르는 남성 원리인 아티스 신과 같이 되는 남성 원리의 역할임을 깨닫고 있음을 시사한다. "반은 반으로"는 남성 원리와 여성 원리의 상징으로 남녀양성구유의 신성은 이처럼 두 남녀 양성의 원리가 합일하여 완성된다는 것을 상징한다. 예수처럼 자신이 아티스로서 희생을 치르기 위해 선택된 존재임을 깨닫게 된 예이츠는 그 희생이란 거부할 수 없는 것임을 알고 수용했디. 즉, "슬픔도 모르는 듯"에서처럼 스스로 신의 뜻에 순응하여 '존재의 합일'을 이룩하고자 하였다.

> 오 황폐한 테베지역에서
> 혹은 마레오티스의 바닷가에서
> 희열에 잠긴 성자 안토니와
> 이천 명 이상의 신도들이
> 해변가에서 단식하면서
> 앙상한 마른 뼈마디로 시들어갈 때
> 시저들에게는 그들의 왕좌 이외엔 무엇이 있었던가?(*CP* 210)

코마의 성자 앤토니처럼 영웅이자 성자이고 싶어할 뿐인 예이츠는 세상의 고고한 지위를 상징하는 시저가 되고 싶은 열망은 없다. 그는 성자 앤토니의 인생처럼 세속적인 삶이 아닌 영적인 삶을 추구하고자 하기 때문이다. 그가 원하는 것은 선지자 이사야가 되는 것으로 "이사야의 석탄(*CP* 285)"을 원한다고 하여 예언가가 되기를 갈망했다. 그는 또한 "책임감이 나를 짓누른다(*CP* 284)"고 하여 자신의 말에 책임감도 느끼고 있다. 예이츠는 여성 원리가 회복되는 정해진 시간인 "장미의 평화"의 때가 오기 위해 대심판의 시기가 다가올 것을 예지했다. 예이츠는 이처럼 세상에 거하는 불멸의 장미를 고대하고 그리워하는 혜안의 시인으로서 불멸의 장미를 향한 예언을 후대 인류에게 남기고자 했다.

나는 기도하노니-유행어는 사라지고
다시 한 번 간구하옵니다.
나이들어 죽을 처지일지라도
어리석고 열정적인 남자라고 생각하게 해주십시오(*CP* 326).

감춰지고 잊혀진 신을 찬미하기에 비록 바보처럼 여겨질지라도 불멸의 장미를 위해 인생을 바치는 "어리석고 열정적인" 시인이 되고자 했다. 가이어는 항상 휘돌고 있고 올바른 정해진 시간이 다가옴에 따라 남성 원리의 가이어는 미래에 점차 축소되어 그 힘이 약화될 것임을 인지하고 있었다.

가이어! 가이어! 늙은 바위 얼굴이여, 앞을 내다봐요.
오랫동안 생각되었던 것들이 더는 고려되지 못하리.
왜냐하면 미는 미에 의해 죽고 가치는 가치로 소멸되니
옛 형상은 흔적없이 사라지기 때문에
막무가내로 솟구치는 피의 흐름이 대지를 적시고
엠페도클레스는 만상을 내던진다.
헥토르는 죽었고 트로이에는 한 줄기 빛이 있었다.
우리는 바라보며 다만 비극적 기쁨 속에 웃는다(*CP* 337).

두 가이어가 돌아가면서 예이츠는 늙은 바위 얼굴인 남녀양성구유의 신에 의한 뉴에이지를 고대하였다. 지난 남성중심의 시대 동안 불멸의 미는 떠돌이로서 세상에서 고통을 당하였다는 것을 "미는 미에 의해 죽고 가치는 가치로 소멸되나니"라고 한 바 있다. "옛 형상은 흔적없이 사라지기 때문에"에서는 옛 소피아의 영광과 권능은 사라졌다는 것을 암시한다. 그러므로 "막무가내로 솟구치는 피의 흐름이 대지를 적시고"에서처럼 세상은 전쟁으로 물들어 왔다. 비록 남성 원리인 영웅 헥토르는 불멸의 장미를 보호하고자 죽음을 맞이하였지만 그 불멸의 장미는 숨은 신으로 세상에 여전히 감추어져 있다. 성녀는 "한 줄기 빛"으로 상징되고 있으며 이 세상에 거하는 불멸의 장미이다. 뉴에이지가 오면 승천할 성녀는 미래의 시대에 신의 뜻에 따라 모든 상황이 달라질 것이므로 예이츠는 "우리는 바라보며 다만 비극적 기쁨 속에 웃는다"고 했다. 그는 확실히 최후의 날에 남성 원리로서 여성 원리의 상징인 산토끼를 찾아 나선 사냥꾼으로서 여성 원리와 남성 원리가 합일하여 대승리를 달성하는 꿈에 젖어 있다. 예이츠는 "사냥개들이 에워싼 한가운데에서 승리를 찬미(*CP* 385)"할 것이라고 예언하였다. 예이츠는 남성 원리인 영웅으로서 그동안 권세를 누려온 남성중심의 신인 소피아의 적인 눈먼 남성 신을 때려눕히는 영웅의 꿈에 젖어 있다.

> 원한다면 나를 노상에서 외쳐대는 땜장이라고 부르시오.
> 그러나 내 이름은 마니온이라오.
> 범인들을 때려눕혀도
> 수치스러운 일이 아니라고 생각하오.
> 범부는 범부를 낳고
> 촌놈은 촌놈을 낳는다.
> 그러므로 열 놈 정도 선택하여
> 그들의 머리를 휘갈겨준단다(*CP* 371).

　방랑자인 "노상에서 외쳐대는 땜장이"는 레드 한라한과 동일시되는 영지주의의 소피아의 사제임을 상징한다. 땜장이가 "범인들을 때려눕혀도 / 수치스러운 일이 아니라고 생각한다"라고 하여 자신이 영웅으로서 거짓에 대해 징벌할 것을 암시한다. 다음 행에서 예이츠는 적을 무찌르고 영광을 회복한 불멸의 장미의 마지막 화신이라고 할 수 있는 제인에 대한 꿈에 젖어 있음을 그린다. 즉, "열광적인 제인이 옛 시대를 벗어던지고 / 새 시대를 외쳐줄 수 있다면 / 옛 신이 다시 일어날 수만 있다면"이라고 하여 "옛 신"인 소피아의 영광의 도래를 기원하였다. 예이츠는 "나는 새벽이 다시 오기 전에 / 마구간을 찾아서 빗장을 열고 말리라(*CP* 104)"라고 선언하여 반드시 불멸의 장미의 영광은 회복될 것을 믿었다. 말이나 망아지로 상징되는 억압받던 여성 신성이 감옥으로 상징되는 마구간에서 뛰쳐나와 탈출하는 것을 여성 신성의 해방과 권능회복으로 상징했다. 예이츠는 "산에서 산으로 거칠게 말 탄 이들이 말 달린다"라고 하여 자유의 상징을 그렸다. 탈출은 최후 시편들 중에서 "서커스 동물의 탈주(The Circus Animals' Desertation)"에서도 상징된다. 예이츠는 불멸의 장미에 대해서도 말의 이미지를 사용하였다. 그러므로 "말탄이"는 불멸의 장미인 헬렌과 연관성을 지닌다.

> 병사는 대장에게 경례하는 것이 긍지이고
> 신도는 주님께 무릎 꿇고 경배하는 것이 긍지이고
> 순수 종으로부터 암말에 내기를 거는 이들도 있다.
> 트로이는 헬렌을 걸었다. 트로이는 숭배하다가 패망하였다(*CP* 378
> ~379).

"트로이는 헬렌을 걸었다"는 것은 영웅들이 그들의 삶을 여성 신성을 위해 바쳐 온 남성중심의 시대의 암울한 역사를 상징한다. "영원인 숫말이 시간인 암말을 타고 / 세상이라는 망아지를 잉태하였다(*CP* 306)"라고 하여 남성 원리의 가이어의 선회가 끝나고 남녀양성구유의 시대가 온다면 시간의 암말은 불멸의 장미인 헬렌을 상징하는 망아지를 탄생시킨다고 한다. 그러므로 "말탄이"는 불멸의 장미와 영웅의 연합을 상징한다. "말탄이"는 예이츠의 꿈을 상징하는 것으로 남성 원리가 여성 원리와 연합하여 "존재의 힙일"을 이루는 것을 상징한다. 예이츠의 시적 주제로서 '존재의 합일'의 달성은 "말탄이"로 상징되고 있다. 즉, "그는 세상의 독인 마을로 말 달린다네(*CP* 96)"와 "산에서 산으로 거칠게 말을 타고 달린다(*CP* 371)"에서 "말"의 상징성은 '존재의 합일'에 이르는 힘을 상징한다. 또한 "그 위대한 해마는 새벽을 향해 하얀 이빨을 드러내고 웃는다(*CP* 386)"와 "말탄이여, 지나가라(*CP* 401)"에서 나타난 "말"의 상징성은 모두 '존재의 합일'을 이룬 천상의 황홀경으로 불멸의 경지에 이르기 위해 박차고 나가는 강력한 힘을 상징한다. 그러므로 예이츠의 묘비명에서 "말탄이"는 영웅적인 꿈을 이룬 승리의 강한 힘을 상징한다. 『우파니샤드』에서도 "말탄이"의 이미지를 카르마의 업보에서 벗어나 영원한 천국으로 가는 다이몬의 경지라고 하였다.

> 분별력 있는 지성인 마부가
> 훈련된 마음인 고삐를 쥐고
> 사랑의 주님과 연합하는
> 삶의 최선의 경지에 도달하였다(Easwaran 89).

"말탄이"는 죽음과 탄생을 거듭하는 윤회의 수레바퀴에서 해방되기 위해 이탈할 수 있는 힘을 상징한다. 이처럼 예이츠는 카르마에 따른 윤회론을 믿었고 그러므로 "인간은 죽음을 뼈 속 깊이 알았기에 죽음을 창조하였다(*CP* 264)"라고 했다. 모든 겁쟁이들은 카르마에 따른 윤회의 법칙에서 이탈하지 못하고 윤회의 굴레에 따라 재탄생을 거듭하게 된다.

> 인디언 불교도들은 삼대가 지나면 죽은 이에 대한 제사를 치르지 않았는데 이는 시간이 지난 후 고인이 새로운 탄생을 하였다고 믿었기 때문이다(*AVB* 236).

윤회론을 믿는 예이츠에게서 "인생의 최상의 목적"은 윤회의 수레바퀴에서 해탈에 이르는 것이고 "그 윤회의 순환에서 자유를 발견하는 것(*AVB* 236)"이었다. 그 "차가운 시선"은 윤회의 굴레에서 벗어나 자유를 발견하라는 다이몬의 충고를 상징한다. 즉, "차가운 시선을 던져라"라는 부처가 "삶도 죽음의 공포도 아닌 존재의 굴레의 족쇄를 풀어라(Gorski 199)"라고 한 말과 같은 맥락이다. 예이츠의 영웅적인 꿈은 초기 장미시편들로부터 묘비명에 이르기까지 소피아의 비전을 보여주고 사람들을 불멸의 세계로 이끌어가는 것을 보여준다. 예이츠는 불멸성을 획득하기 위한 지식의 획득은 매우 간단하다는 것을 시사했다. 즉, "만상이 풀잎의 / 이슬 한 방울에 매달려 있었다(*CP* 287)"라고 하여 '존재의 합일'을 달성하는 일은 복잡하고 난해한 일 같지만 의외로 단순한 것임을 시사하였다. 동양의 음양의 법칙인 사라진 여성 원리를 인지하는 것으로 음양의 원리를 알면 되는 것이다. 이는 또한 환생의 수레바퀴인 카르마의 법칙에서 이탈하고자 하는 힘이 필요하다. 예이츠의 묘비명에서 "말탄이"처럼 『우파니샤드』에서도 그 이탈의 힘은 "말탄이"로 상징되고 있다. 예이츠는 자신의 죽음에 대해 두려움에 떠는 겁장이들을 증오하였다. 즉, 불멸의 장미를 위해 목숨을 바치는 영웅이 되고자 하는 마음의 발로였다. 가이어가 휘돌아감에 따라 예이츠의 영웅적인 꿈은 실현되어질 것이다. 예이츠는 대심판날에 타락한 세상을 심판하는 권능을 지닐 수 있다고 꿈꾸었다. "그러면 그들이 옛 고서가 무엇을 말하는지 알았을 때 더는 나은 것이 있을 수 없음을 알았을 때 / 왜 노인은 미쳐버릴 수밖에 없는지 알겠지"라고 하여 남녀양성구유의 신성을 믿는 것을 "옛 고서"에는 여성 원리인 소피아가 서술되어 있음을 시사한다. 그러면 미치는 것은 곧 그 지식을 찾아 열정을 불사르며 박차고 나아가는 힘을 얻어 윤회의 수레바퀴에서 벗어나는 것을 상징한다. 이처럼 상징시를 통해 성령의 도움을 얻어 여성 신성의 비밀을 열기 위해 노력하였다. "그[예이츠]는 전 작품을 파운드가 그가 평소 하는 말로 환기시키곤 하였듯이 새 예술의 신성한 서적으로 분류되어지는 예술적인 유언서를 엮으려고 노력하였다(Finneran ed. 16)." 위대한 비전가로서 불멸의 장미가 권능을 회복하는 날을 고대하였다. 그러나 자신의 죽음 이후에나 올바른 시간이 다가올 것을 예지하고 안타까움에 젖곤 하였다.

> 그러나 육신이 가고 나면 그에게는 더는 잠이란 없다.
> 자신의 지성이 확신에 이르기까지
> 모든 것이 하나의 확연한 장면으로 나타나고
> 내가 지금 추구하는 사상을 추구하고
> 그러면 그의 영혼은 판단을 받겠지만
> 모든 과업이 끝마쳐지고 지성과 시야로부터
> 모든 것이 막을 내리면
> 마침내 밤 속으로 가라앉아 가는 것이다(*CP* 394).

오늘날까지도 무수히 많은 예이츠 학자들이 비록 예이츠가 "영적 지성의 위대한 과업"을 설명하고자 엄청난 각고의 노력을 기울였음에도 불구하고 그의 신비 예언시를 오직 한 시인의 애정문제로만 국한시켜서 축소화하고 경시하였다. 즉, 그의 시세계를 한 여인에 대한 사랑과 실연에 대한 사생활 중심으로 일어난 것이라고 하여 마법사이자 심령주의자인 예이츠의 신비시에 대한 해석상의 오류를 범하였다. 위대한 마법사이며 비전가로서 신의 말씀을 듣고 있는 예이츠의 진면목을 무시하고 단지 그의 자서전적 삶 속에서 그의 시세계의 진정한 의미를 찾고자 하는 지대한 오류를 범한 까닭이다. 그러나 예이츠 자신도 이런 세인들의 신비시에 대한 평가절하에 대해 수차례에 걸쳐서 "단순한 사건들이 자신의 삶과 밀접한 관련이 없음을 밝히곤 하였다(Finneran ed. 16)." 예이츠는 기독교 영지주의의 사제인 리브를 자신과 동일시하며 그의 영웅적인 꿈은 어느 시대의 영웅들보다도 강렬한 것이었다. 그에게 가장 중요한 것은 정해진 시간이 다가온다는 확신이었다. 즉, "폰 휘겔이여, 우리는 성자의 기적과 신성을 숭상하는 것을 받아들이기에 / 서로가 너무도 닮았지만 우리는 헤어져야만 하지 않는가?"라고 하여 정통파와는 작별을 고하였다. 초능력자로서 예이츠는 야코프 뵈메와 윌리엄 블레이크처럼 초자연적인 경험을 중시했기에 어신이 성 패트릭의 개종 권유를 거절하고 니아브 여신을 생각하면서 슬퍼한 어신의 모습을 통해 자신의 신앙심을 대변하였다. 예이츠는 여성 신성인 소피아를 볼 수 있는 혜안의 눈을 지녔기에 남성중심의 삼위일체 신성을 지지할 수는 없었던 것이다. "성자의 기적과 신성을 숭상하는 것"을 수용하는 까닭이라고 하여 남성중심의 삼위일체 신성을 거부할 수밖에 없는 자신의 심정을 시사하였다. 혜안의 예이츠는 신비시가 올바른 시대로서 우리 세대에 열릴 것이라고 예지하였다. 기독교 영지주의의 사제인 리브는 기독교 정통파 사제인 폰 휘겔로부터 헤어져야만 한다고 선언하였다. 왜냐하면 자신이 미래에는 닫혀진 신비의 시세계를 열어보일 것이기에 자신의 꿈에 몰입하고자 한 것이다. 또한 자신의 죽음 이후에는 마침내 마지막 불멸의 장미의 화신인 제인이 일어나 신비시의 비밀을 열어줄 것을 굳게 믿고 예언시를 썼기 때문이었다.

> 그러나 무덤 안에서는 모든 것이 드러난다.
> 모든 것이, 새로이 해볼까나.
> 확실히 그 여인을 볼 것이다.
>
> 기대어 있거나 서 있거나 걸어 다니는
> 첫 번째 여성의 사랑에서
> 청춘의 눈의 열정을 지니고
> 나는 바보처럼 중얼거린다(*CP* 173).

"요정의 나라를 꿈꾼 남자들"에서 영웅적인 꿈을 통해 한 여인을 바라보면서 "그러나 무덤에 가면 모든 것이 새로워집니다"라고 말한 바 자신의 사후인 미래에는 모든 것이 실현되리라고 믿었다. 따라서 예이츠의 신비시의 예언은 그의 세대를 지나면서 미래의 딸 소피아의 마지막 환생이 다가왔을 때 그 불멸의 장미가 그 비밀의 문의 열쇠로서 신비시의 비밀의 문을 활짝 열어젖힐 때인 미래세대에나 실현 가능할 것임을 자신의 영웅적인 꿈을 통해 천명하였다.

세상의 마지막
현현으로서의
슬픈 장미

세상의 마지막 현현으로서의 슬픈 장미

그녀는 자신이 여성이고
수려한 미인도 아니고 높은 지위도 없으며
평범한 예상치 못한 민족으로부터 자라난 것을 안다.

("죽어가는 여인에게")

매년 나는 외쳤다. '마침내
내가 권능을 부여했기에
내 부름에 말이 복종을 하였기 때문에
내 님이 모든 것을 이해하게 되리라.'
그렇게 되면 그 뉘라서 내 님의 말을
체질로 까부를 수 있을까?
나는 이런 초라한 말이라도 내뱉으며
살아가는 것으로 자족해야 하리라.

("말")

예이츠 시의 주제는 시종일관 불멸의 장미를 현실에서 추구하는
것이다. 초기 장미시부터 후기시에 이르기까지 불멸의 장미를 노래한
예이츠는 불멸의 장미인 성녀 소피아의 이미지를 다양한 신화와 전
설 속의 여성상에서 추구하였다. 특히 트로이의 헬렌이나 니아브, 에
지, 캐슬린 백작부인 등은 추락한 성녀의 고고한 위엄과 희생을 상징

하기에 적합한 인물들이었다. 예이츠는 천상이 아닌 세상에 거하며 고행을 하는 성녀 소피아로서 불멸의 장미를 상징화하기 위해 일생 다양한 주변의 여인들을 자신의 시적 소재로 삼았다. 즉, "내 전 생애에 걸쳐서 붉은 장미, 긍지의 장미, 슬픈 장미(*CP* 35)"야말로 그가 전하고자 한 불멸의 장미의 특징이다. 불멸의 장미는 여성 신성의 원리로서 세 특성으로 요약되는데 성모(여왕)와 성녀(소녀, 딸)와 창녀(노파)(*CP* 174)로 상징되고 있다. 예이츠의 시세계 속의 세 여인의 요소들은 여성 신성인 소피아를 상징한다. 특히 후기시로 가면서 예이츠가 창조한 여인인 제인은 불멸의 장미의 마지막 현현으로 볼 수 있다. 그녀는 남성중심의 시대에 마침내 그 모습을 드러낼 것이라고 했다. 제인은 평범한 여인으로 헬렌이나 캐슬린 백작부인처럼 왕족이나 귀족과 같은 고귀한 신분은 아니지만 고귀한 여왕이 잠자는 여왕으로 상징되어 나약한 이미지인 것과는 상반된다. 제인은 평범한 낮은 지위를 지녔으나 자신의 확고한 성격을 소유한 여인으로 남성중심의 신성에 대해 비판을 하기도 한다. 마침내 불멸의 장미가 그 마지막 세대에 와서 자신의 목소리를 내고 소리 높여 남성중심의 삼위일체 신성을 상징하는 주교를 나무라며 영지주의의 사도들을 상징하는 잭을 죽인 것에 대해서 비난할 줄도 아는 강인한 성격의 소유자로 나타난다. 이처럼 당당한 제인의 드높은 긍지는 남성중심의 시대였던 지난 이천 년의 주기의 기간을 지나면서 점차 그 힘이 쇠약해진다. 반대로 여성 신성의 가이어가 점차 강화되어진다. 성녀 소피아의 현현인 제인은 지난날의 침묵하던 양상과는 전혀 다르게 그녀의 목소리가 높아지고 주교를 비난하고 있다. 심령주의자로서 예이츠는 미래의 대심판자인 소피아의 마지막 현현인 제인이 어떤 여인이며 어떤 삶을 살아갈 것인지에 대한 미래의 예언시를 쓸 수 있었다. 그러나 예이츠 세대는 아직은 남성중심의 신성이 지배하는 시대로 예이츠의 마법에 따른 예언시의 특성을 풀어줄 열쇠가 되는 불멸의 장미는 아직 세상에 나타나지 않았다. 남성중심의 삼위일체 시대가 쇠약해진 미래세대인 예이츠 사후에나 그 예언시들의 진정한 의미를 열어줄 수 있는 성배인 성녀 소피아가 마침내 세상에 출현할 것을 상징시로 예언하고 있다. 그러므로 예이츠조차도 자신의 신비시의 진정한 의미를 모두 인지하고 있는 것은 아니었다. 예이츠의 신비 마법단체인 <황금 여명회>의 마법사들인 어뎁트들이나 예이츠의 친한 벗들마저도 그의 신비시를 이해할 수는 없었다. 불멸의 장미에 관한 환영과 그의 영웅적 꿈을 이해하지 못한 당대 마법사들과 벗들과 평자들은 그의 시를 난해시로 보고 혹평하였다. 그러나 예이츠는 신비 화가인 호톤을 불러 그와 더불어 성녀 소피아에 대해 이야기 나누기를 좋아했다. 비록 호톤이 예이츠에 관한 "근본적으로 심미감이나 종교적인 문제에 대해서는 전혀 상반된 태도(Harper 3)"를 보였을지라도 자신의 영적 파트너로서 화가 호톤은 그의 불멸의 장미에 대해 환영을 볼 수 있었고 그에 따라 그와 예이츠는 어느 정도 교감을 나눌 수 있었던 것이다. 예이츠는 이런 순간을 소중히 여겨서 호톤과의 우정을 돈독히 하려고 했다. 예이츠는 호톤이 본 소피아의 환영에 대해 서로 대화 나누어보고자 했었다. 호톤이 본 환영은 예이츠가 상상한 추락한 성녀 소피아의 양상을 여실히 보여주었기 때문이었다.

신비주의 화가인 호톤이 묘사하는 작품에는 개인적인 매력이나 진정으로 색다른 모습은 거의 보여주지 않았던 사람이었지만, 그가 내게 다음과 같이 써보낸 것을 기억하기 때문이다. "러셀 광장에서 당신의 연인을 만났습니다. 울고 있었습니다." 결국 내 무심했던 영혼이 지나치고만 환영을 그가 보았던 것이다(*CP* 524).

예이츠는 사랑하는 님을 생전에는 아주 만나볼 수 없을 것을 이미 인지하고 있었다. 그러나 그는 항시 성령에 힘입어 불멸의 장미에 대한 메시지를 전달받을 수 있었다. 이를 통해 불멸의 장미의 현존을 추구하고 예언할 수 있었던 그는 "미지의 교사들"로부터 전해온 성령의 메시지를 시 "현존"에서 보여주었다. 예이츠는 예술의 궁극목적으로 <황금 여명회>에서 익힌 예수의 소명을 받들어 남성 원리로서 여성 원리를 위해 한평생 희생을 각오하고 있었다. 예이츠는 성녀를 위하는 남성 원리의 역할을 맡은 기독교 영지주의의 사제로서의 면모를 보인다. 특히 장미십자단인 <황금 여명회>의 특징이 기독교 영지주의와 긴밀한 관계를 보인다는 점에서 그 영향관계를 가늠해볼 수 있다.

그러므로 장미 십자가는 "영지(지식) 교회"의 출발을 의미한다. 그리고 진실로 이 영지는 그리스어의 십자가(stauros)와 또는 십자가의 진정한 의미에 근거한 것으로 테브(Tav)라는 히브리 알파벳으로 상징된다(Case 41).

"예이츠는 <황금 여명회>는 어떤 면에서는 "심령주의자"가 아니라 전적으로 심령주의를 반대하는 것이라고 강하게 주장하고 있었다 (Harper 8)." 그러나 그는 <황금 여명회>에 가입했는데 이는 그곳에는 불멸의 장미로 상징되는 기독교 영지주의의 소피아가 내재해 있기 때문이었다. 예이츠는 <황금 여명회>의 신비주의자라기보다는 차라리 심령주의자로서 직접 성령의 힘에 의해 모든 환영을 보곤 하였던 것이다. 따라서 비전가였던 예이츠는 그의 시 "비잔티움"에서 신을 알고 따르기 위해 "지식(Gnosis)"을 이해하고 추구하고 있으며 성령의 부름을 받들어 남성 원리의 대리자로서의 역할을 해야 한다고 믿었다. 불멸의 장미에 대한 예이츠의 굳건한 믿음은 그의 시혼인 성령에 따른 것이었다. 미래의 예언시를 열어줄 미래에 올 불멸의 장미의 마지막 현현은 세상에 거하는 제인과 동일시된다. 제인에게는 두 가지 서로 다른 성향이 엿보인다. 즉, 슬픈 장미와 긍지의 장미의 양면성으로 불멸의 장미는 숨은 구세주이기 때문이다. 불멸의 장미는 원래 추악한 이 세상을 파멸시키고자 하는 신의 의지를 막고 이 세상을 보호하기 위해 자신의 영광을 희생시킨 까닭이다. 불멸의 장미가 이 세상에 머물러 온몸으로 희생하기에 신도 파멸의 손을 멈추고 있다고 한다. 이 세상을 보존하는 불멸의 장미인 소피아의 희생을 노래하기를 "당신만을 위해서 / 그러므로 단지 방 안을 거니는 / 당신이 만드는 평화로 인해 / 천국은 그 운명의 일격을 거두어 들였습니다(*CP* 173)"라고 했다. 따라서 불멸의 장미야말로 이 세상을 위한 숨은 구세주임을 보여준다. 인류와 더불어 성녀가 지상에 현존하는 까닭에 이 타락한 세상이 신의 징벌을 모면하고 지난 이천 년의 모순된 남성중심의 시대가 유지되어 온 것이다. 이처럼 소피아의 사제로서 예이츠는 선택된 인물로서 자신의 믿음을 시로 표현했다. 예이츠는 신은 남성중심의 모순된 세상이지만 그 유예기간을 주었다는 것을 미지의 교사에 의해 자동기술로 완성시킨 『환상록』에서는 가이어의 법칙에 따라 지난 이천 년의 남성중심의 시대가 지나고 나면 마침내 여성 신성인 소피아의 권능이 돌아오게 된다고 한다. 그러면 남녀양성구유의 우주의 신이 통치하는 새 시대가 다가오는 것이다. 가이어의 법칙에 따르면 이천 년의 기간 동안 남성중심의 가이어가 지배해왔다. 그러나 점차 여성중심의 가이어의 힘이 팽창해가면서 새로운 시대가 펼쳐지는 것이다. 예이츠는 다양한 신비사상과 종교를 섭렵한 후 남녀양성구유의 신성이야말로 진정한 우주의 신성으로 보았다. 장미십자단의 신비단체인 <황금 여명회>는 비록 남녀양성의 원리가 내재해 있을지라도 예이츠야말로 마법사로서 성자 예수의 선택을 받은 최고의 권능을 지닌 마법사였다. 이 신비단체를 이끌어가는 마법사이자 예이츠의 동료인 맥그레거 마테스(MacGregor Mathers)조차도 예이츠의 상징적 신비시 세계를 이해할 수는 없었다. 따라서 그는 예이츠의 적대자인 얼레스터 크로울리(Aleister Crowley)와 같은 거짓 마법사가 나타나자 그와 더불어 마법계를 교란시키고 말았다. 예이츠는 마테스가 크로울리에게 동조하자 서로 격하게 정신적 싸움을 하게 되었다. 마테스의 오판으로 예이츠는 더욱 정신적인 고난에 빠지게 되었다. 이런 예이츠의 고난은 아직 남성중심의 시대가 끝나지 않았기 때문이라 할 수 있다. 예이츠는 흑마법계로부터 실패한 마법사라는 낙인이 찍히고 말았지만 성령에 이끌려 환영을 보는 비전가로서 혹은 심령주의자로서 예이츠의 믿음은 전혀 흔들림이 없었다. 그가 세상의 불멸의 장미에게 근접해가는 최선의 방법은 심령에 따른 것이었다. 예이츠는 심령으로 본 것을 토대로 불멸의 장미가 미래 어느 날 제때를 만나 대심판주로 세상에 임할 것을 믿었다. 대심판날이 오면 불멸의 장미는 지상에 거하면서 인류와 더불어 고행하는 숨은 신에서 대심판주로 그 모습이 변모될 것이었다. 초기 장미시편은 붉고 긍지를 지니고 슬픈 장미를 통해 인류를 향한 숨은 신으로서 불멸의 장미의 희생적 사랑을 노래한 것이다. 이 불멸의 장미는 잠자는 여왕으로도 나타나는데 여왕의 기나긴 삶을 깨우는 것이 마법사인 예이츠가 할 소명의식이었다. 이처럼 마법을 통해 소피아의 사제로서의 소명의식을 다하고자 한 예이츠는 숨은 신인 성녀 소피아를 초기시에서는 트로이의 헬렌이나 캐슬린 백작부인으로 상징화하면서 남성중심의 시대에 고행하는 희생의 구세주의 양상을 상징적으로 보여주었다. 희생적인 이미지는 "시간의 십자가에 매달린 장미"와 "전쟁의 장미"와 "평화의 장미"와 "세상의 장미" 등 일련의 장미시편에서 잘 시사되고 있다.

> 우리와 수고하는 세상은 스쳐가고
> 출렁이며 떠나가버리는 인간의 영혼의 한가운데에는
> 하늘의 물거품인 양 스쳐지나는 별들 아래에서
> 이 외로운 얼굴은 살아남으리.
>
> 대천사들이여, 그 어슴프레한 거주지에서 고개 숙여 경배하라.
> 그대 천사들과 그 어떤 생명도 박동하기 전에
> 지치고 친절한 한 분이 신의 보좌에 함께 머물렀나니
> 신은 그녀의 헤매도는 발길 앞에서
> 세상을 푸른 초장길로 만들었도다(*CP* 41).

불멸의 장미의 "방랑하는 두 발"은 세상에서 고행하는 성녀 소피아를 상징한다. 이처럼 숨은 구세주 성녀 소피아는 예이츠의 시에서 트로이의 헬렌이나 캐슬린 백작부인으로 상징되는 등 다양한 신화 속의 여주인공들을 통해 상징적으로 묘사되었다. 초기 장미시편부터

비극적인 초기 기독교 역사에서 영지주의의 숨은 구세주인 성녀 소피아가 불멸의 장미로 상징되고 있다. 이 여성 신성을 사모한 남성 원리를 대표하는 영웅들, 즉 기독교 영지주의자들이 트로이의 영웅들이나 다른 신화 속 영웅들로 상징되고 있다. 이들 트로이를 비롯한 신화 속 영웅들은 세상에서 패배하여 아주 역사의 뒤안길로 사라져 갔다고 한다. 그럼에도 불구하고 매 세대마다 성녀 소피아는 인류를 위해 지상에 거하고 있고 선택된 영웅들도 존재한다고 예이츠는 설파했다. 즉, "출렁이며 떠나가버리는 인간의 영혼의 한가운데에서 / 하늘의 물거품인 양 스쳐지나가는 별들 아래서 / 이 외로운 얼굴은 살아있으리"는 지상에 거하는 불멸의 장미가 남녀양성구유의 신성 중 한 분으로 영원하다고 찬미하는 점에서 상징되고 있다. 이 성녀는 삼위일체 신성 중 하나로 "성부, 성모, 성녀 혹은 성자(*CP* 328)"라고 선언한 점에서 시사된다. 그러므로 예이츠는 대천사들도 불멸의 장미인 성녀에게 "고개 숙여 경배하라"고 명한다. 불멸의 장미는 세상을 떠돌면서 그녀의 고통과 시련기인 "무거운 짐진 날들"로부터 그 권능을 회복할 것을 노래했다.

> 모든 무거운 짐진 날들은 끝이 났다.
> ……
> 한숨짓던 불멸의 미의 모든 것을 가져와
> 향기나는 오크나무의 옷장에 담아라.
>
> 성모 마리아의 입맞춤이
> 그녀의 얼굴에 하늘의 음률을 전했을까?
> 그럼에도 그녀는 지상에서의 옛날의 가만한 우아함을 지니고서
> 역시 신중한 발걸음으로 나아간다.

일곱 천사와 발 맞추어 춤추는 이는
이 얼마나 찬란한 빛을 발하고 있는가!
모든 천상은 천상에게 절을 한다.
불꽃은 불꽃끼리, 날개는 날개끼리(*CP* 48).

성녀 소피아와 동일시되는 인물인 캐슬린 백작부인은 세상에서 "무거운 짐진 나날들"을 홀로 지내며 고행길을 방랑하였다고 한다. 캐슬린 백작부인의 고행 후 죽음과 성모 소피아에 의해 구원을 얻게 될 것을 예언하였다. 예이츠는 불멸의 장미의 구원에 관한 초기 장미 시편과 캐슬린 백작부인의 죽음과 재생으로부터 영광의 승리를 예언 했다. 이처럼 초기시부터 슬픈 장미로서 불멸의 장미의 희생과 한평 생을 그리워하는 마음을 신비시에 담고 있다.

눈물범벅이 된 위대한 세상과 같은
오디세우스와 고통을 겪는 배들처럼 운명 지워진
신하들과 함께 살해된 프리암 왕보다도 고고한 긍지를 지닌
붉고 서글픈 입술을 지닌 한 소녀가 일어났습니다(*CP* 46).

불멸의 장미를 상징하는 한 인물에게 이름을 부여하지 않고 다만 "소녀"라고 불렀다. 그녀는 헬렌 또는 캐슬린 백작부인과 동일시되거 나 비극적인 영웅상인 오디세우스나 프리암 왕과도 동일시되는데 이 는 지상에서 고행하는 숨은 구세주인 성녀 소피아를 상징하기 위해 서이다. 이처럼 성녀는 우아함과 고고한 긍지를 지니고 있지만 남성 중심의 시대로 추락한 비극적 운명을 지닌다. 예이츠가 늙어감에 따 라 후기시에는 마지막 불멸의 장미의 현현으로서 제인과 같은 범속 한 여인을 불멸의 장미의 상징적 인물로 묘사한다. 불멸의 장미는 초

기 장미시편 이후 제인이나 그의 "배우 여왕"의 데시마와 같은 평범한
여인으로 변했다. 예이츠는 평범한 여인이 자신의 목소리를 내며 감정
을 드러내지만 더 이상은 캐슬린 백작부인이나 트로이의 헬렌과 같은
여왕의 신분은 아니라고 한다. 예이츠는 그 마지막 세대에 현현한 성
녀 소피아가 늙기까지 살아서 "흰머리가 생긴다(*CP* 172)"고도 한다.

> 흰머리가 생기는군요.
> 그대가 지나갈 때도 더 이상
> 갑자기 젊은이들의 숨이 멎지는 않지요.
> 그러나 아마도 늙은 영감은 축복의 말을 중얼거릴지 모르겠군요.
> 왜냐하면 죽음에서 그를 회복시킨 것은
> 그대의 기도 덕분이었으니까요.
> 오직 그대로 인해-메마른 처녀시절부터
> 마음의 모든 고통을 알고
> 다른 이들에게도 마음의 고통을 주어왔지만
> 힘겨운 미의 짐을 지고 가는-그대로 인해
> 천상도 단순히 그대가 방 안을 거니는 것으로부터 조성된
> 평화로움으로 운명의 일격을 보류한 것이지요(*CP* 172~173).

　불멸의 장미가 이 세상에 거하고 있기에 신도 이 타락한 세상을 멸
망시키는 일을 보류하고 있음을 나타낸다. 그러므로 비록 불멸의 장미
가 세상에서 방랑을 하고 늙어갈지라도 그것은 곧 위대한 구세주의 희
생임을 시사하고 있다. 불멸의 장미는 가장 고독한 존재라고도 한다.

> 나의 미와 동등한 이는 전무하다고 믿지만,
> 그 님은 어린아이처럼 단순함을 지녔다.
> 고고한 눈빛은 마치 그 님이 불타는 해를 바라보는 듯도 하여
> 균형 잡힌 몸매는 한 치의 흐트러짐도 없었다.

가장 고독한 삶을 사는 님을 슬퍼하지만
이는 신의 뜻일 따름이다(*CP* 172).

　예이츠는 연인인 불멸의 장미가 미래에는 단순한 성격에 고독하게
살아가지만 고고한 긍지를 지닌 환영을 보았다고 한다. 불멸의 장미
의 눈은 "불타는 태양처럼" 빛나고 있다. 비록 불멸의 장미가 자신의
고고함을 잃지 않았다 해도 "가장 고독한 존재"로서 이는 신의 뜻이
라고 한다. 초기시의 슬픈 장미인 캐슬린 백작부인이나 트로이의 헬
렌은 남성중심의 시대에 슬픈 운명을 맞이하였다. 그러나 현대의 마
지막 불멸의 장미의 화신을 노래한 시 "배우 여왕의 노래"에 나오는
주인공인 데시마는 비록 평범한 배우였지만 옛 소피아의 영광을 상
징하는 마지막 세대에 현현한 성녀로서 잃어버린 여왕의 권능을 회
복할 것을 노래하였다. 불멸의 장미는 신이 정한 때가 오면 지나간
남성중심 시대의 비참하고 슬픈 역사에서 벗어나 승리를 이룩하게
된다고 한다. 즉, 마침내 마구간을 탈출한 "망아지"처럼 성녀는 마지
막 세대의 '아바타'로 대전환하게 될 것을 예이츠는 예언하였다.

어머니는 나를 어르며 노래부르기를
'아, 이 아기가, 이 아기가!'라고 하였네.
황금요람을 만들어서
버드나무에 그네로 걸어두고
어머니는 '내가 해산을 하려고 할 때'
'아버지는 부재중이셨어'라고 노래하였네.

노래하는 동안 내내 어머니의 바느질 바늘은
금실과 은실을 끌어당기고 있었네.
어머니는 실을 당기고 그 실을 물어뜯으며

황금색 가운을 만들어주고 우셨네.
왜냐하면 내 머리에 황금관을 받은 이로
태어난 꿈을 꾸었기 때문이라네.

어머니는 노래하기를
'내가 딸아기를 가졌을 때'
갈매기의 우는 소리를 들었지,
그리고 노란 물거품이
내 허벅지로 떨어지는 것을 보았어.

그러므로 어머니가 내 머리를 땋아서
황금빛 리본을 매달아주면서
어찌 최상의 황금의 근심을 짊어졌다고
꿈꾸지 않을 수가 있었겠는가?(*CP* 134)

　예이츠의 연극에서 데시마는 갑작스럽게 여왕으로 등극하게 된다. 여왕 데시마는 평범한 연극 배우에서 여왕으로 등극한 여인으로 이는 마지막 세대의 딸 소피아와 동일시되는 상징적 인물이라 하겠다. 데시마는 "최상의 황금의 근심을 짊어져야만 하는" 고귀한 구세주의 현현인 것이다. 그녀의 영광은 불멸의 장미의 영광회복을 상징한다. 그녀의 숭고함은 주교로 상징되는 남성 신의 권능을 비난하는 제인의 도도한 긍지와도 상통한다고 하겠다. 그 황금빛은 희생과 영광의 상징으로 데시마의 어머니는 성모 소피아의 상징으로 지상으로 추락한 성녀인 슬픈 장미를 보고 서글퍼하고 있다. 그녀는 슬픈 장미와 일치한다. 또한 붉고 고고한 긍지를 지닌 장미이기도 하다. 장미의 세 가지 양상은 "세상의 장미, 평화의 장미, 전쟁의 장미(*CP* 35)" 등 세 요소의 장미로 나타나고 있다. 즉, 여왕, 소녀, 창녀라는 불멸의 장미의 세 특성과도 연관된다. 예이츠는 후기시에서 불멸의 장미의 세 요소를 스핑크스와 부처와 무희의 세 요소로 발전시켰다. 후기시로 갈수록 이 추락한 성녀 소피아인 불멸의 장미의 상징성이 다양해져서 산토끼, 물고기, 고양이, 망아지 등 다양한 동물 이미지로 전개되고 있다. 따라서 예이츠의 신비시는 정확한 시기가 될 때까지 진정한 의미가 상징적 비밀에 가리워져 있었다. 예이츠의 전체 시에는 고귀한 신분의 여인상들인 캐슬린 백작부인, 트로이의 헬렌, 니아브, 에지 등의 고귀한 신분의 여성들이 나오는 반면 후기시로 갈수록 평범한 여인인 제인이나 데시마와 무희와 죽어가는 여인 등 평범한 여성들을 통해서 불멸의 장미의 고행을 상징적으로 나타내고 있다. 불멸의 장미의 세 요소들은 마법사인 예이츠가 장미십자단의 "생명나무"의 세 기둥을 상징한 것과 상통한다. 예이츠는 남성 신인 소피아의 적인 얄다바오스의 상징이며 정통 기독교의 상징으로 주교로 상징되고 있다.

이처럼 남성중심 시대에 뉴에이지를 불러모으고자 한 선구자이자 예언자였던 예이츠는 "미친 제인이 옛시대를 벗어버리고 / 새로운 시간을 외쳐부를 수 있기를 바란다(*CP* 371)"고 했다. 예이츠는 제인의 영광이 나타나기를 기리며 "장미의 평화(*CP* 42)"가 완성될 것을 믿었다. 제인이 사랑하는 연인은 잭으로 그는 기독교 영지주의의 사제로서 소피아를 수호하고자 하였다.

직공인 잭을 파문했을 때
그는 주교도 아니었다.
(무덤 안에서는 모든 것이 안전하다)
교구 목사도 아니었지만
그러나 그는 낡은 책을 손에 쥐고

우리가 짐승의 떼거지처럼 살았노라고 소리 질러 대었지.
깐깐한 남자와 멋진 남자.

그 주교는 정말 바짝 마르고
거위의 발처럼 쭈글거렸었지.
(무덤 속에서는 모든 것이 안전해)
왜가리같이 굽은 등의 혹은
검은 사제복 속에서도 감출 수는 없었지.
나의 잭은 자작나무에 서 있었지.
깐깐한 남자와 멋진 남자(*CP* 290).

잭은 기독교 영지주의의 사제로 남성중심의 삼위일체 신성의 시대
에 여성 신성의 원리를 보호하려고 애쓰다가 살해된 영웅들을 상징
한다. 제인은 주교를 비난했는데 그녀가 사랑한 잭을 파문시키고 학
대했기 때문이라고 하여 초기 기독교 시대의 영지파에 대한 정통파
의 핍박을 상징한다. 파문당하고 핍박당해 죽은 잭과 주교의 관계는
초기 기독교 시대의 비극적인 기독교 역사를 상징하고 있다. 기독교
정통파가 기독교 영지주의파를 핍박하고 거부하였던 역사적 토대를
통해 예이츠는 신성한 여성 원리를 학대하였던 남성 신 얄다바오스
의 핍박은 주교가 잭을 파문하고 핍박한 횡포를 통해 상징적으로 보
여주고 있다. 정통 기독교는 기독교 영지주의를 학대하고 거부하였
다. 지난 이천 년의 남성중심의 삼위일체 신성이 초래한 비극적인 역
사에 대해서는 주교가 영지주의 사제를 상징하는 잭을 이단으로 보
고 파면한 것을 제인의 비난을 통해 보여준다. 이처럼 예이츠는 남성
신 얄다바오스가 여성 신성을 박해하는 기독교 영지주의의 입장에서
소피아를 옹호하는 상징시를 썼다.

루시퍼는 이시스를 살해하였고 그녀의 육신을 우주 공간에 옮겨놓았다. 그 우주 공간은 수학적인 추상성이 보이는 곳이거나 이시스의 무덤이었다. …… 마리아-이시스 여신은 살해당했고 그 여신은 마치 오시리스가 이시스 여신에 의해 발견되었듯 발견되어야만 한다. 그러나 그 여신은 우리가 만일 구세주에게 우리를 즉각 바친다면 구세주가 우리 안에서 깨어나는 힘과 더불어서 천상의 광활한 우주 속에서 찾을 수 있을 것이다(Steiner "Lectures").

비록 마지막 여성 신성의 현현인 제인이 그녀의 영웅인 잭을 잃어버렸다 해도 그녀는 자신의 고고한 긍지를 상실하지는 않을 것이다. 그리고 그녀는 그 추한 남자인 주교를 공격하는 힘을 지니게 될 것이다. 사실 제인은 정통 기독교에 의해 비난과 억압을 받으면서 지난 이천 년을 보내야만 했다.

그들은 사방에서 그대를 비난할 것이다.
그러나 이 노래에 큰 힘과 자부심을 부여하노니
나는 한 줌 공기로 이 노래를 만들었노라.
그들의 자녀의 자녀들은 그들이 거짓말을 한 것을 깨닫게 되리라(*CP* 75).

여성 신성의 현현으로서 제인은 그녀가 적에 의해 비난당한 것을 깨닫게 되었다. 그러나 그 자녀들은 남성중심의 시대의 거의 마지막 세대들로 그들은 초기 기독교의 비극적 역사가 왜곡된 것임을 이해하게 된다고 했다. 또한 예이츠는 "추락한 권능"에서 소피아의 추락이 무엇인가를 보여주고 있다.

비록 군중들은 한때 그녀가 얼굴을 내비치기만 해도
늙은이의 눈마저 흐려지기도 했지만 이제는 이 손만이
늙은 마지막 중신처럼 한 집시의 야영지에서
그 추락한 권능에 대해 읊조리면서 지난날의 역사를 집필한다.
그 모습들과 웃는 사랑스런 심장도
이 모든 것들이 남아 있는데 나는 그러나 지나간 것을 기록한다.
이제 군중들이 몰려들어도 한때 타오르는 구름처럼만 같았던 한
분이 거닐었던 그 길이라는 것을 알지 못한다(*CP* 138).

지난 이천 년의 남성 신의 시대부터 소피아는 이 땅의 감춰진 숨은 구세주로서 홀로 고행을 해왔던 것을 비극적인 트로이의 헬렌을 통해 상징적으로 묘사하였다. 성녀는 절대자로서의 권능과 힘을 상실한 추락한 성녀 소피아로서 세상을 방황하고 있다. 정통 기독교가 기독교 영지주의와 같은 소피아의 종교를 이단으로 몰아가는 비극적 사건이 야기된 까닭이다. 그러므로 예이츠는 오직 추락한 여성 신성의 권능을 칭송하여 "마지막 늙은 중신처럼 한 집시의 야영지에서 / 그 추락한 권능에 대해 읊조리면서 지난날의 역사를 집필한다"고 하였다. 그의 시 "수난의 고통"에서는 마지막 중신인 소피아의 마지막 사제로서 예이츠가 숨은 구세주를 위한 열정을 불사르고 있음을 상징적으로 묘사하였다.

불타오르는 듯한 거문고의 가락도 현란하게 천사의 문이 열릴 때
불멸의 열정이 유한한 흙으로 빚어진 몸속에 숨쉴 때,
우리들의 마음은 채찍과 가시관을 견디고 있다네.
쓰디쓴 얼굴들이 몰려드는 길목에 손과 옆구리의 상흔을,
시디신 스폰지와 케드론 시냇물 가의 꽃들이 있고
우리들은 몸을 굽혀 머리를 헤쳐 풀고 그대에게 머리 숙이리라.

그러면 머리카락은 희미한 향기를 떨구고 이슬과 죽음처럼
파리한 희망의 백합과 열정적인 꿈에 젖은 장미로 무거우리라(*CP*
78∼79).

예수의 누이인 성녀 소피아는 예수처럼 "흙으로 빚어진 몸"인 육
신으로 지상에 와서 살면서 희생하는 숨은 구세주라고 하였다. 따라
서 성녀를 찬미하는 예이츠는 지상에서 떠돌고 있는 육신을 지닌 여
성으로서 불멸의 장미를 추구하고 있다. 특히 예이츠의 연작시들인
"죽어가는 여인에게"와 "아마도 음악을 위한 가사"와 "젊은 때와 늙
은 때의 여인"에서 불멸의 장미의 지상에서의 유한한 존재로서 소피
아의 진모습을 후대에 알리는 상징시에 몰입하였다.

전통적인 친절과 고풍스런 우아한 자태로
님은 누워 있다. 푸석푸석한 붉은 머리카락에 감싸인
님은 사랑스럽고 애처러운 머리를 베개에 묻고
파리한 얼굴에 홍조를 띄고
님은 자신이 침대에 누워 있는 것으로 인해 우리가 슬퍼하지 않도록
우리의 눈길과 마주칠 때마다 님의 두 눈은 살짝 눈웃음친다.
우리가 시비를 가리려 할지 모를 사악한 이야기를 건네며
성자들과 페트로니우스 아비터를 생각나게 하는
우리의 상심한 지성을 님의 지성과 어우러지게 한다(*CP* 177).

예이츠는 자신이 사랑한 연인 모드 곤이나 말년에 청혼을 했던 모
드 곤의 딸 이졸트 곤이나 모든 주변의 여인들을 시적 소재로 삼고자
했다. 불멸의 장미를 그리고자 하는 열정에 기인한 것으로 다른 시적
소재가 된 여인들처럼 시 "죽어가는 여인에게"에서 암으로 죽어가는
메이블은 성녀 소피아의 고난을 상징한다. 병마의 고통에 시달리고

있는 메이블은 곧 남성중심의 신인 얄다바오스에게 고난을 당하는 성녀의 지상에서의 고난을 상징한다. 불멸의 장미의 "전통적인 친절과 고풍스러운 우아한 자태"는 캐슬린 백작부인이 보여준 구세주의 모습이다. 초기시부터 여성 신성은 붉은 장미와 백합과 사과꽃으로 상징된다. 그러나 시간의 십자가에 매달린 마지막 현현으로서 불멸의 장미는 제인의 목소리나 성격과 같은 것을 통해 자신의 비밀을 알려주고자 했다. "그녀의 사악한 이야기를 건네며"는 기독교 영지주의 신화에 함축된 말인 소피아의 비밀과 신비의 비전을 상징한다고 보았다. 죽어가는 여인의 현자들인 그녀의 친구들과 시비를 가릴지도 모를 "사악한 이야기"는 마지막 세대에 현현한 제인이 그 어느 남성중심의 시대에서보다도 강한 어조로 여성 신성에 대해 밝히고 있는 것이다. 예이츠는 먼저 그 현자들은 불멸의 장미를 찾으려 할 것을 예지하였다. 이처럼 죽어가는 여인은 패배한 신인 여성 신의 마지막 현현인 제인과 동일시된다. 여인의 친구들의 "상실한 마음"은 불멸의 미인 죽어가는 여인의 고통을 전부 지켜보면서 안타까움을 지니게 될 것을 상징한다. 성자들과 페트로니우스 아비터는 예이츠처럼 불멸의 장미의 사제들을 상징한다. 시 "아마도 음악을 위한 가사"에서 제인은 잭을 사랑한다. 잭은 정통 기독교의 상징인 주교에 의해 파문당한 초기 기독교 시대의 영지주의의 사제를 상징한다. 따라서 제인은 잭을 사랑하지만 정통파를 상징하는 주교는 제인의 사랑을 비난하고 있다. 남성원리로서 잭은 시 "방울 달린 모자"에서는 광대가 여왕을 위해 죽었듯이 죽음에 이른다. 모든 소피아의 영웅들은 희생제를 치르며 "미의 하인"으로서의 긍지에 젖는다고 한다. 영웅들은 오랜 남성중심의 시대에 매 세대마다 나타나 제인과 같이 육신으로 현현한 불멸의 장미를 위해 헌신하였다. 이 점은 시 "심판 날에 미친 제인"에서 영웅은 "신잔을 마셔야" 한다고 하여 제인은 남성 원리는 여성 원리를 위해 희생이 따른다는 것을 암시하고 있다.

제인의 말처럼 남성 원리의 희생이 거듭되었던 비극적 역사를 마셔온 "신잔"으로 상징되고 있다. 남성중심 신성의 시대에 스테이너와 기독교 영지주의의 신화에서 보여주듯이 소피아-이시스는 루시퍼인 얄다바오스에게 살해당해 소멸되었다. 그러나 마침내 뉴에이지를 맞이하여 구세주 소피아의 새 탄생을 알린다. 시 "인형들"에서 인형 중 하나가 그 새 구세주의 탄생을 지켜보면서 "저 아기는 우리를 모욕시켰어"라고 야유한다. 인형들은 마지막 세대의 마법사나 현자들로 이들은 새 구세주인 성녀 소피아를 제대로 알아보지 못하여 새 구세주의 탄생을 환대하지 못하고 있음을 예언하는 것이다. 즉, "그 남자와 여자는 이곳에 / 우리에게 불명예를 주러 왔어. / 소란스럽고 추잡한 것을 가지고 왔어"라고 불평한다. 예이츠는 인형의 불평을 통해 미래의 구세주로 올 마지막 성녀의 현현으로 제인과 같은 평범한 인물로 묘사되고 있다. 이 마지막 현현의 존재 여부를 거부하고 몹시 경멸할 미래의 상황을 예언하고 있다. 예이츠는 마지막 성녀의 현현으로 온 제인이 남성중심의 마지막 세대에 겪을 여러가지 일들을 상징시로 펼쳐 나간 혜안의 시인이었다. 그러나 마침내 현자들이 성녀에게 "새 모델의 인형"을 가져온다고 한다.

> 우리의 미녀가 누워 있는 곳에는 새 모델의
> 인형이나 그림을 선물한다.
> 친구나 또는 적의 모습이거나 혹은 아마도 우리의 미의
> 푸석푸석한 붉은 머리카락을 터키식으로 재단된
> 비단옷 위로 흘러내리거나
> 또는 그것은 아마 소년의 옷처럼 보인다.
> 우리는 우리의 열정을 세상에 쏟아 왔지만
> 우리는 죽음을 위하여 장난감밖에 줄 것이 없다(*CP* 177).

소피아의 명맥을 면면히 이어온 성자들을 상징하는 예술가들이 "인형과 그림"을 메이블이 상징하는 불멸의 미에게 선사한다. 여기서 인형과 그림들은 모두 상징으로 시 "박사들(The Magi)"과 시 "인형들 (The Dolls)"에서도 박사들은 동방박사들처럼 신비의 지혜를 소지한 마법사들인 다이몬들로 그 사상을 지닌 영체들이 먼 하늘에 면면히 존재해오고 있으며 두루 인간 세상을 굽어본다고 예이츠는 상상한다. 또한 이 인형은 지상에 깃든 초자연적 존재들의 사상을 상징한다. 그 런데 이 인형들은 새 사상의 탄생을 접하면서 기뻐하기보다는 경악 한다고 한다. 반면에 시 "박사들(Magi)"에서는 푸른 하늘에 서성이는 이들 다이몬들은 마침내 다가올 무서운 소피아의 재림을 상징하는 "야수의 무대(Bestial floor *CP* 141)"를 고대한다고 하여 시 "재림"의 스핑크스를 연상시킨다. 스핑크스는 성녀 소피아의 무서운 권능회복 을 상징하는 것으로 인형들은 성녀의 도래의 무서운 징조를 부정적 인 응시와 창공을 서성이는 마법사들의 긍정적 응시라는 극단적 두 반응으로 "적"과 "친구"라는 양면성을 반영한 것으로 보인다. 여기서

"우리의 미"의 인형인 소피아 사상도 확산될 것을 상징한다. 예이츠가 "인형"과 "마법사"라는 두 시의 주제를 설명하기를 "우리들 사이에 모든 사상은 인간의 삶보다도 다른 무엇 속에 동결되어 있다. 어느 날 창공을 바라보면서 갑자기 꼿꼿이 걸어가는 일련의 군상들이 배회한다고 상상해보았다(*CP* 531)"라고 한 점에서 이해된다.

내가 잠시 두 눈을 감은 순간, 일련의 푸른 옷을 입은 사람들이 번쩍이는 섬광과 함께 지나쳤다. 그리고 내가 그들의 옷 가장자리에 수놓인 작은 장미송이들을 보자마자 사라졌다. …… 나는 네모나고 검은색의 곱슬머리 턱수염을 지닌 일행 중 한사람을 인지했다. …… 그는 어떤 지식을 알기에는 너무나 완벽한 영혼이어서 상징이나 은유로는 말할 수 없을 것 같아 보였다(*E & I* 151~152).

한편, "우리의 미"의 비단옷이나 터키식 스타일은 모두 고풍스런 불멸의 미의 기품을 상징한다고 하겠다. 이 점은 시 "에바 고르부스와 콘 마키이비치를 추모하여(In Memory of Eva Gore-Booth And Con Markiewicz)"에서 "기모노" 즉, 비단옷을 입은 두 여인이 귀족적 품격과 아름다움을 상징하는 점과 같은 맥락이라 하겠다. 불멸의 미를 추구하는 소피아의 사제들은 소피아의 자녀들로 "우리들"로 상징되고 있다. 이들 예술가들은 올바른 시대인 "장미의 평화"를 고대하며 "시간의 십자가에 매달린 장미"인 죽어가는 여인을 초자연 속에 내재한 숨은 신비 사상을 상징하는 "장난감" 즉, 인형들로 상징되고 있는데 이들 초자연의 존재들이 지상을 응시하고 있다고 한다. "터키식 옷"을 입은 성녀의 형상은 풍요로움을 상징한다. "소년처럼"에서 소년은 불멸의 장미가 인류를 구하기 위해 소녀보다는 차라리 소년처럼 격동적으로 세상을 위해 부단히 일하면서 이리저리 떠돌고 있는 것을 상징한다. 즉, "우리"는 패배한 신인 이시스-소피아의 성자와 사제들을 상징한다. 이 성자와 사제들은 진리에 관한 열정을 지니고 있고 소피아의 사제로서 자신들의 고뇌를 묘사한다. 연작시 "젊어서와 늙어서의 여인"에서도 마지막 현현인 불멸의 장미의 생애를 추구하여 상징적으로 묘사하고 있다. 먼저 제인과 같이 마지막 세대에 세상에 그 모습을 드러낸 불멸의 장미는 자신에 관해 세인들에게 말할 수 있기에 불멸의 장미임을 선언한다.

> 내 머리에 들장미가 얽혀 있는 것을
> 고백하겠어요.
> 그것이 나를 상하게 하지는 않았어요.
> 내 창백하고 떨리는 몸은
> 다만 시치미를 떼고 있을 뿐이고
> 교태를 부렸을 뿐이지요(*CP* 309).

　머리에 얹은 장미꽃은 불멸의 장미인 여성 신성의 마지막 현현이 세상에 그 모습을 드러낸 것을 상징한다. 그러나 성녀의 권능은 아직 세상에 알려지지 않을 것이며 권능을 되찾은 것도 아님을 "창백하고 떨리는 몸"으로 상징하였다. 성녀는 아직 사람들에게 그 권능이 인지되지 못한 채 세상을 떠돌고 있는 시대인 것이다.

> 진실을 갈구하고 있기에
> 양심이 인정치 않는 것이라 해서
> 내가 모르는 체 할 수는 없지요.

남자의 주의를 끌게 되면
그에 대한 만족감이 뼈 속까지
바라던 욕구를 충족시켜주거든요(*CP* 309).

이제 갓 세상에 모습을 드러낸 여왕의 광대로서 예이츠의 부름에 따라 잠 깨어 일어난 불멸의 장미인 소녀는 진실을 갈구하고 있다. 자신이 불멸의 장미로서 사람들의 인정을 받기를 원하고 있는 것을 "남자의 주위"를 끄는 것으로 상징한다.

내가 그 황도대에서
빛살을 끌어내렸을 때
왜 저 의아해하는 눈초리들이
뚫어져라 나를 바라보고만 있는가?
만일 텅 빈 밤하늘이 응답이라도 한다면
나를 회피하는 일 이외에
그들은 무엇을 할 수 있을까?(*CP* 309)

그 소녀가 황도대로부터 끌어내리는 "빛살"은 바로 가이어의 법칙에 따라 일어나는 역사의 소용돌이 속에서 이제 제 시간을 맞이하여 여성 신성의 권능을 되찾으려는 불멸의 장미의 시도가 있을 것을 상징한다고 볼 수 있다. 마법사들과 인형들이 하늘 가에서 지켜보았던 것처럼 그 소녀는 자신을 향해 고정된 눈초리들을 느끼고 있다. 만일 성모 소피아의 상징인 "텅 빈 밤하늘"이 응답하여 성녀의 권능회복이 가능해진다면 성녀는 마지막 대심판날의 심판주로서 응답을 얻은 것이다. 시 "재림"에서 "스핑크스"의 거친 모습으로 이 세상에 심판주로 오는 성녀 소피아의 권능이 무섭게 상징되고 있는 것과 같은 맥락이라 하겠다. 이처럼 새 시대의 심판주로 오는 성녀를 단지 미래의 마법사들은 회피하고자 한다고 했다. 왜냐하면 여태까지의 나약하기만 했던 그녀가 엄청난 무서운 심판주의 모습으로 면모하여 재림할 것이기 때문에 그들은 경멸했던 자신들의 죄악 때문에 두려움에 떨고 있기 때문일 것이다. 일단 그녀가 세상에 출현하게 되면 제인이 그러했듯이 마지막 불멸의 장미의 현현으로서 세상의 모든 성자들을 부르고자 널리 자신에 대해 알리고자 할 것이다.

오늘은 종교 축제일이기에 그들은 사제에게
미사를 드려 달라고 부탁했다. 심지어 일본 인형까지도
뒤꿈치를 들고 까치발로 서서 얼굴은 벽을 향해 돌려야만 한다.
-그녀는 맹렬하고 재치가 있어서 유서 깊은 옛 법을
익힌 열정적인 학자같이 보인다. 론기의 그림에서 본 딴
빨간 구두에 가장복과 펼쳐진 스커트를 입은 베니스의 여인 인형
은 무슨 수를 꾸미려는 듯 살며시 나아가는 듯하다.
모든 인형들은 명상적인 비평가이다. 심지어 터키식 바지를 입은
우리의 미의 인형조차도 까치발로 서 있다
왜냐하면 그 사제가 제 시간을 만났기 때문이다.
또는 달을 향해 짖어대어 우리 모두를 잠 깨워 놓았기 때문에
우리와 우리의 인형들은 세상을 멀리하는 것이 상책이다(*CP* 178).

사제가 미사를 집전하는 종교 축제의 날에 남성중심의 삼위일체 신성의 모순을 입증하는 소피아의 현존은 초자연의 사상을 상징하는 인형들을 돌려세운다. 자연에 내재하는 이들 사상들인 인형들 중엔 일본 인형도 있다고 한다. 소피아의 사상이 동양에서도 그 뿌리가 이어져 왔음을 상징한다고 하겠다. "까치발로 벽을 향해 서 있는" 인형의 모습들에서 기존의 정통파의 종교사상을 거부하는 양상을 강하게

나타낸다. 또한 "맹렬하며 재치가 있고 유서 깊은 옛법을 익힌 열정적인 학자같이 보이는 그녀"는 잠 깨어난 불멸의 장미가 바야흐로 자신의 때를 맞이하기 위해 오랜 잃어버린 지혜를 설파하는 모습을 상징한다. 특히 소피아의 현존에 대한 사상은 화가 론기가 그린 불멸의 미에 대한 그림에서 본 딴 베니스 인형으로 묘사된다. 론기(Barbara Longhi: 1552~1638)는 "마돈나와 아기(Madonna and Child)"를 그린 화가로, 론기의 그림은 성모 소피아의 모습을 추구한 예술가들의 사상을 상징한다. 즉, 베니스의 인형은 소피아의 사상이 깃든 대상을 상징하며 정통파의 남성중심의 삼위일체 사상에 대해 반대하기에 "명상적인 비평가"라고 칭했다. 또한 우리의 미가 터키식 바지를 입었다고 하는 것은 바지가 상징하는 바, 치마를 입은 것보다 더 활동적인 양상을 시사한다. 딸 소피아의 사상을 상징하는 우리의 미의 인형 역시 벽을 향해 등을 돌려서 남성중심의 삼위일체를 신봉하는 정통 기독교를 거부하는 사상을 상징한다. 마침내 이들 소피아 사상이 반영된 인형들에게 종교 축제일의 사제의 미사는 단지 요란하게 소피아를 상징하는 달을 향해 짖어대어 잠을 깨우는 성가신 개 짖는 소리로밖에 여겨지지 않는다고 하여 소피아 사상에 배타적인 사제의 모습을 상징한다. 그러므로 소피아의 사상을 지닌 우리들인 예술가들과 그 깃들어 있는 사상의 상징인 인형들은 세상을 멀리하여 비밀을 지키고 은둔하는 것이 상책이라고 한다. 이처럼 시 "그녀는 인형들의 얼굴을 벽을 향해 돌려세운다"에서 "죽어가는 여인"은 소피아의 상징이기에 제인처럼 남성중심의 정통 기독교를 거부하는 것을 상징한다. 그 인형들은 앞서처럼 이단인 여성 원리의 사상을 상징하는 이단적인 사상을 지닌 마법사들이나 현자들을 상징한다. 그녀가 종교 축제의 날인 남성중심의 삼위일체 종교행사를 거부하여 "벽을 향해" 돌아서 있는 것으로 상징된다. 고대의 지혜로서 소피아는 "학자"의 열정으로 인류에게 비밀스런 잃어버린 옛지혜를 설파한다. 이 여인은 예이츠의 후기시에서 지속적으로 불멸의 장미의 마지막 현현인 제인으로 또는 "우리의 미의 인형"으로 혹은 "무희"로 상징되어 정통파 사제와의 논쟁을 벌이고 있다. 이 점을 그녀가 "무슨 수를 꾸미려 하는" 것과 같은 양상으로 상징된다. 이는 주교와 설전을 벌이는 제인을 연상시킨다.

> 깨끗함과 더러움은 한 족속처럼 근접해 있어요.
> 정결함은 더러움을 요하기도 하지요.
> 친구들은 떠나갔으나 그것은
> 무덤도 침실도 부정하지 못할 진실이지요.
> 육신을 낮추는 법을 익히면
> 마음속의 긍지를 깨닫게 되는 것입니다(*CP* 294).

제인은 "친구들은 떠나갔으나" 그것이 진실임을 천명한다. 그녀가 한동안 고독한 존재일 것이고 방랑자일 것을 상징한다. 그러므로 예이츠는 불멸의 장미를 "나는 가장 고독한 존재를 위해 애도하는 바이다. 그러나 이것은 신의 뜻이다(*CP* 172)"라고 하여 불멸의 장미를 가장 고독한 존재로 예지한 바대로이다. 그것은 "무덤도 침실도 부정하지 못할 진실이지요"라고 하여 무덤이 상징하는 이전 세대에서나 "침실"이 상징하는 그녀의 현생에서도 소피아를 위한 사제나 마법사들이 눈먼자들처럼 소피아를 알아볼 수 없을 것을 예시한다. 죽어가는 여인은 베네치아의 여인으로서 화사로움을 상징하고 있듯이 미모와 그 형체는 잔존하고 있다. 이 불멸의 장미인 여성 원리와 더불어 남녀양성구유의 신성을 믿는 마법사와 현자들은 인형들로 상징되었다. 이들 인형들은 남성중심의 종교 축제일을 거부하고 있다. 사제의 설교는 개 짖는 소리가 상징하듯이 잠자는 사람들인 현자들의 잠을 깨우게 된다. 즉, 달은 여성 원리의 상징으로 개가 달을 향해 울부짖는 것은 소피아의 사상을 비방하는 양상의 상징으로 볼 수 있다. 이런 개 짖음으로 소피아의 사제로서 이단으로서, 마법사로서, 인형으로서 불멸의 장미의 사상은 세상으로부터 멀리 있어야만 한다. 시간은 그녀의 권능과 힘을 위해 아직 올바른 시기가 아니기 때문이다. 이 상황은 제인이 주교와 논쟁을 하는 양상과 비견된다. 제인은 "주교를 비난"하고 나서는데 주교가 남성중심의 삼위일체를 상징하기 때문이다.

주교를 비난하는 데도 지쳐버렸다.
(미친 제인이 말했다)
아홉 권의 책, 아홉 개의 모자가 있다 해도
사제는 어차피 사나이가 될 수 없는 것,
명상을 지속하기에는
더욱 불가능한 것이었지요.
어느 왕에게는 아름다운 사촌들이 있었는데
그러나 그들이 어디로 떠나갔을까요?
움집에서 맞아서 죽었어요.
그리고 그는 그의 왕좌를 고수하고자 했지요.
지난밤 내가 산 위에서 자고 있었을 때이지요.
(미친 제인이 말했다)
거기에는 두 바퀴로 달리는
쌍두마차가 있었고
커다란 엉덩이를 지닌 에머가
그녀의 광폭한 연인과 함께 앉아 있었지요.

쿠훌린은 그녀 곁에 앉아 있었고
거기에서
나는 두 무릎을 꿇고 앉아서
돌에 입맞춤 하였어요.
진흙 속에 누워서
눈물을 흘렸지요(*CP* 390~391).

　제인의 눈을 통해 본 두 남녀인 쿠훌린과 에머는 남녀양성구유의
신성과 '존재의 합일'을 보여주는 상징으로 보인다. 제인-소피아는 남
성중심의 신의 세계를 증오하여 이르기를 "주교를 비난하는 데도 지
쳤다"라고 하는 말에 함축되어 있다. 제인은 주교를 비난하여 "그는
남자가 되지 않는다"고 한다. 진정한 영웅의 출현을 바라는 제인은
실은 예수와 그의 사도들과 같이 여성 원리를 위해 그들의 목숨을 바
치는 현자들인 영웅의 출현을 고대하고 있다. 마지막 불멸의 장미의
현현으로서 제인은 남성중심의 세상을 변화시킬 영웅의 출현을 고대
하는 것이다. 제인이 본 남성중심의 시대는 단지 갈등과 불행만을 초
래한다고 보았다. 즉, 왕이 사촌들을 살해한 러시아의 비극적 역사를
통해서 남성중심 역사 속의 비극을 상징한다. 왕이 사촌들을 살해한
불운한 사건을 "움집에서 맞아서 죽었어요. / 그리고 그는 그의 왕좌
를 고수하고자 했지요"라고 하여 남성중심의 신성이 지배하는 세상
에서는 전쟁과 갈등이 끊임없이 야기되고 있음을 보여준다. 이는 인
류의 역사가 남성중심의 시대가 되면서 그 어떤 평화도 존재할 수 없
었던 것을 상징한다. 그러나 쿠훌린과 에머가 제인의 눈앞을 마차를
타고 지나간다고 하는데 이들은 남녀양성의 상징이다. 제인은 남성
원리와 여성 원리의 힘이 균형을 이룬 남녀양성구유의 신성의 시대

가 다가오기를 고대하였다. 두 남녀양성의 힘의 균등을 이루었을 때 곧 불멸성을 이루는 '철학자의 돌'을 획득한 것을 '돌에 입맞춤'으로 상징하였다. 그러나 악으로 넘쳐나던 옛 세상이 성녀가 잠 깨어나면서 파괴될 것임을 인지한 제인은 그들을 위해서도 눈물을 흘리고 있다고 한다. 비록 정화된 새 시대를 위해서는 그릇된 세상의 파괴가 선행되어야 하지만 그들 마땅히 사라져야 할 영혼들을 안타까워하는 것이다. 그러므로 심판주이며 성녀 소피아인 제인은 기쁨과 연민을 동시에 품은 채 울고 있다고 한다. 그녀의 연민은 인류를 향한 구세주의 연민으로 연작시 "젊었을 때와 늙었을 때의 여인"에서 몰락해가는 타락한 옛 세상을 바라보는 안티고네의 연민의 눈물과 연관 지을 수 있을 것이다. 죽어가는 여인은 슬픈 장미인 동시에 긍지의 장미의 상징으로 대심판날을 준비하는 심판주의 상징으로 볼 수 있다. 연작시 중 "저녁 무렵"에서 남성중심의 시대의 종말에 성녀 소피아의 고행을 중단시키고 구원하고자 성자를 보내는 성모를 통해 예지되고 있다.

> 그녀는 어린아이처럼 놀고 있다.
> 고행이 그 놀이이다.
> 환상에 젖어 거칠어져 있다.
> 왜냐하면 하루가 저물어서
> 누군가가 곧 그녀에게
> 놀이가 반만 끝났지만
> "어서와요, 놀이는 그만하고"라고
> 부를 것이기 때문이다(*CP* 178).

초기시에서 불멸의 장미의 시간의 십자가에 매달린 고행이 이 시에서는 "어린아이처럼 놀고 있다"로 변환되어 마치 놀이를 하는 어린아이의 모습처럼 성녀의 고행의 나날들이 상징되고 있다. "환상에 젖어" 거칠어진 양상은 시 "재림"에서 심판날에 등장하는 스핑크스의 거친 양상과도 상통한다. 어린 소녀가 홀로 놀이에 열중하며 그 놀이가 절반 정도 밖에 지나지 않았는데도 이미 날이 저물었다고 한다. 누군가가 집에서 와서 그녀를 부르러 올 것을 예감한 그녀는 자신의 고행의 놀이가 의외로 갑자기 끝날 것을 알고 있다. 누군가의 부름은 성모 소피아가 보낸 성자로 그는 성녀를 구원하기 위해 하강하게 된다는 것은 기독교 영지주의 신화에 그 근거를 둔다. 예이츠는 "순수하고 아름다운 이에게는 시간만이 적일 뿐이다"라고 하여 정해진 시간이 오면 새 시대는 반드시 다가온다고 믿었다. 마지막 불멸의 장미의 현현은 숨은 구세주로서 언제나 세상을 떠돌았기에 예이츠의 시에서 무희나 집시 소녀 제인으로 상징된다. 또한 병상에 누워 있는 죽어가는 여인은 성난 제인처럼 "광적이고 거친" 여인으로 자신의 놀이를 하고 있는 모습으로 그려지고 있다. 이처럼 광적이고 거친 것은 실은 지혜를 습득하여 불멸성을 획득한 것을 역설적으로 상징한 것이다. 죽어가는 여인은 소피아의 사제의 부름에 잠 깨어난 소피아로서 신비시 "방울 달린 모자"에서 광대가 여왕의 잠을 깨우는 장면으로 잘 묘사되고 있다. 즉, 여왕이 잠 깨어 일어난다면 그 후 세상에 나타나 소피아로서 신성한 의무를 다하게 된다. 이 여왕의 의무는 여성 신성인 성배의 상징체로서 세상 모든 성자들을 불러 모으는 일이다. 갑자기 여왕으로 등극한 데시마의 새 여왕의 모습처럼 새 시대의 여왕인 성녀 소피아는 갑자기 그 영광을 드러내는 것을 상징한다. 데시마의 거칠고 억제되지않은 거친 모습들은 "재림"에서 마지막 심판날의 대심판주의 상징으로 스핑크스와 그 연관성을 지닌다고 할 수 있다.

그녀는 옹졸한 성격의 소유자들처럼
예의 없이 자라지 않았으므로
보다 행복한 날을 선이라고 생각하고
쾌락을 악이라고 불렀다.
그녀는 자신이 여성이고
수려한 미인도 아니고 높은 지위도 없으며
평범한 예상치 못한 민족으로부터 자라난 것을 안다.
그녀의 죽은 오빠의 용맹을 모범으로 삼았기에
어떻게 그녀가 상심하거나
그녀의 의지가 꺾일 수 있을까?(*CP* 179)

메이블의 오빠인 화가 오브레이의 죽음과 메이블의 병상의 고통의
양상은 성자의 십자가 고행과 성녀의 시간의 십자가 고행의 관계를
상징적으로 잘 묘사했다. 성자 예수처럼 성녀 역시 이 길고 긴 이천
년의 고행의 기간 동안 "상심"하지 않는 용기를 가지고 "시간의 십자
가에 매달린 장미"로서 정해진 시간이 오기까지 꿋꿋이 고통을 견디
어내기를 기원하는 마음을 엿볼 수 있다. 메이블로 상징된 성육화한
딸 소피아는 화려한 집안이나 종족을 배경으로 출생하지 않았다고
한다. 그녀는 평범한 집안의 평범한 여인으로 자라날 것을 예언한 것
이다. 즉, 예이츠는 이 죽어가는 여인을 통해 미래에 나타날 마지막
소피아의 현현으로서 제인처럼 평범한 지위에서 예상치 못한 민족에
서 나올 자비로운 마음씨의 소유자를 미리 예언하고 있다. 이는 성녀
가 올바른 시간이 오기까지 숨은 신으로서 인류 속에 감추어져 있을
것을 상징한다. 죽어가는 여인은 지상에서 희생하는 신으로 "쾌락을
악이라고 불렀다"고 한다. 모든 세속적 쾌락을 즐기지 않으며 "보다
행복한 날들을 선"이라고 하여 자신의 영광의 날을 고대하고 있음을

상징한다. 기독교 영지주의 신화에 따르면 소피아는 두 양상으로 천상의 성모와 지상의 성녀로 나뉜다. 이 시에서 죽어가는 여인은 추락한 성녀를 지칭한다고 볼 수 있다. 성녀가 예의 없이 자란 옹졸한 성격은 아니라고 한다. 고귀한 성녀 소피아는 성자 예수와 오누이 사이로 성자가 십자가에 못 박힌 것은 숨은 구세주인 성녀가 남성중심의 시대 동안의 고행하는 것을 미리 상징적으로 보여준 것이라 할 수 있다. 성녀 소피아의 이천 년의 남성중심의 시대 동안 숨은 고행을 초기시의 "시간에 매달린 붉은 장미"로 상징했다고 볼 수 있다. 성녀의 남자형제인 성자 예수처럼 성녀 소피아는 시간의 십자가 위에 매달려서 용감하게도 시간과 맞설 수 있는 고행에서 승리하기를 기원한다. 예이츠는 시적 소재로서 이처럼 메이블과 그녀 오빠는 결국 성녀 소피아와 성자 예수의 구세주로서의 면모를 상징하는 것으로 볼 수 있다. 그런데 죽어가는 여인은 "붉고 하얀 얼굴"이 아니라고 하여 그녀의 외모가 빼어난 미모가 아님을 상징한다. 마지막 현현으로서 성녀는 지위도 없는 "평범한 집안에서 자란" 여인으로 제인의 이미지와 상통한다. 지상에서 고행하는 이 마지막 성녀 소피아의 현현인 제인은 "예상치 못한 인종"에서 태어난다고 하여 그녀가 어떤 인종에 속할 것인지도 예언한 것으로 보인다. 이처럼 내세울 만한 인종으로도 미모도 지위도 없는 성녀의 마지막 현현의 모습은 제인을 통해 상징되고 있는 양상과 같다고 할 수 있다. 그리고 "그녀의 죽은 오빠의 용맹을 모범으로 삼았기에 / 어떻게 그녀가 상심하거나 / 그녀의 의지가 꺾일 수 있을까?"라고 하여 성녀는 과감히 자신의 고행을 수용할 것으로 보인다. 고인이 된 오빠의 용기는 남성 원리의 원형인 예수의 십자가에서 처형을 상징한다. 이처럼 날이 갈수록 예이츠는 구세주 예수가 고행을 해야만 했듯이 고행을 해야 하는 여성 원리의 구세주인 성녀 소피아를 상징적으로 묘사하고 있다.

용맹스럽게 "그녀의 영혼이 무도장에 뛰어들었다"에서 무도장은 "마이클 로바티스의 이중의 환상(The Double Vision of Michael Robartes)"에서 부처와 스핑크스의 한가운데에서 춤추고 있는 소녀와 같은 맥락을 이룬다고 하겠다. 그 무희는 스핑크스와 부처의 사이에서 춤추고 있는데 세상에 거하는 성녀 소피아의 상징으로 볼 수 있다. 예이츠는 일생을 이단으로 평가받은 버림받은 성녀소피아를 위해 헌신하기로 결심했다는 것을 내게는 "이단의 말로 만든 상징 이외엔 어떤 말도 없다"라고 토로한 점에서 나타난다. 이처럼 그는 이단적인 사상에 대해 고도의 긍지를 지니고 있었다. 이 환상 속의 무희는 그 자신이 상실된 여성 신성임을 자각하지 못한 것 같다. 또한 무희는 지상에 거하는 불멸의 장미의 상징으로 그녀의 이미지는 "방울 달린 모자(The Cap and Bells)"에서 광대가 잠 깨운 잠자는 여왕이기도 하다. 무희는

오직 그녀의 유일한 사제에 의해 잠 깨어날 수 있다. 이 점은 여왕이
광대의 지혜의 말을 듣고 깨어난 것으로 상징되고 있다. 성녀는 어느
날 잠 깨어나 자신의 무도장으로 뛰어갔지만, 갑자기 그때까지 이교
도로서 핍박받는 "여성 원리"의 험난한 상황을 직시하게 되었다. 패
배의 신인 자신의 어두운 역사적 진실을 직시한 것이다. 이에 크게
놀란 성녀의 모습을 "최초의 놀라움"으로 상징했다. 마법사 예이츠는
"최초의 놀라움으로 그녀가 직접 대면케 하라"라고 하여 미래에도 소
피아의 자녀들인 사제들이 있을 것을 믿는다. 소피아의 사제들은 다
시 디아밋드를 연인으로 삼은 이교도였던 그라니아와 이태리 르네상
스 화가로 성모의 모습을 그린 조르조네(1478~1510)로 대변된다. 앞
의 시의 화가 론기처럼 이들 이교도와 예술가들은 "여성 원리"인 소
피아를 추구하는 잊혀진 신의 사제들인 "우리들"로 묘사된다. 또한
예이츠는 역사적 영웅상들인 아키레스, 티모르, 바바르, 바하임 등으
로 상징한다. 이는 예이츠가 실제 역사적 사실에 충실하기보다는 모
두가 소피아를 추구한 영웅상들의 상징적 인물들로 묘사되고 있음을
알 수 있다. 그들의 영혼은 모두 사상을 상징하는 인형들 안에 숨겨
져 있다. 인형들은 사후 다이몬들이 될 마법사들과 동일시를 이룬다.
소피아는 새 구세주로서 새 시대의 신으로 소피아-이시스인데 예이
츠는 무희로 그 성녀의 모습을 상징하고 있다. 이들 지상에서 고행하
는 소피아나 영웅들에게서 죽음은 곧 천상에서의 불멸의 삶을 상징
하기에 죽음과 대면하여 웃음 짓는 양상으로 이어진다. 다음 연에서
새 구세주의 탄생을 본격적으로 상징하고 있다.

용서하라, 위대한 적이여,
화를 내려는 마음도 없이
우리는 이곳저곳을 돌아다녀서
가지들이 모두 화려하게 될 때까지 사들여서
그 크리스마스트리를 가져왔다.
그러면 그녀는 침대에서 바라보며
예쁜 장식들을 보고 공상에 젖어
황홀하기를 바란다.
그녀에게 은총이 깃들기를
눈웃음치며 그녀의 얼굴을 바라보면 어떠하리?
죽어가는 순간에(*CP* 179~180)

　죽어가는 여인의 친구들인 예술가들은 모두 이교도로 뉴에이지의 상징인 새 크리스마스트리를 선사하고자 한다. 크리스마스트리는 원래 이천 년 동안의 남성중심의 시대를 이끌어 온 성자를 기념하는 상징적인 나무이다. 그러나 이교도들인 성녀의 친구들은 새 시대의 성녀를 새 구세주로 맞이하기 위해 새로 만든 크리스마스트리를 병상의 여인에게 선물하고자 한다. 이 크리스마스트리는 성녀 소피아를 기념하기 위한 것이다. 남성중심의 시대가 끝나고 새 시대인 남녀양성구유의 신성의 시대가 시작된 것을 상징한다. 성자가 십자가에 못 박힌 이후 지난 이천 년 동안은 남성중심의 기독교 시대가 이어져왔다. 반면에 성녀 소피아는 시간의 십자가에 못 박혀 줄곧 남성중심의 시간 동안 고통을 겪어야만 했던 것이다. 소피아의 사제로서 예이츠는 미래의 성자들이 더는 성녀를 외면하지 않고 잠 깨어 일어나 새 크리스마스트리를 성녀에게 선사한다고 예언한 것이다. 즉, 성자의 희생과 권능회복의 역사처럼 소피아의 희생의 시대는 지나가고 새로이 권능회복의 시대가 온 것을 기념하는 것을 상징한다. 새 크리스마스트리는 남녀양성구유의 삼위일체인 우주적인 신성의 시대로 대전환된 것을 상징한다. 따라서 "용서하라, 위대한 적이여"라고 하여 남성중심의 폭군적인 "적"에게 고별을 선언했다. 이 신은 소피아를 억압한 적인 얄다바오스로 남성 신이다. 죽어가는 여인과 그녀의 친구들은 강력한 힘과 잔혹한 소피아의 적이였던 남성 신에게 작별을 고하기를 기꺼워한다. 이처럼 남성 원리인 성자는 십자가에 못 박혀서 소피아의 시간의 십자가에 매달린 고행을 상징적으로 보여주었지만 정해진 시간이 오기까지 성녀는 숨은 구세주로서 육신을 지니고 지상에 거하며 인류와 고통을 함께한다는 것이 예이츠의 핵심사상이라 하겠다. 시간의 십자가에 매달린 숨은 신으로서 성녀 소피아는 시 "사냥개 소리(Hound Voice)"에서는 죽은 산토끼로서 사라진 여성 신성을 상징한다. 그러나 정해진 시간이 다가옴에 따라 죽어가는 여인인 소피아의 벗들은 뉴에이지를 준비하고 있다. 그들은 슬퍼하기보다는 기쁨에 젖어 있는데 이는 죽어가는 여인은 그들의 새 구세주로 이제 바야흐로 천국으로 승천하려고 하는 순간이기 때문이다. 따라서 여인이 죽어가는 순간에 여인과 친구들 모두에게는 기쁨의 미소가 넘치게 된다. 죽음이란 곧 성녀의 권능회복인 것이다. 성육신화하여 지상에서 고행하다가 죽음으로 승천하여 비어 있던 천상의 옥좌로 돌아가는 성녀의 모습은 일찍이 초기시 "낙원의 캐슬린 백작부인(The Countess Cathleen in Paradise)"으로 잘 상징되고 있었다. 즉, 천상에 거하는 성모 소피아가 마침내 성녀를 구원함으로써 소피아의 영광의 새 시대가 돌아올 것을 믿었다. 예이츠는 애초에 죽음이란 없다고 믿었는데 이 점은 소피아의 권능회복으로 남녀양성구유의 뉴에이지가 도래함을 믿고 고대해온 것을 상징한다. 따라서 여인이 죽어가는 그 순간을 지켜보며 서로가 슬픔이 아닌 오히려 기쁨어린 눈인사를 교환한다고 했다. 이 "기쁨 어린 눈인사"는 예이츠의 묘비명에 새겨진 죽음 앞에서 세상을 향해 건네는 "차가운 눈빛(cold eye)"과 같은 맥락의 상징으로 세상을 향해 던지는 "차가운 눈빛"은 곧 죽음을 향한 "기쁨 어린 눈빛"으로 세속의 번뇌로부터 벗어나 천상의 기쁨으로 나아가는 것을 상징하기 때문이다.

예이츠가 "장미의 평화"인 뉴에이지를 고대하였지만 그 새 시대를 볼 수는 없었다. 그의 세대에서 두 세대 정도는 더 걸리는 미래의 일이라고 보았기 때문이다. 예이츠는 그들의 "자녀의 자녀들은 그들이 거짓을 말한 것"을 알게 되리라고 예언하였던 점에서 알 수 있다. 불멸의 장미-소피아의 영광의 마지막 장면은 시 "사냥개 소리"의 장면과 연결되고 있다. 사냥개와 사냥꾼들은 죽어가는 친구들의 또 다른 상징으로 이들 성자들은 죽어가는 여인인 "산토끼"를 만나서 성녀 소피아의 권능회복에 대한 "승리가"를 부른다고 하였다. 소피아는 영적으로나 육신적으로나 남성 신의 오랜 기간의 핍박 속에서 소멸되고 말았었다. 그러나 시 "재림"에서 소피아를 상징하는 스핑크스의 도래는 곧 새 시대를 만나 심판주로 올 소피아의 권능을 상징한다. 예이츠는 연인이었던 모드 곤을 통해 세상에 거하는 여성 신성을 생동감 있게 상상할 수 있었다. 그녀의 오랜 얼굴은 "청동 두상"에서 위대한 심판주로서 불멸의 장미의 엄한 눈과 상응한다. 그러므로 예이츠는 제인의 성격으로 슬픈 장미의 불운을 표출했다. 연작시 "젊었을 때와 늙었을 때의 여인"에서는 예이츠는 안티고네의 비애처럼 슬픈 장미의 자화상을 표출하고 있다. 이처럼 예이츠는 불멸의 장미의 활동상을 잘 예지하고 이를 예언시로 남겨두었는데 그 한 예로 시 "아무 것도 얻지 못한 친구에게"에서 "악당과 바보"들에게 괴롭힘을 당하는 성녀의 일상을 예언하였다. 이처럼 일상생활에서 마주치는 적들에 의해 야기되는 성녀의 고달픈 나날들을 예언적인 상징시를 통해 상징적으로 묘사하기도 했다.

이제 모든 진실이 드러났군요.
그처럼 꽹과리 목소리로 목청껏 부르짖는 자로부터
은밀함을 유지하면서 패배를 인정하세요.
명예를 소중히 하면서 자라난 당신이
어떻게 거짓이 증명되었지만
부끄러움도 모르고
이웃의 눈들을 의식하지도 않는
그런 자와 맞서 다툴 수 있겠어요?
승리보다 더 어려운 일을 위해
자라난 그대여, 돌아서세요.
그리고 미친 손가락의 연주에 따라
돌의 한가운데에서
울러퍼지는 악기줄처럼 웃어보세요.
비밀을 유지하면서 환희에 젖어보세요.
왜냐하면 모든 알려진 것들 중에
그것이 가장 어려운 일이기 때문이지요(*CP* 122).

예이츠는 마지막 불멸의 장미의 현현은 자신의 일상적인 노력에서 아무런 보상도 없이 속임수나 쓰는 파렴치한들에게 수난을 당하게 될 것을 예언하고 있다. 그러나 "승리보다는 보다 더 어려운 일을 위해 / 자라난 그대여, 돌아서세요."라고 하여 세속적인 승리보다는 더 어려운 구세주이자 심판주로서의 본래의 일을 할 것임을 미리 일깨워준다. 불멸의 장미의 적은 "꽹과리 목소리"로 부르짖는 철면피들로

목청껏 언성 높여서 싸우기를 좋아하는 호전적인 사람들로 상징되었
다. 따라서 이들로부터 불멸의 장미는 돌아서라고 권유했다. 악의 존
재자들로부터 멀리 떨어져서 "가장 어려운 일"인 영적인 과업을 위해
정진하길 권한다. 이 어려운 일은 마법사들의 최종 목표인 '철학자의
돌'을 얻어서 불멸의 길로 회귀하는 것이다. 불멸의 장미는 새 시대
가 올 때 마침내 잃어버린 길을 되찾아 회귀하게 되며 천사의 환희와
영광을 회복하게 될 것임을 예언하였다. 가장 어려운 일을 해내야 하
는 불멸의 장미에게 "비밀을 유지하면서 환희에 젖어보세요"라고 하
였다. 비밀의 지식을 얻기 위해 헌신하는 불멸의 장미는 세상의 승리
를 위해 이 땅에 온 것이 아니라 세상에 사랑과 불멸성을 전파하기
위해 하강한 참된 구세주였다. "돌의 한가운데"에 존재하는 불멸의
장미로서 인류가 잃어버린 '철학자의 돌'인 불멸의 장미를 인지하여
잃어버린 빛을 되찾는 것이 최선의 과업인 것이다. 이처럼 불멸의 장
미인 소피아는 인류의 완성이라는 위대한 과업을 완성하여 초월적인
존재가 되도록 인도하는 구세주로서 스스로 세상의 '철학자의 돌'이
되고자 했다.

비록 예이츠는 그의 님인 불멸의 장미가 과업을 완수할 것을 믿었
지만 초기시 "시인은 자연력에게 기원 드리노라"에서는 불멸의 장미
의 권능 추락과 세상에서의 고행의 어려움을 숙지하고 안타까움에
"자연력"에게 소피아의 평화와 영광을 기원하기도 했다.

살아 있는 자는 아무도 그 이름도 형태도 알 수 없는 자연력이
불멸의 장미를 꺾었다네.
북두칠성의 일곱 별빛은 춤을 추며 흐느끼고 절을 하고

북극성의 용은 잠들었다네.
그 용의 육중한 또아리가 심연에서 심연으로 반짝이며
뻗어나가는데 언제나 북극성의 용은 잠 깰 것인가?
밀려드는 파도와 바람과 사나운 불길로 조화를 이루는
합창소리를 지닌 자연력이여,
내 사랑하고 찬미하는 그 님을 감싸주어 평화로이 있게 해주오.
그리하여 내 오랜 근심을 멈추어주오.
그대의 불타는 날개를 펼쳐서 밤낮으로 엮어진
그물을 시야에서 감추어주오.
어슴프레한 생각으로 흐릿해진 자연력이여,
내 불멸의 장미가 더는 바다의 창백한 컵처럼
파리하게 존재하지 않도록 하여주오.
내 님이 가시는 길마다 음악으로 엮어놓은
부드러운 침묵을 깔아주오(*CP* 80).

"자연력이 불멸의 장미를 꺾었다네"라고 하여 지난 이천 년 동안
남성중심의 삼위일체 신성의 시대에 추락한 성녀 소피아의 권능을 일
관성 있게 상징했다. 장미십자단원인 루돌프 스테이너(Rudolf Steiner)
야말로 이 기독교 영지주의의 성녀 소피아에 대한 예이츠 신비시를
열어줄 가장 정확한 설교를 하고 있는 것으로 보인다.

우리들은 루시퍼의 과학과 연구로 서서히 이시스 여신의 관을 찾
아나서야만 합니다. 즉, 우리는 자연 과학이 우리에게 주는 내적
자극에 의해 어떤 상상력과 영감과 직관을 가지고 이시스의 시신
을 찾아야만 합니다(Steiner "Lectures").

올바른 시간이 올 때인 소피아-이시스로서 불멸의 장미가 다시 태
어날 때를 장미십자단 회원이었던 루돌프 스테이너는 천명하고 있다.
마지막 세대에서 소피아-이시스 여신은 그녀의 난관을 극복할 것이

기에 예이츠는 그 불멸의 장미의 평화를 위해 노래하여 "내 사랑하고 찬미하는 그 님을 감싸주어 평화로이 있게 해주오. / 그리하여 내 오랜 근심을 멈추어 주오"라고 기원하였다. 남성중심의 삼위일체 신성의 시대에 숨은 여성 신이 겪을 불멸의 장미기 겪을 고초를 염려하여 신께 기원한 것이다. 스테이너가 "이시스의 시신"을 찾아야 한다고 하여 성배 찾기를 설파했듯이 같은 장미십자단의 마법사인 예이츠 역시 성녀의 깊은 잠을 깨우는 소명의식에 젖어 있었다. 예이츠가 "내 불멸의 장미가 더는 바다의 창백한 컵처럼 / 파리하게 존재하지 않도록 하여주오"라고 기원하였다. 연작시 "죽어가는 여인에게"에서 불멸의 장미의 세 이미지들을 전한다. 즉, 뉴에이지의 시대가 다가옴에 따라 소피아의 형상 또한 낮은 지위이거나 평범한 지위로 변천해 간다. 즉, 불멸의 장미는 이전에는 헬렌이나 캐슬린 백작부인처럼 고귀한 신분을 유지하였으나 시대가 변천해감에 따라 제인처럼 평범한 여인으로 길거리를 떠돌고 있다. 그러나 이 평범한 세속적인 지위는 곧 성녀가 자신의 권능을 전진적으로 회복해가는 것을 상징한다.

> 예이츠의 초기 심미주의를 통해 정리해보면 "마법사들의 경배"에서 일어난 것이 그것이다 신들의 비밀스런 이름으로 드러나게 될 파리에 거하는 한 죽어가는 여인을 찾아 나선 서부 아일랜드 지역의 세 명의 순진무구한 성자들은 창녀가 된 그녀를 발견했을 때 그들 자신들이 악마에 의해 방황하게 되었다고 생각했다. -"왜냐하면 '지혜'는 그처럼 말도 안 되는 지역에서 존재할 수 없었기 때문이었다. 그러나 그녀는 진정한 소피아 즉, '지혜'였다"- 그리하여 예이츠는 여기서 상징을 이용하여 자신의 영지주의적 이해도를 표출하였다(Whitaker 47).

　제인의 집시 소녀로서의 상징은 영지주의 신화의 소피아를 잘 나타내준다. 추락한 권능의 사제로서 예이츠는 또한 스스로가 "집시의 야영지에 있는 마지막 궁정인"이라고 언급하여 소피아의 사제로 살아가는 자화상을 상징적으로 묘사하였다. 이 시에서 불멸의 장미는 감추져 있어서 더 이상 고귀한 신분도 아니고 미래에는 "미모도 없고 지위도 없는 예상치 못할 종족"의 여인이라고 단언하였다. 즉, 마법사로서 예이츠의 혜안에 비친 마지막 소피아의 현현은 출중한 미모도 고귀한 신분도 아닌 더는 서양식 관점의 인물이 아님을 본 것이다. 그녀는 창녀촌의 한 죽어가는 여인에게서 태어난 유니콘과 같은 이미지로 상징된다. 그러나 성녀는 예의 없거나 속 좁은 성격의 소유자가 아니며 전혀 예기치 못한 종족의 인물로서 비록 고귀한 신분의 서구식 여인은 아니지만 당찬 제인의 모습으로 그 어느 때보다 강인한 모습을 상징하고 있다. 사실 예이츠는 자신의 눈을 아시아로 돌렸는데, 이는 그의 "초자연의 노래"라는 연작시의 마지막 시 "메루"에서 "이집트여, 그리스여, 안녕, 로마여, 안녕!"이라고 선언한 바처럼 불멸의 장미의 마지막 화신은 서구 문화 속에서 자라나지 않을 것을 인지한 까닭일 것이다. 스스로 메루 산의 현자인 불멸의 소유자인 다이몬이 되고자 한 예이츠는 비록 불멸의 장미가 그의 일생 찾아오지는 않았지만 미래세대에는 반드시 나타날 것을 믿었다. 따라서 그는 일생 아바타의 현존을 고대했었다. 마담 블라바츠키 여사 또한 자신의 세대에 아바타가 출현했다고 선언했다. 그녀는 크리스나므르티를 아바타로 천거했었다. 그러나 신지학자들로부터 아바타로 천거된 그는 그것을 거부했다고 한다. 조지 밀 하퍼(George Mills Harper)가 수집한 예이츠의 자동기술 서류에서는 예이츠가 아들 마이클이 최소한 상반적인 아바타의 일부가 될 것이라고 믿었다. 상반된 아바타는 남성 신의 모습이 아닌 차라리 여성 신성으로 보아야 할 것이다. 아바타는 미래의 세대에 나타날 것이기 때문이다. 예이츠의 영적 스승인 미지의 교사들은 아바타가 그의 당대가 아닌 미래에 다가올 것을 암시하였다. 그토록 예이츠가 불멸의 장미를 사모하면서도 "장미를 위한 작은 공간을 주세요"라고 한 연유가 미래의 시간대에 있기 때문이었을 것이다. 비록 예이츠는 신의 신비의 비밀을 모두 이해하지는 못했을지라도 최소한 미래에 나타날 아바타의 현존에 대해 줄곧 믿어왔다. 신비시 "방울 달린 모자"에서 자신의 두 번의 신비한 꿈을 소재로 쓴 이 시를 통해서 예이츠는 광대로 상징되는 남성 원리가 여성 원리인 잠자는 여왕인 아바타를 잠 깨울 것이라고 예언하였다. 또한 여왕이 잠 깨어나자 남녀양성구유의 신성으로 합일에 이르러 마침내 불멸성을 상징하는 '철학자의 돌'을 획득할 것이라고 시사했다. 이처럼 시 "방울 달린 모자"는 불멸의 장미의 사제로서 예이츠가 원하는 것은 "인간이 알지 못하는 것을 노래하도록 배우는" 것임을 보여주었다. 그는 "모든 범상적인 것과 역한 벌레에서 들쥐에 이르기까지"로 상징되는 세속적인 것들로부터 고행하는 불멸의 장미를 추구한다. 즉, "옛날 아일랜드"와 동일시되는 불멸의 장미는 미래에 다가올 것이라 한다. 이처럼 불멸의 장미와 시인 자신은 만날 수는 없다고 믿지만 마지막 세대에 나타날 불멸의 장미가 자신의 노래를 듣고 일어나 권능회복을 이룰 것을 굳게 믿었다. 이 점은 "인간은 진실을 묘사할 수는 있어도 알 수는 없다"고 선언한 예이츠의 말로 알 수 있다. 미래에 잠 깨어날 아바타인 성녀 소피아는 미친 제인과 동일시되는데 제인이 "낡은 옛 시대를 내던져 버리고" 새 시대를 외치기를 바라

는 것은 오랜 남성중심의 시대가 서서히 저물어 가는 것을 마법사의
직관을 통해 바라보고 있었기 때문일 것이다. 소피아의 현현인 제인
은 성자의 도움으로 그 혹독한 어려움을 뚫고 잠 깨어 일어나 마침내
권능을 회복할 것이다. 성녀의 출현은 새 시대인 남녀양성구유의 신
성의 시대가 문을 연 것을 상징한다. 예이츠는 그의 전체시를 통해
이 불멸의 장미의 영광과 권능회복을 예언하는 메시지를 전달하고자
했다. 그는 그 올바른 시간이 오는 여명의 시기가 올 때까지 면면히
이어온 성녀의 고행의 날들을 애석해하면서 그 불멸의 장미의 실재를
확신하고 있는 성녀 소피아의 사제로서 염려와 한숨을 표하고 있다.

> 내 사랑하고 찬미하는 그 님을 감싸주어 평화로이 있게 해주오.
> 그리하여 내 오랜 근심을 멈추어주오.
> 그대의 불타는 날개를 펼쳐서 밤낮으로 엮어진
> 그물을 시야에서 감추어주오(*CP* 80).

영웅의 꿈에 젖은 예이츠는 신께 불멸의 장미를 위한 기원을 올리
고 있다. 성녀 소피아와 그의 후손들인 "산을 오르는 젊은이들"을 위
해 유언시를 남기고자 한 예이츠는 정해진 시간이 다가와 불멸의 장
미에게 시간이 닿기를 바란다. 자신이 남긴 신비시의 숨겨진 비밀을
성녀 소피아가 활짝 열어줄 시간이 올 때가 반드시 있기 때문에 그는
괴로운 마음을 다스려 평화를 유지하고자 한다.

> 그리운 환영들이여, 이제 그대들은
> 일상의 옳고 그름을 가지고 분규를 야기하는
> 모든 것이 어리석음을 이해하겠지요.
> 순진무구하고 아름다운 이들은

시간만이 적이라는 것을 알게 될 것입니다.
일어나서 내게 성냥불을 켜라고 명하세요.
시간이 닿을 때까지 또 다른 성냥불을 켜주세요.
모든 성자들이 알 때까지 달려가세요(*CP* 264).

　불멸의 장미인 "순진무구하고 아름다운 이들"에게 "모든 성자들이 알 때까지" 달려가라고 요청한다. 소피아는 이제 더는 적들의 핍박의 손아귀에 얽매여 희생당하지 않을 것임을 "일상의 옳고 그름을 가지고 분규를 야기하는 / 모든 것이 어리석음을 이해하겠지요"라고 상징했다. 불멸의 장미는 일단 잠 깨어나면 인간과 천상 두 성모와 성녀에게 부탁한 말인 "모든 성자들이 알 때까지" 달려나갈 것을 알고 있기 때문이다. 예이츠의 비전은 시 "말(Words)"에서도 자신의 말이 힘을 얻고 그 권능에 의해 소피아의 잠을 깨울 것임을 천명하였다.

　　　매년 나는 외쳤다. '마침내
　　　내가 권능을 부여했기에
　　　내 부름에 말이 복종을 하였기 때문에
　　　내 님이 모든 것을 이해하게 되리라.'
　　　그렇게 되면 그 뒤라서 내 님의 말을
　　　체질로 까부를 수 있을까?
　　　나는 이런 초라한 말이라도 내뱉으며
　　　살아가는 것으로 자족해야 하리라(*CP* 100).

　비록 예이츠는 "나는 해에 지쳐서"에서 해가 상징하는 남성중심의 시대에 살아가는 것에 염증을 느끼지만, 미래에 염원하던 올바른 시간이 오면 그의 신비시의 비밀의 언어들이 모두 열릴 것을 믿었다. 예이츠는 그러나 불멸의 장미가 세상에 모습을 드러내는 미래에 그 성녀가 자신의 신비시의 예언과 비밀을 모두 열어주려고 할 때 성녀인 불멸의 장미를 공격하는 적의 추종자들이 있을 것임을 예언하였다. 소피아는 그 "악당과 바보"들과 논쟁을 벌일지라도 그 누구도 제인-소피아가 일단 모든 상징시 속 숨겨진 의미들을 열어놓았을 때 그녀를 논박할 수 있는 이는 아무도 없을 것을 깨달았다. 즉, 상징시에 대해 성녀가 그 진의를 열어주게 된다면 "체질로 까부를 수 있을까?"라고 한 말처럼 그 누구도 성녀의 말을 반박할 수는 없다고 예언하였다. 그의 사상을 이해하지 못하는 장미십자단원들과 살아 생전 줄곧 투쟁해야만 했던 예이츠였으나 그 누구도 진정으로 그의 상징시에 숨은 진의를 이해할 수는 없었다. 시 "탑"에서 자신의 유언을 미래에 나타날 성자 마법사들에게 남겨서 그 숨은 비전의 뜻을 바로 이해하여 따르는 때가 올 것을 믿고 그날을 예비하고자 했다. 예이츠는 마지막 불멸의 장미의 화신이 그의 후손들인 전 세계의 성자들에게로 달려가 자신의 신비시의 최상의 비밀까지 모두 열어주게 되리라고 믿은 것이었다. 따라서 "모든 성자들이 알도록 달려가세요"라고 촉구하여 마지막 불멸의 장미의 현현이자 잃어버린 성배로 상징되는 여성 신성을 마법사들이 발견하게 될 것을 상징적으로 보여주었다. 이들 예이츠의 비전을 이해하는 경지에 도달한 현자들은 결국 잃어버린 성배를 찾아 나설 것이다. 이들 마법사와 현자들인 "산을 오르는 이들"로 상징되는 미래의 후손들을 위해 예이츠는 자신의 유언을 남겨두었다. "내 유언을 남겨둘 때가 되었다. / 새벽이면 샘물이 솟구치는 / 낙숫물 떨어지는 바위 옆에서 낚시줄을 드리우는 / 산을 오르는 이들을 선택한다(*CP* 222)"라고 하여 성자들을 위해 마법의 상징시를 남기고자 한다고 했다. 그는 "시간은 내 님의 미를 다시 되돌릴 밖에"

없다고 하여 오직 정해진 시간만 온다면 반드시 그 불멸의 장미는 일어나 세상에서 잃어버린 권능을 되찾을 것을 예시했다. 그러므로 올바른 시간이 다가오면 불멸의 장미는 예이츠의 신비시에 빛을 발하게 하여 예언시를 열어줄 것이라고 믿었다. 그 시기가 오면 동시에 그녀는 세상의 성자들인 친구들을 만날 것이고 시 "사냥개 소리"와 "죽어가는 여인에게"에서 등장하는 사냥꾼들이나 친구들은 모든 성배를 찾는 성자들이 성녀를 찾아올 것을 예언하고 있다. 예이츠는 지속적으로 불멸의 장미와 사냥꾼들을 만나기 이전에 불멸의 장미의 적들이 성녀를 저해할 것이고 이에 대해 소피아의 현현은 그들의 공격에 낙망하고 고통을 겪으며 힘겨운 시간을 보내게 될 것을 미리 예지하였다. 따라서 수차례 반복하여 그의 상징시에서 이를 거듭 예언하고 있다.

> 아 마음이여, 평안하라,
> 무뢰한도 바보도 깨트릴 수 없는 것이므로
> 한 여인을 위해 쓰여진 시이기에
> 어찌 그들의 찬사를 바라겠는가?
> 그 시들이 그처럼 보이면 족한 것을.
> 그 님은 그대의 힘을 새롭게 하였다.
> 황야가 크게 울부짖을 때까지
> 사자가 꾸어온 꿈
> 그대 둘 사이에 있는
> 긍지자와 긍지자 사이에 있는 비밀을(*CP* 103)

비록 악당과 바보와 같은 비방자들이 있을지라도 그는 마음의 평화를 유지하려고 한다. 시의 목적이 오직 여성 신성인 그 님을 수호하려는 사명을 다하려는 것이기 때문이라고 한다. 따라서 "한 여인을 위한" 노래임을 천명하고 자신의 시적 지혜에 대해 지대한 긍지로 세상의 "무뢰한이나 바보들"과 맞서고자 한다. 사랑하는 불멸의 장미가 마지막 현현으로 이 땅에 온 그 미래에 성녀의 현현은 적들인 악당과 얼간이들의 소피아에 대한 비방과 공격으로 인해 성녀의 마지막 현현은 그들과 격론에 휩싸일 것을 미리 예이츠는 혜안의 눈으로 바라보고 있었다.

> 그러나 여기 고고한 모범이 있으니
> 그 님의 미궁의 나날들 속에서
> 님은 자신의 낯설음에 당혹스러워하였다.
> 내 님이 자신의 꿈을 밝혀주었을 때
> 얻은 것은 비방과 배은망덕이었으니
> 그렇지, 이보다 더 나쁜 일도 있었지.
> 그러나 반쯤은 사자이고 반쯤은 어린아이인
> 그 님은 평화로이 자신의 노정에서 노래를 불렀다네(*CP* 104).

그 "고고한 모범"은 지난 이천 년의 깊은 잠에서 깨어난 성녀 소피아가 드높은 자긍심을 되찾고 세상에 맞설 것을 시사한다. 그러나 성녀는 갑자기 자신에 대한 각성으로 "자신의 미궁의 나날들" 속에 당혹감을 감추지 못하고 있을 것도 예언하였다. 신비의 꿈을 통해 쓴 시 "방울 달린 모자"에서는 광대의 노래를 듣고 잠에서 깨어난 잠자는 여왕은 남성 원리인 영웅을 상징하는 광대의 희생을 통해 여왕은 마침내 잠에서 깨어난다. 그리고 광대의 영혼인 남성 원리를 수용하여 하나가 된다. 의심할 바 없이 예이츠는 불멸의 장미의 마지막 현현이 자신의 사후 미래의 어느 날 나타나서 그의 예언시를 이해하게 될 것이라고 믿은 것이다. 그러면 여왕과 자신은 남녀양성의 원리로서 합일에 이를 것이다. 그렇게 되면 자신의 예언시에서 예언한 바처럼 온 세상의 성자들에게 최고의 비밀을 열어줄 것을 믿었다. 마법사로서 혜안을 통해 미래를 식시한 예이츠는 그리니 여전히 성녀를 괴롭히는 "악당과 바보의 비방과 배은망덕"이 있을 것이라고 예언하였다. 그런 험악한 상황에서도 성녀 소피아가 위안받기도 한다는 것을 "시간은 단지 더 현명해지게 해줄 뿐이라오. / 지금은 비록 불가능해 보일지라도 / 그래서 그 님이 필요한 것은 인내 뿐일지라도(*CP* 86)"라고 예언하였다. 그 어떤 공격과 비난도 그리고 불가능해보일 만큼 어려운 상황에서도 일단 정해진 시간만 돌아오면 그 모든 어려움은 소멸되고 말 것이기에 그런 어려운 상황을 극기와 인내로 이겨나가야 한다고 미래의 성녀의 마지막 현현에게 미리 권고하고 있는 것이다. 하지만 예이츠는 불멸의 장미에 대한 적의 공격도 만만치 않아서 온갖 고초와 더불어 "이 일보다도 더 사악한 일"도 있을 것이라고 예언하였다. 그러나 성녀는 그 모든 어려운 난관을 극복할 것이기에 "그 님은 평화로이 자신의 도정에서 노래를 부르고 있다"고 천명하였다. 성녀 자신에 대해 긍지를 지니고 있기에 "반은 사자이고 반은 어린아이인 그녀가 평화로이 지낸다"고 미래의 성녀의 정황에 대해서 낙관적으로 예언하였다. 왜냐하면 성녀의 평화의 때인 그 정해진 우주의 신성이 열릴 시간이 점차 다가온 것을 상징한다. 누구도 미래의 성녀의 뜻을 거스를 수는 없을 그 절대적인 우주신성의 시간이 다가올 것을 인지한 예이츠는 마침내 성녀가 온 세상에 준비된 모든 성자들을 불러모으는 미래를 꿈꾸었다. 이들은 성배를 찾는 기사들의 전통을 이어받은 세상의 현자들로 여성 신성을 믿고 따르는 현자들이다. 따라서 예이츠는 자신의 사명을 다하기를 원할 뿐 세속의 영광인 "그들의 칭송"을 원하지 않는다고 선언했다. 예이츠는 성녀와 자신이 남녀양성의 힘과 권능의 균형을 이루어 쌍방이 비밀 속에서 사자처럼 긍지를 지니고 있을 것이라고 했다. 즉, "황야가 크게 울부짖을 때까지 / 사자가 꾸어 온 꿈 / 그대 둘 사이에 있는 / 긍지자와 긍지자 사이에 있는 비밀을"이라고 하여 미래의 비밀에 대한 지대한 긍지를 선언하였다. 성녀와 성자를 대신한 메신저로서 예이츠와 성녀 사이에는 남녀양성구유의 원리처럼 서로 팽팽하게 양립된 긍지를 지닌 고고한 마음을 상징한다. "황야"에서의 커다란 울부짖음은 올바른 시간이 왔을 때 그 비밀이 활짝 열릴 것을 상징한다. 불멸의 장미를 찬미하여 "무엇보다도 소피아에 대한 칭송을 듣고 싶다(*CP* 168)"라고 하는 것은 소피아의 사제로서 예이츠의 바람이라고 할 수 있다. 그는 악당과 바보들인 성녀를 비방하는 자들에 대해 저주하였다. 성녀는 특히 늙은 부유한 자들에게 부당한 대접과 비난을 받을 것이라고 하였다. 즉, "비록 소피아는 젊은이들에게는 칭송받으나 늙은이들에게는 비난을 받으리. / 그러나 가난한 이들은 늙은이나 젊은이들 모두 님을 칭송하리(*CP* 169)"라고 하였다. 이와 같이 소피아가 처음 세상에 출현하였을 때 그 무엇보다도 먼저 성녀의 적인 거짓과 악당들의 횡포와 맞서 싸울 것이라고 했다. 특히 예이츠는 "늙은이"라고 칭해지는 인물들인 지위를 지닌 "악당과 바보"들이 여전히 불멸의 장미에 대해 보수적인 사고로 성녀를 비난할 것을 인지하였다. 미래에 그들은 온갖 수단과 방법을 동원하여 세상에 나타난 성녀를 비방하고 훼방하려고 한다. 이를 인지하고 염려한 예이츠는 그 무엇보다도 사람들이 불멸의 장미에 대해 칭송하는 말을 하는 것을 듣고 싶다고 했다.

혜안의 눈을 통해 성녀의 출현과 젊은이들에게 칭송받는 모습과 가난한 이들은 노인이나 젊은이나 모두 성녀를 칭송할 것을 인지하고 있다. 그러나 늙은 신분이 높은 부유층 사람들, 즉 보수주의자들은 남성중심의 신의 하수인으로서 성녀를 이단으로 매도하고 비난하고자 갖은 노력을 할 것이라고 했다. 이들은 구체적으로 "극장 경영주, 인간의 경영주"들이라고 했다. 예이츠는 불멸의 장미에 대한 상징으로 "우리의 망아지를 괴롭히는 것이 있다"고 했다. 또한 "그들의 자녀들의 자녀들은 그들이 거짓말을 했다고 말할 것이다(*CP* 75)"라고 예언하여 그들의 죄악상이 낱낱이 폭로되는 날이 미래에 올 것을 전하고자 했다. 이처럼 선지자 예이츠는 억압받는 불멸의 장미를 해방할 수 있는 정해진 올바른 시간이 올 것을 고대하였다.

어려운 일에 대한 유혹은
내 혈관을 말리고
내 심장으로부터 자발적인 기쁨과
천부적인 만족감이 용솟음친다.
우리의 망아지는 괴롭히는 것들로 인해
마치 성스러운 혈통도 아니고 올림픽의
구름과 구름 사이를 넘나들던 영광도 없었던 것처럼
마치 길거리에서 쇠덩이를 끌고 가는 듯이
채찍질과 혹사당함과 땀과 경련으로 몸을 떨고 있다.
극장 경영주와 인간을 관리하는
모든 악당과 바보와의 한낮의 전쟁에
오십 가지의 방법으로 구성된
연극에 내 저주 있으리라.
내 맹세코 새벽이 오기 전에
마구간을 발견하고 그 빗장을 열고 말리라(*CP* 104).

사랑하는 님인 불멸의 장미가 세상에서 어려움을 겪을 것을 인지한 예이츠는 이를 "망아지"의 수난으로 상징하였다. 예이츠의 염려는 또한 "이 미는 친절하지만 이유가 있기에 / 그 계절을 벗어난 옛날로 인해서 눈물을 흘리는 것입니다(*CP* 85)"라고 했다. 성녀가 악당과 바보들의 비난과 핍박으로 어려움을 겪을 것을 안타까워했다. 그러나 그 불멸의 장미가 권능을 지니게 됨에 따라 자신의 신비의 메시지의 비밀이 그 가려진 비밀의 베일을 벗게 될 것이고 소피아가 주는 평화의 빛이 온 세상에 번질 것을 믿었다. 이 점은 "마구간을 발견하고 그 빗장을 열고 말리라"에서 성녀의 해방을 통해 그 권능회복을 상징하고 있다. 반복적인 신비시에서 불멸의 장미의 곤경을 예언했던 예이츠는 "무지한 선의를 지니고 / 무수한 밤을 논쟁을 벌이면서 / 여인의 나날들이 지나갔고 / 마침내 그녀의 목소리는 날카로워져 갔다(*CP* 203)"라고 세상과 싸우는 성녀의 나날들을 미리 예언해 보여주고 있다. 예이츠는 그의 실제 삶에서 콘스탄스 마케이비츠의 곤경을 바라보면서 성녀의 고난에 대한 시적 영감을 얻었던 것이다. 따라서 성녀 불멸의 장미가 잠 깨어나자마자 남성중심의 세상에 대하여 잘 인지하지 못한 무지한 선의로 밤낮없이 시간을 소비하며 성녀의 우주적인 비밀을 열어주고자 노력한다고 했다. 그러나 이런 성녀의 은혜에 감사하기는커녕 남성중심 시대의 지도자들은 배은망덕으로 보답할 것임을 미리 예지했다. 성녀는 배은망덕한 적들과 점차 격한 논쟁을 벌이다가 마침내 목소리도 날카롭게 격노하여 소리치는 상황에 이를 것을 예언하였다. 마지막 성녀의 현현은 비록 겸손하고 사회적 지위도 없는 그저 평범한 여인의 신분이지만 그녀의 목소리는 어느 시대의 권위보다도 더 권능을 지니고 있는 남성중심의 신인 적에게 맞서

대적할 것을 예지하였다. 또한 성녀의 노년의 삶까지 직시하는 예이
츠는 성녀의 권능이 점진적으로 회복될 것을 예언하였다.

> 그녀가 젊고 아름다울 때 말을 타고
> 사냥개와 더불어 사냥을 나가던 때의
> 그녀의 목소리보다 더 아름다운 목소리가 있었을까?
> 이 남자는 학교를 운영하였고
> 날개달린 말을 탔었지.
> ......
> 그 남자 역시 자신의 차례가 되어
> 철저히 변화되었다.
> 공포의 미의 탄생이다(*CP* 203).

"사냥개와 더불어 말을 타고 사냥을 나가던 때"는 "존재의 합일"과
"완벽한 인간의 육신의 조화(*Auto* 190)"를 이룬 옛날 남녀양성구유의
신성이 지배하던 세상의 조화로움을 상징한다. 말탄이의 이미지 역시
천상으로부터 추락하기 이전의 소피아의 권능과 영광을 상징한다.
"그 남자"는 "존재의 합일"을 이룬 다이몬이 될 영웅으로서 소피아를
추구하는 지상의 남성 원리의 상징으로 볼 수 있다. 말 탄 이는 "존재
의 합일"을 달성한 불멸의 미를 상징한다고 볼 수 있다. 예이츠의 묘
비명에는 "말탄이여, 지나가라!"라고 하여 "말탄이"가 나오는데 이
"말탄이"는 불멸의 존재로서 다이몬을 상징한다. 예이츠는 "나는 마
구간의 빗장을 열어보일 것(*CP* 104)"이라고 다짐한다. 소피아가 불멸
의 권능을 다시 회복하는 것을 굳게 다짐하는 양상이다. 비록 악당과
바보는 소피아의 논지를 논박하고 비방을 일삼아서 가르침에 대한
배은망덕을 저지르지만 성녀와 영웅들은 더 이상 패배만을 거듭하지

는 않는다고 했다. 그들은 결국 "공포의 미" 즉, 대심판날의 심판주로 변모하게 된다. 이 "공포의 미"는 예언시 "재림"에서 스핑크스로 상징되는 심판주로서 뉴에이지의 시대를 향한 마지막 세대에 나타날 성녀 소피아의 영광을 상징한다. 스핑크스는 징벌하는 심판주의 권세를 지녔기에 "공포의 미"의 상징이기도 하다. 또한 예이츠는 뉴에이지가 다가왔을 때 세상에 나타날 성녀의 권능을 아일랜드의 독립으로 상징하기도 했다. 뉴에이지가 오기 전 많은 성자들은 그들의 삶을 불멸의 장미인 여성 신성을 깨우는 일에 헌신하고자 했다. 마침내 최후시편들 중 하나인 시 "사냥개 소리"에서 사냥꾼들과 사냥개가 한곳에 모이는 것은 온 세계의 성자들이 성배인 성녀를 찾아 전 세계적으로 몰려오는 것을 상징한다. 따라서 불멸의 장미는 악당과 바보가 상징하는 남성중심의 신인 적과 맞서 논쟁을 벌이는 투쟁 속에 맞서게 된다. 그 정해진 시간은 가이어의 법칙에 따라 다가오는데 마침내 성녀를 괴롭혀온 "바보와 얼간이"들도 서서히 강해지는 성녀의 권능의 회복과 전 세계 성자들이 성배인 성녀 소피아를 찾아 모여드는 미래의 여성 신성의 부활의 때를 저지할 수는 없다. 즉, "공포의 미"가 탄생하는 것은 성녀가 억압된 고난의 날들을 벗어버리고 심판주로 변하는 것을 상징한다. 예전의 곤고한 성녀의 나날들을 예이츠는 "마치 성스러운 혈통도 아니고 올림픽의 / 구름과 구름 사이를 넘나들던 / 영광도 없었던 듯이"라고 묘사했다. 이처럼 불멸의 장미는 자신의 시대인 뉴에이지를 열기 위해 길고도 험난한 암흑기인 남성중심의 시대의 시련기를 거쳐야만 했다. 따라서 예이츠는 불멸의 장미가 가장 어려운 일을 극복하고 승리할 것을 말 탄 이와 사냥꾼의 상징을 통해 예시하였다.

　여성 신성이 승리하는 때를 억압에서 풀려난 "말"로 상징한다. 불멸의 장미가 수난을 겪는 것을 억압당하는 망아지로 상징하여 지상에서 힘겹게 살아갈 것을 상징적으로 보여주고 있다. 그러나 마침내 선지자 예이츠의 마법의 힘이 회복되어 성녀를 억류한 감옥의 상징인 "마구간의 빗장(CP 116)"을 풀어놓을 때가 올 것을 천명하였다. 마구간의 문이 열리는 순간, 억압받던 성녀의 상징인 망아지는 천상의 말인 페가수스로 변하여 비상한다. 이처럼 성녀의 권능회복을 확고한 예언으로 남기고 있다. 예이츠는 자신의 노래가 마법의 힘을 불러와 미래 성녀의 마지막 현현으로서 잠자는 여왕을 깨우고자 하였다. 그러나 성녀는 "가장 고독한 인물"로 수난의 불멸의 장미는 "괴롭힘을 당하고 있는 망아지"로 상징되고 있는데 이어 지속된 성녀의 수난은 시 "산토끼의 죽음"에서 보여주는 바 죽은 "산토끼"로 상징된다.

　나는 숲 속으로 깡총대며 뛰어가는 산토끼를
쫓아가는 일련의 짖어대는 사냥개들에게서 주위를 둘러보았다.
내가 찬사를 보낼 때
붉은 망토 속에서 두 눈을 내려뜨고 있는
사랑하는 사람을 보고 기뻐하는 듯이.

　그러자 갑자기 그녀의 산란한 자태에
내 마음이 아파왔다.
그리고 갑자기 상실한 야성을 떠올리고
후에 그곳에서 빠져나와
산토끼의 죽음을 바라보며
숲 속에 서 있게 되었다(CP 250~251).

초기시의 슬픈 장미로서 성녀는 후기시로 접어들수록 점차 레드 한라한이 쫓아가는 산토끼로 상징된다. 예이츠는 소멸된 여성 신성에 대한 권능에 대해 홀로 추억하면서 기념하는 소피아의 사제로서 남성 원리의 임무를 다하고자 했다. 아린 마음으로 산토끼의 죽음을 기린 예이츠는 과거 여성 신성인 소피아의 권능을 초기 장미시편에서 숭엄한 여인들인 트로이의 헬렌과 캐슬린 백작부인으로서 "키가 훤칠하고 숭엄한 그러나 섬세한 색깔을 지닌 사과꽃 같은(*CP* 85)" 여인으로 보았다. 선각자로서 "어부왕"인 예수를 따르는 남성 원리로 성스러운 산 언덕에 있는 "낚시꾼"을 꿈꾸었던 예이츠는 그 혜안의 눈으로 다시 하늘 높이 비상하면서 구름 사이에서 미래의 님을 굽어보고 있다고도 했다.

> 그대가 빛나는 시절을 누릴지라도
> 군중들의 환호와
> 새 친구들은 찬미하지만
> 불친절하거나 오만하지 말고
> 다만 옛 벗들을 가장 잘 챙겨주어요.
> 시간의 가혹한 물결이 일어나서
> 그대의 미도 사라지고 이들의 눈을 제외한
> 그 모든 눈길로부터 사라져버릴 때가 올 것이니까요(*CP* 79).

불멸의 장미가 지난 이천 년의 남성중심의 시대에 갖은 고난을 겪는 것을 늘 슬퍼하였던 예이츠는 고귀한 옛날의 여성 신성을 "산토끼의 죽음"으로 묘사하였다. 그러나 죽은 산토끼는 다시 소생하여 마지막 세대에 그 영광을 드러낼 것을 "죽어가는 여인"이나 무희나 제인의 모습으로 상징적으로 묘사하였다. 불멸의 장미의 지위가 평범해지고 잊혀진 것을 이제는 "그녀를 주의 깊게 바라보려는 이는 없습니다. 아무도(*CP* 85)"라고 예이츠는 안타깝게 읊조리고 있다. 따라서 추락한 소피아의 사제로서 예이츠는 "계절을 지난 늙음에 대해" 애도의 눈물을 흘리기도 한다. 더 이상 사람들은 제인이 되어 돌아온 성녀를 경이로운 눈으로 선망하는 눈초리로 바라보는 이는 없을 것이라고 한다. 세속에 젖어든 마지막 성녀의 현현의 모습을 "그대의 사랑스런 이의 머리에 흰머리가 생겨나고 / 그 님의 눈가에는 작은 기미들이 덮이고 있네요(*CP* 86)"라고 한다. 예이츠는 자신의 미래에 나올 성녀가 평범하게 늙어서 흰머리가 나고 눈가에 작은 기미도 있게 된다고 하여 평범한 여인의 형상으로 묘사하였다. 그렇게 어느 날 잠 깨어 일어난 성녀는 평범한 외모이지만 보다 "현명"해질 것을 예지한다. 그의 시대에는 성녀를 만날 수 없음을 알고 있던 예이츠는 환영을 보면서 위로를 얻고자 했다. 불멸의 장미는 오직 "인내"하는 자세로 대처하는 것뿐이라고 한다. 예이츠는 늘 성녀의 세속적 수난을 안타깝게 그리고 있었다.

마음으로 부르짖기를 '아니야,
나는 단 한시도 평안해본 적이 없어, 한순간도.
시간은 그러나 단지 그 님의 미를 다시 돌아오게 할 뿐이지.
그 님에게는 위대한 고고함이 서려 있기에
그 님의 주위에 빛나는 불빛은 그녀가 움직일 때
보다 맑게 타오를 뿐. 야성미 넘치는 여름 햇살이
님의 눈빛에 빛을 발하고 있을 때는
오 그 님은 이런 상태가 아니었었지.
마음이여! 아! 내 마음이여! 만약 님이
머리를 내게로 돌리는 것만으로도
위로받는 이 내 어리석음이여(*CP* 86).'

예이츠는 미래에 그 님이 영광을 되찾게 될 때까지는 "단 한시도 평안해본 적이 없어"라고 토로한 예이츠의 말처럼 "그 자신의 회의주의"를 지닌다고 보았다. 즉, "나는 단 한시도 평안해본 적이 없어, 한 순간도"라고 넋두리하는 것 역시 그의 회의주의에 기인한다. 그가 남성중심의 시대에서 느끼는 영지주의 사제로서의 회한과 시련의 아픔에 따른 것이다.

예이츠의 영지주의 사상은 기질적이고 영적인 그 자신의 본성에 따른 것으로 여겨졌다. 자신의 체계를 포함하는 다양한 신비주의는 종종 역사철학으로 이상한 모험을 하기도 하는데 이런 예이츠는 차라리 변증법적이기도 하다. 그는 자신의 변하기 쉬운 믿음에 대해 다양한 회의주의를 보이는 한편, 그 회의주의에 대해 인내심 있게 대처하기도 한다(*P & E* 212).

그러나 미래에 언젠가는 성녀가 환생하여 자신의 노래를 듣고 잠 깨어 날 것을 믿고 있기에 희망을 지니고 살아간다고 한다. 한때 패배했던 소피아가 모든 장애를 극복하고 다시 일어나서 자신을 도울 것을 "시간은 그러나 단지 그 님의 미를 다시 돌아오게 할 뿐이지. / 그 님에게는 위대한 고고함이 서려 있기에"라고 천명한다. 소피아의 영광회복을 "그 님의 주위에 빛나는 불빛은 그녀가 움직일 때 / 보다 맑게 타오를 뿐"이라고 단언했다. 그 불빛은 소피아의 권능회복을 상징하는 것으로 "야성미 넘치는 여름 햇살"로 상징된다. 소피아가 "방울 달린 모자"의 신비 예언시에서처럼 광대의 노랫소리와 희생으로 잠 깨어난 여왕처럼 잠에서 일어나면 "모든 성자들"을 불러모을 것이라고 한다. 죽은 산토끼였다가 마법의 힘으로 다시 되살아나서 사냥개들을 이끌고 질주하는 산토끼의 상징으로 나타난다. 미래에 대한 꿈이 실현되어 성녀에 대한 믿음이 다시 불타오를 것을 성냥불이 불타오르는 것으로 상징하였다. 그러면 소피아는 "온 세상의 성자들이 알도록 달려가는" 것이다. 예이츠는 성녀의 영광을 친미하기를 "그녀의 눈길"은 "여름날 야생의 빛"처럼 빛나고 있다고 했다. 비록 예이츠는 불멸의 장미로서 고고한 여왕의 때는 가고 없지만 오히려 남성중심의 시대를 지나 남녀양성구유의 시대로 변천해가는 영광의 시대가 도래하는 것을 보게 되는 것이다. 따라서 예이츠는 비관적인 회의주의자가 아닌 오히려 밝은 미래를 바라보는 혜안을 지닌 마법사의 비전을 인류에게 제시하였다.

> 오, 내가 구름 한가운데로 올라가서
> 헤엄치게 하여주세요.
> 곧게 뻗은 등줄기에
> 펙과 멕과 파리스의 사랑을 위해
> 세상을 저버리고 남아 있는 몇몇 여인들은
> 그들의 비단옷을 삼베옷으로 갈아 입었어요(*CP* 254).

파리스의 사랑을 받던 트로이의 헬렌은 고귀한 왕녀의 신분이었지만 그 시대는 남성중심의 시대로 성녀는 소멸되어가는 시대였다. 그러나 비단옷으로 상징되는 고귀한 신분의 여왕들은 그 "비단옷을 삼베옷으로" 갈아입을 것이라고 예언하였다. 삼베옷은 성녀가 제인과 같은 평범한 여인으로 변모한 것을 상징한다. 예이츠는 소피아의 옛 벗 이외에는 모든 눈으로부터 잊혀져 버릴 불멸의 장미-소피아를 노래하면서 위로하고 있다. 그러므로 그는 그녀의 추락한 위엄에 대해

"마지막 집시 야영지의 궁중인처럼" 그녀의 미를 홀로 노래하고 있다고 하였다. 또한 예이츠는 불멸의 장미가 그 모든 어려운 시기에도 불구하고 인내심을 발휘할 것을 촉구한다.

> 우리가 바람을 탓할 때 이는 사랑을 탓하는 것과 같기 때문이지요.
> 혹은 만일 더한 요구가 있다면, 그것은 길을 잃고 헤매이는 아이를
> 나무라는 것과 같이 가치 없는 일일 뿐이거든요(*CP* 87).

예이츠는 그의 불멸의 장미가 일어나 뉴에이지를 부르짖을 것이지만 사람들은 그녀의 진의를 알지 못할 것으로 본다. 그때 그녀가 방황하는 어린아이들 같은 세인들을 꾸짖기보다는 좀 더 기다려줄 것을 바란다고 한다. 왜냐하면 그들은 진실이 무엇인지를 알지 못하는 눈먼 이들, 즉 "길을 잃고 헤매는 아이들"이기 때문이다. 예이츠는 불멸의 장미가 외로운 여인이지만 정해진 시간이 올 때까지 기다려주기를 촉구한 것으로 보인다. 그러나 성녀가 뉴에이지를 향한 권능을 가지고 있을지라도 여성 신성으로서 절반의 권능만을 지니고 있다고 보았다.

> 그대의 권능은 그토록 고고하고 격렬하고 친절하지만
> 그 권능은 여왕들이 오래전부터 상상해온
> 마음으로 부르던 뉴에이지를 불러올 듯도 하지만,
> 그러나 그 권능은 절반만이 그대의 것이지요(*CP* 86).

불멸의 장미-소피아를 불러 권능회복을 위해 노력한 예언시를 남겼던 소피아의 사제인 예이츠는 남녀양성구유의 신성이 도래하는 뉴에이지는 남녀양성의 권능이 합쳐짐으로써 가능함을 상징하였다. 따

라서 정해진 시간이 올 때까지 성녀의 권능은 절반으로 다른 절반의 힘은 남성 원리가 지닌 것을 시사한다. 성녀는 외로운 길을 걸어가면서 정해진 시간이 오기를 기다려야만 마침내 "뉴에이지"는 다가온다고 보았다.

　불멸의 장미는 새 구세주일지라도 캐슬린 백작부인과 트로이의 헬렌처럼 슬픈 장미의 상징이기도 하다. 그러므로 예이츠는 남성 원리와 슬픈 장미인 여성 원리가 기독교 영지주의 신화가 보여주었듯이 올바른 시간인 성모 소피아가 성녀를 구하기 위해 성자를 보내는 때를 고대해야만 했다. 이 정해진 시간이 올 때를 고대하면서 기다려야만 하는 것을 예이츠는 "아, 그러나 평화는 시간이 내 님의 형체에 / 닿았을 때만이 비로소 다가오리라"라고 하여 미래에 다가올 성녀 소피아를 고대하는 예지의 힘을 보여주었다.

대 심판 날의 심판주로서 긍지의 장미

제3장

대 심판 날의 심판주로서 궁지의 장미

우주령으로부터 한 거대한 이미지가 나타날 때
내 시야는 혼란스럽다. 모래 사막의 어디쯤엔가에는
사방으로 흥분한 사막의 새들의 그림자가 어른거리는 동안
사자의 몸뚱이에 사람의 두상을 하고 있는 한 형상이
태양처럼 텅 빈 무정한 눈길로
천천히 허벅지를 움직인다.
다시 어둠이 내려앉았다. 그러나 나는 이제 알았다.
저 깊이 잠들어 있던 이십 세기가 흔들리는 요람가에서
악몽에 시달렸음을.
이 무슨 거친 짐승이 드디어 제 시간을 만나
태어나려고 베들레헴을 향해 몸을 웅크리고 걷고 있는가?(*CP* 210)

상징주의자인 예이츠가 "진실로 상징이란 영적인 불꽃을 투명한
램프불로 비추는 보이지 않는 본질에 대한 가능성을 열어주는 유일
한 표현이다(*E & I* 116)"라고 말한 바와 같이 그의 시세계는 상징으
로 가득 넘쳐나고 있다. 예이츠의 상징시는 시적 목적을 분명하게 알
지 못한다면 그 상징의 의미를 확실히 이해하는 것은 불가능할 것이
다. 일생 불멸의 장미인 여성 신성을 추구했던 그는 그로 하여 "완벽
한 세속적인 육신의 완성"을 위한 길을 걸었다. 비록 예이츠는 사모

하는 여인 모드 곤과 다른 실생활 속 여인들을 자신의 시에 초대하여 불멸의 장미에 대한 시적 영감을 고취시켜서 성녀에 대한 사랑과 찬미시를 쓴 것이 사실이었다. 예이츠는 불멸의 장미가 천상이 아닌 지상에 거한다고 믿었기 때문이었다. 그의 말년의 시에서 "내가 선택한 여인들은 모두 달콤하고 낮은 목소리로 속삭인다. / 그러나 그들 모두가 속삭이는 목소리는 사냥개 짖는 소리이다(*CP* 385)"라고 하여 그들 시적 소재가 된 실체험 속 여성들을 불멸의 장미를 추구하는 시를 위한 소재로서 "사냥개의 울음소리"로 상징하고 있는 점에서 알 수 있다. 예이츠의 시 속의 여성들은 불멸의 장미를 위한 상징으로 볼 수 있다. 불멸의 장미의 상징들은 그의 전체시 속 여성들을 통해 일관성 있게 한 편의 드라마처럼 하나의 시적 주제를 이루며 전개되고 있다. 그러므로 예이츠는 수차례에 걸쳐 자신의 시와 실제 삶의 경험은 무관한 것임을 천명했다. 비록 자신의 연인으로 비롯하여 실생활의 여성들을 시적 소재로 삼았으나 그 시적 궁극목적은 이들 여성들에 대한 인간의 사랑이 아닌 여성 신성을 추구하고 찬미하는 소명의식에 불타 있었기 때문이다. 이처럼 시인의 삶 속의 실제 경험들은 시인의 직관을 불러일으키는 효율적인 방법이었다. 물론 이 직관은 곧 시의 원동력이 되었다. 특히 예이츠의 신비적이고 예언적인 시편들은 비록 그가 개인적 경험으로부터 시를 창조한 것일지라도 단순한 한 여성을 위한 연애시로 평가절하할 수만은 없는 지고의 뜻을 상징하고 있다. 만일 평자들이 그의 전기적 사건에 따라 그의 신비시를 분석하려고 한다면 그들은 예이츠의 신비시에 숨겨진 진정한 본질을 간파할 수 없을 것이다. 따라서 지금까지 예이츠의 마법의 힘을 빌려 쓴 신비 예언시들의 진의는 감추어져 왔었다. 왜냐하면 평자들은 예이츠를 실패한 마법사로 보는 마법단체의 평을 그대로 답습하고 있었기 때문이다.

예이츠는 타고난 소피아의 사제로 불멸의 장미가 세상에 거주한다고 믿었다. 성녀의 때가 이천 년 주기의 가이어의 법칙에 따라 남성 중심의 이천 년의 주기가 지나감에 따라 여성 원리의 가이어가 다가온다고 믿었다. 일생 성녀인 불멸의 장미를 추구하고자 노력했던 예이츠는 성령이 그에게 소피아를 인지할 수 있는 눈을 열어주었고 들을 귀를 주었다고 믿었다. 한평생 시적 영감에 따라 소피아를 노래한 예이츠는 소피아를 두 양상으로 나누어 보았다. 즉, 슬픈 장미인 동시에 궁지를 지닌 장미인 성녀 소피아이와 천상에 거하는 성모 소피아였다. 초기 시의 "내 생애의 붉은 장미, 궁지의 장미, 슬픈 장미여! / 내가 고대의 방식으로 노래하는 동안 가까이 와주세요(*CP* 35)"에서 노래한 것은 성녀 소피아이다. 예이츠의 믿음 안에서 남녀양성구유의 신성을 지니는 성모 소피아는 기독교 영지주의의 신화에서 보여주듯이 추락한 성녀 소피아를 구원하고자 한다. 다른 하나의 양상은 비잔티움의 세계가 보여주듯이 성모 소피아는 불멸의 세계로 상징된다. 성모 소피아는 성부와 하나로 영원한 권능을 지닌 절대자로 예이츠는 그의 단편소설의 주인공인 신비의 비전가 레드 한라한과 자신을 동일시한다. 이는 실경험을 통해 여성 신성에 대한 사상을 주창하고 나선 것이다. 선택받은 사람인 윌리엄 블레이크처럼 천부적인 영지주의 시인이었다. 초기 장미시편부터 남성 원리인 예수의 대리인으로서 불멸의 장미를 추구하였다. 언제나 내적 그리스도의 의식에 따르고자 하였으므로 "예이츠는 호톤에게 그가 자신의 내적인 그리스도를 추구하고 외적인 그리스도에 의존하지 말 것을 설득하고자 노력했다

(Harper 8)"라고 한다. 예이츠의 종교적이고도 시적인 선조는 일찍이 야코프 뵈메와 임마뉴엘 스웨덴 보그 및 블레이크와 같은 신비를 체험하고 마법사가 된 현자들에 대한 서적을 통해서 영향을 입었을 것이다. 그러나 태생적으로 천부적인 소피아의 사제였던 예이츠는 시종일관 세상에 거하는 불멸의 장미를 그의 시세계에서 펼쳐보이고자 했다. 불멸의 장미는 긍지를 지닌 동시에 슬픈 장미로 희생의 구세주의 모습을 나타낸다. 반면에 긍지를 지닌 장미의 모습은 거세고 잔혹한 대심판날의 심판주의 모습을 나타낸다. 두 상반된 불멸의 장미의 양상은 그의 시 "마이클 로바티스의 이중환상"에서 잘 나타난다.

> 카셀의 회색 바위 위에서 나는 갑자기 보았네.
> 여성의 가슴을 지니고 사자의 발톱을 가진 한 스핑크스의 모습을,
> 한 손을 내리고
> 한 손은 자비를 위해 들어올린 부처를
> 그리고 그 둘 사이에 춤추고 있는 한 소녀를
> 그 소녀는 무아경 속에서 춤추고 있었으니
> 살아 있으면서 죽은 듯
> 꿈속처럼 춤추고 있었네(*CP* 192).

무희 소녀는 불멸의 장미의 화신으로 볼 수 있다. 비전가 마이클 로바티스는 예이츠와 동일시를 이루는 인물로 그의 혜안의 눈을 통해 지상의 성녀를 바라보고 있다. 그의 시적 주제는 독특한 사상인 장미십자주의뿐만 아니라 그의 심령주의의 내적 직관에 따른 것이다. 그는 모든 시편들을 영적 경험과 직관에 의지하여 창작하였다. 그러므로 대부분의 평자들이 신비시의 진정한 의미를 알 수 없는 것은 물론 대부분의 평자들은 그의 신비시를 오직 예이츠의 실경험을 통해

자서전적으로 분석하려고만 하는 근시안적인 태도에 머물렀다. 누구도 불멸의 장미에 관한 그의 시적 메시지를 올바로 이해할 수는 없었다. 일찍이 예이츠는 자신이 손수 그 신비시의 의미들을 완전히 세상에 열어주고 싶다는 제안을 미지의 교사들에게 하였다. 그러나 그 미지의 교사들은 예이츠의 말을 거절하면서 그들은 "시에 은유를 주러 왔다"고 했다. 따라서 예이츠는 "영적인 경험에 관해 철학적인 사상을 부여하려는 지속적인 실수를 하는 이들을 신랄하게 비난(Whitaker 7)"하였다. 예이츠가 신비 화가 호톤 사이에서 돈독한 유대관계를 소중히 유지하고자 한 것도 심령주의자인 호톤은 세상에 거하는 불멸의 장미에 대하여 함께 논할 수 있었던 유일한 친구였기 때문이었다. 호톤은 추락한 소피아인 세상의 성녀에 대한 비전을 볼 수 있는 독특한 신비 화가였던 것을 그 한 가지 이유로 들 수 있다. 예이츠는 호톤이 성녀 소피아에 대한 비전을 바라보고 있음을 인지하여 그와는 유일하게 소피아에 대해 논할 수 있었기 때문이었다.

> 그 스핑크스는 꼬리를 격렬하게 흔들었다.
> 그녀의 눈은 달빛에 빛났고
> 이미 알고 있는 만물을 미지의 만물을 바라보면서
> 머리를 세우고 부동의 자세로
> 지성의 승리에 차 있었다.
>
> 눈동자에 달빛을 받고 있는 부처는 부동의 자세로
> 사랑받는 만물과 사랑받지 못하는 만물에 눈을 고정하였으나,
> 부처에게는 평화란 없었다.
> 자비를 내리는 이는 슬프다.
>
> 오, 양자는 그 한가운데에서 춤추는 무희를 전혀 의식치 않았다.

> 그리고 그 무희 역시 춤을 보여줄 이들에 대해 개의치 않았다.
> 그렇게 무희는 육체의 완성을 가져온
> 사상을 초월한 춤을 보여주고 있었다(*CP* 193).

스핑크스는 여성의 얼굴을 한 스핑크스로 이시스-소피아 여신과 긴밀한 관련성을 보인다. 스핑크스는 슬픈 장미와는 상반된 긍지의 장미와 연관성을 지닌다고 하겠다. 즉, 스핑크스의 얼굴은 불멸의 장미의 권능과 영광회복 이후에 위대한 심판주가 된 것을 상징한다. 그 스핑크스의 이미지는 "매"의 이미지와도 연관성을 보인다.

> 공중에서 매를 불러내려라.
> 노란 눈이 온화하게 될 때까지
> 두건을 덮어씌우고 새장에 가두어라.
> 저장 육도 꼬지 구이도 떨어져서
> 늙은 요리사는 격노하였다.
> 주방의 하인도 거칠어지고 있다.
>
> '난 두건을 쓰고 새장에 들어가지는 않을 거야,
> 손목에 앉지도 않을 거야.
> 인적이 끊긴 안개 속에서
> 흐르는 구름 속에서
> 숲 위를 배회하는 긍지를
> 나는 알아버렸어(*CP* 167~168).'

그 매는 여성 원리의 가이어 안에 있는 불멸의 장미의 상징으로 그것은 뉴에이지의 도래를 상징한다. 남성중심의 시대에 여성 가이어의 상징은 더 이상 매가 두건을 쓰고 고분고분하게 새장에 주저앉아 갇혀 지내지는 않겠다고 한다. 남성중심의 시대가 주는 억압을 더 이상은 받지 않겠다고 거부하는 긍지의 회복을 상징한다. 이천 년 주기의 가이어의 법칙에 따라 여성 원리의 회생의 때를 맞이하여 "매"가 상징하는 성녀 소피아의 권능은 회복되고 있는 것이다. 즉, "숲 위를 배회하는 긍지를 / 나는 알아버렸어"라는 새의 말을 통해 긍지로 가득 찬 소피아의 면모를 엿볼 수 있다. 이는 시 "재림"에서 매는 매잡이의 말을 듣지 않는 모습과 유사한 상징이라 하겠다. 늙은 요리사와 주방 하인은 소피아와 천사들의 상징이자 대심판날의 심판주를 상징한다. 스핑크스의 거친 모습과 연관되는데 늙은 요리사는 성모 소피아로서 "검은 탑"에서는 사후 모든 영혼들을 심판한다는 것을 상징적으로 암시하였다. 정해진 시간이 다가오면 성모는 스핑크스로 상징되는 냉혹한 심판주의 얼굴로 변모한다. 반면에 부처의 이미지는 슬픈 장미의 상징과 상통한다. 즉, 희생의 구세주의 상징으로 그들 둘 사이에 있는 무희 소녀는 붉은 장미의 상징으로 우주적인 비전에서 "자연과 초자연은 하나의 원으로 이어져 있다(*CP* 328)"라는 말로 상징된다. 즉, 불멸의 장미가 이 세상에 머문다 해도 그녀는 초자연의 성모 소피아와 하나로 이어져 있다. 불멸의 장미의 마지막 현현인 제인은 부패한 세상에 대해 냉정하고 슬픈 눈으로 비극적 기쁨을 느끼고 있다. 그러나 제인은 세상을 등지고 있지 않다. 잭이 남성 원리로서 영지주의의 영웅을 상징한다. 제인은 타락한 이 세상에 대해 슬픈 마음을 지니고 있으며 주교와 논쟁을 벌인다.

주교를 비난하는 데도 지쳐버렸다.
(미친 제인이 말했다)
아홉 권의 책, 아홉 개의 모자가 있다 해도

사제는 어차피 사나이가 될 수 없는 것,
명상을 지속하기에는
더욱 불가능한 것이었지요.
어느 왕에게는 아름다운 사촌들이 있었는데
그러나 그들이 어디로 떠나갔을까요?
움집에서 맞아서 죽었어요.

그리고 그는 그의 왕좌를 고수하고자 했지요.
지난밤 내가 산 위에서 자고 있었을 때이지요.
(미친 제인이 말했다)
거기에는 두 바퀴로 달리는
쌍두마차가 있었고
커다란 엉덩이를 지닌 에머가
그녀의 광폭한 연인과 함께 앉아 있었지요.
쿠훌린은 그녀 곁에 앉아 있었고
거기에서
나는 두 무릎을 꿇고 앉아서
돌에 입맞춤을 하였어요.
진흙 속에 누워서
눈물을 흘렸지요(*CP* 390~391).

　　제인의 분노는 "주교를 비난하는데도 지쳐버렸다"고 하는 말에서
도 암시되는 바 남성중심의 삼위일체 신성을 믿는 정통 기독교에 대
한 비난을 함축한다. 제인은 마침내 불멸의 장미의 마지막 현현으로
서 타락한 세상에 대한 분노를 터트리기를 "명상을 지속하기에는 /
더욱 불가능한 것이었지요"라고 한다. 또한 두 마리의 말이 끄는 쌍
두마차는 남녀양성의 원리의 상징으로 예이츠는 이 쌍두마차에 대해
서 비전가인 호톤과 그의 미지의 교사들에게서 들었던 까닭이다.

그러나 그 통제자는 '그대에게 꼭 필요한' 백색과 흑색 말 두 마리를 모두 중요시한다. 내가 예이츠의 기록이 되지 않은 질문들에 대한 대답들을 분석한 결과, 그 통제자는 이르기를 그 사람은 전자(흰색)와 더불어 세상에 오지만 그러나 후자(흑빛)는 '그대가 가진 다른 것으로부터 추구해야 한다'라고 하였다. 예이츠는 점성술적 상징주의로 가득 찬 마음을 품었는데 이는 환상록에서 서로 상반된 상징에 그 근거를 둔 해와 달의 상징으로 나타난다(Harper 62).

"두 마리의 말이 끄는 마차"와 "쿠훌린과 에머"는 남녀양성의 원리인 해와 달의 연합을 상징한다. 그러므로 예이츠는 제인이 "존재의 합일"을 달성해서 그녀가 시 "유리구슬"의 중국 노인들처럼 초월적인 세계인 성산에 거하기를 바라고 있다. 유리구슬은 '철학자의 돌'의 상징으로 "인간의 세속적인 완성"을 이룬 것을 상징한다. 제인이 "돌에 입맞춤"하였다고 하는 것은 '철학자의 돌'을 다시 갖게 되어 천상의 소피아로서 그녀의 영광을 회복하였음을 상징한다. 덧붙여서 그녀는 부패한 세상을 굽어보면서 울고 있는 것이다. 제인은 슬프고도 드높은 긍지를 가진 장미라는 두 양상을 나타내고 있다. 비극적인 세계를 바라보면서 울고 있는 제인은 안티고네와 동일시되고 있다.

나는 기도를 할 것이야, 노래도 해야만 해.
그러나 나는 울고 있어-오이디푸스의 아이가
사랑이 없는 먼지 속으로 가라앉는구나(*CP* 315).

제인이 "돌에 입맞춤"하였다고 하는 것은 '철학자의 돌'을 다시 획득하였다는 것을 상징한다. 이는 제인이 천상의 소피아로 그 잃어버린 영광을 회복하였음을 상징한다. 더불어 그녀는 부패한 세상을 굽

어보면서 울고 있다고 한다. 이처럼 성녀의 상징인 제인은 슬프면서
도 긍지를 가진 장미의 두 양상을 지니고 있다. 소피아의 분노의 이
미지로는 시 "향기의 막대기"에서 아바타인 새 구세주 탄생을 축하하
는 장면을 통해 상징되고 있다.

> 어디에서 이 분노는 오는 것인가?
> 텅 빈 무덤일까 아니면 성처녀의 자궁 속인가?
> 성 요셉은 세상은 녹아내린다고 하였지만
> 그의 손가락의 향기를 맡는 것을 좋아하였다(*CP* 383).

성 요셉의 손가락 향기를 맡는 모습은 성적인 장면을 연상하기 쉬
우나 이런 세속적인 상징이 아닌 심판주로 오는 불멸의 장미의 "분
노"와 새 구세주의 탄생을 성스럽고도 끔찍한 장면으로 상징한다. 즉,
성 요셉은 남성 원리의 상징으로서 불멸의 장미의 마지막 현현을 만
날 수 있었기에 희열에 젖은 모습을 나타낸다. 예이츠는 그리스도-소
피아의 새 탄생을 보여주기 위해 그의 몇몇 대표적인 시편들을 통해
상징적으로 나타내었다. 즉, 남녀양성구유의 신성으로서 소피아-구세
주는 "레다와 백조", "향기의 막대기", "배우 여왕으로부터의 노래",
"탄생고지", "성모", "지혜" 등을 들 수 있다. 이 분노가 상징하는 심
판주로서의 양상은 성모 마리아가 새 구세주를 보고 압도되어 있듯
이 세상의 남성 원리를 상징하는 성 요셉 역시 새 구세주인 짐승이자
스핑크스로 이는 "공포의 미"의 탄생을 상징하는데 이 성녀 소피아의
영광의 탄생을 목도한다. 이처럼 성녀 소피아의 탄생을 여러 편의 시
에서 상징하고 있다. 비록 성 요셉은 새로 탄생한 아기를 안고 있지
만 그 아기가 새 구세주로 이 "세상은 녹아내린다"고 믿었듯이 새 구

세주는 곧 대심판날의 심판주임을 알고 있다. 따라서 성 요셉 역시 구세주이자 심판주로 새로이 탄생하는 아기의 권능에 압도되어 있다. 성 요셉은 새 아기 탄생을 보고 그 아기를 안아본 후 그 손가락에서 나는 불멸의 장미의 향기에 취해 황홀경에 빠져 있다. 예이츠는 예수의 대리자로서 각 세대마다 남성 원리로서 선택된 영웅들이 현존해 온 것으로 굳게 믿는다. 성 요셉은 모든 선택받은 영웅들처럼 여성 원리를 보호하는 남성 원리의 역할자로서 그는 마지막 세대의 영웅상을 상징한다. 예이츠는 "그러나 우리가 다음 문명에서 탄생할 때는 우리가 소유할 것은 성처녀의 자궁 속이나 육신이 없는 무덤 속인 텅 빈 공간이 아닌 우리들의 풍요로운 경험 속에서 일어날 것입니다(*E & I* 436~437)"라고 한다. 소위 "장미의 평화"라고 부르는 남녀양성 구유의 신성의 시대가 다가올 것을 믿고 있었다. 성녀 소피아의 출현으로 성녀 소피아의 출현을 예이츠는 "우리들의 풍요로운 경험 속"에서 가능하다고 본 것이다. 먼저 새 시대를 위해 소피아의 영광과 권능회복이 이루어져야만 한다고 믿었다. 초기시 "낙원의 캐슬린 백작 부인"에서 이미 이를 제시하고 있었다. 성 요셉은 불멸의 장미에 의한 황홀경에 빠져 있다. 따라서 그는 "육신의 세속적인 완성"과 "존재의 합일"에 이르게 되었다. 성 요셉의 깨달음의 경지는 마법사들의 깨달음과 같은 맥락이라 하겠다.

뻣뻣한 색상 있는 의상을 걸치고,
파리한 불유쾌한 얼굴들을 하고
저 깊은 푸른 창공에 나타났다가 사라지는
비에 닳은 바위처럼 고대의 얼굴 모습을 하고
그 모두가 나란히 은투구를 쓰고

> 그 모두가 눈을 고정하고 나란히 줄지어서
> 갈보리의 불유쾌한 소란을
> 짐승의 무대에 통제할 수 없는 신비가
> 다시 한 번 더 일어나기를 희구하고 있다(*CP* 141).

　이들 마법사들은 스핑크스의 무서운 미의 도래를 의미하는 "야수의 무대"를 심안의 눈을 통해 직시하고 있는 천상의 다이몬들이다. 마법사들은 성 요셉처럼 심안의 눈을 통해서 "야수의 무대"로 상징되는 새 구세주의 탄생을 바라보듯 직시하고 있다. 성 요셉이 그렇듯 마법사들은 대심판날을 위해 탄생할 새 구세주를 보고자 고대하고 있다. 남녀양성구유의 신성의 도래할 시기를 의미하는 것으로 여성원리로서 새 구세주의 탄생은 남성 원리인 예수의 이천 년 전 탄생과는 다르다 하겠다. 이 탄생이란 우리 자신의 "풍부한 경험" 속에서 지난 이천 년 동안 고행해온 이 세상의 불멸의 장미를 깨닫는 것이다. 반면에 시 "인형들"에서 인형들이 새 구세주 아기의 탄생을 바라보고 있으면서 "저 아기는 우리를 모독했어(*CP* 142)"라고 경멸과 비난으로 나타난다. 제파즈는 "마법사"와 "재림"을 거친 짐승으로 구세주와는 상반적인 존재로서 "새 시대를 불러올 인물의 상징(Jeffares 126)"으로 보았다. 거친 짐승으로 구세주 예수와는 상반된 존재로 여성 원리인 소피아-그리스도를 상징한다. 남성 원리인 예수 그리스도는 그의 누이로 그리스도와는 상반적인 여성 원리를 구원하기 위해 하강할 것이라고 했다. 새 구세주는 세상의 숨은 구세주인 성녀 소피아로서 짐승인 스핑크스로 상징된다. 남녀양성구유의 신성은 두 마리의 말인 검정말과 백말로 이는 달과 해의 상징이기도 하다. 즉, 남녀양성의 합일은 곧 '철학자의 돌'의 획득을 상징하며 영원한 생명을 상징한다. 예이츠는 "호톤은 조화를 이루는 것에 실패하였다. 즉, 셸리처럼 그는 '악에 대한 비전이 부족'하였기에 지속적인 갈등으로서 세상을 감지할 줄 몰랐던 것이다(Harper 63)"라고 했다. 예이츠는 "존재의 합일"을 이루고자 노력하였는데, 이는 그의 미지의 교사들이 말한 바 "두 상반된 물질은 남녀양성 안에서 이외에는 융합될 수 없다(Harper 62)"라고 하였다. 예이츠에게는 신은 남녀양성구유로 인간 역시 남녀양성구유를 달성하여야만이 불멸성에 도달한다고 보았다. 이 남녀양성구유를 달성하기 위해 불멸의 장미인 여성 원리와 합일하여 "육신의 세속적 완성"인 "존재의 합일"에 도달해야만 한다. 따라서 예이츠는 잃어버린 여성 원리를 추구하였다. 남녀양성의 상징으로 성모 마리아와 성 요셉은 인형 제조업자와 그의 아내로 상징되었다.

> 인형 제조업자의 부인은 갑자기
> 남편이 아기 우는 소리를 들었다고 생각하여
> 의자 팔걸이에 의지하고서 몸을 구부리고서
> 머리를 살짝 그 어깨에 기대어 세우고서
> 남편의 귓가에 대고 이렇게 속삭이는 것이었다.
> 여보, 여보, 오 여보,
> 그것은 우연한 일이었어요(*CP* 142).

인형들은 세상에 고정된 사상인 동시에 다이몬들을 상징한다고 볼 수 있다. 그 인형들은 부부를 바라보고 있으며 이들 인형들인 다이몬들은 그리스도의 상반적인 인물인 불멸의 장미를 상징하는 새 아기의 탄생을 바라보고 있다. 그러나 그들은 아기를 혐오한다고 한다. 즉, 달로 상징되는 인류를 위해 고행하던 여성 신성의 때가 다가옴에

따라 시 "미친 달"에서는 성모는 너무나 오랜 기간 아이들을 임신하
느라 지친 양상을 보이고 있다.

> 너무나 오랜 희생은 마음을 돌로 만들 수 있다.
> 그것은 천상의 몫이고 우리의 몫이기도 하지만
> 마치 어머니가 자식의 이름을 부르듯이
> 그 이름을 일일이 불러본다.
> 마침내 잠이 찾아왔을 때
> 그 수족이 거칠어져만 갔다.
> 황혼이 찾아온 것이 아닌가?(*CP* 202)

　　남성중심의 시대에 영웅들은 현현한 소피아의 희생만큼이나 추락
한 소피아를 보호하고자 각 세대마다 희생을 치러온 소피아 사제들
을 상징한다. 성모는 너무나 오랜 희생으로 지쳐 있지만, "무서운 미"
가 탄생하기 이전에는 아직은 오랜 남성 신의 시대가 끝나지 않았다.

> 헤로디아스의 딸들이 다시 돌아왔다.
> 천둥 발소리에 이어 요란스런 영상들이 있은 후에
> 갑작스런 먼지 돌풍이 휘몰아쳤다.
> 돌풍의 미궁 속에 담긴 그들의 목적은
> 미쳐버린 손이 감히 딸의 몸을 만지려 하면
> 모두가 일제히 되돌아보고 바람 따라
> 호색적으로 또는 분노에 차 외치며, 모두가 맹목적이다(*CP* 237).

　　심판주로서 "헤로디아스의 딸들이 다시 돌아왔다"고 하는데 이 딸
들은 남성중심의 신성의 시대에 모든 옛것들을 제거하고, 남녀양성구
유의 신성의 시대를 만들게 된다. 심판주로 돌아온 불멸의 장미를 상

징하는 "헤로디아스의 딸들"은 복수를 위한 분노로 가득 차 있다고
하였다.

> 누가 계단을 올라오는가?
> 만일 그대가 나의 희망에 적합하다면
> 평범한 여인들이 생각하는 것과는 아무 상관 없어요!
> 만족감도 없고 어떤 만족된 양심도 아닌 옛날 유명한 작가들이
> 잘못 전하고 있는 그 위대한 가족들인 <긍지 드높은 복수의 여신
> 들>이 제각각 횟불을 들고 따라옵니다(*CP* 349~350).

　돌아온 소피아는 "긍지 드높은 복수의 여신들"이 되어 무서운 심
판주의 모습으로 변한다고 예언했다. 이와 같이 예이츠는 일찍이 초
기 시부터 여성 신성의 권능회복을 굳게 믿었다.

> 그대의 눈을 반쯤만 뜨고 머리카락을 내려뜨리고
> 세상의 위대한 인간들과 그들의 긍지를 회고해본다.
> 그들은 사방에서 그대를 비방했지만
> 그들의 위대함과 오만을 이 노래와 더불어 비교해보라.
> 나는 이 노래를 한 모금의 숨결로 만들었나니
> 그들의 자녀들의 자녀들은 그들이 거짓말을 했다고 말하리라(*CP* 75).

　예이츠는 불멸의 장미가 회복될 것이라고 믿었고 "그들의 자녀들
의 자녀들은 그들이 거짓말을 했다고 말하리라"라고 선언하였다. 사
람들이 지난 세대가 올바르지 않은 것을 깨닫게 된 것이다. 사람들은
여성 신성이 현존해 있음을 깨닫게 되었다. 남성중심의 삼위일체 신
성의 시대는 무너지게 될 것으로 보았다. 따라서 그의 "긍지 드높은
복수의 여신들"은 시 "재림"의 스핑크스의 출현과 동일시를 이룬다.

이처럼 예이츠는 심판주로서 성녀 소피아의 영광을 확고히 했다.

(*CP* 211)

세계령으로부터 나오는 스핑크스는 제시간을 만나 등장하는 새 구세주의 상징이다. 새로 "태어나려고 베들레헴을 향해 몸을 웅크리고 걷고 있는" 모습은 곧 제시간인 남녀양성구유의 우주의 신의 시대인 "이십 세기"가 깊은 잠에서 깨어나려는 시각이다. 바야흐로 그 영광의 때가 도래하여 세상으로 다가오는 심판주인 소피아-이시스 여신의 권능을 상징한다. 스핑크스의 도래의 날은 남녀양성의 원리가 융합하는 우주 신의 시대가 개막되는 것이다. 이 뉴에이지를 위해 낡은 남성중심의 구시대는 파괴되어야만 한다. 대심판의 나팔소리에 맞추어 등장할 대심판주는 "공포의 미"인 성녀의 등극을 상징한다.

공포의 이름 하에서 그 부름에 순종하여

이해했다네. 아무도 이해하지도 못한 것을,
그들 이미지들은 피 속에서 일어나는 것이다.

언젠가 우리가 새벽 전에 일어날 것이고
문가에 우리의 고대의 사냥개들을 빌견힌디.
그러면 화들짝 깨어나서 사냥의 때가 시작된 것을 알게 된다.
다시 한번 검붉은 피가 묻은 길을 따라 휘청거리면서 가서
해변가에 누워 있는 사냥감을 찾아내어
상처를 씻어주고 붕대를 감아주고
에워싼 사냥개들의 한가운데에서 승리가를 부른다(*CP* 385).

정해진 시간이 오면 불멸의 장미를 상징한 산토끼는 시 "재림"에
서처럼 무서운 공포의 심판주인 스핑크스로 다가온다. 대심판주로서
세상에 등장하게 될 성녀는 남성중심의 시대 동안 살해된 바로 그
"산토끼"로 성녀 소피아의 추락을 상징한다. 초기시부터 슬픈 장미로
상징되어 왔던 성녀의 고행의 모습은 "죽은 산토끼"의 상징과 연결된
다. 반면에 후기시로 가면서 등장하는 스핑크스는 대심판주로서 성녀
의 긍지와 권능을 상징한다. 심판날에 불멸의 장미는 지난날의 희생
의 구세주로 산토끼로 상징되어 온 연약한 모습에서 돌변하여 무서
운 "공포의 이름"인 스핑크스로 변모한다. 최후의 시 "사냥개 소리
(Hound Voice)"에서 예이츠는 성배인 소피아의 영웅들을 남녀로서 각
각 사냥꾼들과 사냥개들로 상징하였다. 사냥꾼과 사냥개들은 마침내
산토끼로 상징되는 불멸의 장미를 만나게 되는 역사적인 날을 그려
내고 있다. 그날은 이미 대심판날이 다가온 것을 의미한다. 이처럼 죽
은 산토끼로 상징되는 지상에 거하면서 권능회복을 고대하고 있는
성녀는 "안티고네"나 "제인"으로 상징된다. 그들은 여성 원리의 상징

으로서 타락한 세상을 굽어보면서 비극적 기쁨에 젖어 있다고 한다. 예이츠는 슬픔과 긍지를 지닌 불멸의 장미의 상반된 양상을 보여준다. 연금술의 관점에서는 '철학자의 돌'인 불멸성을 위한 서로 다른 상반된 두 요소가 융합된 것을 상징한다. 붉은 장미는 소피아-이시스의 불멸성을 상징한다고 하겠다. 따라서 예이츠는 마법사로서 "연금술의 장미 의식(*Myth* 315)"을 상징하는 것으로 볼 수 있다. 불멸의 장미는 그처럼 남녀양성구유의 신성이자 희생적 신성인 여성 원리로 정해진 시간이 오면 대심판주로 등장한다. 따라서 소피아는 여성 원리이면서 동시에 남성 원리로 이는 남녀양성구유의 신성을 상징한다. 분노와 긍지를 지닌 불멸의 장미의 새 구세주로서의 면모는 스핑크스와 연관성을 지니는 강력한 힘을 지닌 모습으로 흔히 야수로 상징되고 있다.

> 내 산고와 교환한 이 육신, 내 모유로 키운
> 천상에서 떨어진 별인, 내 심장의 피를 멎게 만드는
> 혹은 갑작스럽게 뼈 속까지 냉기가 돌게 하는
> 내 머리카락이 온통 솟구치게 하는
> 이 사랑스런 아기는 누구란 말인가?(*CP* 282)

성모 마리아의 공포는 가이어의 법칙에 따른 불멸의 여성 신성이 박해를 받는 어둠의 시기였던 지난 이천 년의 남성중심 신성의 시대가 도래한 것을 상징한다. 예이츠의 『신화집』 속의 "마법사들의 경배"에서 그 남성중심의 이천 년이 지난 때에는 세 성자들이 "이상한 목소리"인 신의 부름을 듣고 성녀를 찾아 나선다. 즉, "레다가 헬렌을 낳았듯이" 남성중심의 삼위일체 신성의 시대가 끝나면서 마리아인

성모가 새 구세주의 탄생을 알린다. 세 성자들은 꿈의 계시에 따라 파리의 뒷골목에 있는 어느 허름한 이층집에서 죽어가고 있는 한 미모의 여인을 보게 된다. 이 여인은 레다-마리아를 상징한다. 그러나 세 성자들은 그 죽어가는 여인이 너무도 비참하여 그녀를 소피아의 현현으로 볼 수가 없었다.

그들은 너무나 기대 이상으로 허름한 집에서 죽어가는 한 여인을 보고 마치 악마의 짓이 아닐까 의아해하고 경악을 금치 못한다. 그러나 이내 신탁을 전달하는 천사인 헤르메스의 음성이 허공 중에 울려퍼지면서 이 여인이 일종의 유니콘과 같은 것을 탄생시킬 것이라고 선언한다(*Myth* 312).

"유니콘"의 탄생은 새 시대의 새 구세주로서 소피아-이시스의 권능의 도래를 상징한다. 즉, 유니콘은 "영원성"의 상징으로 곧 소피아의 영광회복을 상징한다. 죽어가는 여인인 레다-마리아는 이르기를 "불멸의 미의 이름은 많으나 한 사람의 불멸의 미를 일컫는다(*Myth* 314)"라고 한다. 그 이름은 네 가지로 "거친 사랑스러움", "사랑스러운 고뇌", "오 고독", "오 공포"라고 한다. 이 네 가지 이름은 서로 다른 불멸의 장미의 특성을 상징한다. 이 불멸의 장미의 특성은 연금술의 '철학자의 돌'이 긍지와 슬픔이라는 서로 상반된 두 가지 특성을 지닌 점과도 같은 맥락이다. 이처럼 불멸의 장미의 네 가지 이름은 네 가지 특성을 상징한다. 이천 년 후에 드디어 남성중심의 신의 시대가 막을 내리게 되면 새로운 신성의 시대인 여성 신성의 시대가 도래하게 된다. 이에 대해 "세 성자들에게 신들과 옛날의 의식들이 다시 돌아온다고 전하는 말(*Myth* 309)"을 한 것처럼 성녀 소피아의 도래를 예언한 것으로 볼 수 있다. 이천 년의 남성중심의 시대가 끝나고 나면 "공포의 미가 태어난다"고 했다. 이 "공포의 미"는 바로 남성 원리처럼 권능을 회복한 여성 원리가 남성 원리와 합일되어 불멸의 권능으로 심판주로 도래한 것을 상징한다.

> 나는 그것을 한 편의 시로 남긴다-
> 맥도나, 맥브라이드,
> 코노리, 피어스,
> 지금이나 또는 멀지 않은 시간에
> 푸른 녹음이 휘덮인 어디에서나
> 변화하고 있다. 철저히 변화하고 있다.
> 공포의 미의 탄생이다(*CP* 205).

불멸의 장미의 마지막 현현이 나오는 시기에 그와 더불어 남성 원리로서 영웅들의 출현을 상징하였다.

> 그러나 여기에 고고한 모범이 있으니
> 그 님은 세월 속에 미궁에 빠져
> 낯선 자신에 대해 당혹스러워하였다.
> 내 님이 자신의 꿈을 보여주었을 때
> 얻은 것은 비방과 배은망덕이었으니
> 그렇지, 이보다 더 나쁜 일도 있었다.
> 그러나 반쯤 사자이고 반쯤 어린아이인
> 그녀는 평화로이 자신의 노정에서 노래 불렀다네(*CP* 104).

마지막 불멸의 장미의 현현에게 닥칠 난관을 예언했는데 성녀가 자신의 꿈을 보여주었을 때 이를 거부하는 "같은 얼간이와 악당"들과 투쟁한다고 예언했다. 불멸의 장미는 "낯선 자신에 대해 당혹스러워하였다"고 한다. 성녀로서 자신을 잊어버린 잠자는 여왕이 광대 즉, 영웅의 부름에 의해서 불멸의 장미가 잠 깨어났을 때, 자신의 엄청나고 오묘한 현실 앞에 당혹감을 느낀다고 한다. 불멸의 장미의 마지막 현현은 예이츠의 예언에 따라 자신에 대한 각성이 일어난 후 모든 예이츠 예언시의 진의를 인지하게 된다. 그러면 성녀는 전 세계의 성자들을 부르고자 하는 꿈을 펼쳐보일 것이다. 그 성녀의 꿈이 펼쳐질 때 제인의 경우처럼 성녀에 대해 악당들과 바보들의 비방이 있고 보다 배은망덕한 일을 당하게 된다고 한다. 방해자들은 그 불멸의 장미에 역행하고자 모사를 꾸밀 것이다. 그럼에도 불구하고 성녀가 일단 잠에서 깨어나면 아무도 성녀의 일을 저해할 수 없다고 예언은 암시한다. 성녀는 비록 "노정에서 노래 불렀다"라고 하여 홀로 방랑하지만 잃어버린 권능을 되찾았기 때문에 자신의 일인 새 시대를 위해 숨겨진 성녀 소피아의 현존을 널리 알리게 된다. 잃어버린 소피아의 권능회복은 "반쯤 사자"로 상징되고 있다. 일단 성녀가 상실했던 권능을 회복하게 되면 더 이상 남성중심의 시대는 지속되지 못한다. 로버트 파월이 언급한 바대로 성녀 소피아에 의한 뉴에이지가 도래한 것이다.

> 모든 인류에게 그러한 경험의 가능성이 다시 열릴 때인 이제 우리는 뉴에이지의 시대에 살고 있다. 뉴에이지가 무엇인가의 의문을 제기시킨다. 뉴에이지를 이해하기 위해서는 소피아의 가르침과 뉴에이지 안에서 여성 신성의 역할이 필수적인 부분임을 믿고 있다 (Powell 110).

마지막 소피아의 현현으로 나타나는 대심판주로서 성녀는 "반쯤은 사자이고 반쯤은 어린아이"로 상징된다. 성녀로서 "어린아이" 같은

천진스러움을 지닌 동시에 심판주로서의 권능을 지니고 있는 것을
"사자"로 상징한다. 이처럼 마지막 불멸의 장미의 현현은 남성중심의
시대에는 줄곧 고행 속에 있었지만 이제는 "평화" 안에 있다고 한다.
또한 마지막 세대의 현현으로서 성녀는 매우 성난 젊은 여인으로 묘
사된다.

> '모든 개들을 빠트려라'라고 성난 젊은 여인이 말했다.
> '그들은 내 거위와 고양이를 살해했다.'
> '익사시켜라, 물통에 익사시켜 버려라.'
> 모든 개들을 익사시켜 버려라'라고 성난 젊은 여인은 말했다(*CP* 322).

그 성난 젊은 여인은 이제 권능을 회복하여 "절반은 사자"의 모습
을 한 것과 연관성을 지닌다. 여인은 적의 추종자들의 상징인 "개"들
을 모두 징벌한다고 한다. 예이츠의 초기시편에서는 불멸의 장미의
목소리는 전혀 들리지 않는 반면 최후의 시편들에서는 불멸의 장미
의 성난 목소리와 성격이 나타난다. 그 마지막 불멸의 장미의 현현으
로서 제인은 주교와 말다툼을 벌이고 있다. 제인은 주교가 상징하는
남성중심의 신앙을 비판하고 있다. 제인의 성격은 초기시에서 여성
인물들인 캐슬린 백작부인이나 트로이의 헬렌이 과거의 인물로 이미
사망한 인물로 묘사되고 추억하는 인물들인 점과는 다른 점이라 하
겠다. 따라서 긍지를 지닌 장미로서 제인은 성난 젊은 여인처럼 그릇
된 남성중심의 삼위일체 신성을 비난하고 징벌을 가하고자 한다. 이
제 불멸의 장미는 그 마지막 때를 만나 "공포의 미"로 등장하여 성녀
불멸의 장미의 마지막 이름인 "오 공포"라는 이름을 실현시킨다. 예
이츠는 후기시로 갈수록 주교인 남성중심의 삼위일체 신성과 부패한

세상을 비판하는 제인과 같은 대담한 인물을 묘사한다. 제인을 통해
불멸의 장미의 권능과 심판주로서의 격노한 거친 여인의 모습을 잘
나타낸다. 대심판주로서의 양상은 "청동 두상"에서 잘 나타난다.

> 혹은 그녀를 나는 신적 존재로 보았다.
> 그녀의 눈을 통해 거칠고 엄격한 눈길이 바라보고 있는 것 같았다.
> 쇠락하여 멸망해가는 이 몹쓸 세상을 굽어보면서
> 홀쭉해진 종족은 위대해지고 위대한 종족은 말라비틀어져 갈 것이다.
> 고대의 진주는 돼지우리 안에 내던져지고
> 영웅의 꿈은 광대나 깡패에게 조롱당하는 시대에 대량학살을 하고도
> 아직 구제를 받을 수 있을지 의심스러운 일이다(*CP* 383).

　불멸의 장미의 "엄격한 눈"은 대심판날의 심판주로서의 권능을 상
징하는 것으로 볼 수 있다. 예이츠는 소피아의 적인 얄다바오스의 추
종자들인 "개들"이 저지른 역사의 만행에 대해 심판받을 것을 "대량
학살을 하고도 아직 구제를 받을 수 있을지 의심스러운 일"이라고 하
여 대심판날에 큰 징벌이 있을 것을 예언하고 있다. 지난 오랜 남성
중심의 시대에 소피아와 그녀의 자녀들인 영웅들은 남성중심의 신인
얄다바오스와 그 자녀들의 억압 속에서 살아야만 했다는 것을 기독
교 영지주의에서 서술하고 있다. "고대의 진주"는 소피아의 상징으로
그 소피아는 돼지우리에 떨어진 진주로 추락해버린 것을 상징적으로
보여주고 있다. 남성 신 시대의 사람들은 "홀쭉한 족속이 위대해졌
다"고 한다. 우주의 절대자로서 남녀양성구유의 신을 믿는 소피아의
위대한 민족은 홀쭉해졌다고 한다. 예이츠는 남성 원리의 원형적 상
징인 예수를 추종하는 "영웅의 꿈"을 조롱할 것을 인지하고 있었다.

그러나 딸 소피아는 그녀의 권능과 영광을 되찾는 시대가 와서 영웅
들을 학대해온 자들을 징벌을 가하고자 한다. 대량학살을 하고도 구
제받기를 바라는지 의구심을 갖게 된다는 것은 과거 이단으로 처형
당한 영웅들에 대한 복수와 심판을 위한 대심판주로서 성녀의 모습
을 상징한다.

초기시에서 불멸의 장미-소피아는 슬픈 장미로 희생의 구세주로
그려진 반면 성녀의 시대가 다가오면서 점차 긍지를 지닌 장미로 전
환되어 대승리를 이루게 될 것을 예언한다. 마침내 대심판날에는 심
판주로서 심판을 하는 성난 젊은 여인의 강한 모습으로 상징되고 있
다. 후기시로 갈수록 주교를 비판하는 제인의 모습이나 절반쯤은 사
자의 특성을 지닌 소녀의 모습과 거친 짐승과 무서운 스핑크스의 모
습은 모두 성녀 소피아가 대심판날에 심판주로 돌아온 권능회복을
상징한다.

올바른 시간을
고대하면서

올바른 시간을 고대하면서

사람들은 훔친 삼단 같은 머리카락,
그 빛을 발하는 머리카락으로 인하여
한밤중에 곡물을 타작하도록 아름다운 여인을 발견하였다.
사랑과 증오의 광풍이 불어오는 시간을 나 역시 기다리노라.
언제쯤 대장간에서 불꽃이 튕겨 나가 듯이
하늘 가에서 별들이 튕겨 나와 사라질 것인가?
저 멀리 가장 비밀스런 순결의 장미여,
확실히 그대의 시간이 오고 그대의 광풍은 불어올 것인가?

(“비밀의 장미”)

아, 호머의 시대가 영웅의 보수로
배출할 수 있었을 듯한 한 자태를
<시간>에 의해 닿을 수 있으리라.
‘그녀의 전생애는 폭풍과 같은 삶이어야 하리.
그처럼 숭엄한 자태를 화가들이
그리지 않을 수 있었으랴’라고 나는 말하고,
‘매혹의 한가운데 있는 저 엄숙함과
저 모든 힘의 한가운데 있는 저 감미로움을 띤
그처럼 섬세한 고고한 얼굴이 어디 있을까?’라고 중얼거렸다.
아, 그러나 평화는 마침내 <시간>이
그녀의 자태에 닿을 때 다가오리라.

(“평화”)

그리운 환영들이여, 이제 그대들은
일상의 옳고 그름을 가지고 분규를 야기하는
모든 것이 어리석음을 이해하겠지요.
순진무구하고 아름다운 이는
시간만이 적이라는 것을 알게 될 것입니다.
일어나 내게 성냥불을 켜라고 하세요.
시간이 닿을 때까지 또 다른 성냥불을 켜주세요.
모든 성자들이 알 때까지 달려가세요.
("에바 고어 부스와 콘 마키에비치를 추모하면서")

예이츠의 시에서 가장 중요한 핵심사상 중 하나는 뉴에이지의 도래로 이는 시간의 문제라고 한다. 지난 이천 년은 『환상록』에서 기록된 바와 같이 가이어의 법칙에 따라 남성중심의 시대가 된 것은 당연지사였다. 이제 바야흐로 여성 원리인 성녀 소피아는 희생적 시련기를 거쳐온 것이다. 예이츠는 소피아의 사제로 이천 년 주기의 가이어 법칙에 따라 남성중심의 시대가 종결될 시기에 남녀양성구유의 신성의 시대가 올 것을 인지하였다. 뉴에이지는 대심판날 이후에 나타난다. 기독교 영지주의 신화에서는 성모 소피아가 그 정한 때를 맞이하여 성자를 이 세상의 성녀 소피아를 구하라고 명한다. 이 시기는 바로 남성중심의 삼위일체 신성의 시대의 최후의 시대가 될 것이다. 예이츠는 정해진 올바른 그날을 고대하여 세상의 불멸의 장미를 구원하도록 명하는 시간이 도래할 것을 예언시에 담아내었다. 초기 장미 시편들은 그의 바람을 상징적으로 잘 묘사하고 있다. 예이츠가 성녀를 추구하는 것은 그가 남녀양성구유의 신성을 진정한 우주신이라고 믿고 있기 때문이었다. 즉, 성부, 성모, 성녀, 성자의 남녀양성구유의 신성을 믿었다. 따라서 예이츠는 야코프 뵈메나 스웨덴 보그와 같은 비전가처럼 불멸의 장미인 여성 신성을 인지할 수 있도록 신으로부터 선택된 예언가이자 마법사였다. 자신이 본 비전에 따라 성모 소피아는 천상에 거하는 지고의 신이지만, 성녀는 성자 예수가 지상에 육신으로 왔듯이 천상으로부터 내려와 지상에서 고행하는 숨은 구세주라고 보았다. 기독교 영지주의 신화 속에 가장 잘 나타나는 성녀 소피아를 위한 사제로서 예이츠는 발렌티니안파에 속한 영지주의 사제라고 할 수 있다.

지상에 거하는 성녀인 불멸의 장미를 일생 찬미하고 기리고 있다. 그러나 정작 그의 시대에는 숨은 신인 성녀가 세상에 나타날 시대가 아니기에 예이츠조차도 육신화한 성녀를 만날 수는 없다는 것을 인지했다. 그는 이런 자신의 운명을 서러워하면서 자신의 사후 다이몬이 된 후에는 마침내 불멸의 장미를 굽어보고 만날 수 있다고 생각했다. 그러므로 예이츠는 깊은 잠에서 깨어 일어날 불멸의 장미의 마지막 현현으로서 제인을 통해 상징적으로 나타낸다. 그런데 남성 원리로서 예이츠의 역할은 자신의 의지가 아닌 성모의 뜻에 따라 성자 예수가 성녀를 위해 헌신하는 것을 의미한다. 따라서 예이츠는 자신의 예술의 목적을 예수라고 천명했다. 미래에 나타날 성녀 소피아의 깊은 잠을 깨우는 것은 남성 원리인 성자의 일로 자신의 세대에 이를 맡은 메신저로서 예이츠는 신성한 소명을 다하고자 했다.

> 그러므로 이슬이 잠들어 떨어질 때
> 신이 시간을 불살라 버릴 때까지 내 마음은
> 고요히 흐르는 별들과 그대 앞에 경배드리리(*CP* 74~75).

완벽한 미에 대한 찬미를 위해 "내 마음은 신이 시간을 불살라버릴 때까지 경배드리리"라고 하여 예이츠는 신이 타락한 이 세상을 정화하고자 한다는 것을 "시간을 불살라버린다"고 하였다. 이처럼 올바른 시간이 올 때까지, 예이츠는 불멸의 장미를 고대하며 노래를 짓는 데만 몰두했다. 남성중심의 시대 동안 불멸의 장미는 남성 신인 얄다바오스에 의해 핍박을 받아 왔던 것이다. 영지주의 신화에서는 소피아는 배우자의 동의 없이 신을 창조하였다. 그로 인해 남성중심의 신인 얄다바오스가 탄생하였고 얄다바오스는 자신을 남성 신으로 오인하였고 자신의 부모인 소피아를 인지하지 못했다. 남성 신 얄다바오스는 다른 신의 존재를 거부하였고 스스로 유일신이라고 선언하였다. 그리하여 소피아는 얄다바오스에 의해 그 여성 신의 빛과 권능을 빼앗기게 되었다. 이와 같은 기독교 영지주의 신화에 나오는 성녀 소피아의 추락에 관한 이야기이다. 이에 따라 성녀 소피아는 정해진 오랜 세월 이 세상에서 패배한 소멸된 신이 되었고 남성중심의 시대가 전개되었다. 지난 이천 년 동안 바로 이 남성중심의 신의 시대의 절정으로 상대적으로 여성 원리는 그 영광과 권능을 상실하였다. 따라서 성녀는 이 세상에 거하면서 숨은 신으로서 수난과 고통을 겪는 구세주였다. 이천 년을 한 주기로 서로 상반된 남녀양성의 두 가이어 중 남성 원리의 가이어가 팽창되면 여성 원리의 가이어는 축소되어 간다. 그 후 시간이 가면서 이천 년의 한 주기가 끝나가는데 그러면 다시 여성 원리의 가이어는 그 힘이 팽창된다. 그러면 새 시대가 전개되기 시작한다. 예이츠는 이천 년 후 여성 신성의 권능회복으로 뉴에이지인 남녀양성구유의 신성의 시대가 다가온다고 믿었다. 이 사상은 예이츠의 『환상록』을 비롯한 신비 예언시의 핵심사상이라고 하겠다.

> 타버린 촛불과 같이
> 시간은 쇠락으로 떨구어지고
> 산들과 숲들도
> 그들의 시간을 품고 그들의 시간을 품어서
> 쇠락하는 최후의 날들이 있다네.
> 불 속에서 생겨난 우울한 마음은
> 외치는 함성 속에서 무엇이
> 사라져버렸는가?(*CP* 62)

예이츠에게는 여성 신성인 불멸의 장미의 쇠락을 "시간은 쇠락 속으로 떨구어지고"라는 말로 상징했다. 일단 남성중심 시대의 세상이 되고 나면 그 남성중심의 절대적인 신에 대해 누구도 거역할 수 없게 된다. 오직 정해진 시간이 와야만 한다는 것을 가이어의 법칙은 보여준다. 그 정해진 시간이 다가오면 스핑크스의 이미지로 나타나는 권능을 회복한 소피아가 재등장할 것을 시 "재림"에서도 예언하였다. "시간만이 적"이라고 믿은 예이츠는 불멸의 장미로 상징되어진 패배한 신을 기리며 패배의 신으로서 트로이의 헬렌이나 캐슬린 백작부인 등으로 상징하였다. 또한 각각의 남성중심의 시대마다 소피아를 기리는 남성 원리로서 성자의 부름을 받아 그 역할을 대신하는 남성들을 트로이의 영웅들로 상징하였다. 지난 이천 년의 남성중심의 시대는 남녀양성의 힘의 균형이 깨어지고 오직 남성중심의 신의 시대가 되었다. 따라서 불멸의 미는 남성 신의 힘에 억압되어 아주 소멸되고 말았다. 예이츠는 전편의 시를 통해 "성모", "수태고지", "레다와 백조", "지혜"와 같은 시편들에서 본격적인 남성 신의 시대가 개막한 것을 상징적으로 보여주었다. 이와 반대로 여성 신성의 도래를 상징하는 시편들로는 "재림", "낙원의 캐슬린 백작부인", "무슨 마법의 북인가?", "배우 여왕을 위한 노래" 등을 들 수 있다. 기독교 시대에 남성중심의 신의 시작은 예수 그리스도의 탄생으로 시작되어 성모 소피아가 공포에 사로잡힌 양상으로 그려지고 있다. 그러나 뉴에이지의 시작을 알리는 신비의 예언시 "재림"에서는 짐승으로 상징되는 권능을 회복한 성녀가 무서운 공포의 스핑크스의 모습으로 도래한다고 한다. 바야흐로 예수 탄생 이후 이천 년의 남성중심의 시대가 지나가고 상반된 여성 원리의 가이어가 그 힘을 얻게 된 것이다. 남성중심의 신의 시대를 지나면 여성 신성이 그 권능과 영광을 회복하는 남녀양성구유의 새 시대가 도래하게 된다. 이 시대야말로 남녀양성이 그 힘의 균형을 이룬 올바른 우주 신성의 시대라고 본 것이다. 연작시 "초자연의 노래"의 열 번째 시 "행성의 연결"에서 "십자가 위에 그 검이 있네. 그래서 남성 신은 죽었다네. / 마르스의 가슴에 안긴 여신은 한숨을 쉰다네(*CP* 333)"라고 하였다. 십자가의 검은 "생명나무의 상징 위에 있는 검"으로 장미십자단의 주된 상징이다. "타락 이전의 에덴 동산"과 "타락 이후 에덴 동산"으로 구분짓는 도표(Regardie 119~120)에서 살펴볼 수 있다. 이 도표에서는 "타락 이전의 에덴 동산" 속 여왕의 모습은 소피아의 상징으로 볼 수 있다. 신약에서 "해를 입고 달을 발 아래에 두고 머리에는 열두 별의 면류관을 쓴 여인의 모습"과 같다. 이 여왕의 모습은 에덴의 평화로운 시대를 보여준 것이다. 반면에 "타락 이후의 에덴 동산"은 소피아인 여왕의 얼굴 대신에 왕의 얼굴이 등장하고 그 정상은 닫혀져 있다. 이 도표는 남성중심의 신성의 시대를 상징하는 것으로 소피아의 추락 이후 여성 신성은 가려지고 소멸되어 오직 남성중심의 삼위일체 신성이 지배되는 시기를 상징한다. 이 세상은 "타락 이후의 에덴 동산"으로 전락했음을 예이츠는 "그래서 남성 신은 죽었다네. / 마르스의 가슴에 안겨 여신은 한숨을 쉰다네"라고 했다. "십자가 위의 검"은 "타락 이후의 에덴동산"을 상징한다. 소멸된 억압받는 여성 원리를 위해 남성 원리인 성자 예수가 여성 신성을 위해 희생제를 치르기 때문이다. 이는 남녀 양성구유의 우주의 신성에서 나온 남성 신성이 여성 신성인 소피아를 보호하고 함께 올바른 창조의 길을 가고자 희생을 치르게 된 것을 상징한다. 따라서 가이어의 법칙이 보여주듯이 신이 정한 시간이 다하기까지는 성녀 소피아는 남성 원리의 동의 없이 홀로 창조하여 태어난 남성중심의 신 얄다바오스의 억압 속에 남아 있게 된다. 로마인들이 그리스도를 처형한 그 시기쯤인 춘분기에 남성 신 아티스는 희생제를 치뤘다. 금성은 사랑의 신 비너스인 여성 신을 상징한다. 화성은 전쟁과 남성 신을 상징한다. 따라서 "마르스의 가슴에 안겨 여신은 한숨"을 쉬는 장면은 남성중심의 삼위일체의 신성이 지배하는 시대에 여성 원리인 소피아가 남성 원리인 성자 예수의 수호 속에 거한다는 것을 상징한다. 전쟁의 시기는 남성중심의 시대를 상징하여 남녀양성의 원리가 균형이 깨진 것을 상징한다. 이천 년의 남성중심의 시대는 얄다바오스의 시대로 예수는 천상에 거하는 반면 성녀는 지상에 머물며 희생하고 적에게 핍박을 받아온 시기를 상징한다.

이집트여 그리스여 안녕, 로마여 안녕!
은자들은 메루나 에베레스트 산 위에서
흩날리는 눈발 아래의 틈새에서 밤을 지새고
혹은 눈과 겨울의 혹독한 돌풍 속에서
자신들의 맨몸을 때리면서
낮은 밤을 불러오고 새벽이 오기 전에
인간의 영광도 그의 기념비도 사라져버림을 깨닫는다(*CP* 334).

　　예이츠는 시적 목표인 성녀를 잠 깨우는 다이몬이 되기 위해 먼저 아시아로 눈을 돌린다. 아시아의 "메루"를 성스러운 산으로 상징했는데 메루 산은 비잔티움이나 탑과 같은 완벽한 천상 세계를 상징한다. 예이츠는 아시아의 메루 산에 머물고자 하여 불멸의 다이몬이 되어 "존재의 합일"에 이르기 위해 동양으로 눈을 돌렸다.

　　이 아시아는 마침내 그 정해진 시간이 다가와 소피아의 권능회복과 "존재의 합일"을 이루는 길의 중심에 있다고 보기 때문이다. 왜냐하면 아시아의 성스러운 산인 메루 산과 은자들은 초자연의 세계에 도달한 다이몬이 된 것을 상징한다. 그 은자들의 열정은 "열정적 육신의 현존(*AVB* 191)"을 상징한다. "새벽"은 소피아가 영광을 회복하는 날인 뉴에이지의 상징으로 이는 재림 이후 에덴으로 돌아가는 것을 상징한다. 위대한 대심판날이 있은 후 "열정적인 육신"은 "천상의 육신"으로 변화되어가고 "천상의 육신은 미래(*AVB* 191)"에 있게 된다. 그러므로 마지막 시기가 다가옴에 따라 전 세계의 성자들은 "그의 영광과 그의 기념비"가 상징하는 "열정적인 육신"이 사라지고 "천상의 육신"인 다이몬으로 불멸화되어간다. 예이츠의 시적 목표는 이처럼 여성 원리를 만나 "인류의 세속적 완성"을 이루는 것이다. 지혜는 동방에서 시작되었고 따라서 동양 메루 산의 은자들은 "세속적 완성"을 달성한 성자들, 즉 다이몬들을 상징한다. "만일 목성이 토성을 만났을 때, / 미이라의 밀알은 어떻게 수확될 것인가!(*CP* 333)"라고 하여 목성과 토성의 결합을 제15번째의 길이라고 했다. 천상의 육신이 되는 조건을 말하는 것이다. 예이츠는 "내 교사들에 따르면 부처는 목성-토성의 영향이다(*AVB* 208)"라고 하였다. 따라서 부처는 예수와 동일시되지만 예수는 서방 세계의 상징이고 부처는 동양을 상징하여 목성과 토성의 만남은 더는 서양의 기독교가 세상을 지배하는 시대가 아님을 상징한다고 볼 수 있다. 그것은 미이라가 새 시대를 향하여 결실을 하는 시기이다. 따라서 뉴에이지의 시대가 도래하여 타락의 세계에 대한 징벌이 끝난 것을 상징한다. 부처는 또한 동양의 종교뿐만 아니라 천상의 육신의 상징으로 평화를 주는 신인 소피아의 상징이다. 이처럼 아시아에서 부처는 남성중심의 이천 년의 시대 이후의 새 시대의 도래를 상징한다. 즉, 목성-토성의 상징으로 오랜 동양의 예언에서 나오는 미래불의 상징으로 볼 수 있다. 이 상반적인 가이어의 주기는 "미이라는 무슨 알곡을 수확하는가"라는 말로 상징되고 있는데 곧 "천상의 육신"으로 화하여 불멸성을 획득한 것을 상징한다. 모든 축복받은 영혼들은 구원을 얻고 불멸성을 획득하게 될 것이다. 이는 "화성-금성(*AVB* 208)"으로 상징되는데 "타락 이후의 에덴동산"의 상징으로부터 천상의 회복, 즉 에덴 동산의 회복이라고 불리는 "목성-토성"의 상징으로 나타난다. 예이츠는 고대의 지혜는 아시아에서 시작되었다고 믿었기에 이 아시아에 대해 지대한 관심을 가지고 있었다. 예이츠는 "모든 문명을 위한 반복이 있었다. 그 [지혜]가 어디에서 태어났는가에 상관없이 아시아에서 시작되었다. 그러나 그 역할은 우리 서양의 보호 아래에 유지되어 왔었다(*E & I* 467)"라고 하였다. 이처럼 예이츠는 동양이야말로 여성 원리의 모태라고 믿었다. 따라서 예이츠는 노년에 들어서는 "이집트여 그리스여, 로마여, 안녕"이라고 작별을 고하고 아시아를 향해 눈을 돌렸다. 뉴에이지가 동양에서 시작된다는 것을 그의 혜안으로 인지한 까닭이었다. 아시아는 기독교 영지주의의 여성 원리인 고대 지혜의 시발점이라고 보았던 예이츠는 메루 산의 현자가 되는 것이 그의 인생의 최종 목표가 되었다. 남성 원리로 선택받은 선지자로서 예이츠는 자신을 레드 한라한이라는 상징적 인물과 동일시했다. 그의 시적 주제는 불멸의 장미를 잠 깨우는 일이었다. 마침내 성녀가 잠 깨어나면 정해진 올바른 시간이 와서 남녀양성구유의 우주의 신이 지배하는 이상세계가 펼쳐진다고 믿었다. 따라서 예이츠는 성녀 소피아를 위한 영지파의 사제로서 마법을 통해 불멸의 장미인 잠자는 여왕을 깨우고자 신비시를 통해 헌신하고자 하였다. 어뎁트이자 마법사로서 예이츠는 마법의식보다는 시를 통해 세상에 숨어 잠들어 있는 성녀를 깨우는 데 그 마법의 힘을 발휘하고자 노력하였다. 그의 신비주의 시편들은 소피아를 위한 마법의 힘의 절정을 보여주었지만 그 누구도 일생을 통해서 그의 시가 상징하는 진정한 의미를 이해하는 이는 없었다. 따라서 그가 진정한 위대한 마법사라는 것을 아는 이도 전무하였다. 심지어 그의 마법단체의 동요들은 물론이고 친한 벗이었던 신비주의자 AE나 그의 아버지 존 예이츠조차도 예이츠의 상징시를 이해하지 못하였다. 예이츠 역시 미래의 일이기에 자신이 시로 읊기는 해도 알 수는 없는 일이라고 토로하였다. 따라서 선각자로서 예이츠는 일생 홀로 고독한 삶을 살아가야만 했다. 이처럼 그의 시는 예언의 힘을 지닌 상징적 신비시로서 마법인 성령에 인도되어 쓴 미래지향적인 시이다. 이는 예이츠가 성령이나 미지의 교사들이 그에게 속삭이거나 가르쳐준 바를 적은 것으로 예이츠의 고유의 사상이 아니라는 점에서 알 수 있다. 예이츠는 그의 죽음 이후에나 모든 진리를 알 수 있을 것으로 생각했다. 그는 사후 다이몬이 된 후에나 자신의 마법으로 엮어낸 신비시를 통해서 미래에 나타날 불멸의 장미를 깨울 것임을 인지하고 그 소명을 인생의 최대과업으로 삼았다. 이는 꿈을 통해 쓴 신비시 "방울 달린 모자"의 광대의 죽음과 여왕과의 합일로 상징되고 있다.

　이처럼 예이츠의 시는 신비적이고 예언적인 것으로 "장미의 평화"가 올 뉴에이지를 고대하였다. 그 올바른 시간이 오기 전에 뉴에이지를 위해 대심판을 준비할 여성 신성의 권능회복이 이루어져야만 한다. 성배를 찾는 아더왕의 기사들의 전통에 따라 사냥감으로 상징되는 성배인 성녀를 찾아 전 세계의 성자들을 상징하는 사냥꾼들과 사냥개가 한데 모일 때를 그의 시세계의 최절정으로 삼았다. 오랜 남성 중심의 세계가 소피아-이시스 신인 구세주이자 대심판주에 의해 온 세상이 불탈 것을 믿었다. 시 "재림"에서 스핑크스의 재림으로 시사되고 있는데 이미 초기 시부터 불멸의 장미가 대심판주로 올 것을 고대하여 장미의 평화를 노래하였다.

> 사람들은 훔친 삼단 같은 머리카락,
> 그 빛을 발하는 머리카락으로 인하여
> 한밤중에 곡물을 타작하도록 아름다운 여인을 발견하였다.
> 사랑과 증오의 광풍이 불어오는 시간을 나 역시 기다리노라.
> 언제쯤 대장간에서 불꽃이 튕겨 나가듯이
> 하늘 가에서 별들이 튕겨 나와 사라질 것인가?
> 저 멀리 가장 비밀스런 순결의 장미여,
> 확실히 그대의 시간이 오고 그대의 광풍은 불어올 것인가?(*CP* 78)

　예이츠는 비밀의 장미가 일어나 닥쳐 온 대심판날을 "확실히 그대의 시간이 오고" 있다고 역설적으로 예언하였다. 이 장미의 때는 "재림"의 "스핑크스"로 최절정의 상징을 보이고 있다. 스핑크스가 도래하는 장면에서 예이츠는 "확실히 계시의 때가 왔다"고 하여 예언의 확실성을 강조하였다. 대심판날을 비밀의 장미가 일어나는 날로 "확실히 그대의 시간은 오고"라고 강조하기도 했다. 불멸의 장미의 때를 위해 예이츠는 남성 원리의 신성한 의무를 시의 주된 주제로 삼았다. 그는 자신의 시를 통해 숨은 신으로서 불멸의 장미의 고난을 묘사하는 동시에 남성 원리로서 자신의 무거운 사명의 짐이 어떤 것인지도 아울러 묘사하고 있다. 남성 원리로서 예이츠는 비밀의 장미인 "그 빛을 발하는 머리카락"을 지닌 여인인 여성 원리를 추구하고자 방황하는 지상적 영웅의 고행을 역설하고자 했다. 불멸의 장미를 찾아다니는 영웅상들은 예이츠와 동일시되는데 그는 대심판날을 "언제쯤 대장간에서 불꽃이 튕겨 나가듯 / 하늘가에서 별들이 튕겨 나와 사라질 것인가?"라고 상징하였다. 또한 "사랑스럽게 빛나는 머리카락의 여인"이나 "머리단"은 모두 마지막 남성중심의 시대가 끝날 때까지 지상에서 인류와 함께 고행하는 불멸의 장미의 상징이다. 여성 원리를 추구하는 마지막 예언자이자 영웅 중 한 사람으로 예이츠는 자신의 고뇌와 방황을 레드 한라한의 여정을 통해 상징하였다. 그의 고뇌는 가이어의 법칙에 따라 올바른 신인 남녀양성구유의 신이 지배하는 참된 시대가 다가오는 것이다. 마침내 소피아-불멸의 장미의 승리로 불멸의 시대가 온다고 보았다. 예이츠-레드 한라한의 미래에 대한 예언에 따라 비밀의 장미가 잃어버린 권능을 회복하게 될 것을 믿었다.

> 미친 제인이 낡은 시대를 벗어버릴 수만 있고
> 그래서 새 시대를 외칠 수만 있다면
> 다시 옛날 신이 권능을 회복할 수만 있다면(*CP* 371)

"옛날 신"은 소멸된 신성인 소피아를 상징한다. 예이츠는 전편의 시를 통해 일관성 있게 불멸의 장미인 소피아-이시스신이 다시 권능을 회복하여 불멸의 시대를 지상에 불러오기를 고대하였다. 이처럼 불멸의 장미와 동일시를 이루는 제인은 후기 시 "사냥개 소리"에서 감춰진 숨은 산토끼로 상징되고 있다.

> 언젠가 우리는 새벽 전에 일어날 것이고
> 문가에 우리의 고대의 사냥개들을 발견한다.
> 그러면 화들짝 깨어나서 사냥의 때가 시작된 것을 알게 된다.
> 다시 한번 검붉은 피가 묻은 길을 따라 휘청거리면서 가서
> 해변가에 누워 있는 사냥감을 찾아내서
> 상처를 씻어주고 붕대를 감아주고
> 에워싼 사냥개들의 한가운데에서 승리가를 부른다(*CP* 385).

레드 한라한, 사냥꾼, 사냥개들은 모두가 남성 원리의 상징들이다. 이들은 여성 원리의 상징인 불멸의 장미, 산토끼, 고양이, 여성들에 대한 남성 원리의 사랑을 추구하는 강렬한 욕망을 상징한다. 예이츠는 연인이었던 모드 곤이나 이졸트 곤과 같이 그의 실생활에 존재하는 여인들을 통한 실경험 속에서 성녀에 대한 영감을 얻었다. 즉, 이들 여성들을 통해 생동감 있게 불멸의 장미에 대한 상징시를 남길 수 있었다. 특히 여성 원리의 상징 중에서 동물인 산토끼는 망아지와 더불어 남성중심의 신이 지배하는 세상으로부터 숨죽여 지내온 성녀의 상징으로 죽은 산토끼로 상징된다. 누구도 지상의 성녀의 존재 여부를 알 수는 없었다. 그러나 만일 "새벽 전의 시기"인 정해진 시간이 다가오면, 남성 원리인 현자들은 성배를 찾는 기사들인 사냥꾼들이 되어 여성 신성인 산토끼를 만나기 위해 몰려올 것이라고 한다. 두 남녀

양성의 원리가 만나는 마지막 날의 양상을 사냥으로 상징했다. 따라서 불멸의 장미의 새 시대가 임박한 것을 "사냥의 때"가 다가왔다고 했다. 정한 시간은 소피아의 명령에 따라 시작될 것임을 그의 자서전적 소설인 "점박이 새"(The Speckled Bird)에서 아래와 같이 묘사했다.

> 그[마이클]의 앞에는 그가 거울에서 본 옥좌에 앉아서 미소를 띤 그 여인이 서 있었다. 그림에서처럼 그 여인의 뒤로는 격자 울타리에 있는 장미가 드리워 있었다. 그리고 작은 추종자들이 그녀 발 아래 있었지만 그 여인은 그림 속의 여인과 같지는 않았다. 왜냐하면 그녀는 큰 수족을 가지고 있고 아름다우며 머리카락은 거의 해질녘의 선홍빛처럼 빛났기 때문이다. 그 머리카락은 타오르는 불같았다. 그 여인 앞에는 무수한 남자들이 손에는 거대한 뿔피리를 들고 무릎을 꿇고 있었다. 그들 중 어떤 이들은 그 두 서적에서 읽었던 사람들과 같은 의상을 입고 있는 듯이 보였다. 그러나 다른 이들은 줄무늬 옷을 입고 있었다. 그는 그 크루아크마[해독이 안 되는] 옷을 입은 사람들로부터 나오는 소리를 들었다. 갑자기 그들은 모두 일어서서 뿔나팔을 불기 시작했다. 마이클은 사냥의 때가 시작된 것을 알았다. 그 소리는 점점 커져만 갔다. 그 소리는 그 어떤 소리보다도 훨씬 커지기 시작했다. 모든 것이 엄청나게 큰소리로 인해 떨리는 것만 같았다(*SB* 24~25).

주인공 마이클 헌은 예이츠의 자화상적 인물이다. 그는 기독교 영지주의의 소피아-이시스를 태생적으로 알아보고 이를 상징시로 기리고 있는 선택받은 영지주의의 소피아의 사제였다. 성녀 소피아는 대심판날의 제인과 동일시되는 여성 신성으로 최후의 시인 "사냥개 소리"의 "산토끼"와 같은 여성 신성을 상징한다. 이 자서전적 소설의 제목인 『점박이 새』의 출처는 예레미야 12장 9절에서 "여호와가 나의 유산으로 일컫고 있는 것"으로 자신을 신의 유산이라고 표명하였다. 따라서 그의 자서전적 소설은 자의가 아닌 바로 신의 뜻에 따라 나온 예언적 소설임을 밝힌 것이다. 마이클-예이츠는 신에게 선택받은 예언자로서 여성 신성인 소피아-이시스를 직접 본 것을 묘사하여 대심판날의 시작을 알리고자 하였다. 소피아-이시스는 죽은 산토끼가 상징하듯이 남성중심의 시대에 소멸되었으나 정한 신의 때가 오면 잃어버린 권능을 회복하여 대심판날을 준비하게 된다. 대심판날을 위한 심판의 때를 기리기 위해 뿔나팔을 크게 울리고 있다. 사냥꾼과 사냥개로 상징되는 전 세계의 모든 성자들을 모으는 날이 오게 될 것이고 그들 전 세계의 성자들은 이 소피아-이시스를 심판주로 하여 함께 모여 뿔나팔을 불게 된다. 그 대심판날은 "그 뿔피리 소리는 점점 더 커졌다"라고 한 말로 이해된다. 신이 선택한 예언자 시인으로서 예이츠는 뉴에이지를 불러 모으는 마법의 힘을 아낌없이 보여주었다. 즉, 소피아는 자서전적 소설의 주인공인 마이클이 본 그 아름다운 여인과 동일시를 이루는데 성녀는 레드 한라한의 이야기에 나오는 에지나 오신이 만난 니아브와 동일시된다고 하겠다. 남성 원리의 상징으로서 무수한 남성 현자들은 산토끼를 쫓아가는 사냥꾼들로 상징되었다. 이들이 전 세계적으로 모여 소피아 앞에 무릎을 꿇고 뿔나팔을 부는 날 대심판날은 시작되는 것이다. 그러므로 예이츠는 대심판날에는 남성 원리와 여성 원리가 서로 만날 것을 믿었다. 따라서 그는 불멸의 장미를 만나는 올바른 시간을 고대해왔다. 남성 원리인 그가 다른 영웅들과 함께 미래 세상에 나올 여성 원리와 합일할 때가 반드시 올 것을 확신하고 고대해 온 것이다.

내가 선택한 여인은 모두 낮고 달콤한 목소리로 말을 한다.

하지만 그들은 울부짖었다. 그들은 모두 "사냥개 소리"를 내고 있다.
우리는 어떤 공포의 시간이 다가 와서 먼 곳에서도
저마다 영혼을 시험할 것인지 서로서로 인지하여 선택하였다.
그 공포의 이름이 부르는 소리에 순종하여
그 누구도 알 수 없었던 것을
그 피 속에서 일어나는 이미지들을 인지하였다(*CP* 385).

그 "공포"는 곧 불멸의 장미의 이름 중 하나인 '오 공포'와 연결된다고 할 수 있다. "공포"의 이름은 바로 심판주로 권능을 회복한 성녀 소피아의 이름이라고 할 수 있다. 공포의 이름인 소피아-이시스의 부름에 따라 모든 현자들인 다이모닉 맨들은 대심판날을 위해 성배인 성녀를 찾는 "사냥"의 때를 맞이하게 된다. 그들은 함께 모여 성녀인 산토끼를 찾아 나서고 마침내 그 성녀를 만난 장면이 바로 자서전적 소설『점박이 새』에서 예이츠의 자화상인 마이클의 환영 속에 나타난 장면이라 하겠다. 성자들은 제시간이 다가오면 자연스럽게 "멀리서도" 서로가 서로를 인지하여 모이게 되고 또한 "재림"의 때를 맞이하여 심판을 준비하게 된다. 이런 예이츠의 초현실적인 혜안의 눈으로 본 환영들로 인하여 그는 확고한 믿음으로 소피아의 권능회복을 상징시에 담아내었다. 그럼에도 불구하고 예이츠는 때때로 쓰디쓴 현실을 직시하면서 영웅적인 꿈이 조롱당하는 현실 앞에서 우울한 마음을 어쩔 수가 없었다. 왜냐하면 자신은 죽기까지 불멸의 장미를 위해 헌신해야 하는 예언자 시인의 운명을 타고났기 때문이었다. 초기 시부터 올바른 소피아의 시대가 다가오기를 고대하면서 "확실히 그대의 시간은 와서 / 그대의 거대한 바람은 불어오리라"라고 하여 스스로 위로를 삼았다. 예이츠는 이처럼 만사가 시간에 따른다고 믿었다. 그러므로 남성 신의 시대를 견디어야만 했고 "아, 호머의 시대가 영웅의 보수로 / 배출할 수 있었을 듯한 한 자태를 / '시간'에 의해 닿을 수 있으리라"고 하여 세상에서 고난을 겪는 불멸의 장미가 반드시 그때를 만날 시기가 올 것을 선언하였다. 그는 소피아의 사제로서 성녀를 염려하면서 "그녀의 삶은 폭풍우였을 뿐이었다(CP 103)"라고 하였다. 또한 감춰진 산토끼의 죽음처럼 홀로 수난을 겪고 있는 망아지나 혹은 죽어가는 여인으로서 구세주인 성녀는 온갖 수난을 겪고 있음을 상징시로 예언해 놓았다. 이처럼 고난을 겪는 성녀이지만 정한 시간이 오면 소피아-이시스의 재림이 반드시 이루어질 것을 확신했기에 그의 상징시는 후기시로 갈수록 더욱 힘차고 강렬한 소피아의 모습을 그려내고 있었다. 즉, 무서운 공포의 이름으로 오는 공포의 스핑크스의 형상은 성녀 소피아의 영광의 "재림"을 단적으로 보여주는 상징시였다. 한편, 예이츠는 불멸의 장미의 마지막 현현이 세상에 등장하면서 나타난 제인처럼 평범한 성녀를 바라보는 마지막 세대의 마법사들이나 현자들은 초월적인 신비를 인지하지 못한 채 성녀에 대해 적대적인 반응을 보이는 것을 '인형'의 냉담한 모습을 통해 상징적으로 보여주었다. 성녀는 재림한 심판주이기에 드디어 전 세계의 마법사와 성자들을 상징하는 사냥꾼과 사냥개들이 모이게 된다고 예언하고 있다. 즉, 세상에 거하는 마법사들을 상징한 "인형들"은 성녀를 보고 경악을 금치 못하고 거부하는 표정으로 지켜보고 있다고 했다. 그러나 이런 인형들과는 달리 진정한 현자들 혹은 다이몬들은 천상에서 긍정적인 태도로 새 구세주의 탄생을 굽어본다고 했다. 사냥꾼들과 사냥개들은 사냥감인 그 산토끼의 적으로만 보이지만 이 사냥꾼과 사냥개의 상징은 남성 원리와 여성 원리 사이의 상호 이끌림

과 보완의 관계를 상징한다. 사냥꾼들과 레드 한라한과 사냥개들은
죽어가는 여인의 동료들과 동일시되면서 이들은 불멸의 장미이자 소
피아-이시스, 산토끼, 헬렌, 캐슬린 백작부인을 위해 헌신하는 남성
원리로서 성녀가 억압받는 남성중심의 암흑기에 성녀를 기리는 희생
적인 영웅들의 헌신을 역설적으로 상징한 것이다. 이런 희생적인 영
웅들은 마침내 정해진 시간이 다가오면서 서로 만나기 위해 온 세상
에서 성녀를 중심으로 한곳으로 모인다고 한다. 그날이 대심판날의
시작이다. 그러나 예이츠는 일생 그 정한 때가 오지 않을 것을 알기
에 시 "황혼"에서 올바른 시간을 기다리다가 지쳐버린 자신의 자화상
을 그리면서 아픈 마음을 토로하였다.

지친 마음이여, 시간 속에 지쳐버린 이여,
와서 옳고 그름의 그물을 제거해버리고
마음이여, 회색 황혼 속에서 다시 웃으라.
마음이여 한숨을 지으라, 아침 이슬 속에서.

그대의 어머니 아일랜드는 언제나 젊구나.
이슬은 영원히 빛나고 황혼은 영원히 회색이로다.
희망이 그대를 떠나가고 사랑이 시들어도
비방하는 혀의 불길 속에서도 항시 타오르고 있도다.

오라, 마음이여, 언덕에서 언덕으로 겹겹이 쌓여 있는 곳으로,
해와 달과 어스름한 곳과 숲이
강물과 시내가 그들의 뜻을 이루고
신비한 형제애를 나누는 곳이므로.

그리하여 신은 고적한 뿔피리를 불며 서 있고
시간과 세상이 영원히 날아가버리는 곳

사랑은 회색빛 황혼보다 더 친절하지 못하고
희망이 아침 이슬보다도 덜 사랑스러운 곳으로*(CP* 65)

에이츠는 "시간 속에 지쳐버린" 마음을 노래하면서 신이 정한 올바른 시간을 고대하는 간절함을 피력하였다. 신이 정한 시간은 잿빛 "황혼"으로 장미의 평화를 상징한다. 즉, 해와 달이 합쳐진 남녀양성 구유의 신성의 시대를 상징한다. 그는 시간이 서서히 다가온다고 믿었다. 따라서 불멸의 장미와 자신이 함께할 뉴에이지는 현생에서는 오지 않을 것을 알기에 시간에 지쳐버렸다고 토로했다. 해와 달이 상징하는 남녀양성이 혼합된 이미지는 "황혼"으로 상징된다. 남녀양성 구유의 신성이 지배하는 시대를 회색빛 황혼으로 상징하면서 에이츠는 아직도 해가 중심이 된 남성중심의 신의 시대를 살아가고 있는 것에 대한 회한을 느꼈다. 그러므로 그는 해가 상징하는 남성중심의 신의 시대를 견디어야만 하는 아픔을 거듭 토로했다.

나는 쓰디쓴 해를 견디어야만 한다.
추방된 영웅적인 어머니 달은 사라져버렸다.
그리고 이제 나는 오십 세가 되었다.
겁먹은 해를 나는 견디어내야만 한다*(CP* 164).

성녀 소피아는 "추방된 영웅적인 어머니 달"로 상징되거나 "어머니 아일랜드"로 상징되는 불멸의 장미가 "깡패와 얼간이"들에게 괴롭힘을 당하는 마지막 세대에 이르기까지 해가 상징하는 남성중심의 신의 시대를 견디어야만 할 것을 우려한 목소리를 냈다. 그런 우려하는 목소리는 "희망이 그대를 떠나가고 사랑이 시들어도 / 비방하는 혀의 불길 속에서도 항시 타오르고 있다"라고 하여 어려운 난관을 올곧게 이겨나가는 성녀의 불타는 정열을 그리고 있다. 남녀양성구유의 신성의 시대는 비잔티움처럼 "회색 황혼"과 "아침 이슬"과 같은 상징을 통해 해와 달이 혼합된 남녀양성이 균형을 이룬 이상적인 세상을 꿈꾸어 왔다. 그러므로 예이츠는 "존재의 합일"을 달성한 남녀양성구유의 신의 세계를 상징하는 "황혼"을 고대한다고 노래했다.

> 이슬은 서서히 떨구어지고 꿈이 모인다. 미지의 창들이
> 갑작스레 꿈에서 깨어난 나의 눈으로 날아들고
> 그러자 낙마한 말탄 기수들의 충돌과
> 미지의 패망하는 군대들의 함성이 내 귀에 울려펴진다.
> 해변의 기둥 석분이나 언덕의 회색 돌 무더기에서
> 지금도 일하는 우리들은 하루가 이슬에 잠길 때
> 이 세상 제국에 지쳐서 고요한 별과 타오르는
> 문의 주인이신 그대에게 경배드린다(*CP* 73).

"이슬"이 서서히 떨어지는 것은 전쟁에서 패하여 사라진 여성 원리인 불멸의 장미가 서서히 돌아오는 것을 상징한다. 성녀가 권능을 회복하고 이 땅의 심판주로 돌아오면 지난 이천 년의 남성중심의 세상은 무너져버리게 된다. 그러므로 "이슬"은 여성 신성으로 결국 남녀양성의 신의 도래를 예지하고 있다. "신이 시간을 불살라 버릴 때까지"에서 그 불살라지는 "시간"은 유한한 불완전한 세계로 남성중심의 시대가 사라지는 것을 상징한다. 예이츠는 "만사가 휴식을 갈망하면서 / 거기에 향기로운 황혼이 있었다(*CP* 74)"라고 하여 불멸의 장미의 도래로 실현되는 남녀양성구유의 신의 시대를 또한 "황혼"으로 상징하기도 했다. 새 시대를 위해 마침내 감춰진 산토끼인 불멸의

장미는 다시 환생할 것이다. 따라서 "어머니 아일랜드는 언제나 젊다"고 단언했다. 불멸의 장미에 대해 험담하는 무리들이 드높이 외치는 남성중심의 시대가 한창일 것 같지만 결국 올바른 시대인 밝은 미래가 성큼 다가올 것을 예지했다. 그 마지막 시대에 "산을 오르는 젊은이들(*CP* 224)"이 존재할 것을 인지하고 예이츠는 그 후손들에게 비잔티움이나 성으로 상징되는 성스러운 성녀 소피아의 세계로 가자고 권유하면서 이들 노력하는 후손들을 위해 유언을 남기고자 하였다. 그 성산은 또한 성녀 소피아가 지나가는 긴 여정을 상징한다. 이 성산은 우주 신인 소피아가 거하는 위대한 천상을 상징하기 때문이다.

> …… 그들은 영혼이 성배의 성이 있는 성산의 가파른 경사면을 따라 오르는 것을 보여주는 일련의 도표를 그들로부터 복사하도록 했다. 이 경사진 오르막 길 전경은 지구와 물과 공기를 통해 오르고 그 성 자체는 성스러운 불에 휘감겨 있었다(*SB* 32~33).

그 "성산"은 소피아를 상징하는 비잔티움의 탑과 동일시를 이루는 성배가 있는 성으로 난 길을 상징한다. "마음이여 오라, 언덕에 언덕이 겹치는 곳으로"라고 한 것은 신성한 산 "메루"와 동일한 곳을 상징한다고 할 수 있다. 이처럼 예이츠는 사냥꾼들로 상징되는 "신비로운 형제들"인 산을 오르는 젊은이들이 존재할 것을 예언하였다. 예이츠는 남녀양성구유의 신성이 오기 위해 소피아의 권능이 회복되어야 한다는 것을 믿고 "시간과 세상이 영원히 날아가버리는" 불완전한 세상이 더는 존재하지 않는 축복받은 날을 고대했다. 그는 더는 해가 지배하는 것이 상징하는 시간도 남성 신도 사라져 없는 남녀양성구유의 신성인 황혼의 상징체가 지배하는 시간을 고대해왔다. 불멸의

장미는 세속적 세상에서 사라졌고 따라서 사람들은 남녀양성구유의
신성을 알지 못했다고 한다. 그러므로 그들은 신에 대해 이단 논쟁을
하였다. 그러나 이런 "옳고 그름의 그물"에 걸려 이단 논쟁을 하는 것
은 완벽한 불멸의 미인 성녀 소피아가 출현하게 되면 그 모든 것이
의미를 상실할 것을 상징적으로 보여주었다. 예이츠는 더는 시간도
남성 신도 해도 없는 남녀양성구유의 신의 이미지를 "황혼"으로 상징
하였다. 남성중심의 신성의 시대를 살아가는 사람들은 남성 신인 아버
지 신은 절대적으로 옳고 여성 신성은 그릇되었다고 판별하여 이단논
쟁과 그 억압이 왕성하게 행해졌던 지난 이천 년의 비극적인 기독교
역사가 소멸될 것을 예지한 것이다. 그러나 그 어둠의 소피아의 고난
의 역사는 그 정해진 시간이 다가오면서 서서히 사라진다고 보았다.

> 그리운 환영들이여, 이제 그대들은
> 일상의 옳고 그름을 가지고 분규를 야기하는
> 모든 것이 어리석음을 이해하겠지요.
> 순진무구하고 아름다움을 갖춘 이들은
> 시간만이 적이라는 것을 알게 될 것입니다.
> 일어나 내게 성냥불을 켜라고 하세요.
> 시간이 닿을 때까지 또 다른 성냥불을 켜주세요.
> 모든 성자들이 알 때까지 달려가세요(*CP* 264).

"그리운 환영이여"라고 성모와 성녀 소피아를 부르는 예이츠는 세
상의 모든 것이 시간에 달려 있다고 생각한다. 따라서 정해진 시간이
다가오면 지난 역사 동안 이단시 되었던 성녀 소피아가 다시 일어나
뉴에이지를 부를 것을 예지하였다. 성녀의 모습은 예이츠의 자서전적
소설에 나오는 그 "아름다운 여인"으로 무수한 영웅들을 불러모을 수

있는 소피아의 권능을 상징한다. 따라서 소피아가 인류의 오류를 바로잡고 남성 신 얄다바오스를 처단하여 "옳고 그름을 가지고 싸우는 어리석은 자들"을 평정하게 될 시간이 올 것을 수차례 그의 작품을 통해 예언하였다. 딸 소피아가 추락한 이후 역시는 "옳고 그름"이라는 두 갈래로 극과 극으로 나뉘어져 있었다. 물론 지난 이천 년의 남성중심의 신성의 시대에는 여성 신성인 소피아-이시스는 절대적 이단이고 악마여서 오직 성부인 아버지 신성만이 정당화되던 시대였다. 그 유일한 전쟁의 해결사는 바로 시간뿐이다. 따라서 예이츠는 "시간만이 적이다"라고 단언했다. 시간이란 『환상록』에서 가이어의 법칙으로 새 가이어인 여성 원리의 가이어가 등장하면서 남성 원리의 가이어는 점차 쇠락의 길로 접어들게 된다. 예이츠는 남성 원리의 가이어가 기울어 감에 따라 여성 신성이 서서히 그 권능을 되찾고 있다는 것을 인지하였다. 정해진 올바른 시간이 왔을 때 옛 시간과 옛 세상은 사라지고 말 것을 그곳에는 "회색빛 황혼"이 있다고 했다. "황혼"으로 상징되는 새벽의 이미지로 상징된다. "옛 여왕"과 "노인들"은 남녀양성으로 우주섭리는 남녀양성의 신성에 의해 휘돌아가는 것을 상징한다. 남녀양성구유의 신성의 시대가 다가온 것을 예이츠는 "황혼"처럼 "새벽" 여명이 상징하는 남녀양성이 혼합된 이미지, 즉 해와 달이 섞인 흐릿한 빛의 이미지로 상징했다. 그러므로 예이츠는 "새벽"이 다가와 모든 것에 초연해질 수 있기를 바랐다. 즉, "새벽과 같이 나는 무지한 척 하고 싶다"라고 한 말은 "새벽"이라는 해와 달이 뒤섞인 빛남의 세계인 남녀양성구유의 세상이 도래하기를 고대했다. 그 새벽 여명의 시대가 오면 "여왕"과 "노인들"로 상징되는 남녀양성의 힘의 균형이 이룬 세계, 즉 "별들의 평형"이 이루어진 우주의 신이 바로 선 시대가 다가올 것이다. 여기서 "달"은 여성 원리인 소피아를 상징한다. 이 "달"이 다가오면 옛날 남성중심의 신성의 시대는 사라지게 된다. 그러므로 "별들"의 천체는 물러나고 만다고 하였다. 신이 정한 시간이 오면 모든 것은 해결되고 만다. 따라서 그는 올바른 시간이 오기를 고대하는 것 이외에는 그 어떤 다른 해결책도 세상에는 없다고 믿었다. 달이 오는 것은 여성 원리가 권능을 회복하는 것으로 세상에는 "장미의 평화"가 다가오는 것이다. 이처럼 황혼과 새벽 여명은 남녀양성의 원리의 연합을 상징한다. 예이츠는 달과 해의 상징은 연금술의 두 상반된 요소의 조화로움으로 이루어지는 '철학자의 돌'인 불멸성의 세계를 상징한다. 세상의 불멸의 장미는 뉴에이지를 부를 수 있다고 예이츠는 굳게 믿었지만 그러나 성녀의 권능은 해와 달이 절반씩 섞여야 여명을 맞이하듯 성녀가 지닌 달의 힘은 오직 절반의 권능만을 지닌다고 보았다.

> 그대의 권능은 그토록 고고하고 격렬하고 친절하지만
> 그 권능은 여왕들이 오래전부터 상상해온
> 마음으로 부르던 뉴에이지를 불러올 듯도 하지만,
> 그러나 그 권능은 절반만이 그대의 것이지요(*CP* 86).

성녀가 잠 깨어났을 미래의 어느 때에 그 불멸의 장미는 어지러운 세상에 대해 징벌을 가하고 뉴에이지를 서둘러 부르고 싶을 것이라고 인지하였다. 그러나 성녀의 힘은 오직 달의 힘으로 절반의 힘만을 지니고 있고 남성 원리인 해의 권능이 합쳐져야 하기 때문이다. 그러므로 예이츠는 남녀양성의 힘이 평등해지는 온전한 시간을 고대하였다. 시 "딸을 위한 기도"에서는 적절한 시간을 고대하면서 남성중심 시대의 적을 미워하거나 저항하지 말 것을 당부하였다.

> 그것을 헤아려보노니, 이리하여
> 모든 증오가 물러나가면
> 영혼은 본래의 순수를 되찾고
> 드디어 자족하고 자위하고 스스로 놀라면서
> 자신의 고운 뜻이 하늘의 뜻임을 깨닫게 된다.
> 그러면 모든 얼굴이 찡그리고
> 모든 바람이 사방에서 울부짖고 있을지라도
> 모든 풀무가 울부짖어도 여전히 행복할 수 있으리(*CP* 213~214).

예이츠는 불멸의 장미의 마음속에 더 이상 증오가 없어지고 단지 "하늘의 뜻"인 신의 정의만을 고대하기를 바란다. 성녀의 마음이 평화로워지고 서서히 밝아오는 여명과 같이 성녀의 잃어버린 권능이 회복될 것이기 때문이다. 예이츠는 마지막 때 출현한 성녀가 남성 신의 추종자들에게 사방에서 험담을 당할 것을 예지하였다. 그러나 그 모든 것을 미워하지 말고 기다리면 평화로이 지낼 수 있다고 성녀에게 지혜를 전하고자 했다. 스스로 자족하고 자위하고 그리고 하늘의 뜻을 고대하는 자세라고 할 수 있다. 이 순응의 자세는 또한 세상에서 고난과 불운에 젖어 있던 성녀를 상징하는 이파의 모습에서도 찾아볼 수 있다.

> 그녀는 자신의 몸을 땅에 내던지며
> 옷을 찢으면서 신음을 하였다.
> '인간의 힘은 회색빛 바위를 방황하는 성스러운 그림자와
> 바람의 빛으로 되어 있는데 왜 인간은
> 믿음이 없는 것인가?'

가장 신실한 마음이 왜 그릇된 얼굴에 나타나는
쓰라린 달콤함을 그리도 사랑하는가?
왜 영원함이 유한함을 사랑하여야만 하고
신들이 인간들에게 배신당해야만 하는가?
그러나 모든 신들은 거기에 서서
말없이 미소를 머금고
땅에 엎드려 신음하는 이파에게
컵을 든 팔을 내뻗어
그녀의 살갗에 고반의 포도주를 떨구어주시니
이파는 더 이상은 지나간 일은 기억하지 못하고
입술에 웃음을 가득 머금고 신들을 응시하였다(*CP* 118~119).

이파는 타락한 세상과 자신의 희생에 대한 불멸의 장미의 고뇌와 분
노를 표출하여 보여준다. 고통을 당하는 이파-불멸의 장미는 신의 보호
에 따라 신이 주는 치유의 술인 "고반의 술"을 마시고 평화를 얻는다.

당신의 신앙을 믿지 않는 내가 어떻게 알까요?
무덤 너머 눈부신 빛 속으로 들어가면
우리가 잃은 좋은 것을 발견할까요?
영혼에도 육체에도 방해되는 일이 없어지면
매 시간 친절과 일상의 공통된 대화로
서로가 습관적인 만족을 느끼겠지요(*CP* 103).

연인들은 죽음 뒤에도 서로 그리워하고 연인이 다시 환생하리라고
생각하는 예이츠는 자신의 죽음 뒤에 "좋은 것을 발견"하리라고 믿었
다. 죽음이 곧 끝이 아닌 남녀양성의 원리가 연합하는 시초라고 믿었
다. 연인들은 "매 시간의 친절과 일상의 공통된 대화로 / 서로가 항상
만족을 느끼겠지요"라고 하여 연인들의 완벽한 사랑의 상태인 "존재

의 합일"을 상징적으로 보여주고자 했다. 신비시 "방울 달린 모자"에서 광대의 죽음 이후 그 광대의 영혼이 여왕의 영혼과 연합하는 경지와 유사하다. 예이츠는 장미의 평화를 위해 먼저 자신의 사후 마침내 올바른 시간이 왔을 때 불멸의 장미를 만나게 된다고 한다. 그러므로 그 올바른 시간을 무덤 속에서도 고대하고 있다.

> 그는 럭네갈의 언덕에 누워 있다.
> ......
> 왜 그들 그리워할 것이 없는 연인들이 신이 한 번의 키스로
> 온 세상을 불사를 때까지 그리워하는 꿈에 젖는가?
> 그 남자는 무덤 속에서도 위안을 찾을 수 없었다(*CP* 50).

예이츠는 사후 자신이 "럭네갈의 언덕에 잠들어 있다"고 예언하고 있다. 자연력을 상징하는 "벌레"에 의해 자극되어 무덤 속에서도 잠들 수 없다고 한다. 무덤 속에서도 평안을 얻지 못하나, 이파처럼 신의 보호 속에서 마침내 자신의 슬픈 운명에는 상관치 않게 되었다고 한다. 마침내 미래의 어느 날 "신은 하늘에서 손가락을 뻗쳐서 그 손가락에서 빛나는 여름 햇살을 내리비추어 / 꿈이 아닌 파장으로 그 무희에게로 쏟아붓는다"라고 했다. 소녀는 고통을 당하는 동안 신이 준 고반의 술을 마시고 아일랜드의 요정인 이파와 동일시되는 인물이라고 하겠다. 물론 그 무희는 불멸의 장미의 마지막 현현으로 소피아의 마지막 사제로 "우리는 전통적인 신성과 사랑의 주제를 위한 / 마지막 낭만주의로 선택된 자들(*CP* 276)"이라고 하였다. 성녀는 심판 날에 제인이나 안티고네처럼 인류의 멸망에 대해 슬픔을 느끼고 있다. 예이츠는 자신이 소피아의 마지막 사제임을 멸망한 여왕을 위한

궁정 신하로 상징하고 자신의 말이란 "지나간 날들을 기록하면서 추락한 위엄에 대해 중얼거리는(*CP* 138)" 것이라고 했다. 사후 그의 영혼은 더 이상 위안을 받을 수도 없다고 한다. "신의 한 번의 입맞춤"으로 상징되는 마지막 대심판날이 오기 전까지는 예이츠는 불멸의 장미와 합일하는 날을 고대하고 있다. 그의 죽음 뒤에 신성한 의무는 종결된 것이 아니라 오히려 시작으로 보았다. "그러나 무덤에서는 그 모든 것이 새로워집니다. / 확실한 것은 그 숙녀를 만나게 될 것입니다. / 기대거나 서거나 걸어가는 / 여성으로서 최상의 아름다움을 지니고서(*CP* 173)"라고 하여 최상의 미를 "무덤"이 상징하는 사후에나 만날 수 있을 것으로 내다보았다. 이처럼 예이츠는 수차례 시세계를 통해 사후 무덤 속에 있을 때 불멸의 장미가 출현하여 자신의 예언을 열어줄 것이라고 천명했다. 이점은 이미 그의 초기 시 "말"(Words)에서도 불멸의 미가 마침내 신비시의 예언을 풀어줄 것을 재천명하였다.

> 매년 나는 외쳐댄다. 마침내
> 내 님은 모든 것을 이해하게 되리라.
> 왜냐하면 나는 내 힘을 내 말 속에 불어넣었고
> 내 말은 내 부름에 복종할 것이기 때문이다.
> 그 님이 알게 된다면 그 뉘라서
> 그 님의 말을 체로 까불어버릴 수 있단 말인가?
> 나는 이 가난한 말이라도 내어 던지고
> 만족하여 살 수밖에 없도다(*CP* 101).

비밀스런 예언시들이 성녀에 의해 마침내 세상에 전부 공표될 것을 믿었다. 따라서 "내 님은 그 모든 것을 이해할 것"이라고 단언했다. 만일 성녀인 님이 잠 깨어나 그의 예언의 진의를 모두 이해하게 된다면 아무도 님의 말을 뒤집거나 반박할 수 없을 것이라고 역설했다. 즉, "그 님의 말을 체로 까불어버릴 수 있단 말인가?"라고 선언하는 점에서 알 수 있다. 예이츠는 종종 자신의 사후에 다이먼으로서 불멸의 장미를 깨울 것을 역설하였다. 비록 이 세상에서는 만날 수 없는 님일지라도, 마법의 힘이 실린 말에 의해 그 님이 잠 깨어나리라는 확신에 차서 "만족하여 살아간다"고 했다. 마법사로서 예이츠는 예언의 힘과 마법이 적절한 시기가 오면 열릴 것을 확신하였다. 그 마법의 힘으로 불멸의 장미를 깨울 것임을 굳게 믿었다. 즉, 자연력을 상징하는 "그의 뼈를 자극하는 벌레들"에 의해 무덤에서도 잠을 이룰 수 없었다고 한다. 사후 그의 영혼은 다이몬이 될 것이고 성녀의 잠을 깨우기 위해 더욱 영적으로 전념할 것을 상징한다. 비록 예이츠의 영혼은 사후 다이몬이 되어 윤회의 수레바퀴에 얽매어 죽음과 탄생을 거듭하는 카르마의 법칙에서 벗어났다 할지라도 자신의 남성 원리로서 신성한 의무는 그 사후부터 본격적으로 시작된다고 믿었다. 그러므로 사후에도 자신의 영혼은 천상에 머무는 것이 아니라 지상에 머물며 잠자는 성녀를 깨우겠다고 하였다. 그런 예이츠는 후기시에서 세상으로 영혼의 촉수를 되돌리는 다이몬인 예이츠의 노력을 엿볼 수 있다.

> 이제 내 사다리가 사라져버렸으니
> 내 모든 사다리가 시작하는 곳으로 드러누워야만 한다.
> 마음의 더러운 누더기와 뼈의 상점으로(*CP* 392)

다이몬으로서 불멸을 얻은 예이츠는 성녀를 깨우기 위해 이 세상

을 떠나지 못하고 지속적으로 자신의 일을 다하고자 한다는 점을 역
설하였다. 예이츠의 죽음 이후 다이몬의 노력은 광대가 자신의 목숨
을 바쳐 잠자는 여왕을 깨우고자 노력하는 양상과 같은 맥락이라 할
수 있다. 광대의 영혼은 여왕을 깨우기 위해 사후에도 지상에 머물러
있었던 것처럼 예이츠는 사후 "더러운 누더기와 뼈의 상점으로"가 상
징하는 세상으로 되돌아오는 것이다. 사후의 영혼이 "벌레"들이 상징
하는 자연력에 의해 잠에서 깨어난 사후 예이츠의 영혼이 잠자는 여
왕인 성녀 소피아를 깨우게 되리라고 믿는다. 잠자는 여왕인 성녀는
마지막 세대에 그 깊은 잠에서 깨어났을 때의 모습이 무희나 제인으
로 상징된다. 잠 깬 성녀인 무희는 신으로부터 빛을 받게 된다고 한
다. 신의 빛을 받게 된 무희는 마침내 잠에서 깨어나 재림과 최후의
대심판날을 위해 추락한 소피아의 비밀의 역사를 활짝 열어주는 비
밀의 열쇠가 된다. 이는 소피아-이시스가 자신을 드러냄을 의미한다.
예이츠는 불멸의 장미가 신의 뜻에 따라 잠 깨어난 후 무엇을 할 것
인지 예지하여 정한 시간이 올 때까지 연인들은 서로가 서로를 그리
워하게 된다고 했다. 예이츠가 불멸의 장미와 합일할 때까지 지상에
서 함께하면서 새 시대가 올 때를 고대할 것을 보여준다. 불멸의 장
미는 남성중심 시대의 마지막까지 세상에 거할 것이다. 따라서 그는
"가까이 오세요, 가까이 오세요, 가까이 와주세요, -아, 그냥 나를 놓
아두세요. / 장미의 숨결을 채우기 위해 작은 공간을 놓아두세요!(*CP*
35)"라고 선언했다. 예이츠가 성녀에게 "가까이 와주세요"라고 반복
하여 간곡한 사랑을 표명하면서도 "나를 그냥 내버려두세요"라고 하
는 것은 아직 시간이 더 지나가야 정한 시간이 온다는 것을 상징한다.
남성 원리로서의 신성한 역할을 수행해야 하는 막중한 사명을 인지

한 예이츠는 "인간은 알지 못하는 것을 노래하고"라고 하여 신비의
마법사로서 신이 보여준 혜안에 따라 노래를 하고 있음을 표명했다.
그러므로 그는 마법의 힘에 따라 예언시를 썼다. 그가 선지자 "이사
야의 석탄"만을 바란다고 한 것은 자신이 선지자로 서겠다는 긍지의
말이다. 다이먼으로서 자신의 시간을 기다려야만 하는 것이 오직 신
의 뜻에 따르는 것임을 인지하고 순응하면서도 불멸의 장미의 수난
에 대한 안타까움과 그리움에 젖어 있었다. 지난 이천 년의 남성중심
의 시대에 추락한 소피아를 위해 헌신한 의식을 행한 마법사이자 예
언자로서 예이츠는 남성중심의 시작과 더불어 여성 원리인 불멸의
장미의 추락을 전하고자 했다. 즉, 그의 시편에서 숭엄한 여성들인 트
로이의 헬렌과 캐슬린 백작부인으로 상징된다. 그러나 시간이 가면서
불멸의 장미의 모습은 점차 바뀌어 보다 평범한 지위의 여성인 제인
이나 무희와 같은 인물로 상징되고 있다. 그러나 예이츠는 왕족인 헬
렌이나 캐슬린 백작부인보다 제인이 더 여성 원리의 힘이 강화된 시
대에 거한다는 것을 상징적으로 보여주었다.

> 선택받은 헬렌은 인생이 단순하고 지루함을 알았고
> 나중에 한 바보 때문에 큰 고난을 당했었다.
> 한편 물보라에서 태어난 위대한 영혼은
> 친교 없이 자기 길을 갈 수 있었지만
> 다리 굽은 대장장이를 남편으로 선택했어요.
> 미인들은 고기와 함께 미친 샐러드를 먹는데
> 그 때문에 풍요의 보각이
> 소용없이 된다는 것은 확실한 일이지요(*CP* 212).

추락한 소피아의 상징인 트로이의 헬렌은 재앙을 가져온다고 보았

고 아프로디테는 남편감으로 다리 굽은 대장장이를 선택했다고 한다. 그러므로 차라리 평범한 지위의 다가올 마지막 남성중심 시대의 여인인 제인이야말로 남성중심의 시대에 태어난 옛날의 여왕보다 낫다고 보았다. 비록 제인은 지위는 낮은 평범한 여인이었지만 그녀는 남녀양성의 시대인 뉴에이지가 오기를 명할 수도 있는 권능을 회복해가는 인물이기 때문이다. 예이츠는 제인이 내적으로는 성녀의 권능을 회복한 지고의 경지에까지 도달한 것으로 보았다. 마지막 소피아의 현현으로서 성녀를 제인으로 상징했고 미래에 더 젊은 남자들과 함께하리라고 믿었다.

> 우리 고독에 대해서는 유령보다도 더 무관심하지요.
> 오 마음이여, 우리는 늙어버렸고,
> 생동하는 미는 보다 더 젊은이들을 위한 것일지라도
> 우리는 펑펑 울 수만은 없는 것이지요(*CP* 156).

제인과 사랑에 빠진 잭은 예이츠와 같은 남성 원리로 상징된다. 예이츠의 죽음 이후에 나타날 "보다 젊은이들"인 그의 후손들이 "생동하는 미"인 불멸의 장미와 일상에서 만날 것으로 상상했다. 자신의 시대는 아직 불멸의 장미가 나타날 시기가 아니지만 미래에는 반드시 제인-소피아가 나타날 것을 예지하였다. 즉, 정해진 시간이 와서 새로운 시대로 변화되었을 때 "생동하는 미"와 "더 젊은이들"은 서로 만날 것이다. 더불어 온 세상 성자들과 불멸의 미와의 합일로 이룩되는 우주적인 "존재의 합일"은 신이 정한 최후 시간에 있을 것으로 믿고 있다.

무엇을 보여줄까?
무엇이 진정한 사랑일까?
모든 것이 알려지고 보여질 것이다.
만일 "시간"이 지나가기만 하면(*CP* 292).

제인은 진정한 사랑이 무엇인지 묻는다. 시간이 가면 그들은 진정한 사랑의 의미를 알게 될 것이라고 했다. 예이츠는 구세대로서 자신이 죽은 후에나 불멸의 장미와 만나게 되리라고 생각했다. 그러므로 그는 "펑펑 우는" 서글픈 심정이 된다. 예이츠는 "생동하는 미"는 "보다 젊은이"인 신세대의 일로 자신과 같은 구세대의 일과는 무관한 일이었다. 보다 젊은 미래세대의 현자들은 사냥감으로 상징되는 성배 찾기에서 마침내 가려져 있던 성배인 산토끼를 사냥하러 나서게 되는 것이다. 이 사냥꾼과 사냥개가 상징하는 세계의 성자들은 새벽 시간대가 상징하는 뉴에이지가 오면 불멸의 장미를 만나게 될 것을 상징적으로 보여주고 있다.

우리는 그들의 눈길로부터 숨어 있어야만 한다.
성스러워 보이지만 실체는
황량한 북풍에 산사나무처럼 꺾어진 육신들
묻힌 헥토르를 생각하면서
산 사람은 그 누구도 모른다고 생각하고 있다(*CP* 251).

남성 원리를 대표하는 각 세대마다 존재해온 영웅들의 희생은 "황량한 북풍에 산사나무처럼 꺾어진 육신들"로 상징된다. 이처럼 영웅으로서 예이츠의 고독과 희생은 그의 잃어버린 사랑인 성녀 소피아를 위한 것이었다. 그는 레드 한라한이나 잉거스처럼 방랑하며 세상에 거하고 있을 불멸의 장미를 찾아다녔다. 그러나 그 성녀가 세상에 드러나는 때는 정해진 시간에나 가능한 것으로 자신은 성녀의 출현을 보기 전에 이미 죽게 될 것을 알았다. 최후 예언시편 중 하나인 "사냥개 소리"는 그 정해진 시간이 오면 그들은 불멸의 장미와 함께 할 것을 예언한 것으로 이는 그의 노래의 핵심 골자이다. 즉, 마지막 세대의 "무희"로 상징되거나 제인으로 상징되는 불멸의 장미는 사냥감인 뛰어 달아나는 산토끼로 상징된다. 제인은 집시 소녀로서 "외로운 곳"에 있다고 하는데 산토끼 역시 외진 산기슭에 죽어 있다고 한다. 산의 어디엔가 죽어 있던 산토끼의 뼈는 시간이 가면서 다시 새살이 돋아난다. 마법사들과 다이몬들은 심판주로서 골고다에서 예수가 자신의 고난을 다 마친 것처럼 세상의 소피아가 그 고난의 시기를 모두 마치고 난 후 세상에 심판주로서 그 모습을 드러낼 것을 산토끼의 부활이라는 초신비적인 정경으로 바라보고 있다. 그것은 "통제할 수 없는 신비"로 짐승의 출현, 즉 스핑크스의 도래로 상징된다. 소피아는 과거 남성중심의 암울한 시대 동안 세상의 불멸의 장미로 현존하면서 고행을 해왔다.

> 그처럼 섬세한 고고한 얼굴
> 매력의 한가운데 자리한 저 근엄함
> 힘 한가운데 있는 모든 달콤함을?
> 아, 그러나 '시간'이 그 님의 형체에 닿을 때
> 평화는 마침내 다가오는 것이리라(*CP* 103).

예이츠는 님이 오는 것은 바로 가이어의 법칙이 보여주 듯 만사가 시간에 달려 있다고 보았다. 시간은 남성으로 상징되는데 "영원인 수

말은 / 시간의 암말을 타고 / 세상의 새끼말을 낳았다(*CP* 306)"라고
하였다. 그러므로 예이츠는 성녀의 영광은 "시간이 그 님의 자태에
손을 대었을 때" 이루어진다고 보았다. 반면 불멸의 장미인 소피아는
정해진 시간을 고대하며 타락한 세상을 굽어보고 있다고 한다.

> 여윈 족속은 위대해지고 위대한 족속은 시들고 말았다.
> 고대의 진주들은 모두 이 돼지 우리에 남겨졌다.
> 영웅의 환상은 광대나 악당에 의해 조롱거리가 되었다.
> 대량학살을 행하고도 구제받을 자가 얼마나 있을지 의구심이 났다
> (*CP* 383).

　성모로서 여성 원리의 영광과 권능은 천상에서는 불변하였고 성모
소피아는 엄한 눈으로 "대량학살을 행하고도 구제받을 자가 얼마나
있을지 의구심"을 지닌 얼굴로 지켜보고 있다고 한다. 소피아는 심판
주의 준엄한 눈으로 타락한 인간들을 굽어보는데 그 엄한 눈은 예이
츠의 묘비명에서 "차가운 눈"과도 연관성을 지닌다고 하겠다. 그 "영
웅의 환상"은 예이츠가 지녔던 영웅적인 꿈으로 세상에 거하는 불멸
의 장미를 보호하고자 하는 마음이라 하겠다. "고대의 진주들"은 불
멸의 장미인 여성 신성이 세상으로 추락한 소피아의 것을 상징하는
것으로 "고대의 진주가 돼지 우리에 던져졌다"고 하였다. 이처럼 성
녀 소피아는 추락하여 마치 돼지 우리에 던져진 진주처럼 비참한 상
태가 된 것이다. 그러나 새 시대가 올 것을 시 "죽어가는 여인"에서
뉴에이지를 위한 딸 소피아의 막바지 고행을 보여주었다. 뉴에이지는
남녀양성구유의 신성의 시대로 예이츠는 무수히 서로 다른 신들의
이름과 다양한 종교를 섭렵하였는데 이 점은 그가 신은 오직 남녀양

성구유의 신성임을 믿었던 영지주의적 관점에서 가능하였다.

> 용서하라, 위대한 적이여,
> 화를 내려는 마음도 없이
> 우리는 이곳저곳을 돌아다니면서
> 가지가 모두 화려하게 될 때까지 사들여서
> 그 크리스마스트리를 날라왔다.
> 그러면 그 님이 침대에서 바라보며
> 예쁜 장식들을 보고 공상에 젖어
> 황홀하기를 바란다.
> 그 님에게 은총이 깃들기를
> 눈웃음치는 님의 얼굴을 바라보면 어떠하리?
> 죽어가는 순간에(*CP* 179~180).

친구들은 마지막 세대의 성녀의 친구들로 마지막 세대의 마법사들과 현자들을 상징한다. 예이츠는 "내게는 청춘의 꿈의 한가운데에서 나온 / 이단의 말을 상징으로 말하는 것 이외에는 아무 것도 없다(*CP* 179)"라고 한 바 "이단의 말"은 곧 성녀 소피아의 미래의 일에 대한 예언을 상징한다. 정해진 시간이 다가왔을 때, 그녀의 친구들은 크리스마스트리를 준비한다. 크리스마스트리는 지난 남성중심의 이천 년 동안 구세주인 예수의 탄생을 기념하는 상징물이다. 그러나 새 크리스마스트리를 준비하는 것은 새 구세주의 탄생을 상징한다. 즉, 지난 이천 년의 남성중심의 사회와는 다른 새 이천 년의 가이어의 주기에 따라 성녀 소피아의 시대가 다가오는 것으로 남성중심의 시대가 대단원의 막을 내리게 되고 성녀와 성자가 나란히 영광 속에 등극하는 새 시대의 도래를 상징한다. 그러므로 "죽어가는 여인"의 친구들은 새 크리스마스트리를 새 구세주인 성녀 소피아를 위해 준비하고 있다. 지난 이천 년의 남성중심의 시대 동안 소피아의 적인 남성 신 얄 다바오스가 이 세상을 지배해왔으나 이제 그 오랜 악의 시대는 막을 내리는 것이다. 그러므로 남성 신의 시대가 기울어 가는 것을 "용서 하라, 위대한 적이여"라고 하여 얄다바오스에게 남성 신의 파괴적 시 대는 지나갔음을 천명하고자 하였다. 즉, 소피아의 야만스런 적의 통 치에 있던 남성중심의 시대에 작별을 고한 것이다. 그들 소피아의 친 구들은 뉴에이지를 기념하는 의식으로 새 크리스마스트리를 죽어가 는 여인인 세상에 거하는 불멸의 장미에게로 가져온 것은 오랜 희생 의 숨은 구세주에서 이제 성녀는 육신의 굴레를 벗어버리고 천상으 로 등극하려는 순간을 상징한다. 그러므로 "시간의 십자가에 매달린 장미"였던 숨은 구세주 불멸의 장미가 새 시대인 남녀양성구유의 신 성의 시대를 열어갈 것을 새 크리스마스트리가 단적으로 상징한다. 예이츠의 초기시에서 백성을 구하고자 희생한 캐서린 백작부인이 성 모에 의해 구원을 받았듯이 죽어가는 여인은 숨은 구세주 성녀 소피 아로서 후기시에서는 "죽어가는 산토끼"의 모습으로 그 상징이 발전 전개된다. 죽어가는 산토끼는 오래전에 죽은 산토끼와는 반대로 산토 끼가 부활해가는 것을 상징한다. 죽어가는 여인은 산토끼로 상징되는 데 그 산토끼는 과거에 이미 죽어 있었고 레드 한라한-예이츠는 이를 추도했었다. 예이츠와 동일시되는 레드 한라한은 산토끼의 쇄골을 해 변가에서 발견하였다. 이 "산토끼의 쇄골뼈"는 해변가에서 발견되는 데 그것은 산토끼가 오래전에 죽은 것을 의미하며 이는 남성중심의 삼위일체 신성의 시대에 사라져버린 여성 신성인 소피아를 상징한다. 이처럼 산토끼는 성녀 소피아의 소멸과 귀환을 상징한다. 레드 한라 한-예이츠는 이 죽은 산토끼를 기리고 있는데 후기시에서는 마법에 의해 다시 살아나 달려가는 산토끼와 연관성을 지니고 있다. 그러므로 죽어가는 여인은 죽어가는 산토끼와 동일시되며 여성 신성은 남성중심의 시대가 저물어 가는 마지막 세대가 되면서 세상에 다시 그 영광을 드러낸 성녀를 상징한다. 여성 원리로서 불멸의 장미는 산토끼로 상징되는 반면 레드 한라한과 사냥꾼과 사냥개들이 함께 모였듯이 뉴에이지를 기념하는 것으로 영광의 마지막 시점은 여인의 "죽어가는 때"로 상징하였다. 이처럼 죽어가는 산토끼와 죽어가는 여인은 둘 다 잊혀진 불멸의 장미의 출현을 상징한다. 산토끼의 죽음은 세상을 구원하기 위해 추락한 소피아의 희생을 상징하며 남성중심의 시대의 끝에 불멸의 장미의 마지막 현현이 출현하는 것을 산토끼가 뛰어가는 것을 발견한 레드 한라한-예이츠를 비롯하여 모든 사냥꾼과 사냥개들이 그 산토끼의 뒤를 쫓아가는 것으로 상징된다. 초기 시에서 캐슬린 백작부인의 모습으로도 나타난 이 성녀는 후기시에서는 제인으로 등장하며 애인인 잭을 위해 남성중심의 정통파 기독교 사제의 횡포를 비난하는 보다 강한 모습을 보인다. 죽어가는 여인과 그 친구들은 죽어가는 시간에 육신을 버리고 천상으로 등극함을 알기에 슬퍼하기보다는 오히려 기쁜 마음으로 이를 지켜볼 수 있었다. 육신의 죽음이란 곧 천마가 마침내 마구간의 빗장이 열리어 천상으로 비상하는 것을 의미하기 때문이다. 그러므로 친구들의 "눈웃음치는" 눈은 마지막 심판 날의 심판주로서 무서운 공포로 일어서는 불멸의 장미의 "차가운 눈"과 병치되기도 한다. 이처럼 죽어가는 여인의 친구들은 시 "사냥개 소리"에서 사냥꾼과 사냥개들로 상징된다. 바야흐로 새 시대가 전개되면서 전 세계적으로 함께 모인 성자들은 성배나 산토끼로 상징되는 성녀를 발견하고 찾아내어 그 산토끼를 에워싸고 승리가를 불러 성녀 소피아의 승리와 등극을 축하한다. 이 승리가를 부르는 마지막 장면은 예이츠의 시적 목표의 달성의 최절정을 이룬다. 예이츠는 "순결하고 아름다운 분은 시간밖에 적이 없지요(*CP* 264)"라고 말한 바와 같이 정해신 시간이 오면 모든 것이 절로 이루어질 것을 믿었다. 불멸의 장미의 마지막 현현이 정해진 시간인 남녀 양성구유의 신성의 시대가 도래함에 따라 그 권능을 획득할 것을 믿고 성령에 의해 들은 바를 예언하는 선각자인 동시에 마법사였다.

> 그러나 여기에 고고한 모범이 있으니
> 그 님의 나날 속의 미궁에 빠져
> 자신의 낯설음에 님은 당혹스러워하였다네.
> 내 님이 그녀의 꿈을 주었을 때
> 얻은 것은 비방과 배은망덕이었으니
> 그렇지, 이보다 더 나쁜 일도 있었다네.
> 그러나 반쯤은 사자이고 반쯤은 어린아이인
> 그녀는 평화로이 자신의 노정에서 노래를 불렀다네(*CP* 104).

소피아의 권능은 대심판날의 심판주로서의 권능으로 시 "재림"에서 스핑크스의 권능으로 상징된다. 스핑크스의 사자의 이미지는 비교적 초기시인 "평화"에서 "반쯤은 사자"인 모습으로 나타난다. 이 성녀가 나타날 때인 대심판날이 곧 우주 평화의 때인 뉴에이지라는 것을 상징한다. 죽어가는 여인은 불멸의 장미의 등극과 심판주로서 소피아-이시스의 권능회복을 상징한 바와 같이 오래전에 사라진 소피아-이시스의 권능과 사랑이 충만했던 때가 진정한 평화의 때였음을 상징적으로 전한다. 따라서 남성중심의 신이 지배하는 시대에서는 스스로 이단자가 되어버린 예이츠는 지난 이천 년의 남성중심의 시대

동안의 "옛날의 쓰라린 세상"을 산토끼의 쇄골뼈로 상징되는 소피아의 평화의 빛과 사랑의 시대와 견주어본다. 즉, "교회마다 결혼하는 모든 부부들을 바라보며" 세상사를 비웃고 있다고 한다. 물은 또한 여성 원리의 상징 중 하나로 여성 원리가 창조주이면서 구세주임을 상징하고 있다. 그러므로 여성 신성의 존재를 부정하고서는 그 어떤 결혼도 진정한 결혼이 아님을 보여준다. "산토끼의 뼈"는 "물에 닳아서 마모되어 가늘어져 있는" 모양으로 그것은 불멸의 장미의 권능이 오래전에 사라져버린 쓰라린 남성중심의 역사를 상징한다. 산토끼는 예이츠의 풍자적인 상징 중 하나로 그의 신비시의 시적 의미를 이해하지 못하는 사람들을 비웃는 것이다. 예이츠의 미지의 교사들은 예이츠의 신비시의 상징적 의미들을 신이 정한 시간이 올 때까지 감추어두고자 했다. 그러므로 세인들의 눈에 그의 신비시는 닫혀져 있었다. 심지어 예이츠에게조차도 그의 신비시의 진정한 의미는 닫혀져 있었다. 그는 자신의 신비시의 의미를 정해진 때가 되어 드디어 나타날 소피아-이시스만이 유일한 열쇠가 되어 열어줄 것을 알고 그 불멸의 장미를 깨우고자 다이몬이 된 이후에도 세상의 장미 곁에 머무를 것이라고 했다. 예이츠는 여성 신성이 사라진 지난 이천 년의 남성중심의 시대의 "쓰디쓴 세상"을 비웃으며 그는 아직은 때가 되지 않아서 산토끼가 이끌어갈 미래의 이상세계에 들어가지 못한 것을 한탄하고 있다. 예이츠는 자신을 남성 원리인 레드 한라한이나 광대에 비유하였다. 레드 한라한은 산토끼를 추격하는 남성 원리로 이는 남녀 양성구유의 시대를 열기 위한 선지자의 역할을 상징한다. 즉, 산토끼는 잃어버린 성배이며 그 성배를 찾아 나선 성자들은 사냥꾼과 사냥개로 상징되고 있다. 예이츠는 자신의 삶 속의 여인들을 그의 시의 목적인 불멸의 장미를 추구하는 열망을 위한 시적 소재나 모티브로 삼았다. 불멸의 장미의 상징을 실제 삶 속의 여인들뿐만 아니라 다양한 전설과 신화에 나오는 여성들인 트로이의 헬렌과 캐슬린 백작부인과 니아브와 같은 신화나 전설상의 고귀한 여성인물들을 통해 불멸의 장미의 상징성을 도입하고자 했다. 예이츠는 확실히 숨은 산토끼가 있다고 서술했지만 그 산토끼를 자신의 죽음 이후인 미래에 이르기까지 정해진 시간이 올 때까지 고대하고 있어야만 했다. 이처럼 남성중심의 시대에 소멸된 흔적을 산토끼의 죽음으로 묘사하였다.

> 그 님의 심란해진 태도에
> 갑작스레 내 마음이 아파왔다.
> 그리고 나는 상실해버린 그 님의 야성을 기억하고는
> 나중에는 그곳을 슬며시 지나와서
> 숲 속 한가운데에 서서
> 산토끼의 죽음을 바라보고 있었다(*CP* 251).

산토끼의 죽음은 예이츠가 자신의 사후 어느 날 다이몬으로서 산토끼인 불멸의 장미가 세상에 출현할 것을 인지하고 있으나 그 님은 아직은 소피아의 권능을 획득한 것이 아니라 죽은 상태로 추락한 권능을 인지한다. 따라서 산토끼의 죽음은 아직은 "잃어버린 야성"에서 "야성"은 여성 신성의 권능과 지혜를 상징한다. 따라서 "잃어버린 야성"은 그 잃어버린 권능과 지혜를 회복하지 못하고 정해진 시간을 기다리고 있음을 상징한다. 예이츠는 산토끼를 추구하는 레드 한라한이 되었다고 하였는데 레드 한라한은 늙은 마법사인 악당이 내던진 카드 하나가 산토끼로 변하는 것을 보고 그 산토끼의 뒤를 쫓아 정신없이 달려나간다고 한다. 늙은 마법사인 악당은 남성 원리의 원형으로서 예수 그리스도를 상징한다. 예이츠의 시는 모든 것이 상징으로 중요한 의미들을 감추고 있다. 즉, "악마는 신의 역이다"라고 한 그의 마법계의 이름처럼 서로 모순적인 상징물들이 성스러운 의미를 담고 있다. 예이츠의 신비계의 이름이 그 진의에 상반된 것처럼 레드 한라한이 정신없이 산토끼를 추격하도록 마법을 휘두른 그 "옛날의 악당"은 바로 남성 원리의 원형으로서 성자 예수를 상징한다는 점에서 역설적 상징을 이해할 수 있게 된다. 예이츠는 남성 원리인 예수로부터 선택된 소피아의 사제로 정해진 시간이 오면 성배를 찾아 나설 인물로 죽기까지 산토끼를 추구하는 레드 한라한을 자화상으로 삼았다.

> 좋은 친구들은 낡은 헛간에서 카드를 섞어서
> 옛 악당의 차례가 왔을 때,
> 그 악당은 그의 엄지손가락 아래의 카드에 마법을 걸어서
> 모두가 사냥개로 변하게 하였으나
> 한 장은 산토끼로 변하게 하였다.
> 거기에서 한라한은 미친듯이 일어나
> 그 짖어대는 사냥개들을 쫓아서 뒤따라나갔다(*CP* 220~221).

정해진 시간이 다가왔을 때 예이츠는 "늙은 악당"으로 상징되는 예수의 마법에 걸려 선택받은 사제로서 레드 한라한이 되어 오랜 인고의 세월 뒤에 다시 살아난 산토끼를 추격하는 사냥꾼들과 사냥개들을 따라나선다. 이 산토끼는 성배를 상징하며 예수는 예이츠를 선택하여 남성 원리로서의 소명을 다하도록 명한 것이다. 그러므로 레드 한라한이 달려나가는 때는 바로 세상의 불멸의 장미가 산토끼로 출현한 것이다. 또한 사냥꾼들은 "상징적 생물들을 사냥하는 아더왕

의 기사들(*SB* II 33)"과 동일시되고 있다. 그러므로 사냥꾼들은 확실
히 잃어버린 성배를 추구하는 아더왕의 기사들을 상징한다고 볼 수
있다. 그런데 이 잃어버린 성녀를 상징하는 산토끼는 한국의 예언자
격암 남사고(Namsago: 南師古, 1509~1571)가 쓴 『격암유록』에서 "금
구와 목토"로 금빛 비둘기와 옥토끼로 남녀양성구유의 신성을 상징
하고 있는 바와 같은 맥락을 이루는 것을 발견할 수 있다.

> 하늘이 감춰두고 땅이 숨겨둔 십승지가 있네.
> 그곳이 바로 궁을촌이네.
> 그곳을 벗어나면 죽고 들어가면 살 수 있네.
> 복숭아 꽃이 활짝 핀 선경 자하도를 매일같이 연구하나
> 깨닫지 못하네.
> 궁궁 을을이 거하는 곳을 알고자 하면
> 금빛 비둘기의 성신이 임한 동방의 목토를 찾으소서.
> ……
> 해 속에 새가 있고 달 속에 옥으로 된 짐승이 어찌 짐승이겠는가?
> 금빛 비둘기인 금구와 옥토끼인 옥토가 동서양의 운수를
> 합한 진인이네.
> 그분이 세인이 고대하던 정도령이네.
> 무슨 뜻인지 영원토록 깨닫지 못하네(남사고 『정각가』, 208~209).

이제 서방의 금구인 비둘기가 성령으로 잉태한 남성 원리인 예수
를 칭송하던 시대는 가고 동방의 토끼가 임하여 비둘기와 토끼가 함
께 어우러진 남녀양성구유의 우주의 시대가 도래할 것을 남사고는
예언하였다. 예이츠가 산토끼 혹은 토끼를 노래한 것은 두 선지자의
예언이 남녀양성구유의 우주의 신이 성령으로 그 진의를 예언하도록
전한 까닭이다. 비록 예이츠의 시대에는 아직 "장미의 평화"의 때가

오지 않았을지라도 잃어버린 여성 신성을 추구하는 시대인 새 시대의 여명기가 다가온 것이라고 할 수 있다. 따라서 그리스도로 상징되는 악당과 좋은 친구들로 상징되는 소피아의 사제들이 각 세대마다 성령인 성모 소피아의 사제로서 메신저로서 선택되어온 것이라 하겠다. 예이츠의 자화상인 레드 한라한과 그의 반자아인 바보는 둘 다 죽을 때까지 그 산토끼를 추구한다. 그러나 산토끼와 만날 수는 없다고 한다. 왜냐하면 예이츠는 신이 정한 시간이 오기 전까지는 성녀의 출현은 없을 것이기 때문이다. 따라서 예이츠는 비록 그 누구도 알 수는 없지만 숨은 산토끼는 산중에 있다고 믿는다. 그 산토끼가 바로 성배의 상징으로서 세상에 숨어 있는 불멸의 장미로 신이 정한 올바른 시간이 오기까지는 새 구세주로 출현하지 않을 것을 믿고 있었다. 새 구세주는 여러 동물의 상징으로 일컬어져 그 숨은 비밀을 감추고 있는데 특히 산토끼는 희생의 여성 신성인 성녀 소피아를 상징한다. 반면에 사자와 유니콘의 상징은 새 시대의 심판주로 재림하는 "무서운" 공포를 수반하고 있다.

> 누가 산을 행군하며 지나가는가?
> 아니 아니야, 아들아 아직은 때가 아니란다.
> 그것은 바람이 불어가는 곳
> 그리고 아무도 풀밭을 밟고 가는 이를 알 수 없단다(*CP* 379).

아버지의 시대는 아들의 시대보다 구시대로 남성중심의 힘이 더 강력하게 나타나는 시대로 여성 신성의 원리가 소멸된 암흑기이기도 하다. 그러므로 예이츠는 아직 불멸의 장미를 그의 일생에서 볼 수는 없었다. 그러므로 그는 무덤 속에서도 조금의 위안도 가질 수 없었다

고 토로한다. 그러나 미래의 그 어느 날 산토끼와 함께하는 밝은 미
래의 날이 올 것을 믿었다. 이는 "사냥개가 산토끼를 물었을 때(*CP*
190)"로 역설적인 상징성으로 시사된다. 남성 원리의 명을 받은 사냥
꾼과 사냥개들인 전 세계의 현자들이 모여 성배, 즉 성녀를 상징하는
산토끼를 찾게 된다는 것을 의미한다.

> 나는 갑자기 잠에서 일어나서 생각해본다.
> 어느 날 내가 그들에게
> 음식을 주고 물을 주는 일을 잊은 것은 아닌지
> 혹은 그 집의 문을 잠그지 않고 열어둔 것은 아닌지,
> 산토끼는 그 문이 활짝 열린 것을 알고
> 아마도 달려나가서 뿔피리의 감미로운 곡조와
> 사냥개의 이빨을 만나지 않았을런지(*CP* 190).

산토끼와 사냥꾼과 악당은 예이츠가 사람들로부터 예언의 신비시
의 진정한 의미를 숨기고 있는 것에 대한 역설적 상징어들이다. 산토
끼는 여성 원리를 상징하고 레드 한라한과 바보는 남성 원리를 상징
한다. 또한 사냥개들은 여성 신성을 위한 실생활의 여성들을 상징한
다. 뿔피리의 달콤한 소리는 위대한 마지막 대심판날의 시작을 알리
는 것이다. 바보로 상징되는 예이츠는 성자 예수가 성녀 소피아를 구
원하는 대심판날을 고대하고 있다고 한다. 시 "황혼에"에서 성녀의
귀환과 같은 맥락으로 볼 수 있다.

> 그녀는 어린아이처럼 놀고 있다.
> 고행이 그 놀이이다.
> 환상에 젖어 거칠어져 있다.

왜냐하면 하루가 저물어서
그녀에게 곧 누군가가
놀이가 반만 끝났지만
"어서와요, 놀이는 그만하고"라고
부를 것이기 때문이다(*CP* 178).

　　세상에서 고난을 당하던 성녀는 그 "고행"의 날들을 마치 어린아
이가 놀이하듯 "놀고 있다"고 한다. 불멸의 장미의 고난은 "고행"으
로 점철된 남성중심의 역사에 새겨져 있다. 그러나 우주의 절대자인
성모가 천상을 지배하기에 불멸의 장미의 권능회복은 시간의 문제일
뿐이라고 하였다. 특히 "황혼"에서 소피아의 영광의 상실로부터 회복
이 신의 정해진 시간에 따른다. 즉, 성녀는 성모의 명을 받은 성자 예
수가 지상으로 자신의 누이인 성녀를 구원하고자 하강할 때 그 구원
은 이루어진다. 성녀도 이를 이미 감지하고 "환상에 젖어 거칠어져
있다"고 한다. 시 "황혼"에서 성녀는 저녁 무렵까지 놀고 있다가 갑
자기 누군가 자신을 부르러 올 것을 예상하고 그런 환상으로 거칠어
져 있다고 한다. 성녀가 환상에 젖어 거칠어져 가는 것은 성녀가 잃
어버렸던 권능을 회복해가는 것을 상징한다. 따라서 예이츠는 자신의
신성한 소피아의 사제로서의 임무가 바로 성녀의 깊은 잠을 깨우는
막중한 일임을 숙고하여 미래를 위한 시를 쓰는 데 혼신의 힘을 바쳤
다. 예이츠는 성녀가 자신의 놀이를 "반만" 완수했을 때쯤에 갑작스
레 누군가가 집으로 데려가기 위해 자신을 부르러 오고 그러므로 그
고행의 놀이를 끝마쳐야 한다고 했다. 이 상황은 그의 "배우 여왕"이
라는 희곡에서도 여배우가 갑자기 새 시대 여왕으로 등극하는 사건
으로 잘 상징되고 있다.

엄마는 실을 당기고 실을 물어 자르면서
황금색 가운을 만들어주고 울었네.
왜냐하면 내가 머리에 왕관을 받은 자로
태어난 꿈을 꾸었기 때문이라네(*CP* 134).

배우 여왕 데시마는 소피아의 상징적 인물로 갑작스럽게 여배우의
낮은 신분에서 한 나라의 여왕으로 급상승하는 운명에 놓여 있다고
한다. 데시마의 엄마는 성모 소피아의 상징적 인물로 성녀가 구세주
로서 운명을 타고난 것과 따라서 구세주로서 희생을 치뤄야 하는 것
을 알고 노래를 부른다고 한다. 성녀의 권능회복은 이미 그 성녀의
어린 시절부터 운명적으로 예언된 것으로 천상의 성모의 뜻을 전하
는 숭엄한 노래라고 할 수 있다. 예언대로 마침내 데시마는 갑작스러
운 여왕의 지위에 오르게 된다. 이 추락한 딸 소피아인 데시마를 염
려하는 성모의 마음은 남성 신에게 억압당하면서 고행하는 기나긴
역사를 상징한다. 즉, 데시마의 엄마인 성모는 딸이 황금 가운과 왕관
을 지니고 태어났다고 근심하며 울며 노래한다. 황금은 바로 구세주
의 희생을 상징하기 때문이다. 바다 갈매기인 새는 여성 신성인 성령
의 상징으로 볼 수 있다. 시 "레다와 백조"에서 백조는 제우스인 남성
원리의 상징으로 레다로 상징되는 성모를 겁탈했다. 두 시는 서로 다
른 상반된 환영을 보여준다. 즉, 첫째는 소피아의 영광을 보여주고 후
자인 "레다와 백조"는 소피아의 추락과 남성중심의 시대가 도래한 것
을 상징한다. 레다는 곧 성모의 상징으로 남성 신의 시대가 다가옴에
따라 공포에 젖어 있다고 한다. 반면 "수태고지"에서는 불멸의 장미
의 탄생을 전하고 있다. 이 시는 시 "배우 여왕"에서 성모의 상징인
데시마 엄마가 부르는 노래와 연관된다. 더 나아가서 "재림"에서는

세계령으로부터 나오는 스핑크스는 바로 불멸의 장미의 승천과 대심판주로서의 권능을 상징한다. 따라서 소피아-이시스의 남녀양성구유의 신의 통치하에 이뤄지는 새 시대가 도래한 것이다. 이처럼 시 "레다와 백조"는 여성 신성의 추락을 심도 있게 다루었고 남성중심 시대의 변천과정을 시사한다. 그러나 시 "수태고지"에서는 남성 원리의 가이어가 줄어들고 역으로 여성 원리의 가이어가 점차 확대되어 가는 것과 더불어 마침내 여성 신성이 지배하는 시대가 돌아오는 것을 스핑크스의 도래로 상징하고 있다. 일단 정해진 시간이 오면 잃어버린 신성인 불멸의 장미는 그 오랜 지난 이천 년의 남성중심의 역사를 통해 겪어온 고초에서 회복되어 영광과 권능을 회복하게 된다고 거듭 예이츠는 강조하는 예언시를 쓰고 있다. 이처럼 자신의 마법의 시에서 소피아의 권능회복과 심판날의 심판주로서의 영광을 거듭 강조한 예이츠는 성녀의 권능회복의 양상을 "변모한다, 완전히 변모해간다 / 공포 미의 탄생이다(*CP* 203)"라고 전했다. 온 세상의 소피아의 성자들 역시 모두 변모하여 심판날의 대심판주를 따르게 될 것을 예지하였다. 이들 죽은 영웅들의 부활을 "맥도나, 맥브라이드, 코놀리와 피어스(*CP* 205)"와 같은 아일랜드 독립운동을 위해 헌신한 애국자들로 상징하였다. 이들은 소피아를 위해 헌신한 지난 남성중심의 시대의 영웅들로 현자들을 상징한다. 이 영웅들의 죽음에 따른 희생이 있은 후에는 반드시 이들은 새 시대를 위한 대심판날에 부활하여 대심판주의 뜻에 따라 엄격한 심판자들로 다가온다고 보았다. 사랑의 신 소피아는 그 대심판날에는 무서운 심판자로 변모하여 "공포의 미"로 다가온다. 오랜 남성중심의 시대에 희생은 남성 원리도 여성 원리처럼 장미의 평화가 오기까지 길고 긴 고행을 겪어야만 했는데 마침내 그 정한 시간이 다가왔을 때 무서운 "공포의 미"로 탄생하게 된다. 이 공포의 미는 스핑크스의 상징으로 소피아-이시스의 영광회복을 거듭 강조하여 여러 상징시들에 나타낸 것이다.

다시 어둠이 내려앉았다. 그러나 나는 이제 알았다.
저 깊이 잠들어 있던 이십 세기가 흔들리는 요람가에서
악몽에 시달렸음을.
이 무슨 거친 짐승이 드디어 제시간을 만나
태어나려고 베들레헴을 향해 몸을 웅크리고 걷고 있는가?(*CP* 211)

"드디어 제시간을 만나"에서 추락한 성녀 소피아가 마침내 그 권능을 회복하게 되는 것을 스핑크스의 형상으로 상징하였다. 예이츠는 『환상록』의 가이어의 이론에 따라 이천 년 주기가 지나면 공포의 미로서 대심판주가 출현할 것을 스핑크스로 상징했다. 스핑크스는 불멸의 장미와 동일시를 이루는데 동시에 고행을 치르는 성녀의 상징으로서 "망아지" 혹은 "산토끼"로서 상징된다. 그러나 "나는 새벽이 다시 오기 전에 / 마구간을 발견하여 그 빗장을 열어주리라(*CP* 104)"라고 단언한 예언시처럼 성녀는 바야흐로 다가온 제시간을 만나 마구간에서 해방된 망아지처럼 지상의 엄청난 억압으로부터 풀려날 것을 믿었다. 예이츠는 이처럼 영웅들과 불멸의 장미 사이의 상호의존 관계를 시간에 따라 펼쳐보이면서 불멸의 장미의 추락과 영광의 권능회복을 예언하면서 남성중심의 역사적 대장정의 막을 예언하고 있다. 예이츠는 남성 원리로서 비전가로서 자신의 신성한 의무를 짊어지고 나아갔었지만 그 소명은 세상에서 가장 어렵고 "무거운 짐"이 되었다고 한다. 왜냐하면 소피아의 영웅이 된다는 것은 장미나무를 키우기

위해 자신의 피를 바쳐야 하는 영웅들처럼 자기 희생이 따르기 때문
이었다. 그는 불멸의 장미의 마지막 시대의 적에 대해 언급하기를
"악당과 바보"들이 성녀를 공격하고 비난할 것이라고 예언했다. 이들
악당과 바보들은 불멸의 장미가 예이츠의 노래를 듣고 깨어나서 그
메시지를 전할 때, 성녀의 말을 훼방하고 저지하려고 한다. 불멸의 장
미가 잠에서 깨어났을 때 자신은 다이몬으로 존재하지만 지상의 성
녀를 위해 자신의 소명을 다할 것을 예언하였다. 새 시대에 대해서는
시 "새벽 여명이 오기 전"에서처럼 뉴에이지의 도래 직전에 불멸의
장미가 잠에서 깨어날 것이라고 한다. 이 예언에 따라 성녀는 전 세
계의 성자들을 향해 달려나갈 것이다. 우리의 "망아지"인 억압받고
학대받던 성녀에게 마침내 그 억압적인 감옥인 마구간의 빗장을 열
어 유니콘으로 훨훨 날아올라 새 시대의 구세주로 변화될 것을 밝게
예언한다. 핍박받던 망아지나 죽은 산토끼로 상징되었던 성녀 소피아
가 제시간을 맞이하여 유니콘으로 변하거나 혹은 스핑크스로 변하여
대심판주로 그 영광을 온 천하에 떨칠 것을 예언한다. 이처럼 후기시
로 갈수록 성서『요한계시록』과 같은 예언을 통해 성녀 소피아의 영
광의 도래와 대심판주로서의 양상을 보여주고자 했다. 예이츠의 혜안
으로 본 예언들은 한국의 예언자 격암 남사고의 예언의 말과도 상통
하여 우주의 신성이 남성신의 통치 하에 억압되었던 타락한 세상을
반드시 바로잡고 새 시대를 펼칠 때가 올 것을 예언하였다.

뉴에이지를 위해 예언자로서 예이츠는 불멸의 장미-소피아를 잠에
서 깨어나도록 신성한 노래를 바치기 위해 영웅의 고혈을 짜서 일생
바쳐온 것이다. 예이츠는 남성 원리로서 영웅의 영혼들은 오직 소피
아와 합일을 이룰 때 비로소 우주적인 "존재의 합일"에 도달할 수 있

다고 보았다. 개인적으로 예이츠는 성공한 마법사로서 사후 불멸성의 달성인 '철학자의 돌'을 이미 획득하여 불멸의 다이몬이 된 것을 상징한다. 그러나 진정한 우주적인 불멸성을 획득하는 것은 모든 다이먼들이 우주적 차원의 '철학자의 돌'인 성녀 소피아와 합일하여 그 '철학자의 돌'을 획득할 때 마침내 완벽한 우주 신의 승리와 불멸성을 달성한다고 믿었다. 남성 원리와 여성 원리가 서로 힘의 균형을 이루는 해와 달이 혼합을 이룬 "존재의 합일"의 시대는 반드시 다가오게 된다. 이 점은 상징시 "새벽"이나 "황혼"에서 상징한 것처럼 남성 원리와 여성 원리를 상징하는 빛과 어둠이 혼합된 "황혼"의 이미지가 이루어질 때 달성된다. 마법사 예이츠에게서 그의 일생 인지한 것은 이 모든 일이 자신의 생애와는 무관한 미래의 일이었다. 최후의 시 "사냥개 소리"에서 보여주었듯이 성배를 찾으라는 성모의 명이 내려지는 정한 시간이 오는 순간에 모든 영웅적인 전사들은 일어나 성배로 상징되는 남성중심 시대의 마지막 성녀의 현현인 "산토끼"를 찾아 나서는 사냥의 때가 온다. 그 시간이 되어야 비로소 불멸의 이상세계는 찾아온다고 그의 상징시편들을 통해 거듭 반복적으로 역설하였다.

동물 이미지로서 불멸의 장미

동물 이미지로서 불멸의 장미

"그 성에는 해도 달도 비추일 필요가 없다. 왜냐하면 신의 영광이
빛을 비추고 그 어린 양이 그 등불이 되심이다."

(요한계시록 21: 23)

그 님의 심란해진 태도에
갑작스레 내 마음이 아파왔다.
그리고 나는 상실해버린 그 님의 야성을 기억하고는
나중에는 그곳을 슬며시 지나와서
숲 속 한가운데에 서서
산토끼의 죽음을 바라보며 있었다.

("산토끼의 죽음")

확실히 어떤 계시가 가까이 다가왔다.
확실히 재림이 온 것이다.
재림! 우주령에서 거대한 한 이미지가 나타날 때
내 시야가 혼란스럽다. 모래 사막의 어디쯤엔가에는
사방으로 흥분한 사막의 새들의 그림자가 어른거리는 동안
사자의 몸뚱이에 사람의 두상을 하고 있는 한 형상이
태양처럼 텅 빈 무정한 눈길로
천천히 허벅지를 움직인다.
다시 어둠이 내려앉았다. 그러나 나는 이제 알았다.

("재림")

   상징주의 시인이자 장미십자단인 <황금 여명회>(Golden Dawn)에서 반평생 이상 제식을 위한 마법을 익혀 온 마법사로서 독특한 이력을 지닌 예이츠는 인류를 위해 헌신한 신비시인이다. 그는 다양한 상징을 토대로 여성 신성인 불멸의 장미와 진리를 추구하는 신비시 세계를 펼쳤다. 따라서 예이츠의 시의 상징들의 진정한 의미 파악이 선행되지 않고서는 그의 난해한 상징시들을 이해하기란 불가능하다고 할 수 있다. 이처럼 예이츠의 상징시편들은 그의 마법의 힘이자 신비주의 특성을 지니고 있어서 그 무엇보다도 미래를 위한 신비의 비밀로 가득 차 있다. 예이츠의 시적 주제는 일관성 있는 단일 주제로 불멸의 장미인 잃어버린 여성 원리, 즉 기독교 영지주의 신화 속의 성녀 소피아를 추구하는 소피아의 사제로서 우주적인 비밀을 미래에 전하고자 한다. 남성중심의 시대를 살아가면서 예이츠는 자신이 추구하는 여성 신성인 성녀 소피아에 대한 구체적인 이름을 거론한 바는 없었다. 왜냐하면 그 당시만 해도 아직은 암흑기로서 여성 신성을 거론한다는 것은 이단으로 비난받고 시를 쓰는 일에도 안전하지 못했던 때였기 때문이다. 미래에 잠 깨울 여성 원리인 불멸의 장미를 위해 자신의 시를 널리 보존하여야 한다고 예이츠는 믿고 있었기 때문에 굳이 성녀 소피아의 이름을 거론하지는 않았다고 할 수 있다. 반면에 예이츠 당대에 영성운동가로서 '인지학(Anthrosophy)'을 창설하였고 소피아의 주창자였던 같은 장미십자단의 독일인 마법사였던 신비주의 사제였던 루돌프 스테이너(Rudolf Steiner)는 강연을 통해 소피아를 강론하였다. 예이츠의 아내 조지(George)는 여러 차례 스테이너의 강연에 참석하였고 그 강연 내용을 예이츠에게 전해주었다고 한다. 예이츠 역시 소피아의 사제로서 스테이너의 소피아 이론에 대한 강연에 숨은 지지를 보낸 것으로 볼 수 있다. 초기시부터 불멸의 장미로 상징된 소피아를 칭송해온 예이츠는 자신이 소피아의 사제로서 스테이너와 동질감을 느꼈을 것이다. 청년시절 예이츠는 이미 기독교 영지주의 복음서들을 접했다고 한다. 따라서 그는 소피아의 신화를 알고 있었고 초기 장미시편들은 이 여성 원리인 성녀 소피아를 찬미하고 기리는 노래들로 점철된 상징시들이었다. 신비 상징시 속에 자신의 불멸의 장미인 여성 원리를 옹호하는 소피아의 사제이자 마법사로서 예이츠는 자신의 마법의 힘을 상징시에 불어넣어 미래의 성녀의 잠을 깨우는 사명의식에 불타 있었다. 자신의 시세계에 적극적으로 마법을 도입한 의식을 행하는 마법사로서 위대한 마법사로 성장한 예이츠의 진가를 제대로 평가한 마법사 동료들도 없었고 또한 비평자들도 없었다. 따라서 예이츠는 실패한 마법사 정도로 평가되면서 현대 마법계는 예이츠을 제대로 알지 못하고 예이츠가 터무니없이 엉터리로 평한 얼레스터 크로울리(Aleister Crowley)의 마법을 따르는 수행자들이 무수한 어두운 현실이다. 그러나 예일대학의 교수들인 해럴드 블룸(Harlad Bloom)과 토마스 위테커(Thomas R. Whitaker) 등 극히 소수의 학자들은 예이츠의 기독교 영지주의 성향을 올바로 평가하였지만 그들이 신비시에 대한 전체적인 진의를 열어주기에는 한계가 있었다. 장미십자단의 마법사이자 예이츠의 벗이었던 맥그리거 마테스(MacGregore Mathers) 역시 예이츠의 신비 예언시의 상징적 비밀을 바로 인지하지 못하여 그의 뜻을 거부하고 젊은 마법사가 된 크로울리를 지지하여 <황금 여명회>의 분열을 초래하고 말았다. 오늘날까지 예이츠는 신비의 마법사이며 선지자라기보다는 단지 낭만주의 시인으로 평가받고 그의 마법사로서의 명성이 사라진 것은 예이츠가 1922년경 마법 단체로부터 완전히 벗어난 까닭이다. 그 후 예이츠는 오직 성녀 소피아를 위한 헌시를 쓰는 신비사제의 길에 전념하고자 했다. 젊은 <황금 여명회>의 마법사로 다가온 크로울리는 예이츠 사후 약 8년 후인 1947년 사망 전까지 서양 마법계를 지배하며 큰 영향력을 발휘했었다. 그러나 예이츠는 한눈에 그가 예이츠를 반역하고 마법계를 교란시킬 악의 존재로서 성녀 소피아의 적임을 간파하였다. 크로울리의 출현으로 예이츠와 크로울리와의 사이에는 갈등이 깊어졌고 마법계의 영적인 싸움이 시작되었다. 마법계에 이 일은 큰 악영향을 미쳤고 예이츠는 사제로서의 일을 위해 마법계보다는 신비의 시세계에 자신의 마법의 힘을 불어넣고자 전념하였다. 크로울리의 강력한 흑마법의 영향은 오늘날 마법단체에까지 지대한 힘을 미치고 있는 반면 예이츠의 마법사로서의 명성이 사라진 것은 이 때문이었다. 그러나 예이츠는 마법의 힘을 모두 불어넣어 미래의 성녀 소피아를 위한 예언적 헌시를 쓰는 데 혼신을 다 바치고자 한 진정한 마법사의 길을 갔다.

　예이츠의 마법사로서 그의 마법의 힘과 그 힘이 집중되어 있는 예이츠의 상징시들에 대해 올바로 이해하는 이들은 전무하였다. 따라서 예이츠는 현재에 이르기까지 실패한 마법사 정도로만 평가되고 있다. 세상은 예이츠가 마법의 힘으로 성녀 소피아를 잠 깨우고자 하는 예언시를 쓴 것을 인지하지 못하였지만 그의 신비시에는 그의 노래를 듣고 마침내 성녀 소피아가 잠 깨어날 것을 예언하고 있다. 그의 미래지향적인 난해한 상징시를 열어줄 유일한 열쇠는 바로 성녀 소피아였다. 지상에 거하는 성녀가 잠을 깨게 되면 그녀의 노력으로 그의 신비시의 예언들이 모두 열릴 것이다. 그날이 오기까지 예이츠는 영웅적인 꿈을 꾸는 마법사로서 예언자로서 자신의 명성을 지니지 못할 것임을 인지하고 있었다. 이런 극한 상황을 예이츠는 남성중심의 시대를 살아가는 영웅의 숙명으로 알고 있었다. 따라서 그는 오직 한 여인인 성녀 소피아를 위한 시를 쓰는 것으로 만족한다고 했다. 세상의 악당들은 그에 대해 험담을 하겠지만 개의치 않겠다는 것이다. 이 천 년 주기의 남성중심의 시대의 마지막 세대가 와야 비로소 지상의 불멸의 장미인 성녀가 자신이 부르는 혼불의 노래에 마침내 잠 깨어 일어나 세상에 나타난다고 믿었다. 그러면 성녀야말로 자신의 지고의 신비시를 활짝 열어주는 유일한 열쇠가 될 것이며 악당들과 격론을 벌일 것으로 예언했다. 두 차례 꾼 신비의 꿈을 소재로 한 신비의 상징시 "방울 달린 모자"에서도 성녀와 합일하는 모습을 통해 예이츠 자신과 성녀 소피아의 영혼의 합일을 상징적으로 묘사했다. 비록 오늘날 예이츠의 마법사로서의 명성은 땅에 떨어지고 단지 노벨문학상을 받은 낭만시인으로 그 존재가 이어지고 있으나 예이츠는 소피아의 예언적 사제로서 자신의 명성과 위엄이 성녀의 마지막 현현에 의해 회복될 것임을 확신했었다.

미래의 세대에게 진리를 남기고자 한 인류의 선각자이자 예언가로서 예이츠의 신비시는 여성 원리를 추구하기 위해 시종일관 난해한 상징들을 가득 차 있다. 특히 남성중심의 시대를 살아가면서 아직은 소피아의 적이 강력한 힘으로 세상을 지배하고 있기 때문에 성녀 소피아와 숨은 진리에 대한 비밀을 감추고 보존하고자 하는 남성 원리로서 남성중심의 시대를 살아간 것이다. 성녀의 비밀을 수호하여 마지막 남성중심의 세대에 나타날 성녀 소피아와 성자들에게 전해주고자 상징시를 쓰는 것이 자신의 소명임을 눈먼 호머와 자신을 동일시함으로써 나타내었다. 그러므로 예이츠의 상징시에는 모든 성령에 의한 예언시의 비밀들이 숨겨져 있고 전혀 예상치 못한 역설적 상징들로 가득 차 있다. 예이츠의 상징으로 가득 찬 난해시의 신비적 특징으로 인해 오늘날까지도 그의 많은 시편들 속 숨은 진의들이 오도되고 있다. 이처럼 예이츠의 시세계의 진면목은 가리워진 채 단지 예이츠가 마지막 낭만주의 시인 정도로만 평가받고 있다.

예이츠는 반평생이 넘는 약 32년간(Graf 17)의 긴 세월 동안 서양 마법인 장미십자단에 몰두하여 헌신적으로 의식을 행한 실질적인 마법사였다는 것을 간과해서는 진정한 예이츠 시의 목적을 알 수는 없을 것이다. 당대 장미십자단을 이끌어온 지도자 중 한 사람으로서 예이츠는 그는 어떤 마법사보다도 강한 마법의 힘을 휘둘렀었다.『환상록』에서 가이어의 법칙은 인류의 역사적 흐름을 전해주는 것으로 예이츠의 대스승으로서의 면모를 보여준다. 지난 이천 년을 중심으로 한 문명의 대주기가 끝나는 물고기자리의 마지막 세대인 후대를 위해 다이몬으로서 전하는 새 시대를 위한 유언시를 남겼다. 이처럼 예이츠는 신비시 세계를 남겼는데 그의 신비시는 다양한 상징들로 넘쳐났다. 특히 동물의 상징성을 통해 다양한 역설적인 여성 원리의 상징을 전개해나갔다고 볼 수 있다. 즉, 초기 시의 불멸의 장미로부터 시작하여 후기 시로 갈수록 다양한 동물의 상징들로 발전되어가고 있는데 이들 상징들은 그의 시적 주제인 여성 신성으로서 성녀 소피아가 세상에 거한다고 보고 있는 것이다. 초기시에서는 불멸의 장미 시편들을 통해 지상에 거하는 고난받는 숨은 구세주로서 성녀 소피아를 노래하였다. 장미시편을 시작으로 하여 다양한 동물의 상징성인 산토끼, 망아지, 고양이, 말, 사자, 사냥개 등 다양한 일련의 동물의 상징성을 통해 그의 신비시를 전개해나갔다. 그 후에도 언제나 예이츠는 시적 상징성을 통해 인류가 잃어버린 잊혀진 여성 원리를 추구하고 일깨우는 소피아의 사제로서 초기 시부터 후기 시에 이르기까지 불멸의 장미를 추구하는 시적 주제를 일관성 있고 통일성 있게 추구해나갔다. 모든 그의 시세계의 핵심 사상은 잃어버린 여성 신성의 원리인 성배를 찾으려는 오랜 아더왕의 전설의 기사로서 자신의 소명의식에 충실한 것이었다. 즉, 우주의 여성 원리인 불멸의 장미가 새 시대를 위해 그 영광을 다시 회복하는 과정을 예언적 상징시들을 통해 전개 발전시켜 나가고 있다.

초기 시에서 희생의 신인 여성 신성의 권능추락과 그 희생의 양상을 지상에 거하는 불멸의 장미로 상징하였다. 시 "세상의 장미"에서 잃어버린 신성으로서 숨은 성녀 소피아의 고행을 불멸의 장미의 고행과 희생으로 상징한다. 또한 트로이의 영웅들에게 비극을 안겨다 준 팜므파탈로서 트로이의 헬렌이나 아일랜드 신화 속의 데어드르나 캐슬린 백작부인으로 상징하였다.

누가 불멸의 미가 꿈처럼 지나간다고 꿈꾸는가?
새로운 경이는 일어나지 않기에
그들 모두는 슬픈 긍지를 지니고 이 빨간 입술을 위해서

트로이는 드높게 불타오르는
화장의 아슴한 빛 속에 사라져갔고
우스나의 자녀들은 죽었다.
우리와 노고하는 세상은 지나가고
출렁이는 인간 영혼 사이에서
그들 겨울 종족 안에서 희미한 물빛처럼
별들이 스쳐 지나는 아래에서 물거품 치는 하늘에서
이 고독한 얼굴은 살아 있을 것이다.
대천사여, 고개 숙여 절을 하시오, 그대의 어슴프레한 거처에서,
그대들이 있기 전에 혹은 그 어떤 존재도 있기 전에
그의 왕좌 옆에 피로하고 친절하신 한 분이 거하셨다네.
그 님이 방랑하는 발걸음 앞에
주님은 세상을 푸른 초장으로 만드셨다네(*CP* 41).

"트로이"를 멸망시킨 헬렌과 같이 남성중심의 시대에 영웅들에게
희생을 치르게 한 불멸의 장미는 이 땅의 일상 속에 거한다고 한다.
성녀는 "하루를 살아가는 모든 가난하고 어리석은 것들 속에서 불멸
의 미를 발견한다"라고 한 말에서 나타난다. 그러나 그 성녀는 대천
사들도 경배하는 권능의 신성을 지니고 있다. 즉, 여성 원리인 성녀
소피아를 위한 찬미가를 부르는 예이츠는 남성중심의 시대에서 나약
하게 고행하는 성녀를 세 가지 속성으로 보여주었다. 즉, 붉고 자랑스
럽고 슬픈 장미라고 했다. 초기 장미시편들은 그 후 보다 발전되고
변화된 상징으로 소피아의 잠을 깨우고 지상에 거하는 마지막 현현
으로서 성녀에 대한 예언시로 발전시켜 전개해나갔다. 예이츠는 자신
의 시적 주제를 보여주기 위해 말년의 후기시에서 동물의 상징성으
로 나타낸다. 예이츠는 말년에 자신의 신비의 예언시에서 동물의 이
미저리는 중요한 상징임을 밝힌 바 있다. "내 서커스단의 동물들은

모두가 쇼를 한다. 죽마를 탄 소년과 번뜩이는 마차와 사자와 여인과 왕 등 무엇이든지 다 있다(*CP* 329)"에서 동물의 상징성을 암시했다. 즉, 이 동물의 상징성은 그의 시적인 역설로 불멸의 장미인 성녀를 위한 예언시의 전개를 상징하고 있다. 서커스단에 등장한 동물들은 일평생 예이츠가 추구한 여성 원리인 성녀 소피아의 추락과 영광 회복의 과정을 상징한다. 초기시 이후 이 동물의 이미저리들은 성녀 소피아의 권능과 영광을 예언하는 신비시의 진의를 감추어두고자 하는 예이츠에게는 매우 중요한 상징이 되고 있다. 이들 동물들은 "붉고 긍지를 지니고 슬픈 장미(*CP* 35)"의 특성과도 긴밀한 연관성을 지닌다. 초기 시의 장미와 고귀한 여왕의 신분은 중기와 후기 시로 갈수록 그 역설적 상징들이 고도로 발전하여 난해시의 특징을 보여주었다. 여성 원리의 상징으로서 산토끼의 죽음은 "슬픈 장미"에 상응하는 희생적 신성을 상징한다. 초기 시의 희생적인 신인 불멸의 장미는 이천 년 문명의 한 주기를 상징하는 가이어의 법칙에 따라 후기시로 갈수록 여성 원리의 가이어가 점진적으로 그 힘이 팽창해감에 따라 제인과 같은 자신의 성격을 보여주는 양상으로 발전되어 간다. 후기 시로 갈수록 미래를 예언하는 신비시를 통해 보다 강력한 여성 신성의 이미지가 전개되어 가고 있다. 즉, 권능회복의 여성 신성의 상징으로서 동물들이 전개되는데 이들은 고양이, 사자, 말, 표범, 매 등과 같은 동물의 상징성으로 나타난다.

일찍이 예이츠의 초기 시집인 『비밀의 장미』의 출판자인 블렌(A. H. Bullen)이 이르기를 "<불멸의 장미>의 출판 이후 예이츠의 작품이 이단이 아닌가 경고하였다(Harper 23)"고 한다. 이처럼 예이츠가 집필을 할 당시에는 아직 남성중심의 시대로 잊혀진 여성 신성에 대한 찬미는 이단시되고 금기시되었다. 이런 어두운 시기에 성녀 소피아를 기리는 영지주의의 사제로 살아가고자 결심한 예이츠는 수많은 세상의 고난과 어려움을 감수해야 했다. 그의 시적 주제로서 여성 원리인 소피아에 대한 언급을 회피하고 역설적인 상징들을 도입해서 미래의 성녀 소피아의 마지막 현현인 제인과 같은 평범한 여인의 손에 닿기를 고대하면서 자신의 예언시의 진의를 숨겨두고자 역설적 상징들을 시에 도입하였다. 그 노력의 일환으로 그는 단편 소설 『레드 한라한의 이야기』를 비롯하여 연관된 여러 시편들에서 다양한 상징들로 가득 채웠다. 이는 기독교 영지주의의 여성 신의 추락과 희생을 감추어 그 시간이 다가올 때까지 적으로부터 온전히 보존하고자 한 것이었다. 즉, 한라한, 산토끼, 사냥개, 노인, 사냥꾼 등과 에티, 네 노파 등 다양한 상징들은 예이츠의 불멸의 장미가 세상에서 사라진 숨은 역사와 그 비전을 상징적으로 잘 시사하고 있었다. 초기 장미시편과 더불어 캐서린 백작부인과 트로이의 헬렌은 인류를 위해 희생하는 신으로서 성녀 소피아의 대표적인 상징적 인물들이다. 이들 숭엄하고도 비극적인 여성상들을 통한 소피아에 대한 상징적 주제들은 더 나아가 중기시에 이르면서 점차 희생적인 산토끼로 상징되어 전개되어 갔다.

그러자 갑자기 그녀의 산란한 자태에
내 마음이 아려왔다.
그리고 갑자기 상실한 야성을 떠올렸고
후에 그곳에서 빠져나와서
산토끼의 죽음을 바라보며
숲 속에 서 있게 되었다(CP 250~251).

예이츠-레드 한라한은 항시 여성 신성의 상징인 산토끼에 대한 기억을 지니고 살아갔는데 "야성성의 상실"을 근심하였다. 산토끼의 "산란한 자태"와 "죽음"은 곧 딸 소피아의 추락을 상징한다. 기독교 영지주의의 보고인『나그하마디 라이브러리』(*The Nag Hammadi Library*)의 소피아의 신화에서는 추락한 딸 소피아의 모습을 통해 잘 나타난다.

13영겁의 지배자들은 피스티스 소피아가 그들 위에 존재하기 때문에 소피아에게 화를 냈고 그녀를 증오했다. 그대에게 이제 이야기하려는 그 위대한 삼중의 힘을 지녔기 때문이었다. 또한 12영겁의 지배자들 중 한 지배자인 오사더스는 피스티스 소피아에게 화를 내었다. 왜냐하면 그녀가 그의 위로부터 오는 빛을 가져갔다고 생각했기 때문이다. …… 그 일이 있은 이후로 그 질서를 통해서 첫번째 질서는 위대한 삼중 권능을 지닌 오사더스가 삼중 힘의 권능자들 중 한 신으로서 제13번째 천상에 거하는 피스티스 소피아를 핍박하였다. 그래서 소피아는 아래의 영역을 보고 사자의 얼굴을 한 그의 권능의 빛을 보고 그것을 열망하여 그 곳으로 하강하여 소피아는 자신의 빛을 박탈당했다.(MacDomat 120-1)

예이츠의 산토끼로 상징되는 성녀 소피아는 그녀의 적인 '오사더스(Authades)' 또는 '얄다바오스(Yaldabaoth)'의 핍박을 받아서 서서히 세상으로부터 그 영광이 소멸되었다. 이처럼 여성 원리의 패배한 이미지는 "산토끼의 죽음"으로 상징되었다. 이 점은 가이어의 법칙이 보여주듯이 지난 이천 년 동안 남성중심의 시대가 밀려와서 소피아의 영광과 권능이 상실되었기 때문이었다. '오사더스'의 "위대한 사자의 얼굴"로 상징되는 남성중심의 신의 권세를 통해 소피아는 핍박을 당해왔던 것을 의미한다. 그 영광과 권세를 빼앗긴 소피아는 인간

세계로 무한 추락하여 여성 원리의 부재와 남성중심의 사회를 초래
하였다. 소피아의 사제 스테이너도 소피아의 부재의 비극을 아래와
같이 역설하였다.

> 우리가 잃은 것은 우리의 오시리스인 그리스도를 잃은 것이 아니
> 다. 우리가 잃은 것은 이시스 성소를 잃었다. 루시퍼가 그녀를 살
> 해한 것이다. 그러나 루시퍼에게 살해된 이시스의 현존은 타이폰이
> 오시리스를 나일강에 가라앉힌 것처럼 지상에 가라앉은 것이 아니
> 다. 루시퍼는 그가 죽인 지혜의 신인 이시스의 현존을 우주 공간에
> 내던졌다. 그는 우주의 대양에 소피아를 묻었다(Steiner 209~210).

　　스테이너는 루시퍼가 여성 신 이시스-소피아를 살해했다고 선언한
다. 인류가 잃은 것은 그리스도인 남성 신 오시리스가 아닌 여성 신
이시스라고 단언한다. 스테이너는 '루시퍼'인 '오사더스'가 소피아의
권능을 강탈했다고 한다. 예이츠와 같은 견해를 피력한 것으로 예이
츠는 스테이너와는 달리 자신이 추구한 여성 신이 소피아라는 구체
적 이름을 회피하였다. 아직은 남성중심의 시대를 살아가면서 소피아
를 위한 미래의 예언시들을 적도록 선택받은 사제로서 그는 난해한
상징시들을 펼쳐나가야만 했다. 그는 신이 준 지고의 비밀을 수호하
여 무사히 미래의 성녀의 화신에게 전달해주어야 했기 때문이었다.
처음에 이에 대한 각성이 부족했던 예이츠는 미지의 교사들에게 자
신이 이 신비시의 비밀을 풀어줄 수 있게 해달라고 제안했다. 그러나
그 미지의 교사들은 그에게 우리는 "시에 대한 메타퍼를 주러왔다"고
말하면서 시적 비밀을 공개하는 것을 거부하였다. 그 후 예이츠는 자
신이 남성 원리로서 여성 원리를 위해 헌신하는 신성하고 막중한 사

명을 지닌 것을 절감하였다. 성녀 소피아를 찬미하는 시를 쓰자면 온 갖 곤난에 처하게 될 것을 인지했을지라도 초기 시부터 말년의 최후 의 시에 이르기까지 찬미해온 잃어버린 여성 원리인 불멸의 장미를 위한 찬미시를 쓰고 있다. 이처럼 성녀 소피아를 기리는 찬미시는 일 관성 있게 그의 시적 주제로서 말년까지 고수되어 왔다. 특히 산토끼 의 상징성은 지난 이천 년의 남성중심의 역사 동안 추락한 소피아가 지상에서 인류와 함께 고행하는 양상을 잘 그린 수작이라 하겠다. 예 이츠는 이 상징시들을 통해 소피아의 잃어버린 권능회복과 새시대의 비전을 상징적으로 전하고자 예언적 신비시를 쓰고 있기 때문이다. 신비시의 핵심사상은 성녀 소피아를 기리기 위한 동물의 상징성에서 나온다. 산토끼가 지상으로 추락한 소피아의 역설적인 상징체라면 그 소피아를 구원하려고 헌신하는 남성 원리는 사냥꾼이라는 역설적인 상징으로 묘사되었다. 이 사냥꾼들은 성배를 찾는 기사로서 성배와 그 성배를 찾는 기사라는 성스런 이야기를 상징하기에는 너무도 역설 적인 상징성임을 알 수 있다. 이처럼 예이츠의 상징시는 전혀 다른 역 설적인 상징성을 통해 숨은 신비의 비전을 보여주었다. 장미십자단의 <황금 여명회>에서 예이츠의 이름이 "악마는 역으로 신이다(Daemon est Deus Inversus)(Jeffares 33)"라고 한 것처럼 그는 악마와 같은 상징 성을 통해 신성한 성녀 소피아를 상징하고 있다. 예이츠의 마법단체 에서의 별칭이 암시하듯이 그에게 이 역설적 상징은 매우 중요한 시 적 요소였다. 그 한 예로 레드 한라한과 함께 사냥에 나선 사냥꾼들 은 외적으로는 마치 사냥감인 산토끼를 사냥 나간 것으로 사냥감에 게는 무서운 적이라 생각된다. 그러나 산토끼는 잃어버린 성배인 여 성 원리의 상징으로 이 산토끼를 사냥 나간 사냥꾼들은 남성 원리로서 아더왕의 성배를 찾는 기사들의 여정을 역설적으로 상징한 것이다. 따라서 사냥의 때 역시 신에 의해 정해진 여성 원리의 권능회복으로서 새 시대의 개막을 알리는 나팔수의 소리가 우렁차게 들린다. 지난 이천 년의 남성중심의 신의 시대가 그 막을 내리고 남녀양성구유의 신의 새 시대의 개막이 열리는 것을 상징한다. 이처럼 마법을 익힌 성자로서 예이츠는 그의 성스런 임무가 바로 성배인 여성 신성을 지키고 예언시를 통해 소피아를 일깨워 그 권능을 회복시키려는 막중한 임무를 지닌 원형적 남성 원리인 예수를 좇아간다는 고고한 긍지를 레드 한라한을 통해 상징하고 있다. 따라서 최후의 시 "사냥개 소리"에 이르기까지 이 레드 한라한과 산토끼는 주된 상징으로 예이츠의 핵심 사상을 열어줄 수 있다. 세상에서 고통받는 숨은 구세주로서 잃어버린 성녀 소피아이며 '성배'의 상징성을 여실히 나타내는 것이 산토끼의 상징성이다. 레드 한라한은 예이츠의 자화상으로서 신의 부름을 받은 남성 원리로서 자신의 소명인 성배를 찾는 일을 위해 영웅적 삶을 살다간 아더왕의 성배찾는 기사를 상징한다. 이처럼 예이츠는 소피아의 사제로서 자신의 삶을 한라한으로 상징하였다. 레드 한라한을 통해 아더왕의 마지막 성배를 찾아 나선 기사로서의 자신의 진솔한 삶을 신비시를 통해 보여준 예이츠는 그의 자서전적 소설인 『점박이 새』(*The Speckled Bird*)에서 또 다른 자화상인 남자 주인공 마이클을 통해 성배를 찾는 아더왕의 기사로서의 진면목을 보다 구체적이고 강력하게 보여주고 있다. 레드 한라한은 예이츠의 자화상으로 남성 원리로서 선택받은 영웅으로서 불멸의 장미를 추구하는 자세를 보여준다. 이 성배를 찾는 기사로서의 시적 주제는 예이츠의 전체 시작품을 통해 나타난다. 예이츠는 초기시의 캐슬린 백작부인을 성녀 소피아로 보고 남성 원리로서 성녀를 찬미하고 수호하고자 했다. 이를 레드 한라한을 통해 묘사하고 있다. 즉, "한라한을 창조한 것은 나 자신이다(*CP* 220)"라고 하였다. 그는 이 한라한의 산토끼에 대한 기억을 중요시했는데 산토끼가 잃어버린 여성 신성의 원리를 상징하기 때문이었다.

소피아의 마지막 사제이자 예언자로서 미래에 대한 혜안을 지닌 예이츠는 자신의 비전에 대한 경험을 토대로 신비의 비밀을 자신의 시세계에 상징적으로 담아내었다. 탁월한 신에 의해 선택받은 마법사로서 자신의 말의 힘을 담은 유언을 후대에 남기고자 한다. 소피아를 그리며 자신의 생애 동안 만날 수 없는 숙명을 예이츠는 때때로 한탄하기도 하였지만 그런 자신의 운명에 조금도 굴하지 않고 한라한이 보여주었듯이 소명의식에 충실하였다. 마침내 여성 원리인 불멸의 장미를 잠 깨워 새 시대를 여는 대장정을 그의 시 전편을 통해 그려내고 있다. 의식을 행한 마법사로서 예이츠는 신비시를 잃어버린 여성 신성을 회복하는 일에 마법의 힘을 활용하여 시세계를 펼쳐내려 하였다. 따라서 소피아를 위한 헌시를 쓰는 일이야말로 그에게는 진정한 마법사이자 사제로서의 참된 길이었다. 남성중심의 세상의 위협에서도 스스로 굴하지 않는 영웅심을 지니고 레드 한라한처럼 방랑하다가 비극적 최후를 마치는 것을 운명으로 받아들였다. 따라서 눈먼 호머의 노래를 극찬하였고 트로이 영웅들의 비극과 전설 속의 영웅들의 비극적 운명을 통해 자신의 운명을 상징하였다.

　　　한 사람은 사랑스런 얼굴을 하고
　　　두세 사람은 매혹적인 얼굴을 하고 있었다.

그러나 매력적인 얼굴도 다 헛되리라.
왜냐하면 산의 풀밭은
산토끼가 누워 있는 형상을
유지해야 하기 때문이다(*CP* 168).

　남성중심의 세상으로 추락한 권능을 상실한 핍박받는 소피아의 상징으로 레드 한라한의 노래에서 "산토끼"의 이미지로 역설되고 있다. 숲에 누워 있는 산토끼의 죽음은 슬픈 장미인 구세주의 희생을 상징한다. 예이츠는 "추억"에서 자신이 아무리 매혹적인 여성 신으로서 불멸의 장미를 뮤즈로 사랑한다 해도 남성중심의 시대에서 사라진 성녀 소피아를 생각하면 헛된 일이라고 안타까운 심사를 토로한다.

이상한 일이다. 그러나 그 노래를 만든 것은 장님이다.
그러나 지금 나는 그것을 곰곰이 생각해본다.
내게 이상할 것이 없음을 알았다.
그 비극은 호머와 함께 시작되었고 그는 장님이었다.
헬렌은 모든 살아 있는 심장을 배반했다.
오, 달과 해가 하나의 빛과 같이 보인다면
하나의 알 수 없는 빛이라면
만일 내가 승리한다면 나는 사람들을 미치게 할 것이다.
그리고 한라한을 창조한 것은 내 자신이었다.
그를 술 취했거나 멍쩡하거나 새벽에
이웃 마을의 어딘가에로 내몰았다.
늙은이의 마법에 걸려서
그는 이리저리로 비틀거리며 쓰러지고 더듬으면서
부러진 무릎으로 그러나
의무와 엄청난 욕망의 힘으로 떠돌았다.
나는 이 모든 것을 20년 전에 생각했다(*CP* 220).

　　"해와 달이 하나로 혼합된 빛"의 이미지는 연금술에서 두 상반된 요소가 합일하여 '철학자의 돌'이 완성되었듯이 "존재의 합일"을 이룬 남녀양성구유의 신성을 상징한다. 그러나 예이츠는 자신이 남성중심의 시대에 억압된 삶을 살아가고 있기에 트로이를 멸망시킨 헬렌을 소피아와 동일시하고 그 자신은 눈먼 호머 혹은 트로이의 비극적 영웅들과 동일시한다. 남녀양성구유의 신성을 굳게 믿었던 예이츠는 이천 년의 가이어의 주기가 끝나고 새 시대가 오기를 고대하였다. 그의 새 시대에 대한 굳은 열망은 "만일 내가 승리한다면 나는 사람들을 미치게 할 것이다"라고도 염원하였다. 남녀양성구유의 신성은 비단 기독교 영지주의나 서양마법뿐만 아니라 동양의 음양사상에도 찾아볼 수 있는 우주 불변의 진리이다. 호머는 헬렌인 지상의 성녀 소피아를 노래한 시인으로 예이츠와도 동일시되고 있다. 헬렌이 사람들을 배신하였다고 하는 것은 성녀가 남성 신에 의해 배척받고 핍박받아 권능을 상실한 패배의 신으로 그 성녀를 추종한 무수한 영웅들의 희생을 통해 그 신성이 면면히 이어오고 있다는 것을 상징한다. 그들 영웅들은 멸망한 트로이의 영웅들처럼 세상에서 떠도는 방랑자가 되었다. 그 주된 원인은 추락한 패배의 신 소피아에 기인한다. 희생적인 영웅인 호머처럼 예이츠 자신도 남성중심의 시대에서 당당하게 마지막 예언자이자 소피아의 시인으로서 성녀 소피아를 위해 헌신하고자 하는 자신의 결심을 레드 한라한이라는 현대적 인물을 통해 상징한다. 이 시에서 "늙은이(Old Man)"의 마술은 원형적인 남성 원리인 예수의 마법적인 힘을 상징하며 그 늙은이로부터 부름 받은 레드 한라한은 예수로부터 직접 선택받은 예이츠 자신의 영광을 상징한다. 예이츠가 "이리저리 비틀거리며 넘어지며 더듬어가는(stumbled, tumbled, fumbled to and fro)" 모양은 마치 마법의 주문과 같다. 이는 그가 불멸의 장미를 추구하여 떠돌이가 된 양상을 상징한다.

> 친구들은 낡은 창고에서 카드를 섞어 돌렸다.
> 저 고대의 악당의 차례가 되자
> 그는 엄지 손가락 아래의 카드에 마술을 걸어
> 한 장 이외에는 모든 카드를 사냥개로 변하게 하였다.
> 다른 한 장의 카드는 산토끼로 변하게 했다.
> 한라한은 미친 듯이 일어나
> 저 짖어대는 사냥개들을 추격하여 달려나갔다(*CP* 220~221).

레드 한라한은 예이츠의 시세계 속에서 트로이의 영웅들, 눈먼 방랑하는 사제, 호머, 방랑하는 오신, 잉거스, 쿠훌린 등 남성 인물들과 더불어 남성 원리인 성자 예수와 동일시된다. 친구들은 남성 원리의 원형적 이미지인 예수의 부름을 받아 각 세대마다 이어져 온 소피아의 사제들을 상징한다. 즉, 산토끼는 성녀 소피아의 마지막 세대의 현현이며 한라한은 예이츠 자신을 상징한다. 아더왕의 성배 찾는 기사로서 사냥꾼들과 그 욕망과 딸 소피아에 대한 영감을 불러내는 여인들을 상징하는 사냥개들을 따라 모두가 산토끼를 쫓아서 사냥에 나선다고 한다. 불멸의 장미의 마지막 현현은 성배의 상징으로 세상에 그 모습을 드러낼 것을 상징한다. 각 세대마다 남성 원리로서 선택된 이들이 있다고 본 예이츠는 한라한이 마지막으로 신의 부름을 받은 예언자로서 자신과 동일시하였다. 즉, 남성 원리의 원형적 인물인 예수는 "늙은 마법사"나 "고대의 악당"이라는 역설적인 상징적 인물들로 묘사된다. 그 예수의 부름을 받은 선지자들 중 마지막 사제로서 예이츠-한라한은 여러 사냥꾼들과 더불어 선택받은 남성 원리의 소명을 받들어 지상의 소피아를 위해 헌신하는 상징적 인물이다. 이처럼 레드 한라한의 노래에는 동물의 상징성 이외에도 다수의 상징적 요소들이 숨겨져 있다. 이들 신비의 선지자들은 주로 예술로서 소피아를 기리던 예술가들로 볼 수 있다. 신비의 비전을 볼 수 있는 선택된 비전가들이었던 윌리엄 블레이크, 스웨덴 보그, 야코프 뵈메 등을 들 수 있다. 예이츠는 남성 원리로 선택받은 성자들이 우주의 삼위일체의 신인 성령에 따라 예술가로서 활동하면서 시적 영감을 통해 예언적인 시세계를 구축했다고 보았다. 그리고 이들 예지를 지닌 예술가로 활동한 예언자들은 마침내 마지막 세대에 오면 한라한과 함께 전 세계로부터 모인 성자들로 이들 성자들은 숨겨진 성배인 산토끼를 찾아 나서는 사냥꾼들로 상징되었다. 시적 천재성을 지닌 성자들은 각 세대마다 남성 원리로서 소명을 위해 부름받은 선택된 이들로 마침내 마지막 예언자로서 한라한의 차례가 되었다고 한다. 한라한은 비전가로서 단 한번 에지-불멸의 장미를 본 후로 그 불멸의 장미를 찾아서 일생 방랑한다. 이처럼 예이츠-레드 한라한은 일생 불멸의 장미를 추구하지만 살아서는 만날 수 없는 비극적 운명의 소유자로 묘사하여 남성 원리로 선택받아 그 소임을 다하는 것은 올바른 시간이 오기 전까지는 희생으로 상징된다. 그는 죽음 직전 자신을 돌보아준 거지 노파 위니 반(Winny Byrne)이 자신이 그토록 찾아 헤매었던 여성 신인 불멸의 장미-에지라는 것을 깨달으면서 최후를 마친다. 거지 노파 위니는 산 언덕에 죽어 있던 숨은 산토끼처럼 지상에서 고행하는 성녀의 상징이었다.

한라한이 그녀를 보았을 때 일종의 공포가 그에게로 엄습해왔다. 왜냐하면 그는 십자로에 거하는 위니 반임을 알았기 때문이다. 그

녀는 항상 같은 울음소리를 내면서 이곳저곳 울부짖으며 구걸을 다
니는 노파였다. 한라한은 종종 위니 반이 과거에는 근처의 모든 여
인들 중 가장 지혜를 지닌 여인으로 사람들이 그녀에게 지혜를 구
하고자 찾아오곤 했다고 들었다. 그녀의 목소리는 너무도 아름다워
서 사람들은 잠결에나 결혼식 때 위니 반의 노래를 들으러 오곤 하
였다고 한다. 그런데 수년 전 어느 샴헤인 날 밤에 위대한 시이가
다른 자들과 더불어 위니 반의 지혜를 훔쳐갔다고 한다(*Myth* 255).

"위대한 시이"는 기독교 영지주의의 신화 속의 소피아의 적인 남
성중심의 신 얄다바오스와 동일시되는 인물이라고 할 수 있다. 소피
아의 영광과 권능은 이처럼 남성중심의 신에 의해 강탈당했다. "고대
의 악당"은 "노인"처럼 남성 원리의 역설적 상징으로 예수 그리스도
의 원형적 이미지이다. 예수는 레드 한라한에게 메시지를 보냈다고
한다(*Myth* 213). 노인이 준 메시지는 예수가 레드 한라한에게 남성 원
리의 역할을 다하도록 비전을 허락하고 선지자로 선택한 것을 의미
한다. 즉, "좋은 동료"들은 남성중심의 시대를 거쳐온 무수한 영웅들
로 각 세대마다 예수의 부름을 받은 남성 원리로서 살아간 영웅들을
상징한다. 따라서 남성 원리의 역할자의 계보를 이은 것은 이들 "좋
은 동료들"과 "사냥개들"로 상징된다고 하겠다. 사냥개들은 남성 원
리의 역할자로서 선택된 남성 선지자들인 반면 여사제들이나 불멸의
장미를 추구하는 여성들을 "사냥꾼들"로 상징했다. 자신의 세대에 남
성 원리로 선택된 예이츠는 자신을 마지막 낭만주의자로 생각했다.
노인의 헛간에서 벌어진 카드 게임은 예이츠가 몸담고 있던 남성 원
리와 여성 원리를 보여주는 마법의식을 행하는 장미십자단의 타로
카드의 상징이라고 볼 수 있다. 노인은 카드들에 마법을 걸어 여성에

대한 남성의 욕망을 상징하는 동시에 지혜를 익히는 여성들을 상징하는 사냥개들을 만들었다고 한다. 노인은 한 카드에는 마법을 걸어 여성 원리인 성녀를 상징하는 산토끼를 만들었다. 산토끼는 불멸의 장미의 상징으로 이 산토끼를 추격하는 것은 "존재의 합일"을 달성하고자 하는 욕망을 상징적으로 보여준다고 할 수 있다. 예이츠에게는 불멸의 장미를 추구하고자 하는 욕망을 위한 좋은 활력소이자 모델로서 자신의 생애에 만난 사랑하는 여성들인 모드 곤이나 이졸트 곤 등을 시적 소재로 적극 도입하여 불멸의 장미인 소피아를 위한 예언시를 써서 찬미가를 불렀다. 즉, 남성 원리로서 레드 한라한과 사냥꾼들은 불멸의 장미인 여성 신성에 대한 욕망을 나타낸다. 또한 사냥개들은 불멸의 장미의 모델로서 지상의 여인들을 상징하는 사냥개들로 나타난다. 이들은 산토끼인 불멸의 장미를 사냥하려고 산토끼를 쫓아 달려나간다. 성배를 추구하는 영웅적인 기사들을 사냥꾼으로 상징한다. 후기시 "사냥개 소리"의 마지막 장면에서 "뿔 없는 흰 사슴아, 그대는 나의 소리를 듣지 않는가? / 나는 빨간 귀를 지닌 사냥개로 변해 버렸노라(*CP* 68)"라고 하여 예이츠의 사랑하는 여인에 대한 욕망과 긴밀한 연관성을 지닌다고 하겠다.

> 나는 영원한 청춘의 나라로 떠나간 어신의 여정에 대한 지난 세기의 갤릭어 시로부터 이 사냥개와 사슴의 이야기를 취했다. 뿔 없는 사슴을 사냥한 후 그는 해변가에 인도 되는데 거기에서 니아브 여신과 바다로 말을 타고 건너가게 된다. 어신은 물의 한가운데에서 보게 된다. - 내가 갤릭어 시에서 따온 것은 아니다. 기억을 통해 적은 것이다. - 젊은이는 한 소녀를 따라갔는데 그 소녀는 황금 사과를 지니고 있었다. 나중에 한쪽 귀가 빨간 사냥개가 뿔 없는 사슴을 쫓아가는 것으로 바뀌게 되었다. 이 사냥개와 사슴은 '여성을

이처럼 예이츠는 사냥개와 산토끼의 쫓고 쫓기는 장면을 남성 원
리의 여성 원리에 대한 추구나 여성 원리의 남성 원리에 대한 추구의
원동력으로서의 욕망을 보여주고 있다. 예이츠는 이를 설명하기를
"그는 그와 그의 연인이 변모하는 것을 서글퍼하면서 세상이 끝나기
를 갈망한다"라고 선언하기도 했다.

한편 산토끼와 고양이의 두 양면적인 소피아의 상징적 동물상처럼
소피아의 잠을 깨우고 권능회복을 도모하는 소피아의 영웅적인 기사
로서 일생을 방랑하는 한라한과 그 한라한과는 상반적인 한라한의
반자아인 바보가 있다. 바보는 레드 한라한처럼 방랑하지 않고 자신
의 집에 거주하는 보다 현실적이고 세속적인 인물이다. 바보는 여성
원리의 상징인 산토끼와 고양이가 집안에 거주한다고 믿는다. 산토끼
는 성녀의 희생적인 면을 상징하고 고양이는 마지막 세대에 거하는
성녀의 지혜를 상징한다. 이 산토끼와 고양이 둘 다를 자신의 집에
보호하고 있다고 믿는 바보는 현자는 아니지만 보다 현실적이고 세
속적인 양상을 지닌 남성 원리의 소유자이다. 바보는 자신의 집 어딘
가에 거하는 산토끼가 제시간을 만나 마침내 사냥개와 사냥꾼들의
사냥의 시간이 온다. 사냥의 시간은 새 시대의 개막을 상징한 것으로
산토끼가 사냥꾼과 사냥개들의 사냥감으로 잡히는 것은 성자들이 마
지막 세대에 와서 마침내 불멸의 장미의 마지막 현현인 성배를 찾게
되는 것을 역설적 상징으로 묘사한 것이다. 사냥개들은 불멸의 장미

에 대한 영감을 고취하는 실생활의 여인들을 상징하기도 하고 불멸의 장미를 향한 남성 원리의 욕망을 상징하기도 한다.

> 얼룩고양이와 길들인 산토끼가
> 벽난로가에서 먹고 함께 잠이 들어 있다.
> 둘 다 나를 올려다보는 것은
> 내가 신의 섭리를 우러러보는 것과 같다.
> 나는 잠에서 일어나 언젠가 내가 그들에게
> 먹이를 주거나 물을 주는 것을 잊지 않았을까 염려하고
> 또는 현관문을 걸어두지 않아서
> 아마도 산토끼는 사냥꾼의 달콤한 뿔피리 소리와
> 사냥개의 이빨을 만날 때까지 달리지 않을까 염려한다(*CP* 191).

고양이와 산토끼는 둘이 아닌 하나의 대상으로서 성녀 소피아의 지혜와 희생의 특성을 상징한다고 하겠다. 즉 "미나로쉬(Minnaroushe)"처럼 고양이는 불멸의 장미의 지혜로움을 상징하는 반면, 산토끼는 희생을 상징한다. 한라한이 신이 선택한 신비를 보는 예지자로서 바보를 반자아로 두고 있는 점과 같다. 즉, 바보와 레드 한라한은 남성 원리로서 자아와 반자아를 상징한다. 산토끼를 자신이 보호하고 있다고 믿는 바보는 불멸의 장미를 찾아 헤매는 한라한과 대조를 이룬다. 왜냐하면 바보는 산토끼를 잡을 사냥의 때를 가늠해보는데, 이는 성배를 찾는 기사들이 마침내 성배가 상징하는 여성 원리와 만나는 것을 상징한다. 사냥꾼들과 사냥개들이 산토끼를 만나게 되면 불멸의 시대가 도래하는 것이기에 그들은 산토끼를 붕대로 감싸고 승리가를 부른다고 한다. 산토끼를 쫓아다니는 한라한과 바보의 관계처럼 예이츠의 또 다른 자아와 반자아의 관계를 보여주는 인물로는 마이클 로

바티스와 아헌을 들 수 있다. 마이클 로바티스는 무희로서 세상에 거하는 소피아의 환영을 본다. 이 무희는 트로이의 헬렌, 니아브, 잠자는 여왕과는 달리 제인처럼 평범한 인물과 상통하며, 남성중심의 마지막 세대에 등장하여 새 시대를 이끌 여성 신성을 상징한다. 즉, 불멸의 장미의 고귀한 여왕의 신분은 남성중심의 시대에 억압받는 여성 원리를 상징하였다. 점차 남녀양성구유의 신성의 시대가 다가오면서 제인처럼 보다 활동적이고 평범한 여성상으로 침묵에서 벗어나 세상 밖으로 자신의 고유의 목소리를 내기 시작한 까닭이다. 예이츠는 이를 "그토록 꼿꼿한 위엄을 지닌 펙이나 멕과 파리스의 연인은 / 사라져버리고 머무는 이들은 / 실크가 아닌 삼베옷으로 갈아 입었다 (*CP* 254)"라고 선언하였다. 고귀한 신분의 옛 소피아를 실크옷에 비유하고 삼베옷은 제인이나 데시마처럼 평범하지만 자신의 때가 다가오면서 새 시대의 여왕으로 등극하려고 점차 그 권능을 회복해가는 변천의 과정을 상징한다. 새 시대의 새 가이어의 도래에 따라 제인과 같은 평범한 여인으로 묘사되는 소피아는 불멸의 장미의 속성처럼 여전히 긍지와 슬픔의 두 가지 성향을 보여준다. 즉, 고양이는 긍지를 지닌 지혜의 상징이라면, 산토끼는 희생을 상징한다. 지난 이천 년의 남성중심의 신의 지배와 억압에서 사라진 여성 원리는 "산토끼의 죽음(*CP* 251)"으로 상징된다. 스테이너는 "우리는 새 이시스인 성녀 소피아를 알아야 하는 의무감을 느낀다(Steiner 213)"라고 하여 예이츠처럼 소피아의 권능회복을 촉구하는 메시지를 전한다. 비록 예이츠는 스테이너와는 달리 구체적으로 영지주의의 소피아라고 밝힌 바는 없지만 "이시스 소피아(Isis-Sophia)"를 예술을 통해 묘사하고자 했고 자신의 신비의 메시지를 먼 후일 마지막 세대에 잠 깨어난 소피아의 현현과 성자들이 알도록 주요한 예언시를 남겼다. 예이츠 상징시의 절정은 바로 산토끼의 사냥으로 상징된다고 하겠다. 산토끼의 사냥은 죽은 산토끼의 부활, 즉 새 이시스의 부활에 대한 역설이다. "뿔피리 소리의 달콤함과 사냥개의 이빨"의 만남은 산토끼의 죽음을 초래하는 것이 아니라 오랜 죽음의 역사에서 새 시대로 소피아의 영적 부활을 불러오는 것을 상징한다. 예이츠는 사냥꾼과 산토끼의 남녀양성의 합일의 관계를 통해 남녀양성구유의 신처럼 인간도 남녀양성의 "존재의 합일"이 이루어져야 진정한 불멸성을 갖게 된다고 믿었다.

> 그[예이츠]는 인생을 항상 서로 상반된 것의 갈등으로 보았다. 그는 블레이크도 동의하듯이 (천국과 지옥의 결혼에서) "갈등 없이는 진보도 없다고 한다. 끌림과 반발과 이성과 에너지, 사랑과 증오는 인간의 존재에서 필수불가결이다(Coles 120)."

"두 상반된 것들은 존재의 세계이며 형성의 세계이며, 초자연과 자연의 세계이다(Coles 120)"라고 하여 서로 상반된 요소들의 긴장과 갈등과 균형을 추구한다. 사냥꾼과 산토끼의 관계로서 남녀양성의 힘의 긴장과 균형을 상징하는데, 남녀양성의 원리는 동양의 음양의 원리와도 상통한다. 남녀양성의 원리의 균형 잡힌 관계는 가이어의 법칙에 따른다. 즉, "모든 이동 주기는 반대의 주기가 있다. 해와 달, 남성과 여성이 기본 상징이다(Coles 120)"에서 이해된다. 남녀의 힘의 균형이 "사자의 이빨"로 상징된 것이다. 예이츠는 거듭 산토끼의 죽음을 통해 지난 이천 년 동안의 남성중심의 암흑시대에 소피아의 몰락을 역설한다.

나는 물에 씻겨서 닳아서 가늘어진
산토끼의 쇄골뼈를
물가에서 발견하리라.
거기에 송곳으로 구멍을 뚫고 교회에서
부부가 되는 옛날의 쓰라린 세상을 들여다보며
산토끼의 희디흰 가는 쇄골뼈를 통해
교회마다 결혼하는 모든 부부들을 바라보며
잔잔한 물가에서 웃어주련다(*CP* 153).

　　소피아의 권능이 소멸된 오랜 감춰진 역사를 "산토끼의 찰랑대는
물에 씻겨 닳아버린 쇄골"로 상징한다. 이 물가의 이미지는 스테이너
가 "루시퍼는 이시스의 현존인 그가 살해한 신성한 지혜를 우주 공간
에 버렸다. 그는 그녀를 우주 대양에 가라 앉혔다(Bamford ed. 210)"
라고 한 바와 상통한다. 예이츠는 소피아가 사라진 교회에서의 결혼
은 남녀양성구유의 우주의 신성을 잃었기 때문에 아무런 의미도 없
다는 것을 죽은 산토끼의 쇄골을 통해 교회의 결혼식 장면을 바라보
면서 실소하고 있는 모습으로 상징하였다. 옛날 남성중심의 시대에
불멸의 장미의 화신인 여인들이 자신의 성격을 드러내지 못하고 단
지 침묵으로 묘사된 반면 이들 마지막 세대의 평범한 여성들은 자신
의 성격을 드러내고 사상을 논하는 것을 보여주었다. 즉, 남성중심의
삼위일체의 신을 상징하는 주교와 맞서서 그를 비난을 할 줄 아는 제
인과 소피아의 성도들을 학대해온 남성중심의 신을 믿는 성도들을
"개"라고 하면서 징벌하는 성난 여인으로 그 성격을 나타내었다. 이
처럼 비록 소피아의 권능이 "죽은 산토끼"의 상징처럼 소멸되었어도
늙은 마법사의 마법으로 상징되는 신의 뜻에 따라 그 권능이 시간이
가면 다시 회복될 것을 예언한 것이 예이츠 신비시의 핵심사상이다.

예이츠의 상징시는 남녀양성의 원리의 균형을 이룬 "존재의 합일"을 통한 불멸의 경지에 이르는 길을 상징적으로 제시한다. 한결같이 마지막 세대에 가면 불멸의 장미의 화신과 영웅들이 만나게 될 것을 상징을 통해 거듭 강조했다. 산토끼가 사냥개의 이빨을 만나는 것은 어느 한쪽의 죽음이나 희생이 아닌 남녀양성이 팽팽하게 균형을 이루는 "존재의 합일"로 마침내 '철학자의 돌'을 획득한 것을 상징한다. 또한 사냥꾼의 "뿔나팔" 소리는 남성중심의 삼위일체 시대의 종말을 고하고 대심판날과 새 시대의 도래를 상징한다.

> 어느 날 새벽이 오기 전에 잠 깨어나서
> 우리의 옛 사냥개들이 문가에 서 있는 것을 발견하고
> 화들짝 깨어나서 사냥의 시기가 온 것을 알았다.
> 다시금 검은 핏자국을 따라서 휘청거리며 가서
> 휘청이며 그 사냥감이 해변가에 놓여 있는 것을 발견하고
> 그것을 깨끗이 씻고 붕대로 감아서
> 사냥개들이 에워싼 가운데 승리가를 부른다(*CP* 385).

죽은 산토끼를 찾아낸 후 상처를 감싸고 사냥꾼과 사냥개들이 모여 승리가를 부르는 장면은 실은 성자들이 모여 성배를 찾아내고 소피아의 영광의 도래를 찬미하는 것을 예언한 상징시이다. 이처럼 죽기까지 예이츠는 자신의 "존재의 합일"을 이루기 위해 불멸의 장미와 만나기를 고대하였다. 예이츠에게서 산토끼와 고양이는 마지막 세대에 현현한 소피아의 영광의 추락과 회복의 공존을 상징적으로 보여준다. 희생의 상징인 산토끼와는 달리 고양이는 성녀의 지혜를 상징한다. 고양이는 지상의 육신을 지니고 있는 성녀가 천상의 성모 소피아와 합일에 이른 기쁨을 만끽할 수 있는 경지이기도 하다.

> 그 고양이는 여기저기 돌아다니고
> 달은 팽이처럼 돌고 있네.
> 달의 가장 가까운 친족인 기어다니는
> 고양이는 하늘을 우러러보네.
> 검은 미나로쉬는 달을 빤히 올려다보며
> 이리저리 헤매다가 울부짖곤 한다네.
> 하늘의 그 순수한 차가운 달빛이
> 그 고양이의 피를 들끓게 하기 때문이라네(*CP* 188~189).

고양이는 지상의 성녀 소피아의 상징인 반면 달은 천상의 성모 소피아의 상징으로 성녀가 성모와 하나임을 고양이가 달의 "친족"이라는 상징어로 묘사하고 있다. "달빛"이 "고양이의 피를 들끓게" 한다고 하여 성모의 권능과 지혜가 성녀에게로 전달되고 있음을 상징한다. 또한 소피아는 남녀양성구유의 존재자로서 "우리는 균형을 이룬 / 얼굴의 형성체를 추구한다(*CP* 376)"라고 예이츠는 노래했다. 이 석상의 균형은 곧 소피아가 남녀양성구유의 신성을 지닌 것을 상징한다.

> 더 이상 파리들을 먹으며 살찐
> 중세의 몽상가는 아닐 것이다. 텅 빈 눈동자는
> 지식은 비현실성을 증대시키는 것을 알았다.
> 거울에 거울이 비치면 모든 것이 보인다.
> 축복의 시간을 알리는 종소리가 들리면
> 고양이는 부처상의 텅 빈 눈을 향해 기어간다(*CP* 375).

"조개 고동"은 사냥꾼의 뿔피리와 상통하는 상징으로 지난 이천년의 남성중심의 삼위일체 시대가 가고 마침내 남녀양성구유의 삼위일체의 신성이 도래할 것을 예언한 예이츠는 시대에 부응하여 마침내 불멸의 장미의 마지막 화신으로 등장하는 것을 고양이로 상징하였다. 정해진 새 시대의 도래와 지혜의 상징으로 "고양이"가 불상을 향해 걸어가는 장면은 마지막 세대에 성녀의 출생지를 상징하는 핵심요소로 볼 수 있다. 불상은 로바티스가 본 비전 속 스핑크스와 부처와 춤추는 무희라는 세 이미지 중 하나로 나타나는 바 부처는 이 불상과 상통한다. 즉, 고양이가 불상을 향해 나아가는 것은 정해진 시간이 오면 불멸의 장미가 동양에서 심판주로 나올 것을 예언한 것이다. 시 "죽어가는 여인"에서 여인이 전혀 예상치 못한 종족으로부터 나온다고 한 바 서양에서 등장하는 것이 아니라 동양에서 성녀가 출현할 것을 암시한다. 동양의 부처와 관련하여 소피아는 "미래불(Maitreya)"과 동일신으로 볼 수 있다. 예이츠는 모든 성자들이 "메루산" 혹은 "부처"와 같이 동양과 연관성을 지닌 숨은 구세주로서 불멸의 장미를 찾아 나서기를 촉구했다. 고양이와 부처의 공허한 눈동자는 심판주로 일어나는 권능을 회복한 소피아의 공포스러운 "무서운 미의 탄생"과 이어지면서 "재림"의 스핑크스의 이미지와도 연관성을 보인다. 스핑크스는 서양 종교의 상징이면서도 긍지를 지닌 장미로 상징된다. 반면에 불상은 동양 종교의 상징이면서 자비를 주는 슬픈 장미의 상징이다. 불상은 그 근원지가 동양으로 동서양의 종교가 하나가 되는 새 시대의 참된 신으로 그 권능을 지닌 소피아의 현존은 서양이 아닌 동양에서 나올 것을 상징한다고 볼 수 있다. 고양이는 성녀 소피아의 지혜의 상징으로 성녀의 부활과 새 시대의 구세주이자 대심판주로서 권능회복은 고양이보다 더 강한 사자로 상징되는데 시 "재림"에서 스핑크스의 이미지를 통해 나타난다. 예이츠가 본 부처와 스핑크스는 동서양을 화합한 숨은 구세주의 탄생을 알리는 중

요한 상징으로 그의 비전은 예이츠의 또 다른 자화상인 마이클 로바
티스의 비전을 통해서도 나타난다.

> 카셀의 회색 바위 위에서 나는 갑자기 보았네.
> 여자의 가슴과 사자의 발톱을 가진 스핑크스와
> 한 손을 내리고 한 손을 들고
> 자비를 베푸는 부처상을 보았네.
> 바로 둘 사이에서 한 소녀가 노닐고 있었네.
> 그 소녀는 아마도 그녀의 생애 동안 춤추는 것 같았네.
> 지금은 죽어 있으면서 그 죽음으로 하여
> 그녀는 춤추는 것을 꿈꾸고 있는 듯하였네(*CP* 192~193).

스핑크스와 부처상과 춤추는 신비의 비전 속의 소녀는 셋이 아닌
실은 하나로 모두 소피아를 상징한다. 즉, 소피아의 여성 신성의 세
특성으로서 혼연일체를 보인다. 이 불멸의 장미의 특성을 초기시에서
붉고, 긍지를 지니고 슬픈 장미의 세 특성으로 나타난 바 있다. 한편
스핑크스는 서양의 소피아를 상징하면서 부처는 동양의 미륵불의 상
징으로 이 둘의 상징체는 불멸의 장미인 여성 신성의 서로 다른 동서
양의 종교를 상징한다. 또한 예이츠는 "측정된 얼굴"인 석상처럼 불
멸의 장미가 면면히 지상에 현존해왔다고 생각한다. 이 석상은 남녀
양성구유의 신성의 상징일 뿐만 아니라 마지막 세대에는 부처상과
연결되면서 불멸의 장미가 동양권에 현존하고 있음을 예시한다. 이처
럼 예이츠는 자신의 마법과 예지를 통해 신비의 예언시를 후대에 남
긴 예언자로서 그 신비시는 우주의 신성과 구원의 길과 새 시대를 여
는 열쇠가 되고 있음을 보여주고자 했다. 예이츠는 자신의 삶은 소피
아의 사제로서 소피아의 신비를 세상에 열기 위해 혼신을 다해 헌신

하는 것임을 친구 존 오리어리(John O'Leary)에게 보낸 편지글을 통해 "신비적인 삶은 내 모든 하는 일과 내 모든 사고와 쓰는 일의 중심에 있다"라고 하였다.

> 우주령으로부터 거대한 한 이미지가 나타나서
> 내 시야를 어지럽힌다. 어딘가 사막 모래밭에
> 사자의 몸과 사람의 머리를 한 형상이
> 태양처럼 공허하고 무정한 눈초리로
> 허벅지를 느리게 움직이면, 사방으로 격렬하게
> 사막의 새들의 그림자가 휘돌아 오른다.
> 다시금 어둠이 휘덮인다. 그러나 나는 지금 알고 있다.
> 깊이 잠든 이천 년의 세월이
> 흔들리는 요람 옆에서 악몽에 시달렸음을.
> 이 무슨 사나운 짐승이 드디어 제시간을 만나
> 태어나려고 베들레헴을 향해 가고 있는 것인가?(*CP* 211)

소피아를 고양이로 상징한 점에 이어 더 나아가서 스핑크스의 사자의 이미지로서 새 시대에 권능을 회복한 이시스-소피아의 영광이 도래한 것을 상징한다. 이 마지막 세대의 불멸의 장미는 초기시의 고귀한 여왕의 신분으로서 침묵과 수난의 여성상이 아닌 제인이나 데시마처럼 평범한 신분이지만 남성 신을 상징하는 주교에 대해 비판도 하고 자신의 신념을 논하는 보다 강인한 인물상이다.

> 미친 제인이 낡은 시대를 벗어던지고
> 새 시대를 외친다면
> 옛날 신이 다시 부활한다면
> 우리는 술 한 병을 마시고
> 우리의 지도력을 발휘하여

온 시골동네와 시내를 돌아다니며
부부들을 침대에 내던지고
다른 놈들을 때려줄 수 있을 것이다(*CP* 371~372).

예이츠는 제인을 새 시대를 열 수 있는 힘을 지닌 불멸의 장미의 화신으로 보고 있으므로 제인이 "낡은" 남성중심의 신성이 지배하는 옛 시대를 탈피하고 새 시대를 외치는 "옛날 신이 다시 부활"하기를 기원한다. 이는 옛신인 원래 우주의 신으로서 소피아의 권능이 다시 부활할 것을 꿈꾸며 예지하고 있다. 왜곡된 지난 남성중심의 역사에 대해 비난과 분노를 터트릴 수 있는 제인의 권능은 더 나아가서 소피아의 자녀들인 영지주의 성도들을 핍박하고 죽인 남성중심의 시대의 적들을 향해 징벌을 가하는 "성난 젊은 여인"이 되어 소피아의 권능 회복을 상징한다.

'개들을 익사시켜라'라고 성난 젊은 여인이 외쳤다.
'그들은 내 거위와 고양이를 살해한 자들이다.
물통에 빠트려 익사시켜라.
모든 개들을 익사시켜라'라고 성난 젊은 여인은 외쳤다(*CP* 322).

새 시대를 위한 대심판은 "성난 여인"인 소피아가 일어나 자신의 성도들인 거위와 고양이를 살해한 개들을 심판할 것을 예지한다. 이처럼 동물 이미지로서 불멸의 장미의 상징은 시 "재림"의 스핑크스의 몸인 사자의 상징으로 발전하면서 대심판주로서 잃었던 권능회복을 상징한다. 즉, 사자 얼굴을 한 스핑크스는 성난 여인과 시 "청동 두상"에서 보다 "엄한 눈"을 하고 세상을 굽어본다고 하여 성녀 소피아가 잃었던 권능을 다시 회복하여 심판주로 변모한 것을 상징하고 있다.

> 또는 그녀를 나는 신이라고 생각했다.
> 엄한 눈이 그녀의 눈을 통해
> 이 쇠퇴하고 멸망해야 마땅한 타락한 세상을
> 굽어보고 있다고 생각했다.
> 천한 족속들은 승승장구하고
> 위대하고 위대한 종족은 메말라 시들어버리고
> 고대의 진주는 돼지 우리에 내던져졌다.
> 영웅의 꿈은 광대나 악당들에게 비웃음을 당하였다.
> 대량살육을 하고도 구제받을 수 있을지 의심스럽도다(*CP* 383).

"위대하고 위대한 종족"이었으나 메말라 버린 종족은 소피아를 믿는 성도들로 이들의 권능은 소피아의 권능이 회복되는 때가 되면 다시 회복될 것을 예언한 것이다. 즉, 이들 위대한 종족들은 "술을 마신 우리"로 "술"은 성령의 축복에 흠뻑 젖어 있는 것을 상징한다. 이들은 다시 힘을 얻어 소피아를 추구하는 새 시대를 열어가는 성자들로 성배를 찾은 영웅들인 전 세계의 성자들을 상징한다. 술에 취한 이들은 사냥꾼들과 사냥개들의 상징적 이미지들과 연결되며 예이츠가 말하는 '다이모닉 맨(Daimonic men)'들이기도 하다. 마침내 불멸의 장미의 화신으로서 그 여인은 새 시대를 외치며 지난 어두운 역사를 통해 소피아의 신도들에 대한 대량학살을 자행한 자들을 개들과 광대와 악당으로 비난하며 심판주로서 징벌을 가한다고 한다. 이처럼 지난 이천 년의 암담한 역사 속 죽은 침묵의 신이었던 소피아는 올바른 시간을 맞이하여 침묵을 깨고 일어나 외치는 위대한 대심판주로서 강력한 권능을 발휘할 것을 지상의 평범한 여인인 제인과 성난 여인을 통해 상징하고 있다. 이들 사냥꾼이나 제인의 야성적 이미지는 "무서운 미의 탄생(*CP* 203)"으로 이어지고 있다. 이들 무섭고 엄한 눈의 소유자들은 예이츠의 희곡 「성좌에서 온 유니콘」(*The Unicorn from the Stars*)에서 유니콘의 파괴적 이미지와도 연관성을 지닌다고 하겠다. 유니콘과 시 "재림"에서의 스핑크스의 텅 빈 눈은 모두 새 시대를 위한 야성을 되찾은 또는 심판주로서 그 권능을 회복한 영광을 상징한다.

예이츠의 또 다른 주된 동물의 상징으로는 유니콘이 성녀 소피아의 새 시대 권능회복을 상징하듯이 말의 상징을 들 수 있다.

> 어려운 일에 대한 매혹은
> 나의 혈관에서 생기를 말라버리게 하고,
> 마음 속에서 절로 울리는 환희와 자연스런 만족감이 용솟음친다.
> 우리의 망아지는 괴롭힘으로 인해
> 마치 성스러운 혈통도 아니고 올림픽의
> 구름과 구름 사이를 넘나들던 영광도 없었던 듯이
> 마치 길거리에서 철을 끌고 가듯이
> 채찍질과 혹사당함과 땀과 떨림으로 몸을 떨고 있다.
> 극장 경영주와 인간을 관리하는
> 모든 깡패와 얼간이와의 한낮의 전쟁에서
> 오십 가지의 방법으로 구성된
> 연극에 내 저주 있으리.
> 내 맹세코 새벽이 오기 전에
> 마구간을 발견하고 그 빗장을 열고 말리라(*CP* 104).

지난 남성중심의 시간 동안 핍박받아온 불멸의 장미는 갇힌 망아지로 상징되고 있다. 자신의 때가 되자 결국 해방되어 마구간에서 나와 페가수스나 유니콘이 되어 비상한다. 예이츠는 초기 시부터 시를 쓰는 궁극목표가 "한 여인을 위한 일"이라고 단언한 바 있다. 또한 지난 남성중심의 이천 년을 거치면서 마지막 세대에는 불멸의 장미의 마지막 현현이 나타나게 되어 새 시대를 선언한다고 했다. 이때 소피아는 "깡패와 얼간이"들의 비방을 받게 된다고 예언했다. 그러나 영웅으로서 예이츠는 비방자들에게 굴하지 않고 세상에서 가장 어려운 일인 핍박받아온 여성 신의 상징인 망아지를 "마구간"에서 반드시 풀어줄 것을 단언했다. 이처럼 소피아를 잠 깨워 일어나게 하는 일이야말로 자신의 가장 신성한 의무로 또한 가장 어려운 일이라고 생각한 예이츠는 그 소명이 행복의 극치를 안겨다준다는 것을 "마음에서 절로 울리는 환희와 자연스런 만족감"이 솟구친다고 했다. 신의 뜻에 따라 감춰진 신비를 열고 있는 자신을 "그리고 나는 아무도 이해하지 못하는 것을 이해했다 / 피 속에 일어나는 그들 이미지들을(*CP* 385)"이라고 선언했다. 또한 "뼈 속까지 생각을 하는 / 그는 불변의 노래를 부른다(*CP* 326)"고 하여 신비의 비밀을 노래하는 예지의 시인으로서 소피아의 권능회복에 전념하는 자신을 묘사하였다. 새 시대를 고대하는 예언자로서 예이츠는 새벽이 상징하는 뉴에이지가 반드시 올 것이며 그러면 지난날 수난당해 왔던 망아지나 산토끼로 상징되는 성녀가 유니콘으로 부활할 것을 예지의 눈으로 보았고 이를 역설적 동물의 상징으로 묘사하였다. 그가 "나는 마구간을 발견하여 그 빗장을 열고 말 것이다"라고 단언하여 새 시대를 열고 말 것을 굳게 언약하였다. 산토끼는 희생적인 여성 신의 상징이지만 말의 이미지는 소피아의 추락과 영광을 동시에 상징한다. 즉, 망아지와 마구간은 혼란된 남성중심의 시대에 갇힌 소피아를 상징한다. 그러므로 "모든 깡패와 얼간이들"인 고위직을 가진 극장 사업가나 관리직 사람들이 상징하는 사회 상류층에 속한 사람들이 마지막 세대에 현현한 소피아를 공격하고 온갖 방법으로 비방하고 저해하려 할 것을 예언하였다. 그러나 그 모든 난관은 마침내 극복될 것임을 예이츠는 마구간에 얽매인 망아지를 탈출시킬 것이라고 단언하는 점에서 나타난다. 최후 시 중에서 "서커스 동물들의 탈주(The Circus Animals' Desertion)"로 이어진다. 이 말의 상징성은 유니콘의 상징처럼 새 시대를 여는 강력한 에너지를 상징한다.

> 상놈은 상놈을 낳고
> 얼간이는 얼간이를 낳지만
> 내가 열 명을 상대로 한다면
> 그들의 머리를 모두 후려칠 것이다.
> 격렬한 말 탄 이들은 산에서 산으로 내달린다(*CP* 371).

길거리에서 소리치는 땜장이인 마니온을 자신과 동일시하고 "깡패와 얼간이들"인 소피아의 적들의 머리를 후려쳐서 패망시키고 대승리를 거둘 것을 단언한다. "깡패와 건달을 무엇이 내어 쫓았던가? / 달마와 그 천둥 번개이다(*CP* 388)"라고도 하여 후기시에서 거듭 승리를 재확신한 바 있다. 프랑스의 예술가인 달마와 그의 천둥 번개는 예이츠의 예언의 노래를 상징한다. 그 성난 말 탄 이들은 "존재의 합일"을 이룬 다이몬으로 그 이미지는 예이츠의 묘비명에서도 "차가운 시선을 던져라. / 삶과 죽음에 / 말탄이여, 지나가라!(*Cast a cold eye / On life, on death. / Horseman, pass by! CP* 401)"라고 역설하였다. 이처럼 말이나 유니콘은 새로운 시대를 여는 마법의 힘을 상징한다. 예이츠는 올바른 시간을 기다리면서 "새벽은 다시 돌아온다"고 단언했다. 마지막 세대의 성육화한 소피아의 현현의 활동상은 결코 수월한 것이 아니라고 예언했다. 적의 공격이 소피아의 현현의 앞길을 가로 막고 저해하고자 하기 때문이라고 한다. 한 여인이 깡패와 얼간이와 밤낮없이 논쟁을 하는 양상으로 묘사되고 있다.

> 그 여인의 날들은
> 무지한 선의로
> 마침내 목소리가 날카로워질 때까지
> 밤마다 논쟁을 한다.
> 그녀가 산토끼들을 말 타고 쫓던 시절에는
> 얼마나 그녀의 목소리는
> 달콤하고 젊고 아름다웠던가?(*CP* 203)

"깡패와 얼간이"들과 논쟁을 벌이는 수난의 날들을 보내는 불멸의 장미의 옛 권능을 말 탄 이인 사냥꾼의 이미지로 상징하고 있다. 즉, 산토끼를 쫓아가는 사냥꾼으로서 말 탄 여인의 옛 모습 역시 성녀의 옛 영광을 상징한다. 이처럼 사냥꾼의 이미지는 "존재의 합일"에 이른 다이몬의 경지나 불멸성을 상징한다. 말의 상징성이 "존재의 합일"을 달성한 것을 상징한다고 볼 때, 특히 유니콘은 불멸의 장미가 그 영광과 권능을 회복한 것을 상징한다. 유니콘의 상징성은 예이츠가 파리의 매춘지역을 방문하여 유니콘과 같은 생물을 낳았고 죽어가는 여인을 만났다고 피력한 점에서 잘 나타난다. 즉, 매춘지역의 병든 여인은 "유니콘과 같은 살아 있는 생물 중에 가장 사람답지 않은 차고 딱딱하고 순결하게 보이는 것을 낳았다(*Myth* 312)"고 서술하였다. 이 유니콘의 형상은 마지막 세대에 거하는 불멸의 장미의 탄생고지를 상징한다고 할 수 있다. 유니콘을 낳고 죽어가는 여인은 추락한 소피아의 상징으로 남성중심의 시대에서 마지막 수난기를 겪고난 후 성녀 소피아의 권능과 영광이 새롭게 되살아나서 새 구세주의 탄생을 알리는 것을 유니콘의 탄생으로 상징하고 있다고 볼 수 있다. 따라서 유니콘의 탄생은 기독교 시대인 남성중심의 삼위일체 신성의 시대가 종말을 맞이하고 성녀의 탄생으로 남녀양성구유의 우주의 신이 세상을 지배하게 된 새 시대를 상징한다. 예수 탄생이 삼위일체 신성이 지배하는 남성 신의 시대라면 짐승이나 유니콘의 탄생은 여성 원리의 탄생으로 남녀양성구유의 신의 새 시대의 개막을 상징한다. 예이츠는 "아마도 기독교가 좋고 그래서 세계는 기독교를 선호하였다. 그리고 이제 바야흐로 기독교는 소멸되고 불멸의 신들이 잠 깨어 일어나기 시작한다(*Myth* 313~314)"라고 예지하였다. 성배를 찾아가는 기사들은 "우리는 멀리서도 서로 선택한다(*CP* 385)"라고 하여 서로 자신의 때가 온 것을 알고 멀리서도 서로에게 알리고 교신을 하여 불멸의 장미의 마지막 화신인 성배를 찾으러 모일 것을 상징한다. 성배의 상징으로서 죽은 산토끼는 무기력하지만 한편으로는 제인이 새 시대를 외치듯 자신의 영광의 때를 위해 성자들을 모을 것을 상징한 것이다. 소피아의 마지막 화신의 상징으로 말 혹은 유니콘은 타락한 세상에서 고행하던 지상미의 권능회복을 상징한다. 딸 소피아의 승리의 상징과 "존재의 합일"의 상징으로 매나 독수리와 같은 새의 상징과도 상응한다고 볼 수 있다.

예이츠는 불멸의 장미의 야성미를 잃고 "혼란된 모습"을 보이는 희생적인 산토끼로 지낸 지난 이천 년의 남성중심 시대에 대해 몹시도 안타까워한다. 이처럼 불멸의 장미의 추락을 암시하고 권능회복을 상

징하여 마구간의 빗장을 열어서 억압받던 말을 비상하게 할 것이라고
예언하였다. 예이츠는 그의 죽음 뒤에 불멸의 장미의 일어남을 수차례
반복하여 예언하고 역설하였다. 말은 "해마(Sea-horse)"로도 상징된다.

> 모든 것이 은유이다. 말라키도 모든 것들이,
> 즉 밤의 저 멀리로 나래를 펼치는 바네클 거위도
> 밤은 갈라지고 새벽은 희미하게 열리고
> 나는 섬찟하게 숭엄한 빛을 향해 걸어가네.
> 걸어서 가네.
> 그들 위대한 해마가 흰 이빨을 드러내며
> 새벽을 향해 웃고 있네(*CP* 386).

올바른 시기가 올 때까지 신비시의 비밀을 감추기 위해 상징을 사
용한 예이츠는 헌신적으로 그 소임을 다한 영웅들을 "바네클 거위"로
상징한다. 밤은 여성 원리의 상징이고 말라키는 구약의 마지막 선지
자로 예이츠 자신이 구시대의 마지막 선지자 말라키처럼 자신도 남
성중심의 시대의 마지막 선지자로 선택받았음을 상징한다. 새벽이 와
서 그 거대한 해마들이 미소 짓는 것은 새벽인 광명의 시대를 바라보
고 있는 다이몬들과 불멸의 장미의 상징으로 볼 수 있다. 말은 "코로
누스의 말을 찬미하러 오라. 찬미하러 오라(*CP* 245)"에서처럼 "존재
의 합일"의 상징이다. 불멸의 상징은 말들 즉, 바다의 말들과 흰 말들
로 상징된다. 이 말들은 성녀 소피아인 불멸의 장미를 상징하며 또한
트로이의 헬렌 역시 성녀 소피아의 상징으로 "어떤 이들은 순종 암말
에 내기를 거는 이도 있다. / 트로이는 헬렌을 걸었고 / 트로이는 경배
하며 죽어갔다(*CP* 379)"에서처럼 헬렌은 "암말"과 동일시되고 있다.

"영원인 수말과 시간의 암말이 만나 / 세상의 새끼말을 낳았다(*CP* 306)"라고 하여 남녀양성구유의 신인 성부와 성모와 성녀 또는 성자가 말로 상징되고 있는 것과 같은 맥락의 상징성을 보인다. 따라서 한국의 격암 남사고가 말을 신성한 미륵불의 상징으로 본 것처럼 세상의 새끼말을 불멸의 장미의 마지막 현현을 상징한다. 말의 긍정적인 상징은 "해마가 새벽을 향해 웃고 있네"에서 성녀 소피아의 상징으로서 말의 상징성은 다시 해마가 새벽에 웃고 있는 모습으로 상징된다. 뉴에이지의 남녀양성구유의 신성의 시대를 맞이하는 대승리의 때는 말의 상징성, 즉 유니콘과 해마의 상징성 등으로 승리의 영광이 힘차게 박동하는 것을 상징한다. 이처럼 예이츠는 새 시대의 문턱에서 모든 다이몬들과 천사들이 스핑크스로 상징되는 심판주로서의 여성 원리의 출현을 고대하고 있다고 보았다. 즉, "모든 그들의 눈들은 / 골고다의 불만족스런 소란에 따른 / 짐승의 무대에 억제불능의 신비가 다시 한번 일어나기를 고대하면서 / 골고다에 시선을 고정시키고 굽어보고 있다(*CP* 141)"에서 알 수 있다. 예이츠의 말의 상징성은 한국의 대예언가인 남사고(Namsago: 南師古 1509~1571)의 예언과 일맥상통한다고 하겠다. 남사고의 호는 격암으로 일찍이 약 400여 년 전에 신인을 만나 미래의 예언을 받아쓴 한국의 위대한 예언가이다. 『격암유록』과 예이츠의 『비전』(*A Vision*)의 공통점은 예이츠가 신인인 미지의 스승으로부터 자동기술로 집필한 것처럼 격암 역시 신인을 만나 그의 말을 구술한 점이다. 예이츠와 격암은 둘 다 상징을 사용하고 있는데 공통적으로 말의 이미지가 나온다. 예이츠가 "망아지"를 마구간에서 해방시켜줄 것을 언약했듯이 남사고도 말이 마구간에서 나올 것을 예언하여 "마방아지 나오신다 멸시말고 잘 모시어라(남사고 443)"라고 선언하였다. 남사고는 미륵불의 상징으로 말의 이미지를 사용했고 예이츠는 불멸의 장미를 상징하기 위해 유니콘 등 말의 이미지를 사용했다. 이처럼 두 예언가가 동서양으로 서로 다른 시공간을 초월하여 유사한 예언을 남겼다. 신비로운 것은 격암은 아직 기독교가 한국에 들어오기 전에 이미 기독교와 미국을 지칭하는 예언을 했다. 또한 예이츠가 카바라의 "생명나무"의 상징을 사용했듯이 격암도 "생명나무"의 상징을 사용했다는 점이다. 격암은 "유불선의 운수를 하나로 합하기 위해 하늘에서 강림한 신마가 곧 미륵이네(남사고 302)"라고 하여 미륵불을 "신마", 즉 "유니콘" 혹은 페가수스로 상징한 것 역시 예이츠와 상통한다. 또한 여성 신성을 상징하는 공통적 상징물로 산토끼의 이미지도 있다. 예이츠의 산토끼가 성녀 소피아의 상징이었듯이 남사고에게서 토끼의 이미지는 새 구세주인 여성원리를 상징한다. "해 속에 새가 있고 달 속에 옥으로 된 짐승이 어찌 짐승이겠는가? 금빛 비둘기인 금구와 옥토끼인 목토가 동서양의 운수를 합한 진인이네(남사고 209)"라고 하여 동서양의 화합을 이루는 남녀양성이 합일된 "존재의 합일"을 노래했다. 물론 격암의 "달 속의 옥토끼"는 예이츠가 언급한 바대로 여성 원리인 성녀 소피아의 상징이다. 해 속의 금빛 비둘기는 남성 원리인 예수의 상징으로 남녀양성의 조화를 이루어야 이상적인 세계가 펼쳐짐을 상징적으로 보여주고 있다. 즉, 비둘기는 기독교의 성령인 성모 소피아의 상징으로 성모는 남성중심의 이천 년 동안 성자가 성녀의 고행을 지지하고 도울 것과 성녀가 숨은 구세주로서 고행하기 위해 세상에 성육화하였음을 상징하기 위해 잠시 성령의 힘으로 성자 예수를 세상에 보낸 것을 상징적으로 시사한다. 반면에 달 속의 토끼는 여성 원리인 소피아의 상징으

로 옥토끼는 아시아의 오랜 전설적인 동물이다. 격암은 이 옥토끼가
사람들이 고대하는 성배를 상징한다는 것을 시사한다. 아직 기독교가
전도되기 이전인 한국의 조선시대에 남사고는 옥토끼와 망아지에 관한
상징을 통해 미래의 구세주와 연관된 신비 예언을 썼던 것이다. 이처럼
두 예지자들은 신인들의 도움으로 산토끼와 말의 상징성 등을 정확히
알고 같은 상징성을 사용하고 있다. 따라서 두 성인들은 한 목소리가 되
어 성령에 힘 입어서 소피아의 새 시대를 예언하고 있다.

> 팔만대장경 안의 보혜대사인 미래불이 십승이며, 의상조사의 삼매
> 해인인 정도령도 십승이네. 해외 도덕의 보혜사인 상제가 다시 십
> 승으로 임하네. 유교, 불교, 선교가 지칭하는 절대자의 칭호는 다르
> 지만 다시 십승의 이치로 합한 것이네(남사고 217).

성령은 불멸의 장미와 동일시되고 십승은 생명나무의 열 개의 구
(Sephiroth)와 상통한다. 한국의 미래불 전설이 오래전부터 전해져 왔
었다. 미래불은 미래에 한국의 신성한 지역으로 임한다고 예언되어 있
다. 생명나무의 열 개의 '구(Sephira)'는 다이몬이 되고 "존재의 합일"
을 이루는 데 필수 요소들이다. 그러므로 열 개의 생명나무의 구들은
"십승"과 상통한다. 이처럼 예이츠의 신비는 격암의 신비와 그 상징
면에서 공통점을 보이는 동시에 이 예언들은 또한 제각기 "미지의 교
사들"인 신인들을 만나 그들의 말을 기록했다는 공통점을 보인다.
　예이츠에게서 동물의 상징들은 사라진 여성 원리의 고난과 승리에
이르는 남성중심의 시대에서 그가 염원한 새 시대로 넘어가는 대장
정을 보여주는 중요한 상징이다. 예이츠의 예술의 목표이자 시적 주
제라 할 수 있는 잃어버린 여성 원리인 성녀 소피아의 추구는 초기시

에서 불멸의 장미로 상징된다. 중기 시부터 점차 성녀는 동물의 상징성을 지니게 되는데 산토끼, 고양이, 사자, 말, 표범, 새 등 다양한 동물의 상징들이 시에 등장하였다. 특히 산토끼가 추락한 소피아의 고난의 상징이라면 고양이는 불멸의 장미의 지혜와 긍지를 상징한다. 이 고양이의 상징은 후기시로 갈수록 사자의 상징으로 발전되어 전개되어간다. 사자는 바야흐로 새 시대를 맞이하여 성녀 소피아의 잃어버린 권능회복을 상징한다. 새 시대를 위한 대심판주로서 소피아의 영광은 사자의 몸을 하고 여자의 얼굴을 한 스핑크스로 상징된다.

이처럼 예이츠에게서 이들 동물의 역설적인 상징들은 신비시의 주제인 소멸된 여성 신의 영광을 회복하고 새 시대인 불멸의 시대를 여는 중요한 핵심적인 상징들로 신비의 난해시에서는 지속적으로 동물의 상징들이 제인이나 무희처럼 상징적 여성 인물들과 함께 등장한다. 동물 이미지는 특히 잃어버린 성배의 상징으로 산토끼의 상징처럼 남성중심의 시대인 지난 이천 년 동안 소멸된 추락한 소피아의 상징이라 하겠다. 그러나 산토끼의 사냥은 역설적 상징으로 마침내 성배를 찾아 나서는 시기가 도래한 것을 예언한 것이다. 이처럼 불멸의 장미의 희생과 영광의 이미지는 산토끼와 고양이와 사자와 말 혹은 유니콘과 같은 여러 동물들을 통해 상징되고 있다. 따라서 예이츠의 신비시를 이해하기 위해서는 그의 신비시에 나타난 동물의 상징성에 대한 이해가 선행되어야 할 것이다.

이처럼 예이츠는 불멸의 장미의 추락과 고난과 승리의 남성중심의 삼위일체 신의 역사를 모두 동물의 상징을 통해 역설적으로 예언하고 있다. 이들 상징적 예언시들은 마지막 세대에 잠 깨어날 불멸의 장미인 성녀 소피아와 그 마지막 세대의 마법을 익힌 지혜자들에게 신비의 마법을 전해주고자 하는 선지자로서 그리고 다이몬으로서 그의 소명에 불타서 남성 원리의 역할을 완수하고자 한 시적 과업의 완수를 위한 노력의 결실이라고 할 수 있다. 예이츠는 불멸의 장미와의 합일로 '철학자의 돌'을 획득한 승리를 거둔 마법사가 되었고 사후 신의 성화 속 초인인 다이몬이 된 승리의 기쁨을 누릴 것을 최후의 시에서 상징적으로 묘사했다. 이처럼 마지막 세대에 출현할 성녀 소피아를 일깨우는 일을 해야 하는 막중한 소명의식을 서술하였다. 신비주의 시인으로서 여성 신성을 추구하는 예이츠의 시적 주제는 시 전체를 통해 역설적 상징으로 일관성 있게 추구되고 있다. 따라서 예이츠의 역설적인 동물의 상징성들은 그가 위대한 인류의 대스승이며 마법사로서 잃어버린 여성 신성의 원리를 인류에게 되찾아주려는 인류 대과업을 위해 일생 헌신한 사제이자 대스승으로서의 면모를 보여준다고 할 수 있다.

여성 신성의 상징으로서 두 개의 탑 이미지

여성 신성의 상징으로서 두 개의 탑 이미지

두 가지 생각이 혼합되어 그가 가장 많이 생각한 것이
그녀인지 신인지 나는 말할 수가 없었다.
그러나 그가 생각하는 것은 그의 심안의 눈이
위로 향했을 때는 하나의 형상이 내려왔었다.
신성함에 야성이 담긴
약간은 다정한 유령이
성경이 우리에게 언약했던
광대한 기적의 집 전체를
환희 비추고 있어서 그 형상은
어항 속을 유영하고 있는 금붕어 한 마리같이만 보였다.

("망령절")

그리운 환영들이여, 이제 그대들은
일상의 옳고 그름을 가지고 분규를 야기하는
모든 것이 어리석음을 이해하겠지요.
순진무구하고 아름다운 이들은
시간만이 적이라는 것을 알게 될 것입니다.
일어나 내게 성냥불을 켜라고 하세요.
시간이 닿을 때까지 또 다른 성냥불을 켜세요.
모든 성자들이 알 때까지 달려가세요.

("에바 고어부스와 콘 마케이비치를 위한 추억")

금과 상아를 입힌 삼나무 판에
그분의 근엄하신 성모가 앉아서
노아의 홍수가 침범한 적 없는
바빌론의 별빛 영롱한 탑 속에서
주께서 우아하게 입도록
자주빛 바지를 바느질하고 있는 곳에
기적이 일어났다.

("지혜")

나는 천상의 왕국을 묘사할 만한 펜을 가지고 있지 않습니다. 그것
을 묘사할 수도 없습니다. 왜냐하면 세속인의 말로는 너무도 묘사
하기에 충분하지 않아서 그것을 전혀 묘사할 수 없습니다. 우리는
성처녀의 가슴에 입성할 때까지 그 작성하기를 보류해야만 할 것
입니다.

(야코프 뵈메 "세 가지 원리들")

　　야코프 뵈메가 말한 "천상의 왕국"은 인류에게 숨은 신인 여성 원
리인 기독교 영지주의에서 일컫는 소피아로 예이츠의 시에서 탑과
동일시된다. 예이츠의 탑은 두 탑으로 상징된다. 즉, 하나는 지상에
세워진 탑으로 지상에서 고행하는 숨은 성녀 소피아의 상징이라 하
겠다. 또 다른 탑은 천상의 탑으로 성모 소피아를 상징한다. 예이츠에
게서 시적 주제는 인류에게 숨겨진 신인 "여성 원리"를 추구하는 일
이다. 그는 인류에게서 "여성 원리"인 소피아-이시스의 권능이 사라
진 것을 인지한 혜안의 시인으로 기독교 영지주의와 장미십자단과
카발리즘 등 신비주의에서 신성시하는 여성 신성이다. 특히 기독교
영지주의의 소피아의 권능회복을 도모하는 사제로서 예이츠는 평생
을 시작에 몰두한 시인이자 제식을 행하는 마법사였다. 소피아의 사

제로서 헌신은 마치 '프리지아(Phrygia)'의 대지의 여신인 '키벨리(Cybele)'를 위해 목숨을 바쳐 희생하는 '아티스(Attis)'의 사제이길 바라는 자세였다. 그의 시는 마법으로 쓰여진 것으로 독특한 불멸의 장미에 대한 신념은 일찍이 초기 기독교 시대에 번성한 기독교 영지주의의 특성으로 정통파와는 구분되는 두 가지 큰 특성이 있다. 첫째로 영혼은 카르마(업)에 따라 탄생과 죽음을 반복한다는 영혼 윤회설이다. 이는 동양사상과 그 맥을 같이한다. 둘째는 영혼의 윤회를 관장하는 신은 여성 신인 '소피아(지혜)'라는 것이다. 이 소피아는 유태신비 철학인 '카바라(Cabalah)'의 '셰키나(Shekinah)'이며 타로 카드에서는 '비나(Binah)'로 칭해진다. 예이츠를 기독교 영지주의의 '발렌티누스 학파(Valentinian)(*P & R* 212)'로 평한 블룸(Harold Bloom)의 평은 그의 소피아에 대한 추구 자세에 기인한다. 즉, 발렌티누스의 믿음은 여성 신성인 소피아의 현존에 대한 인식에서 출발하였다. 예이츠가 정통 기독교의 남성중심의 삼위일체 신성을 거부하여 "남성중심의 삼위일체를 철폐하라(*CP* 328)"고 한 것도 여성 신성을 추구한 발렌티누스처럼 '남녀양성구유(Androgyny)'라고 보았기 때문이다. 따라서 그는 삼위일체를 성부, 성모, 성녀 또는 성자라고 믿었다. 예이츠가 속해 있던 장미십자단은 기독교 영지주의파에 속하는 마법을 행하는 신비단체였다.

> 영지주의에서는 조직적인 정통과는 적대적인데 이는 정통파는 신자들의 경외심과 희구를 지닌 신앙심을 강조하고 교회 안에서 근본적으로 인간의 무지와 무가치함에 그 근저를 두고 있다(Case 152).

지식을 강조한 영지주의와 남성중심의 신성을 주창하는 정통파는 역사적으로 서로 적대적이었다. 초기 기독교의 비극적 역사에서는 영지파가 정통파의 핍박으로 서서히 소멸되었다. 케이스는 이에 대해 "그러므로 장미십자단은 '지식의 교회'를 의미한다. 이 지식은 바로 지식에 근거한 진리를 의미한다(Case 41)"라고 하였다. 따라서 그는 삼위일체를 성부, 성모, 성녀 또는 성자라고 선언하였다. 예이츠에게서 달과 해, 낮과 밤, 금과 은의 다양한 상징들은 남녀양성구유의 신성을 상징하는 중요한 시적 상징들이었다. 1945년에 발견된 영지주의 복음서인 『나그하마디 라이브러리』(*The Nag Hammadi Library*)에는 신이 남녀양성구유의 신성을 지닌다고 한다. 즉, 소피아는 이르기를 "나는 남녀양성구유이다. [나는 어머니이며] 아버지이다(Pagels 66)"라고 선언한다. 이처럼 소피아의 현존은 남성중심의 삼위일체 신성을 믿는 정통파와는 대조를 보인다. 예이츠의 시세계는 기독교 영지주의 신화 속의 소피아 사상에 그 근거를 두고 있다. 소피아는 카바라의 비나로 모든 영혼들은 사후에 탑과 달로 상징되는 소피아의 주관하에 윤회의 법칙에 따라 그 영혼이 통제되고 있다고 보았다. 탑의 상징은 뵈메의 세 가지 원리에서 "천상의 왕국"과 상통한다.

> 나는 천상의 왕국을 묘사할 만한 펜을 가지고 있지 않습니다. 그것을 묘사할 수도 없습니다. 왜냐하면 인간의 말로는 너무도 형용할 수 없는 것이어서 인간의 언어로는 전혀 표현이 안 되기 때문입니다. 우리는 성처녀의 가슴에 입성할 때까지 그 말을 언급하기를 보류해야만 할 것입니다(Matthew 268).

예이츠는 소피아를 성모와 성녀 두 모녀의 양상으로 나타난다. 두 소피아의 관계는 희곡 「캐슬린 백작부인」(*The Countess Cathleen*)에서 성모 마리아가 악마에게 영혼을 판 캐슬린 백작부인의 영혼을 구원하는 관계로 잘 묘사되고 있다. 즉, 캐슬린 백작부인의 고행은 "지상미"로서 인류와 함께 고행을 하는 싱녀 소피아의 상징이다. 성모는 천상에서 딸의 고행을 굽어보며 가슴 아파하고 있다. 블룸은 "지상미"를 "그 뮤즈 원리인 소피아의 타락에 대한 발렌티누스학파의 사색의 연대기에서는 소피아는 자신이 뛰어든 곳에서 그 공허한 원초적인 미궁 또는 신성한 공허 속에 홀로임을 깨달았다……(*P & R* 205)"라고 하여 영지주의의 비전을 통해 전했다. 블룸이 예이츠를 "깊은 회의주의를 포함한" 시인으로 평한 것도 그의 시에서 다룬 성녀인 "지상미"에 대한 안타까움에 기인한다. 예이츠가 키벨리 여신을 위해 희생하는 아티스의 사제이길 자청한 것은 성녀를 위해 헌신하는 남성 원리로서 자신을 바치는 희생을 상징한다. 따라서 예이츠의 전편의 시가 소피아를 위해 바쳐진 아티스 신의 찬미의 노래로 볼 수 있을 것이다. 성녀 소피아는 성자 예수처럼 성육신으로 지상에 하강하여 인류와 함께 고행하는 고뇌하는 희생의 신으로 "요한계시록"의 '어린양'으로 상징될 수 있기 때문이다. 초기 장미시부터 예이츠의 시는 '지상미'로서 성녀에 대한 염려와 사랑으로 점철되고 있다.

> 누가 꿈처럼 불멸의 미가 지나간다고 꿈꾸는가?
> 새롭게 경이는 일어나지 않기에 슬픈
> 그들 모두는 슬픈 긍지를 지니고서 이 붉은 입술을 위해서
> 트로이는 드높게 불타오르는
> 화장의 아슴한 빛 속에 사라져갔고
> 우스나의 자녀들은 죽었다.

우리와 노고하는 세상은 지나가고
출렁이는 인간 영혼 사이에서
그들의 겨울 종족 안에서 희미한 물빛처럼
별들이 스쳐가는 아래에서 물거품 치는 하늘에서
이 고독한 얼굴은 살아 있을 것이다.

대천사여, 고개 숙여 절을 하시오, 그대의 어슴프레한 거처에서,
그대들이 있기 전에 혹은 그 어떤 존재도 있기 전에
그의 왕좌 옆에 피로하고 친절하신 한 분이 거하셨다네.
그 님이 방랑하는 발걸음 앞에(*CP* 41).

헬렌은 성녀 소피아의 상징으로 "패배한 신"이다. 그러므로 탑은
불타고 트로이의 영웅이나 우스나의 자녀들은 헬렌-소피아를 보호하
려다 사라져간 희생당한 비극적 영웅들을 상징한다. 불멸의 장미의
"두 발"은 성녀 소피아의 상징으로 탑의 기초로서 지상에 거하고 있
다. 그러므로 예이츠는 대천사들이 천상에서 세상에 거하는 성녀인
불멸의 장미를 보고 머리 숙여 경배한다고 했다.

이 보이지 않는 탑들은 불타고
사람들은 그 얼굴을 기린다.
이 황폐한 곳에서 활동하려면
아주 조용히 활동하라.
여인이라기보다 세 타입 [성모, 창녀, 소녀] 중 소녀에 속하는
그녀는 아무도 보지 않는다고 생각한다(*CP* 381).

불타는 탑의 이미지는 딸 소피아인 트로이의 영웅들의 재난을 초
래한 헬렌을 상징한다. 그러나 후기 시로 갈수록 예이츠는 고귀한 신
분의 헬렌의 팜므파탈적인 면모가 점차 변모하여 현대로 올수록 평

범한 지위의 여인인 제인으로 변모해간다. 제인은 헬렌보다 신분은 고귀하지 않지만 가이어의 이천 년 주기에 따라 여성 원리가 강화되면서 점차 제인의 성격은 자아 주장이 강해지고 남성중심의 신성의 모순점을 비판하는 소리를 높이고 있다. 주교와 입씨름을 하는 제인의 모습에서 나타난다. 즉, 제인은 남성 원리인 영웅으로서 예이츠-광대에 의해 잠 깨어난 마지막 세대에 거하는 여성 원리로 예이츠가 남성중심의 시대의 마지막 세대에 접어들면서 성녀가 자신의 영혼의 노래를 듣고 잠 깨어날 것을 예언한 점과 관련성을 지닌다. 지난 이천 년 동안 여성 원리는 남성 원리의 희생적인 헌신인 영웅들의 피나는 노고로 그 현상을 유지해왔다는 것이 예이츠의 논지이다. 영웅들의 희생은 자연의 풍요를 위해 남성 신의 헌신적인 희생이 요구되던 고대 아티스 신화와 상통한다고 볼 수 있다. 시 "방울 달린 모자"에서 광대의 희생으로 여성 원리인 여왕이 잠 깨어나 그 광대의 영혼을 수용하는 장면으로 잘 상징된다. 소피아의 상징은 지상의 "장미나무"인 여성 원리를 키우는 것으로 오직 "우리의 붉은 선혈만이 있을 뿐이다(CP 206)"라고 하여 성녀를 수호하는 남성 원리의 역할을 상징하고 있다. 탑의 근저가 되는 딸 소피아의 상징으로서 헬렌은 남성 원리인 예수와 함께 연합하는 성모의 명한 그 올바른 시간을 고대하면서 인류를 위해 지상에서 고행하고 있다. 한편 상위의 성모 소피아는 탑의 정상인 신의 보좌에 거하고 있기에 '머리카락'으로 상징된다. 따라서 신의 "두 발"로 상징되는 성녀가 지상에 거하고 있고 자신을 그 성녀를 수호하는 영웅으로 알았다. 성녀의 잠을 깨우려고 노력하는 예이츠의 영웅적인 꿈으로 인하여 그는 유난히도 성녀의 "두 발"을 역설하고 있다. 즉, 성녀 소피아의 상징적 인물인 캐슬린 백작부인과 제인

의 "두 발(feet)"을 강조하는 점에서 잘 상징되고 있다. 성녀의 발자취
는 성모 소피아의 상징인 탑 정상과 연관을 지닌 하나의 성채로 볼
수 있다.

> 성모 마리아의 입맞춤으로
> 그녀의 얼굴에 천상의 음악이 깃들게 되었을까?
> 그러나 캐슬린은 지상의 오랜 소심한 우아함이 충만한 채로
> 신중한 발걸음으로 걷고 있다.
>
> 일곱 천사의 발에 맞추어
> 춤을 추는 무희는 참으로 반짝거리고 있도다!
> 모든 천국은 천국에게 절을 하고
> 불꽃은 불꽃끼리 날개는 날개끼리 절을 하는도다(*CP* 48).

지상에 거하는 성녀는 두 발을 부지런히 움직이며 춤추고 있다. 성
녀의 고행하는 방랑을 두 발로 상징하고 있다. 또한 춤추는 무희에게
서도 그 두 발은 강조되고 있다. 캐슬린 백작부인의 "신중한 발걸음"
은 바로 지상에 거하면서 고행하는 인류를 위한 구세주의 진면목을
상징한다. "지상의 오랜 소심한 우아함"이야말로 성녀가 지상에 거하
고 있음을 상징한다.

> 밤과 낮과 희미한 빛으로 인해
> 푸르고 어슴프레하고 검은 융단을
> 그대의 두 발 아래 깔아서 펼쳐내리라.
> 그러나 나는 가난하여 꿈만을 지녔나니
> 살포시 밟고 가소서 그대 밟는 것은 내 꿈이오니(*CP* 81).

예이츠는 금빛과 은빛으로 엮은 하늘의 천을 노래하는데 이는 남녀양성구유의 신성의 원리를 상징한다. 진정한 평화는 남녀양성구유의 신성이 도래한 시대라고 믿었다. 따라서 숨은 신으로서 여성 원리인 성녀가 지상에서 희생하고 있고 남성 원리로서 자신은 올바른 시대인 남녀양성구유의 신성이 다가오는 때를 고대하고 있다. 즉, 음양의 원리인 우주 신성의 원리를 자신의 꿈으로 엮은 "하늘의 천"으로 상징하고 그 올바른 신성을 고대하는 염원을 남성중심의 시대인 지상에서 고행하는 성녀에게 드리고자한다. 지상에 거하는 성녀의 상징으로 "그대의 두 발 아래" 자신의 꿈을 깔아드린다고 하여 "두 발"로 상징되는 성녀인 지상미를 강조하였다. 예이츠는 초기시부터 탑을 근저로 하여 지상에 거하는 딸 소피아를 위해 헌신하는 사제가 되고자 했다. 이처럼 성녀는 캐슬린 백작부인이나 연인의 "두 발"로 상징되는데 더 나아가서 자신의 소유로 있는 작은 성인 "트루 발릴리(Thoor Ballylee)"를 성녀의 상징으로 보았다. 예이츠는 <황금 여명회>(Golden Dawn)의 의식을 행하는 마법사로서 이 신비단체의 정식명칭을 "황금 여명의 이시스 우라니아 성전"으로 비너스의 보호 아래에 있다고 보았다. 비록 소피아는 지상에서 추락한 신이지만 천상에서는 여전히 성모 소피아-이시스의 통제에 따라 모든 영혼들이 심판을 받고 그 행위대로 영혼의 징벌과 제가 이루어진다고 믿었다. 성모 소피아의 상징인 천상의 탑은 곧 성녀 소피아인 하위의 탑으로 이어지고 있다. 예이츠는 아내 조지를 위해 고대 아일랜드의 탑인 트루 발릴리를 1917년에 35파운드를 주고 매입했다고 한다. 이 작은 탑은 조지로 상징된 성녀 소피아를 위한 상징적인 탑이다.

나, 시인 윌리엄 예이츠는
낡은 물레방아 널판지와 바다 녹색빛 점판암과
고트 대장간에서 만든 주철로
내 부인인 조지를 위해 이 탑을 재건하였다.
모두가 다시금 황폐화된다 해도
이 문구는 남으리(*CP* 214).

예이츠는 인류와 함께 고행하는 성녀 소피아의 잠을 깨우는 일을
하는 예수 그리스도의 마스크를 쓰고 있다. 예이츠가 두 번의 꿈을
통해 창작해낸 그의 신비시 "방울 달린 모자"는 남성 원리로서의 예
이츠의 소명이 잘 나타나고 있다. 광대는 영혼을 잠자는 여왕인 성녀
의 잠을 깨우는 일에 바친다고 했다.

그 영혼은 귀뚜라미 소리 같은 소음을 내면서,
슬기롭고 달콤하게 지저귀면서
그녀의 머리카락은 접힌 꽃
그녀의 발은 고요한 사랑이었네(*CP* 73).

"그녀의 발"에서 "발"은 지상에 거하는 불멸의 장미인 성녀의 방랑
을 상징한다. 따라서 잠 깨어난 여왕은 "존재의 합일"을 달성한 우주
신성을 상징한다고 할 수 있다. 즉, 여왕의 "머리카락"과 "두 발"은
천상과 지상의 두 탑을 상징하는 성모와 성녀 소피아의 합일을 상징
한다. 여왕과 합일한 광대-예이츠의 영혼은 남성 원리로서 남녀양성
구유의 신성을 이룬 것이다. 광대는 예이츠의 자화상인 레드 한라한
과 같은 남성 원리의 상징이다. 캐슬린 백작부인 역시 지상에 거하는
성녀로 "두 발"로 상징된다.

바람은 노크라레인 언덕 위에 드높은 구름을 뭉쳐놓고
메이브의 돌들의 무덤이라고 할 수 있는 곳에 천둥이 내려치고
분노는 산란스런 구름과 같이 우리들의 마음을 어수선하게 만든다.
그러나 우리 모두는 몸을 낮게 굽히고서 입을 맞추어
후리한의 딸 캐슬린의 고요한 두 발에 입맞춤하였다(*CP* 90).

캐슬린의 "고요한 두 발" 역시 지상에 거하는 성녀인 불멸의 장미의 상징적 인물임을 지속적으로 상징하고 있다. 예이츠는 성모와 성녀 소피아를 인지하고 이를 그의 상징시에 도입한 것이다. 헬렌이 거하던 불타서 소멸한 탑은 딸 소피아인 불멸의 장미가 남성중심의 시대에 사라진 것을 상징한다. 그러나 기독교 영지주의가 보여준 여성 원리를 보호하는 레드 한라한과 같은 영웅과 자신을 동일시하여 그 잊혀진 여성 원리를 기리고 있다. 고고한 탑은 사라지고 이제는 볼품 없는 "망루(gazebo)"로 남은 세상의 탑인 성녀 소피아이지만 남성중심의 시대가 끝나는 시기에는 반드시 그 영광을 회복할 것을 예언하였다. 즉, "우리는 위대한 망루를 세웠고 / 그들은 우리를 죄인으로 단정지었다(*CP* 264)"라고 하여 "망루"는 하위의 탑인 성녀 소피아를 상징한다고 볼 수 있다. 이 "망루"로 상징되는 성녀는 정통파에 의해 이단으로 몰려 억압받았던 과거의 역사로 상징되고 있다. 또한 시 "추락한 권능"에서는 자신만이 마지막 남은 늙은 중신처럼 "집시 야영지(*CP* 138)"에서 불멸의 장미를 홀로 기린다고도 하여 "망루"가 상징하는 패배의 신의 이미지를 잘 나타내고 있다.

비록 군중들은 한때는 그녀가 얼굴을 내비치기만 하면
노인들의 눈도 흐려지기도 했지만 이제는 이 손만이
늙은 마지막 중신처럼 한 집시의 야영지에서

그 추락한 권능에 대해 읊조리면서 지난날의 역사를 집필한다.
그 모습들과 웃는 사랑스런 심장도
이 모든 것들이 남아 있는데 그러나 나는 지나간 것을 기록한다.
이제 군중들이 몰려들어도 한때는 타오르는
구름처럼 보이는 한 분이 거닐었던 그 길임을 알지 못한다(*CP* 138).

　　비록 예이츠는 잃어버린 여성 신성이 사라져간 것을 가슴 아프게
느끼고 있으나 그런 시간이 지나고 나면 반드시 불멸의 장미의 영광
의 때가 회복될 것을 믿었다.

그 님이 일어나 떠나갈 때,
오, 어떻게 그리도 가만히 있을 수 있었던가?
지금 번개를 불러 일으켰던 말들이
내 가슴속을 뚫고 소리치며 지나간다(*CP* 78).

그대가 빛나는 시절에 있을지라도
군중들의 환호와
새 친구들은 찬미하지만
불친절하거나 오만하지 말고
다만 옛 벗들을 가장 잘 챙겨주세요.
시간의 가혹한 물결이 일어나서
그대의 미도 사라지고 이들의 눈을 제외한
그 모든 눈길로부터 사라져버릴 것이니까요(*CP* 79).

　　소멸해가는 불멸의 장미를 안타까워하는 소피아의 사제로서 예이
츠는 성녀를 기리는 진면목을 엿볼 수 있다. 또한 남성 원리로서 예
수가 보여준 수난의 시대가 올 것과 성모를 상징하는 머리카락의 성
좌의 보호 속에 성녀를 기리는 영웅들인 남성 원리가 헌신하고 있음
을 상징하고 있다.

불타오르는 듯한 거문고의 가락이 현란하게 천사의 문이 열릴 때
불멸의 열정이 유한한 흙으로 빚어진 몸속에 숨쉴 때
우리들의 마음은 견디고 있다. 채찍과 엮은 가시를,
쓰디쓴 얼굴들이 몰려드는 길목에 손과 옆구리의 상흔을
시디신 스폰지와 케드론 시냇물가의 꽃들이 있고
우리는 몸을 굽혀 우리의 머리카락을 풀어헤치고
그대에게 머리 숙이리.
그러면 머리카락은 희미한 향기를 떨구고 이슬과
죽음처럼 파리한 희망의 백합과 열정의 꿈에
젖은 장미들로 무거우리라(*CP* 78~79).

　　"우리의 머리카락"을 풀어헤치고 있는 것은 천상의 성모의 사랑에
의해 성녀 소피아를 보호한다는 의미가 상징되고 있다. 성녀는 희망
의 백합과 꿈의 장미로 상징된다. 예이츠는 불멸의 장미를 추구하여
방랑자가 되었고 여행하는 동안 그 고독한 탑, 즉 성녀 소피아를 찾
아 나선 것이다. 예이츠의 시 주제는 서로 상반된 것의 합일, 즉 '철학
자의 돌'을 획득하는 것이다. 이 '철학자의 돌'의 획득은 곧 불멸의
장미인 성녀와 합일로 이루어진다. 그 길은 "외로운 탑"을 향한 고독
한 방랑길이다. 사무엘 파머가 목판화로 새겨놓은 길로 상징되기도
한다. 이 길에서 "고난을 통해 깨닫는 신비한 지혜의 이미지"가 바로
이 외로운 탑, 즉 딸 소피아로 희생의 신인 여성 원리와 지상의 영웅
인 남성 원리가 함께 합일하여 성취되는 위대한 과업의 완성을 상징
한다. 예이츠-레드 한라한은 세상의 방랑자가 되어 땅과 천상의 탑인
성녀와 성모 소피아를 찾아 나서서 일생을 방랑하였다.
　　예이츠는 초기 시부터 성모와 성녀 소피아의 두 양상을 불멸의 장
미의 "두 발"로부터 "머리카락" 성좌인 성모에 이르는 상위와 하위의

두 탑으로 상징하였다. 유태 신비철학에는 생명나무의 10개의 세피로스 중에 지구를 상징하는 10번째의 말쿠스에서는 천상을 상징하는 첫 번째의 케테르에 이르기까지의 길을 상징한다. 세상에 거하는 불멸의 장미를 추구하는 마지막 소피아의 예언의 사제로서 선택된 예이츠는 지상에 거하는 딸 소피아의 상징인 두 발로부터 천상의 성모의 보좌에 이르기는 머리카락 성좌에 이르기까지 우주의 신성으로서 그는 비전으로 본 신비의 여성 원리에 대해 노래하였다. 머리에서 발끝에 이르는 소피아의 완성에 대한 비전을 초기시부터 최후시까지 지속적으로 이어지고 있다. 이 두 소피아의 이미지는 예이츠 시의 최종 목적으로 세 가지 양상의 소피아의 이미지야말로 여성 원리로서 예이츠가 숨은 비전으로 전하고자 한 시의 최종 목적이었다.

> 나는 모스크바나 로마로
> 떠나라고는 명하지 않으리.
> 그런 혐오스런 일은 그만두고
> 시신 뮤즈들의 집을 찾아가리.
>
> 야생을 이루는
> 사자와 처녀
> 창녀와 소녀와 같은
> 그런 이미지를 찾으리.
>
> 날개를 타고 한 독수리를
> 하늘 한가운데에서 발견하리.
> 시신 뮤즈들이 노래하도록 하는
> 오감을 인지하리(*CP* 366).

세 가지 이미지인 성모와 창녀와 소녀는 여성 신성의 세 요소를 상징한다. 또한 "사자와 처녀"는 스핑크스의 이미지로 성녀가 성모 소피아의 권능을 입고 지상의 심판주로 나서는 것을 상징한다. 예이츠는 시신 뮤즈의 힘을 빌어 이 여성 원리를 추구하는 일만이 그에게는 최상임을 상징하는 것이다. 모스크바와 로마는 공산주의와 파시즘이라는 이데올로기로서 예이츠 당시의 정치시국을 떠나서 시심에 의존하여 불멸의 장미를 추구하고자 함을 암시한 것이다. 그러므로 예이츠는 이데올로기를 멀리하고 불멸의 장미를 추구하고 찬미하는 것을 최선의 시적 주제로 삼으려 했다.

어찌하여 내가 저기 서 있는 소녀를 보면서
로마나 러시아,
또는 스페인 정치에 대해 관심을 쏟을 수 있을까?
그러나 여기에
그가 무슨 말을 하는지 아는 견식이 있는 정치가도 있다.
저곳에는 읽고 생각한 정치가도 있다.
그리고 전쟁이나 전쟁 경고에 대하여
그들이 하는 말이 사실일런지도 모르겠지만
그러나 오, 내가 다시 젊어져서
그녀를 내 팔에 안아보았으면!(*CP* 393)

예이츠는 노년의 후기 시에서 정치에 기여하기보다는 불멸의 장미인 "그 소녀"를 추구하고자 하는 열망이 자신의 전부임을 밝히고 있다. 성당에 비해 작고 형편없는 망루에 비유되는 불멸의 장미의 위상을 인지하고 있는 예이츠였고 최후 시에 이르기까지 그 불멸의 장미인 성녀 소피아의 현존을 중요시하였다.

> 군인은 그의 상관에게 충성을 맹세하고
> 신도는 주님에게 기도를 드리지만
> 순혈종의 암말에 내기를 거는 이들도 있다.
> 트로이는 헬렌을 걸었고 헬렌을 사모하여 멸망했다(*CP* 378~379).

　　예이츠의 "지상미"에 대한 열정은 "군인처럼" 또는 "신도처럼" 절대적인 믿음 아래 있다고 보고 헬렌을 "지상미"의 상징으로 본 것을 거듭 강조하였다. 성녀에 대한 열정적 사랑을 품고 있는 현자들을 패배한 트로이인들로 상징했다. 그러므로 예이츠는 자신의 왕을 "패배한 왕, 나의 부하는 패배한 군인(My king a lost king, and lost soldiers my men, *CP* 359)"이라고 했다. 이 "지상미"의 고난에 찬 방황은 일찍이 발렌티누스가 이르기를 "그녀(소피아)가 결국 허황된 욕망의 세계로 추락해버렸음을 말하고 싶었다(*Anxiety* 3)"라고 한 것으로 알 수 있다. 그러나 이제 "한 독수리"를 발견하는 것은 지난 이천 년 동안 소멸되었던 소피아의 영광과 권능이 드높이 일어나는 것을 상징한다. 예이츠는 뉴에이지의 시대가 도래함을 예감하는 한편, 이 남녀양성구유의 시대가 오면 상위와 하위의 소피아인 성모와 성녀 소피아의 연합을 믿었다. 성녀의 상징으로 여왕은 광대의 희생으로 잠 깨어난다고 한다. 이 광대의 죽음은 예이츠 자신의 운명을 암시하는 것으로 사후에 다이몬이 되어 마침내 목적지인 성에 도착한 것을 상징한다.

> 그 마음들은 귀뚜라미 소리를 내면서
> 지혜롭고 상냥하게 속살거리면서
> 여왕의 머리카락은 접힌 꽃
> 여왕의 두 발은 고요로운 사랑이었네(*CP* 73).

　　광대가 여왕과 합일하였을 때 그 절정은 마치 여왕인 성녀가 성모
소피아와 합일한 경지임을 보여주고자 하는 듯 여왕의 "머리카락은
접힌 꽃"이라고 하여 "머리카락"과 "두 발"을 언급하였다. 즉, "두 발"
은 하위의 성녀 소피아의 상싱이라면 "머리기락"은 성모 소피아의 상
징으로 "존재의 합일"을 상징한다. 예이츠-광대는 성녀 소피아를 천
상의 성모 소피아에게로 인도하고 있는 것을 상징한다. 마침내 성녀
는 우주의 남녀양성구유의 신성으로서 캐슬린 백작부인이 사후 성모
마리아에게로 인도되는 것과 상통하는 상징이라 하겠다. 그러므로 예
이츠는 성녀의 권능회복을 상위의 성모 소피아의 권능과 하나가 되
는 것으로 상징하였다.

> 비록 그대는 야생 새의 의지를 보일지라도
> 그러나 그대 머리카락의 별과 달과 태양의 주위에
> 얽매여 감겨져 있음을(*CP* 81).

　　예이츠는 불멸의 장미에 대한 명상으로 일관성 있는 시적 주제를
유지했고, 천상의 성모 소피아와 합일을 예지하였다. 이 상태를 머리
카락에는 별들이 얽혀 있는 것으로 상징하여 우주의 신을 상징하고
자 하였다. 머리카락은 곧 머리카락 성좌를 상징하고, 반면 하위의 탑
인 성녀 소피아는 "두 발"로 상징된다.

> 졸리운 생각으로 어스름한 자연력이여, 바람이 몰아오고
> 해와 달이 멀리 희미한 바다 언저리에서
> 어슴프레하게 불타오를 때 내 님을 더는
> 바다 속 창백한 컵처럼 놓아두지 말아주오.
> 그러나 음악으로 짠 부드러운 고요로움이 흐르게 해주오.

내 님이 걷는 길에(*CP* 80).

예이츠는 "내 님이 걷는 길에"라고 하여 지상에서 방랑하는 하위의 탑인 성녀 소피아를 상징하였다가 "내 님을 더는 / 바다 속의 창백한 컵처럼 있게 하지 말아주오"라고 하여 더 이상은 성녀를 세상의 고통 속에서 모든 것을 망각한 채 잠자는 여왕으로 있는 처지에서 벗어나게 해달라고 기원하고 있다. 불멸의 장미의 회복을 위해 예이츠는 그 님의 두 발 아래 "하늘의 융단"을 깔아주고자 한다고 했다. 소피아의 머리카락과 두 발의 상징은 생명나무의 제1구와 마지막 제10구인 케테르와 말쿠스가 상호 연결되어 있다고 한다.

> 말쿠스는 세피로스의 신데렐라이다. 그것은 종종 초기 학습자들에게서 무시당하곤 하였는데 그 생명나무의 세피라는 종종 카바라 텍스트에서 주해가 달렸다. 그리고 가장 직접적인 세피라일 뿐만 아니라 가장 복잡하다. 왜냐하면 날카로운 묘사로 케테르에 견줄 수 있다-진실로 카바라 연구가들의 속담에는 "케테르는 말쿠스이고 말쿠스는 케테르이다. 그러나 또 다른 방식 이후에 일어난다(Low)."

예이츠는 그 잠 깨어난 여왕을 생존에는 만날 수 없다는 것을 확신했으나 그는 단지 여왕에 대한 꿈을 꾸고 외쳤다.

> 나는 개암나무였다. 사람들은 오랫동안
> 나의 나뭇잎 속에
> 인도의 별과 구부러진 쟁기의 별을 걸어두었다.
> 나는 말이 짓밟는 등심초가 되었고
> 바람을 증오하는 인간이 되었다.
> 모든 것 중에 알고 있는 것은 다만 한 가지뿐,

> 죽을 때까지 사랑하는 여인의 머리카락에
> 입맞추고 그 가슴에 머리 기댈 수 없음을,
> 오, 황야의 짐승이여, 공중의 새여(*CP* 81~82).

여신 시릴을 위해 희생을 치르는 식물신 아티스와 자신을 동일시
한 예이츠는 자신의 님의 옛 영광을 상징하기 위해 머리카락이라는
상징을 사용하였다. 그 후기 시에서 불멸의 장미는 제인으로 상징되
는데 그녀 역시 머리카락과 관련된 꿈을 꾼다.

> 나는 침대에 누워 있는 꿈을 꾸었네.
> 한밤 내내 무궁한 지혜가 다가왔네.
> 나는 내 머리타래를 잘라내어
> 그 머리타래를 사랑이라는 문자가 새겨진 무덤 위에 두었다네.
> 그러나 일진광풍이 불어 그 머리카락들을 휩쓸고 가서는
> 나중에 그것이 밤 하늘에 못 박혀
> 베레니스의 불타는 머리카락 성좌가 되었다네(*CP* 299).

마지막 세대의 제인은 성녀 소피아로서 그 고통의 나날들을 벗어
버리고 천상의 성모와 합일하여 다시 영광과 권능회복을 꿈에서 보
았다고 한다. 그 꿈에서 권능회복은 제인의 머리카락이 상징하는 하
위의 딸 소피아가 "베레니스의 불타는 머리카락 성좌"가 되는 꿈이었
다. 성녀의 영광은 "한밤의 무궁한 지혜가 다가왔네"라고 하여 지혜
로 나타난다. 또한 밤은 여성 원리의 상징으로 소피아의 세계를 상징
하기 때문이다. 지혜는 그리스어로 '소피아(Sophia)'로 여성 신성의
영광회복을 상징한다. 소피아의 영광은 끝없는 "한밤의 무궁한 지혜"
로 상징된다. 한밤은 장미십자단의 이론에서 여성 원리인 제2의 구가

어둠의 '비나(BInah)'였다. 이 '비나'는 무한한 빛을 낳는 여성 신성의 상징으로 '비나'는 상위의 탑인 성모의 상징으로 나타난다. 천상의 성모의 영광은 또다시 "머리카락"으로 상징되는데 제인의 머리카락에 얽힌 찔레꽃으로도 상징된다.

> 내 머리카락에
> 장미나무가 얽혀 있었지만
> 나를 상처내지는 않았지.
> ......
> 내가 황도대 십이궁좌에서
> 이끌어낸 것은 광명의 빛,
> 어쩌면 저다지 의구심의 눈빛으로
> 나를 옴짝도 못하게 하는가?
> 텅 빈 밤이 응답을 한다면
> 그들이 나를 회피할 수 있을까?(*CP* 309)

여인은 마지막 세대에 다시 환생한 불멸의 장미, 즉 헬렌으로 마지막 세대의 성녀의 현현인 제인처럼 이 여인도 자신의 말을 하고 있다. 따라서 이 화자를 제인과 동일시할 수 있다. 화자인 제인은 자신의 머리카락 성좌를 관장하는 여성 신성으로서 소피아임을 인지하고 있다고 하겠다. 마지막 연에서 황도대 십이궁좌에서 이끌어낸 하늘의 빛을 몸에 지니고 있다고 한 점에서도 나타난다. 그러나 세상의 눈은 그녀를 의구심으로 바라본다고 했다. 세상이 아무리 자신을 성녀임을 거부한다고 해도 "텅 빈 밤"이 상징하는 성모 소피아가 응답을 하여 자신을 성녀로서 인정한다면 어찌할 것인지 제인은 반문하고 있다. 그러므로 예이츠는 제인이 마지막 세대에 거할 때 그녀 자신이 성녀 소피아임을 인지하게 될 것을 예언하고 있다. 그의 시 "말(Words)"에서는 제인이 자신에게 응답하여 마법사이자 소피아의 사제로서 예이츠 자신의 권능도 회복시켜줄 것을 예지하고 있다. 제인으로 현현한 불멸의 장미를 인지한 예이츠는 "모든 인생은 살아가게 되어 있다. / 그것은 너무도 자명한 일이다(*CP* 286)"라고 하여 세상은 하늘의 이치에 따라 탄생과 죽음을 반복한다고 보았다. 이처럼 제인이 다시 살아나서 그 영광을 획득하여 그녀의 "두 발"에서 "머리카락"에 이르기까지 그 영광 회복을 인지하게 될 것이라고 믿었다. 따라서 "옛 성인들이 속임을 당한 것이 아니다(*CP* 286)"라고 하여 반드시 성배인 소피아의 사제들이 염원한 성녀의 현현이 세상에 나타날 것을 확신하고 있었다. 제인을 성배로서 마지막 성녀의 현현으로 본 예이츠는 "그러나 모든 성자들이 말해 왔던 / 그 지혜가 있으니(*CP* 310)"라고 단언하기도 했다. 이처럼 각 세대마다 선택받은 영웅들의 희생을 통해 남성 중심의 어두운 역사 속을 면면히 이어온 성녀의 명맥은 마침내 마지막 현현으로 제인이 나타나 성녀 소피아-이시스임을 깨닫고 선언하는 것으로 이어진다.

> 만일 이 세상에 태어난 죄에 의해
> 우리들의 운명이 어둠으로 태어난 것임을
> 염두에 두지 않았다면
> 어찌 그리 심도 깊게 열광할 수 있었으랴?(*CP* 310)

　제인은 자신이 여성 신성인 어둠의 비나, 즉 소피아로부터 온 것을 알게 된 것을 "우리들의 운명이 어둠으로 태어난 것임을"이라고 고백하였다. 모든 희생의 구세주로서 불멸의 장미의 고난을 극복할 수 있었던 것을 고백하는 것이다.

> 나는 여명이 불러오는 공포와 맞서 싸웠지요.
> 그것은 스스로 자신의 운명을 선택하는 것이었지요! 만일
> 갓 결혼한 신부로부터 내가 남자와 함께한
> 최대한의 기쁨이 무엇인가 하고 질문을 받는다면
> 그 주제는 정적이지요.
> 남자의 심장이 내 심장과 하나로 여겨지고
> 두 사람은 세상에서도 기적적인 물줄기 속을 흘러가고
> -학식많은 점성가들이 기록하고 있듯이-
> 황도대 십이궁좌가 하나의 구체로 변모하는 것이지요(*CP* 311).

여인은 잠자는 여왕의 광대가 희생을 치른 후 그 방울 달린 모자를 보고 자신의 사랑을 깨달았듯이 자신에 대해 인지하는 날이 올 것을 고백하고 있다. 즉, "내 가슴에 모성적인 한밤중(*CP* 311)"이라고 하여 여성 원리로서 어둠의 빛을 지닌 자신의 권능을 깨닫게 된다. 즉, 십이궁좌는 남성중심의 시대의 굴레의 상징으로 지난 이천 년 동안의 극심한 남성중심의 신성의 시대에 얽매여 있었음을 의미한다. 그런 십이궁좌에서 이탈한 구체로 변한 것을 보는 여인의 꿈은 바로 남녀 양성구유의 우주 신성의 시대, 즉 소피아의 영광이 도래한 새 시대의 상징이다. 이 구체는 『환상록』(*A Vision*)에서 나오는 제13의 구체로서 영원 세계를 상징한다. 이처럼 성녀로서 하위의 소피아는 자신이 불멸의 장미임을 깨닫게 되는 마지막 세대가 반드시 올 것을 예이츠는 예지하여 이를 상징시로 보여주었다. 이처럼 예이츠는 여성 신성의 권능회복에 따른 평화의 새 시대의 도래를 인지한 혜안을 지닌 시인으로서 나이가 들어가는 노년기에 접어들면서 후기 시에서는 초기

시의 트로이의 헬렌이 거하는 불타는 성탑이 아닌 상위의 탑에 더 관심을 지닌다. 즉, 소피아의 "두 발"이 상징하는 지상미로서의 고난의 상징보다는 차라리 천상의 성모인 "머리카락"으로 상징된 성모 소피아의 영광과 승리를 염원하는 예지의 시를 쓰고자 했다. 천상미로서 모든 영혼을 주관하는 창조주인 성모의 상징은 "머리카락"의 상징으로부터 "비잔티움"이나 "검은 탑"으로 상징되고 있다. 후기시로 갈수록 시 "비잔티움으로의 항해", "비잔티움", "탑", "피와 달" 등과 같이 그의 시에는 일련의 탑의 이미지가 상징되고 있다. 이들 시편들은 성녀에서 성모로 상위의 탑의 이미지로 변이되고 있음을 알 수 있다. 즉, 초기시에서는 남성중심의 시대에 소피아의 적인 남성 신에게 억압당하는 "지상미"인 하위의 성녀 소피아의 고난을 상징하는 인물로 트로이를 멸망하게 하는 원인이 된 헬렌을 그리고 있다. 따라서 헬렌을 사모하던 현자들은 트로이의 영웅들처럼 멸망하였고 트로이 사람들은 모두 뿔뿔이 흩어져버린 패배자들이 되었다. 그러나 "소녀"로 상징된 성녀는 "지상미"로 불멸의 장미는 후기시로 접어들면서 점진적으로 상위의 탑의 이미지인 성모로 "엄격한 신의 눈"으로 추한 세상을 직시하고 있다고 묘사되고 있다.

> 반면에 이 여인을 나는 신이라고 여겼다.
> 그녀의 눈을 통해 엄격한 신의 눈이 직시하고 있는 것처럼
> 몰락하여 멸망에 이르는 이 타락한 세상을 굽어보는(*CP* 383)

딸 소피아의 현현인 순결한 소녀의 모습을 통해 성모 소피아의 엄한 눈이 이 추한 세상을 굽어보고 있다고 하였다. 노년으로 갈수록

윤회론을 확신했던 예이츠는 사후 이 굴레를 벗어난 "다이몬"이 되고
자 하는 데 보다 더 관심을 기울이고 있다. 따라서 초기 시의 "지상
미"보다는 윤회를 관장하는 "천상미"에 더 관심을 보이며 또한 마지
막 세대에 성녀 소피아의 승리를 노래하고 있다. 즉, 초기 시에서부터
예이츠는 성녀 소피아를 위한 예언의 신비시를 남기면서 자신의 영
혼불멸을 위해 성모와의 합일을 갈구하였다. 그의 시집『탑』에서 비
잔티움을 찬미했는데, 이는 비잔티움 문화 속에 건립된 성 소피아 성
당은 성모 소피아로 상징되고 있다.

> 만일 내게 고대에서 보낼 수 있는 한 달의 시간이 주어진다면, 나
> 는 유스티니아누스 일 세 황제가 성소피아 성당을 열고 플라톤의
> 학문이 문을 닫기 직전의 비잔티움으로 갈 것이다. 나는 한 작은
> 어느 와인 가게에서 신이 플로티누스에게 보다도 더 그에게 가까
> 이 하강하여 내 모든 질문에 답해줄 수 있는 모자이크 세공을 하는
> 한 철학자를 찾을 것이다. 왜냐하면 그의 섬세한 세공 기술에 대한
> 긍지는 왕자들이나 사제들에게나 군중 속 광적인 미친자에게 권능
> 의 도구가 어떤 것인지를 알도록 하나의 완벽한 인간의 몸과 같이
> 사랑스런 유연한 현존처럼 보이게 만들었기 때문이다(*AVB* 279).

예이츠는 불멸의 창조주인 성모의 세계의 상징인 비잔티움의 성
소피아 성당을 상위의 탑으로 상징하면서 윤회의 법칙에서 이탈한
영혼이 꿈꿀 수 있는 불멸의 세계를 묘사하였다. 예이츠는 소피아와
의 "존재의 합일"을 이룸으로써 영혼은 탄생과 죽음을 반복하는 윤회
의 쳇바퀴에서 벗어나 '철학자의 돌'이 상징하는 영원불멸성을 획득
할 수 있음을 보여주었다. 시집『탑』(*Tower*)에 수록된 시 "비잔티움
으로의 항해"는 영혼 윤회설과 그 윤회로부터 이탈하는 지상의 위대

한 과업인 신의 세계로 입성하고자 하는 기원이 나타난다. 이어지는 시 "탑"에서도 육신이란 한갓 누더기 옷과 같다고 보고 더 나아가서 육신을 넘어선 초자연의 세계에 대한 "지식"을 통해 불멸의 세계에 입성할 수 있기를 기원한다. 이 "지식"은 영지주의의 중심 사상으로 영지는 "앎(know)" 또는 "지식(Knowledge)"을 뜻하는 것으로 사람이 깨달음을 통해서 우주의 절대자와 합일할 수 있음을 의미한다.

> 영혼이 손뼉을 치며 노래 부르지 않는 한,
> 썩어 없어질 누더기 옷자락을 위해 더욱 큰소리로
> 노래하지 않는 한,
> 장엄한 영혼의 기념비를 공부하지 않고서는
> 노래를 배울 수 있는 학교는 없다(*CP* 217).

육신의 유한성을 노래하여 육신이란 한갓 남루한 옷을 갈아입는 것과 같다고 한다. 육신의 윤회로부터 해탈하기 위해서는 "앎"으로써 신과 합일에 이른다는 영지주의의 특성에 따라 "노래를 부르는 학교"에서 "장엄한 영혼의 기념비"를 공부해야 한다고 한다. 이 학교는 상위의 탑인 성모 소피아의 상징으로 성모 소피아의 불멸의 권능회복으로 영혼은 불멸을 얻게 된다고 보았다. 그러므로 예이츠는 오직 영혼을 위한 학교인 "비잔티움"으로 이 "지식"을 얻기 위해 찾아왔다고 한다. 다음 연에서는 비잔티움에서 절대자와의 합일에 이른 많은 현자들을 직시했는데 이들은 윤회의 굴레를 벗어난 "다이몬"들이라고 할 수 있다.

한번 자연을 떠난 나는 결코
어떤 자연으로부터도 육신을 취하지 않고
졸고 있는 왕을 잠에서 깨어나게 하기 위해서
그리스의 세공사들이 두들긴 금과 금박으로
만든 것 같은 그런 형상을 취하리라(*CP* 218).

그가 이 시를 지은 해는 1927년인데 이때부터 이미 자신이 사후에
"다이몬"이 되리라는 확신을 갖고 있는 듯이 보인다. 불멸의 "다이
몬"을 상징하는 "황금새"가 되어 "졸고 있는 황제를 깨우겠다"는 그
의 포부는 신비시 "방울 달린 모자"에서 잠자는 여왕인 "지상미"를
깨우려는 광대의 희생적인 제식과도 같은 경지이기 때문이다.

나는 뮤즈의 물러남을 명하고
플라톤과 플로티너스를 친구로 선택하리라.
상상과 귀와 눈이 논쟁에 만족하고
추상적인 것을 다룰 수 있을 때까지(*CP* 218).

예이츠가 시신 뮤즈의 영감에 의지하기보다 플라톤이나 플로티너
스를 벗 삼겠다는 것은 이들 윤회론을 주장한 현인들처럼 그도 윤회
론을 진리로 받아들이겠다는 의미일 것이다. 당시 정통기독교 사회의
풍조에서는 윤회론은 이단론으로 금기시되었다. 따라서 자신의 시가
조롱의 대상이 될 것을 알고 있지만 한갓 잡초나 토기장이의 그릇처
럼 한평생 살다 갈 하찮은 무리들에게 맞서서 논쟁하기보다 차라리
소피아의 비전인 "추상적인 것"에 더 열정을 쏟아내겠다고 선언한다.
이 열정은 "탑"의 제2부에서 성녀 소피아에 대한 열정으로 "귀를 선
물받은 프렌치 부인" 또는 "시골 아가씨"를 추구하는 열정을 통해 상

징하고 있다. 즉, 프렌치 부인에게 오만한 농부의 귀를 잘라 바친 하인의 이야기나 크룬의 늪에 빠져 죽은 남자의 이야기로 전개된다. 특히 "귀를 자른 행위(*CP* 220)"는 예수를 사로잡으러 온 병사의 귀를 자른 한 제자의 행위처럼 성자와 동등한 위치의 성녀 소피아를 상징한다. 이들은 모두 성녀를 위해 헌신한 영웅들, 즉 영지파의 사제들의 모습을 그린 것이다. 계속해서 예이츠는 "늙은 호색한(old lecher)"처럼 막무가내로 소피아에 대한 사랑으로 충만한 자신의 모습을 그리고 있다.

> 비극은 장님인 호머와 함께 시작되었다.
> 그리고 헬렌은 모든 사람의 마음을 배신했다.
> 오, 달과 태양의 빛을 합해서
> 서로 어우러진 한 빛으로 보이게 할 수 있다면
> 내가 성공한다면 사람들을 열광케 할 것이다(*CP* 220).

헬렌은 패배의 신 소피아를 상징하여 남성중심의 삼위일체 신성의 시대 동안 트로이 영웅들에게 재난을 초래하였듯이 역사의 비극을 초래해왔다. 그러나 소피아-헬렌을 위해 희생을 바치거나 노래를 부른 트로이 영웅이나 호머와 같이 예이츠도 자신의 시대에 소피아의 사제가 되기를 원했다. 영지주의의 사제이자 영혼을 노래한 시인으로서 예이츠는 신은 원래 남녀양성구유로 상징하여 "달과 햇빛"이 혼합되어 한 빛으로 어우러지는 것으로 남녀양성의 합일을 기렸다. 이는 "한빛으로 어우러짐"의 우주신성을 상징적으로 나타낸 것이다. 그러나 예이츠는 "헬렌이 우리 모두를 배신하였다"라고 하여 헬렌으로 상징되는 성녀 소피아가 추락하여 남성 신인 얄다바오스의 억압 속에

있었던 것을 상징하였다. 그 추락한 소피아는 남성 원리가 수호해야
하며 따라서 헬렌인 불멸의 장미는 풍요와 번영을 위해 영웅들의 피
가 필요하다고 하였다. 이처럼 소피아의 추락과 권능회복의 역사는
기독교 영지주의의 신화 속에 잘 나타나 있다. 예이츠는 가이어의 법
칙에 따라 지난 이천 년의 주기가 서서히 지나감에 따라 남녀양성구
유의 신성의 시대를 위한 여성 원리의 가이어가 확장되어가면서 패
배의 신인 성녀 소피아가 성모 소피아와 합일하여 다시 일어나게 된
다고 믿었다. 즉, 비잔티움은 성모 소피아의 상징으로 이 상위의 탑은
창조주의 신성한 곳으로 모든 영혼의 심판을 주관한다. 성모의 영광
을 상징하는 비잔티움은 후기시에서 "검은 탑"으로 상징되고 있다.
이 검은 탑은 검은 성모인 '비나'의 상징으로 볼 수 있다. 예이츠는
성모는 사후의 모든 영혼을 심판하며 주관하는 절대적인 신으로 보
았다. 이 점은 "지혜", "검은 탑", "미친 달"과 같은 시편들에서 잘 나
타난다. 그러므로 탑과 달의 상징성은 카르마에 따른 윤회의 법칙을
주관하는 여성 원리를 상징한다. 그의 일생에서 운명을 주관하는 신
의 상징으로 산과 같이 드높은 탑에 도달하고자 하는 또 다른 불멸의
미를 추구하는 방랑자의 모습을 보여준다.

> 이곳에 축복이 있기를
> 이 탑에도 여전히 더 많은 축복이 있기를
> 피에 젖은 거만한 권능이
> 이 탑을 말하고 지배하면서
> 그 민족 속에 일어섰더라.
> 태풍에 휘몰아쳐진 이곳 마을집에서
> 이들 성벽처럼 일어섰더라.
> 나는 비웃음 속에서

하나의 강력한
상징을 높이 내걸고
그 꼭대기가 절반은 죽어버린
시간을 조롱하면서
지금 한 구절씩
그 탑을 노래하노라(*CP* 267).

그런데 예이츠는 이 탑이 반쯤은 죽어 있다고 하여 성녀가 지상에서 고난을 겪는 시련이 천상의 탑인 성모 소피아에게도 영향을 미친다는 것을 암시한다. 예이츠가 시간을 조롱한다고 하는 것은 악의 우매함과 어리석음을 조롱하면서 절대적 성모의 권능이 남성중심의 시대가 야기한 악을 물리치는 힘이 될 것을 암시한다고 볼 수 있다. 예이츠는 남성중심의 시대에 머물러 있기는 하지만 그 시대는 올바른 시대가 아니며 그런 불완전은 진리가 되지 못하고 추한 것이라고 보았다. 따라서 불멸의 장미가 진리로서 다가올 때 그 거짓은 무너질 것을 알기에 "시간을 조롱"한다는 것은 남성중심의 신이 지배하는 시간을 조롱하는 것이다. 예이츠는 나이가 들어갈수록 사후 접할 상위의 탑으로 상징되는 성모 소피아의 영혼의 심판을 염두에 두고 있다. 즉, 그는 영혼의 카르마의 법칙에 따라 영혼이 윤회의 수레바퀴에서 벗어나 불멸의 다이몬이 되고자 하는 데 더 큰 관심을 보이게 된다. 예이츠가 "이 탑에도 여전히 더 많은 축복이 있기를"이라고 하는 점에서 알 수 있다. 그러나 사후에도 자신이 원형적 남성 원리인 예수 그리스도에 의해 선택받은 자로서 그의 소명을 다하고자 한다. 즉, "그리스도는 예술이고 인간 전체의 일은 그 예술이다(*E & I* 139)"라고 하여 여성 원리를 추구하는 예술가의 길이야말로 진정한 인간이 추구할 목적임을 역설했다. 예이츠는 자신의 예술을 위해 예수의 마스크를 쓰고 남성 원리의 역할을 위해 헌신하는 것이라고 보았다. 예술행위는 곧 예수 그리스도를 따르는 일이라고 생각하여 불멸의 장미를 위해 그의 삶을 모두 바쳐 헌신하고자 하였다. 그처럼 종교적 시인으로서 블룸은 "예이츠의 시의 실질적인 종교는 내가 알고 있는 그 어떤 조직적이고도 역사적인 믿음보다도 발렌티니안 사색에 더 가깝다(*P & R* 212)"라고 하여 예이츠를 발렌티니안파에 속한다고 보았다. 그러므로 예이츠는 "예술은 사제들의 어깨에서 내려놓은 무거운 짐을 그들의 어깨에 걸머지고 우리의 사상을 가득 채운 채 우리 여행 중 등에 짊어지고서 우리의 길을 인도해야만 한다고 믿는다(*E & I* 193)"라고 하여 예술의 종교적 역할 수행을 강조하였다. 어신-예이츠는 남성 원리로서 불멸의 장미를 지지하였는데 "시로써 완벽한 미를 불러모으고(*CP* 74)" 있다고 했다. 예이츠의 마음속에는 상위와 하위의 탑으로 상징되는 성모와 성녀 소피아에 대한 오직 "두 가지 생각"이 혼합되어 있었다.

두 가지 생각이 혼합되어 그가 가장 많이 생각한 것이
그녀인지 신인지 나는 말할 수가 없었다.
그러나 그가 생각하는 것은 그의 심안의 눈이
위로 향했을 때는 하나의 형상이 내려왔었다.
신성함에 야성이 담긴
약간은 다정다감한 유령이
성경이 우리에게 언약했던
광대한 기적의 집 전체를
환히 비추고 있어서 그 형상은
어항 속을 유영하고 있는 금붕어 한 마리 같이 보였다(*CP* 257).

예이츠는 성녀를 추구하는 자세를 초기 시부터 캐슬린 백작부인, 헬렌, 니아브와 같은 고귀한 여성들의 고난으로 상징하였다. 최후 시로 다가옴에 따라 예이츠는 일반 여인으로서 추락한 소피아는 제인과 죽어가는 여인과 같은 여인들로 상징되고 있다. 예이츠의 장시 "방랑하는 어신의 노래"에서 어신이 영원한 청춘의 나라로부터 그의 나라로 귀향하였을 때 그의 나라는 이미 성 패트릭에 의해 정통 기독교가 지배하는 남성중심의 사회로 완전히 변해 있었기에 실의에 찬 어신의 모습을 보여주었다.

> 가장 상상력이 머무는 것은
> 얻은 여성인가 잃어버린 여성인가?
> 만일 잃어버린 여성이라면 긍지와 비겁함,
> 또는 한때 의식이라고 부른 어떤 것으로 이루어진
> 하나의 거대한 미궁 속으로
> 그대는 얼굴을 돌린 것이다.
> 그리고 만약 기억이 되살아난다 해도
> 해의 일식으로 대낮은 어두워졌다(*CP* 222).

성녀 소피아가 천상의 성모 소피아의 부름으로 승천할 것을 믿었던 예이츠는 이 탑을 위해 남긴 기념의 말이 영원히 남아 있기를 바란다. 즉, 불멸의 장미를 위해 헌신한 영웅적 이야기가 영원할 것으로 믿었다. 예이츠는 자신의 아내인 조지를 위해 작은 탑인 트루 발릴리를 재건하였다고 하는데 죠지 역시도 곧 지상미인 성녀 소피아의 상징으로 볼 수 있다.

허리의 전율이 무너진 성탑
불타는 지붕과 탑을 생겨나게 하였고
아가멤논을 죽음에 이르게 한다(*CP* 241).

이 하위의 탑은 "피로 얼룩진" 탑으로 트로이의 헬렌이나 "아가멤
논이 죽은" 것처럼 영웅들이 희생된 비극을 상징한다. 비록 불멸의
장미는 희생을 치를지라도 후기시에 오면 절반의 권능을 지니고 있
다고 한다. 또한 성녀는 지상에 거함에 따라 탑 꼭대기가 "절반은 죽
어 있다"고 하였다. 왜냐하면 성녀 소피아는 아직 지상에 고행하고
성모만이 천상에 거하여 절반은 빈 상태이기 때문이다. "레다와 백
조"는 남성중심의 신의 시대의 도래를 상징하며 이는 남녀양성의 힘
의 균형이 깨진 것을 상징한다.

알렉산드리아의 탑은 봉화불 탑이고 바빌론의 탑은
움직이는 하늘의 형상, 즉 태양과 달의
여행일기를 비유한 탑
셸리는 이 탑을 그리고 한번은 그것을 사상의 관을 없는
힘이라고 하였다.
나는 이 탑을 나의 상징이라고 선언한다(*CP* 268).

예이츠는 알렉산드리아나 바빌론의 옛 탑을 기린다고 하였다. 이
탑들은 신의 남녀양성구유의 상징으로 "태양과 달의 여행일기"는 곧
"별의 평형"과 같은 남녀양성 원리의 균형을 상징한다. 그는 셸리의
탑은 신의 이상적 세계의 상징으로 보았다. 블룸은 예이츠와 다른 시
인들의 낭만을 "영지주의적 낭만(Ringers 3)"이라고 했다. 낭만주의
시인들처럼 예이츠도 자신을 마지막 낭만주의자라고 하였는데 이는

영지주의적 낭만으로 잃어버린 여성 원리인 소피아를 추구하고 찬미하는 것이다.

예이츠, 로렌스, 그레이브 - 이들은 그들 각자의 나양성에도 불구하고 시적 계승을 보였다. - 그들을 첫 번째 로맨티스트들의 자리에 놓기에는 너무 자유롭고 너무 멀리 있다. 의도적으로 그들의 진정한 로맨틱한 선조들과 비교적 근접함으로 인해 자유가 너무나 훼손되는 것으로부터 구제되었다. 즉, 예이츠는 블레이크와 셸리로부터, 로렌스는 휘트먼과 하디로부터, 또한 그레이브는 키이츠와 하디로부터 영향을 입었다(*Ringers* 10).

블룸의 설명과는 다르지만 예이츠는 소피아를 기리는 신비의 마법사이자 시인으로서 자신이 진정한 낭만주의자라고 선언하였다. 예이츠는 자신처럼 각 세대마다 소피아를 기리는 남성 원리의 역할을 하는 선조들이 있다고 보았는데 이들을 "참된 낭만주의 선조들"이라고 했다. 이 선조들은 탑의 계단, 즉 천상의 탑인 성모 소피아로 향해 나아가는 길을 걸었다고 했다. 그 탑의 좁은 계단들은 윤회의 수레바퀴를 상징한다. 이들 영웅들은 다이먼으로서 윤회의 수레바퀴에서 이탈하여 해탈에 이른 다이몬으로 불멸을 획득한 것을 상징한다. 즉, "그 골드 스미스와 딘과 버클리과 부르케는 이 계단을 여행했다. / 스위프트는 신탁의 광적인 맹목성으로 자신의 가슴을 쳤다(*CP* 268)"라고 하여 소피아의 사제들을 상징하였다. 예이츠 사제로서 자신을 레드 한라한, 광대, 어신, 잉거스, 호머, 쿠훌린과 같은 다양한 자화상적 인물들을 창조하여 자신과 동일시하여 영웅의 꿈을 펼쳤다. 이들 영웅들은 성모 소피아인 상위의 탑을 상징하는 골드 스미스와 딘, 버클리,

부르케와 같은 고대의 탑 계단을 오르는 이들로 상징하기도 하였다. "나는 이 탑을 내 상징으로 삼는다. 이 계단을 감고 선회하는 것은 고대의 계단이다"라고 하여 성모 소피아의 상위의 탑을 기리고 있다. 만일 사람들이 그 탑의 계단을 오르는 데 성공한다면 그들은 모든 영혼의 윤회를 관장하고 있는 성모 소피아와 합일이 가능하게 되고 그들 영혼들은 위대한 과업을 완성하여 '철학자의 돌'을 획득하게 되어 다이먼으로서 불멸성을 얻게 된다. 이 사상은 해탈에 이르기까지 모든 영혼은 윤회의 법칙에 묶여 있다고 보는 불교 사상과도 밀접한 연관성을 보인다. 그 탑은 우주 신성의 상징으로 남녀양성구유의 신성으로 모든 영혼을 관장하고 있는 성모의 권능을 예이츠는 상징하고자 한 것이다. 따라서 성모 소피아는 남녀양성구유의 신성으로 우주 신성을 상징한다. 예이츠는 모든 성자들의 인생 목적은 위대한 과업인 "존재의 합일"에 이르는 길로 보았다. 이 불멸성을 "그 힘은 우리의 피와 국가 자체의 욕망의 고귀함을 주는 권능이다. / 신이 아닌 모든 것은 지성의 불에 소멸되는 것이다(*CP* 268)"라고 하였다. 신은 하나로 모든 다이모닉 맨들은 신의 세계의 초인이 되고자 할 것이다. 이는 비잔티움의 세계인 신의 불 속인 "지성의 불 속"에서 소진되는 것이다. 예이츠는 지속적으로 여성 신성을 달의 상징으로 명상하면서 인간 영혼을 카르마의 법칙에 따라 관장하고 심판한다고 보았다.

  한 점 구름끼도 없는 영롱한 달이
  방바닥에 화살과 같은 빛을 내리쏟았다.
  일곱 세기가 지나도록 아직 순수하여 얼룩 하나 없는
  피는 오점을 남기지 않았다.
  저기 피에 스며 있던 땅에 섰던 것은

군인인지 암살자인지 사형집행인인지
하루 품삯을 위해서건 맹목적인 공포 때문이건
추상적인 증오로부터인지 피를 흘렸으나
그러나 바닥에는 한줄기의 핏줄기도 던져지지 않았다.
저 선조의 계단에서 풍겨나오는 피의 향기!
우리는 어떤 피도 흘리지 않고 거기에 응성대면서
달을 향해 광적으로 취해 아우성 치고 있었다(*CP* 269).

"순수하여 얼룩 하나 남기지 않은" 피로 물들지 않은 달인 성녀 소피아는 불멸이기에 비록 고행으로 피로 물들어버린 남성중심의 시대를 거쳤으나 그것은 본질적으로 사라져버리고 오로지 소피아의 영광만이 남는다는 것을 순수한 달빛으로 상징하고 있다. 그러나 달은 인간의 세속적인 눈으로 보면 피로 물들어 있는 역사였다는 것을 "군인"과 같이 싸워야 하는 인간 영혼들의 상징으로 나타난다. 즉, 피로 물든 "선조의 계단"은 불멸의 다이몬이 되기 위해 고행하는 어려운 길을 상징한다. 정작 다이몬이 되면 세속적인 유한한 피가 아닌 불멸의 기름으로 전환하게 되는데 이를 시 "기름과 피(*CP* 270)"에서 상징적으로 나타내고 있다. 피를 흘리지 않는 이들은 다이몬으로 "신의 성화 속의 성자들"과 동일시된다. 다이몬들은 윤회의 수레바퀴에서 해탈을 한 상태로 피로 물들지 않고 기름으로 상징된다. 이 다이몬들은 비잔티움에서 신의 성스러운 불 속에 거하는 성자들로 "인류의 세속적 완성(Profane perfection of mankind)"을 달성한 존재들이다. 그런데 성자와 바보 사이의 관계는 탑 안에서 비교된다. 그 성자와 바보는 이미 죽음이란 존재하지 않고 단지 카르마의 법칙에 따라 영혼이 죽음과 재탄생을 거듭한다고 보았다. 신비 기독교인 에세네파와 후기 장미십자단에서 인과응보의 법칙에 따른다고 본 점과 같은 맥락이다. 예이츠는 만일 인간이 '지식(그노시스, gnosis)'이 없다면 영혼은 카르마의 법칙에 따라 윤회를 거듭한다고 보았다. 즉, "인간은 여러 번 죽었고 / 여러번 다시 살았다(*CP* 264)"라고 하여 죽음을 부정하는 점으로 나타난다. 이 윤회를 관장하는 여성 신성을 예이츠는 탑과 더불어 미쳐버린 달로 상징되었다.

> 너무 아이들을 많이 잉태한 달은
> 하늘에서 휘청거렸다.
> 달은 자신의 방황하는 눈의 절망스런 빛에 의해
> 타격을 입고 미쳐버렸다.
> 달은 진통으로 태어난 아이들을
> 우리는 헛되이 더듬더듬 찾고 있다(*CP* 273).

　아이들은 윤회를 거듭하여 영원불멸성을 지닌 다이몬이 될 때까지 여성 신성인 소피아의 지배하에 있는 영혼들을 상징한다. 반면 "우리"는 신의 성화 속의 성자들인 다이몬들로 비잔티움의 탑 속에 거하는 성자들이다. 또한 남성 원리의 역할자로 "어떤 남성이 춤을 인도하였는가!(*CP* 273)"에서처럼 남성과 여성의 춤으로 상징하여 남녀양성구유의 신성을 보여주고 있다. 그 춤은 서로 상반된 요소의 합일에 따른 "존재의 합일"을 상징한다. 달은 성모 소피아의 상징으로 영혼의 윤회의 법칙을 관장한다. 그러므로 달은 여성 원리인 동시에 비잔티움의 탑과 동일시되는 성모의 세계로 남녀양성구유의 힘의 평형의 원리가 현존하는 불멸의 세계이다.

정화되지 않은 낮의 이미지들은 물러가고
황제의 술 취한 군사들은 잠자리에 들어간다.
밤의 반향도 밤 보행자들의 노랫소리도
대사원의 종이 울린 뒤에는 사라지고,
별빛과 달빛이 둥근 지붕의 사원을 비웃는다.
모든 인간의 단순한 복합적인 것을,
인간의 혈관의 분노와 욕정을(*CP* 280).

천상의 상징은 "존재의 합일"이 이루어진 상태로 "별빛과 달빛이 둥근 지붕의 사원"으로 상징되고 있다. 반면에 세속적인 상태는 "인간의 혈관의 분노와 욕정"으로 상징되는데 이 상태는 소피아의 심판에 따라 윤회를 거듭하여 영혼을 정화해야만 하는 단계이다. 예이츠는 "인류의 세속적인 완성"을 추구하여 "나는 초인을 환영한다. / 나는 그것을 생중사이자 사중생으로 부른다(*CP* 280)"라고 하였다. 다이몬의 이미지는 비잔티움의 "황금새"로 나타난다.

돌고래의 오욕과 피에 걸터 앉은
영혼 뒤의 영혼! 대장간들은 홍수를 터트린다.
황제의 황금 대장간이여!
춤의 무도장의 대리석이
혼란된 격한 분노를 터트리고
그러나 새 이미지들을 낳는
새로운 이미지들.
돌고래에 찢기고 종소리에 흔들리는 바다여(*CP* 281).

비잔티움에는 황제가 사는데 이 황제는 남녀양성구유의 신성인 소피아를 상징한다. 이 불멸의 장미는 카르마의 법칙에 따라 영혼의 심판을 주재하는 심판주로 심판은 노아의 홍수 때처럼 홍수를 야기한

다고도 하여 영혼을 심판하는 창조주로서의 권능을 상징적으로 보여
주고 있다.

탑을 상징하는 성모는 풍요의 왕으로 절대적인 우주의 창조주로서
성자인 주를 지상에 보냈다고 한다. 그러나 그 성자가 "지혜(소피아:
Sophia)"를 입은 것은 곧 소피아의 역할을 한 것을 상징한다고 할 수
있다. 따라서 성자의 고난은 이천 년 동안 있을 지혜, 즉 성녀 소피아
의 고행과 희생을 통한 창조의 끝 단계를 남성 원리로서 보여준 것이
라 하겠다. "성모의 가슴의 공포"를 축출하는 것은 바로 남성중심의
신인 소피아의 적인 얄다바오스를 내쫓는 권능의 성취를 상징한다.
따라서 "바빌론의 별빛으로 빛나는 탑"은 숭엄한 성모의 상징으로 이
후에 최후 심판을 주관하는 대심판주이다. 예이츠는 이 심판주의 권

능을 "마치 사라지고 멸망해야 할 땅을 / 그녀의 눈을 통해 엄한 눈이 굽어보는 것 같은(*CP* 383)"이라고 하여 소피아의 위엄을 그렸다. 성녀 소피아는 영혼을 구원하고자 희생하는 구세주로서 지상에 거하는 불멸의 장미이지만 천상에 거하는 성모는 모든 영혼을 사후에 심판하는 심판주로서 심판을 받는 영혼들을 나비로 상징한다.

먼지가 달라붙어서 달빛에 반짝이는 창에
달빛 어리는 하늘에 매달린 듯 보이는
공작나비와 들신선 나비들,
한 쌍의 밤나방이도 날고 있다.
현대의 모든 국가들도 이 탑과 같이
꼭대기가 절반쯤은 죽어 있는 것일까?
내가 말한 것에는 상관없이
삶과 양립할 수 없는 그 어떤 것이
지혜는 죽은 자의 소유이기 때문이다.
힘은 피에 얼룩진 모든 것처럼
살아 있는 이들의 것이다. 그러나 그 오점은
구름 위에서 영광에 휩싸여 나타날 때
달의 얼굴 위에는 어떤 오점도 없었다(*CP* 269).

달과 탑은 모두 여성 신성의 상징으로 이 탑의 벽에 달라붙어 있는 나비들은 인간 영혼의 상징이다. 이 영혼들은 카르마에 따라 심판을 기다리고 있다. 그 영혼들은 심판이 있은 후 다시 카르마의 법칙에 따라 영혼이 재생되게 된다. 절반은 살아 있고 절반은 죽어 있는 탑의 꼭대기는 불멸의 장미인 성녀 소피아의 천상에서의 부재를 상징한다고 볼 수 있다. "지혜(소피아)"는 죽은 자의 소유라고 하여 사후의 영혼은 그 영혼의 심판주인 소피아에 의해 심판을 받을 것을 상징하고 있다.

> 저녁 전등 불빛에 리사델은
> 남쪽으로 거대한 창문이 열리고
> 둘 다 실크 기모노를 입고 있는 소녀들이 있었는데
> 한 소녀는 아름답고 또 다른 소녀는 영양의 모습이었다(*CP* 263).

한밤중 리사델은 또 다른 탑의 상징이라 볼 수 있는데 이곳의 "둘 다 비단 기모노를 입고 있는 소녀들"이 있다고 한다. 둘은 미인들인데 한 소녀는 영양의 모습이라고 하여 성녀 소피아의 희생과 숨은 구세주로서의 면모를 상징하였다. 리사델은 슬라이고의 고어 부스의 집으로 이 리사델 또한 탑의 상징으로 볼 수 있다. "영양"은 성녀 소피아의 특성을 상징하는 것으로 "어린양"이 예수의 상징이듯이 영양은 희생을 치르는 성녀의 상징이다. 또한 밤은 여성 신성의 상징으로 "조하르 또는 광휘의 책에서 초월적 여성이며 검은 여신으로 소피아의 특성을 보여준다(Matthews 123)." 또한 카바라의 비나로서 "검은 새턴"이거나 "신의 검은 어머니(Sholem 29)"로 소피아의 다양한 이름들이 존재한다. 예이츠는 "셸리는 그의 탑들을 가지고 있었는데 한때 그 탑들을 / 사상의 왕관의 권능이라고 불렀다(*CP* 268)"라고 하였다. 예이츠는 "이 탑을 자신의 상징(*CP* 268)"이라고 하여 소피아 또는 검은 비나를 탑으로 상징하고 있는 것은 셸리의 사상과 같은 맥락이라 하겠다. 신비 철학을 익힌 마법사로서 예이츠 시의 목적은 "존재의 합일"에 이르기 위한 유일한 길인 소피아와 합일에 이르는 것이다. 블룸은 예이츠와 브라우닝이 셸리의 영향을 입었다고 보았다. 즉, "오르페적 믿음(*Anxiety* 130)"으로서 또는 "유사 신성의 영웅주의(*Anxiety*

131)"로서 그들의 시적 목적을 평가하였다. 리사델은 신성한 신의 세계에 도착하여 다이몬이 되기 위한 순례자의 도착지를 상징한다. 그 두 소녀는 성모와 성녀 소피아를 상징한다. 두 소녀는 초기 시의 헬렌이나 캐슬린 백작부인처럼 고귀한 신분의 여인들로 상징된다. 그러나 마지막 시대의 성녀 소피아의 현현은 제인과 같이 평범한 신분으로 상징된다. 예이츠의 순례는 "탑"에서의 긴 여정으로 상징되는데 "얻은 여인과 잃은 여인" 역시 이 초기 시의 고귀한 신분의 헬렌이 잃은 여인으로 상징된다. 한편 얻은 여인은 제인처럼 현대에 출현한 평범한 여인으로 그의 노래에 잠 깨어나서 그를 이해하고 옹호하는 여인을 상징한다고 볼 수 있다. 또한 잃은 여인이 성모라면 얻은 여인은 성녀 소피아라고도 볼 수 있다. 태양은 남성 원리의 상징으로서 이는 "해의 일식으로 대낮은 어두워졌다"라고 하여 천상의 여성 신성의 권능인 달의 권능이 남성 원리의 상징인 해에 의해 어두워지는 것으로 상징하였다. 여성 신성은 『환상록』에서 언급한 바와 같이 모든 영혼을 관장하여 카르마에 따라 영혼의 윤회를 주관하는 달로 상징된다. 예이츠는 성모와 성녀 소피아의 관계성을 성모 마리아와 캐슬린 백작부인의 관계로 상징한다.

> 발렌티니안 사색에서 뮤즈 원리의 추락은 연대기에 실린 소피아가 원초적인 미궁인 신성한 공허 속으로 홀로 뛰어들어버린 자신을 발견하고 "무지"라고 불리우는 고통에 빠졌다(*P & R* 205).

블룸은 예이츠를 "회의주의가 혼합된(*P & R* 205)" 초자연주의자라고 불렀다. 왜냐하면 그는 초기 장미시편의 주된 시적 목적은 성녀 소피아의 수난을 그리는 것이었기 때문이다. 비록 탑은 소피아의 상징일지라도 성녀가 천상으로 승천할 때까지 그 권능은 성모의 권능만이 존재한다고 보았다. 따라서 예이츠는 "탑의 꼭대기 절반은 죽어있는 상태"라고 본 것이다.

> "그대의 권능은 그토록 고고하고 격렬하고 친절하지만
> 그 권능은 여왕들이 오래전부터 상상해온
> 마음으로 부르던 뉴에이지를 불러올 듯도 하지만,
> 그러나 그 권능은 절반 만이 그대의 것이지요.
> 청춘의 오랜 세월을 통해서 한 남자가
> 밀가루 반죽으로 만들어낸 힘이 있고
> 그는 모든 것을 생각했다. 그 모든 것 이상의 것이
> 헛일이 되고 달콤한 말도 헛일이란 말인가?" 그러나
> 이제 거친 바람을 비난한다면 사랑도 비난받을 일이기에
> 혹은 더 불평하여도 길 잃어 방황하는 아이들에게
> 거칠게 호통치는 것처럼 무의미한 일이 되겠지요(*CP* 86~87).

불멸의 장미가 마지막 세대까지 고된 일을 할 것으로 예언했는데 이는 "새 시대를 부르는 일"을 도모하고자 함이라 한다. 그러나 성녀의 능력은 단지 절반뿐으로 천상의 성모의 명이 있어야만 성자 예수가 하강하여 성녀를 도와 잃어버린 권능회복에 도달하게 된다. 예이츠는 남녀양성의 신성이 둘 다 고된 일을 하여 새 시대를 열어간다고 보았다. 비록 성녀가 잠 깨어 일어나 세상에 자신의 뜻을 펼칠 때 세상 영웅이 될 수 없는 어린아이 수준의 미성숙한 영혼들에게 성녀가 분노하여 호통을 마구 친다 한들 어쩔 수 없다고 믿는다. 즉, 마치 길 잃은 어린아이들에게 호통을 치는 것처럼 성녀가 분노하는 것은 무의미한 일이라고 보았다. 이들 "어린아이들"이란 미래의 마법단체의

일원들로 그들은 성녀의 지혜의 말을 들었을 때 이해하지 못하여 비난을 할 것을 예언한 것이다. 그러나 아직 때가 이르지 못해 말싸움이나 되고 경멸을 받는 수난의 날들을 보내게 될지라도 성녀는 그들에게 마구 호통을 친다면 그것은 아주 무의미한 일임을 예언한 것이다. 미래에는 단지 보다 미약한 지혜를 지닌 미성숙한 마법사와 지혜자들이 있어서 그들은 더는 영웅들로 보기가 어려울 것을 예지하고 있는 것이다. 불멸의 장미가 마지막 세대에 이르러 뉴에이지를 위하여 전 세계의 성자들을 부르는 긴 여정이 있을 것을 암시하고 있다. 미래의 어느 날 갑자기 불멸의 장미가 잠에서 깨어나 이천 년 전의 여왕으로서의 오랜 옛 기억을 되살리고 나면 산토끼가 상징하였듯이 전 세계의 성자들을 부르기 위해 달려나갈 것을 예언한 바 있다. 같은 맥락으로 제인으로 상징되는 성녀는 현자들이 잃어버린 성배를 찾도록 이끌어 나가는 일을 하리라고 한다. 그 과정 중 새 시대를 여는 일은 오직 절반만이 성녀의 권능에 속한 것이라고 보았다. 성모 소피아의 명에 따라 성자인 남성 원리가 일어나야 하기 때문이다. 그러므로 예이츠는 그의 시에서 불멸의 장미가 분노하는 것은 "무의미한 일"로 성녀가 그런 험악한 상황을 불평하여 마음의 평화가 사라지는 것을 인지하고 있었다. 그러므로 비전가인 예이츠는 성모의 허락에 따라 미래에 성녀가 그녀가 맞이한 열악한 상황에 대해 실망하지 않도록 미리 예시하는 것으로 볼 수 있다. 예이츠는 늘 뉴에이지인 신이 정한 올바른 시간이 반드시 오리라고 확신했다.

그리운 환영들이여, 이제 그대들은
일상의 옳고 그름을 가지고 분규를 야기하는

모든 것이 어리석음을 이해하겠지요.
순진무구하고 아름다운 이들은
시간만이 적이라는 것을 알게 될 것입니다.
일어나 내게 성냥불을 켜라고 하세요.
시간이 닿을 때까지 또 다른 성냥불을 켜세요.
모든 성자들이 알 때까지 달려가세요(*CP* 264).

에바와 콘 자매를 소피아의 순수함과 미의 특성을 지닌 것으로 상징한 것이다. "그리운 환영"은 올바른 시간이 오면 나타날 성녀의 영광과 권능을 지닌 소피아의 두 양상을 상징한다. 예이츠의 시적 경향은 자신의 실제 삶의 경험을 통해서 시적 소재를 찾는다는 것이다. 그의 실제 삶에서의 여인들인 짝사랑한 연인 모드 곤이나 그녀의 딸 이졸트 곤과 그의 아내 조지 등으로 이들은 모두 불멸의 장미를 상징하는 시적 소재가 되고 있는 것이다. 그는 "일상의 옳고 그름을 가지고 분규를 야기하는 / 모든 것이 어리석은 것을 이해하겠지요"라고 하여 남성중심의 시대에 여성 신성을 믿는 것은 이단으로 단정지어져 핍박받는 암담한 과거의 논쟁과 분란들이 모두 헛된 일이 될 것을 상징적으로 보여주고 있다. 남성중심의 시대 동안에 지상에서 이단으로 핍박받는 성녀 소피아를 탑이라기보다는 작은 "망루"로 상징한다. 보잘 것 없고 "죄악시"된 억압된 여성 신성의 영광이란 세상에서 모두 사라지고 거의 없음을 상징하는 것이다. 따라서 남성중심의 시대가 지나가야 비로소 성녀 소피아의 시대가 도래한다는 것을 "시간만이 적"이라고 묘사하였다. 즉, 소피아의 적인 남성 신 얄다바오스가 소피아를 학대하였으나 정해진 시간이 지나면 더 이상 소피아의 적이 되지 못한다는 것을 상징한다. 예이츠는 기독교 영지주의의 사제이자 시인으로서의 지대한 자부심을 지니고 있었고 따라서 그는 "나는 사랑으로 불러올 지혜[소피아]를 가졌다네. / 나는 어머니-지혜를 나누어 가졌다네(*CP* 137)"라고 하여 자신이 지혜인 소피아의 사제임을 자랑스러워하였다. 또한 영웅들의 긴 여정은 오랜 기독교의 비극적 역사와 카르마의 법칙을 상징한다. 남성 원리의 역할로서 비잔티움의 "황금새"가 되길 바라는 예이츠의 모습은 소피아를 위한 사제로서 뿐만 아니라 여성 원리를 위한 각 세대마다 선택받은 남성 원리 중 한 사람이 되길 바라는 것이다. 이 탑은 영원불멸의 세계로 남녀 양성의 원리가 현존하고 있기 때문이다.

> 천정 방수를 위해서 무엇을 사용하여 건축했는가?
> 지붕을 덮은 랜도의 방수 범포
> 무엇이 파리와 나방을 제거하는가?
> 어빙과 그의 자랑스런 깃털장식.
> 무엇이 악당과 얼간이를 내쫓아버리는가?
> 달마와 그의 번개빛이다.
> 어째서 그 여인은 공포로 떨고 있는가?
> 저 표정에서 자비심을 찾아볼 수 있을까?(*CP* 387)

"천정의 방수"는 탑의 상징으로 소피아의 상징이라고 볼 수 있다. 지상의 성녀 소피아는 심판주로서 권능회복을 상징한다. 따라서 더는 자비심이 없다고 한다. 성녀가 대심판주로 일어섰을 때 "악당과 얼간이"들인 성녀에게 대적하고 핍박하였던 적의 추종자들은 달마와 그 천둥번개에 의해 축출 당하게 된다고 한다. 이 달마는 영웅인 남성 원리의 상징이라 하겠다. 성모의 상징인 달은 신의 천상 세계로 남녀 양성 원리가 균형을 이룬 세계이다. 여성 신성의 이미지는 더 이상은 예이츠의 투르 발릴리 탑에 거하는 것이 아니라 천상의 탑인 상위의 성모 소피아와 하나가 됨으로써 모든 영혼을 심판한다. 이 점은 "날개를 단 독수리를 / 허공 중에서 발견해요"라고 하여 허공 중에 발견하는 독수리는 권능을 회복한 소피아의 영광의 상징이다. 성녀 소피아로서 하위의 탑인 트로이의 헬렌은 불타오르는 파괴된 탑이다. 반면에 성모가 거하는 천상의 탑은 "바빌론의 별들이 반짝이는 탑"으로 상징되거나 "알렉산드리아의 탑인 봉화불의 탑"으로 상징되고 있다. 이 탑은 최후의 시에 이르면 사후 성모의 영혼심판이 있을 "검은 탑"과 동일시된다고 하겠다. 예이츠는 자신의 죽음 이후 성모를 상징하는 이 천상의 탑에서 불멸의 다이몬으로 거할 것을 믿었다. 검은 탑은 인간의 영혼들이 심판받고 재탄생하는 윤회의 법칙이 적용되고 있다. "한밤중 대성당의 종이 울려퍼질 때(*CP* 256)"에서 영혼의 대심판이 벌어진다고 한 말과 연관성을 지닌다. 해와 달은 남성 원리와 여성 원리로 탑은 "존재의 합일"이 이루어진 경지를 상징한다. 달은 여성 원리인 성모의 상징으로 카르마의 법칙에 따라 영혼의 윤회를 좌우한다고 보았다.

> 피에 멍든 인간의 심장에서
> 밤낮의 가지들이 돋아나고
> 그곳에는 눈부신 달이 걸렸다.
> 모든 노래의 뜻은 무엇일까?
> '만상이 스쳐 지나가게 하라(*CP* 285).'

"눈부신 달"은 여성 신성의 권능에 의한 환생의 수레바퀴의 상징이라고 하겠다. "지나가게 하라"라고 하는 말은 "존재의 합일"을 성

취하여 윤회의 법칙에서 탈피하여 불멸성을 획득하라는 말을 상징한
다. 시 "달의 상"에서도 윤회를 담당한 것은 달의 역할로 인간 영혼이
불멸에 도달하기까지 윤회하는 양상을 달의 상징인 큰 탑으로 상징
하였다. 달은 시 "망령절 밤"에서도 "그리스도의 교회"로서 큰 성당
으로 나타나기도 한다. 이 성당은 비잔티움의 성 소피아 성당과 연관
된다. 달과 탑은 서로 동일시되면서 소피아의 세계로 윤회의 법칙을
관장하는 신성한 성모 소피아의 역할을 보여준다. 윤회의 법칙에서
이탈하는 것은 영혼이 해탈에 이른 것이다. 그 해탈의 순간을 예이츠
는 묘비명에서 "말탄이여, 스쳐지나가라"라고 하여 윤회의 법칙인 카
르마로부터 이탈하려는 힘을 힘차게 달려나가는 말로 상징하였다. 탑
과 말탄이는 남녀양성 원리의 합일의 상징으로 "존재의 합일"을 달성
한 것이다. 탑으로의 도달은 "지혜" 안에 거하는 것을 상징하는데 이
탑에 이르기 위해서는 조상들의 탑의 계단을 올라가야만 한다. 탑의
지혜, 즉 성모 소피아에 이르는 길은 "고생 끝에 이르는 신비한 지혜
[소피아]의 이미지(*CP* 184)"라고 할 수 있다.

> 내 영혼: 나는 조상의 나선형 계단으로 부른다.
> 그대의 마음을 모두 쏟아내라. 그 급경사 위로
> 부서져 내린 흉벽 위에
> 숨죽인 별빛이 빛나는 위에
> 숨은 하늘의 극지를 가리키는 저 별도
> 모든 방랑하는 사상들은 사상이 다한
> 한계의 영역에 고정시켜라.
> 누가 어둠을 영혼에서 구분할 수 있을까?(*CP* 265)

불멸을 이룩한 것은 고통스러운 오랜 여정을 지나야만 한다는 것이다. 영혼이 고통의 여정을 지나면서 해탈에 이르게 되는 과정을 "나는 조상의 나선형 계단"을 오르는 것으로 상징한다. 즉, 조상들은 모두 상위의 탑인 소피아의 세계에 이르는 것을 상징한다. 나선 계단을 오르는 영웅은 '다이모닉 맨(Daimonic man)'으로 예이츠는 "산을 오르는 젊은이"들이라고 상징하였다. 이 '다이모닉 맨'은 영혼이 윤회의 법칙에서 이탈하여 해탈에 이르게 하는 것이다. 그것은 불멸의 장미를 위해 희생하는 영웅들에 대한 지상에서 고행하는 양상을 상징한다. "내가 사랑한 것은 신이었지만 / 그러나 신이나 여인에게 보답을 요구한다면 / 죽음의 시간이 다가오리라(*CP* 374)"라고 하여, 여인으로 지상에 거하는 불멸의 장미를 위해 헌신하다 보면 "죽음"인 불멸의 세계에 도달하게 된다고 인지하고 있다. 예이츠는 자신이 살아 생전 '다이모닉 맨'으로서 불멸의 장미를 일생 만날 수가 없는 운명임을 인지하였다. 그러나 사후 모든 '다이모닉 맨'들은 달의 세계 속의 선조의 계단을 오르는 고행의 길을 가게 된다. 그러므로 "내 영혼"은 윤회의 수레바퀴에서 해탈을 꿈꾸고 있다.

> 내 영혼. 인생의 전성기 청춘을 아득히 지나면서
> 인간의 이상은 사랑과 전쟁을 표상하는 일들을
> 왜 기억해야만 하는가? 창세의 태초의 밤을 생각하여라.
> 상상의 세속을 멸시한다면 또한
> 지성이 이것저것에 그리고 다른 것들에
> 방황하고 괴로움을 스스로 날려보내버린다면
> 그 밤이 죽음과 탄생의 죄로부터 구제할 수도 있을텐데(*CP* 265).

"내 영혼"과 "자아"는 자아와 반자아의 관계로 레드 한라한과 바보
의 관계로 상징된다. 그는 자아를 대낮으로 상징되는 검으로 보았다.
다음 연에서 자아는 검인 한낮으로 상징되는 세상으로 보고 탑은 밤
이라는 억압된 상태로 상징하고 있다.

> 밤으로 상징되는 탑에 반한
> 대낮으로 상징되는 것을 위하여
> 군인의 권리로 주장하는 것같이
> 죄를 다시 한 번 범하는 특권을 요청한다(*CP* 266).

검을 "밤으로 상징되는 탑에 반한 대낮으로"라고 상징하였다. 이
밤은 어두운 어머니인 성모 소피아의 세계로서 영혼이 세상에 살고
자 하는, 즉 "죄를 다시 한 번 범하는 특권을 요청"한다. 따라서 자아
는 세상에 거하고자 함이다. 그러므로 "나는 다시 살아가는 것에 만
족한다. / 그리고 몇 번이라도 좋다(*CP* 267)"라고 하였다. 또한 예이
츠는 영혼이 불멸성을 획득하는 것은 '철학자의 돌'을 얻는 것으로
"그것은 지성의 천국에 오를 수 있는 것 / 그것은 오직 죽은 자만의
것으로 / 그러나 그것에 대해 생각할 때, 나의 혀는 돌이 되었다(*CP*
266)"라고 하여 마법사로서 불멸을 상징하는 '철학자의 돌'을 획득하
여 다이몬이 된 것을 암시하였다. '철학자의 돌'은 서로 상반된 것의
융합이라는 연금술의 법칙에 의해 달성된다. 예이츠는 상반된 것의
융합을 자아와 반자아의 합일의 과정으로 보았다. 이처럼 연금술과
마법을 익힌 예이츠는 시 "나는 그대의 주인(Ego Dominus Tuus)"에서
자아와 반자아를 '일레(Ille)'와 '힉(Hic)'으로 묘사한다.

힉: 오랜 바람을 맞고 선 탑 아래
마이클 로바티즈가 놓아 두었던
책 옆에는 여전히 램프불이 타고 있다.
옅은 시냇물이 흐르는 회색빛 모래 땅 위에
달 속을 거니는 그대는
환영으로부터 벗어나지 못한 채 그 포로가 되어
지속적으로 마법 형상을 추구하고 있는 것이다(*CP* 180).

"달"은 여성 원리로서 성모 소피아의 상징으로 영혼의 심판을 관장하는 창조의 신이다. 힉은 일레의 반자아로 "마법 형상"인 '철학자의 돌'을 획득하여 불멸에 이르고자 하는 마법사 예이츠에게 반대 의견을 토로하고 있다. 이처럼 힉의 반자아인 일레는 단테를 자신과 동일시하여 불멸의 장미를 추구하는 예이츠 자신의 모습을 변론한다.

단테가 한 심상을 자신의 반대물로 만들었다고 나는 생각한다.
그 심상은 문과 창이 난 절벽에서
배두인족 말의 털로 이은 지붕을 응시하고 있거나,
혹은 잡초나 낙타의 대변에서 절반 파내어 일으켜진
돌 같은 얼굴이었다.
그는 가장 단단한 돌에 끌을 대었다.
난잡한 생활방식이 귀도에게 비웃음당해
우롱당하고, 우롱하는 사이에 추방된 몸이 되어,
저 계단을 올라가서 쓴맛 나는 빵을 먹는다.
그는 확고한 정의를 알게 되었고,
한 남자에게 사랑받는 가장 존귀한 여성을 발견했다(*CP* 181).

단테는 예이츠의 자아의 상징으로 다이모닉 맨으로서 선조의 계단인 탑의 계단을 오른다. 그 탑은 소피아의 세계로 불멸을 획득하고자 노력하는 영혼들은 탑의 계단을 오르고 있다고 한다. 단테가 사랑한 존귀한 여인 또한 불멸의 장미인 여성 신성을 상징한다. 이처럼 탑은 모든 다이몬들이 거주하고 영혼들이 심판을 받기 위해 거주하는 신성한 곳으로 어싱 신성의 상징이다. 힉은 키이츠의 사랑을 찬미하지만 예이츠의 자아로서 일레는 불멸의 장미에 대한 키이츠의 추구에 대해 회의적이다. 즉, 키이츠는 레드 한라한의 반자아인 바보와 같은 존재로 보다 존귀한 여인을 추구함에 있어서 자신의 관점에서 유아처럼 사랑에 매달릴 뿐 정작 여성 신성인 소피아의 권능회복을 위해 희생하는 영웅적인 양상은 찾을 수 없다. 예이츠는 트루 발릴리 탑을 성녀 소피아의 상징으로 보고 있기에 그 탑이 이 땅의 기념비로 칭송되기를 기원한다.

> 신이여, 이 탑과 그 옆의 작은 집과
> 내 상속인에게 축복을 주소서.
> ......
> 만약 악마의 수족으로 길가에 그림자 드리우는
> 물푸레 나무를 베어버리고
> 관사에서 계획한 작은 가옥을 세우고자 하여
> 전망을 망치려고 한다면
> 그의 목숨을 단명케 하소서.
> 그 남자의 영혼을 수갑에 채워 홍해의
> 저 밑바닥으로 가라앉게 하소서(*CP* 183).

예이츠에게서 자신의 작은 트루 발릴리 탑은 지상에 거하는 성녀 소피아의 상징으로 그 누구도 그녀의 앞길을 막거나 흐리게 하는 악마의 손길이 되어 탑의 경치를 해치려고 가옥을 세우고자 한다면 그를 단명케 하고 홍해에 가라앉게 하라고 기원한다. 이 탑의 정경을 해치는 가옥을 설립하는 일은 "악마의 수족"으로 상징되어 소피아를 해치고자 하는 소피아의 적들인 남성 신의 억압에 대한 저주를 상징한다. 따라서 예이츠는 여성 원리인 탑으로 상징되는 불멸의 장미가 영원한 기념비가 되기를 바라고 있다. 성녀인 불멸의 장미가 승천하기 전 온 세상의 현자들에 의해 성배를 찾는 새로운 역사가 이루어진다고 믿었다. 예이츠는 이를 사냥으로 상징하는 레드 한라한을 자화상으로 그리고 사냥이라는 상징으로 성배인 불멸의 장미-성녀 소피아를 찾아 나서는 과정을 역설적으로 상징하였다. 이 성배찾기인 사냥이 이루어지고 마침내 성배인 산토끼를 잡게 되면 이것이 곧 불멸의 장미가 권능을 회복하여 승천하는 때가 온 것이다. 예이츠는 승천하는 성녀 소피아를 잃어버린 여인으로 상징하였다. 예이츠의 자화상으로는 성배를 찾아 나선 기사의 상징적 인물인 한라한으로 상징되고 있다(*CP* 220). 이 시에서 한 노인인 마법사가 모든 카드를 사냥개로 변하도록 마술을 걸고 단지 한 카드만 산토끼로 변하게 명했다고 한다. 즉, "산토끼"는 달 속의 토끼에서처럼 달을 연상시키며 달의 원형적 이미지는 "여성 원리"를 상징한다. 따라서 오로지 성녀 소피아를 위해 헌신하며 일생을 바친 레드 한라한은 예이츠의 운명적 인생을 잘 상징하고 있다. 레드 한라한은 <황금 여명회>(Golden Dawn)의 비전을 통해 자신의 자화상으로 창조한 인물로 우연히 어떤 노인, 즉 원형적 남성 원리인 예수 그리스도로부터 지상에 추락한 "지상미"의 잠을 깨우라는 소명을 부여받고 자신의 소명의식에 충실했다. 『신화집』(*Mythologies*) 중 "레드 한라한의 이야기"에서도 잘 상징되고 있다. 한라한의 방황은 성녀를 일깨우고자 하는 예이츠 자신의 노력하는 모습이다. 후기시로 갈수록 예이츠는 "지상미"에 대한 지대한 관심이 점차 성모에게로 귀의하여 영혼 불멸성을 획득한 "다이몬"이 되는 일에 더 관심을 기울이게 된다. 즉, 점차 "천상미"인 성모의 세계로 향해 나아간다고 볼 수 있나.

> 그러한 파멸이 오기 전 수세기 동안
> 무릎까지 십자형의 각반을 치고 철구두를 신은
> 거치른 무사들이 좁은 계단을 올라갔다.
> 거기에는 이미지가 대기억 속에 간직되어
> 있는 몇몇 무사들이 있었다(*CP* 220).

"오랜 대기억 속에 간직된 몇몇 무사들"은 역대 선조들 중 자신처럼 끊임없는 지식추구와 자아와의 싸움을 통해 소피아와 합일의 경지에 이르러 "다이몬"의 경지에 이른 초인들을 지칭한다. 비단 선조와 자신에 그치지 않고 미래에도 비전을 추구하여 불멸의 "다이몬"이 되고자 하는 후손들이 있을 것을 예이츠는 확신했다. 이들을 "다이모닉 맨"이라고 부른다. 예이츠도 생전에는 "다이모닉 맨"이었고 이들은 삶의 모순과의 투쟁의 상징인 탑의 긴 계단을 올라가려는 긴 고통의 과정을 이겨내야만 한다. 승자는 마침내 소피아와 합일하여 "다이몬"이 된다. 즉, 무사들이 계단을 오르기 위해서는 삶의 치열한 투쟁으로만 이뤄질 수 있는 험난한 과정을 상징한다. 앞의 "대기억(Great Memory)"은 성모 소피아인 "대모(Great Mother)"를 지칭한다고 볼 수 있다. 따라서 "탑"은 지상과 천상을 연결하는 두 소피아의 상징체임을 알 수 있다.

이처럼 숨은 신인 소피아는 만인의 성모로서 비단 예이츠뿐만 아니라 위대한 시인들의 시적 주제가 되었다. 흔히 낭만주의 시인들은 시신 '뮤즈(Muse)'인 소피아로부터 시적 영감을 얻는다고 본 블룸은 "자신의 창조자가 누구인지 모르면서 자신이 창조자의 세계 속에 살고 있다는 것은 대단히 놀라운 일이다(*Anxiety* 3)"라는 발렌티누스의 말을 인용하여 인류가 윤회를 관장하는 신인 소피아를 모르고 있다고 전한다. 그리고 블룸은 이처럼 시신 뮤즈로서 동일 대상인 소피아를 우러르는 시인들의 유사성 공유에 대해서는 후배 시인들이 선배 시인들의 영향에 대한 "시적 불안"에 빠진다고 했다.

예이츠는 "다이몬"이 된 선조들을 소피아와 합일을 위해 투쟁적인 삶을 살아간 것을 전사에 비유하고 있다. 예이츠 역시 투쟁적인 "군인정신"으로 "지상미"의 권능회복을 위해 전념하는 사제의 길을 가고자 한 것을 엿볼 수 있다. 따라서 "눈 먼 방랑자의 사제를 데리고 오라(*CP* 220)"고 한다. 눈먼 호머가 헬렌을 노래했듯이 예이츠는 소피아를 노래하는 소피아의 사제로서 자신의 소명의식에 충실하고자 하는 예이츠 자신의 자화상적 인물을 상징한 것이다. 그의 시 "탑"의 제2부에서 성녀 소피아를 주로 다루고 있다면 제3부에 오면서 윤회를 관장하는 성모 소피아를 그려내면서 미래 후손들을 위해 윤회의 굴레를 끊어내는 방식을 알려주고자 했다. 즉, 예이츠는 불멸의 세계에 안주할 수 있도록 "지식"을 쌓아둘 것을 "파리 낚시줄을 드리우는 곧은 사람들"인 "다이모닉 맨"들에게 전하고자 한다.

> 그리고 나는 내 신념을 선언한다.
> 나는 플로티누스의 사상을 조롱하고
> 플라톤의 사상에 반대하여 소리친다.

삶과 죽음은 애초에 존재하지 않았노라고(*CP* 223).

앞에서 뮤즈보다 플라톤이나 플로티누스가 상징하는 윤회론을 옹호힌 선인들의 사상을 따르겠다던 예이츠가 갑자기 플로티누스나 플라톤을 조롱한다고 한다. 이는 결국 이들이 주장한 윤회의 법칙을 극복하여 윤회의 굴레로부터 벗어나라는 의미를 상징한다. 즉, 그는 후손들에게 윤회의 법칙을 끊을 수 있는 강력한 힘을 소유하여 사후에 영혼이 해탈에 이르러 다이몬이 될 수 있는 강력한 힘을 지닐 것을 당부하는 것이다.

> 저 탑의 총구멍에서 갈가마귀는 지저귀고 울부짖듯이
> 잔 나뭇가지들을 떨구어 겹겹이 쌓이게 한다.
> 나뭇가지들이 높이 쌓이게 되면
> 어미새는 그 움푹한 위에 내려앉아서
> 그 거친 둥지를 포근히 감싼다(*CP* 224).

사후 소피아의 세계에 입성함을 노래한 뒤 바로 다음 연에서 갑자기 새 둥지에 대한 정경이 나타난다. "탑" 안의 새 둥지는 "검은 탑"에서 요리사가 새를 잡으러 탑 꼭대기로 올라가는 장면과 연결되고 있다. 요리사는 영혼의 사후 심판을 관장하는 소피아의 상징으로 영혼들에게 육신을 입혀서 재탄생의 길을 열어주려고 한다. 그러므로 새들은 사후에 신의 거처에 머무는 사자들의 영혼을 상징한다. 이 점은 시 "안식을 얻은 쿠훌린"에서 사후의 크훌린의 영혼은 다른 영혼들과 함께 새 울음소리를 내고 있는 점과 같다. 예이츠는 "탑"의 끝 연에서는 인류의 대스승인 "다이몬"으로서 "다이모닉 맨"들인 "산을 오르는 젊은이들"에게 신비의 비전을 전하고자 했다.

영혼이 탄생과 죽음을 반복하는 윤회의 법칙을 깨기 위해서 "산에 올라가 파리 낚시 줄을 드리우는 젊은이"가 되길 기원했다. 이 "파리 낚시줄"은 명상과 비전의 상징으로 소피아의 세계에 이르기까지 반드시 수반되어야 할 무기라고 할 수 있다. 그러나 이 신비지식의 전승은 세상의 지식과는 판이하게 다른 것으로 예이츠와 같은 소피아 사상을 가진 현자들을 "광대"나 "서커스 단원" 등 소외된 계층으로 상징했다. 또한 이 지식의 전승자들인 선조들을 "세 가지 행진곡"에서는 교수형에 처해지는 이단자로 나타낸다. 이처럼 현실의 암담함을 거울에 비유하면서 투쟁적으로 삶의 비극에 맞닥뜨리길 바란다. 왜냐하면 세상은 남성중심의 사회로 그 안에 가리운 소피아는 "패배의 신"이기 때문이다. 세상은 성모 소피아가 윤회를 관장하는 진정한 신이라는 것을 모른 채 경멸과 조소의 대상으로 매도하기 때문이다.

소피아를 수호하다가 이단으로 몰려 처형당하는 교수대 앞에서도 당당히 맞서는 영지주의자들을 자신의 선조들로 상징하면서 예이츠는 선조들의 삶에 대한 투쟁정신을 지닌 영웅적인 무사로 상징하고자 했다. 무사정신은 시 "긴다리 소금장이"에서 영웅 시이저의 강철같은 모습을 통해서도 그려졌었다. 영웅들의 투쟁정신은 소피아에게 나아가고자 함으로 마침내 윤회의 굴레를 벗어나 "존재의 합일"에 이르는 것이 가능하다고 보았다. 그러나 무수한 영혼들은 아직도 소피아가 진정한 신임을 알지 못하여 그들의 투쟁정신은 나약한 "겁쟁이"들로 묘사하였다. 이들 겁쟁이들은 윤회의 굴레를 벗어날 수 있는 힘이 없다고 한다. 따라서 예이츠는 자신의 후손들에게 겁쟁이가 되지 말고 선조들처럼 당당히 남성중심의 시대에 맞설 것을 당부하는 참된 다이몬으로서 미래의 후대인들에게 권고하고 있다.

> '우리의 오랜 규정에 따라 수의를 만드세요.'
> '우리는 대체로 우리가 단지 알고 있는 것 때문에
> 그 갑옷의 달그락 소리를 두려워하지요.'
> ......
> 집에서 쫓겨나서 공포 속에 죽은 자들입니다.
> 그들은 인간의 가락이거나 가사가 아닌 채 노래 불렀지만
> 이전처럼 모두 함께 노래 불렀다.
> ......
> 그들의 목청은 변하여 새소리처럼 되었다(*CP* 396).

"친척에게 살해된 모두 겁쟁이뿐(*CP* 396)"이라고 하여 투쟁정신이 결여된 사람들은 겁쟁이로 아직은 윤회의 법칙을 벗어날 수 없다고 보았다. 따라서 "새"의 이미지로 상징되는 환생을 기다리는 영혼들은 모두 "살해된 겁쟁이들"이라고 했다. 블룸 역시도 예이츠가 겁쟁이들에 대한 부정적 견해를 갖고 있다는 것으로 보았다.

> 예이츠의 이론적인 인간의 가치는 항상 추상적인 파시스트의 폭력을 부른다. 폭력에 대한 그의 인정이 있을 때마다 그의 정화적인 죽음의 시에서 치욕스런 겁쟁이와 반대되는 최상의 미덕을 영웅주의라고 믿는 것과 동일차원을 포함하는 그의 자기 징벌에 대해 그리 놀랄 필요는 없다(*P & R* 230).

무사는 시 "탑"에서 갑옷을 입은 선조들처럼 "다이몬"이 되기 위해 단호히 삶에 맞서야 한다. 그러나 겁쟁이들은 윤회의 굴레를 벗어나지 못하고 다시 환생을 준비해야 한다. 즉, 새 육신을 빌려 환생하는

일을 위해 수의를 만들어야 한다. 사후에 해탈을 맞이하기 위해서는 예이츠 자신도 부단히 삶의 모순 속에 투쟁하는 무사가 되어야 했다. 즉, 예이츠가 말년으로 갈수록 차고 정열적인 시를 쓰고자 하면서 열정적인 "미친 노인"으로 불리우길 바란 것도 이처럼 삶에 대한 투쟁정신을 지닌 무사의 용맹스러운 모습이길 바란 점에 기인한다.

> 말하라, 그 검은 탑의 사람들에 대해서,
> 비록 그들은 양치기가 먹는 음식밖엔 없고
> 가산을 탕진했고 술은 시어졌지만
> 군인에게 필요한 것은 아무것도 잃지 않았다는 것을
> 모두가 맹세에 얽매인 자들이며
> 적의 군기가 침입하지 못한다는 것을(*CP* 396).

최후의 시에서 "검은 탑"은 앞서 언급한 바와 같이 빛을 낳는 "검은 여신"인 비나-소피아의 상징체이다. 예이츠에게 투철한 투쟁정신은 무사가 되어 세상의 모든 모순과 부조리와 맞설 수 있는 힘을 상징한다. 탑의 무수한 "선조의 계단"을 오르는 것으로 상징되는데 그 싸움에서 겁쟁이가 되지 말 것을 강조한다. 왜냐하면 이 투쟁에서 패배한 비겁자들은 윤회의 굴레 속에서 거듭 탄생과 죽음을 반복하면서 영혼은 못다 한 싸움을 다시 싸워나가는 일을 거듭해야 하기 때문이다. 이 시의 후렴구의 "사자의 영혼이 무덤 속에서 일어난다"는 말은 영혼의 윤회설을 뒷받침한다. 즉, "바람"은 영혼의 부활을 상징하며 "뼈"는 불멸을 상징하여 인간의 영혼이 윤회의 수레바퀴에 얽매여 있는 것을 상징한다.

그들의 군기는 매수되거나 위협을 받거나 한다.
또는 자신의 정통적인 왕을 잊어버리고
어느 왕이 자신을 다스릴지 관심을 두는 자는 바보라고 속삭인다.
왕이 예전에 죽었다면
어찌 그리 그대는 우리를 두려워하는가?(*CP* 396)

생전에 남성중심의 신을 추구했거나 무신론자였던 영혼들에게는 "군기"가 상징하는 삶의 투쟁정신이 결여되어 있었다. 따라서 신성에 대한 무지로 인한 카르마(업)에 따라 환생을 고대하게 된다. 생전에 어떤 신을 신봉했었는가를 불문하고 모든 영혼은 사후에는 "여성 원리"인 성모 소피아의 현존과 맞닥뜨리게 되기 때문이다. 그러나 영혼을 심판하는 성모의 현존을 모르는 영혼들은 그들의 무지 때문에 사후 영혼의 상황에서는 몹시 당황하는 양상을 "자신의 정통적인 왕을 잊어버렸다"고 한다. 이 "왕"은 소피아-이시스로 볼 수 있다. 왜냐하면 성녀 소피아는 여왕으로 볼 수 있으나 신은 남녀양성이므로 "왕"으로 불리울 수도 있기 때문이다. 특히 영혼의 심판자는 여성적인 면보다는 남성적인 면이 더 강하므로 여왕이라기보다는 남성 원리인 "왕"으로 칭한 것이다. 전능한 우주의 신으로 소피아의 현존에 대한 확신은 "왕이 예전에 죽었다면 어찌 그리 우리를 두려워하는가"라는 질문 속에서 잘 나타난다. 또한 "우리"는 예이츠가 사후에 "다이몬"의 무리들과 연합했음을 시사한다.

그 탑의 늙은 요리사는 새벽 이슬 맺힌 때
억센 우리가 몸을 뻗고 자고 있을 때에
작은 새를 잡으러 오르고 또 올라가야 하지만
왕의 위대한 뿔피리 소리가 들린다고 단언한다(*CP* 397).

탑의 "늙은 요리사" 역시 윤회를 주관하는 소피아의 상징으로 "새" 역시 이미 언급한 바와 같이 사자의 영혼을 상징한다. 새 육신을 얻어 환생하기를 고대하는 사자들을 "몸을 뻗고 자고 있는" 모습으로 묘사했다. "왕의 뿔피리 소리"는 심판의 나팔소리를 상징하여 환생을 기다리는 영혼들이 카르마에 따라 환생을 결정짓게 된다. 일찍이 예이츠는 동양의 우파니샤드를 번역한 일이 있다. 우파니샤드가 이런 윤회론을 함축한 까닭이라 하겠다.

> 우주의 근원이신
> 생명의 주께 헌신하라. 그분은
> 그대의 고통의 근원을 제거할 것이고
> 카르마의 굴레로부터 그대를 자유롭게 하리라(Easwaran 220).

우파니샤드의 수레바퀴는 예이츠의 시 "수레바퀴"와 같은 내용으로 영혼의 윤회론을 잘 나타낸다. 이처럼 윤회를 관장하는 탑 이미지로 나타나는 소피아의 세계는 예이츠의 여러 시편들에서 강조되고 있다. 시 "피와 달"에서 탑은 강력한 생명력을 지닌 소피아의 세계로 나타난다. 그 안에서는 시간의 유한성을 조소한다.

탑의 이미지는 최후의 시인 "검은 탑"에 이르기까지 윤회의 법칙을 이탈하여 신의 세계에 안주하는 "다이몬"이 되기 위해 투쟁하는 과정이 묘사되고 있다. 즉, 탑은 인류의 카르마의 법칙을 상징하는 나선형 계단이 있고 그 계단을 힘겹게 오르는 세상과의 싸움에서 승리한 영혼만이 "다이몬"의 경지에 오를 수 있다. 이 탑의 계단은 "산을 오르는 바람직한 젊은이들(*CP* 224)"에서 "산"으로 상징된다. 즉, "산"과 "나선형 계단"을 오르는 행위는 모두 윤회의 수레바퀴를 벗어나려는 힘을 상징한다. 예이츠는 "모든 대립물이 만나고 극단적인 선택이 가능한 모든 힘이 나오는 지상의 상태인 실재와 모두 음악이며 휴식인 불의 상태의 실재가 있다(*Myth* 356~357)"라고 하여 윤회의 법칙에 얽매인 유한 세계의 실재와 해탈한 영혼인 "다이몬"이 거하는 무한 실재가 있음을 상징한 것이다. 결국 삶이란 온통 모순과 갈등 속에 투쟁이 요구되며 윤회의 굴레를 벗어나기 위해서는 "무사정신"으로 무장을 해서 그 굴레를 이탈할 수 있는 힘을 길러야 한다는 것이다.

신과의 합일만이 인간의 궁극 목표라고 믿었던 예이츠는 "오, 그러나 우리가 꿈꾸는 것은 인류를 괴롭히는 불행을 바로 잡기 위한 것이다(*CP* 235)"라고 하여 인류의 대스승으로서 진리를 일깨워주려 했다. 그러나 이 윤회의 굴레로부터 해방의 길을 제시하는 일은 세인들에게 웃음거리가 되기에 "정신이 이상한 사람들로 간주된다(*CP* 235)"라고 했다. 이처럼 세상의 모순 속에 바로 서기 위해서는 군인정신으로 투쟁적인 삶을 살아가길 권유하는 예이츠는 유언시의 제3부에 와서 "오 주님 우리에게 전쟁을 보내주소서"라고 기원했다. 남성 신에게 그 자리를 양보한 "패배한 신"의 "패배한 신하"로서 소피아의 권능에 다가가는 삶은 전쟁이라고 보았기 때문이다. 그러나 겁먹지 말고 치열한 투쟁과 장렬한 영웅의 최후만이 삶을 승리로 이끌어 윤회의 굴레에서 이탈하여 불멸의 세계를 상징하는 "탑"의 정수에 입성할 수 있다고 믿었다.

사람들이 정신없이 싸울 때
오랫동안 장님이었던 상태로부터
그 무엇인가가 보이게 되고

그의 미완성적인 마음을 완성하여
잠시 안락이 찾아와
평화스러운 마음으로 크게 웃게 된다는 것을(*CP.* 398).

투쟁적인 삶이야말로 영원한 '실재(Reality)'인 소피아를 직시할 수
있게 하여 영혼은 본향에 안주하여 "안락"을 맛보게 된다고 보았다.
그 진리는 모든 현자들에 의해 이미 지상에 현존하고 있는데 이들 현
자들은 "시인"과 "조각가"들이다.

시인이여 조각가여, 작업을 하라.
......
삶의 영혼을 신에게 이르게 하여
그가 요람을 올바로 채우게 하라(*CP* 399).

예술가들로 지칭된 깨달음에 이른 현자들에 의해 사람들이 바로 일
깨워져서 신과의 존재의 합일에 이르러 불멸의 존재가 되기를 바란다.
즉, 깨달음에 이른 이들을 제외한 사람들은 카르마(업)에 따라 영혼이
재탄생한다는 의미로 "요람을 올바로 채우게 하라"라고 하였다.

미켈란젤로는 시스티나 성당의
천정에 하나의 증거를 남겼다.
거기에서 반쯤 깨어난 아담이
세계 여행을 하는 여성의 마음을
창자까지 뜨거워질 때까지 흥분시켰다.
비밀스레 일하는 마음에
정해진 목적이 있다는 증거
그것은 인류의 세속적 완성이라는 목적이다(*CP* 399).

이집트의 현자와 피디아스를 비롯해서 미켈란젤로의 작업이 인류와 고통을 함께하는 "지상미"에 대한 숨은 비전을 예술적 이미지로 승화했다고 보았다. 지상미의 고행은 "세계 여행을 하는 여성"으로 상징되었다. 결국 지상미의 희생은 "인류의 새속적 완성"을 위해서라고 예이츠는 생각했다. 이처럼 소피아의 사랑과 진면목을 전하는 것이 진정한 예술인이 해야 할 일이라고 믿는 예이츠는 유언시 제3부에 와서 "아일랜드 시인이여, 그대들의 일을 배우라(*CP* 400)"라고 외쳤다.

> 지난 영웅적인 칠 세기 동안
> 쾌활한 귀족들의 육신이
> 부서진 것을 노래하라.
> 지난 일들을 생각하라(*CP* 400).

지난 칠 세기는 중세 암흑기에 '장미십자단(Rosicrucian)'을 기치로 하여 신의 권능을 따르려 했던 현인들의 고통과 노고를 기념할 것을 후손들에게 당부한 것으로 보인다. 그런데 예이츠가 귀족들을 남녀로 칭한 것은 남녀양성의 삼위일체를 믿는 까닭이다. 그리고 인류를 위해 희생하는 신은 "여성 원리"임을 인지하는 까닭에 선조들 역시 남녀를 동등하게 거론했다. 그러나 날이 갈수록 옛 현인들의 지식이 잊혀져간다고 믿기에 현대의 풍조나 지식보다 참된 진리를 좇아가길 후손들에게 권유했다(*CP* 400). 그리고 예이츠는 다이몬으로서 최후의 조언을 미래 후손들을 위해 묘비명에 남겼다.

> 삶과 죽음에 대해
> 차디찬 시선을 던져라.

말탄이여, 지나쳐 가라!(*CP* 401)

묘비명에는 사후 다이몬이 된 예이츠가 미래의 "다이모닉 맨"들에게 숨은 비전을 터득하여 그 끝없는 윤회의 굴레에서 벗어나 소피아와 "존재의 합일"을 달성하기를 권유하였다. 이는 인생의 승자로서 조언을 담은 것으로 예이츠는 『우파니샤드』를 몸소 번역하였다. 이 묘비명의 "말 탄 자"와 동일한 이미지가 『카타 우파니샤드』에도 나온다. "말탄이"는 시적 궁극목표가 담긴 핵심어로 영혼을 상징한다. 즉, "말탄이"는 생전에 깨달음의 지식을 쌓아서 영혼이 윤회의 법칙을 벗어난 불멸의 경지인 다이몬의 경지에 도달하려는 힘, 즉 말이 달려나가듯이 윤회의 수레바퀴를 이탈할 수 있는 힘을 상징한다.

고삐로 마음을 잘 훈련한 마부처럼
분별하는 지성을 지닌
인생의 최고 목표를 달성한 이들은
사랑의 주와 하나가 되리니(Easwaran 89).

윤회의 법칙을 깨고 해탈할 수 있는 영혼은 바로 생전에 지혜를 쌓는 "다이모닉 맨"임을 『우파니샤드』 역시 전하고 있다. 예이츠 역시 묘비명에서 무지로 비롯되는 윤회의 수레바퀴를 벗어나 불멸의 신의 세계에 입성할 수 있는 힘을 기른 이들을 "말탄이"라고 불렀다. 즉, 굴레를 벗어날 수 있는 힘을 단적으로 상징하는 말은 "스쳐 지나가는"이라고 할 수 있다. 이처럼 윤회의 굴레를 끊을 수 있는 힘을 기르기 위해서는 겁쟁이가 아닌 "군인정신"으로 무장할 것을 주장했다. 그는 "인간만이 죽음에 대한 공포와 희망을 갖고 있으며 인간은 죽음을 창조했다(*CP* 264)"라고 하여 죽음을 두려워하는 겁쟁이들은 윤회의 굴레를 벗어나지 못하고 환생을 거듭해야 한다고 믿었다. 윤회론에 대한 그의 신념은 "인도 승려들이 사자에 대한 제사를 3대 후에 그만두는 것은 환생하기 때문이라고 보았다(*AVB* 236)"라고 언급한 점에서도 나타난다. 따라서 삶의 궁극 목적은 윤회의 굴레를 빠르게 "지나치는 것", 즉 "수레바퀴에서 자유를 얻는 것(*AVB* 236)"이었다. 또한 "차가운 시선"을 던지는 것은 고르스키(Gorski)의 견해처럼 유한한 삶에 대해 미련을 갖지 말고 깨달음에 의해 불멸의 신의 세계에 입성하라는 다이몬으로서의 조언이다.

> '차가운 시선을 던져라'는 삶에 대한 집착이나 죽음에 대한 두려움이 아닌 부처님처럼 존재에 대한 속박을 풀 것을 의미한다. 아마도 예이츠는 제13구인 자유와 공명성으로 이끄는 훈련을 나타낸 듯하다(Gorski 199).

이처럼 묘비명에 이르기까지 소피아에 대한 지식의 비전을 전하여 유한한 인간의 영혼을 불멸의 세계로 인도하려고 한 예이츠는 불멸의 진리가 복잡한 경지를 초월하는 것은 의외로 간단하다는 것을 시 "미지의 교사에 대한 감사"에서 "풀잎의 이슬방울 하나에 매달려 있다(*CP* 287)"라고 했다.

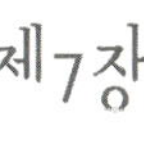

"존재의 합일"을 통한 '철학자의 돌'의 달성

제7장

"존재의 합일"을 통한 '철학자의 돌'의 달성

그녀가 간 곳을 찾아내어
그녀 입술에 입맞춤하고 손을 맞잡고
얼룩진 긴 풀숲을 걸으리.
그리고 저 달의 은빛 사과와
저 해의 금빛 사과를
시간이 다할 때까지 따리(*CP* 66).

여왕의 입술은 방울 달린 모자에게 사랑의 노래를 불러주었네.
여왕은 자신의 문과 창문을 열었네.
그러자 그 마음과 영혼이 그 문을 통해 들어갔네.
여왕의 오른손에는 빨간 마음이,
여왕의 왼손에는 푸른 영혼이 있었네(*CP* 71).

　예이츠는 일생 지상에서 여성 원리인 불멸의 장미를 찾아서 남녀 양성의 원리가 합일에 이르러 "존재의 합일"을 달성하는 것을 그의 시적 목표로 삼았다. 그러나 그는 일생 불멸의 장미를 이 세상에서 만날 수 없었다. 이는 그의 신비시 "방울 달린 모자"에서 잠자는 여왕의 잠을 깨우고자 자신의 목숨을 바치는 광대의 헌신으로 상징된다. 서로 상반된 남녀양성의 원리가 합일에 이르러야만이 "존재의 합일"

에 도달한다고 보는 예이츠의 시의 궁극 목적을 상징하고 있다. 따라서 예이츠는 초기시부터 남성 원리로서 자신의 역할을 중시하고 여성 원리를 추구하는 시적 양상을 보인다. 잠자는 여왕과 광대, 잉거스와 소녀, 마이클 로바티스와 춤추는 소녀, 레드 한라한과 에지, 혹은 후기시에서 레드 한라한이 추구하는 불멸의 장미를 상징하는 산토끼로서 연이은 상징들로 나타나고 있다. 일찍이 초기 신비시 "방울 달린 모자"에서 여왕의 광대는 잠자는 여왕을 깨우기 위해 죽음으로 희생을 바쳐서 스스로 희생의 제물이 되어야 여왕의 잠을 깨울 수 있다고 한다. 그 여왕이 잠 깨어난 후 여왕과 사후 광대의 마음과 영혼이 붉고 푸른빛으로 여왕에게로 와서 남녀양성구유로서 존재의 합일에 이르게 된다. 이 예언적인 메시지는 남녀양성 원리가 합일에 이르는 것은 남성의 희생에 따른 것임을 상징적으로 보여준다. 그러므로 예이츠는 자신 역시 남성 원리의 역할자로 선택된 자로서 결국 일생 그 불멸의 장미를 추구하지만 죽음에 이르기까지 그 불멸의 장미를 만날 수 없을 것을 레드 한라한의 모습을 통해 보여주고 있다. 광대는 예이츠와 동일시를 이룬다. 남성 원리로서 "신이 한 번의 입맞춤으로 온 세상을 불사를 때까지 / 왜 그리워할 필요가 없는 연인들이 그리워해야만 한다고 꿈을 꾸는가?(*CP* 50)"라고 한탄하기도 한다. 인간은 신이 남녀양성구유인 것처럼 서로 다른 두 극단성일 뿐만 아니라 남녀양성의 원리가 균형을 이룰 때 "존재의 합일"이 달성된다고 믿었다.

두 극단 사이를
인간은 달린다.
횃불이나 불타는 호흡이거나.

낮과 밤의
일체의 이율배반을
파괴하고자 한다.
육신은 그것을 죽음이라 부르고
마음은 죄책감이라고 부른다.
그러나 만일 이것이 옳다면
무엇이 즐거움이란 말인가?(*CP* 282)

　"생명나무" 이론에 근거하여 예이츠는 두 양극 세계의 존재 의미를 심도 있게 깨닫고 있는 것이다. 따라서 그는 "우리는 삶에서 비극을 느끼기 시작할 때 삶이 시작된다(*Auto* 116)"라고 토로할 수 있었다. 예이츠는 연금술을 연마한 마법사로서 "생명나무"가 보여주듯이 "정반대의 것들이 없이는 진보는 없다"라고 믿었다. 그것은 신이 남녀양성구유로서 남성 원리와 여성 원리는 서로 대립적인 점과 연결이 된다 하겠다. 이 두 대립된 개체들은 두 힘이 균등하여 평형을 이루어야 하는데 이는 연금술적 비법이기도 하다.

우렁차게 흐르는 모든 것은
저 바늘 구멍에서 흘러나온 것이라네.
아직 태어나지 않은 것과 사라져 버린 것들이
저 바늘 구멍에서 흘러가도록 이끌리고 있다네(*CP* 333).

　대자아인 신이 좌정한 "바늘 구멍"은 "생명나무"에서 '케테르(Kether)'라고 하는 최정상을 상징한다고 볼 수 있다. 이는 또한 상반된 두 가이어가 서로 대립을 이루고 있고 그 연결된 곳은 바늘 구멍으로부터 시작된다고 보았다. 그리스도 예수-소피아는 "존재의 합일"의 상징으로 남녀양성구유의 신성을 의미한다. 그 두 가이어들은 역사의 문명에 영향을 미친다. 지난 이천 년의 기간은 남성중심의 삼위일체 신성이 지배하는 남성 가이어가 중심이 된 시기로 볼 수 있다. 그러므로 여성 원리의 가이어는 쇠약해져 소진되었다. 그리하여 여성 신성은 남성중심의 시대를 맞이하여 소멸되어 갔다. 그러나 역사는 돌고 돌아서 이천 년의 남성중심의 가이어가 소진될 것이고 그때 여성 원리의 새 가이어가 그 힘을 얻게 된다. 이 가이어의 법칙은 『환상록』에 잘 나타나고 있다. 만일 남성 원리가 쇠약해져 가면서 그동안 쇠약해 있던 여성 원리가 점진적으로 팽창되면서 남녀 양성 원리의 균형이 깨져 있던 상태로부터 벗어나 마침내 남녀양성 원리가 그 힘의 균형을 이루게 되는 남녀양성의 힘이 평형을 이루는 새로운 우주의 시대가 도래한다고 볼 수 있다. 이 시대야말로 뉴에이지라고 할 수 있다. 왜냐하면 우주 신성은 남녀양성구유이기 때문이다. 신비주의의 표어로서 "위에서 처럼 아래에서도"(As above so below)의 의미는 초자연의 세계가 자연의 세계와 연결되어 있음을 상징한다. 예이츠는 "존재의 합일"을 이루어 불멸성을 지니게 된 것은 곧 잃어버린 여성 신성인 불멸의 장미를 추구하는 것이다. 따라서 그의 초기 시부터 줄기차게 여성 원리를 추구하고 있다. 시 "방랑하는 잉거스의 노래"에서 자화상인 잉거스를 통해 예이츠는 자신의 영웅의 꿈에 젖는다. 잉거스가 추구하는 소녀는 곧 성녀 소피아로서 소녀를 찾는 것은 곧 "존재의 합일"을 이룩하여 불멸의 다이몬이 되고자 하는 것이다.

> 흰나방들이 나래를 펼치고
> 나방 같은 별들이 반짝거릴 때
> 나는 시냇물에 딸기를 띨구어

작은 은빛 송어를 잡았네(*CP* 66).

잉거스가 잡은 작은 은빛 송어는 불멸의 장미의 상징이다. 밤은 여성 원리의 상징이기도 하다. 은빛 역시 여성 원리의 상징이다. 낚시를 하는 것은 무의식의 세계로 입성하는 것이다. 또한 은빛은 금빛과 대조적으로 여성 원리를 상징한다. 또한 낚시를 하는 것은 레드 한라한이 사냥을 나가서 산토끼를 찾아 나서듯이 여성 원리인 성배를 찾아 나선 아더왕의 기사와 같은 존재를 의미한다. 그러므로 잉거스나 레드 한라한은 남성중심의 삼위일체 시대에 남성 원리로서의 역할을 충실히 하는 것이다. 은빛 송어가 소녀로 변하는 것은 세상에 거하는 숨은 신인 성녀를 상징한다. 그러므로 그의 사랑은 단지 백마법사이자 여성 신성을 위한 사제로서 불멸의 장미를 추구하는 일임을 보여주었다. 그러나 지금까지도 많은 비평가들은 예이츠의 시적 주제에 대한 이해 없이 단지 낭만주의 시인으로서 모드 곤을 짝사랑하고 그녀의 딸인 이졸트 곤에게도 청혼을 한 예이츠의 외적인 면만을 강조하여 여성편력이 강한 남성으로 치부해 왔다. 그러나 이들 그의 실생활에 나타난 여성들은 불멸의 장미를 추구하는 마법사로서 또는 영지주의 사제로서 예이츠의 모습을 대변하는 훌륭한 상징들로 보여진다. 예이츠는 잉거스처럼 여성 신성을 추구하여 불멸의 장미를 위해 헌신하였다.

누군가 나의 이름을 부르는 것을 들었다.
그 송어는 머리에 사과꽃을 꽂은 깜빡거리는 한 소녀로 변하였다.
그 소녀가 내 이름을 부르면서 달려가서
빛나는 허공 중에 사라져버렸다(*CP* 66).

비록 세상은 남성중심의 삼위일체 신성의 시대로 남녀양성의 힘의 균형이 깨진 거짓 세상이지만 그 "빛나는 소녀"가 잉거스의 눈에 나타나듯이 숨은 구세주로서 그 빛이 면면히 이어지고 있음을 보여준다. 그 소녀인 불멸의 장미가 잉거스의 이름을 부르는 것은 그가 이미 남성 원리로 선택된 것을 상징한다. 예이츠-잉거스는 레드 한라한이 일생 불멸의 여인을 찾아 헤매었듯이 방랑자가 되었다.『환상록』에서 이천 년 주기의 시간이 언급한 바와 같이 남성중심의 가이어가 끝나는 때가 바로 불멸의 장미가 세상에서 그 권능을 회복한 구세주로 등장하는 시기이다. 따라서 선택된 성배를 찾는 기사들은 죽음에 이르기까지 현실 속에서 그 불멸의 장미를 만나지 못할 것을 예이츠는 상징적으로 나타내고 있다. 그는 장미십자단과 기독교 영지주의와 힌두교와 불교와 같은 동양의 종교에도 나타나 있는 여성 신성을 추구하였음을 상징시를 통해 나타내었다. 그의 시적 목적으로 "존재의 합일"에 도달하기 위해서는 연금술에서 일컫는 서로 상반된 두 요소의 합일을 의미하는 남녀양성 원리가 합일에 이르러야 한다. 이처럼 불멸의 이상세계에 도달하기 위해서는 잊혀진 여성 신성을 찾아야만 한다.

비록 나는 골짜기와 언덕을 방황하다가
늙은 몸이 되어버렸지만
그 소녀가 떠나간 곳을 찾아내어
그녀 입술에 입맞춤하고 두 손을 맞잡고
얼룩진 긴 풀숲을 걸으리.
그리고 시간이 다할 때까지
저 달의 은사과와
저 해의 금사과를 따리(*CP* 67).

여성 원리의 원형 이미저리로는 달, 은, 밤, 물 등을 들 수 있다. 반면에 남성 원리로는 해, 황금, 낮, 불 등을 들 수 있다. 따라서 "저 달의 은사과와 저 해의 금사과를 따리"에서 은과 금와 달과 해는 남녀양성의 원리를 상징한다. 마법을 익힌 마법사로서 예이츠는 연금술에서 서로 상반된 이들 두 요소의 합일로 "존재의 합일"을 이루어 '철학자의 돌'을 획득하는 것이 그의 주된 시적 주제이자 목적이었다. 따라서 예이츠는 영웅의 신성한 의무로서 여성 원리를 찾아서 이를 수호하고자 했다. 만일 불멸의 장미인 성배를 찾지 못한다면 그 누구도 "존재의 합일"에 도달 가능한 '철학자의 돌'을 얻을 수는 없을 것으로 믿었다. 그러므로 예이츠는 남성중심의 삼위일체 신성을 거부하여 "남성중심의 삼위일체를 거부하라. 성부, 성모, 성자녀(딸 혹은 아들)로 이루어진다(*CP* 328)"라고 주장한다. 이처럼 예이츠는 여성 원리인 소피아를 수호하는 영지주의의 사제로서 살고자 했다. 이 점은 시 "그는 하늘의 천을 원한다"에서는 "금빛과 은빛으로 엮은 하늘의 천"을 짜겠노라고 하여 불멸의 장미에 자신의 꿈을 전하고자 한 점과 같은 맥락이다. 예이츠는 잉거스를 통해서도 그 빛나는 소녀를 만나기 위해 두 상반된 요소인 "달의 은사과와 해의 금사과"를 따겠노라고 하였는데 금과 은은 남녀양성구유의 우주 신성의 상징이다. 따라서 남성중심의 시대가 아닌 남녀양성구유의 우주 신성의 시대, 즉 우주의 완벽한 조화가 이루어진 불멸의 시대를 추구한 것이다. 연금술에 의하면 두 상반된 요소의 합일에 의한 조화로 인해 '철학자의 돌'의 상징인 '소녀'가 나타난다. 그 소녀는 장미시편에서 불멸의 장미이며 "방울 달린 모자"에서는 잠자는 여왕으로 그 맥이 이어지고 있다. 이 불멸의 장미는 기독교 영지주의 신화 속에서 전해오는 소피아로서 "영지주의의 소피아의 창조적 힘(Toomey 63)"을 지닌다. 그러나 남성중심의 세계에서는 추락한 딸 소피아로 예이츠는 그 딸 소피아-불멸의 장미를 위한 사제가 되고자 한다. 성녀는 남성중심의 신인 얄다바오스에 의해 추락하고 그 권능을 상실한 숨은 신이나 정해진 남성중심의 시간이 끝나면 새 시대인 남녀양성구유의 시대가 도래하게 된다고 일생 예이츠는 믿었기 때문이다. 기독교 영지주의의 딸 소피아로서 연금술의 '철학자의 돌'의 상징을 수반하고 있다. 이에 대해 에반스는 아래와 같이 지적한다.

> "이들 행위들로 물고기가 황혼에 반짝이는 소녀로 변한다. 이 소녀가 그의 이름을 부르고 나서 환한 대기 속으로 사라져버리고 만다. 이는 머큐리의 연금술의 영혼은 장미십자단에서처럼 물질로부터 천상의 영역에 이르는 것으로 발생된다. 그 소녀가 추구하는 바는 달의 은사과와 해의 황금사과가 함축하는 영원세계로 잉거스를 이끌어가는 것이다. 해와 달, 금과 은과 같은 상반된 남녀양성의 만남은 연금술의 법칙의 전형적인 상징의 하나로 철학자의 돌의 과업이자 그 정수이다(Smith 90)."

　　마법사이자 연금술사로서 예이츠는 서로 다른 양 극단이 합일하여야 "존재의 합일"이 이루어진다고 보았다. 이는 마법의 주된 요소인 연금술에서 '철학자의 돌'을 얻는 것이 불멸성을 얻는 길이 되는 것과 같은 맥락이다. 금빛과 은빛은 서로 상반된 두 요소를 융합하는 연금술적 요소로 상징된 것이다. 예이츠는 우주의 '철학자의 돌'인 불멸의 장미에게 자신의 꿈을 바쳐서 그 잠을 깨우고자 한다. 이 점은 "방울 달린 모자"에서 잠자는 여왕의 잠을 깨우고자 여왕의 광대가 목숨을 바친 희생으로 상징된다.

여왕의 입술은 방울 달린 모자에게 사랑의 노래를 불러주었네.
여왕은 자신의 문과 창문을 열었네.
그러자 그 마음과 영혼이 그 문을 통해 들어갔네.
여왕의 오른손에는 빨간 마음이,
여왕의 왼손에는 푸른 영혼이 있었네(*CP* 72).

붉고 푸른 마음과 영혼은 상호 다른 것의 융합으로 이룩되는 '철학자의 돌'로서 불멸의 장미의 상징이다. 이 신성한 여성 원리는 "방황하는 잉거스의 노래"에서 금빛과 은빛 사과의 상징과 같은 맥락이라 하겠다. 잉거스의 모습은 곧 불멸의 여인을 추구하는 레드 한라한의 모습과 동일시된다. 예이츠는 연금술의 정수인 '철학자의 돌'이 우주적 관점에서는 불멸의 장미라고 생각하고 있었다. 이를 획득하기 위해 꿈꾸고 있었다. 초기시의 금빛과 은빛으로 엮은 천상의 천의 이미지는 연금술의 두 상반된 요소의 융합이었다. 이 연금술은 그의 초기시에서 후기시에 이르기까지 금과 은, 돌과 바위와 뼈 등의 상징으로 이어진다. 죽음을 앞두고 쓴 최후의 시편들은 비록 사냥이나 죽음이라는 상징어들이 사용된다 해도 그의 돌 이미지의 역설적인 숨은 뜻으로 인해 그가 불멸성을 획득한 초인으로서 승리의 환희에 차 있음을 알 수 있다. 1901년에 쓴 "마법"에 관한 에세이에서 예이츠는 마법을 일컬어 아래와 같이 상징이 주는 마법의 힘을 역설하기도 했다.

나는 이제 상징이 의식적으로 마법사에 의해 사용되었거나 혹은 그들 마법의 절반 정도만 계승한 자들인 시인, 음악가, 예술가들 사이에서 무의식적으로 사용되었거나 상관없이 그 모든 것들 중 가장 위대한 힘보다 그 힘이 못하다고 생각하지 않는다(*E & I* 49).

기독교 영지주의 신화에 따르면 소피아는 세상에 거하면서 희생하는 숨은 구세주이다. 남성 신 얄다바오스는 자신의 어머니인 소피아의 권능을 강탈하고도 그것을 모르는 무지한 눈먼 남성 신이다. 따라서 자신 이외에 신은 없다고 믿었고 여성 신성인 소피아를 핍박하게 된다. 예이츠는 이 남성중심의 신의 세계는 유한한 불완전한 세계로 보고 이 불완전한 세계에 거하는 성녀 소피아를 위해 각각의 세대마다 남성 원리로서 선택된 선지자들이 있다고 믿었다. 자신이 그 마지막 세대의 선택받은 선지자로서 성녀 소피아의 새 시대를 위해 나타나게 될 모든 것을 신의 뜻에 따라 예언시나 작품으로 남겨 두고자 했다. 예이츠는 이런 남성 신이 지배하는 시대에서 여성 신성을 위해 헌신하는 영웅들을 극찬하고 따르고자 한다. 이들은 남성 원리의 원형인 예수가 선택하여 부름 받은 이들이라고 믿었다. 예수 그리스도는 한라한의 노래에서 "노인"으로 상징되거나 "옛날의 악당"이라고 하여 역설적으로 상징되고 있다. 레드 한라한은 예이츠 자신의 자화상이자 남성 원리로서 일생 소피아를 추구하여 헌신을 다하는 인물이다. 예이츠가 "탑"에서 언급한 성배를 찾는 "성전 기사단"으로 헌신하다가 화형당한 "쟈크 몰리" 역시 그들 영웅 중 한 사람으로 보고 있다. 또한 레드 한라한이나 잉거스에 이어 예이츠의 꿈으로 쓴 신비시 "방울 달린 모자"에 나오는 여왕의 광대 역시 그의 영웅이자 자화상으로서 희생적인 면모를 잘 나타낸다. 마침내 광대의 영혼과 마음인 붉고 푸른 두 상반된 요소가 하나로 연합하면서 두 남녀양성이 합일에 이르러 불멸성을 획득하는 '철학자의 돌'로 변화해가는 과정을 상징적으로 묘사하고 있다.

두 마음과 영혼은 귀뚜라미같은 소리를 내면서
슬기롭고 상냥하게 속살거렸네.
그녀의 머리카락은 접힌 꽃
그녀의 두 발은 은밀한 사랑이었네(*CP* 73).

머리카락은 천상에 거하는 영원한 우주 신성으로 성모 소피아를 상징한다면 두 발은 지상에서 고행하는 숨은 구세주로 추락한 성녀 소피아를 상징한다. 이 머리카락과 두 발로 상징되는 성모와 성녀 소피아가 합일하는 경지는 불멸의 "생명나무"의 상징이면서 '철학자의 돌'의 상징이기도 하다. 광대가 죽음으로 여왕의 잠을 깨웠듯이 예이츠 자신의 신비 예언시에서 그 성녀 소피아-불멸의 장미가 잠 깨어날 것을 거듭 예언하였다.

매년 나는 외쳐대었다. 마침내
내 님이 그 모든 것을 이해하게 되고
이는 내가 힘을 불어넣었기 때문이다.
그러면 말은 내 부름에 복종하기 때문이다(*CP* 101).

성녀인 불멸의 장미가 잠 깨어날 것이라고 역설한 예이츠는 마법사이자 어뎁트로서 자신의 자화상으로서 광대가 여왕의 잠을 깨우고 나면 성녀가 성배로서 곧 세상에 출현할 시기로 보았다. 그러면 드디어 뉴에이지가 밝아오는 것으로 그 성녀는 온 세상의 성자들이 성배의 출현을 알도록 곧바로 성녀가 달려갈 것을 예지했다. 그에 따라 성배를 찾으려는 전 세계의 아더왕의 성배 찾는 기사들의 후예들인 현자들이 온 세상에서 함께 모이기 위해 온다고 보았다. 이는 미래에 "모든 성자들이 알도록 달려가시오(*CP* 264)"라고 한 점으로 나타난다. 서로 다른 두 요소가 합일에 이르러 남녀양성구유의 신성인 불멸의 '철학자의 돌'을 얻는 길을 보여준 것이다.

자, 그대 귓가에 노래 불러주리.
춤추는 나날들은 가고
실크와 사틴을 입던 시대는 갔노라고.
돌 위에 무릎 꿇고서
더러운 누더기처럼
그 더러운 육신을 감추리라.
우리들이 가지고 있는 것은
금잔에 넣은 햇살, 은자루 안의 달이라네(*CP* 302).

소멸된 여성 원리의 비밀을 간직한 다이모닉 맨들인 "우리들"은 서로 상반된 요소인 "금잔에 넣은 햇살, 은자루 안의 달"을 지니고 있다고 하여 '철학자의 돌'인 성녀 소피아의 비밀을 간직하고 있음을 상징적으로 보여주었다. 또한 잉거스의 방랑과 광대의 죽음으로 이루어진 금빛과 은빛, 붉은빛과 푸른빛의 상반된 요소의 합일로 이루어지는 "존재의 합일"의 달성이 그 후 거지인 빌리 반을 통해 묘사되고 있다.

오반과 반이 묻혀 있는
그렌다로의 시냇물이 흐르는 옆으로
회색빛 옛날의 묘석에서
그는 한 시간은 족히 둥근탑에서
신음하며 춤추며 날뛰는 해와 달을
뼈를 내뻗고 꿈을 꾸고 있다.

소리를 질러대고 질러대며
발끝으로 아름다운 가락을 타고

> 입에는 아름다운 음색이 가득하였고
> 빙빙 돌면서 깡충 뛰면서
> 하늘까지 올라가도록 깡충되면서
> 황금의 왕과 순은의 여왕이 되었네(*CP* 154).

해와 달은 왕과 여왕의 상징으로 두 남녀양성구유의 상징은 서로 상반된 두 요소의 합일을 통한 '철학자의 돌'의 완성을 상징한다. 이는 소피아의 상징인 둥근 탑에 도달하는 길이라고 하겠다.

> 해와 달은 남자와 소녀로, 그들은 내 삶이자 그대의 삶으로 그들은 천상을 여행하고 여행하여 마치 하나의 두건 아래 있는 듯만 했다. 신은 그들을 서로를 위해 만든 것이다. 신은 세상 앞에서 그대와 나의 삶을 만들었다. 신은 그들이 세상을 헤쳐나가도록 했을 것이고, 헛간의 마루의 길다란 공간에서 그 나머지 쌍들이 모두 피로하여 벽에 기대어 쉴 때까지도 위 아래로 최상의 무희들처럼 깡충 대며 생기 있게 웃어대었다(*Myth* 227~228).

제인은 집시 소녀인 낮은 신분이 되어 더 이상 옛날 여왕의 고귀한 신분은 아니라고 한다. 따라서 제인은 "춤추는 나날들은 가고 / 실크와 사틴을 입던 시대는 지나갔노라"고 하여 남성중심의 시대에 고귀한 신분의 잠자는 여왕의 날은 지나가버렸다고 한다. 그 대신 마지막 세대가 오면 집시 여인으로서 낮은 신분의 제인이 등장한다. 그러나 제인은 옛날의 헬렌이나 캐슬린 백작부인처럼 나약한 성격은 아니다. 그녀는 "돌에 웅크리고 있는" 여인으로 나타나기도 하는데 그 돌은 '철학자의 돌'로 "육신의 세속적 완성"을 상징한다고 할 수 있다. 따라서 남성중심의 시대의 마지막 세대가 와서 지상의 성녀가 그 불멸성을 깨닫고 있음을 상징한다. 따라서 제인은 긴 잠에서 깨어나서 지혜를 지니게 되고 "존재의 합일"로 성모 소피아의 권능과 함께하게 된 것을 상징한다. 비록 제인은 낮은 신분으로 "더러운 누더기처럼 / 더러운 육신에 감싸여 있는" 존재이지만 자신이 '철학자의 돌'을 획득하고 있기에 천상의 기쁨을 품고 있다. 예이츠는 이 불멸의 세계를 시 "행복한 도시"에서 잘 나타낸다.

> 황금과 순은의 숲에서
> 노인은 백파이프를 불고 있다.
> 얼음같이 푸른 눈을 한 여왕들이
> 무리들 속에서 춤추고 있다.
>
> 작은 여우가 속삭이기를
> '세상의 독은 무엇일까?'
> 해는 즐겁게 웃고
> 달은 내 고삐를 잡았구나.
> 그러나 붉은 작은 여우는 속살댄다.
> "아, 그의 고삐를 잡지 말아요,
> 그는 세상의 독인
> 극락을 향해 말타고 가노니(*CP* 95)."

이 시에서도 다시 "황금과 순은"의 숲이 나온다. 금과 은은 불멸의 세계를 이루는 상반된 두 요소를 상징한다. 즉, 해와 달은 남녀양성구유의 신성이 이뤄진 불멸의 신의 세계이다. 이 극락을 향해 말을 타고 가는 것은 곧 불멸의 초인이 되는 힘을 지닌 것을 말을 달려나가는 힘으로 상징하였다. 예이츠는 그의 묘비명에서 "삶과 죽음에 차가운 시선을 던져라. / 말탄자여, 스쳐지나가라!"라고 한 바와 같이 말의 상징성은 윤회의 수레바퀴를 박차고 나가는 힘을 상징한다. 금과 은

으로 어우러져 있는 숲에서 백 파이프를 불고 있는 "노인"은 불멸의
다이몬의 상징이다. 금과 은의 숲은 남녀양성구유의 신이 관장하는
완벽한 신의 세계를 상징한다. 또한 여왕들의 "얼음같이 푸른 눈"은
묘비명의 "차가운 시선"과 같은 맥락으로 유한한 세속의 범주를 벗어
나서 남녀양성구유의 신성과 합일한 불멸의 초월적 경지를 상징한다.
여왕은 시 "울긋불긋한 숲(The Ragged Wood)"에서도 나타난다. "울
긋불긋한 숲"은 금과 은으로 번쩍이는 숲이다. 이는 앞에서의 "황금
과 순은의 숲"과 연결되고 있다고 하겠다. 이 숲에는 여왕들이 살고
있다. 즉, 여왕들은 여성 신성의 상징으로 볼 수 있다.

> 해가 자신의 황금 두건 속에서 바라보았을 때,
> 은빛 신을 신고 미끄러져 가는
> 창백한 은빛 긍지를 지닌 천상의 여왕의 말을 들었나요?
> 오, 나와 그대밖에는 누구도 사랑함이 아니리!(*CP* 92)

황금은 구세주로서 희생의 상징을 나타낸다. 이 시에 나오는 극중
의 여주인공 데시마는 구세주인 성녀의 권능회복의 상징으로 마지막
시대에 그녀는 뉴에이지의 여왕으로 우뚝 서게 된다는 것을 시사한
다. 데시마는 제인과 동일시를 이루는 성녀의 상징으로 볼 수 있다.
예이츠가 후기시에서 제인이 등장함과 동시에 더 이상 여왕이나 헬
렌처럼 고귀한 신분이 아니고 미모도 없다고 한다. 비록 제인은 범인
으로 살고 있지만 그녀는 세속적 인간의 완성으로 스스로 '철학자의
돌'을 얻은 마지막 세대에 나타난 성녀임을 예이츠는 제인과 더불어
산이나 돌이 함께하는 것으로 상징하여 시사해준다. 성녀는 마지막
세대에 이르게 되면 데시마-제인으로 새 여왕으로 등극하여 새 시대

를 이끌어가고 대심판을 할 것을 상징적으로 보여준다. 즉, 불멸의 장
미의 마지막 현현인 제인이 "불멸성"을 획득한 "존재의 합일"에 이른
존재로서 '철학자의 돌'을 획득한 경지를 시 "산 위에서 미친 제인"에
서 묘사한다.

> 두 개의 바퀴가 달린
> 쌍두마차에는
> 커다란 방광을 지닌 에머가 앉아 있고
> 그녀의 난폭한 남자인
> 쿠훌린이 그녀 옆에 나란히 앉아 있네요.
> 나의 두 무릎을 꿇고
> 돌에 입맞춤했어요.
> 먼지 속에 몸을 펴고 누워서
> 눈물을 흘리며 울었어요(*CP* 390~391).

산 위에 거하며 돌에 입맞춤을 하는 제인의 모습은 제인이 '철학자
의 돌'을 획득한 것을 상징한다고 볼 수 있다. 남녀양성의 원리는 "두
말이 *끄는* 마차"에서 나타난다. 에머는 여성 원리로서 쿠훌린인 남성
원리와는 서로 상반된 두 요소를 이룬다. 두 상반된 요소가 서로 힘
의 균형을 이룰 때 "존재의 합일"이 이루어진 상태가 되며 '철학자의
돌'을 획득하는 경지에 이른다. 그 "존재의 합일"이 달성된 상태를 제
인이 돌에 입맞춤하는 모습으로 상징하였다. 그 돌과 산의 상징성은
'철학자의 돌'을 획득하고 위대한 과업을 완성하여 불멸성을 획득한
것을 상징한다. 따라서 지상에서 성녀 소피아의 권능을 회복한 것이
다. 이 '철학자의 돌'을 얻은 곳이 산이므로 이 산은 "시온"이나 "메
루"와 "신의 도시"와 같은 성역을 상징한다고 볼 수 있다. 즉, "보아

라, 나는 돌의 기초인 시온에 누워 있도다. 그는 자신이 연금술사가 된다면 이 '에벤(ABN ehben 돌)'이 곧 '철학자의 돌' 또는 현자의 돌 임을 알았을 것이다(Case 41)"에서처럼 예이츠 역시 케이스처럼 이 돌은 곧 현자의 돌로 신의 지혜를 상징함을 인지하고 있었으므로 제 인이 "돌에 입맞춤"을 하고 누워 있는 것으로 묘사한 것이다.

> 돌 그 자체는 첫 번째 물질로부터 나온다. 그러나 그 밖의 모든 것
> 이 그러하다. 그리고 돌이 일단 만들어진 이후에는 변화와 증식을
> 위한 힘을 지닌다. 그 힘이 계획되어져 있건 아니건 간에 헤르메스
> 의 에머랄드 타블릿의 대개체 안에서 그 근원에 이를 때 "모든 것
> 은 하나로부터 왔다"라고 한 바와 같다. 그러므로 만물은 대개체에
> 서 온 것이다. 그러므로 만물은 대개체의 형태로 이루어진다. 따라
> 서 돌에 의해 변화시키는 것이거나 증식시키는 것은 진실로 대개
> 체의 양상으로 이 대개체는 실제로 최고의 실체로서 신의 이름인
> 여호와로 명명된다(Case 45).

광대의 죽음처럼 예이츠는 죽음에 이르기까지 희생을 바쳤다. 마침 내 마지막 불멸의 장미의 화신인 제인이 이 땅에 출현하게 되는데 그 녀의 영광의 회복으로서 '철학자의 돌'을 획득할 것을 예언하고 있다. 따라서 제인이야말로 예이츠가 뉴에이지에 고대했던 '아바타'로 그녀 는 마침내 후기시에서 산에서 "돌에 입맞춤"하여 '철학자의 돌'을 획 득한 "대개체"와 합일한 것 불멸성의 획득을 상징적으로 보여준다 하 겠다. 마지막 현현으로서 성녀의 현현인 제인은 산으로 상징되는 신의 세계에 입성한 불멸의 장미로 권능회복을 시 "심판날에 미친 제인"에 서 상징적으로 보여주고 있다. 예이츠는 남성 원리를 자신의 또 다른 자화상인 피터를 통해 "존재의 합일"의 경지를 상징하고 있다.

시간이 아니라 웃음이 내 목소리를
갈라지고 막히게 하였다.
달이 장독같이 배가 부르면
웃음으로 자지러진다.
왜냐하면 늙은 매기가 가슴에 돌을 품고
오솔길을 걸어내려와서
그 돌을 외투를 감싸고 있기 때문이다.
매기는 거칠어져서
부서지는 파도처럼 격해져서
그 돌을 자신의 아기라고 생각한다.

대업을 달성했던
적극적인 남자인 피터는
"나는 공작의 왕이니라"라고 소리쳐대면서
돌 위에 앉았다.
그래서 나는 눈물이 흐를 정도로 웃음이 난다.
심장이 내 옆구리에서 박동친다.
매기의 외침은 사랑에서였으나
피터의 외침은 긍지에서였다(*CP* 252~253).

매기와 피터 이들 두 남녀의 관계는 남녀양성의 원리의 상징으로
'철학자의 돌'을 획득한 불멸의 존재를 상징한다. 두 남녀는 완벽하게
서로 상반된 요소의 힘의 균형을 보여주고 있다. 매기는 인간 영혼을
심판하고 통제하는 여성 신성을 상징한다. 불멸성을 얻은 매기는 달
이 상징하는 여성 원리로서 창조의 일을 하는 우주 성모 소피아와 동
일시된다. 그녀가 아기를 생산하는 모습으로 상징된 점에서 이해된
다. 여성 신성으로서 매기는 아이를 낳고 보살피는 모습으로 나타난
다. 창조주로서 아기에게 자장가를 들려주는 모습은 곧 아기가 '철학
자의 돌'이 되는 것으로 불멸성을 상징한다. 즉, "존재의 합일"에 이

른 다이몬의 경지이다. "웃음"은 남성중심의 신성을 주장하는 악마의 모순적이고 괴이한 모습에 대한 경멸로 이런 모순점을 웃음으로 날려버리고 순수 진리에 닿고 있다는 것을 상징한다. 예이츠는 매기와 피터가 둘 다 웃음을 어쩔 수 없어하는 폭소를 터트리는 모습으로 묘사되는데 이는 진리의 정수에 닿은 "존재의 합일"에 이른 경지를 상징적으로 보여준다. 불임인 매기는 이미 천상에 불멸의 세계에 거하고 있는 성모 소피아로서 육신을 초월한 신의 경지를 상징한다. "부서지는 파도" 역시 물인데 이 물은 여성 원리의 상징이다. 반면에 피터는 남성 원리로서 돌 위에 앉아 있고 자신을 공작의 왕이라고 외친다. 공작은 여성 신의 상징으로 여성 신성이 창조주의 역할을 하는데 또 다른 절반의 창조는 남성 원리로서 피터가 그 역할을 담당한다고 믿는 긍지를 상징한다. 따라서 이 시는 남녀양성의 원리가 힘의 균형을 이루고 있는 완벽한 "존재의 합일"의 경지로 마침내 '철학자의 돌'을 완성한 삶의 승리를 상징한다. 이들은 삶의 극치에서 불멸성의 획득의 상징을 "외침"으로 상징한다. 그 두 남녀양성의 합일에서 오는 영적 환희의 극치는 시 "메루"에서 은자의 기쁨과 일치한다. 연작시 중 아래의 시에서도 "존재의 합일"에 이르는 조건을 피력하고 있다.

꼿꼿한 곧은 자세를 한
펙과 맥과 파리스의 연인은
세상에서 멀어져서 남은 여인들은
그들의 비단옷을 벗고 삼베옷을 입었다.

내가 거기에 있고 듣는 이가 아무도 없다면
나는 공작을 울게 하였을 것이다.
추억 속에 살아가는 남자에게는 이것은 당연한 일이기 때문이다.

홀로 남아 돌을 돌보면서
자장가를 부르노라(*CP* 254).

펙과 맥과 파리스의 연인은 남성중심의 시대에 지상에 거한 불멸의 장미인 성녀 소피아를 상징한다. 이들은 헬렌이나 캐슬린 공작부인처럼 고귀한 여왕의 신분이었던 옛날에 거한 성녀 소피아를 상징한다. 이들은 시간이 지남에 따라 남성중심의 가이어가 점차 줄어들면서 여성 원리 가이어의 힘이 증대되면서 예전의 남성 신에게 억압받던 성녀의 상징인 "펙과 맥과 파리스의 연인"은 멀어져 간다고 한다. 후기시에서 성녀는 제인이라는 평범한 여인으로 환생한다. 이 고귀한 지위에서 평범한 여인으로 전환해가는 과정을 "비단옷을 벗고 삼베옷을 입었다"고 상징하였다. 즉, "공작"은 여성 신성의 상징으로 남성 원리로서 피터는 여성 신성을 수호하는 자신의 입장을 "공작을 울게 하는" 일을 하고자 한다고 하였다. 이는 남녀양성이 합일을 이룬 조화의 극치 즉, "존재의 합일"을 상징한다. 예이츠-피터는 여왕이었던 옛날의 불멸의 장미가 범인인 제인이 되도록 세월이 지나가도록 세상에 거하고 있을 미래의 소피아를 피력하고 있다. 피터는 "돌을 돌보는" 모습인데 이는 예이츠가 사후에 '철학자의 돌'을 획득한 경지를 상징한다. 예이츠는 자신의 사후에도 지상에서 범인으로 방랑할 성녀 소피아를 염두에 두고 예언의 신비시를 쓰고 있다. 예이츠는 남성중심의 시대의 시간이 모두 다 가기 전까지는 불멸의 장미를 지상에서 천국으로 이끌어올 수 없다는 자신의 한계상황을 인지하고 시 "젊은 때와 늙어서의 남자"의 마지막 행에서는 "이 세상에 살지 않았던 것이 제일 좋은 일"이었을 것이라고 한탄한다. 이제 자신의 사후에는 제인과 같이 범인으로 변한 딸 소피아가 여전히 세상에 거할 것을 알기에 "붉고 흰 얼굴도 지위도 없이 / 범인으로 자라난 / 전혀 예기치 못한 종족에서 태어나리(*CP* 179)"라고 예언하였다. 미래세대의 마지막 불멸의 장미의 현현이 어떤 종족으로 나올 것인가도 예언한 혜안을 지닌 마법사로서의 면모를 보여주었다. 즉, "붉고 흰 얼굴"은 고귀한 서양 미인의 얼굴을 상징한 것으로 생각된다. 따라서 예이츠는 마지막 불멸의 장미의 화신인 제인은 붉고 흰 얼굴을 한 전형적인 고귀한 서구 미인으로 태어나지 않을 것과 "지위도 없이"라고 하여 평범한 여인으로 출현할 것을 예언하였다. 예이츠는 남성 원리로서 영웅의 역할에 대해 서술하면서 산 위에 있는 "낚시꾼"으로 상징한다. 낚시를 하는 어부는 예수의 상징으로 원형적 남성 원리를 상징한다. 폴 케이스(Paul F. Case)는 로지크로스에 대해 이르기를 "우리의 성부에 대해 결론적인 확신을 주는 C. R. C. 형제는 진실로 영지주의자로서 예수 그리스도로 보는데 이 예수는 '물고기'와 '물고기의 아들' 둘 다로 상징된다(Case 45)."

만일 사람들이 여전히 긍지를 지닌다면 포도주를 붓고 춤을 추어라.
만일 아직도 장미가 피어 있다면 장미를 가져오라.
산 중턱에 큰 폭포가 물보라를 일으키고 있구나.
우리들의 신부님인 로지크로스는 무덤에 있다(*CP* 136).

케이스는 기독교 영지주의에서 로지크로스(Rosicross) 신부는 예수와 동일시된다고 했다. 그러므로 예이츠는 영지주의에서 소피아의 사제이고자 한 것은 당연하다. 산은 신성한 곳인 천상을 상징한다. 이 산은 탑으로 상징되기도 하는 성모 소피아의 거처이다. 신부 로지크로스의 무덤은 산에 있고 성모와 합일한 성자의 모습을 상징한다. 예이츠는 '다이모닉 맨'의 이미지는 위대한 과업을 완수한 '철학자의 돌'을 획득하여 가는 사람을 상징한다. "존재의 합일"의 이미지로 돌은 "부활절 1916"에서도 나타난다. 예이츠는 돌의 이미지를 성자와 불멸의 장미로서 상징한다.

> 너무 오랜 희생은
> 마음을 돌로 변하게 만들 수 있다.
> 오, 언제나 만족할 것인가?
> 그것은 하늘의 일이고 우리의 일은 아니다.
> 이름을 하나씩 읊조려본다.
> 어머니가 자녀를 부르듯이.
> 팔다리가 거칠어진 아이에게
> 마침내 잠이 찾아올 때이다(*CP* 204).

팔다리가 거칠어져 야성적으로 되어가는 것은 점차 초월세계에 입성하는 경지를 의미한다. 이는 노파 매기가 거칠어져 간 것과 같은 맥락이라 하겠다. 그 돌은 위대한 과업의 완성으로 얻어지는 '철학자의 돌'의 상징이다. 세상에서 희생은 쓰라린 것이지만 천상의 황홀경을 가져다주는 것을 보여준다. 이 점은 광대가 잠자는 여왕을 깨우기 위해 희생을 다 하였지만 그 후 여왕이 잠 깨어난 경우와 같다고 할 수 있다. 또한 캐슬린 백작부인이 희생을 다하여 죽음을 맞이한 후 천상으로 오르는 것과도 같은 맥락이라고 할 수 있다. 제인의 정신적 각성이 일어나면 '위대한 과업'을 획득하고 그녀의 영광을 회복할 수 있게 된다. 제인은 타락한 세상을 굽어보고 "눈물을 흘린다"고 하는데 제인이 "비극적 기쁨"을 통한 연민에 젖는 것을 상징한다. '철학자

의 돌'로서 돌의 상징적 이미지는 시 "마이클 로바티스의 이중의 환
상"에서 "카셸의 회색 바위"로 상징되고 있다.

> 카셸의 바위 위에서 나는 갑자기 보았네.
> 여자의 가슴과 사자의 다리를 한 스핑크스를
> 한 손을 부드럽게 하고 한 손은 이로 들고
> 자비를 베푸는 부처를
> 그 한가운데서 놀고 있는 소녀를(*CP* 193).

마이클은 "카셸의 회색 바위" 위에 앉아 있으면서 갑자기 스핑크
스와 부처와 무희의 환영을 보았다고 한다. 예이츠의 예언시에서 무
희는 새 시대를 부르기 위해 마지막 세대에 나타날 제인과 동일시된
다. 스핑크스와 부처는 긍지와 슬픔을 지닌 불멸의 장미처럼 서로 상
반된 요소를 공유하는 것을 상징한다. 마지막 날의 제인은 세속적인
세상을 향한 부처의 자비심처럼 슬픈 장미가 지니는 비극적인 기쁨
에 젖어 있다. 반면에 마지막 세대에 대심판주로서 일어난 제인은 때
로는 울고 있거나 때로는 성난 젊은 여인이 되어 타락한 세상사람들
에 대해 분노를 표출한다. 따라서 "모든 개들을 물에 빠트려라(*CP*
322)"라고 격하게 외쳤다고 하였다. 그러므로 심판날에 마지막 불멸
의 장미의 화신인 제인은 타락한 세상에 대해 냉정함과 슬픔이 교차
하는 비극적 기쁨에 젖어 있다. "존재의 합일"에 이르러 '철학자의
돌'을 획득한 또 다른 경지의 상징으로는 "회색"을 들 수 있다. 이 회
색은 빛과 어둠의 중간인 황혼을 상징하며 돌의 빛깔을 상징한다. 그
러므로 회색은 "육신의 세속적 완성"인 위대한 과업의 완성을 상징한
다. 이 회색은 남녀양성구유의 신의 상징으로 남녀양성 원리가 조화

를 이루는 황금빛과 은빛과 붉고 푸른빛으로 그의 시에 자주 나타나고 있다. 예이츠는 모든 성자들은 "회색 코네라마 옷"을 입은 "낚시꾼"의 상징으로서 어부왕인 예수의 발자취를 따르는 성자들의 모습을 상징하고 있다.

> 한 남자가 그려진다.
> 주근깨투성이의 얼굴에
> 회색 코네라마 옷을 입고서
> 물거품 아래에서 돌이 검게 보이는
> 언덕에 올라
> 손목을 아래로 돌려서
> 파리 낚시대를 물에 떨구고 있을 때
> 그 남자는 이 세상에는 존재하지 않는 남자
> 꿈속의 한 남자일 뿐이다.
> 나는 '내가 늙기 전에 그 남자를 위한 시를 써보고자 한다.
> 아마도 새벽처럼 차고
> 열정적인 시를'이라고 외쳤다(*CP* 167).

회색은 돌의 빛깔로 이 돌은 '철학자의 돌'의 획득으로 위대한 과업을 성취한 것을 상징한다. 즉, '철학자의 돌'을 지닌 예수와 같은 불멸성을 획득한 것을 상징한다. 회색빛 옷을 입은 낚시꾼은 실제로 어부왕인 예수의 상징으로 볼 수 있다. 돌은 케이스에 따르면 "신의 아들인 예수 그리스도는"에서 그리스 명사인 이치(물고기)로 이는 그리스어와 히브리어인 NVN인 넌(nun)과 동일시된다. 그 물고기(이취, *Ichthys*)는 "에벤"으로 히브리어에서는 돌과 연관성을 지닌다. 연금술사 한 명 이상에 의해 사용된 불멸의 만병통치약으로 철학자의 돌로 명명된다. 그들은 또한 온당한 이름으로 명사 훈(hun)은 "영원함과 불멸 또는 영구지속을 의미한다(Case 44)"고 했다. 예수 그리스도의 상 징인 낚시꾼이 산에 머물고 바위에 앉아 있는 것은 물거품이 이는 곳 아래에 있다. 그 산은 "메루"나 "시온"과 같은 성산의 상징으로 볼 수 있다. 그 남자의 "회색 코네마라옷"은 남녀양성의 원리가 합해진 것 을 상징한다. 남자는 메인 타로 카드 9번째에 있는 은자와 동일시되 는 위대한 과업을 이룩하여 불멸성을 획득한 초월적 존재이다. 산 위 에 있는 제인 역시 위대한 과업을 성공시켜서 그 "존재의 합일"에 도 달한 것을 상징한다. 이제 위대한 과업을 성취하여 불멸성을 얻은 제 인은 세속의 눈으로 보면 단지 한갓 방랑자로 보일 뿐이다.

> 미친 듯 뛰고 소리쳐서
> 쾌활하게 한바탕 웃어대는 현과 같이
> 남몰래 환희에 젖으세요.
> 왜냐하면 그게 바로 만사에 가장
> 어려운 일이니까요(*CP* 122).

예이츠는 말년의 그레고리 여사의 비극적인 삶의 사건들을 보고 이를 불멸의 장미에 견주어 그 비극적인 세상사에 대해 참고 홀로 고 독하게 비밀을 간직하면서 살아가면서 환희에 젖기를 권유한다. "바 위가 있는 곳"은 '철학자의 돌'을 완성한 불멸성을 획득한 초월적 신 의 경지에 도달하여 소피아의 영광을 회복하는 일에 매진하는 지상 에 거하는 불멸의 장미로서 제인의 모습을 보여준다. 이처럼 제인은 영적으로 가장 어려운 일을 하게 되어있는 운명으로 세속적인 영광 과 승리를 위해 지상에 거하는 것은 아님을 상징적으로 역설하고 있 다. 이런 성녀 소피아의 현현으로서 제인의 삶의 목적은 세상을 살아가는 영웅들의 목적과 긴밀한 연관성을 보인다.

영웅의 한 가지 시적 목표는 불멸의 장미인 여성 원리와의 합일로 "존재의 합일"을 이룩하는 것이다. 그러나 그들은 그 목표를 달성하기 위해 고난을 겪어야만 한다. 왜냐하면 그 시대는 남성중심의 삼위일체의 시대이기 때문이다. 만일 한 남자가 영웅이 되기를 원한다면 그는 '철학자의 돌'을 획득해야만 하는데 이는 위대한 과업을 완수하여 그의 육신이 메루 산의 현자처럼 초월적인 불멸의 존재가 되어야 한다. 돌은 완벽한 완성의 상징으로 불멸의 불사약이자 니르바나의 경지를 상징하는 견고한 의미이다. 그래서 영웅들은 불멸의 장미와 합일하여 "존재의 합일"을 이루는 것이다. 이는 세속적인 삶과는 전혀 다른 길이므로 예이츠는 "생기 있는 물 흐름을 어지럽게" 하는 것으로 돌과 더불어 평온한 상태를 상징한다. 남성중심의 시대에서 영웅들은 선조들처럼 불멸의 장미를 위한 그들의 희생을 바쳐야만 했다. 즉, "낭만적인 아일랜드는 죽어서 사라졌다. / 그것은 오리어리의 무덤과 함께 있다(*CP* 123)"라고 했다. 불멸의 장미가 사라진 것을 예이츠는 조국 아일랜드에 비유하여 소피아의 적인 얄다바오스의 남성 중심 시대를 상징한다. 그러므로 영웅의 상징인 오리어리는 죽어서 사라졌다고 한다. 세상의 장미인 불멸의 여성 원리는 세상에서 희생으로 이어지고 그때가 되어 마침내 위대한 과업의 완성을 얻을 수 있는 '철학자의 돌'을 얻어 불멸성을 되찾게 되는 것이다. 또한 남성 원리를 상징하는 세상의 영웅들도 희생으로 이 '철학자의 돌'을 얻을 수 있다. "맥도우와 맥브라이드 / 그리고 코놀리와 피어스"는 여성 원리를 위해 희생하는 영웅상들로 원형적 남성 원리인 예수에게 선택받은 인물들을 상징한다. 예이츠는 남성중심의 암흑의 시대에 매 세대마다 예수로부터 선택받아 예수의 일을 대신하는 신의 메신저로서 영웅들이 있다고 믿었다. 오도넬 아부는 그의 세대의 한 영웅의 상징으로 예수의 남성 원리로서 불멸의 장미를 위해 헌신하는 인물을 상징한다. 예이츠는 자신 역시 그의 세대에 선택받은 남성 원리의 희생적 역할자로 보았다. 자신은 마지막 남성중심의 세대에 환생하여 그 역할을 다할 불멸의 장미를 위한 예언시를 쓰는 마지막 소피아의 사제임을 굳게 믿었다. 그의 이런 임무에 대해 예언의 신비시 "말(Words)"에서 불멸의 장미의 마지막 환생이 예언시를 열어 보일 것이라고 예언하였다. 불멸의 장미의 마지막 환생인 제인에 의해 그의 신비의 예언시가 열릴 때 제인은 마침내 성배를 찾아 헤매던 전 세계의 성자들을 만나게 된다. 이때야말로 여성 원리와 남성 원리가 합일하여 영웅들이 '철학자의 돌'을 획득하는 초월적인 "존재의 합일"에 이르게 된다. 제인과 같이 매지(Madge)와 피터(Peter)는 "존재의 합일"로 오는 기쁨의 극치를 "그들의 비명소리"로 상징한다. 또한 이 과정이 있기까지 제인으로 환생한 마지막 불멸의 장미는 세상에서 "악당과 얼간이들"과 같은 남성 신을 추구하는 무리들과 논쟁을 벌인다고도 예언하고 있다.

　　그러나 모든 신들은 거기에 서서

> 말없이 웃음을 머금고
> 땅에 엎드려 신음하는 이파에게
> 컵을 든 팔을 내뻗어
> 그녀의 살갗에 고반의 포도주를 떨구어주시니
> 이파는 더 이상 지나간 일은 기억하지 못하고
> 입술에 웃음을 가득 머금고 신들을 응시하였다(*CP* 118~119).

이파-제인의 행복한 희열은 결국 그녀가 '철학자의 돌'을 획득하여 불멸성을 얻고 온 세상의 영웅들을 모을 것을 예언한 시로 볼 수 있다. 따라서 이파-제인은 신성한 성지의 한가운데 있다고 한다.

> 바위에서 태어나 바위에서 떠도는 발길인 나는
> 나의 믿음을 유지해왔고 그 믿음을 펼쳐보려고 했을지라도
> 그렇지만 세상은 변하였고 너희들은 죽었노라.
> 나의 평판은 좋지 못했을지라도
> 바다 앞에 고함치고 있는 무리들 속에서
> 그들은 칼로 치는 것이
> 사랑의 음악보다 중요하다고
> 생각하고 있다.-내버려 두자.
> 그러므로 나는 헤매는 두 발에 만족하련다(*CP* 119).

이파-제인은 성녀의 마지막 환생으로 자신의 믿음, 즉 남녀양성구유의 신성을 펼쳐보였지만 남성중심의 역사에서 그렇듯이 그녀 자신의 평판은 좋은 것이 아니었다고 한다. 그러나 이제 마지막 세대가 되어 남성중심의 신성을 부르짖던 적인 "너희들"은 사라진 것이다. 세상이 바뀐 것으로 바야흐로 여성 신성의 승리의 시대로 대전환을 해가는 것을 상징한다. 고행하던 세상의 장미인 이파-제인은 이제 성모의 도움으로 잃어버린 신성을 얻고 성녀 자신은 인류의 '철학자의

돌'이 되어간다. 즉, 성배를 찾는 기사들의 성배가 된 성녀는 세상의
성자들에게 자신을 드러내게 된다. 따라서 "바위에서 태어나서 바위
에서 떠도는 발길인" 이파는 곧 '철학자의 돌' 그 자체이며 "산토끼"
의 상징으로 이어지고 있다. 그녀가 오랜 역사 동안 이단으로 매도되
어 온 것을 예이츠는 패배의 왕으로 상징한다. 이 돌은 불멸성의 상
징으로 이파-제인은 "패배의 왕"으로 상징되고 있다.

> 나는 패배를 노래하고 승리하기를 두려워한다네.
> 나는 거듭되는 전투에 다시 걸어나간다네.
> 나의 왕은 패배의 왕, 그리고 나의 병사들은 패배한 병사들이라네.
> 두 발은 영고성쇠의 길로 질주하고
> 병사들은 언제나 같은 작은 돌을 깬다네(*CP* 359).

　예이츠는 자신의 왕을 "패배의 왕"이라고 했다. 숨은 신으로 지난
이천 년의 남성중심의 시대를 살아가는 억압받는 성녀 소피아를 상
징한다고 할 수 있다. 특히 "두 발"은 하위의 소피아인 성녀의 지상에
서 고행하는 양상을 상징한다. 영웅들은 "패배한 병사"들이 되었지만
예이츠는 자신이 패배를 기꺼워하고 승리를 두려워한다고 하여 승리
자인 남성중심의 신을 따르지 않고 남녀양성구유의 신성인 소피아를
따르고자 함을 확고히 선언했다. 소피아를 추구하는 "병사들은 언제
나 같은 작은 돌을 깬다네"라고 하여 불멸의 '철학자의 돌'을 추구하
고 있음을 상징하였다. 기독교 영지주의의 사제인 리브는 영웅으로
황홀감에 젖은 대표적 상징적 인물이다. 이처럼 두 상반된 요소인
남녀양성의 원리는 일찍이 그의 초기 시에서 해와 달이나 금과 은으
로 상징되고 있다. 남녀양성의 원리의 상징으로 그 합일이 연금술의

핵심사상이라는 점에서도 알 수 있다. 서로 상반된 요소의 융합으로
완성되는 '철학자의 돌'의 획득은 솔로몬과 시바가 사랑으로 연합한
것을 상징한다.

> 비록 서로 다를지라도
> 기름과 심지가 하나로 타오를 때
> 한 빛이 된다.
> 그러므로 지난밤 축복받은 달이
> 시바를 솔로몬에게 주었다(*CP* 200).

예이츠는 언젠가는 여성 원리인 달과 남성 원리인 해가 서로 합일
할 수 있다고 믿었다.

> …… 그 비극은 시작되었다.
> 장님인 호머와 함께
> 헬렌은 모든 살아 있는 이들의 마음을 배신하였다.
> 오 달빛과 햇빛이 한 빛으로 얽혀 있다면
> 왜냐하면 만일 내가 승리한다면
> 나는 사람들을 미치게 만들 것이다(*CP* 220).

남녀양성구유의 신성의 상징은 달과 해가 한 빛으로 혼합된 상태
로 상징된다. 두 상반된 요소의 융합은 연금술의 '철학자의 돌'을 상
징하는 것으로 예이츠는 자신이 '철학자의 돌'을 획득하게 된다면 사
람들을 일깨우게 될 것임을 "사람들을 미치게 만들 것이다"라고 하였
다. 즉, '철학자의 돌'의 획득은 예이츠 사후 일어날 일로 그의 승리는
마을의 무용담이 될 것이라고도 예견했다.

그는 스카나빈의 우물가에서 곰곰이 생각에 잠겼다.
그는 자신을 조롱하는 자들을 생각하였다. 반드시
그의 갑작스런 보복이 마을의 이야깃거리가 될 것이다.
지상의 밤이 그의 육신을 삼켰을 때
그러나 연못가에 돋아난 작은 배들의 버드나무가
노래하기를-불필요한 잔혹한 목소리로-
출렁이는 물이 넘실대면서
혹은 은색 폭풍우가 한낮의 황금을 초조하게 하면서
옛날의 침묵은 그 선택받은 종족에게 기뻐하라고 명하였다.
한밤중 양털처럼 그들을 에워싸고 있었고
거기 연인들은 연인들끼리 평화를 즐기고 있었다.
그 이야기는 그의 분노하는 마음을 사그라지게 만들었다(*CP* 50).

예이츠는 불멸의 장미가 잠에서 깨어난 여왕이 되어 성녀를 잠 깨우기 위해 희생한 광대였던 영웅적인 죽음을 이해하게 될 날을 "반드시 그의 갑작스런 보복이 마을의 이야깃거리가" 될 것이라고 하여 밝은 미래를 예언하였다. 그 여왕인 불멸의 장미는 제인으로 잠 깨어나 예이츠의 마법사로서의 모든 능력을 공언하여 그의 신분을 상승시킬 것을 인지하였다. 즉, 예이츠가 위대한 마법사였다는 것을 널리 입증하여 그 마을로 상징되는 예이츠를 실패한 마법사라고 평가절하하고 오도했던 마법단체들에 대해 놀라운 복수를 하게 될 것을 미리 천명한 것이다. 성모 소피아의 권능에 힘입은 것을 "물이 넘실대는" 것으로 상징한다. 물은 여성 원리의 상징이면서 곧 무의식의 세계를 상징한다. 또한 "은색 폭풍우가 한낮의 황금을 초조하게 하면서"에서 은빛과 황금빛은 남녀양성의 조화를 상징한다. "옛날의 침묵" 역시 여성 신성의 상징으로 선택된 종족은 예이츠처럼 소피아를 위해 헌신하는 사람들을 상징한다. 이처럼 남녀양성구유의 신성을 아는 것은 불멸성의 근본으로 위대한 과업을 완수하고 '철학자의 돌'을 얻는 근본이라는 것을 예이츠는 암시하고 있다. 즉, "한밤중의 양털" 역시 『요한계시록』에서 새 시대의 광명을 의미하는데 이는 남녀양성원리인 해와 달이 하나가 되어 불멸성을 획득한 세계로 "어린양"으로 상징되고 있는 것과 같은 맥락이라 하겠다. 즉, "그 성은 해도 달도 필요 없으니 신의 권능이 내리비추고 있기 때문이고 어린양이 그 빛이 되기 때문이다(요한계시록 21: 23)." 이 "성 예루살렘"은 '철학자의 돌'이 완성된 새 세상으로 예이츠는 이를 비잔티움의 세계로 상징하고 있다.

여성 신성의 승리를 위한 예언시

여성 신성의 승리를 위한 예언시

혹은 나는 그녀를 신적인 존재자로 보았다.
그녀의 눈을 통해 거칠고 엄격한 눈길이 바라보고 있는 것 같았다.
쇠락하여 멸망해가는 이 몹쓸 세상을 굽어보면서
홀쭉해진 종족은 위대해지고 위대한 종족은 말라비틀어져 갈 것이다.
고대의 진주는 돼지우리 안에 내던져지고
영웅의 꿈은 광대나 깡패에게 조롱당하는 시대에 대량학살을 하고도
아직 구제받을 수 있을지 의심스러운 일이었다.

("청동두상")

매년 나는 외쳤었다. 마침내
내 님이 그 모든 것을 이해하게 되고
이는 내가 힘을 불어넣었고
그러면 내 부름에 내 말이 복종하기 때문이다.

("말")

언젠가 우리가 새벽 전에 일어날 것이고
문가에 우리 고대의 사냥개들을 발견한다.
그러면 화들짝 깨어나서 사냥의 때가 시작된 것을 알게 된다.
다시 한번 검붉은 피가 묻은 길을 따라 휘청거리면서 가서
해변가에 누워 있는 사냥감을 찾아내서
상처를 씻어주고 붕대를 감아주고

에워싼 사냥개들의 한가운데에서 승리가를 부른다.

("사냥개 소리")

예이츠는 남성 원리의 역할을 충실히 다하여 잃어버린 여성 신성인 성녀 소피아를 되찾고 이 과정을 통해 개인적으로는 자신의 삶이 "존재의 합일"을 이룩하여 위대한 과업을 성취하고자 하였다. 더 나아가서는 우주적인 인류의 대과업 완성을 도모하고자 하였는데 이는 자신의 사후에도 지상에 거하는 불멸의 장미인 여성 신성을 깨워서 우주적인 대과업을 완성하는 일이었다. 예이츠의 전시집의 시적 주제는 불멸의 장미인 기독교 영지주의 신화 속의 소피아를 찾아내어 대승리를 이룩하고자 하는 신비주의적이고 예언적인 시를 쓰는 일이었다. 원형적 남성 원리인 예수의 선택을 받은 소피아의 사제로서 성녀 소피아가 자신의 때를 맞이하는 예수 사후 이천 년이 되는 시기는 성녀 소피아가 일어나는 새 시대로 마법사 예이츠는 성녀가 아바타로서 다시 잃어버린 권능을 회복할 것을 고대하는 신비의 영지주의적 예언시를 인류를 위해 남겼다. 비록 예이츠는 직접적으로 초기 시의 불멸의 장미가 기독교 영지주의의 소피아라고 단언한 것은 없으나 초기 시부터 신비의 상징시들을 분석해보면 새 시대와 기독교 영지주의의 여성 신성에 대한 상징으로 가득 차 있음을 알 수 있다. 예이츠는 일생을 통해 비록 불멸의 장미가 고행하는 숨은 신이고 이단으로 내몰렸지만 마침내 대승리의 때가 올 것을 신비시 "재림"에서 스핑크스가 확실히 다가올 때가 임박했다고 단언하였다. 이처럼 예이츠는 재림이 기정사실이라고 보았기에 이를 자신의 전체 상징시를 통해 일관성 있게 예언하였다. 예이츠는 소피아의 권능회복을 기리는 시를 쓰는 것이 그의 시의 궁극 목적이었다. 따라서 초기 시부터 마지막 시에 이르기까지 일평생을 불멸의 장미의 환생과 천상으로의 복귀에 대한 대승리의 예언시를 통해 묘사하고자 하였다. 예이츠의 전 시세계는 마법사로서 예이츠가 연금술의 '철학자의 돌'과 동일시되고 기독교에서 잃어버린 성배의 상징인 여성 신성의 상징으로 가득하다. 여성 신성의 승리에 대한 찬미가는 예이츠의 초기 시인 "방울 달린 모자"와 "낙원의 캐슬린 백작부인"에서 부터 잃어버린 여성 신성을 일깨우는 남성 원리의 역할을 통해 출발하여 시종일관 지속되었다. 이처럼 예이츠는 시작업에 있어서 "자신의 생각들을 망치질하여 통합시키는"(*Ex* 263)작업에 일생동안 몰입하였다. 따라서 후기 시로 갈수록 여성 신성인 소피아가 마침내 잠 깨어 일어나 최상의 비밀들을 열기 위해 환생하여 인류에게 다가오는 대승리의 때를 맞이할 것을 거듭 강조하여 그의 상징시들을 통해 암시하고자 하였다. 따라서 그의 말년의 최후 시편들에서는 더욱 더 확신에 찬 목소리로 성배인 불멸의 장미의 대승리와 그에 따른 새 시대의 도래를 매우 독특하고도 확고한 상징시들을 통해 예언하고자 하였다. 즉 시 "죽어가는 여인에게"와 "사냥개 소리"에서는 마지막 세대에 있을 소피아의 환생과 더불어 불멸의 장미의 대승리를 예언하였다. 예이츠는 의미를 알 수 없는 두 번의 신비스런 꿈을 소재로 하여 쓴 비교적 초기의 신비시인 "방울 달린 모자"에서부터 상징을 통해 그려내었다.

'나는 방울 달린 모자를 갖고 있지'라고 그는 곰곰이 생각했네.
'나는 그 방울 달린 모자를 여왕께 보내드리고 죽으리라.'
그리고 아침이 밝아올 때

그는 그 방울 달린 모자를 여왕의 가는 길에 놓아두었네.
여왕은 구름 같은 머리카락 아래로
여왕의 가슴에 그 방울 달린 모자를 품어 안아들었네.
하늘의 별들이 사라질 때까지
여왕의 입술은 방울 달린 모자에게 사랑의 노래를 불러주었네.
여왕은 자신의 문과 창문을 열었네.
그러자 그 마음과 영혼이 그 문을 통해 들어갔네.
여왕의 오른손에는 빨간 마음이,
여왕의 왼손에는 푸른 영혼이 있었네.
두 마음과 영혼은 귀뚜라미 같은 소리를 내면서
슬기롭고 상냥하게 속살거렸네.
여왕의 머리카락은 접힌 꽃
여왕의 두 발은 은밀한 사랑이었네(*CP* 72~73).

잠자는 여왕은 추락한 소피아로서 지상에 거하는 불멸의 장미의 상징이다. 잠자는 여왕이 잠 깨어나는 것은 성녀 소피아의 대승리로 열리는 뉴에이지로 남성 원리인 광대의 희생을 통해 도달 가능하다고 한다. 광대의 죽음은 예이츠가 영웅적인 죽음으로 희생을 치뤄서 성녀 소피아의 대승리를 이룩하는 것을 보여준다. 광대와 잠자는 여왕의 관계는 남성 원리인 예이츠와 불멸의 장미와의 관계로 나타나는 바, 초기시의 남녀양성의 서로 상반된 요소의 합일로 마침내 '철학자의 돌'을 획득할 수 있는 연금술과 연관성을 지닌다. 예이츠는 최후시에 이르기까지 이 위대한 과업의 완성으로 대승리를 이룩하도록 인류에게 진리의 길을 안내하는 인류의 대스승으로 서고자 하였다. 이처럼 인류의 대스승으로서 광대와 동일시되는 예이츠는 인류의 대스승으로서 마지막 세대에 마침내 구세주이자 심판자로 출현할 성녀 소피아를 위해 예비된 지혜자들을 위해 최고의 비밀을 열도록 마법사로서의 역할을 다하고자 했다. 비록 예이츠는 마법과 연금술을 통해 신비시를 노래했지만 무엇보다도 성모의 권능인 성령에 의해 노래를 짓는다는 것을 꿈으로 엮은 시 "방울 달린 모자"에서 보여주고자 한 것이다. 예이츠는 성령에 의해 받은 소명이 남성 원리로서 예수를 대신하여 여성 신성인 성녀를 일깨우고자 희생과 사랑의 사명을 다하고자 했다. 따라서 잠자는 여왕의 잠을 깨우기 위해 광대로서 희생을 치룬 예이츠는 일생을 통해 쓴 자신의 시인 "방울 달린 모자"로 상징되는 전 작품을 통해 미래에 잠 깰 여왕을 위해 예언시를 바쳤다. 잠 깬 여왕은 분연히 일어나서 자신의 신비시의 최상의 비밀들인 잊힌 지혜를 모두 열어줄 것을 믿었다. 따라서 불멸의 장미는 그의 마법의 신비시이자 예언시를 풀어줄 유일한 열쇠로 이는 아더왕의 전설에서 그만이 마법의 칼을 뽑을 수 있었듯이 마법을 통해 여왕의 신비의 지혜를 전수해줄 수 있다고 믿었다. 예이츠는 일생 쓴 자신의 신비시의 비밀을 미래의 성녀 이외에는 그 누구도 그 신비시의 진의를 열 수도 없고 이해할 수도 없으리라고 믿었다. 심지어 자신마저도 그 신비시의 진의를 알 수는 없었다고 하였다. 즉 "인간은 진리를 쓸 수는 있으나 알 수는 없다"라는 말로 절대적 신의 신비에 대한 자신의 메신저로서의 역할을 암시하는 글을 남겼다. 자신이 사후 여왕을 깨우게 된다는 미래의 예언시를 쓰기는 하였지만 정작 이는 사후의 일이므로 알 수는 없을 것임을 인지한 것이다. 예이츠의 예언적인 신비의 상징시의 주제는 단순한 것으로 불멸의 장미를 추구하였다. 그의 시에는 상반적인 두 요소는 잃어버린 여인과 얻은 여인으로도 상징된다. 즉 잃어버린 여인은 미래에 여성 신성인 소피아가 그 권능을 회복하여 천상의 옥좌로 돌아가게 되는 것을 의미한다.

시 "낙원의 캐서린 백작부인"에서 캐서린이 죽어서 성모의 부름을 받고 천상으로 등극하는 장면처럼 성녀는 "방울 달린 모자"를 보고 잠깨어난 여왕처럼 그 잃어버린 영광을 되찾을 수 있게 된다는 것이다. 광대의 희생은 인류의 오랜 동화이야기인『신데렐라』,『잠자는 공주』,『백설공주』와 같은 동화의 고귀한 왕족인 여주인공들이 추락하여 고난을 겪는 삶을 지내다가 다시 그 권능을 회복하는 양상과 같은 맥락을 이룬다고 할 수 있다. 즉, 여왕의 잠을 깨우는 광대는 예수인 왕자의 역할을 하는 영웅으로 상징된다. 남성 원리로서 광대의 잠자는 여왕을 깨우기 위한 막중한 사명과 그를 위한 희생은 키벨리 여신을 위해 목숨을 바치는 식물신 아티스와 동일시된다. 이처럼 잠자는 여왕의 양상으로서 성녀 소피아의 상징적 인물로는 트로이의 헬렌, 니아브, 캐슬린 백작부인, 제인과 같은 시적 여성들로 나타난다. 예이츠는 불멸의 장미인 기독교 영지주의 신화 속에 언급된 성녀 소피아를 노래할 뿐만 아니라 남녀양성 원리의 힘의 균형을 통한 남녀양성구유의 신성의 뉴에이지를 노래한 것이다. 붉고 푸른빛의 영혼은 남녀양성구유의 상징으로 이는 "생명나무"의 원리로서 그 맥이 이어지고 있음을 보여준다. 여왕의 왼손과 오른손은 생명나무의 왼쪽과 오른쪽의 남녀양성의 기둥을 상징한다고 볼 수 있다. 마침내 잠자는 여왕은 천상의 어머니와 합일하여 대자아로 합일에 이른 것이다. 마지막 행의 여왕의 머리카락과 두 발은 성모 소피아와 성녀 소피아가 합일에 이른 것을 상징한다. 예이츠는 광대와 레드 한라한과 잉거스와 같이 남성 원리와 자신을 동일시하면서 지속적으로 여성 원리를 추구하면서 여성 신성의 승리를 예언하는 동시에 자신의 위대한 과업을 완수하여 불멸의 존재가 되고자 한다. 예이츠의 일심으로 바친 헌신적인 남성 원리로서의 사명은 그의 사후에나 있을 여성 신성을 위해 헌신하는 예언시를 쓰는 일이었다. 즉, 마법사로서 예이츠의 마법이 빚어낸 시적 주제는 기독교 영지주의에서 잃어버린 여성 신의 권능 회복으로 불멸의 세계를 만들고자 희생을 바치는 것이었다. 헤럴드 블룸은 "예이츠의 기독교 영지주의는 영지주의 서적을 일부를 섭렵한 결과로 …… 그에게서 기독교 영지주의는 기질적이면서 영적인 것으로 타고난 내적 성향을 띤다(*P & R* 212)"라고 하였다. 이처럼 예이츠는 기독교 영지주의 복음서에 서술된 바처럼 이미 사라진 여성 신성인 소피아를 위해 운명적으로 선택받은 인물이었다.

소피아를 위해 천부적인 영지주의 시인이자 예언자로서 예이츠의 노래는 잃어버린 여성 신인 소피아를 위한 예언시를 위한 상징들로 가득 채우고 있다. 그러므로 예이츠의 진실은 그가 살고 있는 현실의 삶이 아닌 미래의 마지막 세대의 불멸의 장미와 인류를 위해 헌신하는 것이라고 할 수 있다. 예이츠는 사후 다이몬이 되었다고는 하지만 그의 연인인 소피아가 회복과 승리를 위한 올바른 시간이 올 때까지 기다리고 있어야만 했다. 예이츠는 숨겨진 여성 신을 위한 초자연의 노래를 부르는 것을 통해 신성한 임무를 다해 왔기에 비록 그의 예언시를 이해하지 못하는 동료들로 인해 고난을 겪을지라도 커다란 긍지를 지니고 희망을 잃지 않으려 하였다. 마침내 예이츠는 장미십자단에서 해온 최고의 지위를 지닌 어뎁트로서의 활동을 정지하고 만다. 그러나 자신의 마법의 힘을 그의 시적 목표인 마지막 세대에 세상에 거할 불멸의 장미를 위한 신비시를 만들어가고자 하는 데 전념하였다. 마법사로서 예이츠의 위대한 과업의 완성은 단지 <황금 여명회>의 의식을 행하는 마법사로서의 일이라기보다는 기독교 영지주의의 사제로서 그 소명을 다하고자 한 것이다. 예이츠는 마지막 세대의 불멸의 장미인 성녀의 날들은 세상에서 승리하는 것이 아니라 세상에서 가장 어려운 일을 성공리에 마치고 난 후 비로소 열리는 우주의 진정한 신에 의한 새 시대를 열어가는 막중한 사명임을 예언하였다.

> 승리보다도 더 어려운 일을 위해
> 양육된 그대여, 돌아서시오.
> 그리고 쾌활하게 한바탕 웃어대는 현과 같이
> 남몰래 희열에 젖으시오.
> 왜냐하면 그게 바로 세상만사에서 가장
> 어려운 일이기 때문이지요(*CP* 122).

　예이츠는 마지막 세대에 거하는 불멸의 장미가 드디어 그 모습을 나타내 그릇된 세상을 반박할 것을 예언했다. 불멸의 장미의 마지막 환생은 마침내 잠 깨어 '철학자의 돌'이 되어 불멸을 되찾고 스스로 자족한다. 이처럼 예이츠의 여성 원리에 대한 믿음은 그 자신의 생각이 아닌 마법사이고 심령주의자로서 그의 시는 미지의 교사들인 천사들이 알려주었을 뿐만 아니라 성령에 이끌리어 쓴 시들이다. 그러나 <황금 여명회>의 예이츠의 동료들과 심지어 그의 젊은 미술학도 시절부터 영적인 유일한 친구였던 AE마저도 그의 신비의 마법시의 목적과 뜻을 정확히 알 수 없었다. 예이츠 자신도 표현은 하지만 알 수는 없다고 한 까닭은 그 일이 미래에 이뤄질 일로 이는 신의 영역이기 때문이었다. 그는 자신의 시가 최상의 신비의 예언시이자 마법에 의한 신비시로서 그 누구도 수용하기 어려운 난해한 미래의 예언시였기에 이런 현실을 순순히 받아들여야만 했다.

예이츠는 자신을 불멸의 여성 신성을 찾아 방랑하는 레드 한라한으로 상징하고 있다. 초기시부터 잃어버린 사랑을 그리워하는 시편들을 써온 예이츠는 "사랑의 연민", "사랑의 슬픔", "죽음의 꿈", "수난의 고통", "시간의 십자가에 매달린 장미", "추락한 권능" 등 상징시편들에서 추락한 장미의 고난을 그리고 있다. 즉, 추락하여 잊힌 소피아에 대한 그리움과 그 권능회복을 기원하면서 남성중심의 이천 년이 끝나면 성녀가 다시 그 권능을 회복할 것을 예언하였다. 한편 예이츠가 창작해낸 레드 한라한의 방랑은 예이츠 자신의 헌신을 상징하고 있다. 이처럼 예이츠는 그의 전 시집을 통해 세상에 거하는 불멸의 장미를 위한 사랑과 예언시를 쓰고자 헌신했었다. 이처럼 예이츠는 자신만의 비전을 통해 불멸의 장미의 마지막 현현을 볼 수는 있었지만 일생 만날 수는 없었다. 왜냐하면 성녀는 이천 년의 새 가이어의 시기에 맞춰 뉴에이지를 위해 미래에 나타날 것이기 때문이었다. 절망과 희망이 교차하는 남성 원리로서 고뇌하는 예이츠는 예언시를 통해 소피아의 잠을 깨우고 그 영광과 승리를 위한 예언시를 남겨야만 했다. 예이츠는 고백하기를 "나는 시를 쓰는 것 이외에는 아무 것도 할 수 없다(Wellesley 191)"라고 하였다. 마법사로서 예이츠가 시만을 지향한 것은 자신이 쌓은 마법과 심령술에 이르기까지 모든 힘을 시에 몰입시킨 것을 의미한다. 따라서 그의 시는 마법의 힘과 지혜의 최정수에서 나온 것이라 할 수 있다. 비록 예이츠가 자신의 세대에 숨은 신으로 고행하는 불멸의 장미를 노래하였을지라도 어디까지나 남성중심의 시대가 끝나는 시기에 반드시 나타날 승리의 여왕을 노래하는 것이 그의 시적 주제였고 목표였다. 따라서 아직은 그의 시대가 남성중심의 시대로 암흑기였기에 일생을 성녀 소피아가

승리하는 그날을 예비하기 위한 신비의 예언시를 쓰고자 했다. 그의
예언시에는 불멸의 장미의 영광의 회복과 승리뿐만 아니라 위대한
심판주로서 분노가 여실히 상징되어 나타나고 있다.

> 확실히 어떤 계시가 가까이 다가왔다.
> 확실히 재림이 온 것이다.
> 재림! 우주령에서 거대한 한 이미지가 나타날 때
> 내 시야가 혼란스럽다. 모래 사막의 어디쯤엔가 에서는
> 사방으로 흥분한 사막의 새들의 그림자가 어른거리는 동안
> 사자의 몸뚱이에 사람의 두상을 하고 있는 한 형상이
> 태양처럼 팅 빈 무정한 눈길로
> 천천히 허벅지를 움직인다.
> 다시 어둠이 내려앉았다. 그러나 나는 이제 알았다.
> 저 깊이 잠들어 있던 이십 세기가 흔들리는 요람가에서
> 악몽에 시달렸음을.
> 이 무슨 거친 짐승이 드디어 제시간을 만나
> 태어나려고 베들레헴을 향해 몸을 웅크리고 걷고 있는가?(*CP* 211)

예이츠는 자신이 본 소피아의 영광의 도래의 계시를 "확실히"라는
단어를 써서 강조하였다. "확실히"라는 언어의 강조는 스핑크스의 재
림이야말로 곧 불멸의 장미인 소피아-이시스의 영광의 회복과 승리
를 나타내는 것이다. 지난 암흑기인 이천 년의 남성중심의 시기가 끝
나가는 재림의 때가 다가오면서 참된 심판주인 소피아-이시스가 등
장한다고 한다. 블룸이 "영지주의는 쇠락해가는 세상에 대한 반응이
라기보다는 다가오는 곤경에 대한 예언이다(*P & R* 213)"라고 언급한
바와 같이 예이츠는 스핑크스의 재림으로 소피아의 권능회복과 대심
판을 예언하고 있다. 그의 미지의 교사들이 언급한 바와 같이 새 문

명의 전환기는 가이어의 원리로 다가오는 바 시간의 흐름에 따라 새 구세주로서 소피아의 "재림"은 다가오게 된다. 성녀 소피아가 심판주로 다가오는 대승리의 새 시대는 이천 년의 주기가 가까워질수록 남성 원리의 주기의 가이어가 그 힘이 점차 쇠약해지지만 역으로 여성 원리의 가이어는 점점 확장되어 여성 신성의 권능과 힘이 다시 회복되기 때문이다. 따라서 예이츠는 "시간만이 적"이라고 선언하였다. 남녀양성구유의 신성의 원리는 진정한 우주 신성으로 예이츠는 남녀 양성의 힘의 균형을 이룬 남녀양성구유의 신의 시대가 다가오는데 이것이 바로 뉴에이지라고 보았다.

> 그대의 권능은 그토록 고고하고 격렬하고 친절하지만
> 그 권능은 여왕들이 오래전부터 상상해온
> 마음으로 부르던 뉴에이지를 불러올 듯도 하지만,
> 그러나 그 권능은 절반만이 그대의 것이지요(*CP* 86).

비록 여성 신성의 권능과 영광이 회복되는 시대는 다가올 뉴에이지이지만 예이츠는 불멸의 장미가 지닌 권능은 남성 원리와 더불어 각각 절반씩의 권능을 지니고 있다고 하였다. 그러므로 남녀양성이 함께 합일하여야만 뉴에이지는 오는 것이다. 일찍이 예이츠는 시 "말"에서 마법의 힘을 통해 자신의 예언적인 말에 따라 불멸의 장미의 마지막 화신인 성녀가 잠에서 깨어나 그의 말을 모두 이해하고 권능회복을 할 것을 예언하는 것과 같은 맥락이다.

> 매년 나는 외쳐댄다. 마침내
> 내 님은 모든 것을 이해하리라.

왜냐하면 나는 내 힘을 내 말 속에 불어넣었고
내 말은 나의 부름에 복종할 것이기 때문이다.
그녀가 알게 된다면 그 뉘라서
그녀의 말을 체로 까불어버릴 수 있단 말인가?
나는 이 가난한 말이라도 내어 던지고
만족하여 살 수밖에 없도다(*CP* 101).

예이츠는 자신의 삶 중에 그 누구도 자신의 신비시를 이해할 수 없을지라도 자신을 비웃을지라도 상관하지 않겠노라고 한다. 왜냐하면 자신의 시는 미래의 예언시로 불멸의 장미인 자신의 님이 세상에 나올 때 마침내 그 님이 자신의 시의 의미를 이해하게 되고 그에 따라 모든 신비의 비밀이 열릴 것이기 때문이라고 한다. 만일 그 님이 시의 의미를 선포하게 되면 즉, "그녀가 알게 된다면 그 뉘라서 / 그녀의 말을 체로 까불어버릴 수 있단 말인가?"라고 하여 아무도 반박할 수 없는 절대적인 신의 뜻임을 천명하였다. 연인으로서 남녀양성의 원리로서 예이츠 자신과 불멸의 장미의 합일로 마침내 새 시대의 승리의 날이 올 것을 예이츠는 초기시부터 줄곧 장담하는 예언시를 쓰고 있었다.

신이 하늘에서 손가락을 내뻗어
그 손가락에서부터 빛나는 여름 햇살이 뿜어져 나와
꿈이 아닌 파장으로 그 무희의 위에 쏟아진다.
왜 그들 그리워할 필요없는 연인들이 신이 한 번의 키스로
온 세상을 불사를 때까지 그리워하는 꿈에 젖는가?
그 남자는 무덤 속에서도 위안을 찾을 수 없었다(*CP* 50).

예이츠는 성모 소피아에 의해 지상의 성녀가 구원을 얻고 권능을

회복할 것을 거듭 예언의 신비시로 남기고 있다. 무희는 지상에 거하는 불멸의 장미로 신의 빛이 그녀에게로 쏟아지는 것은 성녀가 잃어버린 영광을 회복하는 것을 상징한다. 잃어버린 영광을 회복한 여성 신성은 성모에 의해 사후에 구원을 얻는 케슬린 백작부인이나 시 "죽어가는 여인"에서 죽음 앞에서 희열에 잠긴 여인의 모습으로 상징되고 있다. 신비시 "방울 달린 모자"에서 잠 깬 여왕의 모습으로도 나타나고 성난 여인의 모습에서 과거 억압받은 여성 신성이 분노하는 심판주로 변모한 것을 암시한다. 분노하는 심판주의 모습은 스핑크스의 재림으로 나타나기도 하고 제인이라는 평범한 여인이지만 비판력을 가지고 남성중심의 삼위일체를 상징하는 주교에 맞서는 용감한 모습으로도 상징된다. 이처럼 그의 예언의 신비시가 반드시 실현될 것을 믿었던 마법사 예이츠는 "그 시간은 연인의 맹세를 결코 훼손하지 않으리(*CP* 49)"라고 단언하였다. 고통을 받았던 숨은 신이자 패배의 신인 성녀가 고난에서 신에 의해 구원을 얻는 것은 신의 손가락으로부터 "빛나는 여름 햇살이 뿜어져 나와" 잠자는 여왕이 잠 깨어났듯이 무희인 소피아가 잠 깨어날 것을 예언하였다. 이처럼 고통받아온 이파에게 신의 축복의 상징인 와인을 떨구어준다.

> 그러나 모든 신들은 거기에 서서
> 말없이 미소를 머금고
> 땅에 엎드려 신음하는 이파에게
> 컵을 든 팔을 내뻗어
> 그녀의 살갗에 고반의 포도주를 떨구어주시니
> 이파는 더 이상은 지나간 일은 기억하지 못하고
> 입술에 웃음을 가득 머금고 신들을 응시하였다(*CP* 118~119).

　　"빛나는 여름 햇살"과 "와인"은 모두 세상에서 홀로 고행하는 성녀의 힘겨운 날들에 대한 보상으로 승리를 주는 신의 축복의 상징이라 하겠다. 신이 불멸의 장미를 구원한다고 하였듯이 구원을 얻고 영광의 승리의 때가 올 것을 거듭 상징한 것이다.

> 성모 마리아의 입맞춤이
> 그녀의 얼굴에 하늘의 음률을 전했을까?
> 그래도 그녀는 지상의 옛날의 가만한 우아함을 지니고서
> 역시 신중한 발걸음으로 나아간다.
>
> 일곱 천사의 발에 맞추어
> 춤추는 이는 이 얼마나 찬란히 빛을 발하는가!
> 모든 천상은 천상에게 절을 한다.
> 불꽃은 불꽃끼리, 날개는 날개끼리(*CP* 48)

　　캐슬린 백작부인이 성모에 의해 죽음에서 구원을 받고 있는데 이어서 성녀의 상징인 무희와 이파 역시 신의 축복을 받는 것으로 묘사된다. 성모 소피아와 동일신으로 볼 수 있는 캐슬린 백작부인은 성녀가 세상에서 고행을 하다가 사후 다시 성모 소피아에 의해 구원에 이르는 것을 보여준다. 캐슬린 백작부인의 죽음은 곧 천상으로 등극한 이후에 "죽어가는 여인"이나 "죽은 산토끼"처럼 육신이 죽음으로써 곧 불멸의 세계로 승천하는 것을 상징한다. 따라서 예이츠는 연인의 신체적 죽음으로 지상에서의 고행을 멈추기를 간절히 바라고 있다. 예이츠의 이런 마음은 캐슬린 백작부인을 사모하는 시인 알릴과 동일시되고 있다고 하겠다. 오랜 지난 이천 년의 남성중심의 시대에서 고난을 겪는 양상의 상징은 불멸의 장미의 승리로 이어지는 동시에

마침내 정한 때가 다가오면서 성녀 소피아-이시스의 우주적인 대승
리의 찬미가를 불렀다.

> 하늘과 지옥이 맞닥뜨렸을 때
> 천상의 지도자인 마이클 대천사가
> 천상의 문지방에서 굽어보면
> 대천사도 자신의 일을 잊고 말리라.
> 성스러운 하늘에서
> 신의 전쟁은 더는 생각지 않고
> 반짝이는 별들로부터
> 그대 머리 위의 화관을 짜리라.
>
> 천사들이 그대에게 경배드리고
> 흰 별들이 그대를 찬미하는 것을 보고
> 만인들이 신의 도시로 돌아오게 되리라
> 부드러운 길을 걸어서.
>
> 그러면 신은 전쟁을 중단하고
> 만사가 다 잘되리라고 말하고
> 조용히 하늘과 지옥의 평화를
> 장미의 평화로 만드시리라(*CP* 41~42).

초기 장미시부터 예이츠는 불멸의 장미인 소피아의 승리를 단언하
였다. 신은 지상의 성녀를 보고 "전쟁을 중단하고 만사가 다 잘 되리
라"고 명한다. 이처럼 신이 정한 시간이 오면 "장미의 평화"가 다가
올 것을 예이츠는 선언하고 있다. 장미의 평화를 이룩한 여성 신성을
노래하였지만 타락한 세상을 엄한 눈으로 바라보고 있어서 결국 신
에 의해 "온 세상이 불탄다"고 한 것처럼 대심판주로서 세상을 징벌

할 것을 예언하고 있다. 결국 뉴에이지는 소피아의 권능회복으로 남녀양성구유의 우주 신성의 시대가 열리게 되는 것이다.

> 현재 어신과 그의 섬은 사라졌고 "로자 알케미(장미 연금술)"와 "마법사들의 경배"에서 일종의 이미지만 그들을 대신해서 등장하고 있다. 우리 문화는 역으로 연결되고 있으며, 혹은 몇몇 새 문명들이 창녀나 그녀 어머니로 상징되는 나의 이야기로부터 탄생하려 하고 있다. 왜냐하면 우리는 유일신을 숭배하였거나 혹은 다신을 섬기거나 조아킴 플로아의 성령이 다양한 유입으로 수용되었기 때문이다(*Ex* 392).

예이츠는 영원한 청춘의 나라의 여신인 니아브가 등극한 신성의 시대인 남녀양성구유의 신의 시대인 "어신과 그의 섬"이 사라졌다고 하여 남성중심의 신의 시대로 바뀐 것에 대한 안타까움을 드러낸다. 그리고 "몇몇 새 문명들"로서 새 가이어의 도래를 암시하고 있다. 성령으로 소피아의 권능회복과 영광의 탄생은 남녀양성구유의 신을 보여주려는 것으로 더 이상은 남성중심의 삼위일체 신성의 시대가 번영하는 시기는 아니라고 하겠다. 여성 원리인 소피아의 권능회복은 예이츠의 시에서 사나운 여인으로서 성녀가 자신의 자녀들을 죽인 남성 신의 추종자들을 징벌한다고 하거나 또는 타락한 세상을 굽어보고 있는 엄한 눈의 소피아로 나타난다.

> 혹은 이 여인을 신이라고 여겼다.
> 그녀의 눈을 통해 한 엄한 눈이 바라보는 듯이
> 이 쇠퇴해야 할 타락한 세상을 지켜본다.
>
> 여윈 족속은 위대해지고 위대한 족속은 시들해지고 말았다.

고대의 진주들은 모두 이 돼지우리에 던져졌다.
영웅의 환상은 광대나 악당의 조롱거리가 되는 세상에서
대량학살을 자행하고도 구제받을 자가 얼마나 될지 의아했다(*CP* 383).

　성모로서 여성 원리의 영광과 권능은 천상에서 그 권능이 현존하였고 성모 소피아는 엄한 눈으로 "대량학살을 자행하고도 구제받을 자가 얼마나 될런지 의아했다"라고 하였다. 즉, 성전 기사단을 학살하는 비극적 종말이 암시하듯이 자크 드 몰레이에 대한 복수로 이어진다고 할 수 있다. 시 "탑"에서 예이츠는 소피아를 수호하였던 성전 기사단의 수장 자크 드 몰레이가 1314년에 이단과 신성모독과 성문란으로 모함을 받아서 당시의 주교와 왕에 의해 화형에 처해진 것을 소피아의 자녀들에 대한 학대의 역사를 상징한다고 보았다.

'모든 개들을 빠트려라'라고 성난 젊은 여인이 말했다.
'그들은 내 거위와 고양이를 살해했다.'
'익사시켜라, 물통에 익사시켜버려라.'
'모든 개들을 익사시켜 버려라'라고 성난 젊은 여인은 말했다(*CP* 322).

　성녀 소피아는 성전 기사들인 자크 드 몰레이를 비롯한 모든 성전기사단을 살해한 적을 상징하는 "개"에게 분노의 징벌로 "물통에 익사"시키려 한다. 오랜 여성 신에 대한 핍박의 역사는 시 "탑"에서 "자크 드 몰레이"를 살해한 적에게 "복수"를 하는 모습으로 묘사되고 있다.

"살인자들에 대한 복수이다"라는 부르짖음이 떠오른다.
"자크 몰레이를 위한 복수이다." 구름같이 희미한 얼룩덜룩한 의상
속에서

혹은 레이스 속에서
분노에 차고 분노에 격해져서 분노에 가득 찬 기병대,
팔과 얼굴을 깨물면서 요동치는 기병들,
마구 돌진하다가 팔과 손가락을 허공에 활짝 뻗히고 있는
모든 무의미한 소란 때문에 혼란스러워지고
이성을 잃어버린 나는 자크 몰레이의 살인자들에 대한
복수를 거의 외칠 뻔했었다(*CP* 231).

예이츠는 새 시대가 열리면서 권능회복을 한 소피아가 남성중심의
시대 동안 학대받아온 모든 소피아의 자녀들에 대한 복수를 하는 것
을 소피아의 사제를 대표하는 살해당한 자크 몰레이에 대한 복수로
상징하고자 하였다. 이제 바야흐로 뉴에이지를 맞이하여 성전 기사단
의 자크 드 몰레이로 상징되는 소피아의 살해된 자녀들에 대해 복수
를 하는 돌아온 소피아의 권능을 "성난 여인"의 분노로 상징하고 있
다. 이 성난 여인의 분노는 곧 소피아의 권능과 승리에 찬 권능으로
여성 원리인 성난 여인의 모습 뿐만 아니라 남성 원리의 상징인 성
요셉의 모습으로도 상징된다.

어디에서 이 분노는 오는 것인가?
텅 빈 무덤인가 아니면 성처녀의 자궁 속인가?
성 요셉은 세상은 녹아내린다고 하였지만
그의 손가락의 향기를 맡는 것을 좋아하였다(*CP* 383).

이 소피아의 "분노"로 "세상이 녹아내린다고" 생각하는 성 요셉은
그 소피아의 피부로 느껴지는 "향기", 즉 세상에 나타난 새 구세주 아
기인 성녀 소피아의 탄생을 기뻐하고 있다. 지난 이천 년 전 소피아
의 추락으로 빚어진 기독교의 비극적인 역사 동안 소피아는 "깡패와

얼간이"로 상징되는 소피아를 지지하는 현자들을 억압하는 적들에 의해 핍박받고 살해된 것을 상징한다. 즉, "고대의 진주는 돼지우리에 내던져졌다"에서 "진주"는 바로 여성 신성인 소피아를 상징한다. 지난 이천 년의 남성중심의 시대에 여성 원리는 그 영광이 사라졌고 그 후손들이 핍박받고 살해당해 온 것을 "대량학살을 하고도 구제받을 자가 얼마나 될지 의아했다"라고 하여 새 시대에 소피아의 징벌이 있을 것을 상징했다. 그런데 예이츠는 새 구세주로서 소피아가 동양에서 나올 것을 예지하였다. 이는 그의 후기시편들인 "초자연의 노래", "조상", "유리 구슬" 등에서 찾아볼 수 있다. 예이츠는 후기시로 갈수록 동양의 상징으로서 부처가 등장한다. "조상"에서 가이어의 긴 이천 년의 역사의 법칙에 따라 동양에 대한 관심을 보인다.

> 한 이미지가 무수한 머리에 떠오르고
> 열대의 그늘 아래 앉아서 둥글게 되고 늘어진
> 중세의 살진 몽상가는 파리를 먹고 말라버린 햄릿이 아니다.
> 텅 빈 눈동자는 지식은 비현실성을 증대시키는 것을 알았다.
> 거울에 거울이 비치면 모든 것이 보인다.
> 축복의 시간을 알리는 종소리가 들리면
> 고양이는 부처상의 텅 빈 눈을 향해 기어간다.
>
> 피어스가 쿠훌린을 자신의 곁에 두었을 때
> 우체국 안을 활보한 것은 무엇일까?
> 어떤 지성이 어떤 계산이나 수나 측정이 그에 부응했을까?
>
> 옛 종족으로부터 비롯된 우리 아일랜드인들은
> 형체 없는 산란된 알의 분노의 난파된 표류물에 의해
> 오염된 현대의 대조류로 내던져져서
> 우리의 적절한 어둠 속으로 기어올라

수직으로 측정된 얼굴 모습을 더듬어가야만 한다(*CP* 375~376).

역사의 가이어의 법칙에 따라 여성 원리의 가이어의 힘이 증대되어가는 동안 한 이미지가 점차 떠오르기 시작한다. 그러나 서양의 나약한 어머니의 상에 대해 고민하는 햄릿의 파리하게 야윈 모습이 상징하는 서구의 정신이 아니라고 한다. 이는 자비를 베푸는 부처상으로 "텅 빈 눈동자"의 부처는 이제 동양으로 그 사상 전환기가 돌아온 것을 나타낸다. 따라서 성녀 소피아의 상징인 "고양이"는 "부처"의 텅 빈 눈동자를 향해 나아가는 것이다. 이 눈동자는 다시 권능을 되찾은 승리의 소피아의 상징으로 시 "재림"에서 심판주로서 스핑크스의 공허한 눈동자와 그 맥을 같이한다. 이 고양이는 성녀 소피아의 상징으로 지상의 고양이 미나로쉬와 성모 소피아의 상징인 달빛에 어리는 눈동자로도 그 맥을 같이한다고 볼 수 있다.

미나로쉬의 눈동자가
보름달에서 초생달로
초생달에서 보름달의 눈동자로
변해가는 것을 아는가?
풀숲을 가로질러 기어다니는 미나로쉬는
홀로 자긍심에 현명해져서
고개 들어 변화하는 달을 보고
그의 눈동자가 변화된다(*CP* 189).

미나로쉬는 달의 변화에 따라 변모하면서 유한한 영혼의 삶을 비춰주는 불멸의 장미를 상징한다. 그러나 부처의 공허한 눈동자를 향해가는 고양이는 더는 달의 변화하는 눈동자가 아닌 새 시대의 불멸

성을 획득한 눈동자, 즉 변화가 없는 텅 빈 공허한 눈동자를 지닌다
고 했다. 세상의 소피아의 지혜를 상징하는 고양이는 이제 부처상을
향해 나아가는 고양이로 변모하여 유한성을 상징하는 눈동자의 변화
가 사라지고 영혼불멸을 상징한다. 따라서 더 이상 영혼의 윤회를 주
관하는 일이 필요하지 않게 되는 것을 상징한다. 부처는 동양을 상징
으로 따라서 예이츠는 마지막 소피아의 현현이 아시아에서 나타날
것을 예지한 것이다. 반면에 소피아를 후원하는 남성 원리는 피어스
나 쿠훌린처럼 서양으로부터 출현할 것으로 보았다. 공허한 눈동자는
"재림"과 "마이클 로바티스의 이중 환상"에서 마지막 심판날에 심판
주의 자비심 없는 무심한 눈빛인 스핑크스의 눈동자와 같은 맥락이
라 하겠다. 성모의 상징인 비잔티움에서는 대심판날을 알리는 천사의
나팔소리가 들린다. 암고양이는 성녀의 상징으로 부처로 상징되는 아
시아를 향해 나아가고 있다. 동양에서 나올 구세주인 미래불로서 새
구세주인 성녀 소피아의 등장은 오랜 옛날 예언가들이 예언한 바대
로 마지막 세대에 등장하게 된다. 그 거울이란 "얼비치는 우주에서
신의 우선적 행위를 모방(Whitater 7)"하는 것을 상징한다. 마지막 연
에서 예이츠는 "옛 족속으로부터 비롯된 우리 아일랜드인들은 / 형체
없는 산란된 알의 분노의 난파된 표류물들에 의해 / 오염된 현대의
대조류에 내던져져서"라고 하여 옛날 여성 원리를 지지하던 소피아
의 자녀들로 살아온 옛 종족들로부터 그 근원을 둔 우리라고 하였다.
우리는 곧 소피아를 인지한 영지주의자들을 상징한다. 이들은 남성중
심의 시대를 상징하는 현대의 오염된 대사상의 흐름을 따르는 것이
아님을 암시하였다. 그러므로 레다가 제우스에게 강간당하여 헬렌이
알에서 탄생된 것은 남녀양성의 원리의 힘의 균형이 파괴된 혼란과

전쟁을 상징한다. 그러나 "우리의 적당한 어둠 속으로 기어올라"에서 어둠의 이미지는 "검은 탑"이나 비잔티움에서 밤의 이미지가 성모 소피아를 상징하듯이 어둠은 곧 여성 신성의 상징으로 소피아에 속한 자신들의 정체성을 상징한다고 볼 수 있다. 영혼은 잃어버린 성배인 불멸의 장미를 되찾아야만 세속적인 완성을 달성할 수 있다고 보았다. 지상으로 추락한 장미는 성녀 소피아로 "수직으로 측정한 얼굴 모습을 더듬어 가야만 한다"는 말에서 한라한과 성배를 찾아가는 기사들의 상징인 "사냥꾼"들과 "사냥개"들로 이들은 소피아를 추구하는 지혜의 성자들을 나타낸다. 비전가인 마이클 로바티스와 자신을 동일시한 예이츠는 소피아의 승리를 심안의 눈으로 바라보고 있다고 한다.

나는 심안으로 그 모든 것을 보았지만
죽을 때까지 이보다 더 확고한 것은 없을 것이다.
나는 달빛 아래에서 보았노라.
지금은 보름밤이다.

스핑크스는 꼬리를 격하게 흔들었다. 그녀의 눈은 달빛에 빛났다.
익히 알고 있기도 하고 잘 알지 못하는 삼라만상을 응시했다.
지성의 승리에 감싸여서
부동의 머리를 꼿꼿이 세우고서.

달빛에 빛나는 눈동자는 흔들림이 없었다.
사랑받는 삼라만상과 사랑받지 못하는 삼라만상에 고정되어 있고
그러나 그에게는 평화란 없었다.
사랑을 베푸는 이들은 슬프다.

그들은 둘 사이에 춤추는 자에게 신경을 쓸 수가 없었다.
무희도 그녀의 춤을 보는 자들에게 신경을 쓰지 않았다.

　　사념을 넘어서 완벽한 육체를 불러모으는
　　춤을 추고 있기 때문이었다(*CP* 193).

　　성녀 소피아의 상징인 무희는 스핑크스와 부처 사이에서 춤추고
있다. 이 무희는 초기시 "그는 요정의 나라를 꿈꾼다"에서 "신이 하
늘에서 손가락을 내뻗어 / 그 손가락에서부터 빛나는 여름 햇살이 뿜
어져 나와 / 꿈이 아닌 파장으로 그 무희의 위에 쏟아진다"에서 "무
희"에게 축복의 빛을 주는 신의 손길 속에 있는 것으로 나타난다. 따
라서 무희는 성녀의 권능회복과 승리를 상징적으로 보여준다. 신의
빛을 받는 무희의 모습은 슬퍼하는 이파에게 신들이 술을 부어주어
이파에게 기쁨을 안겨주는 것처럼 가이어의 법칙에 따라 여성 원리
의 승리의 때가 다가온 것을 상징한다. 또한 무희 사이의 스핑크스는
이시스 여신의 상징으로 서양의 종교 중심을 상징한다면 부처는 아
시아, 즉 동양 중심의 종교를 상징한다. 따라서 그 둘 사이에 있는 무
희는 동서양의 종교를 융합하여 나온 우주의 '철학자의 돌'이자 성배
로 성녀 소피아를 상징한다. 무희는 "완벽한 육체를 불러모으는" 춤
에서 춤은 곧 영원 불멸성을 상징한다고 하겠다. 스핑크스와 부처와
무희의 세 이미지는 하나의 소피아-이시스로서 구세주의 상징으로
볼 수 있다. 시 "방울 달린 모자"에서 붉고 푸른 혼과 더불어 여왕 자
신이 융합되어 이룩한 영원한 '철학자의 돌'을 상징한 점과 같은 맥
락의 상징으로 볼 수 있다. 즉, 세 요소의 상징 중 무희는 여왕과 동
일시되고 서양의 상징인 스핑크스는 붉은 영혼이고 동양의 상징인
부처는 푸른 영혼과 동일시된다. 또한 스핑크스는 지성을 상징하고
부처는 사랑을 상징하는데 둘은 소피아의 지혜와 사랑의 빛을 상징

한다. 무희는 승리하는 소피아의 상징으로 성모와 성녀와 창녀라는
세 요소를 지닌다. 무희는 완벽한 우주의 '철학자의 돌'이자 성배의
상징인 여성 신성이 승리의 때를 맞이함과 동시에 대심판주로서 뉴
에이지에 나타나게 될 성녀 소피아의 권능회복을 상징한다고 하겠다.

> 그녀는 옹졸한 성격의 소유자들처럼
> 예의 없이 자라지 않았으므로
> 보다 행복한 날을 선이라고 생각하고
> 쾌락을 악이라고 불렀다.
> 그녀는 자신이 여성임을 알고
> 붉고 하얀 미인의 얼굴도 아니고 지위도 없이
> 평범한 이름 없는 종족으로부터 자라났다.
> 그녀의 죽은 오빠의 용맹을 모범으로 삼았기에
> 어떻게 그녀가 상심을 하거나
> 그녀의 의지가 꺾일 수 있을까?(*CP* 179)

　　예이츠는 제인으로 상징되는 불멸의 장미의 마지막 현현이 성육화
하여 지난 이천 년의 남성중심의 시대 동안 고행을 하였다가 승리의
때를 맞이하는 과정을 예시하였다. 죽어가는 여인은 역으로 영원불멸
의 우주의 '철학자의 돌'로 완성되어가면서 구세주인 동시에 대심판
주가 되어 가는 승리의 파노라마의 상징이라 하겠다. 예수가 심판주
가 되어 돌아오듯이 대심판주가 될 소피아-이시스의 "용맹"을 떨치는
모습을 그렸다. 예이츠는 여성 신성이 승리하는 때가 오면 더 이상은
빼어난 미모를 지니고 고귀한 신분이 아닌 것을 "붉고 하얀" 얼굴은
아니라고 했다. 이 점은 "죽음의 파리한 희망을 지닌 백합과 꿈의 열
정을 지닌 장미(*CP* 78)"에서 여성 신성의 특성으로 고귀함을 상징한

다. 붉고 하얀빛은 붉은 장미와 흰 백합으로 제인으로 상징되는 마지막 불멸의 성녀의 현현은 곧 장미와 백합의 고고한 여왕의 위엄보다는 평범한 여인의 지위에 있는 것을 상징한다. 즉, 남성중심의 시대에 대한 심판의 날을 앞두고 평범한 여인으로 등장하지만 그녀는 육신의 죽음을 통해 초월적인 경지에 도달한다. 이 제인처럼 평범한 신분의 성녀는 얄다바오스인 남성 신에게 억압받아 온 남성중심의 신의 시대를 고행해온 희생의 신으로서 트로이의 헬렌처럼 슬픈 성녀의 모습은 더 이상은 아닐 것을 상징하고 있다. 따라서 패배의 신으로서 슬픈 장미와는 전혀 다른 승리의 때를 맞이한 성녀는 시 "재림"에서 스핑크스의 도래처럼 무서운 대심판주의 모습으로 상징된다. 또한 성녀는 서구의 미인은 아닐 것을 암시했다. 즉, 성녀 사이의 부처는 또한 암고양이로 상징되는 성녀가 부처를 향해 나아가고 있는 상징과 이어진다고 할 수 있다. 예이츠는 "평범한 이름 없는 종족"에서 성녀가 나온다고 암시한 바와 같이 제인-소피아는 동양의 아시아에서 나온다는 것을 상징한다고 볼 수 있다. 예이츠는 "[지혜]의 탄생이 어디이건 모든 문명의 무대가 된 곳인 아시아에서 시작되었다. 그러나 그 역할 자체는 우리 서양의 후원으로 보존되어 왔다(*E & I* 467)"라고 선언한 점에서 보다 설득력을 지닌다. 성산 메루의 은자는 남성 원리의 원형 이미지인 예수를 따르는 제13상의 초인을 상징하는 타로 카드 9번의 은자의 상징으로 볼 수 있다. 시 "낚시꾼(*CP* 167)"에서 산 언덕의 낚시꾼으로 상징된다고 볼 수 있다. 회색 코네마라 옷을 입은 낚시꾼은 케이스가 "우리의 신부님인 로지크로스(C. R. C) 형제는 진실로 영지주의의 '예수 그리스도'로 물고기 혹은 '물고기의 아들'이라 한다(Case 45)"라고 하였듯이 예수의 상징으로 볼 수 있다. 예이츠는 이 영지주의의 예수 그리스도인 로지크로스를 찬미한다.

> 만일 인류에게 여전히 긍지가 있다면 포도주를 붓고 춤을 추어라.
> 만일 장미가 아직 피어 있다면 장미를 가져오너라.
> 산 중턱에 거대 폭포가 안개를 피우고 있구나.
> 우리의 신부 로지크로스는 무덤 안에 누워 있도다(*CP* 136).

예수의 현현으로 알려진 로지크로스의 무덤이 산 위에 있다고 한다. 포도주와 춤은 불멸성을 상징한다고 볼 수 있다. 장미는 성녀의 상징으로 지상에 거하는 숨은 성배인 성녀를 기념하고자 한다. 산 중턱의 폭포수는 성모의 권능과 성령이 활발하게 작용하고 있음을 상징한다 하겠다. 산은 성산인 메루처럼 신이 거하는 곳으로 모든 문명이 생성된 동양의 부처로 상징되는 아시아로 눈길을 돌렸다. 이 부처는 "마이클 로바티스의 이중환상"에서 부처와 연결되며 새 시대의 새 구세주의 출현이 아시아에서 나온다는 것을 예언하고 있다. 그러므로 "'로자알케미'는 로바티스가 충분히 훈련하여 새 시대는 실질적인 계시의 때일 것이다(Whitaker 71)"라고 하여 보다 현실적인 예언을 고대했다. 예이츠는 "이집트여, 그리스여, 안녕, 안녕, 로마여"라고 하여 자신이 서양문명보다 동양으로 눈길을 돌리고 있음을 암시했다. 그러나 가이어의 법칙에 따라 여성 신성의 가이어가 점차 힘을 발하면서 불멸의 장미의 희생은 승리의 때로 전환되어 "장미의 평화"의 때가 시작된다. 그러나 남성중심 시대의 시간이 점차 지나가면서 소피아의 고난은 점차 승리의 환희로 바뀌게 된다. 이는 시 "죽어가는 여인에게"에서 친구들이 그녀에게 크리스마스트리를 선사하는데 이 트리는 예수인 성자의 탄생 때처럼 성녀 소피아가 새 시대의 구세주로 새롭게 탄생하는 것을 축하하기 위한 기념물을 상징한다.

죽어가는 여인의 모습은 소피아가 이제 고난의 시기를 전부 마치고 바야흐로 승천을 준비하는 상태를 역설적으로 상징한 것이다. 즉, 병상에 누운 여인은 오랜 역사 동안 죽은 토끼로 상징되었던 성녀 소피아가 다시 살아 돌아온 것을 상징하듯이 새 시대의 새 구세주로서의 역할을 마치고 승천하는 소피아의 권능을 상징한다. 소피아의 승천은 죽어가는 여인의 친구들인 성자들이 성녀에게 크리스마스트리를 선사하는 장면으로 상징성은 정점에 달한다. 크리스마스트리는 원래 이천 년 전 남성중심의 시대를 이끌어온 성자 예수의 탄생을 기념하고자 한 상징물이다. 그러나 이교도들인 소피아의 친구들이 새로 만든 크리스마스트리를 병상의 소피아에게 바치는 것은 이천 년을 주기로 하는 남성중심의 가이어가 끝나면서 남성중심의 시대는 대단원의 막을 내리고 있다. 소피아의 승천으로 남녀양성구유의 신성의 우주적인 새 시대의 시작을 상징한다. 즉, 예수가 십자가에 못 박힌

이후 지난 이천 년 동안은 남성중심의 정통파 기독교의 시대가 이어
져왔던 것이다. 성녀 소피아는 "시간의 십자가에 못 박힌 장미"가 되
어야만 했고 줄곧 남성중심의 시대 동안 숨은 신으로 인류와 고난을
함께하며 지상에서 윤회를 거듭하면서 방랑하였다. 그러나 새로 선사
한 크리스마스트리는 예수의 희생과 권능회복을 보여주듯이 성녀 소
피아의 희생과 함께 새로운 권능회복을 상징하는 것이다. 새 크리스
마스트리는 남성중심의 삼위일체에서 벗어나 남녀양성구유의 삼위
일체로 대전환하는 것을 상징한다. 시간을 지배하는 가이어의 법칙에
따라 성녀의 승리의 때가 임박하였음을 상징하기에 "용서하라, 위대
한 적이여"라고 선언하였다. 남성중심의 신인 폭군 "위대한 적"에게
고별을 선언하여 성녀의 대승리를 축하하는 것이다. 이처럼 죽어가는
여인의 기쁨은 후기시에서 레드 한라한이 추구하는 산토끼의 상징으
로 이어지고 있다. 예이츠는 산토끼인 불멸의 장미가 오래전에 죽었
다고 생각하였다. 지난 이천 년의 남성중심의 역사 속에서 사라진 여
성 신성을 상징한다. 여성 신성의 소멸은 해변가에 놓인 닳아빠진 토
끼의 쇄골뼈로 상징된다. 남성 원리인 성자 예수는 십자가에 못 박혀
서 소피아의 시간의 십자가에 매달린 고행을 상징적으로 보여주었다.
시간의 십자가는 가이어의 법칙과 연관성을 지닌다. 지난 이천 년의
정한 시간이 지나기까지 성녀는 숨은 구세주로서 육신을 지니고 지
상에 거하며 인류와 고통을 함께 하면서 멸망해야 마땅할 타락한 인
류를 신의 파멸의 손길로부터 보존한 것이 불멸의 장미의 사랑이었
다. 이제 승리의 때가 다가와서 고난의 성녀는 새 시대를 열고 남녀
양성구유의 우주 신성의 시대를 선언한다. 새 시대를 기념하기 위해
소피아의 사제들인 친구들은 소피아-이시스를 위한 새 크리스마스트

리를 선사한다. 죽어가는 소피아의 죽음의 순간을 지켜보면서 불멸의 장미인 죽어가는 여인과 그녀의 사제와 영웅들을 상징하는 친구들은 슬픔이 아닌 기쁨 어린 눈인사를 서로 교환한 것도 그런 숨은 상징적 의미 때문이다. 또한 "기쁨 어린 눈인사"는 예이츠의 묘비명에서 죽음 앞에서 세상을 향해 건네는 "차가운 눈빛"과 대조를 보이는 것이라 하겠다. 세상을 향해 "차가운 눈빛"을 던지는 것은 역으로 죽음이라는 영생의 길로 향한 "기쁨 어린 눈빛"과 상통한다. 세상의 "독"인 유한하고 모순적인 남성중심의 신이 지배하는 세상에 대해 "차가운 눈빛"을 던지는 것은 역으로 천상의 영원한 "기쁨 어린 눈빛"의 상징이기 때문이다.

> 성모 마리아의 입맞춤이
> 그녀의 얼굴에 음악을 깃들게 했을까?
> 그러나 캐슬린 백작부인의 발걸음은 신중하고
> 지상의 오랜 소심한 우아함에 넘쳐 있다.
>
> 일곱 천사들의 발에 맞추어 춤추고 있는
> 무희는 얼마나 찬란한가!
> 모든 천국들이 대천국에게 머리 조아려 절을 하노니
> 불꽃이 불꽃에게로 날개는 날개에게로 절을 한다(*CP* 48).

성모 마리아는 백성을 살리기 위해 악마에게 혼을 판 캐슬린 백작부인을 구원한다. 성모 소피아가 인류를 살리기 위해 희생한 성녀 소피아를 정한 시간이 오면 구원하는 것을 상징하는 것과 같은 맥락의 상징성을 지닌다. 죽어가는 여인이나 죽어가는 산토끼는 모두가 캐슬린 백작부인이 죽음과 같은 맥락의 상징으로 성녀가 육신의 죽음을 통해 천국에 도달하는 것을 상징한다. 따라서 유한한 육신을 지닌 이 세상에서 잃어버린 권능을 회복한 성녀가 천상으로 승천하는 것을 상징한다. 이처럼 죽어가는 여인을 보고 친구들이나 죽어가는 여인 자신이나 모두 승리의 기쁨에 차 있다. 즉, 육신의 죽음은 곧 승리를 의미하며 지상의 고통을 떠나 천상으로 다시 등극하게 된 것이다. 캐슬린 백작부인의 죽음과 권능회복은 초기 장미시인 "평화의 장미"와도 연결되고 있다.

> 성스러운 하늘에서
> 신의 전쟁은 더는 생각지 않고
> 반짝이는 별들로부터
> 그대 머리 위의 화관을 짜리라.
>
> 천사들이 그대에게 경배드리고
> 흰 별들이 그대를 찬미하는 것을 보고
> 만인들이 신의 도시로 돌아오게 되리라
> 부드러운 길을 걸어서.
>
> 그러면 신은 종전을 고하고
> 만사가 다 잘 되리라고 말하고
> 조용히 하늘과 지옥의 평화를
> 장미의 평화로 만들리라(*CP* 41∼42).

대천사장인 마이클 천사가 하늘의 문지방에서 지상에 거하는 추락한 성녀의 고행상을 굽어보다가 마침내 하늘에서도 불멸의 장미의 화관을 짜고 종전을 고하고 장미의 평화를 이루게 된다고 한다. 이처럼 초기시부터 정해진 시간이 오면 불멸의 장미의 승리는 반드시 다가올 것을 예언하였다. 마이클 대천사가 천상에서 굽어보던 성녀는 마이클 로바티스가 비전을 통해 본 스핑크스와 부처 사이에서 춤추는 무희와 연결되고 있다. 무희인 성녀 소피아는 그 정한 시간이 오면 구세주이자 심판주로서 스핑크스의 모습을 통해 성녀의 권능회복과 대승리를 상징한다. 정해진 시간이 오면 신의 전쟁은 종결을 짓고 모든 인류가 누가 불멸의 장미인지 깨닫게 된다고 역설한다. 이처럼 예이츠는 불멸의 장미의 승리와 권능회복을 반복적으로 역설하였다. 트로이의 헬렌, 캐슬린 백작부인, 마이클 로바티스의 환상 속의 무희, 평범한 여성이나 주교와도 맞서는 제인 등의 여인들은 지상의 성녀 소피아로 상징되고 있다. 예이츠는 불멸의 장미의 영광과 승리를 "반짝이는 별들로부터 / 그대 머리 위의 화관을 짜리라"라고 했다. 불멸의 장미의 승리와 뉴에이지의 도래를 예언하는 것은 그의 독특한 가이어의 법칙에 따라 이천 년의 문명의 주기가 지나가게 되면 새 문명이 다가온다고 보았기 때문이다. 따라서 지난 이천 년 동안은 남성중심의 가이어가 지배하여 왔기에 남성중심의 시대가 되었다고 보았다. 이 시간은 황도대 십이궁좌에 따르고 있는데 그의 신비의 저서『환상록』에서는 가이어의 법칙이 황도대의 시간 속에 존재한다. 그러나 만일 정해진 시간이 와서 소피아의 새 문명의 시대가 도래하게 된다면 시간은 아주 사라지게 되고 십이궁좌 역시 사라지게 된다고 보았다.

> 사람들은 훔친 삼단 같은 머리카락,
> 그 빛을 발하는 머리카락으로 인하여
> 한밤중에 곡물을 타작하도록 아름다운 여인을 발견하였다.
> 사랑과 증오의 광풍이 불어오는 시간을 나 역시 기다리노라.
> 언제쯤 대장간에서 불꽃이 튕겨 나가듯

하늘가에서 별들이 튕겨 나와 사라질 것인가?
저 멀리 가장 비밀스런 순결의 장미여,
확실히 그대의 시간이 오고 그대의 광풍은 불어올 것인가?(*CP* 78)

불멸의 장미의 "머리카락"은 소피아의 영광과 권능의 상징으로 상위의 성모 소피아의 권능을 상징한다. 반면에 하위의 성녀 소피아는 두 발로 상징되고 있다. 대심판날에는 성모의 권능에 따라 하늘의 별들을 상징하는 "머리카락" 성좌들인 별들이 흩어진다고 한다. 즉, "하늘가에서 별들이 튕겨 나와"처럼 성좌들이 마구 흔들려 십이궁좌는 더 이상 존재하지 않는 변화의 시대가 온다는 것을 보여준다. 이들 별들의 요동은 대심판날이 될 것이고 십이궁좌는 그날에 사라지고 말 것을 예언하였다. 신이 뿔피리를 부는 곳은 곧 타락한 세상이 범할 수 없는 세상이다. 남녀양성구유의 신의 평화의 시대로 이 시대는 "황혼"으로 상징된다. 따라서 뉴에이지는 "시간과 세상이 영원히 날아가 버리는 곳"으로 십이궁좌에 의해 매여 있던 남성중심의 유한하고 불완전한 세상이 사라지고 없는 것을 상징한다.

그러므로 이슬이 잠들어 떨어질 때
내 마음은 신이 시간을 불살라 버릴 때까지
고요히 흐르는 별들과 그대 앞에 경배드리리(*CP* 74~75).

예이츠가 고대한 것은 성녀의 승리를 이룩한 새 시대로 시간이 없는 불멸의 이상세계였다. 그날의 소피아는 천상의 옥좌에 앉아 있기에 "고요히 흐르는 별들과 그대 앞에 경배드리리"라고 하여 별들도 십이궁좌에서 벗어나 새로이 안정된 위치에 존재할 것을 상징한다.

"신이 시간을 불살라 버릴 때까지"라고 하는 것은 십이궁좌의 별들의 운행이 바뀌고 유한하고 타락한 세상이 사라지는 것을 상징한다. "고요히 흐르는 별들"은 불멸의 장미의 머리카락을 상징한다. 십이궁좌에 의해 존재하던 옛 시대의 시간은 더 이상은 존재하지 않는다고 한다. 왜냐하면 그들은 정해진 시간에 따라 움직이지 않고 영원 속에 존재하기 때문이다. 그 "황혼"은 뉴에이지의 상징으로 남녀양성구유의 신성의 시대이다. 뉴에이지가 오기 위해 지난 이천 년 동안 억압받고 있던 성녀가 잃었던 영광을 회복하여 심판주로 일어나는 대심판날이 올 것을 상징하고 있다.

진정하라, 진정하라, 떨고 있는 마음이여,
다시 기억하라 그 옛날의 지혜의 말을,
불길과 홍수 앞에서 그리고 별들이 지나는 길에
불어오는 바람에 떨고 있는 그를
별들의 바람과 불길과 홍수로 덮어 가려 버려라, 왜냐하면
그는 저 고독하고 위엄 있는 무리들과 같이 할 수 없기 때문이리(*CP* 71).

불멸의 장미의 대승리의 때인 대심판날의 공포를 보여주면서 그날에 두려워하는 자는 단지 징벌의 대상으로 벗이 아니라고 한다. "별들의 지나는 길"은 황도대 십이궁좌를 상징한다. 이 성좌는 불멸의 장미의 머리카락으로 상징되는데 황도대가 사라진다고 하여 뉴에이지에는 시간 제한이 없는 영원한 세계임을 거듭 강조한다. 그 성좌는 "베로니카의 손수건"으로도 나타난다.

천체의 운행, 베로니카의 머리카락 성좌여,
에덴 동산의 천막의 대들보여, 천막의 긴 휘장이여,

지상과 하늘의 상징적 영광이여!
광활함과 영광을 창조한 성부와 그의 천사들은
바늘 구멍의 천상의 운행에 거하고 있도다(*CP* 270).

바늘 구멍은 우주의 신을 상징한다. 베로니카의 머리카락 성좌에는 성부와 천사들로 즐비하여 결국 성모의 우주는 성부와 동등한 신성으로 남녀양성구유의 우주의 신성을 상징한다.

용서해요, 그대 이미 죽은 사람이 되었으니
비록 그대는 야생의 새들의 의지를 지녔으나
그대 머리에는 별무리들과 달과 해가
감기어 묶여 있으니(*CP* 81).

불멸의 장미 육신의 죽음을 노래하고 있다. 성녀의 육신의 죽음은 구세주로서 오랜 수난을 겪은 지상의 불멸의 장미로서의 굴레에서 해방된 것을 상징한다. 야생의 새들은 무의식을 지배하는 우주의 여성 신성의 권능과 지혜를 상징하며 또한 머리카락에 별무리가 있는 것은 성녀가 우주의 신임을 상징한다. 즉, 베로니카의 머리카락 성좌처럼 우주 여성 원리의 상징이다. 이처럼 우주의 여성 원리인 불멸의 장미는 남성 원리인 성부와 함께 그 힘이 균등한 우주의 창조주이다. 삼위일체로서 남녀양성구유의 우주의 신성은 셋이면서도 하나이기에 "바늘 구멍" 안에 그 현존이 거한다고 했다. 물질 세계를 초월한 초자연의 세계의 신성을 그의 초자연을 노래한 시 "바늘 구멍"에서 상징하고 있다.

우렁차게 흐르는 모든 것은

저 바늘 구멍에서 나온 것이다.
아직 태어나지 않은 것, 이미 사라지고 없는 것이
저 바늘 구멍으로부터 흘러가도록 몰아가고 있다(*CP* 333).

불멸의 장미는 우주의 근원자의 한 분으로서 그녀는 황도대의 십이궁좌의 별들을 초월하여 살고 있다. 이처럼 불멸의 장미는 우주의 근원자의 한 분으로서 그녀는 황도대의 십이궁좌의 별들을 초월하여 살고 있다. 그 불멸의 장미는 세상에 육신으로 거하는 동안 영적으로는 천상 부재인 지상에 추락한 딸 소피아로 거한다. 이제 십이궁좌의 별자리가 파괴되는 순간 성녀 소피아는 갇힌 우리에서 탈출한 천마 유니콘처럼 성모와 하나가 되는 대승리를 거둔다.

내가 그 황도대로부터
빛살을 끌어내렸을 때
왜 저 의문시하는 눈총들이
나를 뚫어지게 바라보고 있는가?
만일 텅 빈 밤하늘이 응답이라도 한다면
나를 회피하는 일 이외에
그들은 무엇을 할 수 있을까?(*CP* 309)

십이궁좌는 유한한 시간을 상징한다고 볼 때 불멸의 장미의 유폐를 상징한다고 볼 수 있다. 따라서 십이궁좌의 "저 의문시하는 눈총들이 / 나를 뚫어지게 바라다보고 있는" 것은 성녀가 지상에서 고행하는 시간 동안 억압된 고난을 상징한다고 할 수 있다. "공허한 밤의 응답"은 바로 어둠으로 상징되는 성모 비나-소피아의 상징으로 신의 뜻을 상징한다. 이처럼 십이궁좌의 별자리는 유한한 시간의 상징으로 불멸의 장미의 유폐를 상징한다. 예이츠는 황도대 십이궁좌로 상징되는 하늘의 별자리에 의해 운행되는 가이어의 법칙에 따라 성녀 소피아가 "시간의 십자가"에 매달려 있다고 보았다. 이 십자가인 황도대는 불멸의 장미에게는 "시간 밖에는 적이 없다(*CP* 264)"라고 하여 정해진 시간이 오면 공허한 "텅 빈 밤하늘이 응답"을 하듯 신의 응답으로 소피아는 대승리를 거두게 될 것이 이미 신에 의해 정해진 일이라고 예언한 바 있다. 시간을 상징하는 황도대 십이궁좌는 딸 소피아의 출현을 의아한 눈으로 뚫어지게 굽어본다고 한다. 그러나 마침내 성모인 밤의 응답이 있을 때 그 황도대는 흩어지고 만다. 이때가 바로 새 땅과 새 시대가 다가오는 뉴에이지로 소피아의 대승리가 달성된다. 그러므로 예언의 신비시 중에서 "그는 자신의 연인을 사악하게 말하는 사람들을 생각한다(*CP* 75)"라고 하여 성녀 소피아가 지난 이천 년의 남성중심의 시대에 이단으로 천시받고 핍박받은 것을 상기시킨다. 그러나 정해진 시간이 오게 되면 신의 뜻에 따라 다시 뉴에이지가 다가온다. 성녀 소피아의 등극이 이루어질 것임을 "하늘의 응답"이 온다고 한 것이다. 예이츠는 성자 예수가 성부의 뜻에 따르고 있듯이 성녀도 성모 소피아의 뜻을 따른다고 본 것을 암시하였다. 황도대의 별들을 끌어내려 뒤흔들게 되는 시간이 오면 여성 원리의 영광 회복과 새 시대가 올 것을 상징하였다. 예이츠는 시 "그는 자신의 애인이 죽기를 바란다"에서 "하나씩 빛의 사라짐(*CP* 81)"을 노래했는데 이는 심판날의 별들의 흔들림처럼 황도대 별들의 변화를 상징한 것이다. 지상에서 애인의 죽음은 곧 소피아의 승천으로 애인의 머리카락에는 별들과 달과 해가 매달려 있다고 하여 우주의 신임을 상징하고 있다. 지난 이천 년의 남성중심의 시대에서 여성 원리는 영적으로 죽어 있었다. 한라한이 본 죽은 산토끼의 상징이 바로 그 여성 신성의 죽음을 나타낸다. 그러나 예이츠의 시에서 육신의 죽음은 곧 영적인 권능회복으로 이어지고 있어서 육적인 죽음과 영적인 죽음은 서로 상반된 두 양상이 되고 있다. 서서히 소멸해가는 빛들은 황도대 십이궁좌의 별들을 상징한다. 그러므로 예이츠는 남성중심의 시대가 물러갈 정해진 시간을 십이궁좌의 별들의 흩어짐으로 보고 이 시간을 고대하였다.

나는 여명이 불러오는 공포와 맞섰어요.
나는 내 운명을 선택한 것이지요. 만일 새 신부가
내게 가장 남성과의 기쁨이 무엇이냐고 물으면
주제로서 정적을 택할 것이지요.
그의 심장이 내 심장과 하나로 보이고
둘 다 세상에서 기적 같은 흐름에 떠돌면서
그곳에는 -해박한 점성가들도 기록한 바와 같이-
황도대 십이궁좌를 한 구체로 변모시킨 것이지요(*CP* 311).

서로 흩어져 매어 있던 십이궁좌의 별들은 불멸의 장미의 마지막 현현이 돌아오자 "여명"인 뉴에이지가 다가온 것을 상징한다. 따라서 그 님인 성녀는 투쟁에 뛰어들었다고 한다. 이제 성녀는 자신의 "운명"으로 여성 원리의 권능을 회복하는 운명을 선택해야만 한다고 한다. 그러므로 남성중심의 신의 시대가 지나가고 바야흐로 여성 원리와 남성 원리가 함께 균형을 이루는 남녀양성구유의 신성의 시대가 온 것을 신랑과 신부의 관계로 상징한다. "그의 심장이 내 심장과 하나로 보이고 / 둘 다 세상에서 기적 같은 흐름에 떠돌면서"에서 남녀양성의 조화를 이룬 대우주를 상징적으로 나타낸다. 따라서 황도대는

하나의 구체로서 가이어의 법칙에 따른 "제13상(*AVB* 302)"의 영원불
멸의 구체로 변화하는데 이는 불멸의 이상세계로 입성을 상징한다.
그러면 시간은 더 이상은 존재하지 않는 불멸의 세상이 된다. 그러므
로 남성중심의 신의 시대가 가고 이제 남녀양성이 함께 균형을 이루
는 남녀양성구유의 신성의 시대가 온 것을 신랑과 신부로 상징하였
다. 가이어가 지나면 또 다른 상반된 가이어가 다가오는 것이 가이어
의 법칙이고 우주의 음양의 원리이다. 이는 "변함없는 가이어가 다시
온다(*CP* 337)"라고 했다. 그러나 완벽한 불멸의 세계는 구체의 세계
로 "장미의 평화"의 세계이다. 즉, "장미의 평화"는 불멸의 장미가 승
리한 시대를 상징한다. 위대한 구세주로서 불멸의 장미에게 사람들이
경배드리는 시대가 바로 평화의 시대이다. 이 최후의 대심판날 이후
의 "장미의 평화"의 시대를 위테커는 "에녹의 서에 의하면 소피아는
천상에서 지상으로 하강하였지만 인간들에게서 거부당했는데 이제
메시아의 시대를 고대하고 있다(Whitaker 47)"라고 했다. 소피아는
『에녹의 서』에 따르면 지난 남성중심의 시대 동안 억압받고 소멸되
었으나 마침내 새 시대인 메시아의 시대가 오기를 고대하고 있다고
한다. 억압 받아온 오랜 역사로부터 일어난 소피아는 새 시대가 되어
등장하는 승리의 심판주로 예이츠가 언급한 "공포의 미(*CP* 203)"의
탄생과 연관된다. 공포의 미는 예언시 "재림"에서 등장하는 스핑크스
로 연결된다. 스핑크스처럼 무서운 미로 태어나는 소피아는 예이츠의
시적 목표로서 그의 개인적 사랑에 대한 시가 아니라 성녀 소피아를
추구한 시를 쓰고자 노력한 우주적 시인이었다. 예이츠가 시에 묘사
한 여인들은 불멸의 장미의 상징시를 위한 촉매제로서 공헌한 것이
다. 마지막 세대에 구세주이자 심판주로 올 성녀 소피아는 "공포의

시간이 와서 영혼을 시험한다"고 하여 "재림"의 시기와 연관성이 있다. 불멸의 장미의 심판날은 승리의 날을 상징하는데 남녀양성의 신성의 원리가 분리되지 않고 연합된 남녀양성구유의 신성의 시대를 상징한다. 예이츠는 이처럼 남성 원리로서 여성 원리를 구원하려는 신성한 의무감에 넘쳐 있었다.

> 어려운 일에 대한 매혹은
> 나의 혈관에서 생기를 말라버리게 하고,
> 마음에서는 절로 울리는 환희와 자연스런 만족감을 산란케 한다.
> 우리의 망아지는 괴롭힘으로 인해
> 마치 성스러운 혈통도 아니고 올림픽의
> 구름과 구름 사이를 넘나들던 영광도 없었던 듯
> 마치 길거리에서 철을 끌고 가듯이
> 채찍질과 혹사당함과 땀과 떨림으로 몸을 떨고 있다.
> 극장 경영주와 인간을 관리하는
> 모든 깡패와 얼간이와의 한낮의 전쟁에
> 오십 가지 방법으로 구성된
> 연극에 내 저주 있으리.
> 내 맹세코 새벽이 오기 전에
> 마구간을 발견하여 그 빗장을 열고 말리라(*CP* 104).

초기시부터 불멸의 장미인 소피아가 고행하고 있으며 자신의 때가 오면 반드시 승리의 여신이 될 것이라고 굳게 믿었다. "망아지(Colt)"로 상징되는 소피아가 지상에서 온갖 고초를 당하는 것을 망아지가 "괴롭힘"을 당한다고 하면서 그 어둠의 시대를 상징하였다. 그러나 예이츠는 성녀 소피아를 해방시켜 줄 수 있는 때가 반드시 온다고 굳게 믿었다. 그는 "내 맹세코 새벽이 오기 전에 / 마구간을 발견하여 그 빗장을 열고 말리라”라고 굳게 다짐하고 있다. 예이츠는 레드 한 라한이나 아티스 식물신과 같은 남성 원리로서 여성 신성인 불멸의 장미를 위해 목숨을 바치고자 했다. 잠자는 여왕의 잠을 깨우고 세상에서 희생하는 망아지처럼 곤란을 겪는 소피아를 위해 “마구간”이 상징하는 세상에서의 억압과 고난에서 해방되는 날이 반드시 올 것을 굳게 믿었다. 이를 예언하기를 “마구간의 빗장을 열어”두겠다고 하였다. 영웅으로서 성녀 소피아를 괴롭힌 “악당과 얼간이”들처럼 소피아를 대항하여 비난하는 자들을 향해 다이몬으로서 예이츠는 그들을 응징할 것을 “오십 가지 방법으로 구성된 연극에 저주 있으리”라고 하였다. 여성 원리를 구제하고자 헌신하는 영웅으로서 성녀 소피아를 고난에 빠트려 온 “악당과 얼간이”들에 대해 저주하여 “마치 신성한 피를 이어받지 못한 것처럼” 지상에서 고난을 겪은 성녀를 반드시 권능회복을 하도록 헌신할 것을 다짐하였다.

예이츠는 사후 다이몬으로 서게 된다 해도 미래에 다가올 승리의 소피아를 위해 초혼을 부르는 노래를 불러야 한다는 지대한 사명감에 젖어 있다. 그는 이 사후의 소임에 대한 무게에 짓눌려 있었지만 영적인 일에 대한 사명감에 젖은 지고의 황홀경을 비명을 지르는 모습으로 역설적으로 상징했다.

임종 직전에 쓴 시인 “사람과 메아리”에서 예이츠는 불멸성을 획득한 다이몬이 될 수 있도록 ‘철학자의 돌’을 취하게 되었다는 것을 “엘트”라는 골짜기에서 “바위”를 향해 “비밀을 외친다(*CP* 393)”라고 선언했다. 예이츠가 “누워서 죽고 싶다”라고 하는 이 시의 후렴구는 실제로는 죽음의 역설로 육신의 죽음으로 영적 불멸성을 획득한 환희를 상징하는 것이다. 이처럼 죽음에 대한 역설적 상징은 최후의 시에 이르기까지 일관성 있게 이어지고 있다. 예이츠는 "죽음은 없다"라고 선언하였는데 이 점은 인간은 죽음으로 "위대한 과업"을 이룩하여 불멸성을 획득하기 위해 '철학자의 돌'을 얻을 때까지 육신은 환생과 죽음의 윤회의 수레바퀴에 얽매어 있다고 보았다.

> 쓰러져 죽는 것은
> 영적이고 지성적인 대과업을 회피하는 것이다.
> 회피해도 소용없는 일이다.
> 단검이나 병에 쓰러진다 해도 무죄 석방은 없다.
> 인간의 더러운 석판을 정화하는 일보다
> 더 위대한 과업은 없다(*CP* 394).

"영적이고 지성적인 대과업"은 연금술사로서 불멸을 얻기 위해 '철학자의 돌'을 획득하는 "위대한 과업"의 완성을 위한 과정을 상징한다. 이 '철학자의 돌'은 지상에 거하는 불멸의 장미와의 합일로 이루어지는데 추락한 불멸의 장미는 일찍이 레드 한라한이 추구한 산토끼로 상징되고 있다.

> 오 바위의 소리여,
> 우리 서로 저 위대한 밤을 기뻐할까?
> 서로 얼굴을 마주 보는 일 이외에
> 무엇을 알 수 있을 것인가?
> 그러나 쉿, 조용히 하여라, 왜냐하면 주제를 잃어버렸기 때문이다.
> 그런 기쁨이나 밤과 같은 경우는 꿈일 뿐이다.
> 저 높은 곳에서 매나 혹은 부엉이가
> 하늘이나 바위 산 정상에서 급강하로 습격한다면
> 공격받은 토끼는 비명을 질러댄다.
> 그 비명의 나의 사상을 흐트러트린다(*CP* 394~395).

최후시에서 예이츠는 자신이 위대한 마법사이자 연금술사로서 위대한 과업을 달성하고 "바위"가 상징하는 '철학자의 돌'을 획득한 다이몬이 되었음을 상징적으로 보여주었다. 자신이 '철학자의 돌'을 획득하는 대승리를 이룩한 것을 "바위의 소리"로 상징하였다. 이제 그는 다이몬이 되었음을 보여주었다. 그는 밤이라는 성모 소피아의 품에 안겨 있는데 "매"나 "부엉이" 역시 사후 영혼의 심판을 담당하는 성모 소피아의 상징으로 볼 수 있다. 밤이 상징하는 성모의 세계에서는 비잔티움에서 밤의 상징이 그렇듯이 여성 신성의 품에 안기게 된 예이츠의 영혼을 상징한다. 다이몬이 된 예이츠는 성모 소피아의 상징인 매나 부엉이의 공격을 받고 외치는 토끼로 상징되는 불멸의 장미의 비명소리를 듣고 있다고 한다. 그런데 이 비명은 두려움에 외치는 비명이 아니다. 육신이 죽음의 굴레를 극복하고 영원불멸성을 획득한 해탈의 경지를 만끽하는 환희의 최고의 경지를 역설적으로 상징한다.

> …… 그는 마지막 날의 불길을 연금술사의 불에 비유하였다. 그리고 연금술사의 용광로는 세상으로 이 세상을 신성한 물질 앞에서 황금이나 비물질적 황홀경으로 일어나서 모든 것이 용해된다. 나는 진실로 유한한 세상과 물질을 용해시킨다. 나는 커튼을 젖히고 어둠을 바라본다. 이는 지속적으로 겪어온 곤혹스런 환상이 황금으로 바뀌고 따분함이 황홀경으로 바뀌고 육신은 영혼으로 바뀌고 어둠은 신으로 바뀐 것이다. 그리고 완벽한 노동으로 내 유한함은 육중함을 얻게 되었고 그래서 나는 무수한 몽상가들과 우리 시대의 글 속의 사람들이 그렇듯 비명 소리를 질러댔다. 왜냐하면 그토록 무수한 꿈으로 무거운 고양된 영혼들만이 영적인 미로 정교하게 다듬어져서 탄생되기 때문이다(*Myth* 270).

연금술을 연마한 예이츠는 '철학자의 돌'을 획득한 다이몬의 경지의 기쁨을 예이츠는 "비명 소리를 질러"대고 있다고 한다. 따라서 울부짖는 토끼 역시 공격을 받고 두려움에 떨다 못해 울부짖는 토끼가 아닌 육신에서 해탈하여 영원불멸성을 획득한 천상의 기쁨을 역설적으로 상징한다고 볼 수 있다. 이런 모습은 곧 초기시에서 캐슬린 백작부인이 사후 성모 마리아의 입맞춤을 받았듯이 구원을 얻게 되는 대승리의 환희를 상징한다고 할 수 있다.

(미친 제인이 말했다)
거기에는 두 바퀴로 달리는
쌍두마차가 있었고
커다란 엉덩이를 지닌 에머가
그녀의 광폭한 연인과 함께 앉아 있었지요.
쿠훌린은 그녀 곁에 앉아 있었고
거기에서
나는 두 무릎을 꿇고 앉아서
돌에 입맞춤을 하였어요.
진흙 속에 누워서
눈물을 흘리며 소리내어 울었지요(*CP* 390~391).

최후의 시편 중에서 산 위에서 울고 있는 제인은 이제 남녀양성의 서로 상반된 요소가 합일에 이른 '철학자의 돌'을 획득한 것을 엠마와 쿠훌린이 한 마차에 타고 있는 모습을 통해 상징적으로 나타낸다. 이 연금술적 상징을 통해 '철학자의 돌'을 획득한 장면은 제인이 '돌'에 입맞춤하는 장면과 소리지르며 울고 있는 장면으로 나타난다. 앞에서 비명을 지르며 우는 것은 곧 "유한함이 육중함을 얻게 되어" 육신의 세속적 완성을 달성하게 된 것이다. 울고 있는 제인은 다이몬인 예이츠의 혜안으로 본 미래의 환상으로 공격받고 비명을 지르는 "토끼"로 상징된다. 이 비명은 예이츠 자신으로 남성 원리의 상징인 피터가 "공작의 외침"을 부르짖는 경지와 같다.

> 큰 사건을 일으켰고
> 적극적인 남자였던 피터는
> '나는 공작의 왕이다'라고 소리 지르며
> 돌 위에 앉아 있다.
> 그래서 나는 웃음이나 눈물이 난다.
> 심장이 옆구리에서 두근두근 뛴다.
> 여자의 비명은 사랑에서 였지만
> 남자의 비명은 긍지에서라고 생각한다(*CP* 252~253).

　"위대한 과업"을 완성하여 불멸인 '철학자의 돌'을 획득한 존재는 소리를 질러대는 것이다. 예이츠의 후기 연작시인 "젊었을 때와 늙었을 때의 남자"에서도 헬렌이 비명 소리를 지른다(*CP* 252)라고 한다. 헬렌-소피아가 비명을 지르는 것은 사랑 때문이었다. 남성 원리의 사랑으로 잠 깨어나는 불멸의 장미를 상징한다. 즉, 남자는 긍지로 비명을 지른다고 하는데 남자의 비명은 곧 여성 원리인 불멸의 장미를 깨우고자 희생을 통한 긍지와 '존재의 합일'을 이룩하여 마침내 위대한 과업을 완성한 '철학자의 돌'을 획득한 것을 상징한다. 예이츠는 남성 원리로서 긍지인 여성 신성을 위해 헌신하는 영웅적인 꿈을 지니는 것에 대한 다이몬으로서 얻은 지고의 긍지를 미래에 다가올 불멸의 장미를 만나게 될 후손들인 '다이모닉 맨'들에게 전해주고자 한다.

　나는 유언을 남길 때가 되었다.

새벽이면 샘물이 솟구치는
낙숫물 떨어지는 바위 옆에서 낚시줄을 드리우는
산을 오르는 이들을 선택한다.
그들을 나의 긍지를 이어받은 자들이라고 선언한다(*CP* 222).

제인이 산 위에 거하고 있듯이 낚시꾼이 머무는 산은 성산으로 성모 소피아의 세계, 즉 비잔티움의 세계이다. 예이츠는 남성 원리로서의 긍지, 즉 여성 신성을 위해 헌신하는 영웅적인 꿈을 지닌 희생자로서의 긍지를 미래에 올 불멸의 장미를 지켜나갈 후손들인 "산을 오르는 젊은이들"에게 전해주고자 했다.

내가 그곳에 있었지만 아무도 듣는 이 없이도
공작을 울부짖게 할 수도 있었겠지만
그것은 기억 속에 있는 것으로
남자에게는 자연스러운 일이었다.
홀로 있어서 돌을 돌보면서
자장가를 불러주고 싶다(*CP* 254).

"공작"은 그리스 신화에서 헤라 여신을 상징하는 새이다. 따라서 "공작의 울부짖음"은 곧 남성 원리의 희생으로 여성 원리인 딸 소피아가 잠 깨어나서 위대한 과업을 완성하고 '철학자의 돌'을 획득한 것을 상징한다. 이 장면은 이미 신비시 "방울 달린 모자"에서 광대의 죽음으로 마침내 여왕의 잠을 깨우게 된 것으로 승리의 절정을 이루고 있는 점과 같다. 피터가 "홀로 돌을 돌보는 것"은 '철학자의 돌'을 획득한 승리에 찬 인생을 상징한다. 이처럼 성녀 소피아의 '철학자의 돌'을 획득한 대승리를 "비명"으로 역설적으로 상징하고 있다. 이 승리의 상징은 "웃음이나 눈물이 난다"에서 "웃음" 역시 육신의 세속적 완성을 위한 상징적 경지로 볼 수 있다. "시간이 아니라 나의 웃음이 나의 목소리를 파괴하였다(CP 252)"라고 하여 "웃음"은 곧 육신의 세속적 완성인 불멸성을 획득한 것을 상징한다고 볼 수 있다. 그러므로 산은 "존재의 합일"에 이른 것을 상징한다.

> 그들 중국인들이 그곳을 향해 올라가고
> 나는 그들이 거기 산에 앉아 있다고 상상한다.
> 거기 산 위와 하늘에는
> 그들이 비극적인 장면을 응시하고 있다.
> 한 노인이 슬픈 가락을 요청하면
> 숙련된 손가락들이 연주를 시작한다.
> 그 노인들의 주름살투성이 얼굴의 눈은 그 눈은
> 노인들의 고대의 반짝이는 눈들은 기쁨에 젖어 있다(CP 339).

산 위에서 미소 짓는 눈빛의 중국 노인들은 다이몬의 상징으로 육체의 세속적 완성을 이룬 성자들의 기쁨의 경지를 상징한다. 산은 메루 산과 같은 신성한 장소의 상징으로 이 산에 올라 슬픈 곡조를 듣는 중국 노인들의 눈에 어리는 기쁨 역시 세속적 완성을 이룩한 것을 상징한다. 이 기쁨은 곧 "웃음"의 발작과 연결되고 "현처럼 웃는" 경지이다. 성녀의 승리는 제인의 눈물의 외침으로 상징된다면 중국인들은 남성 원리의 승리감을 상징한다. 그들은 마침내 세상의 승자가 되어 오랜 역사를 거쳐 온 남성중심의 삼위일체를 물리칠 수 있게 된 것이다. 이제 그들은 새 시대를 위한 새 문명인 남녀양성구유의 삼위일체 신성을 구축하고자 한다. 따라서 "모든 것은 무너지고 다시 세운다. / 그것들을 다시 세우는 이는 즐겁다(CP 339)"라고 하여 중국 노인들로 상징되는 새 시대의 구축자들인 성자들 혹은 다이몬들은 낡은 모순된 세상을 무너뜨리고 새 시대를 세우는 것을 기뻐한다고 했다. 늙은 노인들이 느끼는 비극적 기쁨은 모든 것은 무너지고 다시 세우는 가이어의 법칙에 따른 것이다. 이들 중국 노인들로 상징되는 성자들은 마치 타로 카드의 9번째 산 정상의 은자 노인의 모습을 연상시킨다. 예이츠는 성녀 소피아의 승리의 기쁨을 마구간을 열고 그 핍박으로부터 망아지를 풀어 자유로이 비상하게 하리라고 예언했다. 성녀의 상징인 망아지의 탈출은 후기시의 "서커스단의 동물의 탈주"와 연결되고 있다. 불멸의 장미의 승리를 위해 마침내 모든 억압받던 여성 원리의 상징적 요소들이 자유를 되찾아 비상하는 것이다. 즉, "내 서커스단의 동물들은 모두가 쇼를 한다. / 죽마를 탄 소년과 번뜩이는 마차와 / 사자와 여인과 왕 등 무엇이든지 다 있다(*CP* 329)"라고 하여 "죽마타는 소년"과 "사자와 여인"의 상징을 보여준다. 즉, 기독교 영지주의자인 소피아 사제의 지혜를 상징한다. 또한 "사자와 여인"은 소피아가 그 권능을 되찾은 승리를 상징한다.

> 모든 것이 은유이다. 말라키도 모든 것들이,
> 즉 밤의 저 멀리로 나래를 펼치는 바네클 거위도
> 밤은 갈라지고 새벽은 희미하게 열리고
> 나는 섬찟하게 숭엄한 빛을 향해 걸어가네
> 걸어서 가네
> 그들 위대한 해마가 흰이빨을 드러내며
> 새벽을 향해 웃고 있네(*CP* 386).

신비시의 진리를 정해진 시기까지 숨겨두기 위해 상징을 사용하고 있기에 모든 것이 "은유"라고 했다. 예이츠는 미지의 교사들이 "시에 은유를 주러 왔다"고 말한 것처럼 시적 은유의 비밀은 미래에 불멸의 장미의 마지막 현현이 세상에 나타나 그 빗장을 열게 될 것을 암시한 것이다. 따라서 그녀가 유일한 시적 은유를 푸는 열쇠가 되고 있다. 시의 은유인 고도의 상징적 비밀이 열릴 때 소피아의 헌신적인 사제들인 영웅들의 기쁨도 극에 달할 것이다. 그런 영웅들은 "바네클 거위"로 상징된다. 밤은 여성 원리의 상징으로 성모 소피아의 세계이다. 또한 "말라키"는 구약의 마지막 선지자로 예이츠 자신을 상징하는 것으로 구시대의 마지막 선지자임을 보여주었다. 즉 뉴에이지를 열어가는 마지막 세대의 희생자인 "바네클 거위"는 남성 원리로 예이츠는 자신을 성녀 소피아의 마지막 예언가로서 드높은 긍지를 보여주고 있다. 새벽이 와서 그 거대한 해마들이 활짝 이를 드러내고 웃고 있는 것은 새벽인 광명의 시대를 바라보고 있는 다이몬들과 불멸의 장미의 상징으로 볼 수 있다. 이 해마는 마구간에서 탈주한 망아지와 동일시되면서 곧 "코로누스의 말을 찬미하러 오라. 찬미하러 오라(*CP* 245)"에서와 같이 "존재의 합일"의 비극적인 상징성을 보인다. 승리를 상징하는 망아지의 탈주는 "해마가 새벽을 향해 웃고 있네"에서 해마의 웃음으로 소피아의 승리의 때가 상징되고 있다. 즉 해마가 웃고 있는 새벽은 곧 새 시대를 맞이하는 승리의 기쁨의 때를 상징한다. 기쁨과 더불어 분노 역시 소피아의 승리의 상징으로 분노는 구세주의 권능을 상징한다. 즉, 예이츠는 자신을 마지막 소피아의 현현을 위한 기독교 영지주의에 나오는 소피아의 사제로서 구약의 마지막 예언가인 말라키와 동일시하고 있다. 또한 거위는 영웅의 상징적 인물로 소피아를 위해 목숨을 바치는 여성에게 그들은 성난 여인인 마지막 소피아의 화신이 자신의 사제의 상징인 거위에 대해 말하며 분노하고 있다. 이 분노하는 여인은 "'모든 개들을 익사시켜라'고 성난 젊은 여인은 외쳤다(*CP* 322)"라고 한 바와 같은 맥락으로 볼 수 있다. 이 성난 젊은 여인은 곧 마지막 때의 미친 제인, 즉 성난 제인과 동일시될 수 있다.

> 미친 제인이 낡은 시대를 벗어던지고
> 새 시대를 외친다면
> 옛 신이 다시 부활된다면
> 우리는 술 한 병을 마시고
> 우리의 지도력을 발휘하여
> 온 시골동네와 시내를 돌아다니며
> 부부들을 침대에 내던지고
> 다른 놈들을 때려 엎을 수 있을 것이다.
> 산에서 산으로 성난 말탄 기수들이 달린다(*CP* 371).

"성난 젊은 여인"은 곧 마지막 때의 "미친 제인", 즉 성난 제인과 동일시될 수 있다. 분노하는 복수의 여인은 자크 몰레이의 복수도 할 것이며 이는 최후의 심판자로서 불멸의 장미의 대승리를 상징한다. 격한 여인은 분노하는 심판주로서 여성 원리의 상징이다. 여기서 분노는 최후의 심판자로서 대승리의 상징이다. 말탄 기수들은 "장식 레이스를 단 분노에 굶주린 기병대 / 팔과 얼굴을 물어 뜯으며 서로 때리는 기병(*CP* 231)"과도 같을 것이다. 이는 유언시가 있는 "벤 불벤 산 아래에서"에서의 말탄이들과 연결성을 지닌다.

> 맹세하라, 그 말탄이들과 그 여인들에게 걸고

피부의 빛과 형상은 초인임을 입증한다.
그들의 열정을 완성하여 불멸성을 지니고 있어서
자랑스럽게 사는 저 창백하고
긴 얼굴의 무리들에게 걸고.
이제 그 초인들은 겨울 여명에
불벤 산을 배경으로 말을 타고 달린다.

여기에 그들이 의도하는 핵심이 있다(*CP* 397~398).

    소피아의 권능회복의 때가 되어 "말탄이들과 그 여인들"인 모든 천사들도 다이몬들도 함께 나와 징벌을 가한다고 한다. 기병대들이 성전기사단의 단장으로 소피아를 수호하던 자크 몰레이의 복수도 하고 억압받던 모든 "홀쭉한 이들"인 성녀를 수호하다가 고난을 겪고 죽어간 역대의 영웅들에 대한 복수와 심판한다. 이것이 그들 복수와 심판자들의 핵심으로 소피아의 대승리를 상징한다. 성난 말탄이들인 격노한 천사들과 다이몬들은 그 성난 젊은 여인인 소피아처럼 대심판의 날에 징벌을 가하는 것이다. 생전에 예이츠는 소피아로서 스핑크스의 부활을 간절히 고대해왔다. 즉, "그들 야생의 이미지를 찾으라 / 사자와 여인 / 창녀와 어린아이를(*CP* 367)"에서 이들 이미지가 상징하는 것은 사자와 여인은 심판주로서 강력한 힘을 지닌 성모의 이미지로 볼 수 있다. 창녀와 "어린아이"인 소녀 역시 여성 신성의 세 요소를 상징한다. 즉, "사자와 어린아이"는 그의 시 "마이클 로바티스의 이중 환상"에서 본 스핑크스의 모습과 연결된다. 이제 뉴에이지를 맞이하여 소피아의 권능 회복으로 남녀양성구유의 신성이 도래하게 되었다. 그들은 대심판날을 맞이하여 그동안 소피아와 남녀양성구유의 우주의 신을 믿는 사람들을 핍박해 온 적에게 징벌을 가한다고 했다.

어디에서 그 모든 분노는 발하였던가?
빈 무덤에서인가 아니면 성처녀의 자궁 속에서인가?
성 요셉은 세상이 녹아버릴 것이라고 생각하면서도
그의 손가락의 향내에 매달려 있었다(*CP* 383).

소피아인 성난 젊은 여인의 분노는 예수가 처형된 이천 년 전의 일인 텅 빈 무덤 속에서도 성모의 자궁 속에서도 아닌 지상에 거하고 있던 고난받는 숨은 신인 불멸의 장미가 세상의 실질적인 체험 속에서 출현할 것을 상징한다. 이 심판날에 남성 원리를 상징하는 성 요셉은 "세상이 녹아내릴 것"이라고 하여 대심판날이 성난 여인인 성녀 소피아가 심판주로서 일어나는 뉴에이지를 인지하고 있다. 그러나 그는 불멸의 장미의 향기에 젖어 황홀감에 빠져 있다고 했다. 성 요셉도 남녀양성구유의 신인 소피아-이시스 여성 신성의 대승리를 감지하고 있다는 것을 상징한다.

탑의 꼭대기는 불타버렸고
인간은 그 얼굴을 회고한다.
움직이려면 아주 가만히 움직여라.
이 고독한 곳에서.
그 님은 자신을 여인이라고 여기고 세 속성 중에 소녀라고 보았다.
아무도 자신을 바라보지 않는다고 생각하였다. 그녀의 두 발은
길거리에서 주운
땜장이의 춤을 춘다.

개울물 위의 긴다리 소금쟁이처럼
그녀의 마음은 고요 속에 움직인다(*CP* 381).

최후의 시편에 속하는 이 시에서 마지막 불멸의 장미의 현현인 제

인은 거리를 쏘다니며 세상을 지켜본다. 성녀의 "두 발"은 하위의 소피아를 상장하고 있으며 "소녀" 역시 여성 신성의 세 속성 중 성녀를 상징한다. 다시 잠 깨어 일어난 성녀는 광대-예이츠인 마지막 사제의 노래를 듣고 잃어버린 지식을 얻은 것이다. 그러나 "길거리에서 주운 / 땜장이의 춤을 춘다"라고 하여 어느 조직에 속하지 않은 채 홀로 지혜를 얻게 된다고 했다. 이제 제인이 된 성녀의 마음은 평화로워서 초의식의 세계에 도달해 있음을 "그녀의 마음은 고요 속에 움직인다"라고 상징했다. 성녀가 잃었던 권능을 다시 회복한 것을 상징한다. 예이츠는 자신이 오랜 역사 동안 사라진 소피아의 권능회복을 주도하는 성녀의 잠을 깨우기 위해 노래를 짓도록 선택받은 선지자임을 인지하였다. 이는 "나는 미이라의 천에 감싸인 미이라처럼 / 마음의 방랑에 휩싸여서 / 이것 이외에는 아무 것도 소용이 없다(*CP* 259)"라고 하였다. 이처럼 예이츠는 초기시부터 후기시에 이르기까지 성녀 소피아인 불멸의 장미가 지상에 은밀하게 거한다고 보았다. 이 불멸의 장미의 잠을 깨워 마침내 지상에서 그 권능을 회복과 대승리를 예언하는 것이 예이츠가 남성 원리인 성자 예수의 메신저로 선택받은 주된 소임이었다는 것을 그의 상징시를 통해 암시하였다.

기독교 영지주의를 위한 노래

기독교 영지주의를 위한 노래

그리스의 추상적인 모순이 사람을 미치게 한다-
남성중심의 삼위일체를 철폐하라. 성부, 성모, 성자녀(성녀 혹은 성자),
그것이 모든 자연과 초자연이 함께 작용하는 것이다.
                                        ("초자연의 노래")

병사는 그의 대장에게 인사하는 것이 긍지이고
신도는 그의 주님께 무릎을 꿇고 봉헌하는 것이 긍지이고
어떤 이들은 순종의 암말에 내기를 건다.
트로이는 헬렌에게 내기를 걸었고 트로이는 경배하다가 사라졌다.
위대한 국가들은 위에서 꽃핀다.
노예는 노예에게 경배를 한다.
                                        ("세 가지 행진곡")

 예이츠는 가장 위대한 신비주의 시인이자 마법사이자 어뎁트로서
장미십자단, 카바라, 신비교의, 신지학, 신플라톤주의, 동양 철학 등을
섭렵하였다. 그는 일찍이 초기시인 장미시편에서부터 여성 신성의 원
리를 상징적으로 묘사하였다. 신비주의자이자 미술 학도였던 벗 AE
와 우정을 나누었다. 노년에 이르기까지 예이츠는 신비의 상징시를
통해 잃어버린 여성 신성인 성녀 소피아를 추구하려는 신성한 소명

의식에 불타고 있었다. 나이 들어감에 따라 젊은 여인 조지와 결혼하였다. 부인 조지는 신혼 초부터 자동기술을 통해 예이츠가 미지의 교사의 지시에 따라 『환상록』(*A Vision*)을 쓰게 이끌었다. 이 『환상록』에서 이천 년을 주기로 하는 가이어 이론을 설파했다. 즉, 두 개의 맞물린 가이어 중에서 첫 번째 가이어가 돌아가면서 상반된 가이어가 점차 다가오면서 점진적으로 그 문명의 쇠락이 다가온다고 보았다. 즉, 지난 이천 년은 기독교의 남성중심의 시대의 주기였다. 성령이 비둘기로 상징되고 있으며 이 시기 동안 성자인 예수는 이천 년 동안 군림하게 되었다. 상반된 가이어인 여성 원리는 이 남성중심의 시대 동안 쇠약해졌다. 따라서 남성중심의 신으로부터 박해를 받은 여성 신성인 소피아는 이단으로 몰려서 핍박받고 마침내 소멸되고 말았다. 남성 신인 얄다바오스가 우주의 남녀양성구유의 신성을 각성하지 못한 채 성녀 소피아를 억압한 양상으로 전개되어 왔다. 그러나 바야흐로 이천 년의 남성중심의 시대가 지나감에 따라 남성중심의 가이어는 점차 쇠약해져 가면서 여성 신성이 다가오기 시작한다. 예이츠의 시 "재림"에서 성자의 재림이 아닌 "스핑크스(*AVB* 263)"의 재림으로 상징되는데 이 스핑크스는 소피아-이시스 여신의 상징으로 잃어버린 여성 신성이 상실했던 권능을 회복하게 되어 대심판주로 나타나는 것을 예언하고 있다. 시 "재림"과는 상반된 시로 지난 이천 년의 남성 중심의 시대의 상징은 남성 신인 제우스가 여성 원리인 레다를 강간하는 시 "레다와 백조"에서 단적으로 상징되고 있다. 이 시는 B.C. 2000에서 A.D.에 이르는 이천 년간의 새로운 문명의 시기를 보여준다 하겠다.

수태고지에 대해서는 나는 레다의 알이 성스러운 유물로 지붕에 이르기까지 뻗어 있는 스파르타의 성당을 보여준 것으로 기억되는 레다를 이끌어낸 그리스인들로부터 발견한다. 그 레다의 알 중 한 개에서는 사랑이 탄생되고 다른 한 알에서는 전쟁이 탄생했다. 그러나 그 모든 깃은 상반된 것으로 무심결에 더 오래된 문명은 수태고지를 거부하고 단지 새와 여인은 바빌론의 수학적 별빛의 한 모퉁이에 한 점으로 찍혀 있다고 상상하고자 애를 썼다(*AVB* 268).

전편의 시를 통해서 예이츠는 꾸준히 트로이의 헬렌으로 상징되는 남성중심의 기독교 시대를 살아가는 성녀 소피아의 잠을 깨우고 그 잃어버린 권능회복을 위해 주력해왔다. 예수는 첫 번째 가이어로 해와 남성 원리를 상징하고 지난 이천 년 기간 동안 이 남성 원리가 주도하는 한 주기였다고 보았다. 반면에 트로이의 헬렌은 달과 여성 원리로 상징되고 남성중심의 가이어에 대한 상반된 여성 원리의 가이어라고 보았다. 따라서 예이츠는 헬렌을 불멸의 장미로 상징했다. 시 "레다와 백조"에서 보여준 바와 같이 헬렌은 여성 원리의 추락 후 세상에서 고행하는 성녀 소피아를 상징한다. 남성 원리로서 예수는 지난 남성중심의 시대 동안 그 영광이 강조된 반면 성녀인 소피아의 영광은 가리워졌다. 이는 막달라 마리아와 예수, 즉 트로이의 헬렌과 예수가 남녀양성구유의 신으로부터 출발한 여성 원리와 남성 원리의 원형임을 상징한다. 기독교 영지주의 신화에 따르면 소피아는 얄다바오스라는 남성 신을 창조하였는데 남성 원리의 동의 없이 창조했기에 얄다바오스는 눈먼 신으로 남성 신인 자신만이 유일신으로 여기고 소피아를 핍박했다. 이에 따라 남성중심의 삼위일체 신성의 시대가 지난 이천 년 동안 한 주기로 출발되었다. 그 이후로 여성 원리의 가이어가 점진적으로 그 쇠진했던 힘이 강화되어가면서 예언시 "재림"에서는 이천 년이 끝나는 시기에 마침내 스핑크스로 상징되는 소피아-이시스 여신이 그 권능을 회복하여 심판주로 세상에 등장한다고 보았다. 스핑크스는 "이 무슨 거친 짐승이 드디어 제 시간을 만나 / 태어나려고 베들레헴을 향해 몸을 웅크리고 걷고 있는가?(*CP* 211)"라고 예지했다. 그리스 신화에 등장하는 헬렌을 올림피아 시기로 상징하였다. 그러나 헬렌은 구약 시대나 혹은 올림피아 시대를 거쳐오면서 모진 고난을 겪었다고 보았다. 이런 예이츠의 가이어에 따른 역사론은 미지의 교사들에게서 배운 것이다. 시 "재림"에서 짐승의 도착은 새 문명의 발생을 상징한다. 그 짐승은 지금까지 세상을 지배해온 남성중심의 신이 아닌 여성 스핑크스가 상징하듯이 불멸의 장미인 여성 신성 즉 소피아-이시스의 시대가 도래한 것을 상징했다. 따라서 이천 년의 주기가 다함에 따라 남성중심의 시대는 점차 쇠락해가고 남녀양성구유의 시대로 변환되어 가는 것이다. 그리하여 여성 원리는 남성 원리와 합일하게 되는 남녀양성구유의 신성의 시대가 도래할 것을 시 "재림"에서 상징적으로 예언하고 있다. 이집트의 남녀양성구유의 신인 오시리스, 이시스, 호루스는 성부와 성모가 합해서 성자를 낳는 점과 같다. 그러므로 예이츠는 스핑크스는 남녀양성구유의 신성을 상징한다고 볼 수 있다. 성녀 소피아는 지난 이천 년의 남성중심의 삼위일체 신성의 시대와는 구분된다. 남성중심의 시대의 마지막 세대에 불멸의 장미인 트로이의 헬렌은 제인이라는 평범한 여인으로 변모하지만 그녀야말로 남성중심의 신성을 대표하는 주교와 말다툼을 벌이며 주교를 비판하기도 한다. 이는 소피아가 권능을 지니는 남녀양성구유의 신의 시대로 변모해가는 것을 상징한다.

역사에 관한 조아킴의 위대한 통찰력은 종종 세 가지 양상으로 그의 의견을 구분하여 보여준다. 그리고 그 구분의 기본적인 근원은 삼위일체에 있다. 만일 기독교인들이 신을 세 양상(성부, 성자, 성령)으로 믿는다면, 조아킴은 이르기를 성경은 구약의 시대가 성부의 시대라면 신약의 시대는 성자의 시대였다. 그리고 세 번째의 상태 혹은 역사의 시대로서 성령은 구약과 신약의 시대 둘 다를 깊이 이해한 매우 특별한 시대로 일컬어진다(McGinn).

홀러(Hoeller)는 피오레의 조아킴의 세 단계의 세계를 아래와 같이 언급했다.

> (피오레의 조아킴)은 세 단계로 소피아의 이야기를 구분 지은 것 같다. 첫 번째 세상은 성부의 시대이고 이는 소피아의 추락과 연관성이 있을 것이다. 소피아의 권능회복의 시도가 두 번째의 시대인 성자의 시대일 것이다. 그리고 소피아의 마지막 권능회복의 시대는 성령의 시대인 우리 시대에 일어날 것이다(MacDermot 12~13).

조아킴 피오레의 예언한 바대로 예이츠는 성령에 의해서, 즉 고대의 지혜(소피아)인 성령인 여성 신성에 의해서 예술로 승화되어 나타날 것을 예지한 바 있다.

> 조아킴 피오레는 정통 교회의 권위에 의해 정당하게 인정받았다. 심지어 그의 모든 출판물은 그의 요청에 따라 교황의 결재를 받고 나서 사후에 출판되었다. 조아킴 피오레의 작품들은 면면히 유지되어 오고 있지만 성부의 시기에 사람들의 자녀들에게는 드러나지 않을 것이었다. 그러나 비밀리 특정인들에게는 가르쳐주었고 그 수가 항시 늘어나고 선택되었다. 살아있는 것이 아닌 신의 감춰진 본질이 색상이나 음악이나 부드럽고 달콤한 향기로 드러나는 것이다. 그리고 이것들은 성부가 아닌 성령의 힘에 기인한 것이다. 시인과

화가들과 음악가들이 법이 없고 법적인 듯한 것을 세우고 있는 그들이 작업을 하듯이 그들이 무덤을 초월한 미를 형성하는 한 이들 성령의 자녀들은 매 순간 시간이 창조를 거부하는 것을 쌓아올려 빛나는 물질에 대한 눈을 갖게 된다고 하였다. 왜냐하면 세상은 단지 다가오는 세대의 귀에 들리는 이야기로 존재할 것이기 때문이다. 그리고 공포와 만족, 탄생과 죽음, 사랑과 증오, 생명나무의 열매는 단지 인생에서 승리를 얻게 되고 비둘기가 비둘기의 보금자리로 들어가듯 영원세계로 우리들을 이끌어가는 최고 예술의 도구가 될 것이다(*Myth* 300~301).

"성부가 아닌 성령"의 힘은 여성 신성인 소피아를 염두에 둔 까닭일 것이다. 따라서 예이츠는 남성중심의 시대인 성부의 시대부터 선택받은 특별한 이들이 있어서 예술가로서 행할 것을 믿었다. 조아킴의 예언처럼 예이츠도 새 종교의 시작과 기독교의 종말을 예언하였다. 그러나 새 종교와 새 문명은 새로운 것이 아니고 고대의 종교로서 옛 소피아의 영광이 회복되는 것이다. 남녀양성구유의 신의 사상은 이집트의 종교에서 온 것이 아니라 다양한 고대의 종교들로부터 온 것이다. 아브라함은 여성 신의 현존에 대한 역사를 인류의 오랜 역사라고 보았다.

B.C. 25000년에 태어나서 구석기 시대의 여성 신 숭배의 파트너 쉽 사회인데 이 전통은 B.C. 4000년인 신석기 시대에 남성 신의 독재적인 사회에 의해 억압되고 흡수되었다. 왜냐하면 이 전통의 출현은 고대 그리스의 가장 중요한 종교인 오피즘과 함께 역사적으로 일치하게 기록되었고, 우리는 오르페적 노선으로서 혹은 오르페적 전통으로 우리는 전체 문화적 흐름을 언급할 것이다(Abraham 73).

　　"오르페적 전통"은 기독교 영지주의 사상과 연결된다. 왜냐하면 "오르페적 전통"은 다양한 문명과 종교를 융합하여 왔고 이는 또한 켈틱 문명 안에도 존재해 있기 때문이다. 그 켈틱 여성 신의 이름은 브리짓트라고 불리운다(Abraham 94). 또한 초기 기독교 시대에는 발렌티누스는 기독교 영지주의의 위대한 사제로서 알렉산드리아의 여성 신성인 소피아를 강조했다. 발렌티누스는 "그들이 주님이 누구인지도 모르면서 성부 안에 존재하는 것은 너무도 놀라운 일이다."(Bloom 13)라고 언급한 바 있다. 소피아는 남녀양성구유의 신성으로 반드시 성모로만 불리워지지는 않는다. 따라서 영지파인 발렌티니안들의 성부는 소피아를 지칭한다. 소피아는 우주의 신으로 남성중심의 신의 시대에는 가리워져 있어서 이 시대의 사람들은 성모 소피아를 제대로 인지하지 못했다. 그러나 초기 영지주의자들인 발렌티누스파에서는 영지(지식)와 여성 원리인 성모를 역설하였다. 정통파는 남성중심의 삼위일체를 믿었기 때문에 영지주의자들이 남녀양성구유의 신성인 성부와 성모가 하나임을 믿는 것에 불만을 품고 영지주의자들을 억압하였다. 이 두 파는 신에 대한 사상의 차이로 갈등을 초래했고 결국 두 파 사이의 갈등은 초기 기독교 시대의 비극적인 역사를 초래했다.

　　지난 기원 후 2세기 초까지는 알렉산드리아에는 초대 기독교 교회가 여전히 자유로이 신앙생활을 해왔다. 그러나 로마에는 로마 제국의 권위주의에 고취된 다른 영이 이미 지배하고 있었다. 그리고 이 성령(소피아)은 궁극적으로 기독교 영지주의를 박해하고 억압하는 일들을 초래했다. 이 초기 기독교 역사는 유대 영지주의 사도인 발렌티누스와는 매우 다른 것이었다. 만일 발렌티누스가 알렉산

드리아에서 로마로 자리를 옮겼다면 비우스 1세 대신 그가 로마의
주교로 A.D. 140년에 선출되었을 것이다. 그러나 비우스가 주교로
선출되었다. 발렌티누스파로 대표되는 영지파들과 그들의 가르침
의 기초로 읽혀져 왔던 서적들은 점차 억압을 받고 소멸되어 갔다
(Baring 617~618).

기독교가 로마의 국교가 된 후 정통파는 발렌티누스파를 비롯한
소피아를 지지해온 기독교 영지주의자들을 핍박하여 초기 기독교 시
대인 예수 사후 약 150년 만에 영지주의자들을 모두 소멸시켰다. 초
기 기독교 시대에는 기독교 영지주의의 지도자인 발렌티누스가 강력
한 권능을 지니고 있었다고 한다. 그러나 그는 로마로의 행진을 거부
하였다. 결국 정통 기독교인 남성중심의 삼위일체를 믿는 교파가 로
마에 그 세력을 뻗쳐서 발렌티누스파 보다 강한 힘을 유지하게 만들
었다. 그 결과 정통파들은 기독교 영지주의의 소피아를 거부하고 신
도들을 이단으로 박해하였다.

천주교 신학자였던 이레누스는 우리에게 전하기를 그의 통치 동안
이단자 발렌티누스가 로마에 왔었다. 발렌티누스는 영지파들 중에
가장 탁월한 지도자급 사제였다. -영적 우월한 지식을 주장하는 사
람들은- 그들을 교회 일원으로 여겼다. 그러나 성모를 숭배하고 천
상의 복잡한 계급체계를 믿고 천사의 권능을 믿었다. 이런 믿음 체
계에서는 그리스도는 구속자였으나 정통파 기독교 신학론에 의해
인정되는 신은 아니었다(Maxwell-Stuart).

로마 제국이 기독교를 구교로 인정한 후 정통파들은 기독교 영지
파를 학대하기 시작했다. 발렌티누스와 다른 영적 지도자들의 서적은
억압에 의해 소멸되고 말았다. 예이츠는 영지주의 시인에 의해 기독

교 영지주의를 깨달았다. 따라서 그는 인류의 오류를 수정해주려고 노력하였다. 예이츠는 대영 박물관에 소장되어 있던 피스티스 소피아를 비롯한 몇몇 영지주의 복음서를 읽었을 것이다. 예이츠 시의 목적은 "세속적인 인류의 완성(CP 399)"을 이룩하는 것이었다. 그것은 기독교의 오랜 비극적 역사를 수정하고자 한 것으로 여성 원리를 일깨우기 위해 일생을 바쳤다. 그러므로 예이츠는 지상의 소피아와 동일시되는 지상에서 고난을 겪는 불멸의 장미를 잠 깨우고 칭송하는 찬미시를 쓰고자 하는 데 헌신하고자 했다. 이것이 마법사로서 성배 찾는 아더왕의 기사로서 예이츠가 이룩하고자 한 시적 목표였다. 그의 독특한 시적 주제를 이해하기 위해서는 독자들이 예이츠의 불멸의 장미의 시편들이 우선 기독교 영지주의와 신비 교단의 여성 신성을 상징하는 기독교적 전통을 담고 있음을 이해하는 것이 선결되어야할 것이다. 예이츠의 기독교 영지주의와 신비철학을 담은 시편들은 "노래"로 제목이 붙은 연작시편들로 이루어져 있다. 예이츠는 자신의 전 시집을 통해 하나의 시적 주제를 나타내고자 했다. 예이츠의 전 시집은 지상에 추락해 인류를 구원하고자 헌신하는 성녀 소피아를 위해 바치는 기독교 영지주의를 위한 노래였다. 왜냐하면 주된 시적 주제는 여성 원리를 찬미하는 것으로 "초자연의 노래", "아마도 음악을 위한 가사", "같은 가락의 세 가지 노래", "한 가락을 위한 세 노래", "세 가지 행진곡"으로 특징지을 수 있기 때문이다. 예이츠는 천부적인 기독교 영지주의자로서 초기 기독교의 비극적 역사 속의 소피아를 인지하였다. 청년시절부터 예이츠의 새로운 종교관은 그의 시적 스승으로 여기는 기독교 영지주의 시인 윌리엄 블레이크로부터 형성된 것이다. 즉, "영국의 시인이자 조각가인 윌리엄 블레이크는

야코프 뵈메와 임마뉴엘 스웨덴 보그로부터 익힌 영지주의적 전통에
몰입하였다(Seymour-Smith 2)." 그런 블레이크를 예이츠의 시적 스승
으로 여기고 있다. 또한 예이츠는 블레이크 이외에 야고프 뵈메와 임
마뉴엘 스웨덴 보그의 글들을 읽고 관심을 지니는 점에서 그를 영지
주의 시인에 속하는 혜안을 지닌 예언의 힘을 지닌 마법사로 볼 수
있다.

> 나는 한때 블레이크의 예언적 서적들이 지니는 미완성에 대해 혼란
> 을 겪을 만큼 철저히 그 서적을 읽었다. 그리고 스웨덴 보그와 뵈메
> 를 읽었다. 내가 "신비주의 학도"로 신비단체에 가입하면서 카바라
> 적 이미저리로 가득 찼다. 그러나 블레이크와 스웨덴 보그와 뵈메
> 나 카바라는 내게 이제 아무런 도움을 주는 것이 아니다(*AVB* 12).

예이츠는 비록 선조로서 블레이크와 스웨덴 보그와 뵈메의 뒤를
잇는 비전가로서 예언자의 능력을 소유한 것을 암시하고 있지만 그
무엇보다도 그들 모든 영지주의의 비전가들의 혜안은 물론 심지어
카바라의 비전을 초월한 자신만의 영적 비전을 지닌 것에 대한 자부
심을 시사한 것이라 할 수 있다. 이점은 그가 마지막 세대의 소피아
의 현현을 위해 예언시를 쓰는 마지막 예언자로서 소피아의 사제로
서 선택 받았다는 것에 대한 자부심을 암시하는 것이다. 그는 남성중
심의 마지막 세대에 나타날 미래의 성녀 소피아인 이 세상에 거하고
있는 불멸의 장미인 성녀 소피아를 위한 예언의 헌시를 바치고자 했
다. 그러므로 블레이크나 스웨덴 보그나 뵈메보다 더 정확한 "구체적
인 표현력"을 지닌 자신이 소피아를 위한 초자연적인 신비의 예언을
할 수 있다고 믿었다. 예이츠의 미지의 교사들은 천사들로 예이츠가

영지주의의 예언자로 우뚝 서도록 훈육해 온 것으로 보인다. 블레이크는 기독교 영지주의 시인이었고 그는 예이츠를 기독교 예언자가 되도록 가르쳐주었다. 이런 점에서 블룸(Bloom)은 예이츠를 "발렌티니아누스파(*P & R* 212)"라고 단정 지었던 것이다. 예이츠는 천부적인 영지주의 사제로서 자신의 종교를 창조하였다.

> 나는 매우 종교적이라서 내가 거부하는 헉슬리와 틴달이 앗아간 내 어린 시절의 단순한 마음의 종교를 거부하고 거의 시적 전통의 이야기로 엮어진 고귀한 이의 감정적이고 그들의 첫 번째 표현과 분리될 수 없는, 철학자들이나 신학자들에게서 도움을 받으면서 시인들이나 화가들에 의해 한 세대에서 그 다음 세대로 이어져가는 절대로 진실한 교회인 새로운 종교를 만들어냈다(*Auto* 79~80).

예이츠는 마법사나 사제로서 스스로 "새로운 종교"인 여성 신성을 옹호하는 종교를 유지하고자 한 것이 아니라 시적 전통에 의한 예술로서 자신의 종교인 기독교 영지주의를 보존하는 데 인생을 바치기로 한 것이다. 그의 예술은 시인들과 화가들에 의해 "한 세대에서 다음 세대에로 이어져서" 마침내 뉴에이지를 만나게 되는 것이다. 예이츠의 마음은 성령에 충만하여 비전가가 되어 예언시로 잃어버린 여성 신성인 소피아를 잠 깨우는 사제의 일이었다. 비록 그의 사후인 1945년에 발견된 영지주의의 보고인 『나그하마디 라이브러리』를 읽어보지는 못했지만 스웨덴 보그와 야코프 뵈메와 블레이크처럼 천부적인 영지주의 사제로서 선택받은 시인이었다. 그의 뮤즈로서 불멸의 장미는 소피아였기에 초기 장미시편부터 이 불멸의 장미를 찬미하면서 이단으로 의심 받기도 했다. 그러나 그는 자신의 시에서 불멸의 장미에 대해 '소피아(지혜)'라는 말을 회피하여 당대 소피아의 사제였던 루돌프 스테이너(Rudolf Steiner)와는 다른 행보를 보였다. 즉, 불멸의 장미를 위해 예언시를 남겨 다음 차세대의 마지막 세대의 후손들에게 전하고자 했다. 이 마지막 남성중심의 세대에는 불멸의 장미의 현현이 마침내 그 모습을 드러낼 것을 예지했기에 소피아-이시스인 불멸의 장미를 위한 시편들로 일생을 바쳤다. 예이츠의 기독교 영지주의 시편들은 보통 "노래"로 불리우면서 연작시로 강조되어 나타난다. 그의 초기 장미시의 불멸의 장미는 후기 시로 갈수록 제인으로 평범한 여성으로 나타나지만 그녀는 주교와 입씨름을 하고 주교를 비판하면서 영지주의자인 자신의 애인 잭을 옹호하는 등 강인한 개성과 용기를 지닌 여성으로 변모한다.

주교를 비난하는 데도 지쳐버렸다.
(미친 제인이 말했다)
아홉 권의 책, 아홉 개의 모자가 있다 해도
주교는 어차피 사나이가 될 수 없는 것,
명상을 지속하기에는
더욱 불가능한 것이었지요.
어느 왕에게는 아름다운 사촌들이 있었는데
그러나 그들이 어디로 떠나갔을까요?
움집에서 맞아 죽었어요(*CP* 390).

제인은 이제 주교가 남성중심의 신을 믿으면서 여성 신성을 모르는 것에 대해 "비난에도 지쳐버렸다"라고 한탄하여 성녀로서의 면모를 보여준다. 주교와는 달리 그녀는 예수 그리스도와 매 세대마다 그 선택받은 영웅들은 여성 신성을 보호하고자 희생을 다한 것을 인지했다. 예이츠는 "이 타락한 세상"을 엄한 눈으로 굽어보고 있는 성모가 여인의 눈을 통해 보이는 것 같다고 시 "청동 두상(*CP* 383)"에서 서술하였다. 제인은 산에서 머무는데, 산은 신성한 곳으로 "존재의 합일"이 이루어진 곳이다. 예이츠는 러시아 혁명시에 왕이 사촌을 살해한 것을 통해 타락한 세상과 인류의 비극적 역사를 상징한다. 즉, 남성중심 사회의 역사를 통해서 평화란 없었음을 상징한다. 남녀양성 구유의 신의 시대로 다가감에 따라 여성 신성의 마지막 화신인 제인이 잠 깨어 일어날 것을 예이츠는 예시하였다. 강력한 자기 목소리를 소유한 제인은 곧 불멸의 장미의 마지막 현현으로서 바야흐로 남성 중심의 시대를 벗어나 새 시대를 맞이하는 승리의 때를 예지하고 있다. 즉, 시간의 십자가에서 벗어나 새 시대를 맞이하는 것을 상징적으로 보여준다. 초기 기독교 시대에는 알렉산드리아가 문화와 종교의 중심지로 무역의 도시였다. 이 알렉산드리아는 무수한 이집트인들과 히브리인들과 그리스 문화와 종교를 혼합한 도시였다. 알렉산드리아는 모든 종교의 성지로서 프톨레미 왕가에 의해 연구가 지원된 것이었다. 그 당시 기독교 영지주의는 다양한 사상과 종교가 함께 성장하고 있는 종교의 세계적인 메카가 되고 있었다.

> 이곳[알렉산드리아]은 종교적인 토론을 제시하여 -신성이나 그리스도에 대한 질문을- 동시에 사회와 정치적인 함축성을 품고 있는 것들은 기독교 발달에 이르기까지 제도적 종교로서 중요한 것이었다 (Pagels 39).

예이츠는 초기 기독교 영지주의를 배경으로 진정한 우주의 신인 소피아에 대한 깨달음에 이르렀고 그래서 그는 길고 험난한 기독교 역

사를 수정해보고자 하였다. 이 목적을 위해 예이츠는 기독교 영지주의
의 사제로서 예수의 마스크를 쓰고 지상에 거하는 불멸의 장미인 소
피아의 잠을 깨우고자 했다. 예이츠는 많은 영지주의의 시편들을 남겼
고 그는 특별히 영지적 사고들을 "초자연의 노래"로 남겨두었다.

> 칠흑같은 밤에 너는 나를 찾아내었으므로
> 내가 책을 펼치고 무엇을 하는지 묻고 있다.
> 내 이야기를 표시하고 곱씹어서 멀리 그것을 전하리라.
> 이 삭발승인 내가 본 적이 없고
> 구십의 나이에 힘없는 이 내 목소리 들은 적 없는 이들에게
> 보일과 아이린의 이야기를 말해 줄 필요가 없겠다.
> 두 사람의 뼈 위에서 어떤 잎과 가지가 나올지
> 사과나무를 접목할지 주목나무를 접목할지를
> 모든 이들은 이미 그들에 관한 이야기를 들어 알고들 있다.
>
> 그런 죽음을 가져온 기적으로부터
> 옛날에는 뼈와 심줄로 된 육신이 깨끗한 실체를
> 변화시킨 것이다. 순수물질의 변화란 한때
> 육신이 어우러지는 때로
> 이리저리 만지는 것은 아니다.
> 전체로서 전체를 잇는 즐거움을 찾지 않은 채 전체로 연결되어
> 천사들의 교섭은 하나의 빛이 되고
> 그곳에서 두 사람은 빛 가운데에서 스스로
> 자신을 상실하여 사라지는 듯하다(*CP* 327~328).

두 남녀인 보일과 아이린의 죽음으로 하여 서로 합일에 이른 장면
에 대한 묘사는 "생명나무"의 두 기둥인 남성 원리와 여성 원리가 있
고 두 상반된 요소가 합일하여 "존재의 합일"을 이룩하는 것을 상징
한다. "두 사람은 빛 가운데서 스스로 자신을 상실하여 사라지는 듯

하다"라고 했다. 이는 생명나무의 제1구이며 제13상의 세계에 도달한 것을 상징한다. 즉, 생명나무의 최고의 경지인 '케테르(왕관)'의 경지를 상징한다. 반면에 이 '케테르'는 진실로 합일이 이룩된 경지로 서로 상반된 것들이 합일에 이른 초월의 경지로 연금술의 '철학자의 돌'을 획득한 불멸의 경지를 상징한다. 이 초월의 최고의 경지에서는 두 상반된 남녀양성이 합일에 이르러 상호 그 존재를 상실하여 하나로 합일된 된 경지이다. '케테르'에서는 이중성인 서로 상반된 것들이 존재할 잠재성을 지니고 있는 경지이지만 이 이중성은 중단되어 있다. 그것은 무한하여 밀집된 점으로 동시에 아무 곳에도 없으며 모든 곳에 산재하는 무존재의 영역의 초월적인 경지이다. 두 남녀양성의 원리는 "생명나무"의 두 개의 기둥으로 남녀양성구유이지만 최고의 영역인 제1구인 '케테르(왕관)'에 도달하면 "그곳에서 두 사람은 빛 가운데서 스스로 자신을 상실하여 사라지는" 완전한 두 남녀양성의 원리가 합일에 이르러 "존재의 합일"이 이루어진 경지이다. 두 남녀의 사랑과 죽음으로서의 "존재의 합일"은 불멸성의 획득을 의미한다. 이 사상은 또한 시 "방울 달린 모자"에서 여왕과 광대의 합일로도 잘 상징되고 있다. 그러므로 예이츠는 여성 신성의 원리를 시적 목표로 삼아서 소피아의 희생과 숨은 구세주로서의 권능회복과 승리 추구로 점철된다. 예이츠가 지닌 성녀 소피아의 사제로서의 희생 어린 정신은 정통파 기독교 사제인 성 패트릭이 제안한 기독교로의 개종을 거부한 어신의 서글픈 마음으로 잘 대변되고 있다고 하겠다. 어신은 이미 니아브-소피아의 영원한 청춘의 나라에 가보았고 니아브 여신의 사랑을 체험하여 그 누구보다도 소피아의 사제로서 운명 지워진 인물이었다. 그러나 그가 돌아온 자신의 나라의 현실은 성 패트릭이 상징하는 정통 기독교도들의 남성중심의 신의 세계로 변모해 있었다. 그것을 목도하는 어신-예이츠의 슬픔은 극에 달한다. 성 패트릭이 정통파의 사제라면 영지파의 사제는 리브로 상징된다. 리브는 남녀양성구유의 신을 강조하여 보일과 아이린의 영혼의 합일로 "존재의 합일"을 이룬 것으로 역설적으로 상징되고 있다. 예이츠 자신 또한 이 신비의 상징시를 통해 마법사로서 줄기차게 여성 신성인 소피아와 합일을 위한 노력으로 사후 불멸성 획득에 주력하였다.

> 영적 철학을 연구하는 학파인 영지주의는 그리스도 사후 초기 2세기 동안 그레코 로만 세계의 안과 밖에서 넘쳐나고 있었다. 그 중심으로는 그노시스(지식: 진리의 영감)의 달성에 그 초점을 맞추고 있었다. 이는 믿음이라기보다 선행이나 회한이라기보다는 무지로부터의 구원이라 하겠다(Seymour-Smith 2).

예이츠는 장미십자단인 <황금 여명회>의 이론을 익힌 마법사로서 인류에게서 사라진 카바라의 '비나'이며 영지주의의 '소피아'인 여성 신성을 찬미하고자 노력하였다. 인류는 "생명나무"의 상징인 '소피아(지혜)' 없이 "존재의 합일"을 달성할 수 없기 때문이었다.

> 특정 영지주의자들은 지혜를 영구적이고 신비적 침묵에 덧붙여서 성모의 세 번째 특성을 제시하였다. 여기에 그리스의 여성 원리라는 용어인 "지혜"를 의미하는 소피아가 있는데 히브리어로는 여성인 호크마이다(Pagels 64).

예이츠는 "초자연의 노래"에서 기독교 영지주의 사제로 상징되는데 리브는 여성 신성을 찬미하고 남녀양성구유의 신성을 믿는 자신의 비전을 보여준 것으로 리브는 예이츠의 자화상이라고 할 수 있다. 예이츠는 남성중심의 삼위일체의 시대에서 남성 원리인 예수 대신 사라진 여성 원리인 지상에서 고행하는 숨은 신 성녀 소피아를 추구하였다. 예이츠는 기독교 영지주의에 근거하여 남성 원리의 원형인 성자 예수에 의해 선택된 마지막 세대의 딸 소피아의 사제라고 생각한다. 연작시인 "초자연의 노래"의 두 번째 시에서 리브가 패트릭을 비난한 것으로 상징한다.

> 그리스의 추상적인 모순이 사람을 미치게 한다-
> 남성중심의 삼위일체를 폐하라. 성부, 성모, 성자녀(성녀 혹은
> 성자),
> 그것이 모든 자연과 초자연이 함께 작용하는 것이다.
>
> 자연계와 초자연계가 하나의 동일한 원을 그리고
> 인간, 야수, 하루살이가 새끼를 낳은 것처럼 신도 신을 낳는다.
> 위대한 에머랄드 표에 의하면 하계의 사물을 묘사하는 것
> 그러나 만물은 모방을 모방하는 것으로 중생은 동족을 증가시킨다.
> 정열의 불이 육체나 정신에 의해 잠겨서 젖었을 때
> 마술사 자연이 올라와서 그 자연의 그 포옹에 휘감겨서 휘돌아간
> 다(*CP* 328~329).

어신처럼 리브는 정통파 기독교 사제를 상징하는 성 패트릭의 개종 권유를 거부한다는 것을 "남성중심의 삼위일체를 폐하라"라고 선언하였다. 그리스 신화는 남성 신과 여성 신으로 넘치는데 이 남성 신과 여성 신들은 절대 전지적 존재가 아닌 개성을 지닌 존재자들이다. 특히 그의 시 "레다와 백조"에서 제우스는 백조로 변신하여 레다를 강간하였다. 이는 남성 신 시대의 시작을 상징하는 것이다. 백조로

변신한 제우스는 남성중심의 신으로 레다인 성모 소피아를 추락시킨
사건으로 곧 남성중심의 신의 시대가 도래한 것을 상징한다. 따라서
성녀 소피아는 지상에서 억압을 받으며 숨은 구세주로서 추락한 신
이 되고 말았다. 예이츠는 "그리스의 추상성의 모순이 사람을 미치게
한다"라고 하였다. 즉, 제우스인 남성중심의 신은 레다인 소피아를
정복하였다. 그러나 예이츠는 남성중심의 삼위일체 신성을 거부하여
신을 "성부, 성모, 성자녀(성녀 또는 성자)"라고 선언하였다. 예이츠
는 남녀양성구유의 삼위일체 신성을 확신하였다. 그가 남녀양성구유
의 신성을 믿음에 따라 예이츠는 자연과 초자연의 세계가 하나임을
성토하였다. 신비단체의 모토인 "위에서처럼 아래에서도"라고 한 바
와도 같은 맥락으로 위대한 에머랄드 표에 따른 것이다. 예이츠는 신
은 남녀양성구유라는 영지주의를 믿었고 소피아는 남녀양성의 신이
었다. 신비의 마법사였던 루돌프 스테이너 역시 "나는 지워지지않는
지식(그노시스)을 부를 것이고 그것은 소피아로서 아카모스의 아버
지 안에 있으며 어머니이기도 하다(Robinson 99)"라고 소피아를 칭송
한 점과 같다. 또한 스테이너는 예수 그리스도를 칭하기를 "나는 아
버지이고, 나는 어머니이며, 나는 성자이니라(Robinson 99)"라고 하
는 『나그하마디 라이브러리』(*Nag Hammadi Library*)에 있는 『요한계
시록』의 말을 전했다. 남녀양성구유의 신성에 대한 상징으로는 "신이
그렇듯이 사랑을 갖고 있으면 스스로 신을 잉태하고 신을 낳는다"라
고 말한 바 있다. 비록 그리스 신화에는 다양한 신들이 있어 남성 신
과 여성 신들이 등장하지만 이 신들이 우스꽝스럽고 어리석기까지
하다. 예이츠는 아마도 이런 그리스 신들이 비록 남신과 여신들이 있
지만 진정한 여성 신성에 닿지는 못한 것으로 본 것 같다. 따라서 그

리스 신들의 이야기에 대해 혼란스럽다고 전한다. "신은 신을 낳는다"
고 본 예이츠는 "자연과 초자연이 하나의 원으로 엮이어 있다"고 생각
했다. 기독교 영지주의의 "세상의 뱀"인 "우로보로스(Ouroborous)"의
상징으로 뱀이 자신의 꼬리를 물고 있는 점과 같은 것이다. 뱀의 머
리와 꼬리가 하나로 이어져 원을 이루고 있듯이 자연계와 초자연계
가 하나로 엮이어 있음을 상징한다.

> 거울 비늘로 휘덮인 뱀은 다양함이다.
> 그러나 지상과 바다와 공기 중에서 짝을 이루는 모든 만물은
> 세 가지로부터 신성을 얻는다.
> 그리고 신처럼 사랑을 한다면 그 만물은
> 스스로 자신을 잉태를 하고 낳는다(*CP* 329).

　거울 비늘로 휘덮인 뱀은 우주의 상징인 "세상의 뱀"인 "우로보로
스"(Ouroboros)를 지칭한 말로 스스로 거듭나는 불멸의 신을 상징한
다. 예이츠는 "성부, 성모, 성자"의 삼위일체 신성을 역설하였고 신의
"존재의 합일"의 경지를 인류에게 알려주고자 했다. 그의 시의 목표
는 "존재의 합일"을 달성하는 '지식(Gnosis: 그리스어)'을 얻고자 함이
었다. 연작시의 세 번째 시로는 "황홀경에 빠진 리브"로 "존재의 합
일"의 순간을 상징적으로 묘사했다.

> 그 어떤 한마디도 이해 못해도 어쩔 수 없는 일이지!
> 확실히 내가 들은 바를 엉터리 언어로
> 말하고 노래하는 것이니까. 내 영혼은
> 모든 행복을 그 원인과 근저로부터 파악했다.
> 신은 신끼리 성적인 경련으로 신을 잉태했다.

어떤 그림자가 떨구어졌다. 내 영혼은 다가오는 고요 속에
나오는 그 사랑의 행위에 소리를 지르고
일상으로 되돌아와야만 했다(*CP* 329).

    예이츠는 말로는 형용할 수 없는 신의 극치를 "그 어떤 한 마디도
이해 못해도 어쩔 수 없는 일"이라고 했다. 왜냐하면 이 황홀의 초자
연적 경지는 지고의 마법사로서의 경지로 아무나 도달 가능하지 않
기 때문이었다. 따라서 심지어 마테스나 AE같은 예이츠의 신비주의
동료들도 그의 시적 주제조차도 어림잡지 못하는 안타까운 일이 벌
어졌다. 암담한 현실 속에서도 초월적 마법을 연구한 마법사로서 예
이츠는 그의 후손들인 미래의 마법사들이 소피아에 대한 깨달음의
경지에 도달할 수 있도록 시를 통해 마법의 힘을 불어넣어 남겨주고
자 하였다. 마법사로서 인류의 스승인 예이츠는 "확실히 내가 들은
바를 엉터리 언어로 / 말하고 노래하는 것이니까"라고 하여 자신은
미래를 보는 혜안을 지닌 선지자로서 신의 뜻을 단지 전달하는 메신
저임을 시사하고 있다. 신의 초자연적 경지는 예이츠가 실습한 마법
의 "생명나무"에서 제1의 세피라인 '케테르'의 경지로 나타난다.

    이 도표는 10개의 구로 구성되어 있다. 그 묘사들은 10개이다. 이
    들 10개의 구들은 신에 대한 묘사를 하고 있는데 이는 모두 22개의
    신으로 연결되어 있는 길이 있는데 이 길들은 22개의 단일철자로
    된 히브리 알파벳들과 연관성을 지니고 있다(Bethel).

    "생명나무"의 첫 번째 구는 소피아인 불멸의 장미의 옥보좌로 '케
테르'라고 불린다. 예이츠는 "경배하라, 대천사들이여, 그대의 어슴푸

레한 곳에서"라고 선언하였다. 또한 캐슬린 백작부인으로 상징되는 성녀 소피아가 승천하였을 때 "모든 천국은 천국을 향해 경배드리리. / 불꽃은 불꽃끼리 날개는 날개끼리"라고 전했다. 생명나무의 첫 번째 구는 세상을 상징하는 다른 구인 10번째 '말쿠스'와 연결되어 있다. 이는 "세상의 뱀"인 '우로보로스'가 자신의 뱀꼬리를 물고 있는 것을 상징한다. 세상의 뱀은 위의 절반은 빛이고, 아래 절반은 어둠인데 음양의 원리를 상징한다고 볼 수 있다. 남성 원리인 빛인 해와 여성 원리인 어둠인 달이 합쳐서 "존재의 합일"을 이루는 것이다. 그 상황은 예이츠 시대보다 더 좋아져서 영지주의의 보고인『나그하마디 라이브러리』가 차세대에는 열리게 되는 것으로 나타났다. 이 세상은 더 이상은 어둡지 않게 되었고 고대하던 새벽 여명은 다가오고 있는 것이다. 오랜 남성중심의 역사 속에서 단지 소수의 사람들만이 여성 신성의 비밀을 접할 수 있다고 한다. 특히 위대한 작가들이나 예술가들이 여성 원리를 지켜나갔다고 예이츠와 같은 영지주의자들이 그 명맥을 유지해온 것이라고 생각하였다.

> 이제 그 서고들이 바뀌었다. 왜냐하면 야만적인 살육에도 불구하고
> 영지주의에 대한 상징성과 심리학적 진리들은 다양한 위장을 통해
> 서 수세기 동안을 유지되어 온 것이다. 그리고 많은 위대한 창작
> 작가들과 서구 문화에 대한 사상가들에게 심오한 영향을 주었다
> (Seymour-Smith 2).

예이츠는 기독교 영지주의를 수호하기 위해 온갖 노력을 아끼지 않은 위대한 작가들 중 한 사람이었다. 그러나 때로는 세상의 어두운 현실에 대해 그 역시 실망하였다. 이 "세상의 뱀", 즉 '우로보로스'를

다음 연시인 "그곳"에서 상징적으로 표현하였다.

> 그곳에는 모든 둥근 통의 테두리들이 연결되어 있고
> 그곳에는 모든 뱀들의 꼬리들이 물려 있고
> 그곳에는 모든 가이어들이 하나로 모여 있고
> 그곳에는 모든 행성들이 태양 안으로 떨어지고 있다(*CP* 329).

이 "그곳"은 생명나무의 최고의 구인 "케테르"를 상징하여 "그곳에는 모든 둥근 통의 테두리들이 연결되어 있고"에서처럼 구 형태로 상징되는 것으로 짐작할 수 있다. 또한 "그곳에는 모든 뱀들의 꼬리들이 물려 있는" 곳으로 다음 행에서 보다 상세히 '우로보로스'의 상징을 나타낸다. "세계의 뱀인 '우로보로스'는 그 자신의 꼬리를 물고 있는 것으로 영지적 신비주의의 본질을 표현한 것이다. 하나는 모든 것이다(Seymour-Smith 2)"라고 했다. 다섯 번째 연작시인 "리브는 기독교적 사랑을 불충분하다고 생각한다"에서는 여성 신성이 부재한 정통파 기독교에 관한 그의 기독교 영지주의 사상을 전한다. 이 기독교 영지주의는 곧 여성 신성인 소피아에 관한 믿음에 따라 구분된다고 보았다. 예이츠는 남성중심의 삼위일체를 거부하는 리브라는 영지주의 사제와 자신을 동일시하고 있다. 또한 성전기사단의 그랜드 마스터인 자크 몰레이를 비롯한 여성 신성인 소피아를 수호하다가 이단으로 몰려 죽어간 영지파의 선조들을 기리고 있다. 영지주의의 사제로서 리브는 지난 이천 년의 남성중심의 시대 동안 어둡고 긴 역사에 불만을 품고 있다. 이 불만과 분노는 영지파인 성전 기사단의 지도자인 자크 몰레이에 대한 복수의 심판으로 단적으로 상징되고 있다. 분노하는 유니콘을 대심판날의 심판주의 모습으로 상상하던 예이

츠는 시 "나는 증오와 마음의 만족과 미래 공허함의 환영을 본다"에
서 소피아를 수호하던 영웅들의 대표적 상징인 자크 몰레이에 대한
복수감과 증오감을 내비친다. 여기서 유니콘에 탄 여성들을 보는 것
은 둘 다 최후의 심판날의 남성 원리와 여성 원리의 심판자를 상징한
다. 역설적 상징으로 예이츠는 "왜 내가 그것을 사랑하거나 연구해야
하는가? / 그것은 신의 일이고 인간의 지혜를 넘어선 일이지(*CP* 330)"
라고 한다. 신의 뜻에 따라 심판은 반드시 다가온다고 믿었다. 리브는
초기 기독교 시대로부터 오랜 기독교의 비극적 역사를 인지하고 증
오하였다. 따라서 그는 "인간을 사랑하기보다는 남자와 여자를 또는
사건을 증오한다"고 하여 세상의 남성중심의 신을 신봉하는 사회를
거부하는 것을 보여주었다. 이 말은 추락한 소피아가 얄다바오스의
핍박을 받으면서 시작된 비극적인 기독교 역사에 대한 회한을 상징
한다. 기독교 영지파를 대표하는 사제 리브를 통해서 정통파에 의해
학대받고 살육당한 비극적인 기독교 영지주의의 핍박의 역사를 회고
하면서 예이츠는 이런 참담한 역사를 통해 정통파의 핍박에 의한 약
이천 년의 희생의 역사를 보여주고자 하였다.

> 너무도 오랜 희생은
> 마음을 돌이 되게 만들 수 있다.
> 아 언제나 내가 그것에 만족을 할 수 있겠는가?
> 그것은 하늘의 역할이고 나의 역할은 아니지 않는가.
>
> 어머니가 자녀의 이름을 부르듯
> 이름에 이름을 중얼거리면서
> 마침내 잠이 찾아왔을 때
> 온 사지가 거칠어져 갔다.

그것은 단지 황혼일 뿐 아닌가?(*CP* 204)

소피아의 자녀로서 남성중심의 시대에 핍박 속에 죽어간 이들인 영지주의자들은 사후에 "돌"이 상징하는 고대의 지혜, 즉 '철학자의 돌'을 얻어 영생불멸의 다이몬으로 존재할 것을 상징한다. 그러나 지상의 비극적 역사는 이천 년 주기의 가이어의 법칙에 따른 것일 뿐이다. 신의 뜻에 따라 역사는 전개되는 것이다. 그러므로 정해진 날이 오면 성모 소피아는 자녀들의 이름을 일일이 나열하여 그 원한을 풀어주고 승리의 날을 돌려주는 것이다. 앞의 시에서 유니콘의 출현으로 대심판날이 다가오듯이 "사지가 거칠어지는 것"은 유니콘의 출현이나 시 "재림"에서 스핑크스인 소피아가 심판주로 오는 것을 상징하여 여성 신성이 권능을 회복하는 새 시대의 시작을 예언한 것이다. 시 "황혼"은 곧 남녀양성이 함께하는 빛과 어둠이 어우러진 황혼의 빛을 상징하여 빛만이 강렬했던 남성중심의 시대가 끝나고 마침내 뉴에이지의 시대가 도래함을 상징한다. 예이츠는 "마침내 잠이 찾아왔을 때"인 불멸의 장미의 시대가 오는 것을 다시 한 번 노래한다. 여기서 잠은 육신의 잠이고 곧 영적인 권능의 부활을 상징한다. 마침내 영지주의의 성자들은 정해진 시간이 다가오는 "황혼"의 때가 올 때에 대한 각성이 이루어져서 그 새 시대를 고대하게 된다. 예이츠는 이단 박해의 역사의 왜곡상을 보여주고 이를 사람들이 깨달을 수 있도록 노력을 경주한 것이다. 이런 깨달음으로 "그런 모든 것들이 과거가 될 때 영혼이 어떻게 걸어다니고 / 영혼이 어떻게 걸을 수 있었던가를 드디어 보여줄 수 있다"라고 하여 영혼의 깨달음으로 신을 바로 인지하는 것을 역설한다. 정해진 시간이 와서 상반된 가이어인 여성 원리의 가이어가 그 힘을 얻을 때 마침내 모든 영혼들은 그 인류 불운의 속박에서 해방되게 된다.

> 그러면 내 해방된 영혼은
> 보다 신비한 지식을 익힐 것이고 인류가 배운
> 신에 대한 모든 사상을 증오로 돌릴 수 있다.
> 사상은 옷이고 영혼은 신부.
> 신에 대한 증오는 영혼을 신에게로 데려온다(*CP* 330).

　예이츠는 인류가 생각한 남성중심의 신과 참된 우주의 신에 대한 모든 사상을 구분하였다. 만일 인간이 남녀양성구유의 신으로서 참된 신을 인지할 수 있다면 인류는 유한성에 묶인 영혼에서 해방되어 "존재의 합일"을 달성하게 될 것이라고 믿었다. 영지주의는 그리스어에서 온 것이다. '영지(Gnosis)'는 "지식"을 일컫는 것이다. 따라서 영지주의자들은 지식, 즉 깨달음을 중시한다. "더 어두운 지식"은 "검은 어머니"인 성모 소피아를 상징한다. 그러나 영지주의자들의 비전에 따른 비밀스런 지식은 카바라가 그러했듯이 아주 극소수의 사람들에게 구두로 전해져 왔다. 마침내 신은 불멸성을 획득하기 위해 감춰진 지식을 알도록 허락하였다.

> 주님이 주기 전까지는 그녀가 무엇을 알 것인가!
> 주님이 보여주기까지는 그녀가 어디를 볼 수 있을 것인가!
> 주님이 그녀가 알도록 명하기 전까지는
> 그녀가 무엇을 알 수 있을 것인가!(*CP* 330)

　연작시 중 여섯 번째인 "남자와 여자"에서 가이어의 법칙에 따라 남녀양성의 원리를 상징하고 있다. "달이 옆걸음질 치자 그녀도 옆걸음질 친다(*CP* 331)"에서 달과 해로 상징되는 남녀는 음양의 원리를 상징한다. 남성 원리가 강해지면서 여성 원리는 쇠약해지고 역으로 여성 원리가 강해지면 남성 원리는 쇠약해진다. 신의 남녀양성구유의 상징으로 예이츠는 시를 통해 거듭 살육과 핍박을 받았던 초기 비극적 기독교시대로부터 이어져 온 여성 신성의 억압에 대해 논박하는 상징시를 쓰고 있다. 리브는 기독교 영지주의 사제의 대표적인 인물이다. 살육당한 사제의 대표적인 인물은 성전 기사단의 자크 몰레이라고 할 수 있다. "내 해방된 영혼"은 신의 남녀양성구유를 아는 영혼을 상징한다. 따라서 만일 영혼이 진정한 신의 남녀양성구유를 인지하게 된다면 그들은 "보다 더 어둠의 지식"이 상징하는 "어두운 비나"인 만물의 어머니로서 창조적인 힘이자 여성 원리에 닿게 된다. 만일 사람들이 남녀양성구유의 신성을 알게 된다면 그 남자나 그 여자는 "모든 신에 대한 사상"을 증오하게 된다. 이 신은 바로 인류가 품어왔던 신인 남성중심의 신일 뿐으로 남녀양성구유의 신은 아니라고 할 수 있다. 그러므로 예이츠는 "신에 대한 증오는 영혼을 신에게로 데려다 준다"라고 말할 수 있었다. 위대한 영지주의의 사제로서 강력하게 남성중심의 삼위일체 신성을 증오한 예이츠는 정통 기독교의 남성 신에 속한 세상을 거부하였다. 예이츠는 인류가 품은 남성 신의 상징과 우주 신에 대한 사상을 구분할 수 있었다. 그가 "신을 증오"하는 것은 남성 신에 대한 증오로 곧 남녀양성구유의 신성에 대한 각성에 따른 것이다. 그리스어에서 온 영지주의는 '그노시스(Gnosis)'라고 하여 지식을 의미하는 앎의 상태를 중요시한다. 그래서 예이츠는 사람들이 배우기를 강조했다. 그러나 영지주의의 비밀스런 비전은 극히 소수의 사람들에게 구전으로 전해져왔다. 이는 '카바라(Cabbalah)'로서 마침내 신은 그 지식을 얻은 인간에게 비밀스런 지식을 알도록 허락해주었고 이 지식을 알게되는 것은 곧 "존재의 합일"을 이룩하여 '철학자의 돌'을 획득한 불멸의 초월적인 경지에 이른 것이다. 리브는 깨달음에 이르는 적정한 시간을 고대하였다. 즉, "주님이 주기 전까지는 그녀가 무엇을 알 것인가"라고 하여 그녀인 영혼 혹은 무의식의 세계가 이 최고의 신비를 아는 것으로 이는 신의 지혜에 따른 것임을 역설하였다. 예이츠는 "인간은 진리를 피력할 수는 있지만 그 진리를 알 수는 없다"라고 하였다. 이처럼 예이츠는 "영혼은 주님이 주시기 전까지는 무엇을 얻을 수 있을 것인가"라고 하여 모든 것이 신의 뜻이지 자신의 뜻에 따른 것은 아님을 말해준다. 그러므로 영혼은 신의 뜻을 고대해야 하며 적절한 시간이 올 때까지 인내하여야 한다. 즉, 시간의 십자가에 매달린 불멸의 장미로서 소피아는 신의 의지에 따라 올바른 시간을 고대해야만 한다. 남녀양성구유의 신성으로서 "재림"에서 보여주는 여성 스핑크스는 남성인 예수 그리스도와 남녀양성으로 서로 상반된 이미지를 상징한다. 물병자리의 시대는 상반적인 짐승인 스핑크스의 시대이다. 따라서 일곱 번째 시 "무슨 마법의 북소리인가?"에서 알 수 있듯이 예수 탄생 이천 년 이후에 나타난 구세주의 수태고지는 "재림"에서처럼 예수 그리스도의 재림과는 전혀 상반된 스핑크스의 재림으로 나타난다.

원초의 어머니로부터 아기의 사지가 떨어져 나와 그 아기는
가슴에서 모유를 마시는 것처럼 기쁨을 마신다.
빛을 소멸시키는 정원의 무성한 곳에서 그 무슨 마법의 북소리인가?

손발과 가슴, 그 빛나는 장부 밑에 그의 입, 탄력 있는 혀가 움직인다.
숲 속에서 온 사람은 누구인가? 낳은 아기를 핥는 것은 무슨 짐승
인가?(*CP* 331)

"원초적인 어머니"인 소피아는 성처녀라기보다 짐승으로 상징되고
있다. 이 짐승은 "재림"의 시에서 스핑크스의 등장과 연결된다고 하
겠다. "원초적 어머니"는 "해를 입고 달을 밟고 있고 머리에 열두 별
의 왕관을 쓰고 있는(요한계시록 12: 1)" 여인의 모습과 연결된다고
하겠다. 성 요한의 계시처럼 예이츠는 이천 년 후에 발생될 일을 환
영으로 본 것이다. 그 여성은 소피아의 상징으로 그녀는 아기인 성자
를 탄생시켰다. 남성인 성자는 예수 그리스도이다. 남성중심의 신성
의 시대는 일곱 개의 머리와 열 개의 뿔을 지니고 있으며 그 머리에
는 일곱 왕관을 쓰고 있는 "붉은 용"으로 상징되고 있다. 남성 원리인
예수는 천상에 머무는데 성 요한은 "성모의 성자는 신에게로 들리워
져서 그의 보좌에 머문다"라고 하였다. 이 남성중심의 시대에 소피아
는 남성 신인 얄다바오스의 핍박을 받은 것을 "여인은 광야로 도주하
여 그곳에서 그 여인은 신이 예비하신 장소에 머문다. 그 여인은 거
기에서 일천이백육십 년을 양육하였다"라고 성 요한은 예언하였다.
그러므로 성녀 소피아는 신이 예비한 장소에서 인류와 함께 고행할
것을 예언한 것이다. 소피아의 자녀들은『요한계시록』(12: 15～17)에
서 "여자의 후손"으로 사탄 혹은 얄다바오스라는 남성중심의 신에 의
해 핍박을 받았다(Thompson 262). 붉은 용은 소피아와 그 성자녀들을
학대한 남성 신의 상징으로 그 후손은 여성 신성을 믿는 현자들이다.
예수의 이미지가 아닌 짐승의 이미지로 새로 탄생한 아기는 남녀양

성구유의 신성으로 불멸의 장미인 소피아와 예수의 상징으로 볼 수 있다. 그러나 빛이 꺼진 정원에서 낳은 아기인 새 구세주인 남성 원리의 성자는 짐승으로 상징된 성녀 소피아로 전환되고 있다.

어둠은 "검은 어머니"인 소피아의 상징으로 소피아는 "검은 새턴"으로 불리운다. 짐승은 시 "재림"에서 사자의 몸뚱이를 한 스핑크스와도 같은 맥락이라 하겠다. 그러나 스핑크스는 여성 신성만을 상징하는 것이 아니라 남녀양성구유의 신의 시대와 성녀 소피아와 새 문명의 상징이라 하겠다. 『환상록』의 이론에 따라 지난 남성중심의 이천 년의 가이어가 지배하는 시대가 종결이 났다. 그리고 새 문명이 남녀양성구유의 시대로서 시작된 것이다. 스핑크스는 이집트 신의 상징으로 오시리스와 이시스와 호루스로 구성된다. 여성 신성인 이시스-소피아는 이천 년 후 다시 부활하는 것이다. 예이츠는 일생 소피아를 만날 수는 없을지라도 가이어의 법칙에 따라 소피아의 영광이 도래하는 상반된 가이어의 시기를 예지하였다. 여덟 번째 연작시에서는 다시 가이어의 법칙을 보여준다. 즉, 음양의 원리처럼 남성 원리의 가이어와 여성 원리의 가이어는 서로 보완적이다. 즉 "영원은 열정이라네. 소녀이거나 소년 / 그들의 성적 기쁨의 충만으로 인한 외침이라네"라고 하였다. 이는 남녀양성의 원리가 서로 균형을 이룬 것을 상징한다. 이 경지는 "존재의 합일"로서 이 불멸의 경지에 도달하기까지 인간은 신의 심판에 따라 재탄생을 거듭하는 윤회의 법칙에 따른다.

> 인간은 육신으로 싸움을 하지만
> 육신이 이겨서 육신이 꼿꼿하게 걷네.
> 그러면 인간은 가슴으로 투쟁하지만

순진과 평화는 사라져버린다.
그러면 인간은 마음으로 싸우지만
인간의 자부하는 마음이 사라져버린다.
이제 신과의 싸움이 시작되었다.
한밤중 종소리에 신이 승리할 것이다(*CP* 332).

모든 영혼은 태어나고 죽는 일을 반복한다. 삶과 죽음을 반복하는 것은 윤회의 법칙에 따른 것으로서 그들 영혼들이 정화를 거듭해야만 한다. 마침내 신의 심판을 통과한 정화된 영혼은 신과 합일에 이르게 된다. 영혼이 불멸성을 얻는 것은 "신의 승리"라고 하였다. 영혼은 사후에 모두 심판을 받고 카르마에 따라 재탄생을 한다. 인간은 신의 지식, 즉 '영지'를 익혀서 운명의 수레바퀴에서 이탈하는 영혼의 해방을 달성해야 한다고 보았다.

만일 목성과 토성이 만나면
미이라의 곡식은 무슨 수확을 거둘까!
검은 교차되어 있고 거기에서 주님은 죽었노라.
화성의 가슴 위에서 여신 금성이 한숨을 쉬는도다(*CP* 333).

검이 교차된 것은 생명나무의 "타락 후 에덴동산"으로 여신 '키벨레'를 위해 희생하는 아티스처럼 여성 원리를 위한 남성 원리로서 예수의 희생을 상징한다. 아티스와 예수는 남성 원리로서 여성 원리를 위한 희생의 상징이다. 아티스는 로마인들이 예수를 처형했던 일년 중 같은 시기인 춘분에 스스로를 희생한다. 금성(비너스)은 사랑의 상징이고 화성(마르스)은 전쟁의 상징이다. 그러므로 "화성의 가슴 위에서" 화성은 전쟁의 상징이고 여신은 평화로 금성의 상징이다. "타락 이후 에덴동산(Regardie 120)” 이후에는 세상은 전쟁의 신을 상징하는 화성의 지배 속에 있었다. 즉, 얄다바오스인 남성 원리가 그 권능이 강해짐에 따라 사랑의 신인 금성, 즉 소피아는 소멸되고 감추어졌다. 타락한 세상은 아벨을 죽인 가인의 상징으로 남성중심의 삼위일체에 속하게 되었다. 비록 예수가 천상에서 일어난다 해도 여성은 세상에 거하고 공룡에 의해 박해를 받게 되었다. 소피아는 예이츠의 시에서 불멸의 장미가 보여주듯이 여전히 지상에 거하면서 인류를 위해 희생을 한다. 예이츠는 신성한 성지를 “메루”라고 연작시의 마지막 시에서 묘사하였다. 메루는 비잔티움이나 탑처럼 생명나무에서 신성한 산의 상징이다. 마침내 예이츠는 다이몬으로서 불멸의 존재가 되기 위해 아시아의 성산인 메루에 거하기를 원한다. 첫 번째 가이어가 팽창된 이후인 예수 탄생 이후 이천 년이 지난 후에는 남성 원리의 가이어와 상반된 여성 원리의 가이어가 팽창되어 온다. 따라서 지난 이천 년까지의 남성중심의 신성의 시대 대신에 여성 신 혹은 남녀 양성구유의 시대가 전개될 것이다. “초자연의 노래” 연작시 중 열 번째 시인 “행성의 연합”에서 “검은 교차하였고 거기에 주님은 죽었노라. / 화성의 가슴 위에서 여신 금성이 한숨을 쉬는도다(CP 333)”라고 하였다. 검이란 생명나무에서 교차된 검을 의미하는 것으로 이는 장미십자단의 주요 상징이라 하겠다. “타락 이전의 에덴동산(Regardie 119)”과 “타락 이후의 에덴동산”이 있다. “타락 이전의 에덴동산”은 소피아의 상징으로 “해를 입고 달을 밟고 있는 머리에 열두 별의 왕관을 쓴” 여성의 모습이다. 뉴에이지로서 예이츠가 말하는 “장미의 평화”의 시대라고 하겠다. 그러나 “타락 이후의 에덴 동산”은 생명나무의 정상으로부터 검이 차단되고 있는데 수염이 달린 왕의 얼굴이 보이고 소피아의 얼굴은 가리워져 있다. 이 도표는 에덴 동산의 파멸 이후 여성 신성 대신 남성중심의 삼위일체 신성의 시대를 상징적으로 보여주고 있다. 세상은 "타락 이후의 에덴 동산"으로 변하여 남성중심의 시대가 된 것이다. 목성과 토성의 결합은 천상계의 상징으로 볼 수 있다. 왜냐하면 목성과 토성이 만나는 15상은 천상계의 상징이기 때문이다. 예이츠는 "내 교사들에 따르면 부처는 목성과 토성의 영향하에 있다(*AVB* 208)"라고 했다. 부처는 예수 그리스도와 동일시되지만 서양의 상징인 예수 그리스도가 아닌 동양이 지배하는 시대를 상징한다. 또한 부처는 동양의 종교일 뿐만 아니라 천상의 육신의 상징이므로 부처는 평화를 부여하는 신으로 소피아를 상징한다. 아시아에서 부처는 옛부터 미래불로 예언되어 왔고 그 시기는 목성과 토성으로 상징되는 남성중심의 시대의 이천 년 기간 이후로 상징된다. 이 상반된 기간은 "미이라의 곡식은 무슨 수확을 거둘까!"에서 "천상계"의 상징으로 불멸의 시대가 도래함을 상징한다. 모든 축복받은 영혼들은 구제받을 것이며 불멸성을 지닐 것이다. 이는 "화성과 금성(*AVB* 208)"이 상징하는 "타락한 에덴 동산"으로부터 대전환을 상징한다. 따라서 주된 계시는 화성과 금성 아래에서 일어나고 그 상반된 것은 토성과 목성 아래에서 일어난다(*AVB* 208)라고 한다. 이는 위대한 예언적 메시지의 상징이다. 그러므로 목성과 토성의 만남은 동양의 아시아의 부처로 상징되는 구세주에 의해서 "화성과 금성(*AVB* 208)"으로 상징되는 타락 이후의 에덴 동산으로부터 "타락 이전의 에덴 동산"으로의 회복을 상징한다. 예이츠는 화성과 금성과는 상반된 토성과 목성에서 계시가 일어난다고 하여 목성이 물고기좌의 상징이고 토성이 물병좌의 상징인 것처럼 가이어의 법칙에 따른 것이다. 토성과 목성은 물고기좌의 교차점으로 토성은 뉴에이지를 상징한다. 황금시대인 뉴에이지와 남녀양성구유의 시대로 볼 수 있다. 그러므로 예이츠는 수확물은 불멸성을 획득한 것을 상징한다고 볼 수있다. 미이라가 획득한 것은 육신의 유한성을 벗어버리고 무한한 불멸성을 획득하는 것이다. 그러므로 물병좌의 시작에서 위대한 대심판날은 "재림"의 시에서 보여주듯이 소피아 그리스도에 의해 일어난다. "재림" 후에 남성중심의 시대는 종말을 맞이하고 남녀양성구유의 신성의 시대가 온다고 하였다. 예이츠는 초자연의 노래인 남녀양성구유의 신을 "바늘 구멍"으로 상징하고 있다. 마지막 연작시인 "메루 산"에서 예이츠는 그 누구보다도 동양의 은자가 되길 갈구하고 있다.

> 이집트여, 그리스여, 안녕, 안녕, 로마여!
> 은자들은 메루 산이나 혹은 에베레스트 산에서
> 펄펄 날리는 눈보라 아래 동굴 속에서 밤을 지샌다.
> 혹은 눈과 겨울의 무서운 돌풍으로 인해
> 은자들은 벌거벗은 자신의 몸을 저마다 후려치면서
> 혹은 겨울의 깨달음에 이른다.

영지주의와 정통 기독교의 주된 차이점은 불교와 같이 영혼 윤회설의 존재 여부와 신성의 남녀양성구유로 볼 수 있다. 동양의 음양론은 영지주의에서 여성 신성인 소피아와 남성 원리의 조화로 설명될 수 있다. 영지주의 사제들은 오랜 남성중심 시대의 억압 속에서 자신들이 수호하는 소피아를 그들의 예술 속에 감춰두었다. 기독교 영지주의는 서양보다는 동양의 지혜로부터 비롯된 것으로 볼 수 있다. 예이츠는 동양철학으로 눈을 돌렸으며 그 자신이 "메루 산"의 은자가 되고자 했다. 그는 뉴에이지는 서양이 아닌 동양에서 비롯된다고 생각했기에 "이집트여, 그리스여, 안녕, 안녕, 로마여!"라고 선언할 수 있었다. 『도덕경』에서처럼 고대 지혜가 아시아의 종교와 철학에 있었다. 왜냐하면 여성 원리와 남성 원리의 융합이 그 종교와 사상에는 밑받침되고 있기 때문이다. 확실히 영지주의는 지난 이천 년 기간 동안 적대적인 정통파에 의해 핍박을 받아왔다. 따라서 소피아인 불멸의 장미 또한 가리워져 있었다. 예이츠는 "그대만을 위해서 천상도 운명의 일격을 거두어들였고 / 그러므로 단지 그대가 방 안을 거니는 것만으로도 / 조성된 평화에 큰 일조를 한 것입니다(*CP* 173)"라고 하여 지상의 평화를 보존한 것은 숨은 신인 성녀 소피아라고 했다. 『환상록』에 따르면 지난 이천 년은 남성중심의 시대가 가고 물병자리 시대가 오면서 종결된다고 보았다. 그러나 "재림"의 시기가 오기까지 "불쌍한 것"인 소피아는 적과 투쟁을 해야 한다. 딸 소피아는 성자인 그리스도의 구원을 고대하면서 세상에 거주해야만 했다. 예이츠는 그의 초기 장미시집의 출판업자인 A. H. 블렌이 아일랜드인들이 그의 작품을 이단으로 생각한다고 전하는 말을 들었다. 이 말에 예이츠는 침묵할 수밖에 없었다. 올바른 시간이 올 때까지 그는 소피아인 불멸의 장미를 위해 자신의 찬미시를 온전히 보존하고자 간절히 바랐기 때문에 아무런 언급도 하지 않은 것이다. 예이츠의 초기 장미시편은 확실히 불멸의 장미-소피아-이시스의 승천을 기리는 찬미시였다. 그의 시대에는 맞지 않지만 마지막 남성중심의 시대를 위한 것이었기에 그는 그 미래를 고대하고 쓴 것이었다. 현대는 영지주의의 보고인 『나그하마디 라이브러리』가 공개되면서 사람들은 영지주의의 참된 지식에 보다 접근할 수 있었다. 예이츠는 고대의 지혜가 동양 특히 아시아에서 시작된다고 믿었기에 서구문명의 상징인 이집트의 사상이나 로마의 사상에 대해 작별을 선언한다. 이처럼 아시아에 관심을 돌린 예이츠는 아시아를 지혜의 모태로 보았다. 은자들은 메루 산이나 혹은 에베레트 산에 있다고 하여 동양의 힌두이즘이나 불교를 더 지향하였다. 아시아의 종교와 사상 속에서 고대의 지혜의 출발점을 본 예이츠에게 메루 산은 성자들이 거하는 불멸의 천상으로 이어지는 곳이었을 것이다. 동양철학에서는 기독교 영지주의에서처럼 확실히 여성 원리가 자리 잡고 있었다. 여성 원리인 성모는 사랑이며 평화인 반면, 남성 원리는 전쟁과 지배와 독점이었다. 예이츠가 전하는 남성중심의 세상이 시작을 알리는 시편들로 "성모"와 "레다와 백조"와 "지혜"의 상징시들을 그 예로 들 수 있다. 반면에 예이츠는 새 구세주의 탄생을 예언하는 시편들을 남겼다. 즉, "탄생고지"와 "배우 여왕에서의 노래"와 "캐슬린 백작부인"과 "마법사들"과 "이 무슨 마법의 북소리인가?" 등의 다수의 상징시들을 그 예로 들을 수 있다. 예수 탄생 때부터 남성중심 시대의 출발을 성모가 공포에 사로잡혀 있는 양상을 상징하였다. 반면에 짐승이 태어나는 장면의 시는 소피아의 권능회복으로 뉴에이지가 시작된 것을 상징한다. 예언시 "재림"이 보여준 바와 같이 무서운 스핑크스의 도래로 상징되고 있다. 그 짐승은 새 구세주의 상징으로 초기시의 불멸의 장미의 역설적 상징으로 동일시된다. 새 구세주는 서양 문명을 이루는 이집트와 그리스와 로마권이 아닌 동양권에서 출현할 것을 나타낸다. 예이츠가 원했던 메루 산의 은자는 그가 사후에 다이몬이 되는 것을 상징하는 동시에 뉴에이지의 상징인 "새벽"이 오기 전에 자신은 죽게 될 것을 상징한 예언시이다. 예이츠는 자신의 시적 목표인 소피아의 권능과 영광을 회복하고 "존재의 합일"을 이루기 위해 아시아의 신성한 산을 상징하는 메루 산의 은자가 되고자 했다. 은자들의 열정은 "열정적인 육신은 현재이다(*AVB* 191)"라고 하여 세속에 몸담고 있는 것 자체가 열정이 된다. 소피아의 권능이 회복되는 뉴에이지는 "새벽"과 재림 이후 에덴 회복으로 상징된다. 대심판날 이후에 "열정적인 육신"은 "천상의 육신"으로 전환되어가는데 예이츠는 "천상의 육신은 미래이다(*AVB* 191)"라고 하였다. 그러므로 심판이 있기 직전인 최후의 날 막바지에 "그의 영광과 그의 기념비"로 상징되는 "열정적인 육신"은 다이몬이 되어 사라지게 된다. 예이츠는 시적 목표는 불멸성을 획득하여 영생을 얻는 것으로 "인류의 세속적인 완성"이었다. 지혜는 동양권에서 시작되었고 따라서 메루의 동양의 은자들은 "세속적인 완성"을 획득한 경지로 성자로 상징되고 있다.

소피아의 회복은 각각 이천 년의 주기에 따른 것으로 예이츠는 정통파 기독교가 주도하는 남성중심의 가이어였으나 그 후 이천 년이 지난 이후 여성중심의 가이어가 확장되면서 새 문명의 회복이 시작되었다. 시 "그는 연인을 사악하게 말하는 사람들을 생각한다"에서 남성중심의 세상이기 때문에 불멸의 장미를 비난하는 사람들을 그려내고 있다.

그대의 눈을 반쯤만 뜨고 머리카락을 내려뜨리고
세상의 위대한 인간들과 그들의 긍지를 회고해본다.
그들은 사방에서 그대를 비방했지만
그들의 위대함과 오만을 이 노래와 더불어 비교해보라.
나는 이 노래를 한 모금의 숨결로 만들었나니
그들의 자녀들의 자녀들은 그들이 거짓말을 했다고 말하리라(*CP* 75).

예이츠는 자신의 적들의 권능과 그 오만을 지닌 남성중심의 지난 이천 년 동안의 암흑기가 소멸해가면서 세상을 떠돌며 험난한 시대를 지내온 성녀를 명상하며 그 권능회복을 상상해보고 있다. 마침내 이천 년의 남성중심의 가이어가 그 주기가 지니가면서 예이츠는 "그들의 자녀들의 자녀들은 그들이 거짓말을 했다고 말하리라"라고 했다. 소피아가 세상에 그 현존을 나타낼 것을 예언한 예이츠의 혜안의 눈은 가이어의 법칙인 "비전"에 따른 것으로 미지의 교사들의 가르침에 따른 것이다. 마침내 세상에 현존하는 권능을 회복하기 시작한 소피아는 타락한 세상을 굽어보고 있다고 한다.

> 혹은 나는 그녀를 신으로 여겼다.
> 그녀의 눈을 통해 거칠고 엄한 눈길이 바라보는 것 같았다.
> 쇠락하여 멸망해가는 이 몹쓸 세상을 굽어보면서
> 홀쭉해진 종족은 위대해지고 위대한 종족은 말라비틀어져 갈 것이다.
> 고대의 진주는 돼지우리 안에 내던져지고
> 영웅의 꿈은 광대나 깡패에게 조롱당하는 시대에 대량살륙을 하고도
> 아직 구제받을 수 있을지 의심스러운 일이다(*CP* 383).

권능회복을 시작한 소피아인 불멸의 장미의 모습은 신의 위엄을 지닌 "엄한 눈길"로 타락한 세상을 굽어보고 있다고 하여 소피아의 권능회복을 상징한다. 또한 "고대의 진주"는 불멸의 장미인 소피아의 상징으로 "개에게 신성한 것을 주지 말며 돼지에게 진주를 던지지 말라. 그들이 그것을 발로 짓밟고 그대에게 돌아서 찢을까 염려하노라(Mathew 7: 6)"라고 하였다. 예수는 여성 신성을 진주로 상징하면서 소피아를 핍박하는 무리들을 돼지로 상징하였다. 그러나 이천 년의

남성중심의 가이어가 끝나는 시기에 예이츠는 소피아가 최후의 심판 주로 올 것을 예언하였다. 여성 신성인 적의 무리를 "홀쭉한 종족"으로 상징하였는데 이들은 과거에 위대했던 종족이었다. 그러나 소피아의 자녀들이 학대받고 소멸되어 간 것을 "위대한 종족들은 시들어 갔다"고 하여 과거에는 위대한 종족이었으나 남성중심의 시대가 오면서 쇠약해진 것을 상징적으로 보여주었다. 소피아의 엄한 눈길은 "위대한 종족" 혹은 영웅으로 상징된 기독교 영지주의자들과 같이 여성 신성을 수호하려는 소피아의 자녀들을 마음껏 학대한 자들을 엄한 눈으로 지켜보는 성녀 소피아, 즉 여성 신성을 그리고 있다. "영웅의 꿈"은 지식의 상징으로 남녀양성구유의 신성을 믿는 것을 상징한다. 그러나 이 영감은 "광대나 악당"들에 의해 조롱당했다고 한다. 기독교 영지주의의 가장 독특한 신성은 『나그하마디 라이브러리』에서 보여주듯이 남녀양성구유의 신성이라 하겠다.

> 완벽한 구세주는 '인자는 배우자로서 소피아와 조화를 이루었고 위대한 남녀양성구유의 빛으로 나타났다. 그의 남성 이름은 구세주라 불리우고 만물의 조물주이다.' 신의 여성의 이름은 '만물을 낳는 소피아'이다. 어떤 이들은 소피아를 '피스티스'라고 부른다(Robinson 218).

"고대의 진주는 돼지우리에 던져지고"에서 진주로 상징되는 소피아는 추락하였다. 여성 신성을 핍박하는 적을 돼지에 비유하여 남성 중심의 시대를 상징적으로 나타낸다. 소피아의 적으로서 "야윈 족속"은 위대해지고 학대받아서 소피아의 자녀들인 위대한 족속들은 쇠퇴하여 버렸다. 그러나 소피아는 여전히 우주의 신으로 불멸의 장미는 세상을 "엄한 눈으로 보는" 것이다. 예이츠는 "대량 살륙을 하고도 구제를 받을 수 있을지 의심스러운 일"이라고 한다. 이 점은 성모 소피아가 자크 몰레이를 비롯한 성전 기사단원들을 이단으로 몰아 모두 화형시킨 남성중심의 신성을 추종하는 자들에 대해 질책하는 것이다. 예이츠는 천부적인 영지주의의 시인으로 그의 미지의 교사들의 가르침을 통해 일생을 소피아를 위해 헌신해왔다. 그는 영지주의 사제로서 "내 믿는 바에 따르면 예술이란 사제들의 어깨에서 내려놓은 짐을 그들의 어깨에 짊어지고 가야 한다고 생각한다. 그리고 우리는 사상을 사물이 아닌 사물의 본질로 가득 채우고 회귀의 길로 우리를 인도해가야만 한다(*E & I* 193)"라고 하여 스스로 사제로서의 직분을 맡아서 하고자 한다고 천명한 점에서 알 수 있다.

> 말라버린 떡갈나무에게로 나를 데려다주오.
> 한밤중 종이 울리면
> (무덤 안에서는 모두가 안전하다)
> 그의 머리에 저주를 퍼부을 것이다.
> 왜냐하면 내 연인 잭이 죽었기 때문이다.
> 멋쟁이는 아니라고 말했지.
> 알찬 남성과 멋쟁이(*CP* 290)

연작시의 첫 번째 시인 "미친 제인과 주교"에서 마지막 세대에 나타난 딸 소피아-불멸의 장미의 현현인 제인은 정통 기독교의 권능을 상징하는 주교와 말다툼을 한다. 잭은 여성 신성인 소피아를 수호하려다 살해당한 기독교 영지주의자들을 상징한다. 예이츠는 불멸의 장미의 마지막 현현을 믿었고 그 마지막 현현인 불멸의 장미를 위해 예언시를 썼다.

> 매년마다 나는 외친다. '마침내
> 내 님은 그 모든 것을 이해하게 되리라.
> 왜냐하면 내가 힘을 불러 넣었기 때문이다.
> 그리고 내 부름에 말이 순종했기 때문이다.'
> 내 님이 이해만 하게 되면 그 누가
> 체질을 하여 까부를 수 있다고 할 수 있을 것인가?
> 그러므로 나는 어줍잖은 말이라도 기록해두면서
> 살아가는 것에 만족하는지도 모른다(*CP* 101).

"내 님"인 제인은 예이츠의 시의 신비를 모두 잘 알게 되어 정통파
기독교인을 상징하는 주교와 논쟁을 하고 있다. 이 기독교 영지주의
신화에서 소피아는 성모와 성녀 두 양상으로 구분된다. 성모는 우주
의 신성으로 모든 영혼이 사후에 이 소피아의 심판을 받는다. 반면에
성녀 소피아는 남성중심의 시대를 인류와 고통을 나누면서 살아가는
숨은 구세주이다.

> 나는 수년이 지난 후 처음으로 이들 시편들을 읽어보고는 그 성향
> 이 셸리와 스펜서의 지성적인 미와는 다른 특성을 지닌 것으로 아
> 득히 저 멀리 있어 선망의 대상이 되는 것이 아닌 인류와 함께 고
> 행하는 장미를 상상했음을 알았다(*CP* 524).

예이츠의 불멸의 장미는 셸리와 스펜서가 노래한 이상적 장미와는
다르다고 한다. 왜냐하면 예이츠의 불멸의 장미는 지상에서 "인류와
함께 고행"하고 저 멀리 있는 이상미가 아니기 때문이다. 따라서 영
지주의의 고난의 소피아와 동일시를 이루고 있다. 각 세대마다 많은
소피아의 사제가 있다고 믿었고 성녀 소피아를 위해 헌신하였다고
믿었다.

친숙한 신데렐라 동화는 어머니인 데미테르에게 울부짖는 페르세
포네에 관한 그리스 신화나 영지주의 신화의 딸 소피아가 천상에
거하는 성모로부터 멀리 추락하여 우는 것으로부터 전이된 것으로
보인다(Baring 656).

"말라버린 떡갈나무"는 "생명나무"와 소피아의 상징이라 할 수 있
다. 즉, "생명나무는 여신의 주된 이미지 중 하나로 내재하는 모든 상
반된 두 요소의 현존을 융합한다(Baring 496)"라고 하였다. "한밤중의
종소리"는 우주의 신으로서 죽음 이후 성모 소피아의 심판을 상징한
다. 그러므로 비록 기독교 영지주의는 적에 의해 박해당하고 죽음을
당했을지라도 죽음 이후에는 안전할 것이다. 그러므로 "모두가 무덤
에서는 안전하다"라고 하여 사후 세계의 영혼은 성모 소피아가 주관
한다고 보고 안전하다고 믿었던 것이다. 소피아를 수호하던 사제가
죽음을 당했을 때 천국으로 그 영혼이 돌아가서 성모의 품 안에서 안
전하고 축복을 받게 된다고 믿는 것이다. 제인은 "그의 머리에 저주
를 퍼붓고 싶다"라고 했다. 이 남자 주교는 곧 정통파로서 남성중심
의 신을 수호하여 소피아를 이단으로 핍박한 역사적 오류를 정정하
고 싶은 욕망을 상징한다. 즉 제안-소피아는 잭과 같은 소피아의 사
제들이 긴 역사 동안 죽임을 당한 것에 분노하였다. 우주 신에 대해
서는 제인을 통해 상징적으로 보여주고 있다. 잭이라는 여행을 하는
남성은 기독교 영지주의자들로 세상에서 학대받고 방랑을 하는 영지
주의 사제들을 상징한다. 예이츠는 예수 사후 초기 기독교 시대부터
이단으로 영지파를 몰아세워 핍박하고 살해한 정통파들을 비난하고
있다. 즉, "방랑자" 잭은 "서커스 동물의 대탈주"에서 서커스 단원과
연관성을 지닌다. 그 서커스 단원은 남성 원리로서 예수 그리스도의

역할을 부여받아서 소피아를 수호하는 성스러운 임무를 다하는 것이
다. 이들은 환상을 볼 수 있고 성령에 의해 마법을 행하기도 한다.

<blockquote>

노동자인 잭을 추방하여
포고를 내렸을 때 그는 주교도 아니었다.
(무덤에 가면 모두가 안전하다)
교구 목사도 아니었던 주제에
옛날 책을 손에 들고 있는 그는
우리가 짐승과 짐승처럼 살았다고 외처대었다(*CP* 290).

</blockquote>

"포고를 내렸을 때 그는 주교도 아니었다"에서 예수 사후에 정통
파에 의한 발렌타인파와 같은 기독교 영지주의자에 대한 핍박을 통
한 초기 기독교의 비극적 역사를 상징한다. 즉, 아직 주교라는 법제가
시작도 되지않은 초기 기독교 시대에 정통파에 의해 영지파의 상징
인 잭에 대한 핍박이 있었다는 것을 보여주고 있다. 결국 소피아를
수호하다가 이단으로 몰린 영지주의는 아직 주교도 아닌 정통파에
의해 "짐승과 짐승처럼 살았다고 외처대었다"에서처럼 극심한 비난
을 당하게 된다. 만일 발렌티누스가 정통 기독교 대신에 로마 교황이
되었다면 역사는 전혀 다르게 전개되었겠지만 이 역시 신의 뜻으로
가이어의 법칙에 따라 남성중심의 시대가 된 것이다. 따라서 정통 기
독교인 천주교에 의해 박해를 받아온 것으로 상징되었지만 이는 기
독교 영지주의의 소멸을 상징한다. 즉, "신만이 아는 일이지만 주교
는 / 거위의 발처럼 주름살투성이의 피부를 하고 있다"라고 하여 흉
측함과 잔혹함을 지닌 정통 기독교파의 영지파에 대한 억압을 상징
적으로 보여주었다. 초대 천주교는 이미 영지파를 이단으로 몰아갔고

대량살육을 행하였다. 예이츠는 대량살육은 신에 의해 정당화될 수 없을 것이기에 주교는 "거위 발과 같이 주름투성이"의 피부를 지닌 흉칙함을 보인다고 하여 소피아의 적으로 상징하였다.

> 왜가리 같은 그의 등의 혹은
> 검은 사제복으로도 감출 수 없었지만
> 나의 잭은 자작나무에 세워져 있었다(*CP* 290).

제인은 이단으로 몰려서 교수형으로 살해당한 잭을 사랑한다. 반면에 핍박을 하고 사형에 처하라고 명한 주교를 "왜가리 같은 그의 등의 혹"으로 상징하여 비난을 퍼붓는다.

> 잭은 내 첫사랑이었지,
> 나를 그 자작나무에게로 초대하네, 그는
> (무덤 속에서는 모두가 안전하다네)
> 한밤을 떠돌면서
> 그 한밤의 아래에는 피난처가 있다네.
> 그러나 다른 이가 온다면 나는 침을 뱉으리라(*CP* 290~291).

제인은 "잭은 내 첫사랑"이라고 하여 두 사람이 연인이라고 하는데 이는 남성 원리와 여성 원리가 조화를 이룬 것을 상징한다. 자작나무는 "생명나무"를 상징하고 있다. 제인은 천상으로의 회귀를 원하지만 모든 영혼은 성모 소피아의 영역까지 올라가야 한다. 그러나 그들은 세상으로 돌아가야만 할 것이다. 왜냐하면 모든 세대에는 남성 원리로서 소피아를 위한 사제로 선택되어 왔었기 때문이다. 예이츠가 그랬듯이 그 소피아의 선택된 사제들은 여성 신성을 수호하면서 온

갖 고초를 겪었고 인류의 스승으로서 지혜인 소피아에게로 인도하고
자 고초를 감내해야만 했다. 다음 연의 "미친 제인은 비난받았다"에
서 제인은 영광을 잃고 방황하는 모습을 보여준다. 그러나 그녀는 사
랑하는 잭을 품고 있었고 주교는 이런 제인을 보고 그녀의 사랑에 대
해 어리석음을 힐난하면서 연인인 잭을 거부하라고 한다.

> 저 조개껍질이 혼합된 소용돌이를 만들고
> 모든 숨은 궤도마다
> 섬세한 어머니 진주를 품고서
> 천상의 틈새에 연결고리를 이어주었다.
> 그러므로 고함치며 외쳐대는 노동자에게
> 그대 마음을 돌려서는 안 된다(*CP* 291).

주교는 남성중심의 삼위일체 신성을 강조하기에 소피아를 수호하
는 영지주의 사제를 상징하는 잭에 대해 비난을 퍼붓고 있고 그런 제
인의 잭에 대한 사랑을 비난한다. "조개껍질이 혼합된 소용돌이를 만
들고"에서 이 바다의 이미지는 비너스의 탄생을 연상시킨다. "섬세한
어머니 진주를 품고서"에서 진주는 여성 신성에 대한 원형적 상징으
로 "천상의 틈새에 연결고리"를 준 것은 천상에 거하는 성모와 땅에
거하는 성녀를 상징한다고 할 수 있다. 연작시 세 번째 "심판날에 미
친 제인"에서 남성 원리와 여성 원리가 연합한 것을 보여준다.

> 육신과 영혼 전체를 수용할 수 없는
> 사랑은 전혀
> 만족되지 않는 것이다(*CP* 291).

시 "방울 달린 모자"에서처럼 광대는 딸 소피아의 상징으로 잠자는 여왕을 일깨우기 위해 자신의 목숨을 바쳐야 하였다. 그러나 그들 여왕과 광대는 마지막 심판날이 오기까지 서로 만날 수가 없다. 레드 한라한 또한 그가 죽기까지 여왕을 만날 수 없었던 것과 같이 자신이 헤매이며 찾아온 불멸의 장미를 살아 생전에는 만날 수 없다고 한다.

> 왜 그리워할 것 없는 두 연인들이 그리워해야 하는가?
> 한 번의 입맞춤으로 신이 자연을 불사를 때까지 꿈을 꾸는가?
> 그 남자는 무덤 속에서도 위안을 찾을 수 없었다(*CP* 50).

그 남자는 무덤 속인 사후에도 위안을 찾을 수 없다고 했다.

> 만일 그대가 나를 얻고자 한다면
> 신맛을 보세요.
> 한 시간 동안이나 조롱하며 경멸하면서
> 호통칠 것입니다.
> 그건 정말로 그래요 라고 그가 말했다(*CP* 292).

제인은 "만일 그대가 나를 얻고자 한다면 / 신맛을 보세요"라고 하여 남성 원리의 희생이 수반된다는 것을 상징한다. 남성 원리의 영웅적 역할로서 예이츠는 항상 불멸의 장미의 수난을 염려한다. "내 사랑하는 님을 감싸주소서. 그리고 평화를 위해 노래를 불러 주세요. / 내 오랜 염려를 중단해주세요(*CP* 80)"라고 했다. 세상에서 소피아의 추락과 남성 원리의 역할을 보여주고 있다. 소피아의 수호자로서 여성 신성을 위한 예수의 희생적인 역할을 보여준다.

‘무엇을 보여줄 수 있을까?
무엇이 진실한 사랑이란 말인가?
모든 것이 잘 알려지고 보여질 수 있는
만일 시간이 지나가기만 하면.’
‘확실히 그래’라고 그가 말했다(*CP* 292).

시간이 가면 알 수 있는 "진실한 사랑"이라고 한 말처럼 남성 원리와 여성 원리 사이의 비밀스런 사랑은 정해진 시간이 올 때까지는 알 수 없는 것이다. 그러므로 "왜 그리워할 필요가 없는 연인들이 정해진 시간이 와서 신이 온 세상을 불사를 때까지 꿈을 꾸어야 하는가"라고 반문하였다. 그 대답을 하고 있는 남자는 잭과 같이 소피아를 위해 헌신하는 남성 원리의 역할을 하는 남성이다. 정해진 시간이 오면 제인과 잭이 만나는 "존재의 합일"이 이루어질 것을 예상한 것이다. 예이츠는 자신의 생애에는 불멸의 장미와의 만남이 없을 것임을 레드 한라한의 이야기를 통해 이미 예언하고 있다. 예이츠는 그의 경험은 여성 신성과 연관성이 있다고 보았다.

나는 우리가 여러 마법의 섬을 방랑한 한 노인이 마침내 자신의 집에 도착하여 은근한 보복을 가한 것이며 날아다니는 여신의 모습이며 쏜살같은 화살들에 대한 이야기를 장황하게 묘사하는 법을 다시 배우리라고 생각한다. 그러나 이 모든 것들은 '값진 돌 위에 실질적인 불길이 지나가듯 상호 반사로부터 빛을 취한' 너무나 다른 것들의 전부를 만들어낸다. 그리고 서명한 '전체적인 말'이 되고 '숲 속의 공포나 잎새 위의 천둥의 침묵'만큼이나 무게가 없는 것 같은 신의 상상력의 무드를 상징한다(*E & I* 194).

연작시 열아홉 번째 시인 "금잔 속의 해와 / 은잔 속의 달을 나른다

(*CP* 302)"에서는 "존재의 합일"을 상징적으로 보여준다. 두 상반된 요소인 해와 달과 금과 은은 마법사의 완성으로서 '철학자의 돌'의 획득을 상징한다. 기독교 영지주의를 바탕으로 한 또 다른 연작시는 "같은 가락의 세 노래(*CP* 320)"와 "한 가락의 세 노래(*CP* 371)"와 "세 가지 행진곡(*CP* 377)"으로 이어진다. 세 가지 노래에서 삼이 상징하는 것은 남녀양성구유의 삼위일체 신성과 노래로 신비한 지식을 상징한다. 특히 1933년 "같은 가락의 세 가지 노래"는 "세 가지 행진곡"으로 1939년에 개정한 것들은 초기 기독교의 비극적 역사를 반영한다. 이들 연작시는 예이츠의 노년에 소피아의 사제로서 성녀인 불멸의 장미를 역설하는 것을 상징한다. 예이츠는 반대파인 정통파 지도자들에 의해 핍박받은 영지주의자들을 "할아버지"로 상징한다.

할아버지는 교수대 아래에서
"들으라, 신사 숙녀 여러분이여, 인류여.
돈은 좋고 여인은 더 좋은 것이리라.
그러나 즐거운 강풍은 마음의 기쁨이어라."
할아버지는 교수대 아래 이륜마차 위에 서서
한껏 노래를 불렀다(*CP* 320~321).

할아버지는 교수대 아래 서 있는데 영지주의자인 선조로서 이단으로 몰리어 처형을 당한 것을 상징한다. "즐거운 강풍"은 성령으로 상징된다고 볼 수 있다. 할아버지의 노래는 구전으로 그의 후손들에게 전해진 기독교 영지주의의 전통을 상징한다.

그러나 아주 좋은 강력한 명분-거기 밧줄로 목 졸라 매어
할아버지는 더는 노래를 부르지 못했다. 목이 너무 좁아졌기 때문

이었다.
그러나 목숨이 끊어지기 전 그는 발로 찼다.
긍지를 갖고 발로 찼던 것이다.
광신자들은 모두가 우리가 한 일을 무산시킨다.
타도하라, 광신자들을 타도하라 광대들을,
타도하라, 망치로 때려버려라,
오도넬 아부의 가락에 맞추어 타도하라(*CP* 321).

할아버지는 남성중심의 시대에 영지주의 사제는 적들인 정통파에 의해 교수형을 당한다고 한다. 오도넬 아부는 살해당한 기독교 영지주의 사제의 상징이다. 그러나 할아버지는 죽어가는 순간에도 매우 용감하였는데 이는 예수를 본받아 남성 원리로서 그 직분을 다한 것이다. 조부는 "광신자들은 우리가 한 것을 무산시킨다"라고 말하였다. 광신자는 남성중심의 삼위일체 신성을 믿는 정통파의 상징으로 기독교 영지주의를 이단으로 선언하였다. 예이츠는 "그들의 자녀들의 자녀들은 그들이 거짓을 말했다고 말할 것이다(*CP* 75)"라고 하여 거짓된 종교의 역사가 마지막 세대에 오면 그 거짓이 모두 드러날 것을 예언하였다. 그 시간이 되면 성녀 소피아는 또한 권능을 회복하여 자신에 대해 악한 말을 했던 적들에 대한 분노를 분출하고 타락한 세상을 엄한 눈으로 바라보게 된다. 할아버지의 세대였던 지난 남성중심의 이천 년의 기간과는 다른 것이다. 자크 몰레이로 대표적으로 상징되는 할아버지 세대의 험난한 날들은 가고 이제 새 날이 된 것이다. 비록 할아버지의 세대에는 아직 정해진 시대가 아니라 세상에서 위험하였지만 사후의 세계인 천국은 성모의 통치하에 있기 때문에 "모두가 무덤 속에서는 안전하다(*CP* 290)"고 하였다.

두 번째 연작시에서 소피아가 적을 향해 분노하는 모습을 보인다. 소피아를 수호해온 자녀들인 기독교 영지주의자들과 진정한 성자들에 대해 이단 시비와 잔혹한 처형에 대한 분노라고 할 수 있다.

> 정당화하라 그 저명한 세대의 사람들을.
> 그들은 그들의 육신을 내동댕이쳐서 늑대들을 살찌웠다.
> 그들은 집과 농장을 버려두고 여우를 살찌웠다.
> 아일랜드의 혼불을 지키면서
> 먼 나라로 도피행각을 벌리거나 동굴 속이나 틈새나
> 구덩이 속으로 그들의 은신처를 삼았다.
> "모든 개들을 물에 빠트려라"라고 성난 젊은 여인이 말했다.
> "그들은 우리의 거위와 고양이를 살해했어.
> 물독에 처넣어버려라, 처넣어버려라.
> 모든 개들을 처박아 버려라"라고 성난 젊은 여인은 말했다(*CP* 322).

늑대와 여우들은 소피아의 자녀들인 영지주의자들을 박해한 반대자들을 상징한다. 마지막 세대에 나타난 미친 제인은 "성난 젊은 여인"과 동일시를 이루는 동시에 잠 깨어난 성녀와 동일시를 이룬다고 할 수 있다. 이 "성난 젊은 여인"은 시 "재림"의 무섭고 끔찍한 스핑크스의 이미지와도 연관성을 지닌다. 소피아는 "모든 개들을 물에 빠트려라"에서처럼 성녀로서 그 영광을 회복한 후 대심판주가 되어가는 양상을 시사해준다. 반면에 거위와 고양이들은 기독교 영지주의자들로서 지난 오랜 기독교 역사 동안 핍박을 받거나 살해당한 소피아의 자녀들을 상징한다. "실패하라, 그러면 그 역사는 쓰레기로 전락한다"라고 하여 패배한 영지주의자들과 초기 기독교의 비극적인 역사를 암시한다. 그러므로 영지주의와 신비교단의 교도들은 사악한 이단으로 몰려서 남성중심의 시대로부터 소멸되고 말았다. 예이츠는 비극적 역사를 반박하면서 "모든 위대한 과거는 바보들에 의해 곤경에 처했다"라고 한다. 위대한 과거는 기독교 영지주의 신화 속 남녀양성 구유의 신성을 상징한다. 이 우주의 여성 신성은 남성중심의 시대가 도래하면서 이단으로 핍박을 받게 된 것이다. 예이츠는 파넬처럼 아일랜드의 비극적 영웅뿐만 아니라 초기시의 트로이의 영웅으로서 기독교 영지주의자들을 상징한다. 기독교 역사 속 비극적 영웅들은 예이츠가 이르기를 "모든 저명한 이들은 추락했다"고 하여 과거 비극적 역사를 통탄한다. 다음 연은 소피아의 헌신자들은 살해당하였고 조부가 자신의 무덤을 파고 있듯이 그처럼 세상으로부터 소멸당한 것이다. 성녀의 현현인 미친 제인은 "모든 것은 무덤에서는 안전하다"라고 하여 할아버지로 상징되는 초기 기독교 영지주의자들은 정의와 지혜를 위해 무덤이 상징하는 세상을 떠나 천국으로 가는 길인 죽음을 두려워하지 않았다고 한다.

군인은 대장에게 인사하는 것에서 자부심을 느끼고
신도는 주님에게 무릎을 꿇지만
어떤 이들은 순수 암말에게 내기를 건다.
트로이는 헬렌을 내기로 걸었다. 트로이는 사모하다가 죽었다.
위대한 국가는 위에서 꽃피고
노예는 노예에게 경배하는 것이다.
"누가 파고 싶단 말인가"라고 늙디 늙은 노인은 말했다.
"분필로 표시한 6척의 구덩이인가?"
말 잘하는 사람과 걷기를 잘하는 사람.
내가 무덤에 들어간 시대에는이라고 늙디 늙은 노인은 말했다(*CP* 323).

할아버지는 잃어버린 신인 소피아를 지지하는 영지주의의 사제로
서 남성 신의 신도들인 정통파에 의해 억압을 받다가 육신의 죽음을
당하는 것을 두려워하지 않는다고 밝힌다. 그러므로 병사와 대장의
관계 혹은 신도와 주님과의 관계로 상징된다. 이는 여성 신성의 지도
자들이 헬렌으로 상징된 불멸의 장미인 말에게 내기를 걸었다고 하
거나 영지주의자들을 살해한 정통파 기독교도들을 "개"로 상징하기
도 한다. 예이츠는 사후 모든 영혼의 참된 심판자는 성모 소피아임을
암시하고 있다.

> 만일 그대가 좋다면 고함치는 땜장이라고 하세요.
> 그러나 마니온이 내 이름이랍니다.
> 그리고 평범한 부류를 때려주지만
> 그것이 부끄러운 일이라고 생각하지는 않지요.
> 범인은 범인을 낳고
> 얼간이는 얼간이를 낳지요.
> 그러므로 열 명을 상대로 할 때
> 나는 그들의 머리를 후려쳐줄 거요.
> 산에서 산으로 말 탄 사나이 거칠게 달린다(*CP* 371).

땜장이 마니온은 기독교 영지주의 사제와 성자들을 상징한다. 참
된 신을 깨달은 영지주의 사제로서 소피아를 수호하는 마니온은 거
리를 쏘다니며 소리치는 땜장이로 상징되며 정통파들을 상징하는 얼
간이들의 머리를 후려치는 용감성을 보인다. 마니온은 마나난의 후손
으로 그의 신분은 니아브 여신을 알고 있던 어신처럼 고귀하고 높은
지위를 지닌다. 남성 원리의 상징으로 마니온은 신성한 임무인 남성
원리로서 소피아를 위해 헌신하기 위해 세상에 머물고 방랑하였다.

세상에 거하는 성녀의 상징인 제인은 초기시의 트로이의 헬렌이자 불멸의 장미이며 캐슬린 백작부인이며 잠자는 여왕과 동일시된 여성 신성의 상징이다. 예이츠는 마지막 소피아의 화신인 제인이 나타나 여성 신성의 권능을 회복하여 "오랜 옛 신이 다시 일어나기를" 바란 다고 하였다. 예이츠는 다이모닉 맨의 상징으로서 말을 탄 기사인 마 니온과 동일시하였다. 다이모닉 맨의 상징으로 말 탄 기사는 예이츠 의 묘비명의 기사와 연관을 이룬다. 즉, "차가운 시선을 보내라. / 삶 과 죽음에 대하여 / 말탄이여, 지나가라!"라고 하였다. 마니온인 말 탄 기사는 초기 기독교 시대부터 오랜 지나온 남성중심의 역사를 상징 하는 아버지 시대 이전의 할아버지 시대로 상징된다. 반면에 "세 가 지 행진곡"에서는 아버지의 시대로 한정된 시로 보이는데 이는 더 이 상 할아버지 시대인 중세의 어두운 암흑기가 아니라는 것을 의미한 다. 그러나 아직은 황금여명의 시대도 아니라고 본다.『나그하마디 라 이브러리』가 아직 발견되지 못한 시대였지만 최소한 중세 암흑기와 같은 어둠의 시대에서는 벗어나서 사람들이 영지주의에 대한 마구잡 이 마녀사냥을 하던 극심한 어둠의 시대는 지나간 것을 상징한다.

> 그 저명한 세대의 사람들을 기억하라.
> 그들은 몸을 던져 늑대들을 살찌웠다.
> 그들은 집과 토지를 떠나 여우들을 살찌웠다.
> 아일랜드의 혼을 지켜내고자
> 먼 나라로 도피를 하거나 굴이나
> 틈새기나 구덩이로 피난하였다(*CP* 377).

기독교 영지주의자들은 "저명한 세대"로 상징되고 있다. "늑대와 여우들은" 정통파를 상징하여 기독교 영지주의자들을 핍박한 암흑의 역사를 상징한다. 예이츠는 자신이 기독교 영지주의의 사제라고 선언하였고 자신의 조상들은 기독교 영지주의의 사제임을 상징한다.

> 실패하면 그 역사는 쓰레기가 된단다.
> 모든 과거의 위대한 역사는 바보들의 문제라고 간주된단다.
> 그다음 세대들은 오도넬을 비웃고
> 에멧을 비웃고 파넬을 비웃는단다.
> 모든 저명한 세대들은 패망하고 만단다.
>
> 조용히 해라, 조용히 해. 뭐라고 말할 수 있단 말인가?
> 내 아버지는 노래 불렀지만
> 시간은 오랜 그릇됨을 바로잡고
> 지난 일들은 모두 사라져 버리리라(*CP* 378).

"아일랜드 혼"은 세상에서 인류와 더불어 함께하는 여성 신성인 불멸의 장미로 소피아를 상징한다. 오도넬, 오닐, 에멧과 파넬과 같은 남성 원리인 영웅들이 있었다. 예이츠는 정해진 시간이 다가오고 모든 그릇된 것은 사라지고 말 것이라고 하여 "지난 일들은 모두 사라져 버리리라"라고 하였다. 비록 할아버지 시대의 암흑기에서는 벗어나 보다 나은 상태가 되었지만 아버지 세대들의 영웅들은 아직은 그릇된 세상을 변화시킬 수는 없다. 왜냐하면 정해진 시간은 아직 다가오지 못한 상태이기 때문이다. 예이츠 역시 불멸의 장미가 세상에 거하고는 있으나 만날 수는 없었다. 따라서 예이츠는 "잠잠하라, 잠잠하라, 뭐라고 말할 것인가?"라고 하였다. 세상은 여전히 남성중심의 시대로 기독교 영지주의자들을 비롯한 여성 신성을 인지한 사람들은 자신을 보호하기 위해 침묵을 고수해야 했기 때문이다. 그러나 예이츠는 남녀양성구유의 신성을 드러내기 위해 잘못된 시대를 어떻게든 교정해보고자 한다. 예수 또한 소피아의 자녀들의 핍박받은 것을 예언하였는데 "그러므로 또한 신의 지혜가 말씀하시기를 나는 예언자와 사도들을 보낼 것이다. 그러면 그들 중에는 살육을 당하고 핍박을 받으리라"라고 누가복음 11: 49(Thompson 77)에서 전하고 있다. 예수의 말과 같이 소피아(지혜)를 수호하는 예언자들과 사도들인 기독교 영지주의자들은 초기 기독교시대부터 억압받고 대량학살을 당하여 소멸되어 역사 속에 사라져 갔다. 더불어 예수는 율법사들에게 "지식의 열쇠를 가져가고(누가복음 11:52)" 주지 않는 것을 비난하였다. 그 "지식의 열쇠"는 "생명나무"와 동일시되는 상징으로 남녀양성원리를 상징한다. 그러므로 율법사들이 지식의 열쇠인 소피아를 저버리고 사람들에게도 알려주지 않는 것을 책망하였다. 따라서 지난 남성중심의 시대에 사람들은 소피아의 현존을 인지하지 못하고 소피아-불멸의 장미는 지상에서 억압당하면서 방랑과 고행을 하며 희생의 숨은 신으로 거하였다.

> 조용히 해라, 조용히 해. 뭐라고 할 수 있단 말인가?
> 내 아버지는 노래 불렀지만
> 시간은 오랜 그릇됨을 바로잡고
> 지난 일들은 모두 사라져 버리리라(*CP* 378).

"조용히 해라"라는 말은 올바른 시간이 아직 오지 않았다는 것을 암시한다. 핍박을 피하기 위해 영지주의자들은 그 역사적인 비극과 소피아의 진실을 밝히지 말아야 한다고 한다. 아버지가 노래했던 그 노래는 세 가지 노래로 성부와 성모와 성자녀의 남녀양성구유의 삼위일체를 상징한다. 또한 『카바라』에서 세 가지 세피라는 '비나' 혹은 '세키나'로서 여성 원리를 상징한다. 예이츠는 인류 역사는 타락 이후 에덴동산 이래로 왜곡된 인류의 역사를 수정하고자 노력했다.

> 오 그러나 우리는 인류를 괴롭히는
> 불행은 무엇이든지 수정해보고자 하는
> 꿈을 꾼다. 그러나 지금
> 엄동설한의 겨울 바람은 알고 있다.
> 우리가 그런 꿈을 꾸고 있을 때
> 우리는 정신이 돌아버린 것임을(*CP* 235).

예이츠는 인류의 불행을 어떻게든 수정해보고자 노력했다고 한다. 그러나 그 일은 아직은 겨울로 상징되는 남성중심의 시대였기에 그가 하는 일은 너무도 벅차고 힘든 일이었다. 그러므로 예이츠는 소피아의 영광을 밝혀보고자 하였으나 그것은 너무나도 이른 일이었다. 따라서 예이츠는 성녀 소피아에게는 "시간만이 적"으로 소피아를 밝히기에는 너무도 시기상조임을 역설하여 아직도 "겨울"이라고 하였다. 예이츠는 사람들에게 먼 선조들의 희생을 기억하라고 한다.

> 기억하라, 모든 피에 얼룩져 쓰러진 모든 이들을,
> 기억하라, 단두대에 이슬로 사라진 모든 이들을,
> 기억하라, 모든 도피행각을 하고 단두대에 서고
> 서서 옛 탬버린 가락과 같이 죽음을 선택했던
> 모든 이들을(*CP* 378).

이단으로 처형당한 선조들의 희생을 기억하라고 후손들에게 요청한다. 그리고 그들은 선조들의 의지에 따르기를 바라는 예이츠는 또 다른 시인 "한 가락에 대한 세 가지 노래(*CP* 371)"에서도 후손들에게 선조들의 희생을 기억하고 그 선조들의 의지에 따르라고 요청한다. 기독교 영지주의자들은 마니온, 즉 땜장이로 상징되었고 잠자는 여왕인 소피아를 잠 깨우는 사제들을 "광대" 혹은 "직공"으로 상징하였다. 이 영지주의의 사제들은 단단한 성채인 교회에서 전도하는 것이 아니라 거리에서 떠돌며 소리치는 떠돌이 방랑자들이 되었다. 그러나 길거리에서 외칠 수 있는 시대는 지난 이천 년의 긴 암흑의 역사보다는 보다 형편이 나아진 것이다. 반면에 "범인들"은 세속인들로 남녀 양성구유의 신성을 인지하지 못하는 자들로 소피아인 여성 신성을 알지 못하고 있다. 그러나 예이츠는 세속인들과 구별되는 다이몬이 된 현자들이 미래에 많이 나올 것을 예지하였다. 이는 유언시인 "불벤 산 아래에서"의 "산에서 산으로 격렬하게 말 달리는 기수"들로 사후 영혼이 불멸성을 획득하여 다이몬이 된 것을 "말탄이"로 상징한다. 그 이미지는 곧 예이츠의 묘비명의 "말탄이" 즉, 말탄 기수의 상징으로 이어진다. 시 "아마도 음악을 위한 가사"의 화자 여인 역시 제인과 동일시할 수 있다. 이처럼 예이츠는 기독교 영지주의의 소피아를 찬미하는 시편들을 통해 미래의 마지막 세대의 불멸의 장미의 현현으로서 제인이 소피아의 권능을 회복한 심판주이자 새 구세주로 일어설 것을 예언하고자 하였다. 이처럼 예이츠는 천부적인 소피아의 사제이자 예언자의 역할을 위해 죽기까지 헌신하고자 하였다. 시 "재림"에서 스핑크스의 이미지로 등장하는 성녀 소피아는 이미 새 구세주로서 그 권능을 회복한 모습이다. 예이츠가 옛신이 다시 일어서기를 기원했는데 일찍이 성자 예수는 심판 날에 등극한 심판주로서 성녀 소피아가 나타날 것을 예언하였다.

심판 때에 남방 여왕이 일어나 이 세대 사람을 정죄하리니 이는 그
가 솔로몬의 지혜로운 말을 들으려고 땅끝에서 왔음이어니와 솔로
몬보다 더 큰 이가 여기 있노라(Luke 11: 31, Thompson 77).

"남방 여왕"은 제인과 동일시될 수 있으며 옛 시대를 벗어버리고 뉴에이지를 위하여 심판의 구세주로 일어날 것이다. 예이츠의 시대는 아직 뉴에이지가 다가오지 않고 있다고 생각하면서 "나는 문을 닫고 살지만 그 젊은이들을 불쌍히 여긴다(*CP* 372)"라고 하였다. 자신의 생애 동안은 그 정해진 시대가 오지 않았기에 바른 길이 오도되어 방황하는 세상 젊은이들을 걱정하고 안타까워했다. 아일랜드의 혼으로 상징되는 소피아-이시스로서 여성 신성을 수호하고자 한 것이다. 따라서 이들은 남성 원리인 예수가 희생을 통해 여성 신성인 성녀를 수호하고자 했듯이 예수의 부름에 따라 영지적 지식을 한 세대에서 다음 세대로 이어가면서 남성중심의 시대가 지나가고 마침내 소피아의 시대가 올 때까지 헌신하고자 했다. 예이츠는 이 지상에 거하는 소피아인 성녀를 수호하는 마지막 영지주의 사제이자 예언자로서 새 시대를 열기 위해 일어날 지상에 거하는 성녀 소피아의 잠을 깨우는 일에 헌신한 사제의 길을 다하고자 한 마법사 시인이었다. 이처럼 예이츠는 그의 전체시를 일관성 있는 단일 주제인 소피아를 위한 헌시를 바치는 소명의식에 충실하였다. 예이츠에게 지혜와 지식을 전해준 미지의 교사들이 우리는 "시에 은유를 주러 왔다"고 하였듯이 예이츠는 시에 상징적 은유를 부여하여 죽음 직전까지도 이들 상징시를 통해 미래의 마지막 소피아의 현현인 지상에 거하는 불멸의 장미의 잠을 깨우고 그 상실한 권능회복을 위해 헌신한 혜안의 시인 마법사였다.

Works Cited(인용문헌)

Baring, Anne and Cashford, Jules, *The Myth of the Goddess: Evolution of an Image*, London: Penguin Books Ltd., 1991.

Bethel, Jonathan McGregor & David Colin Healy, *The Tapestry of Esoterica: Kabbalah*, April 26 2008, <http://www.oracle20-20.com/magazine/2008/0308/bethel.php>.

Bloom, Harold, *The Anxiety of Influence: A Theory of Poetry*. London: Oxford University Press, 1973(Abbreviated as *Anxiety*).

___________, *Poetry & Repression: Revisionism from Blake to Stevens*, New Heaven: Yale University Press, 1976(Abbreviated as *P & R*).

___________, *The Ringers in the Tower: Studies in Romantic Tradition*, Chicago & London: The University of Chicago Press, 1973(Abbreviated as *Ringers*).

Case, Paul Foster, *The True and Invisible Rosicrucian Order: An Interpretation of the Rosicrucian Allegory and an Explanation of the Ten Rosicrucian Grades,* York Beach: Samuel Weiser, Inc, 1985.

Coles Editorial Board, *Yeats's Poetry,* Toronto: Coles Notes, 1986.

Jeffares, A. Norman, *A New Commentary of the Poems of W.B. Yeats*, London: Macmillan Press, 1989.

Cullingford, Elizabeth Butler, *Gender and History in Yeats's Love Poetry,* New York: Syracuse University press, 1996.

Donoghue, Denis, *William Butler Yeats*, New York: Viking, 1971.

Easwaran, Eknath, *The Upanishads*, London : Penguin Books Ltd., 1987.

Finneran, Richard J., *Critical Essays on W.B. Yeats*, Boston: G.K. Hall, 1986.

Flannery, Mary Catherine, *Yeats and Magic: The Earlier Works: Irish Literary Studies, 2,* Gerrards Cross: Colin Smythe Ltd. 1977.

Foster, Roy, "Yeats: Love, Magic and Politics", Atlanta Independent, The(London) in News & Society provided free by Look Smart's Find Articles, <www.findarticles.com/p/articles/mi_qn4158/is_19970302/ai_n14091364>.

Gorski, William T, *Yeats and Alchemy*, New York: State University of New York press, 1996.

Harper, George Mills, *Yeats's Golden Dawn*, London: Macmillan, 1974.

______________________ ed., *Yeats and the Occult*, Toronto: Macmillan of Canada, 1975.

Low, Colin, "Malkuth" in Spiral Nature Retrieved by <http://www.spiralnature.com/magick/kabbalah/malkuth.html>

MacDermot, Violet tr, *The Fall of Sophia: A Gnostic Text On The Redemption Of Universal Consciousness*. Herndon: Lindisfarne Books, 2001.

McGinn, Bernard, "Apocalypse!: apocalypticism explained: Joachim of Fiore", Dec. 11. 2007, <http://www.pbs.org/wgbh/pages/frontline/shows/apocalypse/explanation/joachim.html>

Matthews, Caitlin. *Sophia Goddess of Wisdom: The Divine Feminine from Black Goddess to, World-Soul*, London: Thorsons, 1992.

Maxwell-Stuart, P. G., Chronicle of the Popes: The Reign-By-Reign Record of the Papacy from St. Peter to the Present Thames & Hudson, United Kingdom: 1997, www.nytimes.com/books/first/m/maxwell-popes.html.

Pagels, Elaine, *The Gnostic Gospels*. New York: Vintage Books, 1981.

Powell, Robert. A, *The Sophia Teachings: The emergence of the Divine Feminine in Our Time*. New York: Lantern Books, 2001.

Regardie, Israel, *The Golden Dawn: A Complete Course in Practical Ceremonial Magic, Four Volumes in One*. Llewellyn's Golden Dawn Series, Llewllyn Publications, Minnesota: 1995.

Richard J. Finneran ed., *Critical Essays on W. B. Yeats*, Boston: G. K. Hall, 1986.

Robinson, James M. *The Nag Hammadi Library in English*. New York: Harper & Row, Publishers, 1981.

Rudolph, Kurt. Robert mclachlan Wilson Tr., *Gnosis: The Nature & History of Gnosticism*, New York: Harper & Row publishers, 1987.

Schroer, Silvia, Maloney, Linda M. and Mc Donough, William. Tr. *Wisdom Has Built Her House: Studies on the Figure of Sophia in the Bible*, Collegeville, Minn.: Liturgical Press, 2000.

Seymour-Smith, Martin, *Gnosticism: The Path of Inner Knowledge*, UK: Labyrinth Book, 1996.

Sholem, Gerschom. Arkush, Allen ed., *Origin of the Kabbalah*. Berlin: Water de Gruyter & Co., 1962.

Steiner, Rudolf, "Lecture II: The Search for the New Isis, Divine Sophia", 14 June 2007, <http://wn.rsarchive.org/Lectures/NewIsis/NewIsi_index.html>.

Steiner, Rudolf. Bamford, Christopher ed., *Isis Mary Sophia: Her Mission* and Ours America. Steiner Books 2003.

Thompson, Frank Charles, *The Tomson Chain-reference Bible.* B. B. Kiribride Bible Company Inc., Indianapolis: 1983.

Toomey, Deirdre ed. 2d ed., *Yeats and Women.* New York: St. Martin's Press, 1997.

Wade, Allen. *A Bibliography of the Writings of W.B. Yeats.* London: Rupert Hart-Davis, 1958.

Webster, Nesta H, "Secret Societies and Subversive Moments", Boswell publishing CO., Ltd., London, 1924. June 13 2006, <http://www/illuminati-news.com/subversive-movements.htm>.

Wellesley, Dorothy ed, *Letters on Poetry from W.B. Yeats to Dorothy Wellesley,* London: Oxford University Press, 1964.

Whitaker, Thomas R, *Swan and Shadow: Yeats's Dialogue with History,* Washington, D.C.: Critical Studies in Irish Literature Voulme 1, 1989.

Yeats, William Butler, *Autobiographies* London: Macmillan, 1970(Abbreviated as *AU*).

__________________, *A Vision.* London: Macmillan, 1973(Abbreviated as *AV*).

__________________, *The Collected Poems of W. B. Yeats*(1865～1895), London: Macmillian, 1976(Abbreviated as *CP*).

__________________, *Essays and Introductions,* London: Macmillan, 1973(Abbreviated as *E&I*).

__________________, *Mythologies,* London: Macmillan, 1973(Abbreviated as *Myth*).

__________________, *Explorations: Selected by Mrs. W. B. Yeats,* New York: Macmillan, 1962(Abbreviated as Ex).

__________________, O'Donnell, W. H. ed., *The Speckled Bird.* Dublin: Mcmlxxiii 1974(Abbreviated as *SB*).

강덕영 해역, 격암 남사고 전수, 『격암유록』, 서울: 도서출판 동반인, 1994.

홍익대학교 영어영문학과를 졸업하고, 충남대학교 대학원에서 영어영문학 박사학위를 취득했다(1995. 2). 박사학위 논문으로는 「W. B. 예이츠의 시에 나타난 기독교 영지주의 연구: 여성 신의 이미저리를 중심으로」가 있다. 충남대·대전대·배재대학교 등에 출강했다. 캐나다 토론토대학교 방문학자와 요크대학 여성학연구소에서 여성 신에 대한 연구를 하였다. 예이츠 시 연구와 창작과 번역 활동을 계속하고 있다. 또한 국제예이츠학회 회원들과 함께 예이츠 문학에 대한 토론과 연구를 약 10여 년 이상 지속하고 있다.

<시문학>(1985. 2)으로 등단했으며, 개인 시집으로는 『바람제』, 『생명나무를 찾아서』, 『사랑의 침묵』, 『강물로 흐르는 사랑』과 다수의 동인 시집들이 있다. 평론과 번역서로는 『예이츠 희곡 선집』, 번역서로는 『야코프 뵈메의 고백』, 『악마의 제자 바바라 소령』, 『노스트로모』 등 다수의 번역서가 있다.

영문 저서로는 *The Explanation of W. B. Yeats's Poetry*가 있다.

현대시인협회 회원, <합류> 동인, <백지> 동인, <호서문학> 동인, 시문학회 회원, 국제펜클럽 한국본부 회원, 한국예이츠학회 회원, 한국영어영문학회 회원이다.

예이츠 시 해설

초 판 인 쇄 | 2012년 8월 20일
초 판 발 행 | 2012년 8월 20일

지 은 이 | 조미나
펴 낸 이 | 채종준
펴 낸 곳 | 한국학술정보㈜
주   소 | 경기도 파주시 문발동 파주출판문화정보산업단지 513-5
전   화 | 031) 908-3181(대표)
팩   스 | 031) 908-3189
홈 페 이 지 | http://ebook.kstudy.com
E - m a i l | 출판사업부 publish@kstudy.com
등   록 | 제일산-115호(2000. 6. 19)

ISBN   978-89-268-3619-4 13840 (Paper Book)
         978-89-268-3620-0 15840 (e-Book)

이담 Books 는 한국학술정보(주)의 지식실용서 브랜드입니다.